.

後六十種曲

第五册

朱恒夫 主編

復旦大學出版社

目　　錄

長生殿（傳奇） ……………………… 清・洪　昇	1
自序 ……………………………………………………	5
例言 ……………………………………………………	6
第一齣　傳概 …………………………………………	8
第二齣　定情 …………………………………………	8
第三齣　賄權 …………………………………………	11
第四齣　春睡 …………………………………………	13
第五齣　禊遊 …………………………………………	16
第六齣　傍訝 …………………………………………	19
第七齣　幸恩 …………………………………………	20
第八齣　獻髮 …………………………………………	22
第九齣　復召 …………………………………………	25
第十齣　疑讖 …………………………………………	27
第十一齣　聞樂 ………………………………………	30
第十二齣　製譜 ………………………………………	33
第十三齣　權哄 ………………………………………	35
第十四齣　偷曲 ………………………………………	37
第十五齣　進果 ………………………………………	40
第十六齣　舞盤 ………………………………………	43
第十七齣　合圍 ………………………………………	47
第十八齣　夜怨 ………………………………………	49
第十九齣　絮閣 ………………………………………	51
第二十齣　偵報 ………………………………………	56

第二十一齣	窺浴	58
第二十二齣	密誓	61
第二十三齣	陷關	64
第二十四齣	驚變	65
第二十五齣	埋玉	68
第二十六齣	獻飯	72
第二十七齣	冥追	75
第二十八齣	罵賊	78
第二十九齣	聞鈴	81
第三十齣	情悔	82
第三十一齣	剿寇	84
第三十二齣	哭像	86
第三十三齣	神訴	90
第三十四齣	刺逆	93
第三十五齣	收京	96
第三十六齣	看襪	98
第三十七齣	屍解	101
第三十八齣	彈詞	105
第三十九齣	私祭	110
第四十齣	仙憶	113
第四十一齣	見月	115
第四十二齣	驛備	116
第四十三齣	改葬	119
第四十四齣	慾合	122
第四十五齣	雨夢	124
第四十六齣	覓魂	127
第四十七齣	補恨	133
第四十八齣	寄情	135
第四十九齣	得信	137

第五十齣　重圓 …………………………………………… 138
附錄 ………………………………………………………… 144
徐序 ………………………………………………………… 144
吳序 ………………………………………………………… 144
汪序 ………………………………………………………… 145
毛序 ………………………………………………………… 146

桃花扇(傳奇) ……………………………… 清・孔尚任 149
試一齣　先聲 …………………………………………… 153
第一齣　聽稗 …………………………………………… 154
第二齣　傳歌 …………………………………………… 158
第三齣　鬨丁 …………………………………………… 161
第四齣　偵戲 …………………………………………… 164
第五齣　訪翠 …………………………………………… 168
第六齣　眠香 …………………………………………… 174
第七齣　却奩 …………………………………………… 179
第八齣　鬧榭 …………………………………………… 183
第九齣　撫兵 …………………………………………… 188
第十齣　修劄 …………………………………………… 190
第十一齣　投轅 ………………………………………… 193
第十二齣　辭院 ………………………………………… 198
第十三齣　哭主 ………………………………………… 201
第十四齣　阻奸 ………………………………………… 206
第十五齣　迎駕 ………………………………………… 210
第十六齣　設朝 ………………………………………… 212
第十七齣　拒媒 ………………………………………… 215
第十八齣　爭位 ………………………………………… 220
第十九齣　和戰 ………………………………………… 224
第二十齣　移防 ………………………………………… 227

閏二十齣　閒話	230
加二十一齣　孤吟	234
第二十一齣　媚座	235
第二十二齣　守樓	240
第二十三齣　寄扇	243
第二十四齣　罵筵	247
第二十五齣　選優	252
第二十六齣　賺將	257
第二十七齣　逢舟	261
第二十八齣　題畫	265
第二十九齣　逮社	269
第三十齣　歸山	273
第三十一齣　草檄	277
第三十二齣　拜壇	282
第三十三齣　會獄	287
第三十四齣　截磯	290
第三十五齣　誓師	294
第三十六齣　逃難	297
第三十七齣　劫寶	301
第三十八齣　沈江	305
第三十九齣　棲真	308
第四十齣　入道	311
續四十齣　餘韻	318

附錄　桃花扇(京劇)　……　歐陽予倩　改編　325
序言(一)　329
序言(二)　335
人物　337
第一場　337

第二場	342
第三場	344
第四場	355
第五場	362
第六場	363
第七場	367
第八場	373
第九場	381
第十場	383
第十一場	383

雷峰塔（傳奇） 清・方成培 391

第一齣	開宗	395
第二齣	付鉢	395
第三齣	出山	397
第四齣	上塚	399
第五齣	收青	400
第六齣	舟遇	401
第七齣	訂盟	405
第八齣	避吳	408
第九齣	設邸	411
第十齣	獲贓	413
第十一齣	遠訪	416
第十二齣	開行	420
第十三齣	夜話	424
第十四齣	贈符	426
第十五齣	逐道	428
第十六齣	端陽	431
第十七齣	求草	434

第十八齣　療驚 …………………………… 438
第十九齣　虎阜 …………………………… 440
第二十齣　審配 …………………………… 442
第二十一齣　再訪 ………………………… 444
第二十二齣　樓誘 ………………………… 448
第二十三齣　化香 ………………………… 451
第二十四齣　謁禪 ………………………… 453
第二十五齣　水鬥 ………………………… 455
第二十六齣　斷橋 ………………………… 460
第二十七齣　腹婚 ………………………… 463
第二十八齣　重謁 ………………………… 466
第二十九齣　煉塔 ………………………… 467
第三十齣　歸真 …………………………… 470
第三十一齣　塔敘 ………………………… 471
第三十二齣　祭塔 ………………………… 473
第三十三齣　捷婚 ………………………… 475
第三十四齣　佛圓 ………………………… 476

附錄　白蛇傳（京劇） ………………… 田　漢　481
人物表 ……………………………………… 485
第一場　遊湖 ……………………………… 485
第二場　結親 ……………………………… 490
第三場　查白 ……………………………… 493
第四場　説許 ……………………………… 494
第五場　酒變 ……………………………… 497
第六場　守山 ……………………………… 503
第七場　盜草 ……………………………… 503
第八場　釋疑 ……………………………… 506
第九場　上山 ……………………………… 510

第十場　渡江 …………………………………… 513

第十一場　索夫 …………………………………… 514

第十二場　水鬥 …………………………………… 516

第十三場　逃山 …………………………………… 518

第十四場　斷橋 …………………………………… 520

第十五場　合鉢 …………………………………… 528

第十六場　倒塔 …………………………………… 533

長 生 殿

（傳奇）

清·洪昇

【作者簡介】洪昇（1645—1704），字昉思，號稗畦，又號稗村、南屏樵者，錢塘人。清代著名戲曲作家、詩人。洪氏為錢塘望族，世代書香人家。洪昇自幼接受了正統的儒學教育，於康熙七年（1668）北京國子監肄業，然二十年科舉不第，白衣終身。前後歷經十載、三易其稿而成的代表作《長生殿》於康熙二十七年（1688）問世後，引起轟動，各地爭相競演。其後因在孝懿皇后佟氏忌日演出，獲罪下獄，革去太學生籍，被迫離京返鄉，晚年生活窮困潦倒。時有"可憐一曲《長生殿》，斷送功名到白頭"之句。康熙四十三年（1704），曹寅在南京排演全本《長生殿》，洪昇應邀前去指導，後在返回杭州途中因醉酒不慎失足，於烏鎮落水而死。除了代表作《長生殿》外，其著作還有《詩騷韻注》（殘缺）和《稗畦集》、《稗畦續集》、《嘯月樓集》，以及雜劇《四嬋娟》等。已佚不傳的戲曲作品有《沉香亭》、《舞霓裳》、《回文錦》、《回龍記》、《鬧高唐》、《錦繡圖》、《長虹橋》、《天涯淚》、《節孝坊》等。他與《桃花扇》的作者孔尚任，被世人並稱為"南洪北孔"。

【劇情概要】晚年的唐明皇李隆基納嬌羞動人且嫻熟音律的楊玉環為貴妃，以金釵鈿盒作為定情表記。貴妃得寵後，楊氏一門也盡得拔擢，兄長楊國忠位列丞相，窮奢極欲，納賄專權。其三個姐妹亦都封為夫人。然玄宗情不專一，在嬌寵貴妃的同時，又與虢國夫人有染，並私召梅妃，引起楊玉環不快，經過一番磨合後，兩人最終和好，於七夕之夜在長生殿對着牛郎織女星密誓永不分離。玉環喜嗜荔枝，明皇特命快馬進獻，遞送的驛吏踏壞了良田，踩死了無數百姓，使得民怨四起。由於唐玄宗終日和楊玉環遊樂，不理政事，寵信楊國忠和安祿山，導致安祿山造反。待安祿山叛兵攻破了潼關時，明皇方纔知悉，只得倉促逃離長安。在往西蜀經過馬嵬驛時，軍士嘩變，處死了楊國忠，並逼迫明皇處死玉環。玉環為保明皇，請命自縊。玉環死後，不但受到土地神的眷顧，更獲得織女的同情，助其重列仙班。安史叛亂結束後，明皇回到長安，他命人用檀木雕成玉環像貌，日夜將深厚的思念與懺悔之情付於雕像。聞鈴腸斷，見月傷心。梧桐細雨之夜，情不能堪。後委託方士尋訪玉環蹤跡。天孫織女為這一生死不離之情而感動，讓兩人在月宮中團圓。

【版本流傳】《長生殿》版本眾多，現存的主要版本有：一、稗畦草堂刻本；二、乾隆內府鈔本；三、吟香堂刻本；四、校靜深書屋重刻本；五、玉茗齋鈔本；六、清刻巾箱本；七、暖紅室校本；八、上海文瑞樓刻本，等等。本書以乾隆內府鈔本為底本，並校以夢鳳樓暖紅室校本和徐朔方校注本，各本不一之處，擇善而從。

【演出情況】該劇於康熙二十七年問世以來，盛演不衰。其演出大致經歷了三個歷史階段，即清代、民國時期和中華人民共和國成立以後至今。該劇在清代的演出形式多樣，大致包羅了全本戲、節本戲、折子戲等形式。全本戲的演出主要集中在該劇問世之初至作者洪昇離世之前的幾十年間，其中尤以內廷演出居多。"諸親王及閣部大臣，凡有宴會，必演此劇"（《清稗類鈔·戲劇類》）。由於全本《長生殿》的演出在客觀上耗資費時，又"伶人苦於繁長難演"，於是節選本便在民間盛行起來。但節選本多有"妄加節改"以致"關目都廢"之病。較好保留原著精神的是吳人更定的《長生殿》節選本，然此本已佚。至清嘉乾以後，《長生殿》的演出以折子戲居多，其中尤以《定情》、《酒樓》、《絮閣》、《醉妃》、《驚變》、《埋玉》、《聞鈴》、《彈詞》等折的演出更為頻繁。民國時期，《長生殿》以其"合律依腔"而受到昆劇傳字輩藝人們的青睞，而在北京、天津等地，以祥慶社為代表的北方職業昆班，也多次將《長生殿》搬上舞臺。這一時期，折子戲依然是《長生殿》的基本演出形式，間或有以折為單位串聯而成的節本戲。20世紀80年代之後，《長生殿》仍盛演不衰。並且出現了北昆本、上昆本、湘昆本、蘇昆本等多種。2007年，上海昆劇團對全本進行復原性演出。此外，越劇、川劇、錫劇等劇種也對《長生殿》的部分折目進行改編演出。

（王思韻）

自　序

　　余覽白樂天《長恨歌》及元人《秋雨梧桐》劇，輒作數日惡。南曲《驚鴻》一記，未免涉穢。從來傳奇家非言情之文，不能擅場；而近乃子虛烏有，動寫情詞贈答，數見不鮮，兼乖典則。因斷章取義，借天寶遺事，綴成此劇。凡史家穢語，概削不書，非曰匿瑕，亦要諸詩人忠厚之旨云爾。然而樂極哀來，垂戒來世，意即寓焉。且古今來逞侈心而窮人欲，禍敗隨之，未有不悔者也。玉環傾國，卒至隕身。死而有知，情悔何極。苟非怨艾之深，尚何諡仙之與有？孔子刪《書》而錄《秦誓》，嘉其敗而能悔，殆若是歟？第曲終難於奏雅，稍借月宮足成之。要之廣寒聽曲之時，即遊仙上昇之日。雙星作合，生忉利天，情緣總歸虛幻。清夜聞鐘，夫亦可以蘧然夢覺矣。

　　　　　　康熙己未仲秋稗畦洪昇題於孤嶼草堂

例　　言

　　憶與嚴十定隅（曾燊）坐皋園，談及開元、天寶間事，偶感李白之遇，作《沉香亭》傳奇。尋客燕臺，亡友毛玉斯謂排場近熟，因去李白，入李泌輔肅宗中興，更名《舞霓裳》，優伶皆久習之。後又念情之所鍾，在帝王家罕有，馬嵬之變，已違夙誓，而唐人有玉妃歸蓬萊仙院、明皇遊月宮之說，因合用之，專寫釵合情緣，以《長生殿》題名，諸同人頗賞之。樂人請是本演習，遂傳於時。蓋經十餘年，三易稿而始成，予可謂樂此不疲矣。

　　史載楊妃多污亂事。予撰此劇，止按白居易《長恨歌》、陳鴻《長恨歌傳》為之。而中間點染處，多採《天寶遺事》、《楊妃全傳》。若一涉穢跡，恐妨風教，絕不闌入，覽者有以知予之志也。今載《長恨歌》《傳》，以表所由，其楊妃本傳、外傳及《天寶遺事》諸書，既不便刪削，故概置不錄焉。

　　棠村（梁清標）相國嘗稱予是劇乃一部鬧熱《牡丹亭》，世以為知言。予自惟文采不逮臨川，而恪守韻調，罔敢稍有踰越。蓋姑蘇徐靈昭氏為今之周郎，嘗論撰《九宮新譜》，予與之審音協律，無一字不慎也。

　　曩作《鬧高唐》、《孝節坊》諸劇，皆友人吳子舒鳧為予評點。今《長生殿》行世，伶人苦於繁長難演，竟為儈輩妄加節改，關目都廢。吳子憤之，效《墨憨十四種》，更定二十八折，而以虢國、梅妃別為饒戲兩劇，確當不易。且全本得其論文，發予意所涵蘊者實多。分兩日唱演殊快。取簡便，當覓吳本教習，勿為儈誤可耳。

　　是書義取崇雅，情在寫真。近唱演家改換有必不可從者，如增虢國承寵、楊妃忿爭一段，作三家村婦醜態，既失蘊藉，尤不耐觀。其《哭像》折，以哭題名，如禮之凶奠，非吉祭也。今滿場皆用紅衣，則情事乖違，不但明皇鍾情不能寫出，而阿監宮娥泣涕皆不稱矣。

至于《舞盤》及末折演舞，原名《霓裳羽衣》，只須白襖紅裙，便自當行本色。細繹曲中舞節，當一二自具。今有貴妃舞盤學《浣紗舞》，而末折仙女或舞燈、舞汗巾者，俱屬荒唐，全無是處。

洪昇昉思父識

第一齣　傳　　概

【南呂引子·滿江紅】（末上）今古情場，問誰個真心到底？但果有精誠不散，終成連理。萬里何愁南共北，兩心那論生和死。笑人間兒女悵緣慳，無情耳。　　感金石，回天地。昭白日，垂青史。看臣忠子孝，總由情至。先聖不曾刪鄭、衛，吾儕取義翻宮、徵。借太真外傳譜新詞，情而已。

【中呂慢詞·沁園春】天寶明皇，玉環妃子，宿緣正當。自華清賜浴，初承恩澤。長生乞巧，永訂盟香。妙舞新成，清歌未了，鼙鼓喧闐起范陽。馬嵬驛、六軍不發，斷送紅妝。　　西川巡幸堪傷，奈地下人間兩渺茫。幸遊魂悔罪，已登仙籍。回鑾改葬，只剩香囊。證合天孫，情傳羽客，鈿盒、金釵重寄將。月宮會、霓裳遺事，流播詞場。

　　　　唐明皇歡好霓裳宴，楊貴妃魂斷漁陽變。
　　　　鴻都客引會廣寒宮，織女星盟證長生殿。

第二齣　定　　情

【大石引子·東風第一枝】（生扮唐明皇引二內侍上）端冕中天，垂衣南面，山河一統皇唐。層霄雨露回春，深宮草木齊芳。昇平早奏，韶華好，行樂何妨。願此生終老溫柔，白雲不羨仙鄉。韶華入禁闈，宮樹發春暉。天喜時相合，人和事不違。《九歌》揚政要，《六舞》散朝衣。別賞陽臺樂，前旬暮雨飛。朕乃大唐天寶皇帝是也。起自潛邸，入纘皇圖。任人不二，委姚、宋於朝堂；從諫如流，列張、韓於省闥。且喜塞外風清萬里，民間粟賤三錢。真個太平致治，庶幾貞觀之年；刑措成風，不減漢文之世。近來機務餘閒，寄情聲色。昨見宮女楊玉環，德性溫和，丰姿秀麗。卜茲吉日，冊為貴妃。已曾傳旨，在華清池賜浴，命永新、念奴伏侍更衣，即著高力士引來朝見，想必就到也。

【玉樓春】(丑扮高力士,二宮女執扇引,旦扮楊貴妃上)恩波自喜從天降,浴罷妝成趨彩仗。(宮女)六宮未見一時愁,齊立金階偷眼望。

(到介,丑進見生跪介)奴婢高力士見駕。册封貴妃楊氏,已到殿門候旨。

(生)宣進來。

(丑出介)萬歲爺有旨,宣貴妃楊娘娘上殿。

(旦進,拜介)臣妾貴妃楊玉環見駕,願吾皇萬歲!

(內侍)平身。

(旦)臣妾寒門陋質,充選掖庭,忽聞寵命之加,不勝隕越之懼。

(生)妃子世胄名家,德容兼備。取供內職,深愜朕心。

(旦)萬歲。

(丑)平身。

(旦起介,生)傳旨排宴。

(丑傳介)(內奏樂。旦送生酒,宮女送旦酒。生正坐,旦傍坐介)

【大石過曲·念奴嬌序】(生)寰區萬里,遍徵求窈窕,誰堪領袖嬪嬙?佳麗今朝、天付與,端的絕世無雙。思想,擅寵瑤宮,褒封玉冊,三千粉黛總甘讓。(合)惟願取恩情美滿,地久天長。

【前腔】〔換頭〕(旦)蒙獎。沉吟半晌,怕庸姿下體,不堪陪從椒房。受寵承恩,一霎裡身判人間天上。須仿、馮媛當熊,班姬辭輦,永持彤管侍君傍。(合)惟願取恩情美滿,地久天長。

【前腔】〔換頭〕(宮女)歡賞,借問從此宮中,阿誰第一?似趙家飛燕在昭陽,寵愛處,應是一身承當。休讓,金屋妝成,玉樓歌徹,千秋萬歲捧霞觴。(合)惟願取恩情美滿,地久天長。

【前腔】〔換頭〕(內侍)瞻仰,日繞龍鱗,雲移雉尾,天顏有喜對新妝。頻進酒,合殿春風飄香。堪賞,圓月搖金,餘霞散綺,五雲多處易昏黃。(合)惟願取恩情美滿,地久天長。

(丑)月上了。啟萬歲爺撤宴。

(生)朕與妃子同步階前,玩月一回。(內作樂。生攜旦前立,

衆退後,齊立介)

【中吕過曲·古輪臺】(生)下金堂,籠燈就月細端相,庭花不及嬌模樣。輕偎低傍,這鬢影衣光,掩映出丰姿千狀。(低笑,向旦介)此夕歡娛,風清月朗,笑他夢雨暗高唐。(旦)追遊宴賞,幸從今得侍君王。瑤階小立,春生天語,香縈仙仗,玉露冷沾裳。還凝望,重重金殿宿鴛鴦。

(生)掌燈往西宮去。

(北應介,內侍、宮女各執燈引生、旦行介)(合)

【前腔】〔換頭〕輝煌,簇擁銀燭影千行。回看處珠箔斜開,銀河微亮。複道、回廊,到處有香塵飄揚。夜色如何?月高仙掌。今宵占斷好風光,紅遮翠障,錦雲中一對鸞凰。《瓊花》、《玉樹》、《春江夜月》,聲聲齊唱,月影過宮牆。褰羅幌,好扶殘醉入蘭房。

(丑)啟萬歲爺,到西宮了。

(生)內侍回避。

(丑)春風開紫殿,

(內侍)天樂下珠樓。(同下)

【餘文】(生)花搖燭,月映窗,把良夜歡情細講。(合)莫問他別院離宮玉漏長。

(宮女與生、旦更衣,暗下,生、旦坐介,生)銀燭回光散綺羅,

(旦)御香深處奉恩多。

(生)六宮此夜含顰望,

(合)明日爭傳"得寶歌"。

(生)朕與妃子偕老之盟,今夕伊始。(袖出釵、盒介)特攜得金釵、鈿盒在此,與卿定情。

【越調近詞·綿搭絮】(生)這金釵、鈿盒,百寶翠花攢。我緊護懷中,珍重奇擎有萬般。今夜把這釵呵,與你助雲盤,斜插雙鸞;這盒呵,早晚深藏錦袖,密裏香紈。願似他並翅交飛,牢扣同心結合歡。

(付旦介,旦接釵、盒謝介)

【前腔】〔換頭〕謝金釵鈿盒賜予奉君歡。只恐寒姿,消不得天

家雨露團。(作背看介)恰偷觀,鳳耒龍蟠,愛殺這雙頭旖旎,兩扇團圞。惟願取情似堅金,釵不單分盒永完。

(生)朧明春月照花枝(元稹),(旦)始是新承恩澤時(白居易)。

(生)長倚玉人心自醉(雍陶),(合)年年歲歲樂於斯(趙彥昭)。

第三齣　賄　　權

【正宮引子・破陣子】(淨扮安祿山箭衣、氈帽上)失意空悲頭角,傷心更陷羅罝。異志十分難屈伏,悍氣千尋怎蔽遮?權時寧耐些。腹垂過膝力千鈞,足智多謀膽絕倫。誰道孽龍甘蠖屈,翻江攪海便驚人。自家安祿山,營州柳城人也。俺母親阿史德,求子軋犖山中,歸家生俺,因名祿山。那時光滿帳房,鳥獸盡都鳴竄。後隨母改嫁安延偃,遂冒姓安氏。在節度使張守珪帳下投軍。他道我生有異相,養為義子。授我討擊使之職,去征討奚契丹。一時恃勇輕進,殺得大敗逃回。幸得張節度寬恩不殺,解京請旨。昨日到京,吉凶未保。且喜有個結義兄弟,喚作張千,原是楊丞相府中幹辦。昨已買囑解官,暫時松放。尋他通個關節,把禮物收去了。着我今日到彼候覆。不免前去走遭。(行介)唉,俺安祿山,也是個好漢,難道便這般結果了麼?想起來好恨也!

【正宮過曲・錦纏道】莽龍蛇、本待將河翻海決,反做了失水甕中鱉,恨樊籠霎時困了豪傑。早知道失軍機要遭斧鉞,倒不如喪沙場免受縲絏,驀地裡腳雙跌。全憑仗金投暮夜,把一身離阱穴。算有意天生吾也,不爭待半路柱摧折。來此已是相府門首,且待張兄弟出來。

(丑扮張千上)君王舅子三公位,宰相家人七品官。(見介)安大哥來了。丞相爺已將禮物全收,着你進府相見。

(淨揖介)多謝兄弟周旋。

(丑)丞相爺尚未出堂,且到監獄少待。全憑內閣調元手,

(淨)救取邊關失利人。(同下)

【仙呂引子・鵲橋仙】(副淨扮楊國忠引祇從上)榮誇帝里,恩

連戚畹,兄妹都承天眷。中書獨坐攬朝權,看炙手威風赫烜。國政歸吾掌握中,三台八座極尊崇。退朝日晏歸私第,無數官僚拜下風。下官楊國忠,乃西宮貴妃之兄也。官居右相,秩晉司空。分日月之光華,掌風雷之號令。(冷笑介)窮奢極欲,無非行樂及時;納賄招權,真個回天有力。左右迴避。(從應下)

(副淨)適纔張千稟說,有個邊將安祿山,為因臨陣失機,解京正法。特獻禮物到府,要求免死發落。我想勝敗乃兵家常事,臨陣偶然失利,情有可原。(笑介)就將他免死,也是為朝廷愛惜人才。已曾分付令他進見,再作道理。

(丑暗上見介)張千稟事:安祿山在外伺候。

(副淨)着他進來。

(丑)領鈞旨。(虛下,引淨青衣、小帽上,丑)這裡來。

(淨膝行進見介)犯弁安祿山,叩見丞相爺。

(副淨)起來。

(淨)犯弁是應死囚徒,理當跪稟。

(副淨)你的來意,張千已講過了。且把犯罪情由,細說一番。

(淨)丞相爺聽稟:犯弁遵奉軍令,去征討奚契丹呵,

(副淨)起來講。

(淨起介)

【仙呂過曲・解三酲】恃勇銳,衝鋒出戰,指征途所向無前。不提防番兵夜來圍合轉,臨白刃,剩空拳。(副淨)後來怎生得脫?(淨)那時犯弁殺條血路,奔出重圍。單槍匹馬身倖免,只指望鑒錄微功折罪愆。誰想今日呵,當刑憲!(叩首介)望高擡貴手,曲賜矜憐。

【前腔】〔換頭〕(副淨起介)論失律喪師關鉅典,我雖總朝綱敢擅專?況刑書已定難更變,恐無力可回天。(淨跪哭介)丞相爺若肯救援,犯弁就得生了。(副淨笑介)便道我言從計聽微有權,這就裡機關不易言。(淨叩頭介)全仗丞相爺做主!(副淨)也罷。待我明日進朝,相機而行便了。乘其便,便好開羅撤網,保汝生全。

(淨叩頭介)蒙丞相爺大恩,容犯弁犬馬圖報。就此告辭。

（副淨）張千引他出去。

（丑應，同淨出介）眼望捷旌旗，耳聽好消息。（同下）

（副淨想介）我想安祿山乃邊方末弁，從未着有勞績，今日犯了死罪，我若特地救他，必動聖上之疑。（笑介）哦，有了。前日張節度疏內，曾說他通曉六番言語，精熟諸般武藝，可當邊將之任。我就授意兵部，以此為辭，奏請聖上，召他御前試驗。於中乘機取旨，却不是好。

專權意氣本豪雄（盧照鄰），萬態千端一瞬中（吳　融）。

多積黃金買刑戮（李咸用），不妨私薦也成公（杜荀鶴）。

第四齣　春　睡

【越調引子・祝英臺近】（旦引老旦扮永新、貼旦扮念奴上）夢回初，春透了，人倦懶梳裹。欲傍妝臺，羞被粉脂涴。（老旦、貼旦）趁他遲日房櫳，好風簾幕，且消受熏香閒坐。永新、念奴叩頭。

（旦）起來。【海棠春】流鶯窗外啼聲巧，睡未足，把人驚覺。（老）翠被曉寒輕，（貼）寶篆沉煙嫋。　　（旦）宿醒未醒宮娥報，（老、貼）道別院笙歌會早。（旦）試問海棠花，（合）昨夜開多少？

（旦）奴家楊氏，弘農人也。父親元琰，官為蜀中司戶。早失怙恃，養在叔父之家。生有玉環在於左臂，上隱"太真"二字。因名玉環，小字太真。性格温柔，姿容豔麗。漫揩羅袂，淚滴紅冰；薄試霞綃，汗流香玉。荷蒙聖眷，拔自宮嬪。位列貴妃，禮同皇后。有兄國忠，拜為右相，三姊盡封夫人，一門榮寵極矣。昨宵侍寢西宮，（低介）未免雲嬌雨怯。今日晌午時分，纔得起來。

（老、貼）鏡奩齊備，請娘娘理妝。

（旦行介）綺疏曉日珠簾映，紅粉春妝寶鏡催。

【越調過曲・祝英臺】（坐對鏡介）把鬟輕撩，鬢細整，臨鏡眼頻睃。（老）請娘娘貼上這花鈿。（旦）貼了翠鈿，（貼）再點上這胭脂。（旦）注了紅脂，（老）請娘娘畫眉。（旦畫眉介）着意再描雙蛾。（旦立起介）延俄，慢支持楊柳腰身，（貼）呀，娘娘花兒也忘戴了。

（代旦插花介）好添上櫻桃花朵。（老、貼作看旦介）看了這粉容嫩，只怕風兒彈破。（老、貼）請娘娘更衣。（與旦更衣介）

【前腔】〔換頭〕飄墮、麝蘭香，金繡影，更了杏衫羅。（旦步介）（老、貼看介）你看小顫步搖，輕蕩湘裙。（旦兜鞋介）低蹴半彎凌波，停妥。（旦顧影介）（老、貼）嫋臨風，百種嬌嬈。（旦回身臨鏡介）（老、貼）還對鏡，千般婀娜。（旦作倦態，欠伸介）（老、貼扶介）娘娘，恁懨懨，何妨重就衾窩。

（旦）也罷，身子困倦，且自略睡片時。永新、念奴，與我放下帳兒。正是：無端春色熏人困，纔起梳頭又欲眠。（睡介）

（老、貼放帳介）

（老）萬歲爺此時不進宮來，敢是到梅娘娘那邊去麼？

（貼）姐姐，你還不知道，梅娘娘已遷置上陽樓東了！

（老）哦，有這等事！

（貼）永新姐姐，這幾日萬歲爺專愛楊娘娘，不時來往西宮，連內侍也不教隨駕了。我與你須要小心伺候。

（生行上）

【前腔】〔換頭〕欣可，後宮新得嬌娃，一日幾摩挲！（生作進，老、貼見介）萬歲爺駕到。娘娘剛纔睡哩。（生）不要驚他。（作揭帳介）試把綃帳慢開，龍腦微聞，一片美人香和。（瞧科）愛他，紅玉一團，壓着鴛衾側臥。（老、貼背介）這溫存怎不占了風流高座！

【前腔】〔換頭〕（旦作驚醒低介）誰個？驀然揭起鴛幃，星眼倦還接。（作坐起，摩眼、撩鬢介）（生）早則淺淡粉容，消褪唇朱，掠削鬢兒欹矬。（老、貼作扶旦起，旦作開眼復閉，立起又坐倒介）（生）憐他，侍兒扶起腰肢，嬌怯怯難存難坐。（老、貼扶旦坐介）（生扶住介）恁朦騰，且索消詳停和。

（旦）萬歲！

（生）春晝晴和，正好及時遊賞，為何當午睡眠？

（旦低介）夜來承寵，雨露恩濃，不覺花枝力弱。強起梳頭，却又朦朧睡去，因此失迎聖駕。

（生笑介）這等説，倒是寡人唐突了。

（旦嬌羞不語介）
（生）妃子，看你神思困倦，且同到前殿去，消遣片時。
（旦）領旨。
（生、旦同行，老、貼隨行介）
（生）落日留王母，
（旦）微風倚少兒。
（老、貼合）宮中行樂秘，少有外人知。
（生、旦轉坐介）
（丑上）畫漏稀聞高閣報，天顏有喜近臣知。啟萬歲爺：國舅楊丞相，遵旨試驗安祿山，在宮門外回奏。
（生）宣奏來。
（丑宣介）楊丞相有宣。
（副淨上）天下表章經院過，宮中笑語隔牆聞。
（拜見介）臣楊國忠見駕。願吾皇萬歲，娘娘千歲！
（丑）平身。
（副）臣啟陛下：蒙委試驗安祿山，果係人才壯健，弓馬熟嫻，特此覆旨。
（生）朕昨見張守珪奏稱：祿山通曉六番言語，精熟諸般武藝，可當邊將之任。今失機當斬，是以委卿驗之。既然所奏不誣，卿可傳旨祿山，赦其前罪。明日早朝引見，授職在京，以觀後效。
（副）領旨。（下）
（丑）啟萬歲爺：沉香亭牡丹盛開，請萬歲爺同娘娘賞玩。
（生）今日對妃子，賞名花。高力士，可宣翰林李白，到沉香亭上，立草新詞供奉。
（丑）領旨。（下）
（生）妃子，和你賞花去來。

　　倚檻繁花帶露開（羅虯），（旦）相將遊戲繞池臺（孟浩然）。
（生）新歌一曲令人豔（萬楚），（合）只待相如奉詔來（李商隱）。

第五齣　禊　遊

【雙調引子·賀聖朝】（丑上）崇班內殿稱尊，天顏親奉朝昏。金貂玉帶蟒袍新，出入荷殊恩。咱家高力士是也，官拜驃騎將軍。職掌六宮之中，權壓百僚之上。迎機導竅，摸揣聖情；曲意小心，荷承天寵。今乃三月三日，萬歲爺與貴妃娘娘遊幸曲江，命咱召楊丞相並秦、韓、虢三國夫人，一同隨駕。不免前去傳旨與他。傳聲報戚里，今日幸長楊。（下）

【前腔】（淨冠帶引從上）一從請託權門，天家雨露重新。蒙臣今喜作親臣，壯懷會當伸。俺安祿山，自蒙聖恩復官之後，十分寵眷。所喜俺生的一個大肚皮，直垂過膝。一日聖上見了，笑問此中何有？俺就對說，惟有一片赤心。天顏大喜，自此愈加親信，許俺不日封王。豈不是非常之遇！左右回避。（從應下）

（淨）今乃三月三日，皇上與貴妃遊幸曲江。三國夫人隨駕。傾城士女，無不往觀。俺不免換了便服，單騎前往，遊玩一番。（作更衣、上馬行介）出得門來，你看香塵滿路，車馬如雲，好不熱鬧也。正是：當路游絲縈醉客，隔花啼鳥喚行人。（下）

（副淨、外扮王孫，末扮公子；各麗服，同行上）（合）

【仙呂入雙調·夜行船序】春色撩人，愛花風如扇，柳煙成陣。行過處，辨不出紫陌紅塵。（見介）請了。（副淨、外）今日修禊之辰，我每同往曲江遊玩。（末、小生）便是，那邊簇擁着一隊車兒，敢是三國夫人來了。我每快些前去。（行介）紛紜，繡幕雕軒，珠繞翠圍，爭妍奪俊。氤氳，蘭麝逐風來，衣彩珮光遙認。（同下）

（老旦繡衣扮韓國，貼白衣扮虢國，雜緋衣扮秦國，引院子、梅香各乘車行上）（合）

【前腔】〔換頭〕安頓，羅綺如雲，鬥妖嬈，各逞黛娥蟬鬢。蒙天寵，特敕共探江春。（老旦）奴家韓國夫人，（貼）奴家虢國夫人，（雜）奴家秦國夫人，（合）奉旨召遊曲江。院子把車兒趲行前去。（院）曉得。（行介）（合）朱輪、碾破芳堤，遺珥墜簪，落花相襯。榮

分,戚裡從宸遊,幾隊宮妝前進。(同下)

【黑蟆序】〔換頭〕(淨策馬上,目視三國下介)妙啊,回瞬,絕代豐神,猛令咱一見,半晌銷魂。恨車中馬上,杳難親近。俺安祿山,前往曲江,恰好遇着三國夫人,一個個天姿國色。唉,唐天子,唐天子!你有了一位貴妃,又添上這幾個阿姨,好不風流也!評論,羣花歸一人,方知天子尊。且趕上前去,飽看一回。望前塵,饞眼迷奚,不免揮策頻頻。(作鞭馬前奔,雜扮從人上,攔介)咄,丞相爺在此,什麼人這等亂撞!

(副淨騎馬上)為何喧嚷?

(淨、副淨作打照面,淨回馬急下)

(從)小的方纔見一人,騎馬亂撞過來,向前攔阻。

(副淨笑介)那去的是安祿山。怎麼見了下官,就疾忙躲避了。(作沉吟介)三位夫人的車兒在那裡?

(從)就在前面。

(副淨)呀,安祿山那廝怎敢這般無禮!

【前腔】〔換頭〕堪恨,藐視皇親,傍香車行處,無禮廝混。陡衝衝怒起,心下難忍。叫左右,緊緊跟隨着車兒行走,把閒人打開。(衆應行介)(副淨)忙奔,把金鞭辟路塵,將雕鞍逐畫輪。(合)語行人,慎莫來前,怕惹丞相生嗔。(同下)

【錦衣香】(淨扮村婦,丑扮醜女,老旦扮賣花娘子,小生扮舍人,行上)(合)妝扮新,添淹潤;身段村,喬豐韻,更堪憐芳草沾裙,野花堆鬢。(見介)(淨)列位都是去遊曲江的麼?(衆)正是。今日皇帝、娘娘,都在那裡,我每同去看一看。(丑)聽得皇帝把娘娘愛的似寶貝一般,不知比奴家容貌如何?(老旦笑介)(小生作看丑介)(丑)你怎麼只管看我?(小生)我看大姐的臉上,倒有幾件寶貝。(淨)什麼寶貝?(小生)你看眼嵌貓睛石,額雕瑪瑙紋,蜜蠟裝牙齒,珊瑚鑲嘴脣。(淨笑介)(丑將扇打小生介)小油嘴,偏你沒有寶貝。(小生)你説來。(丑)你後庭像銀礦,掘過幾多人!(淨笑介)休得取笑。聞得三國夫人的車兒過去,一路上有東西遺下,我每趕上尋看。(丑)如此快走。(行介)(丑作嬌態與小生諢介)(合)

和風徐起蕩晴雲,鈿車一過,草木皆春。(小生)且在這草裡尋一尋,可有什麼?(老旦)我先去了。向朱門繡閣,賣花聲叫的殷勤。(叫賣花下)(眾作尋、各拾介)(丑問淨介)你拾的什麼?(淨)是一枝簪子。(丑看介)是金的,上面一粒緋紅的寶石。好造化!(淨問丑介)你呢?(丑)一隻鳳鞋套兒。(淨)好好,你就穿了何如?(丑作伸脚比介)啐,一個脚指頭也着不下。鞋尖上這粒真珠,摘下來罷。(作摘珠、丟鞋介)(小生)待我袖了去。(丑)你倒會作攬收拾!你拾的東西,也拿出來瞧瞧。(小生)一幅鮫綃帕兒,裹着個金盒子。(淨接作開看介)咦,黑黑的黃黃的薄片兒,聞着又有些香,莫不是耍藥麼?(小生笑介)是香茶。(丑)待我嘗一嘗。(淨爭吃,各吐介)呸!稀苦的,吃他怎麼!(小生作收介)罷了,大家再往前去。(行介)(合)蜂蝶閑相趁,柳迎花引,望龍樓倒寫,曲江將近。

(小生、淨先下,丑吊場叫介)你們等我一等。阿呀,尿急了,且在這裡打個沙窩兒去。(下)

(老旦、貼、雜引院子、梅香行上)

【漿水令】撲衣香,花香亂熏;雜鶯聲,笑聲細聞。看楊花雪落覆白蘋,雙雙青鳥,銜墮紅巾。春光好,過二分,遲遲麗日催車進。(院)稟夫人,到曲江了。(老旦)丞相爺在那裡?(院)萬歲爺在望春宮,丞相爺先到那邊去了。(老旦、雜、貼作下車介)你看果然好風景也!環曲岸,環曲岸,紅酣綠勻。臨曲水,臨曲水,柳細蒲新。

(丑引小內侍、控馬上)"敕傳玉勒桃花馬,騎坐金泥蛺蝶裙。"(見介)皇上口敕:韓、秦二國夫人,賜宴別殿。虢國夫人,即令乘馬入宮,陪楊娘娘飲宴。

(老旦、雜、貼跪介)萬歲!(起介)

(丑向貼介)就請夫人上馬。

(貼)

【尾聲】內家官,催何緊。姐姐妹妹,偏背了春風獨近。(老旦、雜)不枉你淡掃蛾眉朝至尊。

(貼乘馬,丑引下)

(雜)你看裴家姐姐,竟自揚鞭去了。

（老旦）且自由他。

（梅香）請夫人別殿裡上宴。

　　紅桃碧柳禊堂春（沈佺期），（老旦）一種佳遊事也均（張諤）。
（雜）願奉聖情歡不極（武平一），（合）向風偏笑豔陽人（杜牧）。

第六齣　傍　訝

【中呂過曲‧縷縷金】（丑上）歡遊罷，駕歸來。西宮因個甚，惱君懷？敢為春筵畔，風流尷尬，怎一場樂事陡成乖？教人好疑怪，教人好疑怪。前日萬歲爺同楊娘娘遊幸曲江，歡天喜地。不想昨日娘娘忽然先自回宮，萬歲爺今日纔回，聖情十分不悅。未知何故？遠遠望見永新姐來了，咱試問他。

（老旦上）

【前腔】宮幃事，費安排。雲翻和雨覆，驀地鬧陽臺。（丑見介）永新姐，來得恰好。我問你，萬歲爺為何不到楊娘娘宮中去？（老）唉，公公，你還不知麼！兩下參商後，裝么作態。（丑）為着甚來？（老）只為並頭蓮傍有一枝開。（丑）是那一枝呢？（老笑介）公公，你聰明人自參解，聰明人自參解。

（丑笑介）咱那裡得知！永新姐，你可說與我聽。

（老）若說此事，原是我娘娘自己惹下的。

（丑）為何？

（老）只為娘娘把那虢國夫人呵，

【剔銀燈】常則向君前喝采，妝梳淡，天然無賽。那日在望春宮，教萬歲召他侍宴。三杯之後，便暗中築座連環寨，哄結上同心羅帶。（丑拍手笑介）阿呀，咱也疑心有此。却為何煩惱哩？（老）後來娘娘恐怕奪了恩寵，因此上嫌猜。恩情頓乖，熱打對鴛鴦散開。

（丑）原來虢國夫人，在望春宮有了言語，纔回去的。

（老）便是。那虢國夫人去時，我娘娘不曾留得。萬歲爺好生不快，今日竟不進西宮去了。娘娘在那裡只是哭哩。

（丑）咱想楊娘娘呵，

【前腔】嬌癡性,天生忒利害。前時逼得個梅娘娘,直遷置樓東無奈。如今這虢國夫人,是自家的妹子,須知道連枝同氣情非外,怎這點兒也難分愛。(老)這且休提。只是往常,萬歲爺與娘娘行坐不離,如今兩下不相見面,怎生是好?(丑)吾儕、如何佈擺,且和你從旁看來。

(內)有旨宣高公公。

(丑)來了。

(生)狎宴臨春日正遲(韓　偓),(老旦)寵深還恐寵先衰(羅虯)。

(丑)外頭笑語中猜忌(陸龜蒙),(老旦)若問傍人那得知(崔顥)!

第七齣　幸　恩

【商調引子·繞池遊】(貼上)瑤池陪從,何意承新寵?怪青鸞把人和哄,尋思萬種。這其間無端噉動,奈謠諑蛾眉未容。玉燕輕盈弄雪輝,杏梁偷宿影雙依。趙家姊妹多相妒,莫向昭陽殿裡飛。奴家楊氏,幼適裴門。琴斷朱弦,不幸文君早寡;香含青瑣,肯容韓掾輕偷?以妹玉環之寵,叨膺虢國之封。雖居富貴,不愛鉛華。敢誇絕世佳人,自許朝天素面。不想前日駕幸曲江,敕陪遊賞。諸姊妹俱賜宴於外,獨召奴家到望春宮侍宴。遂蒙天眷,勉爾承恩。聖意雖濃,人言可畏。昨日要奴同進大內,再四醉歸。仔細想來,好僥倖人也。

【商調過曲·字字錦】恩從天上濃,緣向生前種。金籠花下開,巧賺娟娟鳳。燭花紅,只見弄盞傳杯,傳杯處,驀自裡話兒唧噥。匆匆,不容宛轉,把人央入帳中。思量帳中,帳中歡如夢。綢繆處,兩心同。綢繆處,兩心暗同。奈朝來背地,有人在那裡,人在那裡,裝模作樣,言言語語,譏譏諷諷。咱這裡羞羞澀澀,驚驚恐恐,直恁被他搏弄。

【不是路】(末扮院子、副淨扮梅香暗上)(老旦引外扮院子,丑扮梅香上)吹透春風,戚畹花開別樣穠。前日裴家妹子獨承恩幸。我約柳家妹子,同去打覷一番。不料他氣的病了,因此獨自前去。

（外）稟夫人到虢府了。（老旦）通報去。（外報介）（末傳介）韓國夫人到。（貼）道有請。（副淨請介）（外、末暗下）（貼出，迎老旦進介）（貼）姊姊請。（副淨、丑諢下）（老旦）妹妹喜也。（貼）有何喜來？（老旦）**邀殊寵，一枝已傍日邊紅。**（貼作羞介）姊姊，說那裡話！我**進離宮，也不過杯酒相陪奉，湛露君恩內外同。**（老旦笑介）雖則一般賜宴，外邊怎及裡邊？休調哄，**九重春色偏知重，有誰能共？**（貼）有何難共？

（老旦）我且問你，看見玉環妹妹，在宮光景如何？

【滿園春】（貼）春江上，景融融。催侍宴，望春宮。那玉環妹妹呵，新來倚貴添尊重。（老旦）不知皇上與他怎生恩愛？（貼）春宵裡，春宵裡，比目兒和同。誰知得雨雲蹤？（老旦）難道一些不覺？（貼）只見玉環妹妹的性兒，越發驕縱了些。細窺他個中，漫參他意中，使慣嬌憨。慣使嬌憨，尋瘢索綻，一謎兒自逗心胸。

（老旦）他自小性兒是這般的，妹妹，你還該勸他纔是。

（貼）那個耐煩勸他？

【前腔】〔換頭〕（老旦）他情性多驕縱，恃天生百樣玲瓏，姊妹行且休傍作誦。況他近日呵，昭陽內，昭陽內，一人獨占三千寵。問阿誰能與競雌雄？（貼）誰與他爭，只是他如此性兒，恐怕君心不測！（老旦起，背介）細聽裴家妹子之言，必有緣故。細窺他個中，漫參他意中，使恁驕嗔。恁使驕嗔，藏頭露尾，敢別有一段心胸！

（末上）意外聞嚴旨，堂前報貴人。

（見介）稟夫人，不好了。貴妃娘娘忤旨，聖上大怒，命高公公送歸丞相府中了。

（老旦驚介）有這等事！

（貼）我說這般心性，定然惹下事來。

（老旦）雖然如此，我與你姊妹之情，且是關係大家榮辱，須索前去看他纔是！

（貼）正是，就請同行。

【尾聲】（老旦）忽聞嚴譴心驚恐，（貼）整香車同探吉凶。姊姊，那玉環妹妹，可不被梅妃笑殺也！（合）倒不如冷淡梅花仍開紫禁中！
（貼）傳聞闕下降絲綸（劉長卿），（老旦）出得朱門入戟門（賈　島）。
（貼）何必君恩能獨久（喬知之），（老旦）可憐榮落在朝昏（李商隱）。

第八齣　獻　　髮

（副淨急上）天有不測風雲，人有旦夕禍福。下官楊國忠，自從妹子冊立貴妃，權勢日盛。不想今早忽傳貴妃忤旨，被謫出宮，命高內監單車送到門來。未知何故？好生驚駭！且到門前迎接去。（暫下）

【仙呂過曲‧望吾鄉】（丑引旦乘車上）無定君心，恩光那處尋？蛾眉忽地遭攧窨，思量就裡知他怎？棄擲何偏甚！長門隔，永巷深，回首處，愁難禁。

（副淨上，跪接介）臣楊國忠迎接娘娘。
（丑）丞相，快請娘娘進府，咱家還有話說。
（副）院子，分付丫鬟每，迎接娘娘到後堂去。
（丫鬟上，扶旦下車，擁下）
（副淨揖丑介）老公公請坐，不知此事因何而起？
（丑）娘娘呵。

【一封書】君王寵最深，冠椒房專侍寢。昨日呵，無端忤聖心，驟然間商與參。丞相不要怪咱家多口，娘娘呵，生性嬌癡多習慣，未免嫌疑生抱衾。（副淨）如今謫遣出來，怎生是好？（丑）丞相且到朝門謝罪，相機而行。（副淨）老公公，全仗你進規箴，悟當今。（丑）這個自然。（合）管重取宮花入上林。

（丑）就此告別。
（副淨）下官同行。（向內介）分付丫鬟，好生伺候娘娘。
（內應介）
（副淨）烏鴉與喜鵲同行，吉凶事全然未保。（同丑下）

【中呂引子‧行香子】（旦引梅香上）乍出宮門，未定驚魂，漬愁妝滿面啼痕。其間心事，多少難論。但惜芳容，憐薄命，憶深恩。

君恩如水付東流，得寵憂移失寵愁。莫向樽前奏《花落》，涼風只在殿西頭。我楊玉環，自入宮闈，過蒙寵眷。只道君心可託，百歲為歡。誰想妾命不猶，一朝逢怒。遂致促駕宮車，放歸私第。金門一出，如隔九天。（淚介）天那，禁中明月，永無照影之期；苑外飛花，已絕上枝之望。撫躬自悼，掩袂徒嗟。好生傷感人也！

【中呂過曲・榴花泣】【石榴花】羅衣拂拭，猶是御香熏，向何處謝前恩。想春遊春從曉和昏，【泣顏回】豈知有斷雨殘雲？我含嬌帶嗔，往常間他百樣相依順，不提防為着橫枝，陡然把連理輕分。丫鬟，此間可有那裡望見宮中？

（梅）前面御書樓上，西北望去，便是宮牆了。

（旦）你隨我樓上去來。

（梅）曉得。

（旦登樓介）西宮渺不見，腸斷一登樓。

（梅指介）娘娘，這一帶黃設設的琉璃瓦，不是九重宮殿麼？

（旦作淚介）

【前腔】憑高灑淚，遙望九重閽，咫尺裡隔紅雲。歎昨宵還是鳳幃人，冀回心重與溫存。天乎太忍，未白頭先使君恩盡。（梅指介）呀，遠遠望見一個公公，騎馬而來，敢是召娘娘哩！（旦歎介）料非他丹鳳銜書，多又恐烏鴉傳信。

（旦下樓介）

（丑上）暗將懷舊意，報與失歡人。（見介）高力士叩見娘娘。

（旦）高力士，你來怎麼？

（丑）奴婢恰纔覆旨，萬歲爺細問娘娘回府光景，似有悔心。現今獨坐宮中，長吁短歎，一定是思想娘娘。因此特來報知。

（旦）唉，那裡還想着我！

（丑）奴婢愚不諫賢，娘娘未可太執意了。倘有什麼東西，付與奴婢，乘間進上。或者感動聖心，也未可知。

（旦）高力士，你教我進什麼東西去好？（想介）

【喜漁燈犯】【喜漁燈】思將何物傳情悃，可感動君？我想一身之外，皆君所賜，算只有愁淚千行，作珍珠亂滾；又難穿成金縷，把雕盤進。哦,有了,【剔銀燈】這一縷青絲香潤,曾共君枕上並頭相偎襯,曾對君鏡裡撩雲。丫鬟,取鏡臺金剪過來。(梅應取上介)(旦解髮介)哎,頭髮,頭髮!【漁家傲】可惜你伴我芳年,剪去心兒未忍。只為欲表我衷腸。(作剪髮介)剪去心兒自憫。(作執髮起,哭介)頭髮,頭髮!【喜漁燈】全仗你寄我殷勤。(拜介)我那聖上呵,奴身,止鬢鬢髮數根,這便是我的殘絲斷魂。(起介)高力士,你將去與我轉奏聖上。(哭介)說妾罪該萬死,此生此世,不能再睹天顏!謹獻此髮,以表依戀。

(丑跪接髮搭肩上介)娘娘請免愁煩,奴婢就此去了。好憑縷縷青絲髮,重結雙雙白首緣。(下)

(旦坐哭介)(老旦、貼上)

【榴花燈犯】【剔銀燈】聽說是貴妃妹忤君。【石榴花】聽說是返家門,【普天樂】聽說是失勢兄憂憫,聽說是中官至,未審何云?(進介)貴妃娘娘那裡?(梅)韓、虢二國夫人到了。(旦作哭不語介)(老旦、貼見介)(老旦)貴妃請免愁煩。(同哭介)(貼)前日在望春宮,皇上十分歡喜,為何忽有此變?【漁家傲】我只道萬歲千秋歡無盡,【尾犯序】我只道任伊行笑顰,【石榴花】我只道縱差池,誰和你評論!(老旦)裴家妹子,【錦纏道】休只管閒言絮陳。貴妃,你逢薄怒其中有甚根因?(旦作不理介)(貼)貴妃,你莫怪我說,【剔銀燈】自來寵多生嫌釁,可知道秋葉君恩?恁為人,怎趨承至尊?(老旦合)【雁過聲】妹妹每情切來相問,為什麼耳畔噥噥,總似不聞!(旦)

【尾聲】秋風團扇原吾分,多謝連枝特過存。總有萬語千言,只在心上忖。(竟下)

(貼)姊姊,你看這個樣子,如何使得?

(老旦)正是,我每特來看他,他心上有事,竟自進房去了。妹子,你再到望春宮時,休要學他。

(貼羞介)啐!

今朝忽見下天門(張籍),(老旦)相對那能不愴神(廖匡圖)。
(貼)冷眼靜看真好笑(徐夤),(老旦)中含芒刺欲傷人(陸龜蒙)。

第九齣　復　召

【南呂引子‧虞美人】（生上）無端惹起閑煩惱,有話將誰告?此情已自費支援,怪殺鸚哥不住向人提。輦路生春草,上林花滿枝。憑高何限意,無復侍臣知。寡人昨因楊妃嬌妒,心中不忿,一時失計,將他遣出。誰想佳人難得,自他去後,觸目總是生憎,對景無非惹恨。那楊國忠入朝謝罪,寡人也無顏見他。（歎介）咳,欲待召取回宮,却又難於出口;若是不召他來,教朕怎生消遣,好刮劃不下也!

【南呂過曲‧十樣錦】【繡帶兒】春風靜,宮簾半啟,難消日影遲遲。聽好鳥猶作歡聲,睹新花似鬥容輝。追悔,【宜春令】悔殺咱一劃兒粗疏,不解他十分的嬌殢,枉負了憐香惜玉,那些情致。（副淨扮內監上）膽下玉盤紅縷細,酒開金甕綠醅濃。（跪見介）請萬歲爺上膳。（生不應介）（副淨又請介）（生惱介）哎,誰着你請來!（副淨）萬歲爺自清晨不曾進膳,後宮傳催排膳伺候。（生）哎,什麼後宮!叫內侍。（二內侍應上）（生）揣這廝去打一百,發入淨軍所去。（內侍）領旨。（同揣副淨下）（生）哎,朕在此想念妃子,却被這廝來攪亂一番。好煩惱也!【降黃龍】〔換頭〕思伊,縱有天上瓊漿,海外珍饈,知他甚般滋味!除非可意立向跟前,方慰調饑。（淨扮內監上）尊前綺席陳歌舞,花外紅樓列管弦。（見跪介）請萬歲爺沉香亭上飲宴,聽賞梨園新樂。（生）哎,說甚沉香亭,好打!（淨叩頭介）非干奴婢之事,是太子諸王,說萬歲爺心緒不快,特請消遣。（生）哎,我心緒有何不快!叫內侍。（內侍應上）（生）揣這廝去打一百,發入惜薪司當火者去。（內侍）領旨。（同揣淨下）（生）內侍過來。（內侍應上）（生）着你二人看守宮門,不許一人擅入,違者重打。（內侍）領旨。（作立前場介）（生）唉,朕此時有甚心情,還去聽歌飲酒。【醉太平】想亭際、憑闌仍是玉闌干,問新妝有誰同倚?就有新聲呵,知音人逝,他鵾弦絕響,我玉笛羞吹。（丑肩搭髮上）【浣溪紗】離別悲,相思意,兩下裡抹媚誰知! 我從旁參透個中機,要打合鸞凰在一處飛。(見内侍介)萬歲爺在那裡？(内侍)獨自坐在宮中。(丑欲入，内侍攔介)(丑)你怎麼攔阻咱家？(内侍)萬歲爺十分着惱，把進膳的連打了兩個，特着我每看守宫門，不許一人擅入。(丑)原來如此，咱家且候着。(生)朕委無聊賴，且到宫門外閒步片時。(行介)看一帶瑤階依然芳草齊，不見蹴裙裾，珠履追隨。(丑望介)萬歲爺出來了，咱且閃在門外，覷個機會。(虛下、即上聽介)(生)寡人在此思念妃子，不知妃子又怎生思念寡人哩！早間問高力士，他説妃子出去，涙眼不乾，教朕寸心如割。這半日間，無從再知消息。高力士這廝，也竟不到朕跟前，好生可惡！(丑見介)奴婢在這裡。(生作看丑介)(生)高力士，你肩上搭的什麼東西？(丑)是楊娘娘的頭髮。(生笑介)什麼頭髮？(丑)娘娘説道：自恨愚昧，上忤聖心，罪應萬死。今生今世，不能夠再睹天顏。特剪下這頭髮，着奴婢獻上萬歲爺，以表依戀之意。(獻髮介)(生執髮看，哭介)哎喲，我那妃子呵！【啄木兒】記前宵枕邊聞香氣，到今朝剪却和愁寄。覷青絲，腸斷魂迷。想寡人與妃子，恩情中斷，就似這頭髮也。一霎裡落金刀，長辭雲髻。(丑)萬歲爺！【鮑老催】請休慘悽，奴婢想楊娘娘既蒙恩幸，萬歲爺何惜宫中片席之地，乃使淪落外邊！春風肯教天上回，名花便從苑外移。(生作想介)只是寡人已經放出，怎好召還？(丑)有罪放出，悔過召還，正是聖主如天之度。(生點頭介)(丑)況今早單車送出，纔是黎明，此時天色已暮，開了安慶坊，從太華宅而入，外人誰得知之。(叩頭介)乞鑒原，賜迎歸，無淹滯。穩情取一笑愁城自解圍。(生)高力士，就着你迎取貴妃回宮便了。(丑)領旨。(下)(生)咳，妃子來時，教寡人怎生相見也！【下小樓】喜得玉人歸矣，又愁他慣嬌嗔，背面啼，那時將何言語飾前非！罷，罷，這原是寡人不是，拼把百般親媚，酬他半日分離。(丑同内侍、宫女紗燈引旦上)【雙聲子】香車曳，香車曳，穿過了宫槐翠。紗籠對，紗籠對，掩映着宫花麗。(内侍、宫女下)(丑進報介)楊娘娘到了。(生)快宣進來。(丑)領旨。楊娘娘有宣。(旦進見介)臣妾楊氏見駕，死罪，死罪！(俯伏介)(生)平身。(丑暗下)(旦跪泣介)臣妾無狀，上干天譴。今得重睹聖顏，死亦瞑目。(生同泣介)妃子何出此言？(旦)【玉漏遲序】念臣妾如山罪累，荷皇恩如天容庇。今自艾，願承魚貫，敢妒蛾眉？

(生扶旦起介)寡人一時錯見，從前的話，不必再提了。

(旦泣起介)萬歲！

(生攜旦手與旦拭淚介)

【尾聲】從今識破愁滋味，這恩情更添十倍。妃子，我且把這一日相思訴與伊！

(宮娥上)西宮宴備，請萬歲爺、娘娘上宴。

(生)陶出真情酒滿樽(李中)，(旦)此心從此更何言(羅　隱)。

(生)別離不慣無窮憶(蘇頲)，(旦)重入椒房拭淚痕(柳公權)。

第十齣　疑　讖

(外扮郭子儀將巾、佩劍上)壯懷磊落有誰知，一劍防身且自隨。整頓乾坤濟時了，那回方表是男兒。自家姓郭名子儀，本貫華州鄭縣人氏。學成韜略，腹滿經綸。要思量做一個頂天立地的男兒，幹一樁定國安邦的事業。今以武舉出身，到京謁選。正值楊國忠竊弄威權，安祿山濫膺寵眷。把一個朝綱，看看弄得不成模樣了。似俺郭子儀，未得一官半職，不知何時，才得替朝廷出力也呵！

【商調‧集賢賓】論男兒壯懷須自吐，肯空向杞天呼？笑他每似堂間處燕，有誰曾屋上瞻烏！不提防柙虎樊熊，任縱橫社鼠城狐。幾回家聽雞鳴，起身獨夜舞。想古來多少乘除，顯得個勳名垂宇宙，不爭便姓字老樵漁！且到長安市上，買醉一回。(行科)

【逍遙樂】向天街徐步，暫遣牢騷，聊寬逆旅。俺則見來往紛如，鬧昏昏似醉漢難扶，那裡有獨醒行吟楚大夫！俺郭子儀呵，待覓個同心伴侶，悵釣魚人去，射虎人遙，屠狗人無。(下)

(丑扮酒保上)我家酒鋪十分高，罰誓無賒掛酒標。只要有錢憑你飲，無錢滴水也難消。小子是這長安市上新豐館大酒樓一個小二哥的便是。俺這酒樓，在東、西兩市中間，往來十分熱鬧。凡是京城內外，王孫公子，官員市戶，軍民百姓，沒一個不到俺樓上來吃三杯。也有吃寡酒的,吃案酒的,買酒去的,包酒來的,打發個不了。道猶未了,又一個吃酒的來也。

（外行上）

【上京馬】遥望見綠楊斜靠畫樓隅,滴溜溜一片青簾風外舞,怎得個燕市酒人來共沽！（喚科）酒家有麼？（丑迎科）客官,請樓上坐。（外作上樓科）是好一座酒樓也。敞軒窗,日朗風疏。見四周遭粉壁上,都畫着醉仙圖。

（丑）客官自飲,還是待客？

（外）獨飲三杯,有好酒呵取來。

（丑）有好酒。（取酒上科）酒在此。

（內叫科）小二哥,這裡來。

（丑應忙下）（外飲酒科）

【梧葉兒】俺非是愛酒的閑陶令,也不學使酒的莽灌夫,一謎價痛飲興豪粗。撐着這醒眼兒誰僦睞？問醉鄉深可容得吾？聽街市恁喧呼,偏冷落高陽酒徒。

（作起看科）

（老旦扮內監,副淨、末、淨扮官,各吉服,雜捧金幣,牽羊擔酒隨行上,繞場下）

（丑捧酒上）客官,熱酒在此。

（外）酒保,我問你咱,這樓前那些官員,是往何處去來？

（丑）客官,你一面吃酒,我一面告訴你波。只為國舅楊丞相,並韓國、虢國、秦國三位夫人,萬歲爺各賜造新第。在這宣陽里中,四家府門相連,俱照大內一般造法。這一家造來,要勝似那一家的；那一家造來,又要賽過這一家的。若見那家造得華麗,這家便拆毀了,重新再造。定要與那家一樣,方纔住手。一座廳堂,足費上千萬貫錢鈔。今日完工,因此合朝大小官員,都備了羊酒禮物,前往各家稱賀,打從這裡過去。

（外驚科）哦,有這等事！

（丑）待我再去看熱酒來波。（下）

（外歎科）呀,外戚寵盛,到這個地位,如何是了也！

【醋葫蘆】怪私家恣僭竊，競豪奢，誇土木。一班兒公卿甘作折腰趨，爭向權門如市附。再沒有一個人呵，把輿情向九重分訴。可知他朱甍碧瓦，總是血膏塗！（起科）心中一時忿懣，不覺酒湧上來，且向四壁閑看一回。（作看科）這壁廂細字數行，有人題的詩句。我試覷波。（作看念科）"燕市人皆去，函關馬不歸。若逢山下鬼，環上繫羅衣。"呀，這詩是好奇怪也！

【么篇】我這裡停睛一直看，從頭兒逐句讀。細端詳詩意少禎符。且看是什麼人題的？（又看念科）李遐周題。（作想科）李遐周，這名字好生識熟！哦，是了，我聞得有個術士李遐周，能知過去未來，必定就是他了。多則是就裡難言藏讖語，猜詩謎杜家何處？早難道醉來牆上，信筆亂鴉塗！

（內作喧鬧科）
（外喚科）酒保那裡？
（丑上）客官，做什麼？
（外）樓下為何又這般喧鬧？
（丑）客官，你靠着這窗兒，往下看去就是。
（外看科）
（淨王服、騎馬，頭踏職事前導引上，繞場行下科）
（外）那是何人？
（丑笑指科）客官，你不見他那個大肚皮麼？這人姓安名祿山。萬歲爺十分寵愛他，把御座的金雞步障，都賜與他坐過，今日又封他做東平郡王。方纔謝恩出朝，賜歸東華門外新第，打從這裡經過。
（外驚怒科）呀，這、這就是安祿山麼？有何功勞，遽封王爵？唉，我看這廝面有反相，亂天下者，必此人也？

【金菊香】見了這野心雜種牧羊的奴，料蜂目豺聲定是狡徒。怎把個野狼引來屋裡居？怕不將題壁詩符？更和那私門貴戚，一例逗妖狐。

（丑）客官，為甚事這般着惱來？
【柳葉兒】（外）哎，不由人冷颼颼衝冠髮豎，熱烘烘氣夯胸脯，咭當當把腰間寶劍頻頻覷。（丑）客官，請息怒，再與我消一壺波。（外）呀，便教俺傾千盞，飲盡了百壺，怎把這重沉沉一個愁擔兒消除！

（作起身科）不吃酒了，收了這酒錢去者。

（丑作收科）別人來"三杯和萬事"，這客官"一氣惹千愁"。（下）

（外作下樓、轉行科）我且回到寓中去波。

【浪來裡】見着那一樁樁傷心的時事遲，湊着那一句句感時的詩讖伏，怕天心人意兩難摸，好教俺費沉吟，跐踏地將眉對蹙。看滿地斜陽欲暮，到蕭條客館，兀自意躊躕。

（作到寓進坐科）

（副淨扮家將上）（見科）稟爺，朝報到來。

（外看科）"兵部一本：為除授官員事。奉聖旨，郭子儀授為天德軍使。欽此。"原來旨意已下，索早收拾行李，即日上任去者。

（副淨應科）

（外）俺郭子儀雖則官卑職小，便可從此報效朝廷也呵！

【高過隨調煞】赤緊似尺水中展鬐鱗，枳棘中拂毛羽。且喜奮雲霄有分上天衢。直待的把乾坤重整頓，將百千秋第一等勳業圖。縱有妖氛孽蠱，少不得肩擔日月，手把大唐扶。

   馬蹄空踏幾年塵（胡宿），長是豪家據要津（司空圖）。
   卑散自應霄漢隔（王建），不知憂國是何人（呂　溫）？

第十一齣　聞　　樂

【南呂引子・步蟾宮】（老旦扮嫦娥，引仙女上）清光獨把良宵占，經萬古纖塵不染。散瑤空，風露灑銀蟾，一派仙音微颭。藥搗長生離劫塵，清妍面目本來真。雲中細看天香落，仍倚蒼蒼桂一輪。吾乃嫦娥是也，本屬太陰之主，浪傳后羿之妻。七寶團圞，週三萬六千年內；一輪皎潔，滿一千二百里中。玉兔、金蟾，產結長明至寶；白榆、丹桂，種成萬古奇葩。向有《霓裳羽衣》仙樂一部，久秘月宮,未傳人世。今下界唐天子,知音好樂。他妃子楊玉環,前身原是蓬萊玉妃,曾經到此。不免召他夢魂,重聽此曲。使其醒來記憶,譜入管弦。竟將天上仙音,留作人間佳話。却不是好!寒簧過來。

（貼）有。

（老旦）你可到唐宮之內,引楊玉環夢魂到此聽曲。曲終之後,仍舊送回。

（貼）領旨。

（老旦）好憑一枕遊仙夢,暗授千秋法曲音。（引丑下）

（貼）奉着娘娘之命,不免出了月宮,到唐宮中走一遭也。（行介）

【南呂過曲・梁州序犯】【本調】明河斜映,繁星微閃。俯將塵世遙覘。只見空濛香霧,早離却玉府清嚴。一任珮搖風影,衣動霞光,小步紅雲墊。待將天上樂,授宮襜,密召芳魂入彩蟾。來此已是唐宮之內。【賀新郎】你看魚鑰閉,龍帷掩,那楊妃呵,似海棠睡足增嬌豔。【本序尾】輕喚起,擁冰簟。

（喚介）楊娘娘起來。

（旦扮夢中魂上）

【漁燈兒】恰纔的追涼後,雨困雲淹。暢好是酣眠處,粉膩黃黏。（貼）娘娘有請。（旦）呀,深宮之內,簷下何人叫喚?悄沒個宮娥報,輕來畫簷。（貼）娘娘快請。（旦作倦態欠身介）我嬌怯怯朦朧身欠,慢騰騰待自起開簾。

（作出見貼介）呀,原來是一個宮人!

【前腔】（貼）俺不是隸長門,帚奉曾嫌;（旦）不是宮人,敢是別院的美人?（貼）俺不是列昭容,御座曾瞻。（旦）這等你是何人?（貼）兒家月中侍兒,名喚寒簧,則俺的名在瑤宮月殿僉。（旦驚介）原來是月中仙子,何因到此?（貼）恰纔奉姮娥口敕親傳點,請娘娘到桂宮中花下消炎。

（旦）哦,有這等事!

（貼）娘娘不必遲疑。兒家引導,就請同行。

（引旦行介）（合）

【錦漁燈】指碧落，足下雲生冉冉；步青霄，聽耳中風弄纖纖；乍凝眸，星斗垂垂似可拈；早望見爛輝輝，宮殿影在鏡中潛。

（旦）呀，時當仲夏，為何這般寒冷？

（貼）此即太陰月府，人間所傳廣寒宮者是也。就請進去。

（旦喜介）想我濁質凡姿，今夕得到月府，好僥倖也。（作進看介）

【錦上花】清遊勝，滿意忺。（想介）這些景物都似曾見過來！環玉砌，繞碧簷，依稀風景漫猜嫌。那壁桂花開的恁早！（貼）此乃月中丹桂，四時常茂，花葉俱香。（旦看介）果然好花也。看不足，喜更添；金英綴，翠葉兼。氤氳芳氣透衣縑，人在桂陰潛。

（內作樂介）

（旦）你看一羣仙女，素衣紅裳，從桂樹下奏樂而來，好不美聽。

（貼）此乃《霓裳羽衣》之曲也。

（雜扮仙女四人、六人或八人，白衣、紅裙、錦雲肩、瓔珞、飄帶，各奏樂，唱，繞場行上介，旦貼旁立看介）

【錦中拍】攜天樂，花叢鬥拈，拂霓裳露沾。迥隔斷紅塵茬苒，直寫出瑤臺清豔。縱吹彈舌尖、玉纖，韻添，驚不醒人間夢魘，停不駐天宮漏籤。一枕遊仙曲，終聞艷，付知音重翻檢。（同下）

（旦）妙哉此樂！清高宛轉，感我心魂，真非人間所有也！

【錦後拍】縹緲中，簇仙姿，宛曾覘。聽徹清音意厭厭，數琳琅琬琰；數琳琅琬琰，一字字偷將鳳鞋輕點，按宮商摇記指兒尖。暈羞臉，枉自許舞嬌歌豔，比着這鈞天雅奏多是歉。請問仙子，願求月主一見。

（貼）要見月主還早。天色漸明，請娘娘回宮去罷。

【尾聲】你攀蟾有路應相念，（旦）好記取新聲無欠，（貼）只誤了你把枕上君王半夜兒閃。

（旦下）

（貼）楊妃已回唐宮，我索向月主娘娘覆旨則個。

碧瓦桐軒月殿開（曹　堂），還將明月送君回（丁仙芝）。
鈞天雖許人間聽（李商隱），却被人間更漏催（黃　滔）。

第十二齣　製　譜

【仙呂過曲・醉羅歌】【醉扶歸】（老旦上）西宮纔奉傳呼罷，安排水榭要清佳。慢捲晶簾散朝霞，玉鉤却映初陽掛。奴家永新是也。與念奴妹子同在西宮，承應貴妃楊娘娘。我娘娘再入宮闈，萬歲爺更加恩幸。真乃"三千寵愛在一身，六宮粉黛無顏色"。今早娘娘分付，收拾荷亭，要製曲譜。念奴妹子在那裡伏侍曉妝，奴家先到此間，不免將文房四寶，擺設起來。【皂羅袍】你看筆床初拂，光分素剗，硯池新注，香浮墨華，綠陰深處多幽雅。【排歌尾】竹風引，荷露灑，對波紋簾影弄參差。呀，蘭麝香飄，佩環風定，娘娘早則到也。

（旦引貼上）

【正宮引子・新荷葉】（旦）幽夢清宵度月華，聽《霓裳羽衣》歌罷。醒來音節記無差，擬翻新譜消長夏。斗畫長眉翠淡濃，遠山移入鏡當中。曉窗日射胭脂頰，一朵紅酥旋欲融。我楊玉環自從翦髮感君之後，荷寵彌深。只有梅妃《驚鴻》一舞，聖上時常誇獎。思欲另製一曲，掩出其上。正在推敲，昨夜忽然夢入月宮。見桂樹之下，仙女數人，素衣紅裳，奏樂甚美。醒來追憶，音節宛然。因此分付永新，收拾荷亭，只待細配宮商，譜成新曲。

（老旦）啟娘娘：紙、墨、筆、硯，已安排齊備了。

（旦）你與念奴一同在此伺候。

（老旦、貼應，作打扇、添香介）

（旦作製譜介）

【正宮過曲・刷子帶芙蓉】【刷子序】荷氣滿窗紗，鸞箋慢伸，犀管輕拏，待譜他月裡清音，細吐我心上靈芽。這聲調雖出月宮，其間轉移過度，細微曲折之處，須索自加細審。安插，一字字要調停如法，一段段須融和入化。這幾聲尚欠調勻，拍衮怎下？（內作鶯啼，旦執筆聽介）呀，妙阿！（作改介）【玉芙蓉】聽宮鶯數聲，恰好應紅牙。

（擱筆介）譜已製完，永新，是什麼時候了？

（老旦）晌午了。

（旦）萬歲爺可曾退朝？

（老旦）尚未。

（旦）永新，且隨我更衣去來。念奴在此，伺候萬歲爺到時，即忙通報。

（貼）領旨。

（旦）好憑晚鏡增蛾翠，漫試香紗換蝶衣。（引老旦隨下）（生行上）

【漁燈映芙蓉】【山漁燈】散千官，朝初罷。擬對玉人，長晝閒話。寡人方纔回宮，聽說妃子在荷亭上，因此一徑前來。依流水待覓胡麻，把銀塘路踏。（作到介）（貼見介）呀，萬歲爺到了。（生）念奴，你娘娘在何處閒歡耍，怎堆香几，有筆硯交加？（貼）娘娘在此製譜，方纔更衣去了。（生）妃子，妃子！美人韻事，被你都占盡也。但不知製甚曲譜，待寡人看來。（作坐翻看介）消詳，從頭覰咱。妙哉！只這錦字熒熒銀鉤小，更度羽換宮沒半米差。好奇怪，這譜連寡人也不知道。細按音節，不是人間所有，似從天上，果曲高和寡。妃子，不要說你娉婷絕世，只這一點靈心，有誰及得你來？【玉芙蓉】恁聰明，也堪壓倒上陽花。

【普天賞芙蓉】【普天樂】（旦換妝，引老旦上）換輕妝，多幽雅；試生綃，添瀟灑。（見生介）臣妾見駕。（生扶介）妃子坐了。（坐介）（生）妃子，看你晚妝新試，嫵媚益增。似迎風嫋嫋楊枝，宛淩波濯濯蓮花。芳蘭一朵斜把雲鬢壓，越顯得龐兒風流煞。（旦）陛下今日退朝，因何恁晚？（生）只為靈武太守員缺，地方緊要，與廷臣議了半日，難得其人。朕特擢郭子儀，補授此缺，因此退朝遲了。（旦）妾候陛下不至，獨坐荷亭，愛風來一弄明紗，閒學譜新聲奏雅。【玉芙蓉】怕輸他舞《驚鴻》，曲終滿座有光華。

（生）寡人適見此譜，真乃千古奇音，《驚鴻》何足道也！

（旦）妾憑臆見，草草創成。其中錯誤，還望陛下更定。

（生）再同妃子，細細點勘一番。（老旦、貼暗下）（生、旦並坐翻譜介）

【朱奴折芙蓉】【朱奴兒】倚長袖，香肩並亞；翻新譜，玉纖同把。（生）妃子，似你絕調佳人世真寡，要覓破綻並無毫髮。再問妃子，此譜何名？（旦）妾於昨夜夢入月宮，見一羣仙女奏樂，盡着霓裳羽衣。意欲取此四字，以名此曲。（生）好個《霓裳羽衣》！非虛假，果合伴天香桂花。【玉芙蓉】（作看旦介）覷仙姿，想前身原是月中娃。此譜即當宣付梨園，但恐俗手伶工，未諳其妙。朕欲令永新、念奴，先抄圖譜，妃子親自指授。然後傳與李龜年等，教習梨園子弟，却不是好。

（旦）領旨。

（生攜旦起介）天已薄暮，進宮去來。

【尾聲】晚風吹，新月掛，（旦）正一縷涼生鳳榻。（生）妃子，你看這池上鴛鴦，早雙眠並蒂花。

（生）芙蓉不及美人妝（王昌齡），（旦）楊柳風多水殿涼（劉長卿）。（老旦）花下偶然歌一曲（曹　唐），（合）傳呼法部按《霓裳》（王　建）。

第十三齣　權　哄

【雙調引子·秋蕊香】（副淨引祗從上）狼子野心難料，看跋扈漸肆咆哮，挾勢辜恩更堪惱，索假忠言入告。下官楊國忠。外憑右相之尊，內恃貴妃之寵。滿朝文武，誰不趨承！獨有安祿山這廝，外面假作癡愚，肚裡暗藏狡詐。不知聖上因甚愛他，加封王爵！他竟忘了下官救命之恩，每每遇事欺凌，出言挺撞。好生可恨！前日曾奏聖上，說他狼子野心，面有反相，恐防日後釀禍，怎奈未見聽從。今日進朝，須索相機再奏，必要黜退了他，方快吾意。來此已是朝門，左右迴避。（從下）

（內喝道介）

（副淨）呀，那邊呵殿之聲，且看是誰？

（淨引祗從上）

【玉井蓮後】寵固君心，暗中包藏計狡。左右回避。（從下）

（淨見副淨介）請了。

（副淨笑介）哦，原來是安禄山！

（淨）老楊，你叫我怎麽？

（副淨）這是九重禁地，你怎敢在此大聲呵殿？

（淨作勢介）老楊，你看我：脫下御衣親賜着，進來龍馬每教騎。常承密旨趨朝數，獨奏邊機出殿遲。我做郡王的，便呵殿這麽一聲，也不妨，比似你右相還早哩！

（副淨冷笑介）好，好個"不妨"！安禄山，我且問你，這般大模大樣是幾時起的？

（淨）下官從來如此。

（副淨）安禄山，你也還該自去想一想！

（淨）想什麽？

（副淨）你只想當日來見我的時節，可是這個模樣麽？

（淨）彼一時，此一時，說他怎的。

（副淨）唉，安禄山。

【仙呂入雙調過曲・風入松】你本是刀頭活鬼罪難逃，那時節長跪階前哀告。我封章入奏機關巧，纔把你身軀全保。（淨）赦罪復官，出自聖恩。與你何涉？（副淨）好，倒説得乾淨！只太把良心昧了。恩和義，付與水萍飄。

（淨）唉，楊國忠，你可曉得：

【前腔】世間榮落偶相遭？休誇着勢壓羣僚。你道我失機之罪，可也記得南詔的事麽？胡盧提掩敗將功冒，怪浮雲蔽遮天表。（副淨）聖明在上，誰敢朦蔽？這不是謗君麽！（淨）還説不朦蔽，你賣爵鬻官多少？貪財貨，竭脂膏。（副淨）住了，你道賣官鬻爵，只問你的富貴，是那裡來的？（冷笑介）（淨）也非止這一樁。若論你恃戚裡，施奸狡；誤國罪，有千條。（副淨）休得把誣衊語，憑虛造。（扯淨介）我與你，同去面當朝！

（淨）誰怕你來，同去，同去！（作同扭進朝俯伏介）

（副淨）臣楊國忠謹奏：

【前腔】〔本調〕祿山異志腹藏刀，外作癡愚容貌，奸同石勒倚東門嘯。他不拜儲君，公然桀傲，這無禮難容聖朝。望吾皇立賜罷斥，除凶惡，早絕禍根苗。

（淨伏介）臣安祿山謹奏：

【前腔】念微臣謬荷主恩高，遂使嫌生權要，愚蒙觸忤知難保。（泣介）陛下呵，怕孤立終落他圈套。微臣呵，寸心赤，只有吾皇鑒昭。容出鎮，犬馬效微勞。（內）聖旨道來：楊國忠、安祿山互相訐奏，將相不和，難以同朝共理。特命安祿山為范陽節度使，克期赴鎮。謝恩。（淨、副淨）萬歲！（起介）（淨向副淨拱手介）老丞相，下官今日去了，你再休怪我大模大樣。朝門內，一任你張牙爪，我去開幕府，自逍遙。（副淨冷笑介）（淨欲下，復轉向副淨介）還有一句話兒，今日下官出鎮，想也仗，回天力，相提調。（舉手介）請了，我且將冷眼，看伊曹。（下）

（副淨看淨下介）呀，有這等事！

【前腔】〔本調〕一腔塊壘怎生消，我待把他威風抹倒；誰知反分節鉞添榮耀，這話靶教人嘲笑。咳，但願祿山此去，做出事來，方信我忠言最早！聖上，聖上，到此際可也悔今朝！

去邪當斷勿狐疑（周曇），禍稔蕭牆竟不知（儲嗣宗）。

壯氣未平空咄咄，（徐鉉），甘言狡計奈嬌癡（鄭　嵎）。

第十四齣　偷　　曲

【仙呂過曲·八聲甘州】（老旦、貼攜譜上）（老旦）霓裳譜定，（貼合）向綺窗深處，秘本翻謄。香喉玉口，親將絕調教成。（老旦）奴家永新，（貼）奴家念奴。（老旦）自從娘娘製就"霓裳"新譜，我二人親蒙教授。今駕幸華清宮，即日要奏此曲。命我二人，在朝元閣上，傳譜與李龜年，連夜教演梨園子弟。（貼）散序俱已傳習，今日該傳拍序了。（老旦）你看月明如水，正好演奏。我和你攜了曲譜，先到閣中便了。（行介）（合）涼蟾正當高閣升，簾捲薰風映水晶。

高清,恰稱廣寒宮仙樂聲聲。(下)

【道宮近詞‧魚兒賺】(末蒼髯,扮李龜年上)樂部舊聞名,班首新推獨老成。早暮趨承,上直更番入內廷。自家李龜年是也,向作伶官,蒙萬歲爺點為梨園班首。今有貴妃娘娘《霓裳》新曲,奉旨令永新、念奴傳譜出來,在朝元閣上教演,立等供奉。只得連夜趲習,不免喚齊眾兄弟每同去。兄弟每那裡?(副淨扮馬仙期上)仙期方響鬼神驚,(外扮雷海青上)鐵撥爭推雷海青。(淨白鬚扮賀懷智上)賀老琵琶擅場屋,(丑扮黃旛綽上)黃家旛綽板尤精。(同見末介)李師父拜揖。(末)請了。列位呵,君王命,《霓裳》催演不教停。那永新、念奴呵,兩娉婷,把紅牙小譜攜端正,早向朝元待月明。(眾)如此,我每就去便了。(末)請同行。(同行介)趁遲遲宮漏夜涼生,把新腔敲訂,新腔敲訂。(同下)

【仙呂過曲‧解三酲犯】(小生巾服扮李謩上)【解三酲】逗風魔少年逸興,借曲中妙理陶情。傳聞今夜蓬萊境,翻妙譜,奏新聲。小生李謩是也,本貫江南,遨遊京國。自小諳通音律,久以鐵笛擅名。近聞宮中新製一曲,名曰《霓裳羽衣》。樂工李龜年等,每夜在朝元閣中演習。小生慕此新聲,無從得其秘譜。打聽的那閣子,恰好臨着宮牆,聲聞於外。不免袖了鐵笛,來到驪山,趁此月明如晝,竊聽一回。一路行來,果然好景致也。(行介)林收暮靄天氣清,山入寒空月彩橫。真佳景,【八聲甘州】宛身從畫裡遊行。

(場上設紅帷作牆,牆內搭一閣介)

(小生)說話之間,早來到宮牆下了。

【道宮調近詞‧應時明近】只見五雲中,宮闕影,窈窕玲瓏映月明。光輝看不定,光輝看不定。想潛通御氣,處處仙樓,闌干畔有玉人閑憑。聞那朝元閣,在禁苑西首,我且繞着紅牆,迤邐行去。(行介)

【前腔】花陰下,御路平,緊傍紅牆款款行。(望介)只這垂楊影裡,一座高樓露出牆頭,想就是了。凝眸重細省,凝眸重細省,只見畫簾縹緲,文窗掩映。(指介)兀的不是上有紅燈!

(老旦、貼在牆內上閣介)

（末衆在內云）今日該演拍序，大家先將散序，從頭演習一番。

（小生）你看上面燈光隱隱，似有人聲，一定是這裡了。我且潛聽一回。（作潛立聽介）

【雙赤子】悄悄冥冥，牆陰竊聽。（內作樂介）（小生作袖出笛介）不免取出笛來，倚聲和之。就將音節，細細記明便了。聽到月高初更後，果然弦索齊鳴。恰喜禁垣，夜深人靜，玲瓏齊應。這數聲恍然心領，那數聲恍然心領。

（內細十番，小生吹笛和介）

（樂止，老旦、貼在內閣上唱後曲，小生吹笛合介）

（老旦、貼）

【畫眉兒】驪珠散迸，入拍初驚。雲翻袂影，飄然回雪舞風輕。飄然回雪舞風輕，約略煙蛾態不勝。（小生接唱）這數聲恍然心領，那數聲恍然心領。

（內細十番如前，老旦、貼內唱，小生笛合介）

（老旦、貼）

【前腔】珠輝翠映，鳳翥鸞停。玉山蓬頂，上元揮袂引雙成。上元揮袂引雙成，萼綠回肩招許瓊。（小生接唱）這數聲恍然心領，那數聲恍然心領。

（內又如前十番，老旦、貼內唱，小生笛合介）

（老旦、貼）

【前腔】音繁調騁，絲竹縱橫。翔雲忽定，慢收舞袖弄輕盈。慢收舞袖弄輕盈，飛上瑤天歌一聲。（小生接唱）這數聲恍然心領，那數聲恍然心領。

（內又十番一通，老旦、貼暗下）

（小生）妙哉曲也。真個如敲秋竹，似戛春冰，分明一派仙音，信非人世所有。被我都從笛中偷得，好僥倖也！

【鵝鴨滿渡船】霓裳天上聲，牆外行人聽。音節明，宮商正，風內高低應。偷從笛裡，寫出無餘剩。呀，閣上寂然無聲，想是不奏了。人散曲終紅樓靜，半牆殘月搖花影。你看河斜月落，鬥轉參橫，不免回去罷。（袖笛轉行介）

【尾聲】却回身，尋歸徑。只聽得玉河流水韻幽清，猶似《霓裳》嫋嫋聲。

倚天樓殿月分明（杜牧），歌轉高雲夜更清（趙嘏）。
偷得新翻數般曲（元稹），酒樓吹笛有新聲（張祜）。

第十五齣　進　果

【過曲·柳穿魚】（末扮使臣持竿、挑荔枝籃，作鞭馬急上）一身萬里跨征鞍，為進離支受艱難。上命遣差不由己，算來名利怎如閑！巴得個，到長安，只圖貴妃看一看。自家西州道使臣，為因貴妃楊娘娘，愛吃鮮荔枝，奉敕涪州，年年進貢。天氣又熱，路途又遠，只得不憚辛勤，飛馬前去。（作鞭馬重唱"巴得個"三句跑下）

【撼動山】（副淨扮使臣持荔枝籃、鞭馬急上）海南荔子味尤甘，楊娘娘偏喜啖。採時連葉包，緘封貯小竹籃。獻來曉夜不停驂，一路裡怕耽，望一站也麼奔一站！自家海南道使臣。只為楊娘娘愛吃鮮荔枝，俺海南所產，勝似涪州，因此敕與涪州並進。但是俺海南的路兒更遠，這荔枝過了七日，香味便減，只得飛馳趕去。（鞭馬重唱"一路裡"二句跑下）

【十棒鼓】（外扮老田夫上）田家耕種多辛苦，愁旱又愁雨。一年靠這幾莖苗，收來半要償官賦，可憐能得幾粒到肚！每日盼成熟，求天拜神助。老漢是金城縣東鄉一個莊家。一家八口，單靠着這幾畝薄田過活。早間聽說進鮮荔枝的使臣，一路上稍着徑道行走，不知踏壞了人家多少禾苗！因此，老漢特到田中看守。（望介）那邊兩個算命的來了。

（小生扮算命瞎子手持竹板，淨扮女瞎子彈弦子，同行上）

【蛾郎兒】住褒城，走咸京，細看流年與五星。生和死，斷分明，一張鐵口盡聞名。瞎先生，真靈聖，叫一聲賽神仙，來算命。

（淨）老的，我走了幾程，今日腳疼，委實走不動。不是算命，倒在這裡掙命了。

（小生）媽媽，那邊有人說話，待我問他。（叫介）借問前面客官,這裡是什麼地方了?

（外）這是金城東鄉,與渭城西鄉交界。

（小生斜揖介）多謝客官指引。

（內鈴響,外望介）呀,一隊騎馬的來了。（叫介）馬上長官,往大路上走,不要踏了田苗!

（小生一面對淨語介）媽媽,且喜到京不遠,我每叫向前去,雇個毛驢子與你騎。（重唱"瞎先生"三句走介）（末鞭馬重唱前"巴得個"三句急上,沖倒小生、淨下）

（副淨鞭馬重唱前"一路裡"二句急上,踏死小生下）

（外跌腳向鬼門哭介）天啊,你看一片田禾,都被那廝踏爛,眼見的沒用了。休說一家性命難存,現今官糧緊急,將何辦納!好苦也!

（淨一面作爬介）哎呀,踏壞人了,老的啊,你在那裡?（作摸着小生介）呀,這是老的。怎麼不做聲,敢是踏昏了?（又摸介）哎呀,頭上濕漉漉的。（又摸聞手介）不好了,踏出腦漿來了!（哭叫介）我那天呵,地方救命。

（外轉身作看介）原來一個算命先生,踏死在此。

（淨起斜福介）只求地方,叫那跑馬的人來償命。

（外）哎,那跑馬的呵,乃是進貢鮮荔枝與楊娘娘的。一路上來,不知踏壞了多少人,不敢要他償命。何況你這一個瞎子!

（淨）如此怎了!（哭介）我那老的呵,我原算你的命,是要倒路死的。只這個屍首,如今怎麼斷送!

（外）也罷,你那裡去叫地方,就是老漢同你擡去埋了罷。

（淨）如此多謝,我就跟着你做一家兒,可不是好!（同擡小生）（哭,譚下）

（丑扮驛卒上）

【小引】驛官逃,驛官逃,馬死單單剩馬臕。驛子有一人,錢糧沒半分。拚受打和罵,將身去招架,將身去招架! 自家渭城驛中,一個驛子便是。只為楊娘娘愛吃鮮荔枝,六月初一是娘娘的生日,涪州、海南兩處進貢使臣,俱要趕到。路由本驛經過,怎奈驛中錢

糧没有分文,瘦馬剛存一匹。本官怕打,不知逃往那裡去了,區區就便權知此驛。只是使臣到來,如何應付?且自由他。(末飛馬上)

【急急令】黄塵影内日銜山,趕趕趕,近長安。(下馬介)驛子,快換馬來。(丑接馬、末放果籃、整衣介)(副淨飛馬上)一身汗雨四肢癱,趲趲趲,換行鞍。

(下馬介)驛子,快換馬來。

(丑接馬,副淨放果籃、與末見介)請了,長官也是進荔枝的?

(末)正是。

(副淨)驛子,下程酒飯在那裡?

(丑)不曾備得。

(末)也罷,我每不吃飯了,快帶馬來。

(丑)兩位爺在上,本驛只剩有一匹馬,但憑那一位爺騎去就是。

(副淨)哎,偌大一個渭城驛,怎麼只有一匹馬!快喚你那狗官來,問他驛馬那裡去了?

(丑)若説起驛馬,連年都被進荔枝的爺每騎死了。驛官没法,如今走了。

(副淨)既是驛官走了,只問你要。

(丑指介)這棚内不是有一匹馬麽?

(末)驛子,我先到,且與我先騎了去。

(副淨)我海南的來路更遠,還讓我先騎。

(末作向内介)

【恁麻郎】我只先换馬,不和你鬥口。(副淨扯介)休恃强,惹着我動手。(末取荔枝在手介)你敢把我這荔枝亂丢!(副淨取荔枝向末介)你敢把我這竹籠碎扭!(丑勸介)請甘休,免氣吼,不如把這匹瘦馬同騎一路走!(副淨放荔枝打丑介)哎,胡説!

【前腔】我只打你這潑醃臢死囚!(末放荔枝打丑介)我也打你這放刁頑賊頭!(副淨)尅官馬,嘴兒太油。(末)誤上用,膽兒似斗。(同打介)(合)鞭亂抽,拳痛毆,打得你難捱,那馬自有!

【前腔】(丑叩頭介)向地上連連叩頭,望臺下輕輕放手。(末、副淨)若要饒你,快換馬來。(丑)馬一匹驛中現有,(末、副淨)再要一匹。(丑)第二匹實難補湊。(末、副淨)沒有只是打!(丑)且慢紐,請聽剖,我只得脫下衣裳與你權當酒!(脫衣介)

(末)誰要你這衣裳!

(副淨作看衣、披在身上介)也罷,趕路要緊。我原騎了那馬,前站換去。(取果上馬,重唱前"一路裡"二句跑下)

(末)快換馬來我騎。

(丑)馬在此。

(末取果上馬,重唱前"巴得個"三句跑下)

(丑吊場)咳,楊娘娘,楊娘娘,只為這幾個荔枝呵!

　　鐵關金鎖徹明開(崔液),黃紙初飛敕字回(元稹)。
　　驛騎鞭聲砉流電(李郢),無人知是荔枝來(杜牧)。

第十六齣　舞　　盤

【仙呂引子・奉時春】(生引二內侍、丑隨上)山靜風微晝漏長,映殿角火雲千丈。紫氣東來,瑤池西望,翩翩青鳥庭前降。朕同妃子避暑驪山。今當六月朔日,乃是妃子誕辰。特設宴在長生殿中,與他稱慶,並奏"霓裳"新曲。高力士傳旨後宮,宣娘娘上殿。

(丑)領旨。

(向內傳介)

(內應"領旨"介)

(旦盛妝、引老旦、貼上)

【唐多令】日影耀椒房,花枝弄綺窗,門懸小悅赭羅黃。繡得文鸞成一對,高傍着五雲翔。(見介)臣妾楊氏見駕。願陛下萬歲,萬萬歲!

(生)與妃子同之。

(旦坐介)

(生)紫雲深處婺光明,

(旦)帶露靈桃倚日榮。

（老旦、貼）歲歲花前人不老，
（丑合）長生殿裡慶長生。
（生）今日妃子初度，寡人特設長生之宴，同為竟日之歡。
（旦）薄命生辰，荷蒙天寵。願為陛下進千秋萬歲之觴。
（丑）酒到。
（旦拜，獻生酒，生答賜，旦跪飲，叩頭呼"萬歲"，坐介）

【高平過曲·八仙會蓬海】【八聲甘州】（生）風薰日朗，看一葉階蓂，搖動炎光。華筵初啟，南山遙映霞觴。【玩仙燈】（合）果合歡，桃生千歲；花並蒂，蓮開十丈。【月上海棠】宜歡賞，恰好殿號長生，境齊蓬閬。

（小生扮內監，捧表上）手捧金花紅榜子，齊來寶殿祝千秋。（見介）啟萬歲爺、娘娘，國舅楊丞相，同韓、虢、秦三國夫人，獻上壽禮賀箋，在外朝賀。

（丑取箋送生看介）

（生）生受他每。丞相免行禮，回朝辦事。三國夫人，候朕同娘娘回宮筵宴。

（小生）領旨。（下）

（淨扮內監捧荔枝、黃袱蓋上）正逢瑤圃十秋宴，進到炎州十八娘。

（見介）啟萬歲爺，涪州、海南貢進鮮荔枝在此。

（生）取上來。

（丑接荔枝去袱、送上介）

（生）妃子，朕因你愛食此果，特敕地方飛馳進貢。今日壽宴初開，佳果適至，當為妃子再進一觴。

（旦）萬歲！

（生）宮娥每，進酒。

（老貼進酒介）

【杯底慶長生】【傾杯序】〔換頭〕（旦）盈筐、佳果香，幸黃封遠敕來川廣。愛他濃染紅綃，薄裹晶丸，入手清芬，沁齒甘涼。【長生導引】（合）便火棗交梨應讓，只合來萬歲臺前，千秋筵上，伴瑤池阿母進瓊漿。高力士，傳旨李龜年，押梨園子弟上殿承應。

（丑）領旨。

（向內傳介）

（末引外、淨、副淨、丑各錦衣、花帽，應"領旨"上）紅牙待拍箏排柱，催着紅羅上舞筵，換戴柘枝新帽子，隨班行到御階前。

（見介）樂工李龜年，押領梨園子弟，叩見萬歲爺、娘娘。

（生）李龜年，"霓裳"散序昨已奏過，"羽衣"第二疊可曾演熟？

（末）演熟了。

（生）用心去奏。

（末）領旨。（起介）（暗下）

（旦）妾啟陛下，此曲散序六奏，止有歌拍而無流拍。中序六奏，有流拍而無促拍，其時未有舞態。

【八仙會蓬海】〔換頭〕只是悠揚，聲情俊爽。要停住彩雲，飛繞虹梁。至羽衣三疊，名曰飾奏。一聲一字，都將舞態含藏。其間有慢聲，有纏聲，有袞聲，應清圓，驪珠一串；有入破，有攤破，有出破，合嫋娜氍毹千狀；還有花犯，有道和，有傍拍，有間拍，有催拍，有偷拍，多音響，皆與慢舞相生，緩歌交暢。

（生）妃子所言，曲盡歌舞之蘊。

（旦）妾制有翠盤一面，請試舞其中，以博天顏一笑。

（生）妃子妙舞，寡人從未得見。永新、念奴，可同鄭觀音、謝阿蠻伏侍娘娘，上翠盤來者。

（老、貼）領旨。

（旦起福介）告退更衣。整頓衣裳重結束，一身飛上翠盤中。（引老、貼下）

（生）高力士，傳旨李龜年，領梨園子弟按譜奏樂。朕親以羯鼓節之。

（丑）領旨。（向內傳介）

（生起更衣，末、眾在場內作樂介）

（場上設翠盤，旦花冠、白繡袍、瓔珞、錦雲肩、翠袖、大紅舞裙，老、貼同淨、副淨扮鄭觀音、謝阿蠻，各舞衣、白袍，執五彩霓旌、孔

雀雲扇,密遮旦簇上翠盤介)

(樂止,旌扇徐開,旦立盤中舞,老、貼、淨、副唱,丑跪捧鼓,生上坐擊鼓,衆在場內打細十番合介)

【羽衣第二疊】【畫眉序】羅綺合花光,一朵紅雲自空漾。【皂羅袍】看霓旌四繞,亂落天香。【醉太平】安詳,徐開扇影露明妝。【白練序】渾一似天仙,月中飛降。(合)輕颺,彩袖張,向翡翠盤中顯伎長。【應時明近】飄然來又往,宛迎風菡萏,【雙赤子】翩翩葉上。舉袂向空如欲去,乍回身側度無方。(急舞介)【畫眉兒】盤旋跌宕,花枝招颭柳枝揚,鳳影高騫鸞影翔。【拗芝麻】體態嬌難狀,天風吹起,衆樂繽紛響。【小桃紅】冰弦玉柱聲嘹亮,鸞笙象管音飄蕩,【花藥欄】恰合着羯鼓低昂。按新腔,度新腔,【怕春歸】嫋金裙,齊作留仙想。(生住鼓,丑攜去介)【古輪臺】舞住斂霞裳,(朝上拜介)重低顙,山呼萬歲拜君王。

(老、貼、淨、副扶旦下盤介)

(淨、副暗下)

(生起,前攜旦介)妙哉,舞也!逸態橫生,濃姿百出。宛若翩風回雪,恍如飛燕游龍,真獨擅千秋矣。宮娥每,看酒來,待朕與妃子把杯。

(老、貼奉酒,生擎杯介)

【千秋舞霓裳】【千秋歲】把金觴,含笑微微向,請一點點檀口輕嘗。(付旦介)休得留殘,休得留殘,酬謝你舞怯腰肢勞攘。(旦接杯謝介)萬歲!【舞霓裳】親頒玉醞恩波廣,惟慚庸劣怎承當!(生看旦介)俺仔細看他模樣,只這持杯處,有萬種風流殢人腸。

(生)朕有鴛鴦萬金錦十四,麗水紫磨金步搖一事,聊作纏頭。(出香囊介)還有自佩瑞龍腦八寶錦香囊一枚,解來助卿舞佩。

(旦接香囊謝介)萬歲。

(生攜旦行介)

【尾聲】(生)霓裳妙舞千秋賞,合助千秋祝未央。(旦)僥倖殺親沐君恩透體香。

(生)長生秘殿倚青蒼(吳融),(旦)玉醴還分獻壽觴(張說)。

（生）飲罷更憐雙袖舞（韓翃），（旦）滿身新帶五雲香（曹唐）。

第十七齣　合　　圍

（外末、副淨、小生扮四番將上）
（外）三尺鑌刀耀雪光，
（末）腰間明月角弓張。
（副淨）葡萄酒醉胭脂血，
（小生）貂帽花添錦繡裝。
（外）俺范陽鎮東路將官何千年是也。
（末）俺范陽鎮西路將官崔乾佑是也。
（副淨）俺范陽鎮南路將官高秀岩是也。
（小生）俺范陽鎮北路將官史思明是也。
（各彎腰見科）請了，昨奉王爺將令，傳集我等，只得齊至帳前伺候。道猶未了，王爺升帳也。
（內鼓吹、掌號科）
（淨戎裝引番姬、番卒上）
【越調紫花撥四】統貔貅雄鎮邊關，雙眸覷破番和漢，掌兒中握定江山，先把這四周圍爪牙迭辦。我安祿山夙懷大志，久蓄異謀。只因一向在朝，受封東平王爵，寵倖無雙，富貴已極，咱的心願倒也罷了。叵耐楊國忠那廝，與咱不合，出鎮范陽。且喜跳出樊籠，正好暗圖大事。俺家所轄，原有三十二路將官，番漢並用。性情各別，難以任為腹心。因此奏請一概俱用番將。如今大小將領，皆咱部落。（笑科）任意所為，都無所顧忌了。昨日傳集他每俱赴帳前，這咱敢待齊也。
（眾進見科）三十二路將官參見。
（淨）諸將少禮。
（眾）請問王爺，傳集某等，不知有何鈞令？
（淨）眾將官，目今秋高馬壯，正好演習武藝。特召你等，同往沙地，大合圍場，較獵一番。多少是好！

（衆）謹遵將令。
（淨）就此跨馬前去。
（同衆作上馬科）
（淨）

【胡撥四犯】紫韁輕挽,（合）雙手把紫韁輕挽,騙上馬,將盔纓低按。(行科)閃旗影雲殷,没揣的動龍蛇,一直的通霄漢。按奇門佈下了九連環,覷定了這小中原在眼,消不得俺衆路強蕃。(衆四面立,淨指科)這一員身材剽悍,那一員結束牢拴,這一員莽兀喇拳毛高鼻,那一員惡支沙雕目胡顏,這一員會急迸格邦的弓開月滿,那一員會滴溜撲碌的錘落星寒,這一員會咭吒克擦的槍風閃爍,那一員會悉力颯刺的劍雨澎灘,端的是人如猛虎離山澗,顯英雄天可汗!(衆行科)(合)振軍威,撲通通鼓鳴,驚魂破膽;排陣勢,韻悠悠角聲,人疾馬閑。抵多少雷轟電轉,可正是海沸也那河翻。折末的銅作壁,鐵作壘,有什麽攻不破、攻不破也雄關!(淨)這裡地闊沙平,就此擺開圍場,射獵一回者。(淨同番姬立高處,衆排圍射獵下)(淨)擺圍場這間、這間,四下裡來擠趲、擠趲。馬蹄兒潑剌剌旋風赴,不住的把弓來緊彎,弦來急攀。一回呵滾沙場兔、鹿兒無頭趕,都難動彈,就地裡跐跧。(衆射鳥獸上)(淨)把鷹、犬放過去者。(衆應,放鷹、犬科,跑下)(淨)呀呀呀,疾忙裡一壁廂把翅摩霄的玉爪騰空散,一壁廂把足駕霧的金猱逐路攔,霎時間獸積、獸積如山。(衆上獻獵物科)禀王爺衆將獻殺。(淨)打的鳥獸,散給衆軍。就此高坡上,把人馬歇息片時。大家炙肉暖酒,番姬每歌的歌,舞的舞,灑落一回者。(衆)得令。(同席地坐,番姬送淨酒,衆作拔刀割肉,提背壺斟酒,大飲噉科)(番姬彈琵琶、渾不是,衆打太平鼓板)(合)斟起這酪漿兒,滿滿的浮金盞,滿滿的浮盞。更把那連毛帶血肉生餐,笑擁着番姬雙頰丹,把琵琶忒楞楞彈也麽彈,唱新聲《菩薩蠻》。(淨起科)吃了一會,酒醉肉飽。天色已晚,諸將各回汛地。須要整頓兵器,練習軍馬,聽候將令便了。(衆應科)得令。(作同上馬吹海螺,側帽、擺手繞場疾行科)聽罷了令,疾翻身躍登錦鞍,側着帽、擺手輕儇。各自裡回還,鎮守定疆藩。擺搠些旗竿,裝折着輪轄，聽候傳番，施逞凶頑。天降摧殘，地起波瀾，把漁陽凝盼，一飛羽箭，爭赴兵壇，專等你個抱赤心的將軍、將軍來調揀。

（衆下）

（淨）你看諸路番將，一個個人強馬壯，眼見得的羽翼已成。（笑科）唐天子，唐天子，你怎當得也。

【煞尾】沒照會，先去了那掣肘漢家官；有機謀，暗添上這助臂番兒漢。等不的宴華清《霓裳》法曲終，早看俺鬧鼓鼙漁陽驍將反。

六州番落從戎鞍（薛　逢），戰馬閑嘶漢地寬（劉禹錫）。

倏忽摶風生羽翼（駱賓王），山川龍戰血漫漫（胡　曾）。

第十八齣　夜　怨

【正宮引子·破齊陣】【破陣子頭】（旦上）寵極難拚輕舍，歡濃分外生憐。【齊天樂】比目游雙，鴛鴦眠並，未許恩移情變。【破陣子尾】只恐行雲隨風引，爭奈閑花競日妍，終朝心暗牽。【清平樂】捲簾不語，誰識愁千縷。生怕韶光無定主，暗裡亂催春去。　　心中剛自疑猜，那堪蹤跡全乖。鳳輦却歸何處？淒涼日暮空階。奴家楊玉環，久邀聖眷，愛結君心。叵耐梅精江采蘋，意不相下。恰好觸忤聖上，將他遷置樓東。但恐采蘋巧計回天，皇上舊情未斷，因此常自堤防。唉，江采蘋，江采蘋，非是我容你不得，只怕我容了你，你就容不得我也！今早聖上出朝，日色已暮，不見回宮，連着永新、念奴打聽去了。此時情緒，好難消遣也！

【仙呂入雙調·風雲會四朝元】【四朝元頭】燒殘香串，深宮欲暮天。把文窗頻啟，翠箔高卷，眼兒幾望穿。但常時此際，但常時此際，【會河陽】定早駕到西宮，執手齊肩。【四朝元】花映房櫳，春生顏面，【駐雲飛】百種耽歡戀。嗏，今夕問何緣，【一江風】芳草黃昏，不見承回輦？（內作鸚哥叫"聖駕來也"介）（旦作驚看介）呀，聖上來了！（作看介）呸，原來是鸚哥弄巧言，把愁人故相騙。【四朝元尾】只落得徘徊佇立，思思想想，畫欄憑遍。

（老旦上）聞道君王前殿宿，內家各自撤紅燈。（見介）啟娘娘：

萬歲爺已宿在翠華西閣了。

（旦呆介）有這等事！（泣介）

【前腔】君情何淺，不知人望懸！正晚妝慵卸，暗燭羞剪，待君來同笑言。向瓊筵啟處，向瓊筵啟處，醉月觴飛，夢雨床連。共命無分，同心不舛，怎驀把人疏遠！（老旦）萬歲爺今夜偶不進宮，料非有意疏遠，娘娘請勿傷懷！（旦）嗏，若不是情遷，便宿離宮，阿監何妨遣。我想聖上呵，從來未獨眠，鴛衾厭孤展，怎得今宵枕畔，清清冷冷，竟無人薦！

（貼上）雪隱鷺鷥飛始見，柳藏鸚鵡語方知。（見介）娘娘，奴婢打聽翠閣的事來了。

（旦）怎麼說？

（貼）娘娘聽啟，奴婢方纔呵，【月臨江】悄向翠華西閣，守將時近黃昏，忽聞密旨遣黃門。

（旦）遣他何處去呢？

（貼）飛鞭乘戲馬，滅燭召紅裙。

（旦急問介）召那一個？

（貼）貶置樓東怨女，梅亭舊日妃嬪。

（旦驚介）呀，這是梅精了。他來也不曾？

（貼）須臾簇擁那佳人，暗中歸翠閣。

（老旦問介）此話果真否？

（貼）消息探來真。

（旦）唉，天那，原來果是梅精復邀寵倖了。（做不語悶坐、掩淚介）

（老旦、貼）娘娘請免愁煩。

（旦）

【前腔】聞言驚顫，傷心痛怎言。（淚介）把從前密意，舊日恩眷，都付與淚花兒彈向天。記歡情始定，記歡情始定，願似釵股成雙，盒扇團圓。不道君心，霎時更變，總是奴當譴。嗏，也索把罪名宣，怎教凍蕊寒葩，暗識東風面。可知道身雖在這邊，心終繫別院。一味虛情假意，瞞瞞昧昧，只欺奴善。

（貼）娘娘還不知道，奴婢聽得小黃門說，昨日萬歲爺在華萼樓上，私封珍珠一斛去賜他，他不肯受。回獻一詩，有"長門自是無梳洗，何必珍珠慰寂寥"之句，所以致有今夜的事。

（旦）哦，原來如此，我那裡知道！

【前腔】他向樓東寫怨，把珍珠暗裡傳。直恁的兩情難割，不由我寸心如剪。也非咱心太褊，只笑君王見錯；笑君王見錯，把一個罪廢殘妝，認是金屋嬋娟。可知我守拙鸞凰，鬥不上爭春鶯燕！（老旦）萬歲爺既不忘情於他，娘娘何不迎合上意，力勸召回。萬歲爺必然歡喜，料他也不敢忘恩。（旦）唉，此語休提。他自會把紅絲纏。喒，何必我重牽。只怕沒頭興的媒人，反惹他憎賤。你二人隨我到翠閣去來。（貼）娘娘去怎的？（旦）我到那裡，看他如何逞媚妍，如何賣機變，取次把君情鼓動，顛顛倒倒，暗中迷戀。

（貼）奴婢想今夜翠閣之事，原怕娘娘知道。此時夜將三鼓，萬歲爺必已安寢。娘娘猝然走去，恐有未便。不如且請安眠，到明日再作理會。

（旦作不語，掩淚歎介）唉，罷罷，只今夜教我如何得睡也！

【尾聲】他歡娛只怕催銀箭，我這裡寂寥深院，只索背着燈兒和衣將空被卷。

　　紫禁迢迢宮漏鳴（戴叔倫），碧天如水夜雲生（溫庭筠）。
　　淚痕不與君恩斷（劉　阜），斜倚薰籠坐到明（白居易）。

第十九齣　絮　　閣

（丑上）自閉昭陽春復秋，羅衣濕盡淚還流。一種蛾眉明月夜，南宮歌舞北宮愁。咱家高力士，向年奉使閩粵，選得江妃進御，萬歲爺十分寵倖。為他性愛梅花，賜號梅妃，宮中都稱為梅娘娘。自從楊娘娘入侍之後，寵愛日奪，萬歲爺竟將他遷置上陽宮東樓。昨夜忽然託疾，宿於翠華西閣，遣小黃門密召到來。戒飭宮人，不得傳與楊娘娘知道。命咱在閣前看守，不許閒人擅進。此時天色黎明，恐要送梅娘娘回去，只索在此伺候咱。（虛下）

（旦行上）

【北黃鐘·醉花陰】一夜無眠亂愁攪，未拔白潛蹤來到。往常見紅日影弄花梢，軟哈哈春睡難消，猶自壓繡衾倒。今日呵，可甚的鳳枕急忙拋，單則為那籌兒撇不掉。

（丑一面暗上望科）呀，遠遠來的，正是楊娘娘，莫非走漏了消息麼？現今梅娘娘還在閣裡，如何是好？

（旦到科）

（丑忙見科）奴婢高力士，叩見娘娘。

（旦）萬歲爺在那裡？

（丑）在閣中。

（旦）還有何人在內？

（丑）沒有。

（旦冷笑科）你開了閣門，待我進去看者。

（丑慌科）娘娘且請暫坐。

（旦坐科）

（丑）奴婢啟上娘娘，萬歲爺昨日呵，

【南畫眉序】只為政勤勞，偶爾違和厭煩擾。（旦）既是聖體違和，怎生在此駐宿？（丑）愛清幽西閣，暫息昏朝。（旦）在裡面做什麼？（丑）偎龍床，靜養神疲。（旦）你在此何事？（丑）守玉戶不容人到。（旦怒科）高力士，你待不容我進去麼？（丑慌叩頭科）娘娘息怒，只因親奉君王命，量奴婢敢行違拗！

【北喜遷鶯】（旦怒科）咦，休得把虛脾來掉，嘴喳喳弄鬼妝幺。（丑）奴婢怎敢？（旦）焦也波焦，急的咱滿心越惱。我曉得你今日呵，別有個人兒掛眼稍，倚着他寵勢高，明欺我失恩人時衰運倒。（起科）也罷，我只得自把門敲。

（丑）娘娘請坐，待奴婢叫開門來。（做高叫科）楊娘娘來了，開了閣門者。

（旦坐科）

（生披衣引內侍上，聽科）

【南畫眉序】何事語聲高，驀忽將人夢驚覺。（丑又叫科）楊娘娘在此,快些開門。(內侍)啟萬歲爺,楊娘娘到了。(生作呆科)呀,這春光漏泄,怎地開交?(內侍)這門還是開也不開?(生)慢着。(背科)且教梅妃在夾幕中,暫躲片時罷。(急下)(內侍笑科)哎,萬歲爺,萬歲爺,笑黃金屋恁樣藏嬌,怕葡萄架霎時推倒。(生上作伏桌科)內侍,我着床傍枕伴推睡,你索把獸環開了。

(內侍)領旨。(作開門科)

(旦直入,見生科)妾聞陛下聖體違和,特來問安。

(生)寡人偶然不快,未及進宮。何勞妃子清晨到此。

(旦)陛下致疾之由,妾倒猜着幾分了。

(生笑科)妃子猜着何事來?

【北出隊子】(旦)多則是相思縈繞,為着個意中人把心病挑。(生笑科)寡人除了妃子,還有甚意中人?(旦)妾想陛下向來鍾愛,無過梅精。何不宣召他來,以慰聖情牽掛。(生驚科)呀,此女久置樓東,豈有復召之理!(旦)只怕悄東君偷泄小梅梢,單只待望着梅來把渴消。(生)寡人那有此意?(旦)既不沙,怎得那一斛珍珠去慰寂寥!

(生)妃子休得多心。寡人昨夜呵,

【南滴溜子】偶只為微疴,暫思靜悄。恁蘭心蕙性,慢多度料,把人無端奚落。(作欠伸科)我神虛懶應酬,相逢話言少。請暫返香車,圖個睡飽。

(旦作看科)呀,這御榻底下,不是一雙鳳舄麼?

(生急起,作欲掩科)在那裡?(懷中掉出翠鈿科)

(旦拾看科)呀,又是一朵翠鈿!此皆婦人之物,陛下既然獨寢,怎得有此?

(生作羞科)好奇怪!這是那裡來的?連寡人也不解。

(旦)陛下怎麼不解?

(丑作急態,一面背對內侍低科)呀,不好了,見了這翠鈿、鳳舄,楊娘娘必不干休。你每快送梅娘娘,悄從閣後破壁而出,回到樓東去罷。

(內侍)曉得。

（從生背後虛下）

【北刮地風】（旦）只這御榻森嚴宮禁遙，早難道有神女飛度中宵。則問這兩般信物何人掉？（作將烏、鈿擲地，丑暗拾科）（旦）昨夜誰侍陛下寢來？可怎生般鳳友鸞交，到日三竿猶不臨朝？外人不知呵，都只說殢君王是我這庸姿劣貌。那知道戀歡娛，別有個雨窟雲巢！請陛下早出視朝，妾在此候駕回宮者。（生）寡人今日有疾，不能視朝。（旦）雖則是蝶夢餘，鴛浪中，春情顛倒，困迷離精神難打熬，怎負他鳳墀前鵠立羣僚！

（旦作向前背立科）

（丑悄上與生耳語科）梅娘娘已去了，萬歲爺請出朝罷。

（生點頭科）妃子勸寡人視朝，只索勉强出去。高力士，你在此送娘娘回宮者。

（丑）領旨。

（向內科）擺駕。

（內應科）

（生）風流惹下風流苦，不是風流總不知。（下）

（旦坐科）高力士，你瞞着我做得好事！只問你這翠鈿、鳳烏，是那一個的？

【南滴滴金】（丑）告娘娘省可閒煩惱。奴婢看萬歲爺與娘娘呵，百縱千隨真是少。今日這翠鈿、鳳烏，莫說是梅亭舊日恩情好，就是六宮中新窈窕，娘娘呵，也只合佯裝不曉，直恁破工夫多計較！不是奴婢擅敢多口，如今滿朝臣宰，誰沒有個大妻小妾，何況九重，容不得這宵！

【北四門子】（旦）呀，這非是衾裯不許他人抱，道的咱量似斗筲！只怪他明來夜去裝圈套，故將人瞞的牢。（丑）萬歲爺瞞着娘娘，也不過怕娘娘着惱，非有他意。（旦）把似怕我焦，則休將彼邀。却怎的劣雲頭只思別岫飄。將他假做抛，暗又招，轉關兒心腸難料。

（作掩淚坐科）

（老旦上）清早起來，不見了娘娘，一定在這翠閣中，不免進去

咱。(作進見旦科)呀,娘娘呵,

【南鮑老催】為何淚拋,無言獨坐神暗消?(問丑科)高公公,是誰觸着他情性嬌?(丑低科)不要說起。(作暗出鈿、舄與老旦看科)只為見了這兩件東西,故此發惱。(老旦笑,低問科)如今那人呢?(丑)早已去了。(老旦)萬歲爺呢?(丑)出去御朝了。永新姐,你來得甚好,可勸娘娘回宮去罷。(老旦)曉得了。(回向旦科)娘娘,你慢將眉黛顰,啼痕滲,芳心惱。晨餐未進過清早,怎自將千金玉體輕傷了?請回宮去,尋歡笑。

(內)駕到。

(旦起立科)

(生上)媚處嬌何限,情深妒亦真。且將個中意,慰取眼前人。寡人圖得半夜歡娛,反受十分煩惱。欲待呵叱他一番,又恐他反道我偏愛梅妃,只索忍耐些罷。高力士,楊娘娘在那裡?

(丑)還在閣中。

(老旦、丑暗下)(生作見旦,旦背立不語掩泣科)

(生)呀,妃子,為何掩面不語?

(旦不應科,生笑科)妃子休要煩惱,朕和你到華萼樓上看花去。

【北水仙子】(旦)問、問、問、問華萼嬌,怕、怕、怕、怕不似樓東花更好。有、有、有、有梅枝兒曾占先春,又、又、又、又何用綠楊牽繞。(生)寡人一點真心,難道妃子還不曉得!(旦)請、請、請、請真心向故交,免、免、免、免人怨為妾情薄。(跪科)妾有下情,望陛下俯聽。(生扶科)妃子有話,可起來說。(旦泣科)妾自知無狀,謬竊寵恩。若不早自引退,誠恐謠諑日加,禍生不測。有累君德鮮終,益增罪戾。今幸天眷猶存,望賜斥放。陛下善視他人,勿以妾為念也。(泣拜科)拜、拜、拜、拜辭了往日君恩天樣高。(出釵、盒科)這釵、盒是陛下定情時所賜,今日將來交還陛下。把、把、把、把深情密意從頭繳。(生)這是怎麼說?(旦)省、省、省、省可自承舊賜福難消。

(旦悲咽,生扶起科)妃子何出此言,朕和你兩人呵,

【南雙聲子】情雙好，情雙好，縱百歲猶嫌少。怎説到，怎説到，平白地分開了。總朕錯，總朕錯，請莫惱，請莫惱。（笑覰旦科）見了你這顰眉淚眼，越樣生嬌。妃子可將釵、盒依舊收好。既是不耐看花，朕和你到西宮閒話去。

（旦）陛下誠不棄妾，妾復何言。

（袖釵、盒，福生科）

【北尾煞】領取釵、盒再收好，度芙蓉帳暖今宵，重把那定情時心事表。

（生攜旦並下）

（丑復上）萬歲爺同娘娘進宮去了。咱如今且把這翠鈿、鳳鳥，送還梅娘娘去。

　　柳色參差映翠樓（司馬劄），君王玉輦正淹留（錢起）。
　　豈知妃后多嬌妒（段成式），惱亂東風卒未休（羅隱）。

第二十齣　偵　　報

（外引末扮中軍，四雜執刀棍上）出守岩疆典鉅城，風聞邊事實堪驚。不知憂國心多少，白髮新添四五莖。下官郭子儀，叨蒙聖恩，擢拜靈武太守。前在長安，見安祿山面有反相，知其包藏禍心。不想聖上命彼出鎮范陽，分明縱虎歸山。却又許易番將，一發添其牙爪。下官自天德軍升任以來，日夜擔憂。此間靈武，乃是股肱重地，防守宜嚴。已遣精細哨卒，前往范陽采聽去了。且待他來，便知分曉。

【雙調夜行船】（小生扮探子，執小紅旗上）兩脚似星馳和電捷，把邊情打聽些些。急離燕山，早來靈武。（作進見外，一足跪叩科）向黃堂爆雷般唱一聲高喏。

（外）探子，你回來了麼？

（小生）我肩挑令字小旗紅，晝夜奔馳疾似風。探得邊關多少事，從頭來報主人公。

（外）分付掩門。

（眾掩門科下）

（外）探子，你探的安祿山軍情怎地，兵勢如何？近前來，細細說與我聽者。

（小生）爺爺聽啟，小哨一到了范陽鎮上呵，

【喬木魚】見槍刀似雪，密匝匝鐵騎連營列。端的是號令如山把神鬼懾。那知有朝中天子尊，單逞他將軍令閫外唓嗻。

（外）那祿山在邊關，近日作何勾當？

【慶宣和】（小生）他自請那番將更來，把那漢將撤，四下裡牙爪排設。每日價躍馬彎弓鬥馳獵，把兵威耀也、耀也！

（外）還有什以舉動波？

【落梅風】（小生）他賊行藏真難料，歹心腸忒肆邪。誘諸番密相勾結，更私招四方亡命者，巢窟內盡藏凶孽。

（外驚科）呀，有這等事！難道朝廷之上，竟無人奏告麼？

（小生）聞得一月前，京中有人告稱祿山反狀，萬歲爺暗遣中使，去到范陽，瞰其動靜。那祿山見了中使呵，

【風入松】十分的小心禮貌假妝呆，盡金錢遍佈蓋奸邪。把一個中官哄騙的滿心悅，來回奏把逆跡全遮。因此萬歲爺愈信不疑，反把告叛的人，送到祿山軍前治罪。一任他橫行傲桀，有誰人敢再弄唇舌！

（外歎介）如此怎生是了也！

（小生）前日楊丞相又上一本，說祿山叛跡昭然，請皇上亟加誅戮。那祿山見了此本呵，

【撥不斷】也不免腳兒跌，口兒嗟，意兒中忐忑，心兒裡怯。不想聖旨倒說祿山誠實，丞相不必生疑。他一聞此信，便就呵呵大笑，罵這讒臣奈我耶，咬牙根誓將君側權奸滅，怒轟轟急待把此仇來雪。

（外）呀，他要誅君側之奸，非反而何？且住，楊相這本怎麼不見邸抄？

（小生）此是密本，原不發抄。只因楊丞相要激祿山速反，特著塘報抄送去的。

（外怒科）唉，外有逆藩，内有奸相，好教人髮指也！

（小生）小哨還打聽的禄山近有獻馬一事，更利害哩！

【離亭宴帶歇拍煞】他本待逞豺狼，魆地裡思抄竊。巧借着獻驊騮，乘勢去行強劫。（外）怎麽獻馬？可明白説來者。（小生）他遺何千年齋表，奏稱獻馬三千匹，每馬一匹，有甲士二人，又有二人御馬，一人芻牧，共三五一萬五千人，護送入京。一路裡兵強馬劣，鬧洶洶怎提防！亂紛紛難鎮壓，急攘攘誰攔截？生兵入帝畿，野馬臨城闕，怕不把長安來鬧者。（外驚科）唉，罷了，此計若行，西京危矣。（小生）這本方纔進去，尚未取旨。只是禄山呵，他明把至尊欺，狡將奸計使，險備機關設。馬蹄兒縱不行，狼性子終難帖，逗的鼙鼓向漁陽動也，爺爺呵，莫待傳白羽始安排。小哨呵，準備閃紅旗再報捷。

（外）知道了。賞你一壇酒，一腔羊，五十兩花銀，免一月打差。去罷。

（小生叩頭科）謝爺。

（外）叫左右，開門。

（衆應上，作開門科）

（小生下）

（外）中軍官。

（末應介）

（外）傳令衆軍士，明日教場操演，準備酒席犒賞。

（末）領鈞旨。（先下）

（外）數騎漁陽探使回（杜牧），威雄八陣役風雷（劉禹錫）。

胸中別有安邊計（曹唐），軍令分明數舉杯（杜　甫）。

第二十一齣　窺　　浴

【仙吕入雙調·字字雙】（丑扮宫女上）自小生來貌天然，花面；宫娥隊裡我為先，掃殿。忽逢小監在階前，胡纏；伸手摸他褲兒邊，不見。我做宫娥第一，標緻無人能及。腮邊花粉糊塗，嘴上胭脂狼藉。秋波俏似銅鈴，弓眉彎得筆直。春纖十個擂槌，玉體渾身糙漆。柳腰松段十圍，蓮瓣灘船半隻。楊娘娘愛我伶俐，選做霓裳部色。只因喉嚨太響，歌時嘴邊起個霹靂。身子又太狼伉，舞去沖翻了御筵桌席。皇帝見了發惱，打落子弟名籍。登時發到驪山，派到溫泉殿中承值。昨日鑾輿臨幸，同楊娘娘在華清駐蹕。傳旨要來共浴湯池，只索打掃鋪陳收拾。道猶未了，那邊一個宮人來也。

【雁兒舞】（副淨扮宮女上）擔閣青春，後宮怨女，漫跌腳搥胸，有誰知苦。拚着一世沒有丈夫，做一隻孤飛雁兒舞。（見介）

（丑）姐姐，你說什麼"雁兒"舞！如今萬歲爺，有了楊娘娘的《霓裳》舞，連梅娘娘的《驚鴻》舞，也都不愛了。

（副淨）便是。我原是梅娘娘的宮人。只為我娘娘，自翠閣中忍氣回來，一病而亡，如今將我撥到這裡。

（丑）原來如此，楊娘娘十分妒忌，我每再休想有承幸之日。

（副淨）罷了。

（丑）萬歲爺將次到來，我和你且到外廂伺候去。（虛下）

（末、小生扮內侍，引生、旦、老旦、貼隨行上）

【羽調近詞・四季花】別殿景幽奇：看雕梁畔，珠簾外，雨捲雲飛。逶迤，朱闌幾曲環畫溪，修廊數層接翠微。繞紅牆，通玉扉。（末、小生）啟萬歲爺，到溫泉殿了。（生）內侍回避。（末、小生應下）（生）妃子，你看清渠屈注，泂瀾皺漪，香泉柔滑宜素肌。朕同妃子試浴去來。（老、貼與生、旦脫去大衣介）（生）妃子，只見你款解雲衣，早現出珠輝玉麗，不由我對你、愛你、扶你、覷你、憐你！

（生攜旦同下）

（老旦）念奴姐，你看萬歲爺與娘娘恁般恩愛，真令人羨殺也。

（貼）便是。

【鳳釵花絡索】【金鳳釵】（老旦）花朝擁，月夜偎，嘗盡溫柔滋味。【勝如花】（貼合）鎮相連似影追形，分不開如刀割水。【醉扶歸】千般摟縱百般隨，兩人合一副腸和胃。【梧葉兒】密意口難提，寫不迭鴛鴦帳，綢繆無盡期。（老旦）姐姐，我與你伏侍娘娘多年，雖睹嬌容，未窺玉體。今日試從綺疏隙處，偷覷一覷何如？（貼）恰好,(同作向內窺介)【水紅花】(合)悄偷窺,亭亭玉體,宛似浮波菡萏,含露弄嬌輝。【浣溪紗】輕盈臂腕消香膩,綽約腰身漾碧漪。【望吾鄉】(老旦)明霞骨,沁雪肌。【大勝樂】(貼)一痕酥透雙蓓蕾,(老旦)半點春藏小麝臍。【傍妝臺】(貼)愛殺紅巾罅,私處露微微。永新姐,你看萬歲爺呵,【解三酲】凝睛睇,【八聲甘州】恁孜孜含笑,渾似呆癡。【一封書】(合)休說俺偷眼宮娥魂欲化,則他個見慣的君王也不自持。【皂羅袍】(老旦)恨不把春泉翻竭,(貼)恨不把玉山洗頽,(老旦)不住的香肩嗚嗶,(貼)不住的纖腰抱圍,【黃鶯兒】(老旦)俺娘娘無言匿笑含情對。(貼)意怡怡,【月兒高】靈液春風,澹蕩怳如醉。【排歌】(老旦)波光暖,日影暉,一雙龍戲出平池。【桂枝香】(合)險把個裹王渴倒陽臺下,恰便似神女攜將暮雨歸。

(丑、副淨暗上笑介)兩位姐姐,看得高興啊,也等我每看看。
(老旦、貼)姐姐,我每伺候娘娘洗浴,有甚高興。
(丑、副淨笑介)只怕不是伺候娘娘,還在那裡偷看萬歲爺哩。
(老旦、貼)啐,休得胡說,萬歲爺同娘娘出來也。
(丑、副淨暗下)
(生同旦上)
【二犯掉角兒】【掉角兒】出溫泉新涼透體,睹玉容愈增光麗。最堪憐殘妝亂頭,翠痕乾,晚雲生膩。(老旦、貼與生、旦穿衣介)(旦作嬌軟態,老旦、貼扶介)(生)妃子,看你似柳含風,花怯露。軟難支,嬌無力,倩人扶起。(二內侍引雜推小車上)請萬歲爺娘娘上如意小車,回華清宮去。(生)將車兒後面隨着。(二內侍)領旨。(生攜旦行介)妃子,【排歌】朕和你肩相並,手共攜,不須花底小車催,【東甌令】趁撲面好風歸。
【尾聲】(合)意中人,人中意,則那些無情花鳥也情癡,一般的解結雙頭、學並棲。

(生)花氣渾如百合香(杜　甫),(旦)避風新出浴盆湯(王建)。
(生)侍兒扶起嬌無力(白居易),(旦)笑倚東窗白玉床(李白)。

第二十二齣 密　　誓

【越調引子·浪淘沙】（貼扮織女，引二仙女上）雲護玉梭兒，巧織機絲。天宮原不着相思，報導今宵逢七夕，忽憶年時。【鵲橋仙】纖雲弄巧，飛星傳信，銀漢秋光暗度。金風玉露一相逢，便勝却人間無數。　　柔腸似水，佳期如夢，遥指鵲橋前路。兩情若是久長時，又豈在朝朝暮暮。吾乃織女是也。蒙上帝玉敕，與牛郎結為天上夫婦。年年七夕，渡河相見。今乃下界天寶十載，七月七夕。你看明河無浪，烏鵲將填，不免暫撤機絲，整妝而待。

（内細樂扮烏鵲上，繞場飛介）

（前場設一橋，烏鵲飛止橋兩邊介）

（二仙女）鵲橋已駕，請娘娘渡河。

（貼起行介）

【越調過曲·山桃紅】【下山虎頭】俺這裡乍抛錦字，暫駕香輈。（合）趁碧落無雲滓，新涼暮颸，（作上橋介）踹上這橋影參差，俯映着河光淨泚。【小桃紅】更喜殺新月纖，華露滋，低繞着烏鵲雙飛翅也，【下山虎尾】陡覺的銀漢秋生別樣姿。（做過橋介）（二仙女）啓娘娘，已渡過河來了。（貼）星河之下，隱隱望見香煙一簇，搖颺騰空，却是何處？（仙女）是唐天子的貴妃楊玉環，在宮中乞巧哩。（貼）生受他一片誠心，不免同了牛郎，到彼一看。（合）天上留佳會，年年在斯，却笑他人世情緣頃刻時。（齊下）

【商調過曲·二郎神】（二内侍挑燈，引生上）秋光靜，碧沉沉，輕煙送暝。雨過梧桐微做冷，銀河宛轉，纖雲點綴雙星。（内作笑聲，生聽介）順着風兒還細聽，歡笑隔花陰樹影。内侍，是那裡這般笑語？（内侍問介）萬歲爺問，那裡這般笑語？（内）是楊娘娘到長生殿去乞巧哩。（内侍回介）楊娘娘到長生殿去乞巧，故此笑語。（生）内侍每不要傳報，待朕悄悄前去。撤紅燈，待悄向龍墀覷個分明。（虛下）

【前腔】〔換頭〕（旦引老旦、貼同二宫女各捧香盒、紈扇、瓶花、化生金盆上)宮庭,金爐篆靄,燭光掩映。米大蜘蛛廝抱定,金盤種豆,花枝招颭銀瓶。(老旦、貼)已到長生殿中,巧筵齊備,請娘娘拈香。(作將瓶花、化生盆設桌上,老旦捧香盒,旦拈香介)妾身楊玉環,虔爇心香,拜告雙星,伏祈鑒佑。願釵盒情緣長久訂,(拜介)莫使做秋風扇冷。(生潛上窺介)覷娉婷,只見他拜倒在瑤階,暗祝聲聲。

(老旦、貼作見生介)呀,萬歲爺到了。

(旦急轉,拜生介)

(生扶起介)妃子在此,作何勾當?

(旦)今乃七夕之期,陳設瓜果,特向天孫乞巧。

(生笑介)妃子巧奪天工,何須更乞。

(旦)惶愧。

(生、旦各坐介)

(老旦、貼同二宮女暗下)

(生)妃子,朕想牽牛、織女隔斷銀河,一年纔會得一度,這相思真非容易也。

【集賢賓】秋空夜永碧漢清,甫靈駕逢迎,奈天賜佳期剛半頃,耳邊廂容易雞鳴。雲寒露冷,又趲上經年孤另。(旦)陛下言及雙星別恨,使妾淒然。只可惜人間不知天上的事。如打聽,決為了相思成病。(做淚介)

(生)呀,妃子為何掉下淚來?

(旦)妾想牛郎織女,雖則一年一見,却是地久天長。只恐陛下與妾的恩情,不能夠似他長遠。

(生)妃子說那裡話!

【黃鶯兒】仙偶縱長生,論塵緣也不恁爭。百年好占風流勝,逢時對景,增歡助情,怪伊底事反悲哽?(移坐近旦低介)問雙星,朝朝暮暮,爭似我和卿!

(旦)臣妾受恩深重,今夜有句話兒……(住介)

(生)妃子有話,但說不妨。

(旦對生嗚咽介)妾蒙陛下寵眷,六宮無比。只怕日久恩疏,不免白頭之歎!

【鶯簇一金羅】【黃鶯兒】提起便心疼,念寒微侍掖庭,更衣傍輦多榮幸。【簇御林】瞬息間,怕花老春無剩,【一封書】寵難憑。(牽生衣泣介)論恩情,【金鳳釵】若得一個久長時,死也應;若得一個到頭時,死也瞑。【皂羅袍】抵多少平陽歌舞,恩移愛更;長門孤寂,魂銷淚零:斷腸枉泣紅顏命!

(生舉袖與旦拭淚介)妃子,休要傷感。朕與你的恩情,豈是等閑可比。

【簇御林】休心慮,免淚零,怕移時,有變更。(執旦手介)做酥兒拌蜜膠粘定,總不離須臾頃。(合)話綿藤,花迷月暗,分不得影和形。

(旦)既蒙陛下如此情濃,趁此雙星之下,乞賜盟約,以堅終始。

(生)朕和你焚香設誓去。(攜旦行介)

【琥珀貓兒墜】(合)香肩斜靠,攜手下階行。一片明河當殿橫,(旦)羅衣陡覺夜涼生。(生)惟應和你悄語低言,海誓山盟。

(生上香揖同旦福介)雙星在上,我李隆基與楊玉環,

(旦合)情重恩深,願世世生生,共為夫婦,永不相離。有渝此盟,雙星鑒之。

(生又揖介)在天願為比翼鳥,

(旦拜介)在地願為連理枝。

(合)天長地久有時盡,此誓綿綿無絶期。

(旦拜謝生介)深感陛下情重,今夕之盟,妾死生守之矣。

(生攜旦介)

【尾聲】長生殿裡盟私訂,(旦)問今夜有誰折證?(生指介)是這銀漢橋邊,雙雙牛女星。(同下)

【越調過曲·山桃紅】(小生扮牽牛,雲巾、仙衣,同貼引仙女上)只見他誓盟密矢,拜禱孜孜,兩下情無二,口同一辭。(小生)天孫,你看唐天子與楊玉環,好不恩愛也!悄相偎,倚着香肩,沒些縫兒。我與你既締天上良緣,當作情場管領。況他又向我等設盟,須索與他保護。見了他戀比翼,慕並枝,願生生世世情真至也,合令

他長作人間風月司。(貼)只是他兩人劫難將至,免不得生離死別。若果後來不背今盟,決當為之綰合。(小生)天孫言之有理。你看夜色將闌,且回斗牛宮去。(攜貼行介)(合)天上留佳會,年年在斯,却笑他人世情緣頃刻時!

何用人間歲月催(羅鄴),星橋橫過鵲飛回(李商隱)。

莫言天上稀相見(李郢),没得心情送巧來(羅　隱)。

第二十三齣　陷　關

【越調引子‧杏花天】(淨領二番將,四軍執旗上)狼貪虎視威風大,鎮漁陽兵雄將多。待長驅直把骰函破,奏凱日齊聲唱歌。咱家安祿山,自出鎮以來,結連塞上諸蕃,招納天下亡命,精兵百萬,大事可舉。只因唐天子待我不薄,思量等他身後方纔起兵。叵耐楊國忠那廝,屢次說我反形大著,請皇上急加誅戮。天子雖然不聽,只是咱在邊關,他在朝內,若不早圖,終恐遭其暗算。因此假造敕書,說奉密旨,召俺領兵入朝誅戮國忠。乘機打破西京,奪取唐室江山,可不遂了我平生大願!今乃黃道吉日,蕃將每,就此起兵前去。

(衆)得令。

(發號行介)(淨)

【越調過曲‧豹子令】只為奸臣釀大禍,(衆)釀大禍,(淨)致令邊鎮起干戈,(衆)起干戈。(合)逢城攻打逢人剁,屍橫遍野血流河,燒家劫舍搶嬌娥。(喊殺下)

【水底魚】(丑白鬚扮哥舒老將引二卒上)年紀無多,剛剛八十過。漁陽兵至,認咱這老哥。自家老將哥舒翰是也,把守潼關。不料安祿山造反,殺奔前來,決意閉關死守。爭奈監軍內侍,立逼出戰。勢不由己,軍士每,與我並力殺上前去。(卒)得令。(行介)(淨領衆殺上)(丑迎殺大戰介)(淨衆擒丑綁介)(淨)拿這老東西過來。我今饒你老命,快快獻關降順。(丑)事已至此,只得投降。(衆推丑下)(淨)且喜潼關已得,勢如破竹,大小三軍,就此殺奔西京便了。(眾應,吶喊行介)躍馬揮戈,精兵百萬多。靴尖略動,踏殘山與河,踏殘山與河。

　　平旦交鋒晚未休(王　遒),動天金鼓逼神州(韓偓)。

　　潼關一敗番兒喜(司空圖),倒把金鞭上酒樓(薛逢)。

第二十四齣　驚　變

　　(丑上)玉樓天半起笙歌,風送宮嬪笑語和。月殿影開聞夜漏,水晶簾捲近秋河。咱家高力士,奉萬歲爺之命,着咱在御花園中安排小宴。要與貴妃娘娘同來遊賞,只得在此伺候。

　　(生、旦乘輦,老旦、貼隨後,二內侍引,行上)

　　【北中呂粉蝶兒】天淡雲閑,列長空數行新雁。御園中秋色斕斑:柳添黃,蘋減綠,紅蓮脫瓣。一抹雕闌,噴清香桂花初綻。(到介)

　　(丑)請萬歲爺娘娘下輦。

　　(生、旦下輦介)

　　(丑同內侍暗下)

　　(生)妃子,朕與你散步一回者。

　　(旦)陛下請。

　　(生攜旦手介)

　　【南泣顏回】(旦)攜手向花間,暫把幽懷同散。涼生亭下,風荷映水翩翻。愛桐陰靜悄,碧沉沉並繞回廊看。戀香巢秋燕依人,睡銀塘鴛鴦蘸眼。

　　(生)高力士,將酒過來,朕與娘娘小飲數杯。

　　(丑)宴已排在亭上,請萬歲爺娘娘上宴。

　　(旦作把盞,生止住介)妃子坐了。

　　【北石榴花】不勞你玉纖纖高捧禮儀煩,只待借小飲對眉山。俺與你淺斟低唱互更番,三杯兩盞,遣興消閒。妃子,今日雖是小宴,倒也清雅。回避了御廚中,回避了御廚中烹龍炰鳳堆盤案,咿咿啞啞樂聲催趲。只幾味脆生生,只幾味脆生生蔬和果清肴饌,雅稱你仙肌玉骨美人餐。妃子,朕與你清遊小飲,那些梨園舊曲,都不耐煩聽他。記得那年在沉香亭上賞牡丹,召翰林李白草《清平調》三章,令李龜年度成新譜,其詞甚佳。不知妃子還記得麼?

(旦)妾還記得。

(生)妃子可為朕歌之,朕當親倚玉笛以和。

(旦)領旨。

(老旦進玉笛,生吹介)

(旦按板介)

【南泣顏回】〔換頭〕花繁,穠豔想容顏。雲想衣裳光璨,新妝誰似,可憐飛燕嬌懶。名花國色,笑微微常得君王看。向春風解釋春愁,沉香亭同倚闌干。

(生)妙哉,李白錦心,妃子繡口,真雙絕矣。宮娥,取巨觴來,朕與妃子對飲。

(老旦、貼送酒介)

【北鬥鵪鶉】(生)暢好是喜孜孜駐拍停歌,喜孜孜駐拍停歌,笑吟吟傳杯送盞。妃子乾一杯,(作照乾介)不須他絮煩煩射覆藏鉤,鬧紛紛彈絲弄板。(又作照杯介)妃子,再乾一杯。(旦)妾不能飲了。(生)宮娥每,跪勸。(老旦、貼)領旨。(跪旦介)娘娘,請上這一杯。(旦勉飲介)(老旦、貼作連勸介)(生)我這裡無語持觴仔細看,早只見花一朵上腮間。(旦作醉介)妾真醉矣。(生)一會價軟哈哈柳軃花歆,軟哈哈柳軃花歆,困騰騰鶯嬌燕懶。妃子醉了,宮娥每,扶娘娘上輦進宮去者。

(老旦、貼)領旨。

(作扶旦起介)

(旦作醉態呼介)萬歲!

(老旦、貼扶旦行)

(旦作醉態介)

【南撲燈蛾】態懨懨輕雲軟四肢,影濛濛空花亂雙眼,嬌怯怯柳腰扶難起,困沉沉強擡嬌腕,軟設設金蓮倒褪,亂鬆鬆香肩軃雲鬟,美甘甘思尋鳳枕,步遲遲倩宮娥攙入繡幃間。

（老旦、貼扶旦下）

（丑同內侍暗上）

（內擊鼓介）

（生驚介）何處鼓聲驟發？

（副淨急上）漁陽鼙鼓動地來，驚破霓裳羽衣曲。（問丑介）萬歲爺在那裡？

（丑）在御花園內。

（副淨）軍情緊急，不免徑入。（進見介）陛下，不好了。安祿山起兵造反，殺過潼關，不日就到長安了。

（生大驚介）守關將士何在？

（副淨）哥舒翰兵敗，已降賊了。

【北上小樓】（生）呀，你道失機的哥舒翰，稱兵的安祿山，赤緊的離了漁陽，陷了東京，破了潼關。唬得人膽戰心搖，唬得人膽戰心搖，腸慌腹熱，魂飛魄散，早驚破月明花粲。卿有何策，可退賊兵？

（副淨）當日臣曾再三啟奏，祿山必反，陛下不聽，今日果應臣言。事起倉卒，怎生抵敵？不若權時幸蜀，以待天下勤王。

（生）依卿所奏。快傳旨，諸王百官，即時隨駕幸蜀便了。

（副淨）領旨。（急下）

（生）高力士，快些整備軍馬。傳旨令右龍武將軍陳元禮，統領羽林軍士三千扈駕前行。

（丑）領旨。（下）

（內侍）請萬歲爺回宮。

（生轉行歎介）唉，正爾歡娛，不想忽有此變，怎生是了也！

【南撲燈蛾】穩穩的宮庭宴安，擾擾的邊廷造反。鼕鼕的鼙鼓喧，騰騰的烽火颺。的溜溜撲碌臣民兒逃散，黑漫漫乾坤覆翻，磣磕磕社稷摧殘，磣磕磕社稷摧殘。當不得蕭蕭颯颯西風送晚，黯黯的一輪落日冷長安。（向內問介）宮娥每，楊娘娘可曾安寢？

（老旦、貼內應介）已睡熟了。

（生）不要驚他，且待明早五鼓同行。（泣介）天那，寡人不幸，遭此播遷,累他玉貌花容,驅馳道路。好不痛心也!

【南尾聲】在深宮兀自嬌慵慣,怎樣支吾蜀道難!(哭介)我那妃子啊,愁殺你玉軟花柔,要將途路趨。

宮殿參差落照間(盧綸),漁陽烽火照函關(吳　融)。

遏雲聲絕悲風起(胡曾),何處黃雲是隴山(武元衡)。

第二十五齣　埋　玉

【南呂過曲·金錢花】(末扮陳元禮引軍士上)擁旄仗鉞前驅,前驅;羽林擁衛鑾輿,鑾輿。匆匆避賊就征途。人跋涉,路崎嶇。知何日,到成都?下官右龍武將軍陳元禮是也。因祿山造反,破了潼關。聖上避兵幸蜀,命俺統領禁軍扈駕。行了一程,早到馬嵬驛了。

(內鼓噪介)

(末)衆軍為何吶喊?

(內)祿山造反,聖駕播遷,都是楊國忠弄權,激成變亂。若不斬此賊臣,我等死不扈駕。

(末)衆軍不必鼓噪,暫且安營。待我奏過聖上,自有定奪。

(內應介)

(末引軍重唱"人跋涉"四句下)

(生同旦騎馬,引老旦、貼、丑行上)

【中呂過曲·粉孩兒】匆匆的棄宮闈珠淚灑,欹清清冷冷半張鑾駕,望成都直在天一涯。漸行來漸遠京華,五六搭剩水殘山,兩三間空舍崩瓦。

(丑)來此已是馬嵬驛了,請萬歲爺暫住鑾駕。

(生、旦下馬,作進坐介)

(生)寡人不道,誤寵逆臣,致此播遷,悔之無及。妃子,只是累你勞頓,如之奈何!

(旦)臣妾自應隨駕,焉敢辭勞。只願早早破賊,大駕還都便好。

（內又喊介）楊國忠專權誤國，今又交通吐蕃，我等誓不與此賊俱生。要殺楊國忠的，快隨我等前去。
（雜扮四軍提刀趕副淨上，繞場奔介）
（軍作殺副淨，吶喊下）
（生驚介）高力士，外面為何喧嚷？快宣陳元禮進來。
（丑）領旨。（宣介）
（末上見介）臣陳元禮見駕。
（生）眾軍為何吶喊？
（末）臣啟陛下：楊國忠專權召亂，又與吐蕃私通。激怒六軍，竟將國忠殺死了。
（生作驚介）呀，有這等事！
（旦作背掩淚介）
（生沉吟介）這也罷了，傳旨起駕。
（末出傳旨介）聖旨道來，赦汝等擅殺之罪。作速起行。
（內又喊介）國忠雖誅，貴妃尚在。不殺貴妃，誓不扈駕。
（末見生介）眾軍道，國忠雖誅，貴妃尚在，不肯起行。望陛下割恩正法。
（生作大驚介）哎呀，這話如何說起！
（旦慌牽生衣介）
（生）將軍，

【紅芍藥】國忠縱有罪當加，現如今已被劫殺。妃子在深宮自隨駕，有何干六軍疑訝。（末）聖諭極明，只是軍心已變，如之奈何！（生）卿家，作速曉諭他，恁狂言沒些高下。（內又喊介）（末）陛下呵，聽軍中恁地喧嘩，教微臣怎生彈壓！

（旦哭介）陛下啊，

【耍孩兒】事出非常堪驚詫。已痛兄遭戮，奈臣妾又受波查。是前生事已定，薄命應折罰。望吾皇急切拋奴罷，只一句傷心話……
（生）妃子且自消停。
（內又喊介）不殺貴妃，死不扈駕。

（末）臣啟陛下：貴妃雖則無罪，國忠實其親兄，今在陛下左右，軍心不安。若軍心安，則陛下安矣。願乞三思。

（生沉吟介，唱）

【會河陽】無語沉吟，意如亂麻。（旦牽生衣哭介）痛生生怎地舍官家！（合）可憐一對鴛鴦，風吹浪打，直恁的遭強霸！（內又喊介）（旦哭介）衆軍逼得我心驚唬，（生作呆想，忽抱旦哭介）貴妃，好教我難禁架！

（衆軍吶喊上，繞場、圍驛下）

（丑）萬歲爺，外廂軍士已把驛亭圍了。若再遲延，恐有他變，怎麽處？

（生）陳元禮，你快去安撫三軍，朕自有道理！

（末）領旨。（下）

（生、旦抱哭介）

【縷縷金】（旦）魂飛颤，淚交加。（生）堂堂天子貴，不及莫愁家。（合哭介）難道把恩和義，霎時拋下！（旦跪介）臣妾受皇上深恩，殺身難報。今事勢危急，望賜自盡，以定軍心。陛下得安穩至蜀，妾雖死猶生也。算將來無計解軍嘩，殘生願甘罷，殘生願甘罷！

（哭倒生懷介）

（生）妃子説那裡話！你若捐生，朕雖有九重之尊，四海之富，要他則甚！寧可國破家亡，決不肯拋捨你也！

【攤破地錦花】任譁譁，我一謎妝聾啞，總是朕差。現放着一朵嬌花，怎忍見風雨摧殘，斷送天涯。若是再禁加，拼代你隕黃沙。

（旦）陛下雖則恩深，但事已至此，無路求生。若再留戀，倘玉石俱焚，益增妾罪。望陛下捨妾之身，以保宗社。

（丑作掩淚，跪介）娘娘既慷慨捐生，望萬歲爺以社稷為重，勉强割恩罷。

（內又喊介）

（生頓足哭介）罷罷，妃子既執意如此，朕也做不得主了。高力士，只得但、但憑娘娘罷！（作哽咽、掩面哭下）

（旦朝上拜介）萬歲！（作哭倒介）

（丑向內介）眾軍聽着，萬歲爺已有旨，賜楊娘娘自盡了。
（眾內呼介）萬歲，萬歲，萬萬歲！
（丑扶旦起介）娘娘，請到後邊去。（扶旦行介）
（旦哭介）

【哭相思】百年離別在須臾，一代紅顏為君盡！
（轉作到介）
（丑）這裡有座佛堂在此。
（旦作進介）且住，待我禮拜佛爺。（拜介）佛爺，佛爺！念楊玉環啊，

【越恁好】罪孽深重，罪孽深重，望我佛度脫咱。（丑拜介）願娘娘好處生天。（旦起哭介）（丑跪哭介）娘娘，有甚話兒，分付奴婢幾句。（旦）高力士，聖上春秋已高，我死之後，只有你是舊人，能體聖意，須索小心奉侍。再為我轉奏聖上，今後休要念我了。（丑哭應介）奴婢曉得。（旦）高力士，我還有一言。（作除釵、出盒介）這金釵一對，鈿盒一枚，是聖上定情所賜。你可將來與我殉葬，萬萬不可遺忘。（丑接釵盒介）奴婢曉得。（旦哭介）**斷腸痛殺，說不盡恨如麻**。（末領軍擁上）楊妃既奉旨賜死，何得停留，稽遲聖駕？（軍吶喊介）（丑向前攔介）眾軍士不得近前，楊娘娘即刻歸天了。（旦）唉，陳元禮，陳元禮，你兵威不向逆寇加，逼奴自殺。（軍又喊介）（丑）不好了，軍士每擁進來了。（旦看介）唉，罷、罷，這一株梨樹，是我楊玉環結果之處了。（作腰間解出白練，拜介）臣妾楊玉環，叩謝聖恩。從今再不得相見了。（丑泣介）（旦作哭縊介）我那聖上啊，我一命兒便死在黃泉下，一靈兒只**傍着黃旗下**。

（做縊死下）
（末）楊妃已死，眾軍速退。
（眾應同下）
（丑哭介）我那娘娘啊！（下）
（生上）六軍不發無奈何，宛轉蛾眉馬前死。
（丑持白練上，見生介）啟萬歲爺，楊娘娘歸天了。
（生作呆不應介）

（丑又啟介）楊娘娘歸天了，自縊的白練在此。
（生看大哭介）哎喲，妃子，妃子，兀的不痛殺寡人也！（倒介）
（丑扶介）
（生哭介）

【紅繡鞋】當年貌比桃花，桃花；（丑）今朝命絕梨花，梨花。（出釵盒介）這金釵、鈿盒，是娘娘分付殉葬的。（生看釵盒哭介）這釵和盒，是禍根芽。長生殿，恁歡洽；馬嵬驛，恁收煞！
（丑）倉卒之間，怎生整備棺槨？
（生）也罷，權將錦褥包裹。須要埋好記明，以待日後改葬。這釵盒就係娘娘衣上罷。（丑）領旨。（下）
（生哭介）

【尾聲】溫香豔玉須臾化，今世今生怎見他！（末上跪介）請陛下起駕。（生頓足恨介）咳，我便不去西川也值什麼！
（內吶喊、掌號、衆軍上）

【仙呂入雙調過曲‧朝元令】（丑暗上，引生上馬行介）（合）長空霧粘，旌旆寒風颭。長征路淹，隊仗黃塵染。誰料君臣，共嘗危險。恨賊寇橫興逆焰，烽火相兼，何時得將豺虎殲。遙望蜀山尖，回將鳳闕瞻，浮雲數點，咫尺把長安遮掩，長安遮掩。

　　　翠華西拂蜀雲飛（章碣），天地塵昏九鼎危（吳融）。
　　　蟬鬢不隨鑾駕去（高駢），空驚鴛鴦忽相隨（錢起）。

第二十六齣　獻　　飯

【黃鐘引子‧西地錦】（生引丑上）懊恨蛾眉輕喪，一宵千種悲傷。早來慵把金鞭揚，午餘玉粒誰嘗。寡人匆匆西幸，昨在馬嵬驛中，六軍不發。無計可施，只得把妃子賜死。（淚介）咳，空做一朝天子，竟成千古忍人。勉強行了一程，已到扶風地面。駐蹕鳳儀宮內，不免少息片時。

（外扮老人持麥飯上）炙背可以見天子，獻芹由來知野人。老漢扶風野老郭從謹是也。聞知皇上西巡，暫駐鳳儀宮內。老漢煮得一碗麥飯,特來進獻,以表一點敬心。(見丑介)公公,煩乞轉奏一聲,說野人郭從謹特來進飯。

(丑傳介)

(生)召他進來。

(外進見介)草莽小臣郭從謹見駕。

(生)你是那裡人?

(外)念小臣啊,

【黃鐘過曲・降黃龍】生長扶風,白首躬耕,共慶時康。聽驀然變起,鳳輦遊巡,無限驚惶。聊將一盂麥飯,匍匍向旗門陳上。願吾君不嫌粗糲,野人供養。

(生)生受你了,高力士取上來。

(丑接飯送生介)

(生看介)寡人晏處深宮,從不曾嘗着此味。

【前腔】〔換頭〕尋常,進御大官,饌玉炊金,食前方丈,珍羞百味,猶兀自嫌他調和無當。(淚介)不想今日,却將此物充饑。淒涼、帶麩連麥,這飯兒如何入嗓?(略吃便放介)抵多少滹沱河畔、失路蕭王!

(外)陛下,今日之禍,可知為誰而起?

(生)你道為着誰來?

(外)陛下若赦臣無罪,臣當冒死直言。

(生)但說不妨。

(外)只為那楊國忠啊,

【前腔】〔換頭〕猖狂,倚恃國親,納賄招權,毒流天壤。他與安禄山,十年構釁,一旦裡兵戈起自漁陽。(生)國忠構釁,禄山謀反,寡人那裡知道。(外)那禄山啊,包藏禍心日久,四海都知逆狀。去年有人上書,告禄山逆跡,陛下反賜誅戮。誰肯再甘心鈇鉞,來奏君王。

(生作恨介)此乃朕之不明,以致於此。

【前腔】〔換頭〕斟量,明目達聰,原是為君的理當察訪。朕記得姚崇、宋璟為相的時節,把直言數進,萬里民情,如在同堂。不料姚、宋亡後，滿朝臣宰，一味貪位取容。郭從謹啊，倒不如伊行，草野懷忠，直指出逆藩奸相。（外）若不是陛下巡幸到此，小臣那裡得見天顏。（生淚介）空教我噬臍無及，恨塞饑腸。

（外）陛下暫息龍體，小臣告退。（歎介）從饒白髮千莖雪，難把丹心一寸灰。（下）

（副淨扮使臣、二雜擡彩上）

【太平令】鳥道羊腸，春彩馱來驛路長。連山鈴鐸頻搖響，看日近帝都旁。自家成都道使臣，奉節度使之命，解送春彩十萬匹到京。聞得駕幸扶風，不免就此進上。（向丑介）煩乞啟奏一聲，說成都使臣，貢春彩到此。

（丑進奏介）

（生）春彩照數收明，打發使臣回去。

（二雜擡彩進介）

（副淨同二雜下）

（生）高力士，可召集將士，朕有面諭。

（丑）萬歲爺宣召龍武軍將士聽旨。

（衆扮將士上）曉起聽金鼓，宵眠抱玉鞍。龍武軍將士叩見萬歲爺。

（生）將士每，聽朕道來，

【前腔】變出非常，遠避兵戈涉異方。勞伊倉卒隨行仗，今日啊，別有個好商量。

（衆）不知萬歲爺有何諭旨？

【黃龍袞】（生）征人憶故鄉，征人憶故鄉，蜀道如天上。不忍累伊每，把妻兒父母輕撇漾。朕待獨與子孫中官，慢慢的捱到蜀中。爾等今日，便可各自還家。省得跋涉程途，饑寒勞攘。高力士，可將使臣進來春彩，分給將士，以為盤費。**沒軍資，分彩幣，聊充餉。**

（丑應分彩介）

（衆哭介）萬歲爺聖諭及此，臣等寸心如割。自古養軍千日，用在一朝。臣等啊，

【前腔】無能滅虎狼,無能滅虎狼,空愧熊羆將。生死願從行,軍聲齊,恃天威壯。這春彩,臣等斷不敢受。請留待他時論功行賞,若有違心,皇天鑒,決不爽。

(生)爾等忠義雖深,朕心實有不忍,還是回去罷。

(衆)呀,萬歲爺,莫不因貴妃娘娘之死,有些疑惑麼?

(生)非也,

【尾聲】他長安父老多懸望,你每回去啊,煩說與翠華無恙。(衆)萬歲爺休出此言,臣等情願隨駕,誓無二心。(合)只待淨掃妖氛,一同返帝鄉。

(生)天色已晚,今夜就此權駐。明日早行便了。

(衆)領旨。

　　萬里飛沙咽鼓鼙(錢起),(丑)沉沉落日向山低(駱賓王)。
(生)如今悔恨將何益(韋莊),(丑)更忍車輪獨向西(周　曇)?

第二十七齣　冥　追

【商調過曲·山坡五更】【山坡羊】(魂旦白練系頸上,服色照前"埋玉"折)惡噷噷一場嗶囉,亂匆匆一生結果。蕩悠悠一縷斷魂,痛察察一條白練香喉鎖。【五更轉】風光盡,信誓捐,形骸涴。只有癡情一點、一點無摧挫,拚向黃泉,牢牢擔荷。我楊玉環隨駕西行,剛到馬嵬驛內,不料六軍變亂,立逼投繯。(泣介)唉,不知聖駕此時到那裡了!我一靈渺渺,飛出驛中,不免望着塵頭,追隨前去。(行介)

【北雙調新水令】望鑾輿纔離了馬嵬坡,咫尺間不能飛過。俺悄魂輕似葉,他征騎疾如梭。剛打個磨陀,翠旗塵又早被樹煙鎖。(虛下)

【南仙呂入雙調·步步嬌】(生引丑、二內侍、四軍擁行上)沒揣傾城遭凶禍,去住渾無那。行行喚奈何,馬上回頭,兩淚交墮。(丑)啟萬歲爺,前面就是駐蹕之處了。(生歎介)唉,我已厭一身多,傷心更說甚今宵臥。(齊下)

【北折桂令】(旦行上)一停停古道逶迤，俺只索虛趁雲行，弱倩風馱。(向內望科)呀，好了。望見大駕，就在前面了也。這不是羽蓋飄揚，鸞旌蕩漾，翠輦嵯峨！不免疾忙趕上者。(急行科)願一靈早依御座，便牢牽袞袖黃羅。(內鳴鑼作風起科)(旦作驚退科)呀，我望着鑾輿，正待趕上。忽然黑風過處，遮斷去路，影都不見了。好苦啊，暗濛濛煙障林阿，杳沉沉霧塞山河，閃搖搖不住徘徊，悄冥冥怎樣騰挪？

(貼在內叫苦介)

(旦)你看那邊愁雲苦霧之中，有個鬼魂來了，且閃過一邊。(虛下)

(貼扮虢國夫人魂上)

【南江兒水】豔冶風前謝，繁華夢裡過。風流誰識當初我？玉碎香殘荒郊臥，雲抛雨斷重泉墮。(二鬼卒上)哎，那裡去？(貼)奴家虢國夫人。(鬼卒笑介)原來就是你。你生前也忒受用了，如今且隨我到枉死城中去。(貼哭介)哎喲，好苦啊，怨恨如山堆垛。只問你多大幽城，怕着不下這愁魂一個！

(雜拉貼叫苦下)

(旦急上看科)呀，方纔這個是我裴家姊姊，也被亂兵所害了。兀的不痛殺人也！

【北雁兒落帶得勝令】想當日天邊奪笑歌，今日裡地下同零落。痛殺俺冤由一命招，更不想慘累全家禍。呀，空落得提起着淚滂沱，何處把恨消磨！怪不得四下愁雲裏，都是俺千聲怨氣啊。(望科)那邊又是一個鬼魂，滿身鮮血，飛奔前來。好怕人也！悲麼，泣孤魂獨自無迴和。驚麼，只落得伴冥途野鬼多。(虛下)

【南僥僥令】(副淨扮楊國忠鬼魂跑上)生前遭劫殺，死後見閻羅。(牛頭執綱叉、夜叉執鐵錘、索上攔介)(副淨跑下)(牛頭、夜叉復起上)楊國忠那裡走？(副淨)呀，我是當朝宰相，方纔被亂兵所害。你每做甚，又來攔我？(牛頭)奸賊，俺奉閻王之命，特來拿你。還不快走。(副淨)那裡去？(牛頭、夜叉)向小小酆都城一座，教你去劍樹與刀山尋快活。

（牛頭拉副淨，執叉叉背，夜叉鎖副淨下）

（旦急上看科）啊呀，那不是我的哥哥。好可憐人也！（作悲科）

【北收江南】呀，早則是五更短夢瞥眼醒南柯。把榮華拋却，只留得罪殃多。唉，想我哥哥如此，奴家豈能無罪？怕形消骨化，懺不了舊情魔。且住，一望茫茫，前行無路，不如仍舊到馬嵬驛中去罷。（轉行科）待重轉驛坡，心又早怯懦。聽了這歸林暮雀，猶錯認亂軍啊。（虛下）

（副淨扮土地上）地下常添枉死鬼，人間難覓返魂香。小神馬嵬坡土地是也。奉東嶽帝君之命，道貴妃楊玉環原係蓬萊仙子，今死在吾神界內。特命將他肉身保護，魂魄安頓，以候玉旨。不免尋他去來。（行介）

【南園林好】只他在翠紅鄉歡娛事過，粉香叢冤孽債多，一霎做電光石火。將肉質護泉窩，教魂魄守墳窠。（虛下）

【北沽美酒帶太平令】（旦行上）度寒煙蔓草坡，行一步一延俄。（看介）呀，這樹上寫的有字，待我看來。（作念科）貴妃楊娘娘葬此。（作悲科）原來把我就埋在此處了。唉，玉環，玉環！（泣科）只這冷土荒堆樹半棵，便是娉婷嫋娜，落來的好巢窩。我臨死之時，曾分付高力士，將金釵、鈿盒與我殉葬，不知曾埋下否？怕舊物向塵埃拋墮，則俺這真情肯為生死差訛？就是果然埋下啊，還只怕這殘屍敗蛻，抱不牢同心並朵。不免叫喚一聲，（叫科）楊玉環，你的魂靈在此。我啊，悄臨風叫他、喚他。（泣科）可知道伊原是我，呀，直恁地推眠妝臥！

（副淨上喚科）兀那啼哭的，可是貴妃楊玉環鬼魂麼？

（旦）奴家正是。是何尊神？乞恕冒犯。

（副淨）吾神乃馬嵬坡土地。

（旦）望尊神與奴做主咱。

（副淨）貴妃聽吾道來：你本是蓬萊仙子，因微過謫落凡塵。今雖是浮生限滿，舊仙山隔斷紅雲。（代旦解白練科）吾神奉嶽帝敕旨，解冤結免汝沉淪。

（旦福科）多謝尊神，只不知奴與皇上，還有相見之日麼？
（副淨）此事非吾神所曉。
（旦作悲科）
（副淨）貴妃，且在馬嵬驛暫住幽魂，吾神去也。（下）
（旦）苦啊，不免到驛中佛堂裡，暫且棲託則個。（行科）

【南尾聲】重來絕命庭中過，看樹底淚痕猶涴。怎能够飛去蓬山尋舊果！

　　　土埋冤骨草離離（儲嗣宗），回首人間總禍機（薛能）。
　　　雲雨馬嵬分散後（韋　絢），何年何路得同歸（韋莊）。

第二十八齣　罵　賊

（外扮雷海青抱琵琶上）武將文官總舊僚，恨他反面事新朝。綱常留在梨園內，那惜伶工命一條。自家雷海青是也。蒙天寶皇帝隆恩，在梨園部內做一個供奉。不料祿山作亂，破了長安，皇帝駕幸西川去了。那滿朝文武，平日裡高官厚祿，蔭子封妻，享榮華，受富貴，那一件不是朝廷恩典！如今却一個個貪生怕死，背義忘恩，爭去投降不迭。只圖安樂一時，那顧罵名千古。唉，豈不可羞，豈不可恨！我雷海青雖是一個樂工，那些沒廉恥的勾當，委實做不出來。今日祿山與這一班逆黨，大宴凝碧池頭，傳集梨園奏樂。俺不免乘此，到那廝跟前，痛罵一場，出了這口憤氣。便粉骨碎身，也說不得了。且抱着琵琶，去走一遭也啊！

【北仙呂‧村裡迓鼓】雖則俺樂工卑濫，硜硜愚暗，也不曾讀書獻策，登科及第，向鵷班高站。只這血性中，胸脯內，倒有些忠肝義膽。今日個睹了喪亡，遭了危難，值了變慘，不由人痛切齒，聲吞恨銜。

【元和令】恨子恨潑腥膻莽將龍座淹，癩蝦蟆妄想天鵝啖，生克擦直逼的個官家下殿走天南。你道恁胡行堪不堪？縱將他寢皮食肉也恨難剗。誰想那一班兒沒揣三，歹心腸，賊狗男。

【上馬嬌】平日價張着口將忠孝談，到臨危翻着臉把富貴貪。

早一齊兒搖尾受新銜,把一個君親仇敵當作恩人感。咱,只問你蒙面可羞慚?

【勝葫蘆】眼見的去做忠臣沒個敢。雷海青啊,若不把一肩擔,可不枉了戴髮含牙人是俺。但得綱常無缺,鬚眉無愧,便九死也心甘。(下)

【中呂引子·繞紅樓】(淨引二軍士上)搶占山河號大燕,袍染赭,冠戴沖天。凝碧清秋,梨園小部,歌舞列瓊筵。孤家安祿山。自從范陽起兵,所向無敵,長驅西入,直抵長安。唐家皇帝,逃入蜀中去了,錦繡江山,歸吾掌握。(笑介)好不快活。今日聚集百官,在凝碧池上做個太平筵宴,灑樂一回。內侍每,衆官可曾齊到?

(雜)都在外殿伺候。

(淨)宣過來。

(軍)領旨。(宣介)主上宣百官進見。

(四偽官上)今日新天子,當時舊宰臣。同為識時者,不是負恩人。

(見介)臣等朝見。願主上萬歲,萬萬歲!

(淨)衆卿平身。孤家今日政務稍閒,特設宴在凝碧池上,與卿等共樂太平。

(四偽官)萬歲。

(軍)筵宴完備,請主上升宴。

(內奏樂,四偽官跪送酒介)

【中呂過曲·尾犯序】(淨)龍戲碧池邊,正五色雲開,秋氣澄鮮。紫殿逍遥,暫停吾玉鞭。開宴,走緋衣,鸞刀細割;揎錦袖,犀盤滿獻。(四偽官獻酒再拜介)瑤池下,熊羆鵷鷺,拜送酒如泉。

(淨)內侍每,傳旨喚梨園子弟奏樂。

(軍)領旨。

(向內介)主上有旨,着梨園子弟奏樂。

(內應奏樂介)

(軍送淨酒介)

(合)

【前腔】〔換頭〕當筵,衆樂奏鈞天。舊日霓裳,重按歌遍。半入雲中,半吹落風前。稀見,除却了清虛洞府,只有那沉香亭院。今日個仙音法曲,不數大唐年。

(淨)奏得好。

(四僞官)臣想天寶皇帝,不知費了多少心力,教成此曲。今日却留與主上受用,真乃齊天之福也。

(淨笑介)衆卿言之有理,再上酒來。

(軍送酒介)

(外在内泣唱介)

【前腔】〔換頭〕幽州鼙鼓喧,萬戶蓬蒿,四野烽煙。葉墮空宮,忽驚聞歌弦奇變,真個是天翻地覆,真個是人愁鬼怨。(大哭介)我那天寶皇帝呵,金鑾上百官拜舞,何日再朝天?

(淨)呀,什麼人啼哭?好奇怪!

(軍)是樂工雷海青。

(淨)拿上來。

(軍拉外上見介)

(淨)雷海青,孤家在此飲太平筵宴,你敢擅自啼哭,好生可惡!

(外罵介)唉,安禄山,你本是失機邊將,罪應斬首。幸蒙聖恩不殺,拜將封王。你不思報效朝廷,反敢稱兵作亂,穢污神京,逼遷聖駕。這罪惡貫盈,指日天兵到來誅戮,還說什麼太平筵宴!

(淨大怒介)唉,有這等事。孤家入登大位,臣下無不順從。量你這一個樂工,怎敢如此無禮!軍士看刀伺候。

(二軍作應,拔刀介)

(外一面指淨罵介)

【撲燈蛾】怪伊忒負恩,獸心假人面,怒髮上衝冠。我雖是伶工微賤也,不似他朝臣靦腆。安禄山,你竊神器,上逆皇天,少不得頃刻間屍橫血濺。(將琵琶擲淨介)我擲琵琶,將賊臣碎首報開元。

(軍奪琵琶介)

(淨)快把這廝拿去砍了。

(軍應拿外砍下)

（淨）好惱，好惱！

（四偽官）主上息怒。無知樂工，何足介意。

（淨）孤家心上不快，衆卿且退。

（四偽官）領旨。臣等恭送主上回官。（跪送介）

（淨）酒逢知己千鍾少，話不投機半句多。（怒下）

（四偽官起介）殺得好，殺得好。一個樂工，思量做起忠臣來。難道我每吃太平宴的，倒差了不成！

【尾聲】大家都是花花面，一個忠臣值甚錢。（笑介）雷海青，雷海青，畢竟你未戴烏紗識見淺！

　　三秦流血已成川（羅　隱），為虞為王事偶然（李山甫）。

　　世上何人憐苦節（陸希聲），直須行樂不言旋（薛　稷）。

第二十九齣　聞　　鈴

（丑內叫介）軍士每趲行，前面伺候。

（內鳴鑼，應介）

（丑）萬歲爺，請上馬。

（生騎馬，丑隨行上）

【雙調近詞・武陵花】萬里巡行，多少悲涼途路情。看雲山重疊處，似我亂愁交並。無邊落木響秋聲，長空孤雁添悲哽。寡人自離馬嵬，飽嘗辛苦。前日遣使臣齎奉璽冊，傳位太子去了。行了一月，將近蜀中。且喜賊兵漸遠，可以緩程而進。只是對此烏啼花落，水綠山青，無非助朕悲懷。如何是好！（丑）萬歲爺，途路風霜，十分勞頓。請自排遣，勿致過傷。（生）咳，高力士，朕與妃子，坐則並几，行則隨肩。今日倉卒西巡，斷送他這般結果，教寡人如何撇得下也！（淚介）提起傷心事，淚如傾。回望馬嵬坡下，不覺恨填膺。（丑）前面就是棧道了，請萬歲爺挽定絲韁，緩緩前進。（生）嫋嫋旗旌，背殘日，風搖影。匹馬崎嶇怎暫停，怎暫停！只見陰雲黯淡天昏暝，哀猿斷腸，子規叫血，好教人怕聽。兀的不慘殺人也麼哥，兀的不苦殺人也麼哥！蕭條恁生，峨眉山下少人經，冷雨斜風撲面迎。

（丑）雨來了，請萬歲爺暫登劍閣避雨。

（生作下馬、登閣坐介）

（丑作向內介）軍士每，且暫駐扎，雨住再行。

（內應介）

（生）獨自登臨意轉傷，蜀山蜀水恨茫茫。不知何處風吹雨，點點聲聲迸斷腸。

（內作鈴響介）

（生）你聽那壁廂，不住的聲響，聒的人好不耐煩。高力士，看是什麼東西。

（丑）是樹林中雨聲，和着簷前鈴鐸，隨風而響。

（生）呀，這鈴聲好不做美也！

【前腔】淅淅零零，一片淒然心暗驚。遙聽隔山隔樹，戰合風雨，高響低鳴。一點一滴又一聲，一點一滴又一聲，和愁人血淚交相迸。對這傷情處，轉自憶荒塋。白楊蕭瑟雨縱橫，此際孤魂淒冷。鬼火光寒，草間濕亂螢。只悔倉皇負了卿，負了卿！我獨在人間，委實的不願生。語娉婷，相將早晚伴幽冥。一慟空山寂，鈴聲相應，閣道崚嶒，似我回腸恨怎平！

（丑）萬歲爺且免愁煩。雨止了，請下閣去罷。

（生作下閣、上馬介，丑向內介）軍士每，前面起駕。

（眾內應介）

（丑隨生行介）

【尾聲】（生）迢迢前路愁難罄，招魂去國兩關情。（合）望不盡雨後尖山萬點青。

（生）劍閣連山千里色（駱賓王），離人到此倍堪傷（羅鄴）。
　　　空勞翠輦沖泥雨（秦韜玉），一曲淋鈴淚數行（杜牧）。

第三十齣　情　悔

【仙呂入雙調·普賢歌】（副淨上）馬嵬坡下太荒涼，土地公公也氣不揚。祠廟倒了牆，沒人燒炷香，福禮三牲誰祭享！小神馬嵬坡土地是也，向來香火頗盛。只因安祿山造反，本境人民盡皆逃散。弄得廟宇荒涼，香煙斷絕。目今野鬼甚多，恐怕出來生事，且往四下裡巡看一回。正是"只因神倒運，常恐鬼胡行"。（虛下）

（魂旦上）

【雙調引子·搗練子】冤疊疊，恨層層，長眠泉下幾時醒？魂斷蒼煙寒月裡，隨風窣窣度空庭。一曲霓裳逐曉風，天香國色總成空。可憐只有心難死，脈脈常留恨不窮。奴家楊玉環鬼魂是也。自從馬嵬被難，荷蒙獄帝傳敕，得以棲魂驛舍，免墮冥司。（悲介）我想生前與皇上在西宮行樂，何等榮寵！今一旦紅顏斷送，白骨冤沉，冷驛荒垣，孤魂淹滯。你看月淡星寒，又早黃昏時分，好不淒慘也！

【過曲·三仙橋】古驛無人夜靜，趁微雲，移月暝，潛潛趑趄，暫時偷現影。驀地間，心耿耿，猛想起我舊豐標，教我一想一淚零。想、想當日那態娉婷，想、想當日那妝豔靚，端的是賽丹青描成、畫成。那曉得不留停，早則饑寒肉冷。（悲介）苦變做了鬼胡由，誰認得是楊玉環的行徑！（淚介）（袖出釵盒介）這金釵、鈿盒，乃皇上定情之物，已從墓中取得。不免向月下把玩一回。（副淨潛上，指介）這是楊貴妃鬼魂，且聽他說些什麼。（背立聽介）

（旦看釵盒介）

【前腔】看了這金釵兒雙頭比並，更鈿盒同心相映。只指望兩情堅如金似鈿，又怎知翻做斷綆。若早知為斷綆，枉自去將他留下了這傷心把柄。記得盒底夜香清，釵邊曉鏡明，有多少歡承愛領。（悲介）但提起那恩情，怎教我重泉目瞑！（哭介）苦只為釵和盒，那夕的綢繆，翻成做楊玉環這些時的悲哽。

（副淨背聽，作點頭介）

（旦）咳，我楊玉環，生遭慘毒，死抱沉冤。或者能悔前愆，得有超拔之日，也未可知。且住，（悲介）只想我在生所為，那一樁不是罪案。況且弟兄姊妹，挾勢弄權，罪惡滔天，總皆由我，如何懺悔得盡！不免趁此星月之下，對天哀禱一番。（對天拜介）

【前腔】對星月發心至誠,拜天地低頭細省。皇天,皇天!念楊玉環呵,重重罪孽,折罰來遭禍橫。今夜呵,懺愆尤,陳罪眚,望天天高鑒,宥我垂證明。只有一點那癡情,愛河沉未醒。說到此悔不來,惟天表證。縱冷骨不重生,拼向九泉待等。那土地說,我原是蓬萊仙子,譴謫人間。天呵,只是奴家恁般業重,敢仍望做蓬萊座的仙班,只願還楊玉環舊日的匹聘。
　　(副淨)貴妃,吾神在此。
　　(旦)原來是土地尊神。(副淨)
　　【越調過曲·憶多嬌】我趁月明,獨夜行。見你拜禱深深,仔細聽,這一悔能教萬孽清。管感動天庭,感動天庭,有日重圓舊盟。
　　(旦)多蒙尊神鑒憫。只怕奴家啊,
　　【前腔】業障繁,夙慧輕。今夕徒然愧悔生,泉路茫茫隔上清。(悲介)說起傷情,說起傷情,只落得千秋恨成。
　　(副淨)貴妃不必悲傷,我今給發路引一紙。千里之內,任你魂遊便了。(作付路引介)聽我道來,
　　【鬥黑麻】你本是蓬萊籍中有名,為墮落皇宮,癡魔頓增。歡娛過,痛苦經,雖謝塵緣,難返仙庭。喜今宵夢醒,教你逍遙擇路行。莫戀迷途,莫戀迷途,早歸舊程。
　　【前腔】(旦接路引謝介)深謝尊神,與奴指明。怨鬼愁魂,敢望仙靈!(背介)今後啊,隨風去,信路行。蕩蕩悠悠,日隱宵征。依月傍星,重尋釵盒盟。還怕相逢,還怕相逢,兩心痛增。
　　(副淨)吾神去也。
(旦)曉風殘月正淒然(韓　琮),(副淨)對影聞聲已可憐(李商隱)。
(旦)昔日繁華今日恨(司空圖),(副淨)只應尋訪是因緣(方　幹)。

第三十一齣　剿　　寇

　　【中呂引子·菊花新】(外戎裝,領四軍上)謬承新命陟崇階,掛印催登上將臺。慚愧出羣才,敢自許安危全賴。建牙吹角不聞喧,三十登壇衆所尊。家散萬金酬士死,身留一劍答君恩。下官郭

子儀,叨蒙聖恩,特拜朔方節度使,領兵討賊。現今上皇巡幸西川,今上即位靈武。當此國家多事之秋,正我臣子建功之日。誓當掃清羣寇,收復兩京,再造唐家社稷,重睹漢官威儀,方不負平生志願也。眾將官,今乃黃道吉日,就此起兵前去。

(眾應,吶喊、發號啟行介)

(合)

【中呂過曲·馱環着】擁鸞旗羽蓋,蹴起塵埃。馬掛征鞍,將披重鎧,畫戟雕弓耀彩。軍令分明,爭看取奮鷹揚堂堂元帥。端的是孫吳無賽,管淨掃妖氛毒害。機謀運,陣勢排,一戰收京,萬方寧泰。(齊下)

【前腔】(丑末扮番將、引軍卒行上)倚兵強將勇,倚兵強將勇,一鼓前來。陣似推山,勢如倒海。不斷征雲靉靉,鬼哭神號,到處裡染腥風,殺人如芥。自家大燕皇帝麾下大將史思明、何千年是也。唐家立了新皇帝,遣郭子儀殺奔前來。奉令着我二人迎敵。(末)聞得郭子儀兵勢頗盛,我等二人分作兩隊。待一人與他交戰,一人橫沖出來,必獲大勝。(丑)言之有理。大小三軍,就此分隊殺上前去。(四雜應,做分行介)向兩下分兵迎待,先一合拖刀佯敗。磨旗慘,戰鼓哀。奮勇先登,振威奪帥。

(末領眾先下)

(外領軍上,與丑對戰一合介)

(丑)來將何名?

(外)吾乃大唐朔方節度使郭。天兵到此,還不下馬受縛,更待何時?

(丑)不必多講,放馬過來。

(戰介,丑敗介,走下)

(末領卒上,截外戰介)

(外)來的賊將,快早投降。

(末)郭子儀,你可贏得我麼?

(外)休得饒舌。

(戰介,丑復上混戰介)

（丑、末大敗逃下）
（外）且喜賊將大敗而逃，此去長安不遠，連夜殺奔前去便了。
（衆）得令。（行介）
（合）
【添字紅繡鞋】三軍笑口齊開，齊開；旌旗滿路爭排，爭排。擁大將，氣雄哉，合圖畫上雲臺。把軍書忙裁，忙裁；捷奏報金階，捷奏報金階。
【尾聲】兩都早慰雲霓待，九廟重瞻日月開，復立皇唐億萬載。
　　悲風殺氣滿山河（白居易），師克由來在協和（胡　曾）。
　　行望鳳京旋凱捷（賀　朝），千山明月靜干戈（杜荀鶴）。

第三十二齣　哭　像

（生上）蜀江水碧蜀山青，贏得朝朝暮暮情。但恨佳人難再得，豈知傾國與傾城。寡人自幸成都，傳位太子，改稱上皇。喜的郭子儀兵威大振，指日蕩平。只念妃子為國捐軀，無可表白，特敕成都府建廟一座。又選高手匠人，將旃檀香雕成妃子生像。命高力士迎進宮來，待寡人親自送入廟中供養。敢待到也。（歎科）咳，想起我妃子啊，
【正宮端正好】是寡人昧了他誓盟深，負了他恩情廣，生拆開比翼鸞凰。說什麽生生世世無拋漾，早不道半路裡遭魔障。
【滾繡球】恨寇逼的慌，促駕起的忙。點三千羽林兵將，出延秋，便沸沸揚揚。甫傷心第一程，到馬嵬驛舍傍。猛地裡爆雷般齊吶起一聲的喊響，早子見鐵桶似密圍住四下裡刀槍。惡噷噷單施逞着他領軍元帥威能大，眼睜睜只逼拶的俺失勢官家氣不長，落可便手腳慌張。恨只恨陳元禮呵，
【叨叨令】不催他車兒馬兒，一謎家延延挨挨的望；硬執着言兒語兒，一會裡喧喧騰騰的謗；更排些戈兒戟兒，一哄中重重疊疊的上；生逼個身兒命兒，一霎時驚驚惶惶的喪。（哭科）兀的不痛殺人也麽哥，兀的不痛殺人也麽哥！閃的我形兒影兒，這一個孤孤淒

淒的樣。寡人如今好不悔恨也!

【脫布衫】羞殺咱掩面悲傷,救不得月貌花龐。是寡人全無主張,不合啊將他輕放。

【小梁州】我當時若肯將身去抵搪,未必他直犯君王;縱然犯了又何妨,泉臺上,倒博得永成雙。

【么篇】如今獨自雖無恙,問餘生有甚風光!只落得淚萬行,愁千狀!(哭科)我那妃子呵,人間天上,此恨怎能償!

(丑同二宮女、二内監捧香爐、花幡,引雜擡楊妃像,鼓樂行上)

(丑見生科)啟萬歲爺,楊娘娘寶像迎到了。

(生)快迎進來波。

(丑)領旨。(出科)奉旨:宣楊娘娘像進。

(宮女)領旨。

(做擡像進、對生,宮女跪,扶像略俯科)楊娘娘見駕。

(丑)平身。

(宮女起科)

(生起立對像哭科)我那妃子啊,

【中呂上小樓】別離一向,忽看嬌樣。待與你敘我冤情,説我驚魂,話我愁腸……(近前叫科)妃子,妃子,怎不見你回笑龐,答應響,移身前傍。(細看像,大哭科)呀,原來是刻香檀做成的神像!

(丑)鑾輿已備,請萬歲爺上馬,送娘娘入廟。

(雜扮校尉,瓜、旗、傘、扇,鑾駕隊子上)

(生)高力士傳旨,馬兒在左,車兒在右,朕與娘娘並行者。

(丑)領旨。

(生上馬,校尉擡像,排隊引行科)

【么篇】(生)轂碌碌鳳車呵緊貼着行,嫋亭亭龍鞭呵相對着揚。依舊的輦兒廝並,肩兒齊亞,影兒成雙。情暗傷,心自想。想當時聯鑣遊賞,怎到頭來剛做了恁般隨倡!(到科)

(丑)到廟中了,請萬歲爺下馬。

(生下馬科)内侍每,送娘娘進廟去者。

(鑾駕隊子下)

（内侍擡像，同宮女、丑隨生進，生做入廟看科）

【滿庭芳】我向這廟裡擡頭覷望，問何如西宮南苑，金屋輝光？那裡有鴛幃、繡幕、芙蓉帳，空則見顫巍巍神幔高張，泥塑的宮娥兩兩，帛裝的阿監雙雙。剪簇簇幡旌揚，招不得香魂再轉，却與我搖曳吊心腸。

（坐前坐科）

（丑）吉時已屆，候旨請娘娘升座。

（生）宮人每，伏侍娘娘升座者。

（宮女應科）領旨。

（内細樂，宮女扶像對生，如前略俯科）楊娘娘謝恩。

（丑）平身。

（生起立，内鼓樂，衆扶像上座科）

【快活三】（生）俺只見宮娥每簇擁將，把團扇護新妝。猶錯認定情初，夜入蘭房。（悲科）可怎生冷清清獨坐在這彩畫生綃帳！

（丑）啟萬歲爺，楊娘娘升座畢。

（生）看香過來。

（丑跪奉香，生拈香科）

【朝天子】蒸騰騰寶香，映熒熒燭光，猛逗着往事來心上。記當日長生殿裡御爐傍，對牛女把深盟講。又誰知信誓荒唐，存歿參商！空憶前盟不暫忘。今日呵，我在這厢，你在那厢，把着這斷頭香在手添悽愴。高力士看酒過來，朕與娘娘親奠一杯者。

（丑奉酒科）初賜爵。

（生捧酒哭科）

【四邊靜】把杯來擎掌，怎能够檀口還從我手内嘗。按不住悽惶，叫一聲妃子也親陳上。淚珠兒溶溶滿觴，怕添不下半滴葡萄釀。

（丑接杯獻座科）

（生）我那妃子啊，

【耍孩兒】一杯望汝遥來享，痛煞煞古驛身亡。亂軍中抔土便埋藏，並不曾瀝半碗涼漿。今日呵，恨不誅他肆逆三軍衆，祭汝含酸一國殤。對着這雲幢像，空落得儀容如在，越痛你魂魄飛揚。

（丑又奉酒科）亞賜爵。

（生捧酒哭科）

【五煞】碧盈盈酒再陳，黑漫漫恨未央，天昏地暗人癡望。今朝廟宇留西蜀，何日山陵改北邙！（丑又接杯獻座科）（生哭科）寡人呵，與你同穴葬，做一株塚邊連理，化一對墓頂鴛鴦。

（丑又奉酒科）終賜爵。

（生捧酒科）

【四煞】奠靈筵禮已終，訴衷情話正長。你嬌波不動，可見我愁模樣？只為我金釵鈿盒情辜負，致使你白練黃泉恨渺茫。（丑接杯獻科）（生哭科）向此際搥胸想，好一似刀裁了肺腑，火烙了肝腸。

（丑、宮女、內侍俱哭科）

（生看像驚科）呀，高力士，你看娘娘的臉上，兀的不流出淚來了。

（丑同宮女看科）呀，神像之上，果然滿面淚痕，奇怪，奇怪！

（生哭科）哎呀，我那妃子啊，

【三煞】只見他垂垂的濕滿頤，汪汪的含在眶，紛紛的點滴神臺上。分明是牽衣請死愁容貌，回顧吞聲慘面龐。這傷心真無兩，休說是泥人墮淚，便教那鐵漢也腸荒！

（丑）萬歲爺請免悲傷，待奴婢每叩見娘娘。

（同宮女、內侍哭拜科）

（生）

【二煞】只見老常侍雙膝跪，舊宮娥伏地傷。叫不出娘娘千歲，一個個含悲向。（哭科）妃子呵，只為你當日在昭陽殿裡施恩遍，今日個錦水祠中遺愛長。悲風蕩，腸斷殺數聲杜宇，半壁斜陽。

（丑）請萬歲爺與娘娘焚帛。

（生）再看酒來。

（丑奉酒焚帛，生酹酒科）

【一煞】疊金銀山百座，化幽冥帛萬張。紙銅錢怎買得天仙降？空着我衣沾殘淚鵑留怨，不能勾魂逐飛灰蝶化雙，驀地裡增悲愴。甚時見鸞駿碧漢,鶴返遼陽。

（丑）天色已晚,請萬歲爺回宮。

（生）官娥,可將娘娘神帳放下者。

（官娥）領旨。

（做下神幔,內暗擡像下科）

（生）起駕。

（丑應科）

（生作上馬,鑾駕隊子復上,引行科）

（生）

【煞尾】出新祠淚未收,轉行宮痛怎忘？對殘霞落日空凝望！寡人今夜啊,把哭不盡的衷情,和你夢兒裡再細講。

　　　　數點香煙出廟門（曹　鄴），巫山雲雨洛川神（權德輿）。
　　　　翠蛾仿佛平生貌（白居易），日暮偏傷去住人（封彥沖）。

第三十三齣　神　訴

【仙呂入雙調·柳搖金】（貼引二仙女、二仙官隊子行上）工成玉杼,機絲巧殊,呈錦過天除。搖佩還星渚,雲中引鳳輿。却望着銀河一縷,碧落映空虛。俯視塵寰,山川米聚。吾乃天孫織女是也。織成天錦,進呈上帝。行路中間,只見一道怨氣,直沖霄漢。不知下界是何地方。（叫介）仙官,（官應介）（貼）你看這非煙非霧,怨氣模糊,試問下方何處？

（官應,作看介）啟娘娘,下界是馬嵬坡地方。

（貼）分付暫駐雲車,即宣馬嵬坡土地來者。

（官應,衆擁貼高處坐介）

（官向內喚介）馬嵬坡土地何在？

（副淨應上）來也。

【越調·鬥鵪鶉】則俺在廟裡安身,忽聽得空中喚取。則他那天上宣差,有俺甚地頭事務？（官喚科）土地快來！（副）他不住的唱叫揚疾,唬的我慌忙急遽。只索把急張拘諸的袍袖來拂,乞留屈碌的腰帶來束。整頓了這破丟不答的平頂頭巾,扶定了那滴羞撲速的齊眉拐拄。

（見官科）仙官呼喚,有何使令？

（官）織女娘娘呼喚你哩。

【紫花兒序】（副淨）聽說道喚俺的是天孫織女,我又不曾在河邊去掌渡司橋,可因甚到坡前來覓路尋途？（背科）哦,是了波,敢只為雲中駕過,道俺這裡接待全疏,（哭科）待將咱這卑職來勾除。（回向官科）仙官可憐見波,小神官卑地苦,接待不周,特帶得一陌黃錢在此,送上仙官,望在娘娘前方便咱。則看俺廟宇荒涼鬼判無,常只是塵蒙了神案,土塞在臺基,草長在香爐。

（官笑科）誰要你的黃錢。娘娘有話向你哩,快去,快去。（引副淨見介）

（副淨）馬嵬坡土地叩見。願娘娘聖壽無疆。

（仙女）平身。

（副淨起科）

（貼）土地,我在此經過,見你界上有怨氣一道,直沖霄漢。是何緣故？

（副淨）娘娘聽啟：

【天淨沙】這的是豔晶晶《霓裳》曲裡嬌姝,嫋亭亭翠盤掌上輕軀。（貼）是那一個？（副淨）是唐天子的貴妃楊玉環,磣磕磕黃土坡前怨屈,因此上痛咽咽幽魂不去,靄騰騰黑風在空際吹噓。

（貼）原來就是楊玉環。記得天寶十載渡河之夕,見他與唐天子在長生殿上,誓願世為夫婦。如今已成怨鬼,甚是可憐。土地,你將死時光景說與我聽者。

【調笑令】（副淨）只為着往蜀、侍鑾輿,鼎沸般軍聲四下裡呼。痛紅顏不敢將恩負,哭哀哀拜辭了君主。一霎時如花命懸三尺組,生擦擦為國捐軀。

（貼）怎生為國捐軀,你再細細說來。

【小桃紅】（副淨）當日個鬧鑊鐸,激變羽林徒,把驛庭四面來圍住。若不是慷慨佳人將難輕赴,怎能夠保無虞,扈君王直向西川路，使普天下人心悅服。今日裡中興重睹，兀的不是再造了這皇圖。

（貼）雖如此說，只是以天下為主，不能庇一婦人，長生殿中之誓安在？李三郎暢好薄情也。

（副淨）娘娘，那楊妃啊，

【禿廝兒】並不怨九重上情違義忤，單則捱九泉中恨債冤逋。痛只痛情緣兩斷不再續，常則是悲此日，憶當初，欷歔。

（貼）他可說些甚來？（副淨）

【聖藥王】他道是恩已虛，愛已虛，則那長生殿裡的誓非虛。就是情可辜，意可辜，則那金釵、鈿盒的信難辜。拼抱恨守冥途。

（貼）他原是蓬萊仙子，只因凡孽，迷失本真。今到此地位，還記得長生殿中之誓。有此真情，殊堪鑒憫。

（副淨）再啟娘娘，楊妃近來，更自痛悔前愆。

（貼）怎見得？

【麻郎兒】（副淨）他夜夜向星前捫心泣訴，對明月叩首悲呼。切自悔愆尤積聚，要祈求罪業消除。

【么篇】因此上怨呼，恨吐，意苦。雖不能貫白虹上達天都，早則是結紫字衝開地府，不提防透青霄橫當仙路。

（貼）原來如此。既悔前非，諸愆可釋。吾當保奏天庭，令他復歸仙位便了。

（副淨）娘娘啊，

【絡絲娘】雖則保奏他仙班再居，他却還有癡情幾許。只恐到仙宮，但孤處，願永證前盟夫婦。

（貼）是兒好情癡也。你且回本境，吾自有道理。

（副淨）領法旨。

【尾聲】代將情事分明訴，幸娘娘與他做主。早則看馬嵬坡少一個苦遊魂，穩情取蓬萊山添一員舊仙侶。（下）

（貼）分付起駕，回璿璣宮去。

（眾應引行介）

【南仙呂入雙調過曲・金字段】【金字令】紅顏薄命，聽說真冤苦。黃泉長恨,聽說多酸楚。更抱貞心,初盟不負。【三段子】悔深頓令真元露,情堅煉出金丹固,只合登仙,把人天恨補。

　　往來朝謁蕊珠宮（趙嘏）,烏鵲橋成上界通（劉威）。
　　縱目下看浮世事（方幹）,君恩已斷盡成空（盧弼）。

第三十四齣　刺　　逆

　　（丑扮李豬兒太監帽、氊笠、箭衣上）小小身材短短衣,高簷能走壁能飛。懷中匕首無人見,一皺眉頭起殺機。自家李豬兒便是,從小在安祿山帳下。見俺人材俊俏,性格聰明,就與兒子一般看待。一日祿山醉後,忽然現出豬首龍身,自道是個豬龍,必有天子之分。因此把俺名字,就順口喚做豬兒。不想他如今果然做了皇帝,却寵愛着段夫人,要立他兒子慶恩為太子。眼見這頂平天冠,不要說俺李豬兒沒福戴他,就是他長子大將軍慶緒,也輪不到頭上了。因此大將軍心懷忿恨,與俺商量,要俺今夜入宮行刺。唉,安祿山,安祿山,你受了唐天子那樣大恩,尚且興兵反叛,休怪俺李豬兒今日反面無情也。（內打二更介）你聽,譙樓已打二鼓,不免乘此夜靜,沿着宮牆前去走一遭也呵。（行介）

　　【雙調二犯江兒水】陰森夾道,行不盡陰森夾道,更深人靜悄。（內作鳥聲介）怕驚飛宿鳥,（內作犬吠介）犬吠哮哮,禍機兒包貯好。（內打更介）那邊巡軍來了,俺且閃在大樹邊,躲避一回。（躲介）（小生、末、中淨、老旦扮四軍,巡更上）百萬軍中人四個,九重門外月三更。（末）大哥每,你看那御河橋樹枝,為何這般亂動?（老）莫不有甚奸細在此。（中淨）這所在那得有奸細,想是柳樹成精了。（小生）呸,你每不聽得風起麼?（衆）不要管,一路巡去就是了。（繞場走下）（丑出行介）好唬人也：只見刁斗暗中敲,巡軍過御橋。星影雲飄,月影花搖,險些兒漏風聲難自保。一路行來,此處已近後殿,不免跳過牆去。苑牆恁高,那怕他苑牆恁高,翻身一跳,（作跳過介）已被俺翻身一跳。（內作樂介）你聽,恁般時候,還有笙歌之聲。喜得宮中都是熟路,且自慢慢而去。等待他醉模糊把錦席

拋。(虛下)

(淨作醉態,老旦、中淨、二宮女扶侍,二雜扮內侍、提燈上)

(淨)孤家醉了,到便殿中安息去罷。

(雜引淨到介)

(淨坐介)

(二雜先下)

(淨)宮娥,段夫人可曾回宮?

(老旦、中淨)回宮去了。

(淨)看茶來吃。

(老旦、中淨應下)

(淨作醒歎介)唉,孤家原不曾醉。只為打破長安之後,便想席捲中原。不料各路諸將,連被郭子儀殺得大敗,心中好生着急。又因愛戀段夫人,酒色過度,不但弄得孤家身子疲軟,連雙目都不見了。因此今夜假裝酒醉,令他回宮,孤家自在便殿安寢,暫且將息一宵。

(老旦、中淨捧茶上)皇爺,茶在此。

(淨作飲介)

(內打三更介)

(中淨)夜已三更,請皇爺安寢罷。

(淨)宮娥每,把殿門緊閉了。

(老旦、中淨應,作閉門介)(淨睡介)

(老旦、中淨坐地盹介,淨作驚介)為何今晚睡臥不寧,只管肉飛眼跳。(叫介)宮娥,宮娥!

(中淨驚醒介)想是皇爺獨眠不慣,在那裡喚人哩。姐姐你去。

(老旦)姐姐,還是你去。(推,諢介)

(淨又叫介)宮娥,是什麼人驚醒孤家?

(老旦、副淨)沒有人。

(淨)傳令外面軍士,小心巡邏。

(老旦、副淨)領旨。(作開門出,向內傳介)

(內應介)

（老旦、副淨進，忘閉門，復坐地盹介）

（淨做睡不着介）又記起一事來，段夫人要孤家立他的兒子慶恩為太子，這事明日也要定了。（做睡着介）

（丑潛上）俺李豬兒在黑影裡，等了多時。纔聽得笙歌散後，段夫人回宮，說祿山醉了在便殿安息。是好機會也呵。（行介）

【前腔】潛身行到，悄不覺潛身行到。（內喊小心巡迴介）巡更的空鬧吵，怎知俺宮闈暗繞，苑路斜抄，湊昏君沉醉倒。這裡已是便殿了。且喜門兒半開在此，不免捱身而入。（進介）莫把獸環搖，（作聽介）聽鼾聲殿角高。你看守宿的宮女，都是睡着。（作剔燈介）咱剔醒蘭膏，（揭帳介）揭起鮫綃，（出刀介）管教他潑殘生登時了。（淨作夢語，丑驚，伏地，徐起細聽介）夢中絮叨，原來是夢中絮叨。（內打四更介）殘更頻報，趁着這殘更頻報，赤緊的向心窩一刀。（刺淨急下）

（淨作大叫一聲跌地，連跳作死介）

（老旦、中淨驚醒介）那裡這般響動？（看介）阿呀，不好了！（向外叫介）外廂值宿軍士快來。

（四雜軍上）為何大驚小怪？

（老旦、中淨）皇爺忽然夢中大叫，急起看時，只見鮮血滿身，倒在地下。

（四雜）有這等事！（作進看介）呀，原來被人刺中心窩而死。好奇怪，我每緊守外廂，還有許多巡軍攔路，這賊從那裡進來？畢竟是你每做出來的。

（老旦、副淨）好胡說，你每在外廂護衛，放了賊進來。明日大將軍查問，少不得一個個都是死。

（軍）難道你每就推得乾淨？（譚介）

（雜扮將官上）凶音來紫殿，令旨出青宮。大將軍有令：主上被唐朝郭子儀遣人刺死，即着軍士擡往段夫人宮中收殮，候大將軍即位發喪。

（四雜）得令。（擡屍下）

（老旦、副淨向內介）

魚文匕首犯車茵（劉禹錫），當值巡更近五雲（王建）。
胸陷鋒芒腦塗地（陸龜蒙），已無蹤跡在人羣（趙嘏）。

第三十五齣　收　京

【仙呂過曲・甘州歌】【八聲甘州】（外金盔、袍服，生、小生、淨、末扮四將，各騎馬，二卒執旗行上）宣威進討，喜日明帝里，風靜皇郊。欃槍滌盡，看把乾坤重造。揚鞭漫將金鐙敲，整頓中興事正饒。（外）下官郭子儀，奉命統兵討賊。且喜祿山授首，慶緒奔逃，大小三軍就此振旅進城去。（衆應，行介）【排歌】收馳轡，近吊橋，只見長安父老拜前旄。歡聲動，笑語高，賫將珠串奉香醪。（到介）

（衆）啟元帥，已進京城。請在龍虎衛衙門，權時駐扎。
（外、衆下馬，作進，外正坐，四將傍坐介）
（外）憶昔長安全盛時，
（生、小生）今朝重到不勝悲。
（淨、末）漫揮滿目河山淚，
（外）始悟新豐壁上詩。
（四將）請問元帥，什麼新豐壁上詩？
（外）諸將不知，本鎮當年初到西京，偶見酒樓壁上，有術士李遐周題詩一首。
（四將）題的是何詩句？
（外）那詩上說："燕市人皆去，函關馬不歸。若逢山下鬼，環上繫羅衣。"
（四將）這却怎麼解？
（外）當時也詳解不出。如今看來，却句句驗了。
（將）請道其詳。
（外）祿山統燕、薊軍馬，入犯兩京，可不是"燕市人皆去"麼？後來哥舒兵敗潼關，正是"函關馬不歸"了。
（四將）是，果然不差。後面兩句，却又何解？
（外）"山下鬼"者，嵬字也。"環"乃貴妃之名，恰應馬嵬賜死之事。

（四將）原來如此，可見事皆前定。今仗元帥洪威，重收宮闕，真乃不世之勳也。

（外歎介）唉，西京雖復，只是天子暫居靈武，上皇遠狩成都；千官尚竄草萊，百姓未歸田里。必先肅清宮禁，灑掃園陵。務使鐘簴不移，廟貌如故，上皇西返，大駕東回，纔完得我郭子儀身上的事也。

（四將打恭介）全仗元帥。只手重扶唐社稷，一肩獨荷李乾坤。

（外）說便這般說，這中興事，大費安排。諸公何以教我？

（四將）不敢。（外）

【商調過曲・高陽臺】九廟灰飛，諸陵塵暗，腥羶滿目狼藉。久闕宮懸，傷心血淚時滴。（合）今日、妖氛幸喜消盡也，索早自掃除修葺。（外）左營將官過來。（生）有。（外）你將這令箭一枝，前去星夜雇募人夫掃除陵寢，修葺宗廟，候聖駕回來致祭。（合）待春園，櫻桃熟綻，薦陳時食。

（外付令箭，生收介）領鈞旨。

（末）元帥在上，帝京初復，十室九空。為今要務，先當招集流移，使安故業。

（外）言之然也。

【前腔】〔換頭〕堪惜，徵調千家，流離百室。哀鴻滿路悲戚。須早招徠，閭閻重見盈實。（合）安輯，春深四野農事早，恰趁取甲兵初釋。（外）右營將官過來。（小生）有。（外）你將這令箭一枝，前去出榜安民，復歸舊業。（合）遍郊圻，安寧婦子，勉修耕織。

（外付令箭，小生接介）領鈞旨。

（淨）元帥在上，國家新造，綱紀宜張，還須招致舊臣，共圖更始。

（外）此言正合我意。

【前腔】〔換頭〕雖則、暫總綱維，獨肩弘巨，同心早晚協力。百爾臣工，安危須仗奇策。（合）欣得、南陽已自佳氣滿，好共把舊章重飭。（外）後營將官過來。（末）有。（外）你將這令箭一枝，榜示百官,限三日內,齊赴軍前,共襄國事。(合)佐中興昇平泰運,景從雲集。

(外付令箭,末接介)領鈞旨。

(生、小生)元帥在上,長安久無天日,士民渴仰聖顏。庶政以漸舉行,鑾輿必先反正。

(外)二位所言,乃中興大本也。本鎮早已修下迎駕表文在此。

【前腔】〔換頭〕目極,雲蔽行宮,塵蒙西蜀,臣心夙夜難釋。反正鑾輿,羣情方自歸一。(衆共泣介)(合)淒惻,無君久切人痛憤,願早把聖顏重識。(外)前營將官過來,(淨)有。(外)你將這令箭一枝,帶領龍虎軍士五千,備齊法駕,齎我表文,前往靈武,奉迎今上皇帝告廟。並候聖旨,遣官前往成都,迎請上皇回鑾。(淨接令箭介)領鈞旨。(外)左右看香案過來,就此拜發表文。(雜應、設香案,扭扮禮生上,贊禮)(外同四將拜表介)(合)就軍前瞻天仰聖,共尊明辟。

(丑下)

(淨捧表文介)

(四將)小將等就此前去。

　　削平妖孽在斯須(方幹),(外)依舊山河捧帝居(皮日休)。
(合)聽取滿城歌舞曲(杜牧),　　風雲長為護儲胥(李商隱)。

第三十六齣　看　襪

【商調過曲・吳小四】(老旦扮酒家嫗上)驛坡頭,門巷幽,拾得娘娘錦襪收。開着店兒重賣酒,往來客人盡見投。聊度日,不用愁。老身王嬤嬤,一向在這馬嵬坡下,開個冷酒鋪兒度日。自從安祿山作亂,人戶奔逃。那時老身躲入驛內佛堂,只見梨樹之下有錦襪一隻,是楊娘娘遺下的。老身收藏到今,誰想是件至寶。如今郭元帥破賊收京,太平重見,老身仍舊開張酒鋪在此。但是遠近人家,聞得有錦襪的,都來鋪中飲酒,兼求看襪。酒錢之外,另有看錢,生意十分熱鬧。(笑介)也算是老身交運了。今早鋪設下店兒,

想必有人來也。(虛下)

(小生巾、服行上)

【中呂過曲・駐馬聽】翠輦西臨,古驛千秋遺恨深。歎紅顏斷送,一似青塚荒涼,紫玉銷沉。小生李謩,向因兵戈阻路,不能出京。如今漸喜太平,聞得馬嵬坡下王嬤嬤酒店中,藏有貴妃錦襪一隻,因此前往借觀。呀,那邊一個道姑來了。(丑扮道姑上)滿目滄桑都換淚,空留錦襪與人看。(見介)(小生)姑姑何來?(丑)貧道乃金陵女貞觀主,來京請藏,兵阻未歸。今聞王嬤嬤店中,有楊娘娘錦襪,特來求看。(小生)原來也是看襪的,就請同行。(同行介)(合)玉人一去杳難尋,傷心野店留殘錦。且買酒徐斟,暫時把玩端詳審。

(小生)此間已是,不免徑入。(同作進介)

(老旦迎上)裡面請坐。

(小生、丑作坐介)

(外上)老漢郭從謹,喜得兵戈寧息,要往華山進香。經過這馬嵬坡下,走的乏了。有座酒店在此,且吃三杯前去。(進介)店主人取酒來。

(老旦)有酒。

(外與小生、丑見介)請了。

(小生向老旦介)王嬤嬤,我等到此,一則飲酒,二則聞有太真娘娘的錦襪,要借一觀。

(老旦笑介)錦襪果有一隻。只是老身呵,

【前腔】寶護深深,什襲收藏直至今。要使他香痕不減,粉澤常留,塵涴無侵。果然堪愛又堪欽,行人欲見爭投飲。客官,只要不惜囊金,願與君把玩端詳審。

(小生)這個自然。我每酒錢之外,另有青蚨便了。

(老旦)如此待老身去取來。(虛下)(持襪上)玉趾罷穿還帶膩,羅巾深裹便聞香。客官,錦襪在此。請看。

(小生作接,展開同丑看介)呀,你看錦文縝緻,制度精工。光豔猶存,異香未散。真非人間之物也。

（丑）果然好香！

（外作飲酒不顧介）

（小生作持襪起，看介）

【駐雲飛】你看薄襯香綿，似一朵仙雲輕又軟。昔在黃金殿，小步無人見。憐今日酒壚邊，等閒攜展。只見線跡針痕，都砌就傷心怨。可惜了絕代佳人絕代冤，空留得千古芳蹤千古傳。

（外作惱介）唉，官人，看他則甚！我想天寶皇帝，只為寵愛了貴妃娘娘，朝歡暮樂，弄壞朝綱。致使干戈四起，生民塗炭。老漢殘年向盡，遭此亂離。今日見了這錦襪，好不痛恨也。

【前腔】想當日一撚新裁，緊貼紅蓮着地開，六幅湘裙蓋，行動君先愛。唉，樂極惹非災，萬民遭害。今日裡事去人亡，一物空留在。我驀睹香袦重痛哀，回想顛危還淚揩。

（老旦）呀，這客官見了錦襪，為何着惱？敢是不肯出看錢麼！

（外）什麼看錢？

（老旦）原來是個村老兒，看錢也不曉得。

（小生）些須小事，不必鬥口。（向丑介）姑姑也請細觀。（向老旦介）待小生一併送錢便了。（遞襪介）

（丑接起看介）唉，我想太真娘娘，絕代紅顏，風流頓歇。今日此襪雖存，佳人難再。真可歎也。

【前腔】你看瑣翠鉤紅，葉子花兒猶自工。不見雙趺瑩，一隻留孤鳳。空流落，恨何窮。馬嵬殘夢，傾國傾城，幻影成何用。莫對殘絲憶舊蹤，須信繁華逐曉風。（遞襪與老旦介）嬤嬤，我想太真娘娘，原是神仙轉世。欲求喜捨此襪，帶到金陵女貞觀中，供養仙真。未知許否？

（老旦笑介）老身無兒無女，下半世的過活都在這襪兒上。實難從命。

（小生）小生願出重價買去。如何？

（外）這樣遺臭之物，要他何用！

（老旦）老身也不賣的。

（外作交錢介）拿酒錢去。

(小生作交錢介)我每看襪的錢,一總在此。
(老旦收介)多謝了。

一醉風光莫厭頻(鮑溶),(丑)幾多珠翠落香塵(盧綸)。
(小生)惟留坡畔彎環月(李益),(外)郊外喧喧引看人(宋之問)。

第三十七齣 屍 解

【正宮引子·梁州令】(魂旦上)風前蕩漾影難留,歎前路誰投。死生離別兩悠悠,人不見,情未了,恨無休。【如夢令】絕代風流已盡,薄命不須重恨。情字怎消磨?一點嵌牢方寸。閒趁,閒趁,殘月曉風誰問。我楊玉環鬼魂,自蒙土地給與路引,任我隨風來往。且喜天不收,地不管,無拘無繫,煞甚逍遙。只是再尋不到皇上跟前,重逢一面。(悲介)好不悲傷!今日且順着風兒,看到那一處也。(行介)

【正宮過曲·雁魚錦】【雁過聲全】悄魂靈御風似夢遊,路沉沉不辨昏和晝。經野樹片時權棲宿,猛聽冷煙中鳥啾啾,唬得咱早難自停留。青磷荒草浮,倩他照着我向前冥冥走。是何處?殿角幾重雲影覆。(看介)呀,原來就是西宮門首了。不免進去一看。(作欲進,二門神黑白面、金甲,執鞭、簡上)(立高處介)生前英勇安天下,死後威靈護殿門。(舉鞭、簡攔旦介)何方女鬼,不得擅入。(旦出路引介)奴家楊玉環,有路引在此。(門神)原來是楊娘娘。目今祿山被刺,慶緒奔逃,郭元帥掃清宮禁。只太上皇遠在蜀中,新天子尚留靈武。因此大內寂無一人,宮門盡扃鎖鑰。娘娘請自進去,吾神回避。(下)(旦作進介)你看"宮花都是斷腸枝,簾幕無人窣地垂。行到畫屏回合處,分明釵盒奉恩時。"(淚介)(場上先設宮中舊床帷、器物介)【二犯漁家傲】【雁過聲】〔換頭〕躊躇,往日風流。【普天樂】(作坐床介)記盒釵初賜,種下這恩深厚。癡情共守,(起介)又誰知慘禍分離驟!唉,你看沉香亭、華萼樓都這般荒涼冷落也。(作登樓介)並沒有人登畫樓,並沒有花開並頭,【雁過聲】並沒有奏新謳——端的有、荒涼滿目生愁!淒然,不由人淚流!呀,這裡是長生殿了。我想起來,(淚介)(場上先設長生殿乞巧香案介)這壁廂是咱那日陳瓜果、夜香來乞巧,那壁廂是他恁時向牛女憑肩私拜求。(哭介)我那皇上呵,怎能够霎時一見也!方纔門神説,上皇猶在蜀中。不免閃出宮門,到渭橋之上,一望西川則個。(行介)【二犯傾杯序】【雁過聲】〔換頭〕凝眸,一片清秋,(登橋介)【漁家傲】望不見寒雲遠樹峨眉秀。【傾杯序】苦憶蒙塵,影孤體倦。病馬嚴霜,萬里橋頭,知他健否!縱然無恙,料也為咱消瘦。待我飛將過去。(作飛,被風吹轉介)(哭介)哎喲,天呵!【雁過聲】我只道輕魂弱魄飛能去,又誰知千水萬山途轉修。(作看介)呀,你看佛堂虛掩,梨樹欹斜。怎麼被風一吹,仍在馬嵬驛內了!(場上先設佛堂梨樹介)【喜漁燈犯】【喜漁燈】驛垣夜冷,一燈微漏。佛堂外,陰風四起。看月暗空廏,【朱奴兒】猛傷心淚垂。【玉芙蓉】對着這一株靠簷梨樹幽,(坐地泣介)【漁家傲】這是我斷香零玉沉埋處。好結果一場廝耨,空落得薄命名留。【雁過聲】當日個紅顏豔冶千金笑,今日裡白骨拋殘土半丘。我想生受深恩,死亦何悔。只是一段情緣,未能終始。此心耿耿,萬劫難忘耳。

　　【錦纏道犯】【錦纏道】謾回首,夢中緣,花飛水流,只一點故情留。似春蠶到死,尚把絲抽。劍門關離宮自愁,馬嵬坡夜臺空守,想一樣恨悠悠。【雁過聲】幾時得金釵鈿盒完前好,七夕盟香續斷頭!

　　(副淨上)天邊傳敕使,泉下報幽魂。(見介)貴妃,有天孫娘娘齎捧玉旨到來,須索準備迎接。吾神先去也。

　　(旦)多謝尊神。(分下)

　　(雜扮四仙女,執水盂、幡節,引貼捧敕上)

　　【南呂引子・生查子】玉敕降天庭,鸞鶴飛前後。只為有情真,召取還蓬岫。

　　(副淨上,跪接介)馬嵬坡土地迎接娘娘。

　　(貼)土地,楊妃魂靈何在?速召前來,聽宣玉敕。

　　(副)領法旨。(下)

　　(引旦去魂魄上,跪介)

（貼宣敕介）玉旨已到，跪聽宣讀。玉帝敕曰：諮爾玉環楊氏，原係太真玉妃，偶因微過，暫謫人間。不合迷戀塵緣，致遭劫難。今據天孫奏爾籲天悔過，夙業已消，真情可憫。准授太陰煉形之術，復籍仙班，仍居蓬萊仙院。欽哉謝恩。

（旦叩頭介）聖壽無疆。（見貼介）天孫娘娘叩首。

（貼）太真請起。前天寶十載七夕，我正渡河之際，見你與唐天子在長生殿上，密誓情深。昨又聞馬嵬土地訴你悔過真誠，因而奏聞上帝，有此玉音。

（旦）多謝娘娘提拔。

（貼取水盂，付副淨介）此乃玉液金漿。你可將去，同玉妃到墳前，沃彼原身，即得煉形度世，屍解上昇了。煉畢之時，即備音樂、幡幢，送歸蓬萊仙院。我先繳玉敕去也。

（副淨）領法旨。

（貼）駕回雙鳳闕，雲擁七襄衣。（引仙女下）

（副淨）玉妃恭喜，就請回到塚上去。

（副淨捧水盂，引旦行介）

【南呂過曲·香柳娘】往郊西道北，往郊西道北，只見一拳培塿，（副淨）到了。（旦作悲介）這便是我前生宿豔藏香藪。（副淨）小神向奉西嶽帝君敕旨，將仙體保護在此。待我去扶將出來。（作向古門扶雜，照旦妝飾，扮旦屍錦褥包裹上）（副淨解去錦褥，扶屍立介）（旦見作驚介）看原身宛然，看原身宛然，緊緊合雙眸，無言閉檀口。（副淨將水沃屍介）把金漿點透，把金漿點透，神光面浮，（屍作開眼介）（旦）秋波忽溜。

（屍作手足動，立起向旦走一二步介）

（旦驚介）呀，

【前腔】果霎時再活，果霎時再活，向前移走，覷形模與我無妍醜。（作遲疑介）且住，這個楊玉環已活，我這楊玉環卻歸何處去？（屍作忽走向旦，旦作呆狀，與屍對立介）（副淨拍手高叫介）玉妃休迷，他就是你，你就是他。（指屍向旦介）這軀殼是伊，（指旦向屍介）這魂魄是伊，真性假骷髏，當前自分剖。（屍逐旦繞場急奔一轉，旦撲屍身作跌倒，屍隱下）（副淨）看元神入殼，看元神入殼，似靈胎再投，雙環合湊。

【前腔】（旦作起，立定徐唱介）乍沉沉夢醒，乍沉沉夢醒，故吾失久，形神忽地重圓就。猛回思惘然，猛回思惘然，現在自莊周，蝴蝶復何有。我楊玉環，不意今日冷骨重生，離魂再合。真謝天也。似亡家客遊，似亡家客遊，歸來故丘，室廬依舊。土地請上，待吾拜謝。

（副淨）小神不敢。

（旦拜，副淨答拜介）

（旦）

【前腔】謝經年護持，謝經年護持，保全枯朽，更斷魂落魄蒙帡覆。（副淨）音樂、幡幢已備，候送玉妃歸院。（旦欲行又止介）且住，我如今屍解去了，日後皇上回鑾，畢竟要來改葬。須留下一物在此，做個記驗纔好。土地，你可將我裹身的錦褥，依舊埋在塚中，不可損壞。（副淨）領仙旨。（作取褥，褥作飛下介）（副淨看介）呀，奇哉，奇哉！那錦褥化作一片彩雲，竟自騰空飛去了。（旦看介）哦，是了。方纔煉形之時，那錦褥也沾着金漿，故此得了仙氣。化飛空彩雲，化飛空彩雲，也似學仙遊，將何更留後。我想金釵、鈿盒，是要隨身緊守的，此外並無他物……（想介）哦，也罷，我胸前有錦香囊一個，乃翠盤試舞之時，皇上所賜。不免解來留下便了。（作解香囊看介）解香囊在手，解香囊在手，（悲介）他日君王見收，索強似人難重覯。

（將香囊付副淨介）土地，你可將此香囊，放在塚內。

（副淨接介）領仙旨。（虛下，即上）啟娘娘，香囊已放下了。

（雜扮四仙女，音樂、幡幢上）（見旦介）蓬萊山太真院中仙姬叩見。請娘娘更衣歸院。

（內作樂，旦作更仙衣介）

（副淨）小神候送。

（旦）請回。

（副下，仙女、旦行介）

【單調風雲會】【一江風】指瀛洲,雲氣空濛覆,金碧開羣岫。【駐雲飛】嗏,仙家歲月悠,與情同久。情到真時,萬劫還難朽。牢把金釵鈿盒收,直到蓬山頂上頭。(從高處行下)

　　銷耗胸前結舊香(張　祜),多情多感自難忘(陸龜蒙)。

　　蓬山此去無多路(李商隱),天上人間兩渺茫(曹　唐)。

第三十八齣　彈　　詞

　　(末白鬚,舊衣帽抱琵琶上)一從鼙鼓起漁陽,宮禁俄看蔓草荒。留得白頭遺老在,譜將殘恨說興亡。老漢李龜年,昔為內苑伶工,供奉梨園。蒙萬歲爺十分恩寵。自從朝元閣教演"霓裳",曲成奏上,龍顏大悅。與貴妃娘娘,各賜纏頭,不下數萬。誰想祿山造反,破了長安。聖駕西巡,萬民逃竄。俺每梨園部中,也都七零八落,各自奔逃。老漢來到江南地方,盤纏都使盡了。只得抱着這面琵琶,唱個曲兒糊口。今日乃青溪鷲峰寺大會。遊人甚多,不免到彼賣唱。(歎科)哎,想起當日天上清歌,今日沿門鼓板,好不頹氣人也。(行科)

　　【南呂一枝花】不隄防餘年值亂離,逼拶得歧路遭窮敗。受奔波風塵顏面黑,歎衰殘霜雪鬢須白。今日個流落天涯,只留得琵琶在。揣羞臉上長街,又過短街。那裡是高漸離擊築悲歌,倒做了伍子胥吹簫也那乞丐。

　　【梁州第七】想當日奏清歌趨承金殿,度新聲供應瑤階。說不盡九重天上恩如海:幸溫泉驪山雪霽,泛仙舟興慶蓮開,玩嬋娟華清宮殿,賞芳菲花萼樓臺。正擔承雨露深澤,驀遭逢天地奇災:劍門關塵蒙了鳳輦鸞輿,馬嵬坡血污了天姿國色。江南路哭殺了瘦骨窮骸。可哀落魄,只得把《霓裳》御譜沿門賣,有誰人喝聲采!空對着六代園陵草樹埋,滿目興衰。(虛下)

　　(小生巾服上)花動遊人眼,春傷故國心。霓裳人去後,無復有知音。小生李謩,向在西京留滯,亂後方回。自從宮牆之外,偷按《霓裳》數疊,未能得其全譜。昨聞有一老者,抱着琵琶賣唱。人人都説手法不同,像個梨園舊人。今日鷲峰寺大會,想他必在那裡。不免前去尋訪一番。一路行來,你看遊人好不盛也。

(外巾服,副淨衣帽,淨長帽、帕子包首,扮山西客,攜丑扮妓上)

(外)閒步尋芳惜好春,

(副淨)且看勝會逐遊人。

(淨)大姐,咱和你"及時行樂休空過"。

(丑)客官,"好聽琵琶一曲新"。

(小生向副淨科)老兄請了。動問這位大姐,説什麽"琵琶一曲新?"

(副淨)老兄不知,這裡新到一個老者,彈得一手好琵琶。今日在鷲峰寺趕會,因此大家同去一聽。

(小生)小生正要去尋他,同行何如!

(衆)如此極好。(同行科)行行去去,去去行行,已到鷲峰寺了。就此進去。(同進科)

(副淨)那邊一個圈子,四圍板凳,想必是波。我每一齊捱進去,坐下聽者。

(衆作坐科)

(末上見科)列位請了,想都是聽曲的。請坐了,待在下唱來請教波。

(衆)正要領教。

(末彈琵琶唱科)

【轉調貨郎兒】唱不盡興亡夢幻,彈不盡悲傷感歎,大古裡淒涼滿眼對江山。我只待撥繁弦傳幽怨,翻別調寫愁煩,慢慢的把天寶當年遺事彈。

(外)"天寶遺事",好題目波。

(淨)大姐,他唱的是什麽曲兒,可就是咱家的西調麽?

(丑)也差不多兒。

(小生)老丈,天寶年間遺事,一時那裡唱得盡者。請先把楊貴妃娘娘,當時怎生進宮,唱來聽波。

（末彈唱科）

【二轉】想當初慶皇唐太平天下，訪麗色把蛾眉選刷。有佳人生長在弘農楊氏家，深閨内端的玉無瑕。那君王一見了歡無那，把鈿盒金釵親納，評跋做昭陽第一花。

（丑）那貴妃娘娘，怎生模樣波？

（淨）可有咱家大姐這樣標緻麼？

（副淨）且聽唱出來者。

（末彈唱科）

【三轉】那娘娘生得來仙姿佚貌，說不盡幽閒窈窕。真個是花輸雙頰柳輸腰，比昭君增妍麗，較西子倍風標，似觀音飛來海嶠，恍嫦娥偷離碧霄。更春情韻饒，春酣態嬌，春眠夢悄。總有好丹青，那百樣娉婷難畫描。

（副淨笑科）聽這老翁說的楊娘娘標緻，恁般活現，倒像是親眼見的，敢則謊也。

（淨）只要唱得好聽，管他謊不謊。那時皇帝怎麼樣看待他來，快唱下去者。

（末彈唱科）

【四轉】那君王看承得似明珠没兩，鎮日裡高擎在掌。賽過那漢宮飛燕倚新妝，可正是玉樓中巢翡翠，金殿上鎖着鴛鴦，宵偎晝傍。直弄得個伶俐的官家顛不剌、懵不剌、撇不下心兒上。弛了朝綱，占了情場，百支支寫不了風流帳。行廝並，坐廝當。雙，赤緊的倚了御床，博得個月夜花朝同受享。

（淨倒科）哎呀，好快活，聽的咱似雪獅子向火哩。

（丑扶科）怎麼說？

（淨）化了。

（衆笑科）

（小生）當日宮中有《霓裳羽衣》一曲，聞說出自御製，又說是貴妃娘娘所作，老丈可知其詳？請唱與小生聽咱。

（末彈唱科）

【五轉】當日呵，那娘娘在荷庭把宮商細按，譜新聲將霓裳調翻。晝長時親自教雙環。舒素手,拍香檀,一字字都吐自朱唇皓齒間。恰便似一串驪珠,聲和韻閑,恰便似鶯與燕弄關關,恰便似鳴泉花底流溪澗,恰便似明月下泠泠清梵,恰便似緱嶺上鶴唳高寒,恰便似步虛仙佩夜珊珊。傳集了梨園部、教坊班,向翠盤中高簇擁着個娘娘,引得那君王帶笑看。

（小生）一派仙音,宛然在耳,好形容波。

（外歎科）哎,只可惜當日天子寵愛了貴妃,朝歡暮樂,致使漁陽兵起。說起來令人痛心也！

（小生）老丈,休只埋怨貴妃娘娘。當日只為誤任邊將,委政權奸,以致廟謨顛倒,四海動搖。若使姚、宋猶存,那見得有此。

（外）這也說的是波。

（末）嗨,若說起漁陽兵起一事,真是天翻地覆,慘目傷心。列位不嫌絮煩,待老漢再慢慢彈唱出來者。

（衆）願聞。

（末彈唱科）

【六轉】恰正好嘔嘔啞啞《霓裳》歌舞,不提防撲撲突突漁陽戰鼓。刻地裡出出律律紛紛攘攘奏邊書,急得個上上下下都無措。早則是喧喧嗾嗾、驚驚遽遽、倉倉卒卒,挨挨拶拶出延秋西路,鑾輿後攜着個嬌嬌滴滴貴妃同去。又只見密密匝匝的兵,惡惡狠狠的語,鬧鬧炒炒、轟轟剨剨四下喳呼,生逼散恩恩愛愛、疼疼熱熱帝王夫婦。霎時間畫就了這一幅慘慘淒淒絕代佳人絕命圖。

（外、副淨同歎科）

（小生淚科）哎,天生麗質,遭此慘毒。真可憐也！

（淨笑科）這是說唱,老兄怎麼認真掉下淚來！

（丑）那貴妃娘娘死後,葬在何處？

（末彈唱科）

【七轉】破不剌馬嵬驛舍,冷清清佛堂倒斜。一代紅顏為君絕,千秋遺恨滴羅巾血。半棵樹是薄命碑碣,一抔土是斷腸墓穴。再無人過荒涼野,莽天涯誰吊梨花謝！可憐那抱幽怨的孤魂,只伴着嗚咽咽的望帝悲聲啼夜月。

（外）長安兵火之後，不知光景如何？

（末）哎呀，列位，好端端一座錦繡長安，自被祿山破陷，光景十分不堪了。聽我再彈波。（彈唱科）

【八轉】自鑾輿西巡蜀道，長安內兵戈肆擾。千官無復紫宸朝，把繁華頓消，頓消。六宮中朱戶掛蠨蛸，御榻傍白日狐狸嘯。叫鴟鴞也麼哥，長蓬蒿也麼哥。野鹿兒亂跑，苑柳宮花一半兒凋。有誰人去掃，去掃！玳瑁空梁燕泥兒拋，只留得缺月黃昏照。歎蕭條也麼哥，染腥臊也麼哥！染腥臊，玉砌空堆馬糞高。

（淨）吥，聽了半日，餓得慌了。大姐，咱和你喝燒刀子，吃蒜包兒去。（做腰邊解錢與末，同丑諢下）

（外）天色將晚，我每也去罷。（送銀科）酒資在此。

（末）多謝了。

（外）無端唱出興亡恨，

（副淨）引得傍人也淚流。（同外下）

（小生）老丈，我聽你這琵琶，非同凡手。得自何人傳授？乞道其詳。

【九轉】（末）這琵琶曾供奉開元皇帝，重提起心傷淚滴。（小生）這等說起來，定是梨園部內人了。（末）我也曾在梨園籍上姓名題，親向那沉香亭花裡去承值，華清宮宴上去追隨。（小生）莫不是賀老？（末）俺不是賀家的懷智。（小生）敢是黃幡綽？（末）黃幡綽同咱皆老輩。（小生）這等想必是雷海青？（末）我雖是弄琵琶，卻不姓雷。他啊，罵逆賊，久已身死名垂。（小生）這等，想必是馬仙期了。（末）我也不是擅場方響馬仙期，那些舊相識都休話起。（小生）因何來到這裡？（末）我只為家亡國破兵戈沸，因此上孤身流落在江南地。（小生）畢竟老丈是誰波？（末）您官人絮叨叨苦問俺為誰，則俺老伶工名喚做龜年身姓李。

（小生揖科）呀，原來卻是李教師，失瞻了。

（末）官人尊姓大名，為何知道老漢？

（小生）小生姓李，名謩。

（末）莫不是吹鐵笛的李官人麼？

（小生）然也。

（末）幸會,幸會。（揖科）

（小生）請問老丈,那《霓裳》全譜可還記得波?

（末）也還記得,官人為何問他?

（小生）不瞞老丈說,小生性好音律,向客西京。老丈在朝元閣演習《霓裳》之時,小生曾傍着宮牆,細細竊聽。已將鐵笛偷寫數段。只是未得全譜,各處訪求,無有知者。今日幸遇老丈,不識肯賜教否?

（末）既遇知音,何惜末技。

（小生）如此多感,請問尊寓何處。

（末）窮途流落,尚乏居停。

（小生）屈到舍下暫住,細細請教何如?

（末）如此甚好。

【煞尾】俺一似驚烏繞樹向空枝外,誰承望做舊燕尋巢入畫棟來。今日個知音喜遇知音在,這相逢,異哉!恁相投,快哉!李官人啊,待我慢慢的傳與你這一曲《霓裳》播千載。

（末）桃蹊柳陌好經過（張　籍）,（小生）聊復回車訪薜蘿（白居易）。

（末）今日知音一留聽（劉禹錫）,（小生）江南無處不聞歌（顧　況）。

第三十九齣　私　　祭

【南呂引子·小女冠子】（老旦、貼道扮同上）（老旦）舊時雲髻拋宮樣,（貼）依古觀共焚香。（合）歎夜來風雨催花葬,洗心仔細翻經藏。

（老旦）寂寂雲房掩竹扃,

（貼）春泉漱玉響泠泠。

（老旦）舞衣施盡餘香在,

（貼）日向花前學誦經。

（老旦）吾乃天寶舊宮人永新是也。與念奴妹子,逃難出宮。直至金陵,在女貞觀中做了女道士。且喜十分幽靜,盡可修持。此間觀主，昨自西京，購請道藏回來。今日天氣晴和，着我二人檢曬經函。且索細細翻閱則個。

（場上先設經桌，老旦、貼同作翻介）

【雙調過曲·孝南枝】【孝順歌】金函啟，玉案張，臨風細翻春晝長。只見塵影弄晴光，靈花滿空降。（老旦）想當日在宮中，聽娘娘教白鸚哥念誦心經。若是早能學道，倒也免了馬嵬之難。（貼）那熱鬧之時，那個肯想到此。（老旦）便是昨日聽得觀主說，馬嵬坡酒家拾得娘娘錦襪一隻，還有遊人出錢求看哩，何況生前！（合）枉了雪衣提唱。是色非空，誰觀法相。【鎖南枝】贏得錦襪香殘，猶動行人想。（雜扮道姑捧茶上）玉經日下曬，香茗雨前烹。二位仙姑，檢經困乏了，觀主教我送茶在此。（老旦、貼）勞動了。（作飲茶介）（雜）啊呀，一片黑雲起來，要下雨哩。（老旦、貼）快把經函收拾罷。（作收拾介）（雜）你看鶯亂飛，草正芳，恰好應清明雨漂蕩。（下）

（場上收經桌介）

（老旦）不是小道姑說起，倒忘了今日是清明佳節哩。此時家家掃墓，戶戶燒錢。妹子，我與你向受娘娘之恩，無從報答。就把一陌紙錢，一杯清茗，遙望長安哭奠一番。多少是好。

（貼）姐姐，這是當得的，待我寫個牌位兒供養。（作寫位供介）

（同拜哭介）娘娘啊，

【前腔】想着你恩難罄，恨怎忘，風流陡然沒下場。那裡是西子送吳亡，錯冤做宗周為褒喪。（貼）呀，庭下牡丹，雨中開了一朵。此花最是娘娘所愛，不免折來供在位前。（合）名花無恙，傾國佳人先歸黃壤。總有麥飯香醪，澆不到孤墳上。（哭叫介）我那娘娘嘎，只落得望斷眸，叫斷腸，淚如泉，哭聲放！（暗下）

【鎖南枝】（末行上）江南路，偶踏芳，花間雨過沾客裳。老漢李龜年，幸遇李謩官人，相留在家。今日清明佳節，出門閒步一回。卻好撞着風雨。懊恨故國雲迷，白首低難望。且喜一所道院在此，不免進去避雨片時。（作進介）松影閒，鶴唳長，且自暫徘徊石壇上。你看座列羣真，經藏萬卷，好不莊嚴也。（作看牌念介）皇唐貴

妃楊娘娘靈位。(哭介)哎喲,楊娘娘,不想這裡顛倒有人供養!(拜介)

【前腔】〔換頭〕一朝把身喪,千秋抱恨長。(老旦、貼一面上)那個啼哭?(作看驚介)這人好似李師父的模樣,怎生到此?(末)恨殺六軍跋扈,生逼得君后分離,奇變驚天壤。可憐小人李龜年,(老旦、貼)原來果是李師父,(末)不能够逢令節,奠一觴,没揣的過仙宮,拜靈爽。

(老旦、貼出見介)李師父,弟子每稽首。

(末)姑姑是誰?(作驚認介)呀,莫非永、念二娘子麽?

(老旦、貼)正是。(各淚介)

(末)你兩個幾時到此?

(老旦、貼)師父請坐。我每去年逃難南來,出家在此。師父因何也到這裡?

(末)我也因逃難,流落江南。前在鷲峰寺中,遇着李蕁官人,承他款留到家,不想又遇你二人。

(老旦、貼)那個李蕁官人?

(末)說起也奇。當日我與你每,在朝元閣上演習《霓裳》。不想這李官人,就在宮牆外面竊聽。把鐵笛來偷記新聲數段。如今要我傳授全譜,故此相留。

(老旦、貼悲介)唉,《霓裳》一曲倒得流傳,不想製譜之人已歸地下,連我每演曲的也都流落他鄉。好傷感人也。(各悲介)

(老旦、貼)

【供玉枝】【五供養】言之痛傷,記侍坐華清,同演《霓裳》。玉纖抄秘譜,檀口教新腔。【玉交枝】他今日青青墓頭新草長,我飄飄陌路楊花蕩。【五供養】(合)驀地相逢處各沾裳,【月上海棠】白首紅顏,對話興亡。

(末)且喜天色晴霽,我告辭了。

(老旦、貼)且自消停。請問師父,梨園舊人,都怎麽樣了?

(末)賀老與我同行,途中病故;黃幡綽隨駕去了;馬仙期陷在城中,不知下落;只有雷海青罵賊而死。

【前腔】追思上皇，澤遍梨園，若個能償！（泣介）那雷老啊，他忠魂昭白日，羞殺我遺老泣斜陽。（老旦、貼）師父，可曉得秦、虢二夫人都被亂兵殺死了？（末）便是，朱門麗人都可傷，長安曲水誰遊賞。（合）驀地相逢處，各沾裳。白首紅顏，對話興亡。

（老旦、貼）不知萬歲爺，何日回鑾？

（末）李官人向在西京，近因郭元帥復了長安，兵戈寧息，方始得歸。想上皇不日也就回鑾了。

（老旦、貼）如此，謝天地。

（末）日晚途遙，就此去了。

（老旦、貼）待與娘娘焚了紙錢，素齋少敘。

（末）南來今只一身存（韓　愈），（老、貼）新換霓裳月色裙（王建）。
（末）人世幾回傷往事（劉禹錫），（老、貼）落花時節又逢君（杜甫）。

第四十齣　仙　憶

【南呂引子‧掛真兒】（旦扮仙、老旦扮仙女隨上）駕鶴驂鸞去不返，空回首天上人間。端正樓頭，長生殿裡，往事關情無限。【浣溪紗】縹緲雲深鎖玉房，初歸仙籍意茫茫。回頭未免費思量。

忽見瑤階琪樹裡，彩鸞棲處影雙雙。幾番拋卻又牽腸。我楊玉環，幸蒙玉旨，復位仙班，仍居蓬萊山太真院中。只是定情之物，身不暫離；七夕之盟，心難相負。提起來好不話長也！

【高平過曲‧九回腸】【解三酲】沒奈何一時分散，那其間多少相關。死和生割不斷情腸絆，空堆積恨如山。他那裡思牽舊緣愁不了，俺這裡淚滴殘魂血未乾，空嗟歎。【三學士】不成比目先遭難，拆鴛鴦說甚仙班。（出釵盒看介）看了這金釵鈿盒情猶在，早難道地久天長盟竟寒。【急三槍】何時得青鸞便，把緣重續，人重會，兩下訴愁煩！

（貼上）試上蓬萊山頂望，海波清淺鶴飛來。自家寒簧，奉月主娘娘之命，與太真玉妃索取《霓裳》新譜。來此已是，不免徑入。（進見介）玉妃，稽首。

（旦）仙子何來？

（貼笑介）玉妃還認得我寒簧麼？

（旦想介）哦，莫非是月中仙子？

（貼）然也。

（旦）請坐了。（貼坐介）

（旦）夢中一別，不覺數年。今日遠臨，乞道來意。

（貼）玉妃聽啟：

【清商七犯】【簇御林】只為《霓裳》樂在廣寒，羨靈心，將譜細翻。特奉月主娘娘之命，【鶯啼序】訪知音遠叩蓬山，借當年圖譜親看。（旦）原來為此。當日幸從夢裡獲聽仙音，雖然摹入管弦，尚愧依稀錯誤。【高陽臺】何煩蟾宮謬把遺調揀，我尋思起轉自潸潸。（淚介）（貼）呀，玉妃為何掉下淚來？（旦）【降黃龍】痛我歷劫遭磨，宮冷商殘，【二郎神】朱弦已斷，羞將此調重彈。煩仙子轉奏月主，說我塵凡舊譜，不堪應命。伏乞矜宥。（貼）玉妃休得固拒，我月主娘娘啊，慕你聰明絕世罕，【集賢賓】度新聲，占斷人間。求觀恨晚，休辜負雲中青盼。（旦）既蒙月主下訪，前到仙山，偶然追憶，寫出一本在此。（貼）如此甚好。（旦）侍兒，可去取來。（老應下，取上）譜在此。（旦接介）仙子，譜雖取到，只是還須謄寫纔好。（貼）為何？（旦）你看啊，【黃鶯兒】字闌珊，模糊斷續，都染就淚痕斑。

（貼）這却不妨。

（旦付譜介）如此，即煩呈上月主，說夢中竊記，音節多訛，還求改正。

（貼）領命，就此告別。（貼持譜下）

（旦）侍兒閉上洞門，隨我進來。

（老應隨下）

（貼）從初直到曲成時（王　建），（旦）爭得姮娥仔細知（唐彥謙）。

（貼）莫怪殷勤悲此曲（劉禹錫），（旦）月中流豔與誰期（李商隱）。

第四十一齣　見　月

【仙呂入雙調過曲‧雙玉供】【玉抱肚】(雜扮四將、二內侍,引生騎馬、丑隨行上)(合)重華迎待,促歸程,把回鑾仗排。離南京不聽鵑啼,怕西京尚有鴻哀。【五供養】喜山河未改,復睹這皇圖風采。(衆百姓上,跪接介)扶風百姓迎接老萬歲爺。(生)生受你每,回去罷。(百姓叩頭呼"萬歲"下)(生衆行介)【玉抱肚】紛紛父老競攔街,叩首齊呼"萬歲"來。

(丑)啟萬歲爺,天色已晚,請鑾輿就在鳳儀宮駐蹕。

(生下馬介)衆軍士,外廂伺候。

(軍)領旨。(下)

(生進介)高力士,此去馬嵬,還有多少路?

(丑)只有一百多里了。

(生)前已傳旨,令該地方官建造妃子新墳,你可星夜前往,催督工程,候朕到時改葬。

(丑)領旨。暫辭鳳儀去,先向馬嵬行。(下)

(內侍暗下)

(生)西川出狩乍東歸,駐蹕離宮對夕暉。記得去年嘗麥飯,一回追想一沾衣。寡人自幸蜀中,不覺一載有餘。幸喜西京恢復,回到此間。你看離宮寥寂,暮景蒼涼。好傷感人也!

【攤破金字令】黃昏近也,庭院凝微靄,清宵靜也,鐘漏沉虛籟。一個愁人有誰偢采,已自難消難受,那堪牆外,又推將這輪明月來。寂寂照空階,淒淒浸碧苔。獨步增哀,雙淚頻揩,千思萬量沒佈擺。寡人對着這輪明月,想起妃子冷骨荒墳,愈覺傷心也!

【夜雨打梧桐】霜般白,雪樣皚,照不到冷墳臺。好傷懷,獨向嬋娟陪待。驀地回思當日,與你偶爾離開,一時半刻也難打捱,何況是今朝,永隔幽冥界。(泣介)我那妃子啊,當初與你釵、盒定情,豈料遂為殉葬之物。歡娛不再,只這盒釵,怎不向人間守,翻教地下埋。(歎介)咳,妃子,妃子,想你生前音容如昨,教我怎生忘記也！

【攤破金字令】〔換頭〕休說他嬌嚬妍笑，風流不復偕，就是顰顏微怒，淚眼慵擡，便千金何處買。縱別有佳人，一般姿態，怎似伊情投意解，恰可人懷。思量到此呆打孩。我想妃子既歿，朕此一身雖生猶死，倘得死後重逢，可不強如獨活。孤獨愧形骸，餘生死亦該。惟只願速離塵埃，早赴泉臺，和伊地中將連理栽。記得當年七夕，與妃子同祝女牛，共成密誓。豈知今宵月下，單留朕一人在此也！

【夜雨打梧桐】長生殿，曾下階，細語倚香腮。兩情諧，願結生生恩愛。誰想那夜雙星同照，此夕孤月重來。時移境易人事改。月兒，月兒，我想密誓之時，你也一同聽見的！記鵲橋河畔，也有你姮娥在，如何廝賴！索應該擔掇他牛和女，完成咱盒共釵。

（內侍上）夜色已深，請萬歲爺進宮安息。

（生）銀河漾漾月輝輝（崔櫓），萬乘淒涼蜀路歸（崔道融）。

香散豔消如一夢（王遒），離魂漸逐杜鵑飛（韋　莊）。

第四十二齣　驛　備

【越調過曲・梨花兒】（副淨扮驛丞上）我做驛丞沒偢倸，缺供應付常吃打。今朝駕到不是耍，嗏，若有差遲便拿去殺。自家馬嵬驛丞，從小衙門辦役。考了雜職行頭，挖選馬嵬大驛。雖然陸路衝繁，却喜津貼饒溢。送分例，落下些折頭；造銷算，開除些馬匹。日支正項俸薪，還要月扣衙門工食。怕的是公吏承差，嚇的是徒犯驛卒。求買免，設定常規；比月錢，百般威逼。及至擺站缺人，常把屁都急出。今更有大事臨頭，太上皇來此駐蹕。連忙喚各色匠人，將驛舍周圍收拾，又因改葬貴妃娘娘，重把墳塋建立。恐土工窺見玉體，要另選女工四百。報導高公公已到，催辦工程緊急。若還誤了些兒，（彈紗帽介）怕此頭要短一尺。

（末扮驛卒上）（見介）老爹，我已將各匠催齊，你放心，不須憂戚。

（副淨）還有女工呢？

（末）現有四百女工，都在驛門齊集。

（副淨）快喚進來。

（末喚介）女工每走動。

（貼、淨、雜扮村婦，丑短鬚女扮，各攜鍬鋤上）本是村莊婦，來充埋築人。（見介）女工每叩頭。

（末）起來點名。

（副淨點介）周二媽。

（淨應）

（副淨）吳姥姥。

（貼應）

（副淨）鄭胖姑。

（雜應）

（副淨）尤大姐。

（丑掩口作嬌聲應介）

（副淨作細看介）咦，怎麼這個女工掩着了嘴答應，一定有些蹊蹺。驛子與我看來。

（末應扯丑手開看介）老爹，是個鬍子。

（副淨）是男，是女？

（丑）是女。

（副淨）女人的鬍子，那裡有生在嘴上的，我不信。驛子，再把他褲襠裡搜一搜。

（末應作搜丑，諢介）老爹，這鬍子是假充女工的。

（副淨）哎呀，了不得，這是上用欽工，非同小可。虧得我老爹精細，若待皇帝看見，險些把我這顆頭，斷送在你鬍子嘴上了。好打，好打。

（丑）只因老爹這裡催得緊，本村湊得三百九十九名，單單少了一名，故此權來充數，明日另換便了。

（副淨）也罷，快打出去。

（末應，打丑下）

（副淨看衆笑介）如今我老爹疑心起來，只怕連你每也不是女人哩。

（衆笑介）我每都是女人。

（副淨）口說無憑，我老爹只要用手來大家摸一摸，纔信哩。（作撈摸，衆作躲避走笑介）

（淨笑）你老爹好長手，

（雜）剛剛摸着一個鬖剔帚。

（副淨）弄了一手白薰香，

（貼）拿去房中好下酒。（譚介）

（老旦一面上）欲將錦襪獻天子，權把鏟鍬充女工。老身王嬤嬤，自從拾得楊娘娘錦襪，過客爭求一看，賺了許多錢鈔。目今聞說老萬歲爺回來，一則收藏禁物，恐有禍端，二則將此錦襪獻上，或有重賞，也未可知。恰好驛中命報女工，要去攛上一名。葬完就好進獻，來此已是驛前了。

（末上見介）你這老婆子，那裡來的？

（老旦）來投充女工的。

（末）住着。（進介）老爹，有一個投充女工的老婆子在外。

（副淨）喚進來。

（末出，喚老旦進見介）

（副淨）你是投充女工的麼？

（老旦）正是。

（副淨）我看你年紀老了些，怕做不得工。只是現少一名，急切裡沒有人，就把你頂上罷。你叫甚名字？

（老旦）叫做王嬤嬤。

（副淨）好，好！恰好周、吳、鄭、王四人。你四人就做個工頭，每一人管領女工九十九人。住在驛中操演，伺候駕到便了。

（衆）曉得。（做各見譚介）

（副淨）你每各拿了鍬鋤，待我老爹親自教演一番。

（衆應各拿鍬鋤，副淨作教演勢，衆學介）

【亭前柳】（副淨）鍬钁手中拿，挖掘要如法。莫教侵玉體，仔細撥黃沙。(合)大家、演習須熟滑,此奉欽遵,切休得有爭差。

(衆)老爹,我每啊,

【前腔】田舍業桑麻,慣見弄泥沙。小心齊用力,怎敢告消乏。(合)大家、演習須熟滑,此奉欽遵,切休得有爭差。

(副淨)且到裡邊連夜操演去。

(衆應介)

  玉顏虛掩馬嵬塵(高駢),雲雨雖亡日月新(鄭畋)。
  曉向平原陳祭禮(方干),共瞻鑾駕重來巡(僧廣宣)。

第四十三齣　改　　葬

【商調引子·憶秦娥】(生引二內侍上)傷心處,天旋日轉回龍馭;回龍馭,踟躕到此,不能歸去。寡人自蜀回鑾,痛傷妃子倉卒捐生,未成禮葬。特傳旨另備珠襦玉匣,改建墳塋,待朕親臨遷葬,因此駐蹕馬嵬驛中。(淚介)對着這佛堂梨樹,好淒慘人也!

【商調過曲·山坡羊】恨悠悠江山如故,痛生生遊魂血污。冷清清佛堂半間,綠陰陰一本梨花樹。空自吁,怕夜臺人更苦。那裡有佩環夜月歸朱户,也慢想顏面春風識畫圖。(丑暗上)(見介)奴婢奉旨,築造貴妃娘娘新墳,俱已齊備。請萬歲爺親臨啟墓。(生)傳旨起駕。(丑)領旨。(傳介)軍士每,排駕。(雜扮軍士上,引行介)馬嵬坡下泥土中,不見玉容空死處。(到介)(丑)啟萬歲爺,這白楊樹下,就是娘娘埋葬之處了。(生)你看蔓草春深,悲風日薄。妃子,妃子,兀的不痛殺寡人也。(哭介)號呼,叫聲聲魂在無?欷歔,哭哀哀淚漸枯。

(老旦、雜、貼、淨四女工帶鋤上)

(老旦)老萬歲爺來了。我每快些前去,伺候開墳。

(丑)你每都是女工麼?

(衆應介)

(丑啟生介)女工每到齊了。

(生)傳旨,軍士回避。高力士,你去監督女工,小心開掘。

（丑應傳介）
（軍士下）
（眾女工作掘介）
【水紅花】（眾）向高岡一謎下鍬鋤，認當初，白楊一樹。怕香銷翠冷伴蚍蜉，粉肌枯，玉容難睹。（眾驚介）掘下三尺，只有一個空穴，並不見娘娘玉體！早難道為雲為雨，飛去影都無，但只有芳香四散襲人裾也囉。
（淨）呀，是一個香囊。
（丑）取來看。
（淨遞囊，丑接看哭介）我那娘娘啊，你每且到那廂伺候去。
（眾應下）
（丑啟生介）啟萬歲爺，墓已啟開，却是空穴。連裹身的錦褥和殉葬的金釵、鈿盒都不見了。只有一個香囊在此。
（生）有這等事。（接囊看大哭介）呀，這香囊乃當日妃子生辰，在長生殿上試舞《霓裳》，賜與他的。我那妃子啊，你如今却在何處也！
【山坡羊】慘淒淒一匡空墓，杳冥冥玉人何去？便做虛飃飃錦褥兒化塵，怎那硬撐撐釵盒也無尋處。空剩取香囊猶在土，尋思不解緣何故，恨不得喚起山神責問渠。（想介）高力士，你敢記差了麼？
（丑）奴婢當日，曾削楊樹半邊，題字為記。如何得差？
（生）敢是被人發掘了？
（丑）若經發掘，怎得留下香囊？
（生呆想不語介）
（丑）奴婢想來，自古神仙多有屍解之事。或者娘娘屍解仙去，也未可知。即如橋山陵寢，止葬黃帝衣冠。這香囊原是娘娘臨終所佩，將來葬入新墳之內，也是一般了。
（生）説的有理。高力士，就將這香囊裹以珠襦，盛以玉匣，依禮安葬便了。
（丑）領旨。

（生哭介）號呼，叫聲聲魂在無？欷歔，哭哀哀淚漸枯。
（丑持囊出介）
（作盛囊入匣介）香囊盛放停當，女工每那裡？
（眾上）
（丑）你每把這玉匣，放在墓中，快些封起墳來。
（眾作築墳介）

【水紅花】當時花貌與香軀，化虛無，一抔空墓；今朝玉匣與珠襦，費工夫，重泉深錮。更立新碑一統，細把淚痕書。從今流恨滿山隅也囉。

（丑）墳已封完，每人賞錢一貫。去罷。
（眾謝賞，叩頭介）
（淨、貼、雜先下）
（丑問老旦介）你這婆子，為何不去？
（老旦）稟上公公，老婦人舊年在馬嵬坡下，拾得楊娘娘錦襪一隻，帶來獻上老萬歲爺。
（丑）待我與你啟奏。（見生介）啟萬歲爺，有個女工，說拾得楊娘娘錦襪一隻，帶來獻上。
（生）快宣過來。
（丑喚老旦進見介）婢子叩見老萬歲爺。（獻襪介）
（生）取上來。
（丑取送生介）
（老旦起立介）
（生看哭介）呀，果然是妃子的錦襪，你看芳香未散，蓮印猶存。我那妃子啊，（哭介）

【山坡羊】俊彎彎一鉤重睹，暗濛濛餘香猶度。嫋亭亭記當年翠盤，瘦尖尖穩逐紅鴛舞。還憶取、深宵殘醉餘，夢酣春透勾人覷。今日裡空伴香囊留恨俱。（哭介）號呼，叫聲聲魂在無？欷歔，哭哀哀淚漸枯。高力士，賜他金錢五千貫，就着在此看守貴妃墳墓。

（老旦叩頭介）多謝老萬歲爺。（起出看鋤介）無心再學持鋤女，有鈔甘為守墓人。（下）

（外引四軍上）見闕乾坤新定位，看題日月更高懸。（見介）臣朔方節度使郭子儀，欽奉上命，帶領鹵簿，恭迎太上皇聖駕。

（生）卿蕩平逆寇，收復神京。宗廟重新，乾坤再造，真不世之功也。

（外）臣忝為大帥，破賊已遲。負罪不遑，何功之有！

（生）卿說那裡話來！高力士，分付起行。

（丑）領旨。（傳介）

（生更吉服介）

（衆引生行介）

【水紅花】五雲芝蓋簇鑾輿，返皇都，旌旗溢路。黃童白叟共相扶，盡歡呼，天顏重睹。從此新豐行樂，少帝奉輿居。千秋萬載鞏皇圖也囉。

腸斷將軍改葬歸（徐夤），下山回馬尚遲遲（杜牧）。

經過此地千年恨（劉滄），空有香囊和淚滋（鄭嵎）。

第四十四齣　慫　合

【南呂引子‧阮郎歸】（小生上）碧梧天上葉初飛，秋風又報期。雲中遙望鵲橋齊，隔河影半迷。豈是仙家好別離，故教迢遞作佳期。只緣碧落銀河畔，好在金風玉露時。吾乃牽牛是也。今當下界上元二年七月七夕，天孫將次渡河，因此先在河邊伺候。記得天寶十載，吾與天孫相會之時，見唐天子與貴妃楊玉環，在長生殿上拜禱設誓，願世世為夫婦。豈料轉眼之間，把玉環生生斷送，好不可憐人也。

【南呂過曲‧香遍滿】佳人絕世，千秋第一冤禍奇。把無限綢繆輕拋棄，可憐非得已。死生無見期。空留萬種悲，枉罰下多情誓。

【朝天懶】【朝天子】（貼引雜扮二仙女上）好會年年天上期，不似塵緣淺，有變移。【水紅花】見仙郎河畔獨徘徊，把駕頻催。（雜報介）天孫到。（小生迎介）天孫來了。（同織女對拜介）（合）【懶畫眉】相逢一笑深深拜，隔歲離情各自知。

（小生）天孫，請同到斗牛宮去。（攜貼行介）攜手步雲中，
（貼）仙裾颺好風。
（合）河明烏鵲渚，星聚斗牛宮。（到介）
（雜暗下）
（小生）天孫請坐。（坐介）

【二犯梧桐樹】【金梧桐】瓊花繞繡帷，霞錦搖珠佩。（貼合）斗府星宮，歲歲今宵會。【梧桐樹】銀河碧落神仙配，地久天長，豈但朝朝暮暮期。【五更轉】願教他人世上夫妻輩，都似我和伊，永遠成雙作對。

（小生）天孫，

【浣溪紗】你且慢提，人間世、有一處怎偏忘記？（貼）忘了何處？（小生）可記得長生殿裡人一對，曾向我焚香密誓齊。（貼）此李三郎與楊玉環之事也，我怎不記得？（小生）天孫既然記得，須念彼、墮萬古傷心地，他願世世生生，忍教中路分離。

（貼）提記玉環之事，委實可傷。我前因馬嵬土地之奏，

【劉潑帽】念他獨抱情無際，死和生守定不移，含冤流落幽冥地。因此呵，為他奏玉墀，令再證蓬萊位。

（小生笑介）天孫雖則如此，只是他呵，

【秋夜月】做玉妃、不過羣仙隊，寡鵠孤鸞白雲內，何如並翼鴛鴦美。念盟言在彼，與圓成仗你。

（貼）仙郎，我豈不欲為他重續斷緣，只是李三郎呵，

【東甌令】他情輕斷，誓先隳，那玉環呵，一個鍾情枉自癡。從來薄幸男兒輩，多負了佳人意。伯勞東去燕西飛，怎使做雙棲！

（小生）天孫所言，李三郎自應知罪。但是當日馬嵬之變啊，

【金蓮子】國事危，君王有令也反抗逼，怎救的、佳人命摧。想今日也不知，怎生般悔恨與傷悲。

（貼）仙郎恁般說，李三郎罪有可原。他若果有悔心，再為證完前誓便了。

（二雜上）啟娘娘，天雞將唱，請娘娘渡河。

（貼）就此告辭。

（小生）河邊相送。（攜手行介）

【尾聲】沒來由將他人情事閑評議，把這度良宵虛廢。咳，李三郎、楊玉環，可知俺破一夜工夫都為着你！

雲階月地一相過（杜牧），爭奈閑思往事何（白居易）。

一自仙娥歸碧落（劉滄），千秋休恨馬嵬坡（徐　夤）。

第四十五齣　雨　夢

【越調引子·霜天曉角】（生上）愁深夢杳，白髮添多少。最苦佳人逝早，傷獨夜，恨閑宵。不堪閑夜雨聲頻，一念重泉一愴神。挑盡燈花眠不得，淒涼南內更何人。朕自幸蜀還京，退居南內，每日只是思想妃子。前在馬嵬改葬，指望一睹遺容，不想變為空穴，只剩香囊一個。不知果然屍解，還是玉化香消？徒然輾轉尋思，怎得見他一面？今夜對着這一庭苦雨、半壁愁燈，好不淒涼人也！

【越調過曲·小桃紅】冷風掠雨戰長宵，聽點點都向那梧桐哨也。蕭蕭颯颯，一齊暗把亂愁敲，纔住了又還飄。那堪是鳳幃空，串煙銷，人獨坐，廝湊着孤燈照也，恨同聽沒個嬌嬈。（淚介）猛想着舊歡娛，止不住淚痕交。

（內打初更介）

（小生內唱、生作聽介）呀，何處歌聲，淒淒入耳，得非梨園舊人乎？不免到簾前，憑闌一聽。（作起立憑闌介）此張野狐之聲也，且聽他唱的是甚曲兒？（作一面聽、一面欷歔掩淚介）

（小生在場內立高處唱介）

【下山虎】萬山蜀道，古棧岩嶢。急雨催林杪，鐸鈴亂敲。似怨如愁，碎聒不了，回應空山魂暗消。一聲兒忽慢嫋，一聲兒忽緊搖。無限傷心事，被他逗挑，寫入清商傳恨遙。

（內二鼓介）

（生悲介）呀，原來是朕所製《雨淋鈴》之曲。記昔朕在棧道，雨中聞鈴聲相應，痛念妃子，因採其聲，製成此曲。今夜聞之，想起蜀道悲淒，愈加腸斷也。

【五韻美】聽淋鈴，傷懷抱。淒涼萬種新舊繞，把愁人禁虐得十分惱。天荒地老，這種恨誰人知道。你聽窗外雨聲越發大了。疏還密，低復高，纔合眼，又幾陣窗前把人夢攪。

（丑上）西宮南苑多秋草，夜雨梧桐落葉時。（見介）夜已深了，請萬歲爺安寢罷。（內三鼓介）

（生）呀，漏鼓三交，且自隱几而臥。哎，今夜啊，知甚夢兒得到俺眼裡來也！（仰哭介）

【哭相思】悠悠生死別經年，魂魄不曾來入夢。（睡介）

（丑）萬歲爺睡了，咱家也去歇息兒咱。（虛下）

（小生、副淨扮二內侍帶劍上）幽情消未得，入夢感君王。（向上跪介）萬歲爺請醒來。

（生作醒看介）你二人是那裡來的？

（小生、副淨）奴婢奉楊娘娘之命，來請萬歲爺。

【五般宜】只為當日個亂軍中禍殃慘遭，悄地向人叢裡，換妝隱逃，因此上流落久蓬飄。（生驚喜介）呀，原來楊娘娘不曾死，如今却在那裡？（小生、副淨）為陛下朝想暮想，恨縈愁繞，因此把驛庭靜掃，（叩頭介）望鑾輿幸早。說要把牛女會深盟，和君王續未了。

（生淚介）朕為妃子百般思想，那曉得却在驛中。你二人快隨朕前去，連夜迎回便了。

（小生、副淨）領旨。（引生行介）

【山麻稭】〔換頭〕喜聽說，如花貌，猶兀自現在人間，當面堪邀。忙教、潛出了御苑內夾城複道，顧不得夜深人靜，露涼風冷，月黑途遙。

（末上攔介）陛下久已安居南內，因何深夜微行，到那裡去？

（生驚介）

【蠻牌令】何處潑官僚，攔駕語嘵嘵？（末）臣乃陳元禮，陛下快請回宮。（生怒介）哎，陳元禮，你當日在馬嵬驛中，暗激軍士逼死貴妃，罪不容誅。今日又待來犯駕麼？君臣全不顧，輒敢肆狂驍。(末)陛下若不回宮,只怕六軍又將生變。(生)咦,陳元禮,你欺朕無權柄,閒居退朝。只逞你有威風卒,悍兵驕。法難恕,罪怎饒。叫內侍,快把這亂臣賊子,首級懸梟。

(小生、副淨)領旨。(作拿末殺下,轉介)啟萬歲爺已到驛前了。請萬歲爺進去。(暗下)

(生進介)

【黑麻令】只見沒多半空寮、廢寮,冷清清臨着這荒郊、遠郊。內侍,娘娘在那裡?(回顧介)呀,怎一個也不見了。單則聽颯剌剌風搖、樹搖,啾唧唧四壁寒蛩絮,一片愁苗、怨苗。(哭介)哎喲,我那妃子啊,叫不出花嬌、月嬌,料多應形消、影消。(內鳴鑼,生驚介)呀,好奇怪,一霎時連驛亭也都不見,倒來到曲江池上了。好一片大水也。不堤防斷砌、頹垣,翻做了驚濤、沸濤。(望介)你看大水中間,又湧出一個怪物。豬首龍身,舞爪張牙,奔突而來。好怕人也!

(內鳴鑼,扮豬龍、項帶鐵索、跳上撲生;生驚奔,趕至原處睡介)

(二金甲神執錘上,擊豬龍喝介)咦,孽畜,好無禮!怎又逃出,到此驚犯聖駕,還不快去。(作牽豬龍、打下)

(生作驚叫介)哎喲,唬殺我也。

(丑急上、扶介)萬歲爺,為何夢中大叫?

(生作呆坐、定神介)高力士,外邊什麼響?

(丑)是梧桐上的雨聲?

(內打四更介)

(生)

【江神子】〔別體〕我只道誰驚殘夢飄,原來是亂雨蕭蕭,恨殺他枕邊不肯相饒,聲聲點點到寒梢,只待把潑梧桐鋸倒。高力士,朕方纔夢見兩個內侍,說楊娘娘在馬嵬驛中來請朕去。多應芳魂未散。朕想昔時漢武帝思念李夫人,有李少君為之召魂相見,今日豈無其人!你待天明,可即傳旨,遍覓方士來與楊娘娘召魂。

(丑)領旨。

（內五鼓介）

【尾聲】（生）紛紛淚點如珠掉，梧桐上雨聲廝鬧。只隔著一個窗兒直滴到曉。

半壁殘燈閃閃明（吳　融），雨中因想雨淋鈴（羅隱）。
傷心一覺興亡夢（方壺居士），直欲裁書問杳冥（魏樸）。

第四十六齣　覓　魂

（淨扮道士，小生、貼扮道童，執幡引上）臨邛道士鴻都客，能以精誠致魂魄。為感君王輾轉思，便教遍處殷勤覓。貧道楊通幽是也。籍隸丹臺，名登紫籙。呼風掣電，御氣天門。攝鬼招魂，遊神地府。只為太上皇帝思念楊妃，遍訪異人召魂相見。俺因此應詔而來。太上皇十分歡喜，詔於東華門內，依科行法。已曾結就法壇，今晚登壇宣召。童兒，隨我到壇上去來。

（童捧劍、水同行科）

【仙呂點絳唇】（淨）俺為他一點情緣，死生銜怨。思重見，憑著咱道力無邊，特地把神通顯。

（場上建高壇科）

（小生、貼）已到壇了。

（淨）是好一座法壇也。

【混江龍】這壇本在虛空辟建，象涵太極法先天。無中有陰陽攢聚，有中無水火陶甄。（童）基址從何而立？（淨）基址啊，遣五丁，差六甲，運戊己中央當下立。（童）用何工夫而成？（淨）用工夫，養嬰兒，調姹女，配乙庚金木剋那全。（童）壇上可有戶牖？（淨）戶牖啊，對金雞，朝玉兔，坎離卯酉。（童）方向呢？（淨）方向啊，鎮黃庭，通紫極，子午坤乾。（童）這壇可有多少大？（淨）雖只是倚方隅，占基階，壇場咫尺，却可也納須彌，藏世界，道里由延。（道）原來包羅恁寬！（淨）上包著一周天三百六十躔度，內星辰日月。（童）想那分統處量也不小。（淨）中分統四大洲，億萬百千閻浮界，嶽瀆山川。（童）壇上誰聽號令？（淨）聽號令，則那些無稽滯,司風、司火、司雷、司電。(童)誰供驅遣?(淨)供驅遣,無非這有職掌,值時、值日、值月、值年。(童)繞壇有何景象?(淨)半空中繞嚦嚦鸞吟鳳嘯,兩壁廂列森森虎伏龍眠。端的是一塵不染,衆妄都蠲。(童)若非吾師無邊道力,安能建此無上法壇?(淨)這全託賴着大唐朝君王分福,敢誇俺小鴻都道力精虔。(童)請吾師上壇去者。(內細樂,二童引淨上壇科)(淨)趁天風,隨仙樂,雙引着鸞旌高步斗。(內鐘鼓科)(淨)響金鐘,鳴法鼓,恭擎象簡迴朝元。(童獻香科)請吾師拈香。(淨拈香科)這香呵,不數他西天竺㳺檀林青獅窟,根蟠鸞鷟,東洋海波斯國瑞龍腦形似蠶蟬。結祥雲,騰寶霧,直沖霄漢;透清微,縈碧落,普供真玄。第一炷,祝當今皇帝享無疆聖壽,保洪圖社稷,鞏國祚延綿。第二炷,願疆場靜,烽燧銷,普天下各道、各州、各境裡,民安盜息無征戰;禾黍登,蠶桑茂,百姓每若老、若幼、若壯者,家封戶給樂田園。第三炷,單只為死生分,情不滅,待憑這香頭一點,溫熱了夜臺魂;幽明隔,情難了,思倩此香煙百轉,吹現出春風面。(童獻花介)散花。(淨散花科)這花啊,不學他老瞿曇對迦葉糊塗笑拈,謾勞他諸天女訪維摩撒漫飛旋。俺特地採蘅蕪,踏穿閬苑,幾度價尋懷夢摘遍瓊田。顯神奇,要將他殘英再接相思樹;施伎倆,管教他落花重放並頭蓮。(童獻燈科)獻燈。(淨捧燈科)這燈啊,爛輝輝靈光常向千秋照,燦熒熒心燈只為一情傳。抵多少衡遙石懷中秘授,還形燭帳裡高燃。他則要續癡情,接上這殘燈焰,俺可待點神燈,照徹那舊冤愆。(童獻法盞科)請吾師咒水。(淨捧水科)這水呵,曾游比目,曾泛雙鴛。你漫道當日個如魚也那得水,可知道到頭來,水、米也沒有半點交纏。數不盡情河愛海波終竭,似那等幻泡浮漚浪易掀。他只道曾經滄海難為水,怎如俺這一滴楊枝徹九泉。(童)供養已畢,請問吾師如何行法召魂咱?(淨)你與我把招魂衣攝,遺照圖懸,龍墀淨掃,鳳幄高褰。等到那二更以後,三鼓之前,眠猧不吠,宿鳥無喧,葉寧樹杪,蟲息階沿,露明星黯,月漏風穿,潛潛隱隱,冉冉翩翩,看步珊珊是耶非一個佳人現,纔折證人間幽恨,地下殘緣。

(內奏法音科)

（丑捧青詞上）九天青鳥使，一幅紫鸞書。
（進跪科）高力士奉太上皇之命，謹送青詞到此。
（童接詞進上科）
（淨向丑拱科）中官，且請壇外少候片時。
（丑應下）

【油葫蘆】（淨）俺只見御筆青詞寫鳳箋，漫從頭仔細展。單只為死離生別那嬋娟，牢守定真情一點無更變。待想他芳魂兩下重相見，俺索召李夫人來帳中，煞強如西王母臨殿前，穩情取漢劉郎遂却心頭願，向今宵同款款話因緣。

（動法器科）
（淨作法、焚符念科）此道符章，鶴騫鸞翔，功曹符使，速蒞壇場。
（雜扮符官騎馬舞下，見科）仙師，有何法旨？
（淨付符科）有煩使者，將此符命，速召貴妃楊氏陰魂到壇者。
（雜接符科）領法旨。
（做上馬繞場下）

【天下樂】（淨）俺只見力士黃巾去召宣，揚也波鞭不暫延。管教他閃陰風一靈兒勾向前，俺這裡靜悄悄壇上躬身等，他那裡急煎煎宮中望眼穿，呀，怎多半日雲頭不見轉？為何此時還不到來，好疑惑也！

【那吒令】闊迢迢山前水前，望香魂渺然。黯沉沉星前月前，盼芳容杳然。冷清清階前砌前，聽靈蹤悄然。不免再燒一道催符去者。（焚符科）蠢碌碌符不住燒，歹劍訣空掐遍，枉念殺波沒准的真言。

（雜上見科）覆仙師：小聖人間遍覓楊氏陰魂，無從召取。
（淨）符使且退。
（雜）領法旨。（舞下）
（淨下壇科）童兒，請高公公相見者。
（童向內請科）高公公有請。
（丑上）玉漏聽長短，芳魂問有無。（見科）仙師，楊娘娘可曾召到麼？

（淨）方纔符使到來，說娘娘無從召取。

（丑）呀，如此怎生是好？

（淨）公公且去覆旨，待貧道就在壇中，飛出元神，不論上天入地，好歹尋着娘娘。不出三日，定有消息回報。

（丑）太上皇思念甚切，仙師是必用意者。且傳方士語，去慰上皇情。（下）

（內細樂，淨更鶴氅科）童兒在壇小心祗候，俺自打坐出神去也。

（童）領法旨。

（內鳴鐘、鼓各二十四聲，淨上壇端坐，叩齒作閉目出神科）

（童）你看我師出神去了。不免放下雲幃，壇下伺候則個。（作放壇上帳幔，淨暗下）

（童）壇上鐘聲靜，天邊雲影閑。（同下）

（末扮道士元神從壇後轉行上）

【鵲踏枝】暝子裡出真元，抵多少夢遊仙。俺則待**踏破虛空**，去訪嬋娟。貧道楊通幽，為許上皇尋覓楊妃魂魄，特出元神，到處遍求。如今先到那裡去者？（思科）嗄，有了，且慢自叫閶闔，輕干玉殿，索先去赴幽冥，大索黃泉。來此已是酆都城了。（向內科）森羅殿上判官何在？

（判跳上，小鬼隨上）善惡細分鐵算子，古今不出大輪回。仙師何事降臨？

（末）貧道特來尋覓大唐貴妃楊玉環鬼魂。

（判）凡是宮嬪妃后，地府另有文冊。仙師請坐，且待呈簿查看。

（末坐科，鬼送冊，判遞冊科）

（末看科）

【寄生草】這是一本宮嬪冊，歷朝妃后編。有一個檿弧箕服把周宗殄，有一個牝雞野雉把劉宗煽，有一個蛾眉狐媚把唐宗變。好奇怪，看古今來椒房金屋盡標題，怎沒有楊太真名字其中現。地府

既無，貧道去了。不免向天上尋覓一遭也。（虛下）

（判跳舞下，鬼隨下）

（二仙女旌幢，引貼朝服、執拂上）高引霓旌朝絳闕，緩移鳳舄踏紅雲。吾乃天孫織女，因向玉宸朝見，來到天門。前面一個道士來了，看是誰也？

（末上）

【么篇】拔足纔離地，飛神直上天。（見貼科）原來是織女娘娘，小道楊通幽叩首。（貼）通幽免禮，到此何事？（末）小道奉大唐太上皇之命，尋訪玉環楊氏之魂。適從地府求之不得，特來天上找尋。誰知天上亦無。因此一徑出來，若不是伴嫦娥共把蟾宮戀，多敢是趁雙成同向瑤池現。（貼）通幽，那玉環之魂，原不在地下，不在天上也。（末）呀，早難道逐梁清又受天曹譴，要尋那《霓裳》善舞的俊楊妃，倒做了留仙不住的喬飛燕。

（貼）通幽，楊妃既無覓處，你索自去覆旨便了。

（末）娘娘，復旨不難。不爭小道啊，

【後庭花滾】沒來由向金鑾出大言，運元神排空如電轉。一口氣許了他上下裡尋花貌，莽擔承向虛無中覓麗娟。（貼）誰教你弄嘴來？（末）非是俺沒干纏、自尋驅遣，單則為老君王鍾情生死堅，舊盟不棄捐。（貼）馬嵬坡下既已碎玉揉香，還討甚情來？（末）娘娘，休屈了人也。想當日亂紛紛乘輿值播遷，翻滾滾羽林生閙喧，惡狠狠兵驕將又專，焰騰騰威行虐肆煽，鬧吵吵不由天子宣，昏慘慘結成妃后冤。撲刺刺生分開交頸鴛，格支支輕搗摺並蒂蓮，致使得嬌怯怯遊魂逐杜鵑，空落得哭哀哀悲啼咽楚猿。恨茫茫高和太華連，淚漫漫平將滄海填。（貼）如今死生久隔，歲月頻更，只怕此情也漸淡了。（末）那上皇啊，精誠積歲年，説不盡相思累萬千。鎮日家把嬌容心坎鐫，每日裡將芳名口上編。聽殘鈴劍閣懸，感哀梧秋雨傳。暗傷心肺腑煎，漫銷魂形影憐。對香囊呵惹恨綿，抱錦襪呵空淚漣，弄玉笛呵懷舊怨，撥琵琶呵憶斷弦。坐淒涼，思亂纏，睡迷離，夢倒顛。一心兒癡不變，十分家病怎痊！痛嬌花不再鮮，盼芳魂重至前。（貼）前夜牛郎曾為李三郎辨白，今聽他説來，果如此情真。煞亦可憐人也！（末）小道啊，生憐他意中人緣未全，打動俺閒中客情慢牽。因此上不辭他往返蹟，甘將這辛苦肩。猛可把泉臺踏的穿，早又將穹蒼磨的圓。誰知他做長風吹斷鳶，似晴曦散曉煙。莽桃源尋不出花一片，冷巫山找不着雲半邊。好教俺向空中難將袖手展，佇雲頭惟有睜目延。百忙裡幻不出春風圖畫面，捏不就名花傾國姸。若不得紅顏重出現，怎教俺黃冠獨自還！娘娘呵，則問他那精靈何處也天？

（貼）通幽，你若必要見他，待我指一個所在，與你去尋訪者。

（末稽首科）請問娘娘，玉環見在何處？

【青哥兒】謝娘娘與咱、與咱方便，把玉人消息、消息親傳，得多少花有根芽水有源。則他落在誰邊，望賜明言。我便疾到跟前，不敢留連。（貼）通幽，你不聞世界之外，別有世界，山川之內，另有山川麼？（末）聽説道世外山川，另有周旋，只不知洞府何天，問渡何緣？（貼）那東極巨海之外，有一仙山，名曰蓬萊。你到那裡，便有楊妃消息了。（末）多謝娘娘指引。枉了上下俄延，都做了北轍南轅。元來只隔着弱水三千，溟渤風煙，在那麟鳳洲偏，蓬閬山巔。那裡有蕙圃芝田，白鹿玄猿，琪樹翩翩，瑤草芊芊。碧瓦雕櫺，月館雲軒，樓閣蜿蜒，門闥勾連。隔斷塵喧，合住神仙。（貼）雖這般說，只怕那裡絶天涯，跨海角，途路遥遠，你去不得。（末）哎，娘娘他那裡情深無底更綿綿，諒着這蓬山路何為遠。

（貼）既如此，你自前去咱。"又聞人世無窮恨，待綰機絲補斷緣"。（引仙女下）

（末）不免御着天風，到海外仙山，找尋一遭去也。（作御風行科）

【煞尾】穩踏着白雲輕，巧趁取罡風便，把碗大滄溟跨展。回望齊州何處顯，淡濛濛九點飛煙。說話之間，早來到海東邊，萬仞峰巔。這的是三島十洲別洞天，俺只索繞清虛閬苑，到玲瓏宮殿。是必破工夫找着那玉天仙。

　　　　與招魂魄上蒼蒼（黃滔），誰識蓬山不死鄉（趙嘏）？
　　　　此去人寰知遠近（秦系），五雲遥指海中央（韋莊）。

第四十七齣　補　恨

【正宮引子・燕歸梁】（貼扮織女上）憐取君王情意切，魂遍覓，費周折。好和蓬島那人說，邀雲佩，赴星闕。前夕渡河之時，牛郎說起楊玉環與李三郎長生殿中之誓，要我與彼重續前緣。今適在天門外，遇見人間道士楊通幽。說上皇思念貴妃一意不衰，令他遍覓幽魂。此情實為可憫。已指引通幽到蓬山去了，又令侍兒召取太真到此，說與他知。再細探其衷曲，敢待來也。

（仙女引旦上）

【錦堂春】聞說璿宮有命，雲中忙駕香車。強驅愁緒來天上，怕眉黛恨難遮。

（仙女報，旦進見介）娘娘在上，楊玉環叩見。

（貼）太真免禮，請坐了。

（旦坐介）適蒙娘娘呼喚，不知有何法旨？

（貼）一向不曾問你，可把生前與唐天子兩下恩情，細說一遍與我知道。

（旦）娘娘聽啟，

【正宮過曲・普天樂】歎生前，冤和業。（悲介）纔提起，聲先咽。單則為一點情根，種出那歡苗愛葉。他憐我慕，兩下無分別。誓世世生生休拋撇，不提防慘悽悽月墜花折，悄冥冥雲收雨歇，恨茫茫只落得死斷生絕。

【雁過聲】〔換頭〕（貼）聽說、舊情那些，似荷絲劈開未絕，生前死後無休歇。萬重深，萬重結。你共他兩邊既恁疼熱，況盟言曾共設。怎生他陡地心如鐵，馬嵬坡便忍將伊負也？

【傾杯序】〔換頭〕（旦淚介）傷嗟，豈是他頓薄劣！想那日遭磨劫，兵刃縱橫，社稷阽危，蒙難君王怎護臣妾？妾甘就死，死而無怨，與君何涉！（哭介）怎忘得定情釵盒那根節。

（出釵盒與貼看介）這金釵、鈿盒，就是君王定情日所賜。妾被難之時，帶在身邊。攜入蓬萊，朝夕佩玩，思量再續前緣，只不知可能够也？

【玉芙蓉】（貼）你初心誓不賒，舊物懷難撇。太真，我想你馬嵬一事，是千秋慘痛，此恨獨絕。誰道你不將殞骨留微憾，只思斷頭香再熱。蓬萊闕，化愁城萬疊。（還旦釵盒介）只是你如今已證仙班，情緣宜斷。若一念牽纏呵，怕無端又令從此墮塵劫。

（旦）念玉環呵，

【小桃紅】位縱在神仙列，夢不離唐宮闕。千回萬轉情難滅。（起介）娘娘在上，倘得情絲再續，情願謫下仙班。雙飛若注鴛鴦牒，三生舊好緣重結。（跪介）又何惜人間再受罰折！

（貼扶介）太真，坐了。我久思為你重續前緣。只因馬嵬之事，恨唐帝情薄負盟，難為作合。方纔見道士楊通幽，說你遭難之後，唐帝痛念不衰。特令通幽昇天入地，各處尋覓芳魂。我念他如此鍾情，已指引通幽到蓬萊山了。還怕你不無遺憾，故此召問。今知兩下真情，合是一對。我當上奏天庭，使你兩人世居忉利天中，永遠成雙，以補從前離別之恨。

【催拍】那壁廂人間痛絕，這壁廂仙家念熱：兩下癡情恁奢，癡情恁奢。我把彼此精誠，上請天闕。補恨填愁，萬古無缺。（旦背淚介）還只怕孽障周遮緣尚蹇，會猶賒。（轉向貼介）多蒙娘娘憐念，只求與上皇一見，於願足矣。

（貼）也罷。聞得中秋之夕，月中奏你新譜《霓裳》，必然邀你。恰好此夕正是唐帝飛昇之候。你可回去，令通幽屆期徑引上皇，到月宮一見。何如？

（旦）只恐月宮之內，不便私會。

（貼）不妨。待我先與姮娥說明。你等相見之時，我就奏請玉音到來，使你情緣永證便了。

（旦）多謝娘娘，就此告辭。

（貼）

【尾聲】團圓等待中秋節，管教你情償意愜。（旦）只我這萬種傷心，見他時怎地說！

（旦）身前身後事茫茫（天竺牧童），却厭仙家日月長（曹唐）。

（貼）今日與君除萬恨（薛　　逢），月宮瓊樹是仙鄉（薛能）。

第四十八齣　寄　情

【南呂過曲・懶畫眉】（末扮道士元神上）海外曾聞有仙山，山在虛無縹緲間。貧道楊通幽，適見織女娘娘，說楊妃在蓬萊山上。即便飛過海上諸山，一徑到此。見參差宮殿彩雲寒。前面洞門深閉，不免上前看來。（看介）試將銀榜端詳覷，（念介）"玉妃太真之院"。呀，是這裡了。（做抽簪叩門介）不免抽取瓊簪輕叩關。

【前腔】（貼扮仙女上）雲海沉沉洞天寒，深鎖雲房鶴徑閑。（末又叩介）（貼）誰來花下叩銅環？（開門介）是那個？（末見介）貧道楊通幽稽首。（貼）到此何事？（末）大唐太上皇帝，特遣貧道問候玉妃。（貼）娘娘到璿璣宮去了，請仙師少待。（末）原來如此，我且從容佇立瑤階上。（貼）遠遠望見娘娘來了。（末）遙聽仙風吹佩環。

【前腔】（旦引仙女上）歸自雲中步珊珊，聞有青鸞信遠頒。（見末介）呀，果然仙客候重關。（貼迎介）（旦）道士何來？（貼）正要稟知娘娘，他是唐家天子人間使，銜命迢遙來此山。

（旦進介）既是上皇使者，快請相見。

（仙女請末進介）

（末見科）貧道楊通幽稽首。

（旦）仙師請坐。

（末坐介）

（旦）請問仙師何來？

（末）貧道奉上皇之命，特來問候娘娘。

（旦）上皇安否？

（末）上皇朝夕思念娘娘，因而成疾。

【宜春令】自回鑾後，日夜思，鎮昏朝潸潸淚滋。春風秋雨，無非即景傷心事。映芙蓉，人面俱非；對楊柳，新眉誰試。特地將他一點舊情，倩咱傳示。

【前腔】(旦淚介)腸千斷,淚萬絲。謝君王鍾情似玆。音容一別,仙山隔斷違親侍。蓬萊院月悴花憔,昭陽殿人非物是。漫自將咱一點舊情,倩伊回示。

(末)貧道領命。只求娘娘再將一物,寄去為信。

(旦)也罷。當年承寵之時,上皇賜有金釵、鈿盒,如今就分釵一股,劈盒一扇,煩仙師代奏上皇。只要兩意能堅,自可前盟不負。(作分釵盒,淚介)侍兒,將這釵盒送與仙師。

(貼遞釵盒與末介)

(旦)仙師請上,待妾拜煩。

(末)不敢。(拜介)

【三學士】舊物親傳全仗爾,深情略表孜孜。半邊鈿盒傷孤另,一股金釵寄遠思。幸達上皇,只願此心堅似始,終還有相見時。

(末)貧道還有一說,釵盒乃人間所有之物,獻與上皇,恐未深信。須得當年一事,他人不知者,傳去取驗,才見貧道所言不謬。

(旦)這也說得有理。

(旦低頭沉吟介)

【前腔】臨別殷勤重寄詞,詞中無限情思。哦,有了。記得天寶十載,七月七夕長生殿,夜半無人私語時。那時上皇與妾並肩而立,因感牛女之事,密相誓心:願世世生生,永為夫婦。(泣介)誰知道比翼分飛連理死,綿綿恨無盡止。

(末)有此一事,貧道可復上皇了。就此告辭。

(旦)且住,還有一言。今年八月十五日夜,月中大會,奏演《霓裳》,恰好此夕,正是上皇飛昇之候。我在那裡專等一會,敢煩仙師,屆期指引上皇到彼。失此機會,便永無再見之期了。

(末)貧道領命。

(旦)仙師,說我

　　含情凝睇謝君王(白居易),　　塵夢何如鶴夢長(曹　唐)。
(末)密奏君王知入月(王　建),衆仙同日聽《霓裳》(李商隱)。

第四十九齣　得　信

【仙吕引子·醉落魄】（生病裝，宫女扶上）相思透骨沉疴久，越添消瘦。蘅蕪燒盡魂來否？望斷仙音，一片晚雲秋。黯黯愁難釋，綿綿病轉成。哀蟬將落葉，一種為傷情。寡人夢想妃子，染成一病。因令方士楊通幽攝召芳魂，誰料無從尋覓。通幽又為我出神訪求去了。唉，不知是方士妄言，還不知果能尋着？寡人轉展縈懷，病體越重。已遣高力士到壇打聽，還不見來。對着這一庭秋景，好生懸望人也！

【仙吕過曲·二犯桂枝香】【桂枝香】葉枯紅藕，條疏青柳。淅刺刺滿處西風，都送與愁人消受。【四時花】悠悠、欲眠不眠欹枕頭，非耶是耶睜望眸。問巫陽，渾未剖。【皂羅袍】活時難救，死時怎求？他生未就，此生頓休。【桂枝香】可憐他渺渺魂無覓，量我這懨懨病怎瘳。

【不是路】（丑持釵盒上）鶴轉瀛洲，信物攜將遠寄投。忙回奏，（見生叩介）仙壇傳語慰離憂。（生）高力士，你來了麼？問音由，佳人果有佳音否？莫為我淹煎把浪語謅。（丑）萬歲爺聽啟，那仙師呵，追尋久，遍黄泉、碧落俱無有。（生驚哭介）呀，這等說來，妃子永無再見之期了。兀的不痛殺寡人也！（丑）萬歲爺，請休僝僽。那仙師呵，

【前腔】御氣遨遊，遇織女傳知在海上洲。（生）可曾得見？（丑）蓬萊岫，見太真仙院榜高頭。（生）元來妃子果然成仙了。可有什麼說話？（丑）說來由，含情只謝君恩厚，下望塵寰兩淚流。（生）果然有這等事？（丑）非虛謬，有當年釵盒親分授，寄來呈奏。

（進釵盒介）這鈿盒、金釵，就是娘娘臨終時，付奴婢殉葬的。不想娘娘攜到仙山去了。

（生執釵盒大哭介）我那妃子嗄，

【長拍】鈿盒分開，鈿盒分開，金釵拆對，都似玉人別後。單形隻影，兩載寡侶，一般兒做成離愁。還憶付伊收，助曉妝雲鬢，晚香

羅袖。此際輕分遠寄與,無限恨,個中留,見了怎生釋手。枉自想同心再合,雙股重儔。且住。這釵盒乃人間之物,怎到得天上?前日墓中不見,朕正疑心,今日如何却在他手内?

（丑）萬歲爺休疑,那仙師早已慮及,向娘娘問得當年一件密事在此。

（生）是那一事,你可說來。

（丑）娘娘呵,把

【短拍】天寶年間,天寶年間,長生殿裡,恨茫茫説起從頭。七夕對牽牛,正夜半憑肩私咒。（生）此事果然有之。誰料釵分盒剖!（泣介）只今日呵,翻做了孤雁漢宮秋。

（丑）萬歲爺,且省愁煩。娘娘還有話説。

（生）還説什麽?

（丑）娘娘説,今年中秋之夕,月宮奏演《霓裳》,娘娘也在那裡。教仙師引着萬歲爺,到月宮裡相會。

（生喜介）既有此話,你何不早説。如今是幾時了?

（丑）如今七月將盡,中秋之期只有半月了。請萬歲爺將息龍體。

（生）妃子既許重逢,我病體一些也没有了。

【尾聲】廣寒宮,容相就,十分愁病一時休。倒捱不過人間半月秋!

　　　　海外傳書怪鶴遲（盧綸）,詞中有誓兩心知（白居易）。
　　　　更期十五團圓夜（徐夤）,縱有清光知對誰（戴叔倫）。

第五十齣　重　　圓

【雙調引子·謁金門】（淨扮道士上）情一片,幻出人天姻眷。但使有情終不變,定能償夙願。貧道楊通幽,前出元神在於蓬萊。蒙玉妃面囑,中秋之夕引上皇到月宮相會。上皇原是孔昇真人,今夜八月十五數合飛昇。此時黄昏以後,你看碧天如水,銀漢無塵,正好引上皇前去。道猶未了,上皇出宫來也。（生上）

【仙呂入雙調·忒忒令】碧澄澄雲開遠天,光皎皎月明瑤殿。(淨見介)上皇,貧道稽首。(生)仙師少禮。今夜呵,只因你傳信,約蟾宮相見,急得我盼黃昏眼兒穿。這青霄際,全託賴引步展。

(淨)夜色已深,就請同行。(行介)

(淨)明月在何許?揮手上青天。

(生)不知天上宮闕,今夕是何年?

(淨)我欲乘風歸去,只恐瓊樓玉宇,高處不勝寒。

(合)起舞弄清影,何似在人間。

(生)仙師,天路迢遙,怎生飛渡?

(淨)上皇,不必憂心。待貧道將手中拂子,擲作仙橋,引到月宮便了。(擲拂子化橋下)

(生)你看,一道仙橋從空現出。仙師忽然不見,只得獨自上橋而行。

【嘉慶子】看彩虹一道隨步顯,直與銀河霄漢連,香霧濛濛不辨。(內作樂介)聽何處奏鈞天,想近着桂叢邊。(虛上)

(老旦引仙女,執扇隨上)

【沉醉東風】助秋光玉輪正圓,奏《霓裳》約開清宴。吾乃月主嫦娥是也。月中向有《霓裳》天樂一部,昔為唐皇貴妃楊太真於夢中聞得,遂譜出人間。其音反勝天上。近貴妃已證仙班。吾向蓬山覓取其譜,補入鈞天。擬於今夕奏演。不想天孫憐彼情深,欲為重續良緣。要借我月府,與二人相會。太真已令道士楊通幽引唐皇今夜到此,真千秋一段佳話也。只為他情兒久,意兒堅,合天人重見。因此上感天孫為他方便。仙女每,候着太真到時,教他在桂陰下少待。等上皇到來見過,然後與我相會。(仙女)領旨。(合)桂華正妍,露華正鮮,撮成好會,在清虛府洞天。

(老旦下)

(場上設月宮,仙女立宮門候介)

(旦引仙女行上)

【尹令】離却玉山仙院,行到彩蟾月殿,盼着紫宸人面。三生願償,今夕相逢勝昔年。(到介)

（仙女）玉妃請進。

（旦進介）月主娘娘在那裡？

（仙女）娘娘分付，請玉妃少待。等上皇來見過，然後相會。請少坐。

（旦坐介）

（仙女立月宮傍候介）

（生行上）

【品令】行行渡橋，橋盡漫俄延。身如夢裡，飄飄御風旋。清輝正顯，入來翻不見。只見樓臺隱隱，暗送天香撲面。（看介）"廣寒清虛之府"，呀，這不是月府麼？早約定此地佳期，怎不見蓬萊別院仙！

（仙女迎介）來的莫非上皇麼？

（生）正是。

（仙女）玉妃到此久矣，請進相見。

（生）妃子那裡？

（旦）上皇那裡？

（生見旦哭介）我那妃子呵！

（旦）我那上皇呵！（對抱哭介）

【豆葉黃】（生）乍相逢執手，痛咽難言。想當日玉折香摧，都只為時衰力軟，累伊冤慘，盡咱罪愆。到今日滿心慚愧，到今日滿心慚愧，訴不出相思萬萬千千。

（旦）陛下，說那裡話來！

【姐姐帶五馬】【好姐姐】是妾孽深命蹇，遭磨障，累君幾不免。梨花玉殞，斷魂隨杜鵑。【五馬江兒水】只為前盟未了，苦憶殘緣，惟將舊盟癡抱堅。荷君王不棄，念切思專，碧落黃泉，為奴尋遍。

（生）寡人回駕馬嵬，將妃子改葬。誰知玉骨全無，只剩香囊一個。後來朝夕思想，特令方士遍覓芳魂。

【玉交枝】纔到仙山尋見，與卿卿把衷腸代傳。（出釵盒介）釵分一股盒一扇，又提起乞巧盟言。（旦出釵、盒介）妾的釵盒也帶在此。（合）同心鈿盒今再聯，雙飛重對釵頭燕。漫回思不勝黯然，再相看不禁淚漣。

（旦）幸荷天孫鑒憐，許令斷緣重續。今夕之會，誠非偶然也。

【五供養】仙家美眷，比翼連枝，好合依然。天將離恨補，海把怨愁填。（生合）謝蒼蒼可憐，潑情腸翻新重建。添注個鴛鴦牒，紫霄邊，千秋萬古證奇緣。

（仙女）月主娘娘來也。

（老旦上）白榆歷歷月中影，丹桂飄飄雲外香。

（生見介）月姐拜揖。

（老旦）上皇稽首。

（旦見介）娘娘稽首。

（老旦）玉妃少禮，請坐了。（各坐介）

（老旦）上皇，玉妃，恭喜仙果重成，情緣永證。往事休提了。

【江兒水】只怕無情種，何愁有斷緣。你兩人呵，把別離生死同磨煉，打破情關開真面，前因後果隨緣現。覺會合尋常猶淺，偏您相逢，在這團圓宮殿。

（仙女）玉旨降。

（貼捧玉旨上）織成天上千絲巧，綰就人間百世緣。

（生、旦跪介）

（貼）玉帝敕諭唐皇李隆基、貴妃楊玉環：諮爾二人，本係元始孔昇真人、蓬萊仙子。偶因小譴，暫住人間。今謫限已滿，准天孫所奏，鑒爾情深，命居忉利天宮，永為夫婦。如敕奉行。

（生、旦拜介）願上帝聖壽無疆。（起介）

（貼相見，坐介）

（貼）上皇，太真，你兩下心堅，情緣雙證。如今已成天上夫妻，不比人世了。

【三月海棠】忉利天，看紅塵碧海須臾變。永成雙作對，總沒牽纏。遊衍，抹月批風隨過遣，癡雲膩雨無留戀。收拾釵和盒，舊情緣，生生世世消前願。

（老旦）羣真既集，桂宴宜張。聊奉一觴，為上皇、玉妃稱賀。看酒過來。

（仙女捧酒上）酒到。

（老旦送酒介）

【川撥棹】清虛殿，集羣真，列綺筵。桂花中一對神仙，桂花中一對神仙，占風流千秋萬年。（合）會良宵，人並圓；照良宵，月也圓。

【前腔】〔換頭〕（貼向旦介）羨你死抱癡情猶太堅，（向生介）笑你生守前盟幾變遷。總空花幻影當前，總空花幻影當前，掃凡塵一齊上天。（合）會良宵，人並圓；照良宵，月也圓。

【前腔】〔換頭〕（生、旦）敬謝嫦娥，把衷曲憐；敬謝天孫，把長恨填。歷愁城苦海無邊，歷愁城苦海無邊，猛回頭癡情笑捐。（合）會良宵，人並圓；照良宵，月也圓。

【尾聲】死生仙鬼都經遍，直作天宮並蒂蓮，纔證却長生殿裡盟言。

（貼）今夕之會，原為玉妃新譜《霓裳》。天女每那裡？

（衆天女各執樂器上）夜月歌殘鳴鳳曲，天風吹落步虛聲。天女每稽首。

（貼）把《霓裳羽衣》之曲，歌舞一番。

（衆舞介）

【高平調·羽衣第三疊】【錦纏道】桂輪芳，按新聲，分排舞行。仙佩互趨蹌，趁天風，惟聞遙送叮噹。【玉芙蓉】宛如龍起游千狀，翩若鸞回色五章。霞裙蕩，對瓊絲袖張。【四塊玉】撒團團翠雲，堆一溜秋光。【錦漁燈】嫋亭亭，現縹嶺笙邊鶴氅；豔晶晶，會瑤池筵畔虹幢；香馥馥，蕊殿羣姝散玉芳。【錦上花】呈獨立，鵠步昂；偷低度，鳳影藏，斂衣調扇恰相當，【一撮棹】一字一回翔。【普天樂】伴洛妃，淩波樣；動巫娥，行雲想。音和態，宛轉悠颺。【舞霓裳】珊珊步躡高霞唱，更泠泠節奏應宮商。【千秋歲】映紅蕊，含風放；逐銀漢，流雲漾。不似人間賞，要鋪蓮慢踏，比燕輕颺。【麻婆子】步虛、步虛瑤臺上，飛瓊引興狂。弄玉、弄玉秦臺上，吹簫也自忙。凡情仙意兩參詳。【滾繡球】把鈞天換腔，巧翻成餘弄兒盤旋未央。【紅繡鞋】銀蟾亮，玉漏長，千秋一曲舞《霓裳》。

（貼）妙哉，此曲！真個擅絕千秋也。就借此樂，送孔昇真人同玉妃，到忉利天宮去。

（老旦）天女每，奏樂引導。

（天女鼓樂引生、旦介）

【黃鐘過曲·永團圓】神仙本是多情種，蓬山遠，有情通。情根歷劫無生死，看到底終相共。塵緣倥傯，忉利有天情更永。不比凡間夢，悲歡和哄，恩與愛總成空。跳出癡迷洞，割斷相思鞚。金枷脱，玉鎖鬆。笑騎雙飛鳳，瀟灑到天宮。

【尾聲】舊《霓裳》，新翻弄，唱與知音心自懂，要使情留萬古無窮。

　　　誰令醉舞拂賓筵（張　說），上界羣仙待謫仙（方　幹）。
　　　一曲《霓裳》聽不盡（吳　融），香風引到大羅天（韋　絢）。
　　　看修水殿號長生（王　建），天路悠悠接上清（曹　唐）。
　　　從此玉皇須破例（司空圖），神仙有分不關情（李商隱）。

附　　錄

徐序（據光緒庚寅上海文瑞樓刊本）

　　元人多詠馬嵬事。自丹丘先生《開元遺事》外，其餘編入院本者毋慮十數家，而白仁甫《梧桐雨》劇最著。迄明則有《驚鴻》、《綵毫》二記。《驚鴻》，不知何人所作，詞不雅馴，僅足供優孟衣冠耳。《綵毫》乃屠赤水筆，其詞塗金繢碧，求一真語、雋語、快語、本色語，終卷不可得也。

　　稗畦洪先生以詩鳴長安，交遊宴集，每白眼踞坐，指古摘今，無不心折。又好為金、元人曲子。嘗作《舞霓裳》傳奇，盡刪太真穢事。予愛其深得風人之旨。歲戊辰，先生重取而更定之。或用虛筆，或用反筆，或用側筆、閒筆，錯落出之，以寫兩人生死深情，各極其致。易名曰"長生殿"。一時朱門綺席、酒社歌樓，非此曲不奏，纏頭為之增價。若夫措詞協律，精嚴變化，有未易窺測者。自古作者大難，賞音亦復不易。試雜此劇於元人之間，直可並駕仁甫，俯視赤水。彼《驚鴻》者流，又烏足云！

長洲同學弟徐麟（靈昭）題

吳序（據光緒庚寅上海文瑞樓刊本）

　　南北曲之工者，莫如《西廂》、《琵琶》矣。世既目《西廂》為淫書，而《堯山堂雜記》又謂《琵琶》寓刺王四、不花，重誣蔡氏。此皆忮刻之論。夫則成感劉後村詩"死後是非誰管得，滿街爭唱蔡中郎"而成，牛、趙名氏自宋人彈詞已然，豈高臆造哉？余友洪子昉思，工詩，以其餘波填南北曲詞，樂人爭唱之。近客長安，採摭天寶遺事，編《長生殿》戲本。芟其穢嫚，增益仙緣。亦本白居易、陳鴻《長恨歌》《傳》，非臆為之也。

元劇如《漢宮秋》、《梧桐雨》多寫天子鍾情，而南曲絶少。每以閨秀、秀才勸說不已，間及宮闈，類如韓夫人、小宋事。數百年來，歌筵舞席間，戴冕披袞，風流歇絕。伶玄序《飛燕外傳》云：「淫於色，非慧男子不至也。」漢以後，竹葉、羊車，帝非才子；《後庭》、《玉樹》，美人不專。兩擅者，其惟明皇、貴妃乎！傾國而復平，尤非晉、陳可比。稗畦取而演之，為詞場一新耳目。其詞之工，與《西廂》、《琵琶》相掩映矣。

昔則成居櫟社沈氏樓，清夜按歌，几上蠟炬二枝，光忽交合，因名樓曰「瑞光」。明太祖嘗稱《琵琶記》如珍玉百味，富貴家不可闕。然則成以「不尋宮數調」自解，韻每混通，遺悮來學。昉思句精字研，罔不諧叶。愛文者喜其詞，知音者賞其律。以是傳聞益遠，畜家樂者攢筆競寫，轉相教習。優伶能是，升價什佰。他友遊西川，數見演此，北邊、南越可知已。是劇雖傳情艷，而其間本之溫厚，不忘勸懲。或未深窺厥旨，疑其誨淫，忌口滕說。余故於暇日評論之，並為之序。

同里弟吳人（舒鳧）題

汪序（據文學古籍刊行社影印稗畦草堂本）

曾聞秋士最易興悲，況說傾城由來多怨。青天恨滿，已無尋樂之區；碧海淚深，孰是寄愁之所。所以鄭生馬上，詩紀《津陽》；白傅筵中，歌傳《長恨》。踵為填詞，良有以也。逮余汎覽天寶之事，流連秘殿之盟，見夫元人雜劇多演太真，明代傳奇亦登阿犖。而或緣情之作，聊資子野清歌；累德之辭，間雜溫公穢語。春華秋實，未可相兼；樂旨潘辭，尤難互濟。今讀稗畦先生《長生殿》院本，事與曩符，意隨義異。聲傳水際，淵魚聽而聳鱗；響遏雲端，皋禽聞而振羽。曲調之工，疇能方駕。至所載釵合定情之後，羽霓奏曲之時，夢雨臺邊，朝朝薦枕；避風殿上，夜夜留裙。氏妁參媒，笑匏瓜之無匹；可離獨活，羨連理之交榮。今古情緣，非茲誰屬？或謂虛後宮而故劍是求，得遺世而傾國不惜。豈有他生未卜，旋歎芝焚；此世難期，忍看玉碎。得無小過，取笑雙星？不知塵坌入而時異處堂，宗社危而勢難完璧。徐溫之刃，已漸及於楊庭；鬻拳之兵，行將凌於楚子。此而隱忍，不幾覆后稷之宗；若更依回，將且致夫差之踣。權衡常變，夫豈渝盟；審察機宜，乃為善後。推斯意也，知其黃土之封，榮於金屋；白楊之覆，等於碧城。然吾於此竊有慨焉：設使包胥告急，依牆之計不行；燭武如秦，圍城之師未解。則是珠襦玉匣，安能對香佩以傷心；碧水青山，何止聽淋鈴而出涕。就令乘輿無恙，南内深居，而天孫無補恨之方，方士乏返魂之術，亦祇弔盛姬於泉下，何由效叔寶於臺邊？千古悲涼，何堪勝道。即如班姬失寵，感團扇之微風；陳后辭恩，望長門之明月。許婕妤不平之曲，淚澀朱弦；衛莊姜太息之言，心憂黃裏。他若明妃氊帳，侯媛錦囊，或遼落於江南，或飄零乎塞北。啜其泣矣，傷如之何。茲乃補媧皇之石，賴有蜀牋；填精衛之波，幸存江筆。繁絃哀玉，適足寫其綢繆；短拍長歌，亦正形其怨咽。嗟乎！《鄭》《衛》豈導淫之作，楚《騷》非變雅之音。是以歸荑贈芍，每託諭於美人；扈芷滋蘭，原寄情於君父。而孔公正樂，不盡刪除；屈子抽思，並存比興。猶之子虛烏有，未嘗實有其人；廻雪凌波，要亦絕無是事。於是循環寶帙，似屬寓言；倡歎離章，無非雅則。馬、鄭、王、白之外，饒有淵源；施、高、湯、沈之間，相推甲乙。使逢季札，定觀止而無譏；若遇周郎，亦低徊而罔顧。故知犖推作者，詢為唐帝功臣；事竟硜然，恐是玉妃說客。

同里門人汪熷拜識

毛序（錄自毛奇齡《西河合集》序二十四《長生殿院本序》）

才人不得志于時，所至詘抑，往往借《鼓子》、《調笑》為放遣之音。原其初，本不過自攄其性情，並未嘗怨尤于人。而人之嫉之者，目為不平，或反因其詞而加詬抑焉。然而，其詞則往往藉之以傳。

洪君昉思好為詞，以四門弟子遨遊京師。初為《西蜀吟》，既而為大晟樂府，又既而為金、元間人曲子。自散套、雜劇以至院本，每用之作長安往來歌詠酬贈之具。嘗以不得事父母，作《天涯淚》劇，以寓其思親之旨。予方哀其志而為之序之。暨予出國門，相傳應莊親王世子之請，取唐人《長恨歌》事作《長生殿》院本。一時勾欄多演之。

越一年，有言日下新聞者，謂長安邸第，每以演《長生殿》曲，為見者所惡。會國恤止樂，其在京朝官大紅小紅已浹日，而纖練未除。言官謂遏密讀曲大不敬，賴聖明寬之，第褫其四門之員，而不予以罪。然而京朝諸官則從此有罷去者。或曰，牛生《周秦行》其自取也；或曰，滄浪無過，惡子美，意不在子美也。今其事又六七年矣。康熙乙亥，予醫瘠杭州，遇昉思于錢湖之濱。道無恙外，即出其院本，固請予序。曰："予敢序哉！雖然，在聖明固宥之矣。"

予少時選越人詩，而越人惡之，訟予于官。捕者執器就予家，捆予所為詩釁毀之。姜黃門贈予序曰："膏以明自煎，所煎者固在膏也。然而象有齒以焚其身，未聞並其齒而盡焚之也。"昉思之齒未焚矣。

唐人好小説，爭為烏有。而史官無學，率摭而入之正史。獨是詞不然，誣罔穢褻概屏之而勿之及，與世之所為淫詞艷曲者大不相類。惟是世好新聞，因其詞以及其事；亦遂因其事，而並求其詞。則其詞雖幸存，而或妍或否，任人好惡，予又安得而豫為定之！

桃 花 扇

（傳奇）

清·孔尚任

【作者簡介】孔尚任（1648—1718），字聘之，又字季重，號東塘，別號岸堂，自稱雲亭山人。山東曲阜人，孔子六十四代孫，清初劇作家、詩人。康熙二十年（1681）典田捐納為國子監生。康熙二十三年（1684），康熙南巡於北歸途中特至曲阜祭孔，孔尚任因其特殊身份得以在御前講經，又頗得康熙賞識，故於當年破格任命為國子監博士，由此踏上仕途。康熙二十五年（1686），隨工部侍郎孫在豐至淮陽，疏浚黃河海口。康熙二十九年（1690）還京，仍任國子監講經博士。後歷任户部主事、寶泉局監鑄、户部廣東司員外郎。孔尚任年輕之時，除在書齋中苦讀之外，通過與外界接觸，有意瞭解南明王朝的史料。治河期間，先後到過揚州、興化、儀征、丹徒、無錫、常州、蘇州、金陵等地，尋查南明遺跡，拜訪故臣遺老，為《桃花扇》的寫作收集了大量的素材。回京之後的十餘年中，辦公之餘，致力於劇本的創作，曾三易其稿，終於在他五十二歲那年（1699）完成了《桃花扇》的創作。此劇一經推出，便引起了很大轟動，京城內外連演不輟。然而次年三月，孔尚任便被罷官。後人以為罷官與《桃花扇》有關。免職以後，先在京城賦閒兩年有餘，後還鄉隱居。期間除了到過山西之外，未曾遠遊。康熙五十七年（1718）在曲阜石門家中與世長辭，享年七十歲。他還和顧采合著過《小忽雷》傳奇。詩文集《湖海集》、《岸堂文集》、《長留集》等亦傳於世。

【劇情概要】該劇共四十齣。劇寫明朝末年，朝政不修，國家內憂外患，岌岌可危。名士侯方域落第後僑寓南京莫愁湖，與秦淮名妓李香君相愛慕。時屏居南京的閹黨餘孽阮大鋮為復社排斥，常受人羞辱，然欲東山再起，重入政壇。他聽從罷職縣令楊龍友的建議，為侯方域出梳攏香君之資，以收買之，然後再請侯在復社中代為斡旋。方域與香君歡諧之夜，題詩扇上，贈與香君作定情之物。次日，香君得知銀子來歷，即刻拔簪脫衣，堅定地讓楊如數退還阮大鋮。方域受其激勵，遂亦杜絕大鋮託請。李自成破北京後，崇禎帝自縊煤山。阮大鋮乘機夥同鳳陽總督馬士英擁立福王繼位，定都於南京，改元弘光。馬士英、阮大鋮因擁戴有功，分別任兵部尚書與光祿寺卿。他們結黨營私，排斥異己，大肆搜捕復社人士。方域被迫告別香君,投奔揚州。漕撫田仰,欲強娶香君為妾,香君死拒,以首擊桌,鮮血淋漓。楊龍友見香君誓死不屈,使假母李貞麗代嫁而去。龍友就香君擊桌而濺在扇面上的殷殷血迹,信手提筆勾勒出幾枝桃花。香君乃託人攜桃花扇致方域,以明心迹。元宵時節,昏庸而貪圖享受的弘光帝在國勢危亡的情況下,不思進取,仍徵歌演劇,香君借機痛斥昏君佞臣。不久,清兵陷揚州,阮、馬倉皇出逃,香君入栖霞山葆貞庵避難。半年後,方域至庵尋訪香君,出扇以叙舊情。被道士張瑤星喝斥,兩人醒悟,念家破國亡,遂毀扇出家,隱居塵外。

【版本流傳】該劇版本衆多,主要有:一、康熙刻本;二、介安堂原刊本;三、蘭雪堂刊本;四、西園刊本;五、暖紅室刊本。近人校勘本亦夥,有梁啟超注本和王季思、蘇寰中合注本等。本書以康熙刻本為底本,校之以他本。各本字詞不一致之處,擇善而從。

【演出情況】該劇甫脫稿,官宦士紳,爭觀此劇劇本,竟成一時之盛事。《桃花扇傳奇本末》云:"《桃花扇》本成,王公薦紳,莫不借抄,時有紙貴之譽。"次年元宵,都御使李楠就買優搬演了此劇。此後,"長安之演《桃花扇》者,歲無虛日"。然至乾隆時,演出不多,由《綴白裘》未收錄其中一折,即可得知。後世昆劇舞臺僅見《訪翠》、《寄扇》、《題畫》等寥寥幾齣。20世紀30年代末,歐陽予倩將此劇改成京劇。21世紀初,江蘇昆劇院又將此劇改編成《1699·桃花扇》而搬上舞臺,曾轟動一時。

(王思韻)

試一齣　先　聲

康熙甲子八月

【蝶戀花】（副末氈巾、道袍、白鬚上）古董先生誰似我？非玉非銅，滿面包漿裹。剩魄殘魂無伴夥，時人指笑何須躲。舊恨填胸一筆抹，遇酒逢歌，隨處留皆可。子孝臣忠萬事妥，休思更吃人參果。日麗唐虞世，花開甲子年；山中無寇盜，地上總神仙。老夫原是南京太常寺一個贊禮，爵位不尊，姓名可隱。最喜無禍無災，活了九十七歲，閱歷多少興亡，又到上元甲子。堯舜臨軒，禹皋在位；處處四民安樂，年年五穀豐登。今乃康熙二十三年，見了祥瑞一十二種。

（內問介）請問那幾種祥瑞？

（屈指介）河出圖，洛出書，景星明，慶雲現，甘露降，膏雨零，鳳凰集，麒麟遊，蓂莢發，芝草生，海無波，黃河清。件件俱全，豈不可賀！老夫欣逢盛世，到處遨遊。昨在太平園中，看一本新出傳奇，名為《桃花扇》，就是明朝末年南京近事。借離合之情，寫興亡之感，實事實人，有憑有據。老夫不但耳聞，皆曾眼見。更可喜把老夫衰態，也拉上了排場，做了一個副末脚色；惹的俺哭一回，笑一回，怒一回，罵一回。那滿座賓客，怎曉得我老夫就是戲中之人！

（內）請問這本好戲，是何人著作？

（答）列位不知，從來填詞名家，不著姓氏。但看他有襃有貶，作《春秋》必賴祖傳；可詠可歌，正《雅》《頌》豈無庭訓！

（內）這等說來，一定是雲亭山人了。

（答）你道是那個來？

（內）今日冠裳雅會，就要演這本傳奇。你老既係舊人，又且聽過新曲，何不把傳奇始末，預先鋪敘一番，大家洗耳？

（答）有張道士的《滿庭芳》詞，歌來請教罷：

【滿庭芳】公子侯生，秣陵僑寓，恰偕南國佳人；讒言暗害，鸞鳳一宵分。又值天翻地覆，據江淮藩鎮紛紜。立昏主，徵歌選舞，黨禍起奸臣。　　良緣難再續,樓頭激烈,獄底沉淪。却賴蘇翁柳老,解救殷勤。半夜君逃相走,望煙波誰弔忠魂?桃花扇、齋壇揉碎,我與指迷津。

（內）妙,妙,只是曲調鏗鏘,一時不能領會,還求總括數句。

（答）待我說來:

　　　　奸馬阮中外伏長劍,巧柳蘇往來牽密線。
　　　　侯公子斷除花月緣,張道士歸結興亡案。

道猶未了,那公子早已登場,列位請看。

第一齣　聽　稗

崇禎癸未二月

【戀芳春】（生儒扮上）孫楚樓邊,莫愁湖上,又添幾樹垂楊。偏是江山勝處,酒賣斜陽,勾引遊人醉賞,學金粉南朝模樣。暗思想,那些鶯顛燕狂,關甚興亡!【鷓鴣天】院靜廚寒睡起遲,秣陵人老看花時;城連曉雨枯陵樹,江帶春潮壞殿基。　　傷往事,寫新詞,客愁鄉夢亂如絲。不知煙水西村舍,燕子今年宿傍誰?小生姓侯,名方域,表字朝宗,中州歸德人也。夷門譜牒,梁苑冠裳。先祖太常,家父司徒,久樹東林之幟;選詩雲間,徵文白下,新登復社之壇。早歲清詞,吐出班香宋豔;中年浩氣,流成蘇海韓潮。人鄰耀華之官,偏宜賦酒;家近洛陽之縣,不願栽花。自去年壬午,南闈下第,便僑寓這莫愁湖畔。烽煙未靖,家信難通,不覺又是仲春時候;你看碧草粘天,誰是還鄉之伴;黃塵匝地,獨為避亂之人。（歎介）莫愁,莫愁!教俺怎生不愁也!幸喜社友陳定生、吳次尾,寓在蔡益所書坊,時常往來,頗不寂寞。今日約到冶城道院,同看梅花,須索早去。

【懶畫眉】乍暖風煙滿江鄉,花裡行廚攜著玉缸;笛聲吹亂客中腸,莫過烏衣巷,是別姓人家新畫梁。（下）

（末、小生儒扮上）

【前腔】王氣金陵漸凋傷,鼙鼓旌旗何處忙?怕隨梅柳渡春江。(末)小生宜興陳貞慧是也。(小生)小生貴池吳應箕是也。(末問介)次兄可知流寇消息麼?(小生)昨見邸抄,流寇連敗官兵,漸逼京師。那寧南侯左良玉,還軍襄陽。中原無人,大事已不可問,我輩且看春光。(合)無主春飄蕩,風雨梨花摧曉妝。

(生上相見介)請了,兩位社兄,果然早到。

(小生)豈敢爽約!

(末)小弟已着人打掃道院,沽酒相待。

(副淨扮家僮忙上)節寒嫌酒冷,花好引人多。稟相公,來遲了,請回罷!

(末)怎麼來遲了?

(副淨)魏府徐公子要請客看花,一座大大道院,早已占滿了。

(生)既是這等,且到秦淮水榭,一訪佳麗,倒也有趣!

(小生)依我說,不必遠去,兄可知道泰州柳敬亭,説書最妙,曾見賞於吳橋范大司馬、桐城何老相國。聞他在此作寓,何不同往一聽,消遣春愁?

(末)這也好!

(生怒介)那柳麻子新做了閹兒阮鬍子的門客,這樣人説書,不聽也罷了!

(小生)兄還不知,阮鬍子漏網餘生,不肯退藏;還在這裡蓄養聲伎,結納朝紳。小弟做了一篇留都防亂的揭帖,公討其罪。那班門客纔曉得他是崔魏逆黨,不待曲終,拂衣散盡。這柳麻子也在其內,豈不可敬!

(生驚介)阿呀!竟不知此輩中也有豪傑,該去物色的!(同行介)

【前腔】仙院參差弄笙簧,人住深深丹洞旁,閑將雙眼閱滄桑。(副淨)此間了,待我叫門。(叫介)柳麻子在家麼?(末喝介)咳!他是江湖名士,稱他柳相公纔是。(副淨又叫介)柳相公開門。(丑小帽、海青、白髯,扮柳敬亭上)門掩青苔長,話舊樵漁來道房。(見介)原來是陳、吳二位相公,老漢失迎了!(問生介)此位何人?

(末)這是敝友河南侯朝宗,當今名士,久慕清談,特來領教。

（丑）不敢不敢！請坐獻茶。（坐介）

（丑）相公都是讀書君子，甚麽《史記》、《通鑑》，不曾看熟？倒來聽老漢的俗談。（指介）你看：

【前腔】廢苑枯松靠着頹牆，春雨如絲宮草香，六朝興廢怕思量。鼓板輕輕放，沾淚説書兒女腸。

（生）不必過謙，就求賜教。

（丑）既蒙光降，老漢也不敢推辭；只怕演義盲詞，難入尊耳。沒奈何，且把相公們讀的《論語》説一章罷！

（生）這也奇了，《論語》如何説的？

（丑笑介）相公説得，老漢就説不得？今日偏要假斯文，説他一回。（上坐敲鼓板説書介）問余何事棲碧山，笑而不答心自閑；桃花流水杳然去，別有天地非人間。（拍醒木説介）敢告列位，今日所説不是別的，是申魯三家欺君之罪，表孔聖人正樂之功。當時魯道衰微，人心僭竊，我夫子自衛反魯，然後樂正。那些樂官恍然大悟，愧悔交集，一個個東奔西走，把那權臣勢家鬧烘烘的戲場，頃刻冰冷。你説聖人的手段利害呀不利害？神妙呀不神妙？（敲鼓板唱介）

〔鼓詞一〕自古聖人手段能，他會呼風喚雨，撒豆成兵。見一夥亂臣無禮教歌舞，使了個些小方法，弄的他精打精。正排着低品走狗奴才隊，都做了高節清風大英雄！（拍醒木説介）那太師名摯，他第一個先適了齊。他爲何適齊，聽俺道來！（敲鼓板唱介）

〔鼓詞二〕好一個爲頭爲領的太師摯，他説："咳，俺爲甚的替撞三家景陽鐘？往常時瞎了眼睛在泥窩裡混，到如今抖起身子去個清。大撒腳步正往東北走，合夥了個敬仲老先才顯俺的名。管喜的孔子三月忘肉味，景公擦淚側着耳聽；那賊臣就吃了豹子心肝熊的膽，也不敢到姜太公家裡去拿樂工。"（拍醒木説介）管亞飯的名幹，適了楚；管三飯的名繚，適了蔡；管四飯的名缺，適了秦。這三人爲何也去了？聽我道來！（敲鼓板唱介）

〔鼓詞三〕這一班勸膳的樂官不見了領隊長，一個個各尋門路奔前程。亞飯説："亂臣堂上撥着碗，俺倒去吹吹打打伏侍着他聽；你看咱長官此去齊邦誰敢去找？我也投那熊繹大王，倚仗他的威風。"三飯説:"河南蔡國雖然小,那堂堂的中原緊靠着京城。"四飯説:"遠望西秦有天子氣,那強兵營裡我去抓響箏。"一齊説:"你每日倚着塞門椿子使喚俺,今以後叫你聞着俺的風聲腦子疼。"(拍醒木説介)擊鼓的名方叔,入於河;播鞉的名武,入於漢;少師名陽,擊磬的名襄,入於海。這四人另有個去法,聽俺道來!(敲鼓板唱介)

〔鼓詞四〕這擊磬搖鼓的三四位,他説:"你丟下這亂紛紛的排場俺也幹不成。您嫌這裡亂鬼當家別處尋主,只怕到那裡低三下四還幹舊營生。俺們一葉扁舟桃源路,這才是江湖滿地,幾個漁翁。"(拍醒木説介)這四個人,去的好,去的妙,去的有意思。聽他説些甚的?(敲鼓板唱介)

〔鼓詞五〕他説:"十丈珊瑚映日紅,珍珠捧着水晶宮,龍王留俺宮中宴,那金童玉女不比凡同。鳳簫象管龍吟細,可教人家吹打着俺們才聽。那賊臣就溜着河邊來趕俺,這萬里煙波路也不明。莫道山高水遠無知己,你看海角天涯都有俺舊弟兄。全要打破紙窗看世界,虧了那位神靈提出俺火坑;憑世上滄海變田田變海,俺那老師父只管矇瞶着兩眼定六經。"(説完起介)獻醜,獻醜!

(末)妙極,妙極!如今應制講義,那能如此痛快,真絕技也!

(小生)敬亭纔出阮家,不肯別投主人,故此現身説法。

(生)俺看敬亭人品高絶,胸襟灑脱,是我輩中人,説書乃其餘技耳。

【解三酲】(生、末、小生)暗紅塵霎時雪亮,熱春光一陣冰涼,清白人會算糊塗帳。(同笑介)這笑罵風流跌宕,一聲拍板溫而厲,三下漁陽慨以慷!(丑)重來訪,但是桃花誤處,問俺漁郎。

(生問介)昨日同出阮衙,是那幾位朋友?

(丑)都已散去,只有善謳的蘇崑生,還寓比鄰。

(生)也要奉訪,尚望同來賜教。

(丑)自然奉拜的。

　　(丑)歌聲歇處已斜陽,(末)剩有殘花隔院香。
　　(小生)無數樓臺無數草,(生)清談霸業兩茫茫。

第二齣　傳　歌

癸未二月

【秋夜月】(小旦倩妝扮鴇妓李貞麗上)深畫眉，不把紅樓閉；長板橋頭垂楊細，絲絲牽惹遊人騎。將箏絃緊繫，把笙囊巧製。梨花似雪草如煙，春在秦淮兩岸邊；一帶妝樓臨水蓋，家家分影照嬋娟。妾身姓李，表字貞麗，煙花妙部，風月名班；生長舊院之中，迎送長橋之上，鉛華未謝，丰韻猶存。養成一個假女，溫柔纖小，纔陪玳瑁之筵；宛轉嬌羞，未入芙蓉之帳。這裡有位罷職縣令，叫做楊龍友，乃鳳陽督撫馬士英的妹夫，原做光祿阮大鋮的盟弟，常到院中誇俺孩兒，要替他招客梳攏。今日春光明媚，敢待好來也。(叫介)丫鬟，捲簾掃地，伺候客來。

(內應介)曉得！

(末扮楊文驄上)三山景色供圖畫，六代風流入品題。下官楊文驄，表字龍友，乙榜縣令，罷職閒居。這秦淮名妓李貞麗，是俺舊好，趁此春光，訪他閒話。來此已是，不免竟入。(入介)貞娘那裡？(見介)好呀！你看梅錢已落，柳線才黃，軟軟濃濃，一院春色，叫俺如何消遣也。

(小旦)正是。請到小樓焚香煮茗，賞鑒詩篇罷。

(末)極妙了。(登樓介)簾紋籠架鳥，花影護盆魚。(看介)這是令愛妝樓，他往那裡去了？

(小旦)曉妝未竟，尚在臥房。

(末)請他出來。

(小旦喚介)孩兒出來，楊老爺在此。

(末看四壁上詩篇介)都是些名公題贈，却也難得。(背手吟哦介)

【前腔】(旦艷妝上)香夢回，纔褪紅鴛被。重點檀唇胭脂膩，匆匆挽個拋家髻。這春愁怎替，那新詞且記。

(見介)老爺萬福！

（末）幾日不見，益發標緻了。這些詩篇贊的不差。（又看驚介）呀呀！張天如、夏彝仲這班大名公，都有題贈，下官也少不的和韻一首。（小旦送筆硯介）（末把筆久吟介）做他不過，索性藏拙，聊寫墨蘭數筆，點綴素壁罷。

（小旦）更妙。

（末看壁介）這是藍田叔畫的拳石。呀！就寫蘭於石旁，借他的襯貼也好。（畫介）

【梧桐樹】綾紋素壁輝，寫出騷人致。嫩葉香苞，雨困煙痕醉。一拳宣石墨花碎，幾點蒼苔亂染砌。（遠看介）也還將就得去；怎比元人瀟灑墨蘭意，名姬恰好湘蘭佩。

（小旦）真真名筆，替俺妝樓生色多矣。

（末）見笑。（向旦介）請教尊號，就此落款。

（旦）年幼無號。

（小旦）就求老爺賞他二字罷。

（末思介）《左傳》云："蘭有國香，人服媚之"，就叫他香君何如。

（小旦）甚妙！香君過來謝了。

（旦拜介）多謝老爺。

（末笑介）連樓名都有了。（落款介）崇禎癸未仲春，偶寫墨蘭於媚香樓，博香君一笑。貴築楊文驄。

（小旦）寫畫俱佳，可稱雙絕。多謝了！（俱坐介）

（末）我看香君國色第一，只不知技藝若何？

（小旦）一向嬌養慣了，不曾學習。前日才請一位清客，傳他詞曲。

（末）是那個？

（小旦）就叫甚麼蘇崑生。

（末）蘇崑生，本姓周，是河南人，寄居無錫。一向相熟的，果然是個名手。（問介）傳的那套詞曲？

（小旦）就是《玉茗堂四夢》。

（末）學會多少了？

（小旦）纔將《牡丹亭》學了半本。（喚介）孩兒，楊老爺不是外人,取出曲本快快溫習。待你師父對過,好上新腔。

（旦皺眉介）有客在坐,只是學歌怎的。

（小旦）好傻話,我們門戶人家,舞袖歌裙,吃飯莊屯。你不肯學歌,閑着做甚。（旦看曲本介）

【前腔】（小旦）生來粉黛圍,跳入鶯花隊,一串歌喉,是俺金錢地。莫將紅豆輕拋棄,學就曉風殘月墜;緩拍紅牙,奪了宜春翠,門前繫住王孫轡。（淨扁巾、褶子,扮蘇崑生上）閑來翠館調鸚鵡,懶去朱門看牡丹。在下固始蘇崑生是也,自出阮衙,便投妓院,做這美人的教習,不強似做那義子的幫閑麼。（竟入見介）楊老爺在此,久違了。（末）崑老恭喜,收了一個絕代的門生。（小旦）蘇師父來了,孩兒見禮。（旦拜介）（淨）免勞罷。（問介）昨日學的曲子,可曾記熟了?（旦）記熟了。（淨）趁着楊老爺在坐,隨我對來,好求指示。（末）正要領教。（淨、旦對坐唱介）【皂羅袍】原來姹紫嫣紅開遍,似這般都付與斷井頹垣。良辰美景奈何天,（淨）錯了錯了,美字一板,奈字一板,不可連下去。另來另來! 良辰美景奈何天,賞心樂事誰家院。朝飛暮卷,雲霞翠軒;雨絲風片,（淨）又不是了,絲字是務頭,要在嗓子內唱。雨絲風片,煙波畫船,錦屏人忒看得這韶光賤。（淨）妙妙! 是的狠了,往下來。【好姐姐】遍青山啼紅了杜鵑,荼蘼外煙絲醉軟。牡丹雖好,他春歸怎占得先。（淨）這句略生些,再來一遍。牡丹雖好,他春歸怎占得先。閑凝盼,生生燕語明如翦,嚦嚦鶯聲溜的圓。

（淨）好好! 又完一折了。

（末對小旦介）可喜令愛聰明的緊,不愁不是一個名妓哩。（向淨介）昨日會着侯司徒的公子侯朝宗,客囊頗富,又有才名,正在這裡物色名姝。崑老知道麼?

（淨）他是敝鄉世家,果然大才。

（末）這段姻緣,不可錯過的。

【瑣窗寒】破瓜碧玉佳期,唱嬌歌,細馬騎。纏頭擲錦,攜手傾杯;催粧豔句,迎婚油壁。配他公子千金體,年年不放阮郎歸,買宅桃葉春水。

（小旦）這樣公子肯來梳櫳，好的緊了。只求楊老爺極力幫襯，成此好事。
（末）自然在心的。
【尾聲】（小旦）掌中女好珠難比，學得新鶯恰恰啼，春鎖重門人未知。
　　如此春光，不可虛度，我們樓下小酌罷。（末）有趣。（同行介）
　　（末）蘇小簾前花滿畦，（小旦）鶯酣燕懶隔春隄。
　　（旦）紅綃裏下櫻桃顆，（淨）好待潘車過巷西。

第三齣　鬨　丁

癸未三月
（副淨、丑扮二壇户上）
（副淨）俎豆傳家鋪排户，
（丑）祖父。
（副淨）各壇祭器有號簿，
（丑）查數。
（副淨）朔望開門點蠟炬，
（丑）掃路。
（副淨）跪迎祭酒早進署，
（丑）休誤。
（丑）怎麼只說這樣沒體面的話？
（副淨）你會說，讓你說來。
（丑）四季關糧進户部，
（副淨）誇富。
（丑）紅牆綠瓦闔家住，
（副淨）娶婦。
（丑）乾柴只靠一把鋸，
（副淨）偷樹。
（丑）一年到頭不吃素，

（副淨）醃胙。

（丑）啐！你接得不好，倒底露出脚色來。（同笑介）咱們南京國子監鋪排户，苦熬六個月，今日又是仲春丁期。太常寺早已送到祭品，待俺擺設起來。（排桌介）

（副淨）栗、棗、芡、菱、榛。

（丑）牛、羊、豬、兔、鹿。

（副淨）魚、芹、菁、筍、韭。

（丑）鹽、酒、香、帛、燭。

（副淨）一件也不少，仔細看着，不要叫贊禮們偷吃，尋我們的悔氣呀。

（副末扮老贊禮暗上）啐！你壇户不偷就够了，倒賴我們。

（副淨拱介）得罪得罪！我説的是那没體面的相公們，老先生是正人君子，豈有偷嘴之理。

（副末）閒話少説，天已發亮，是時候了，各處快點香燭。

（丑）是。（同混下）

【粉蝶兒】（外冠帶執笏，扮祭酒上）松柏籠煙，兩階蠟紅初蕆。排笙歌，堂上宫懸。捧爵帛，供牲醴，香芹早薦。（末冠帶執笏，扮司業上）列班聯，敬陪南雍釋奠。

（外）下官南京國子監祭酒是也。

（末）下官司業是也。今值文廟丁期，禮當釋奠。（分立介）

【四園春】（小生衣巾，扮吴應箕上）檛鼓逢逢將曙天，諸生接武杏壇前。（雜扮監生四人上）濟濟禮樂繞三千，萬仞門牆瞻聖賢。（副淨滿髯冠帶，扮阮大鋮上）淨洗含羞面，混入幾筵邊。

（小生）小生吴應箕，約同楊維斗、劉伯宗、沈崑銅、沈眉生衆社兄，同來與祭。

（雜四人）次尾社兄到的久了，大家依次排起班來。

（副淨掩面介）下官阮大鋮，閒住南京，來觀盛典。（立前列介）

（副末上，唱禮介）排班，班齊。鞠躬，俯伏、興，俯伏、興，俯伏、興，俯伏、興。（衆依禮各四拜介）

【泣顔回】（合）百尺翠雲巅，仰見宸題金匾，素王端拱，顔曾四座冠冕。迎神樂奏,拜彤墀齊把袍笏展。讀詩書不愧膠庠,畏先聖洋洋靈顯。(拜完立介)(唱禮介)焚帛,禮畢。

(衆相見揖介)

【前腔】(外、末)北面並臣肩,共事春丁榮典;趨蹌環佩,鵷班鷺序旋轉。(小生等)司籩執豆,魯諸生盡是瑚璉選。(副淨)喜留都、散職逍遥,歎投閒、名流謫貶。

(外、末下)

(副淨拱介)

(小生驚看,問介)你是阮鬍子,如何也來與祭?唐突先師,玷辱斯文。(喝介)快快出去!

(副淨氣介)我乃堂堂進士,表表名家,有何罪過,不容與祭。

(小生)你的罪過,朝野俱知,蒙面喪心,還敢入廟。難道前日防亂揭帖,不曾説着你病根麽!

(副淨)我正為暴白心跡,故來與祭。

(小生)你的心跡,待我替你説來:

【千秋歲】魏家乾,又是客家乾,一處處兒字難免。同氣崔田,同氣崔田,熱兄弟糞爭嘗,癱同吮。東林裡丟飛箭,西廠裡牽長線,怎掩旁人眼。(合)笑冰山消化,鐵柱翻掀。

(副淨)諸兄不諒苦衷,橫加辱罵,那知俺阮圓海原是趙忠毅先生的門人。魏黨暴橫之時,我丁艱未起,何曾傷害一人,這些話都從何處説起。

【前腔】飛霜冤,不比黑盆冤,一件件風影敷衍。初識忠賢,初識忠賢,救周魏,把好身名,甘心貶。前輩康對山,為救李空同,曾入劉瑾之門。我前日屈節,也只為着東林諸君子,怎麽倒責起我來。《春燈謎》誰不見,《十錯認》無人辯,個個將咱譖。(指介)恨輕薄新進,也放屁狂言!

(小生)好罵好罵!

(衆)你這等人,敢在文廟之中公然罵人,真是反了。

(副末亦喊介)反了反了!讓我老贊禮,打這個奸黨。(打介)

(小生)掌他的嘴,捋他的毛。

（衆亂採鬚，指罵介）

【越恁好】閹兒瑞子，閹兒瑞子，那許你拜文宣。辱人賤行，玷庠序，愧班聯。急將吾黨鳴鼓傳，攻之必遠；屏荒服不與同州縣，投豺虎只當閑豬犬。

（副淨）好打好打！（指副末介）連你這老贊禮，都打起我來了。

（副末）我這老贊禮，纔打你個知和而和的。

（副淨看鬚介）把鬍鬚都採落了，如何見人，可惱之極。（急跑介）

【紅繡鞋】難當雞肋拳揎，拳揎。無端臂折腰搣，腰搣。忙躲去，莫流連。（下）（小生）（衆）分邪正，辨奸賢，黨人逆案鐵同堅。

【尾聲】當年勢焰掀天轉，今日奔逃亦可憐。儒冠打扁，歸家應自焚筆硯。

（小生）今日此舉，替東林雪憤，為南監生光，好不爽快。以後大家努力，莫容此輩再出頭來。

（衆）是是！

（衆）堂堂義舉聖門前，（小生）黑白須爭一着先，
（衆）只恐輸贏無定局，（小生）治由人事亂由天。

第四齣　偵　戲

癸未三月

【雙勸酒】（副淨扮阮大鋮憂容上）前局盡翻，舊人皆散，飄零鬢斑，牢騷歌懶。又遭時流欺謾，怎能得高臥加餐。下官阮大鋮，別號圓海。詞章才子，科第名家；正做着光祿吟詩，恰合着步兵愛酒。黃金肝膽，指顧中原；白雪聲名，驅馳上國。可恨身家念重，勢利情多；偶投客魏之門，便入兒孫之列。那時權飛烈焰，用着他當道豺狼；今日勢敗寒灰，剩了俺枯林鴟鳥。人人唾罵，處處擊攻。細想起來，俺阮大鋮也是讀破萬卷之人，什麽忠佞賢奸，不能辨別？彼時既無失心之瘋，又非汗邪之病，怎的主意一錯，竟做了一個魏黨？（跌足介）纔題舊事，愧悔交加。罷了罷了！幸這京城寬廣，容

的雜人,新在這褲子襠裡買了一所大宅,巧蓋園亭,精教歌舞,但有當事朝紳,肯來納交的,不惜物力,加倍趨迎。倘遇正人君子,憐而收之,也還不失為改過之鬼。(悄語介)若是天道好還,死灰有復燃之日。我阮鬍子呵!也顧不得名節,索性要倒行逆施了。這都不在話下。昨日文廟丁祭,受了復社少年一場痛辱,雖是他們孟浪,也是我自己多事。但不知有何法兒,可以結識這般輕薄。(搔首尋思介)

【步步嬌】小子翩翩皆狂簡,結黨欺名宦,風波動幾番。捋落吟鬚,搥折書腕。無計雪深怨,叫俺閉户空羞赧。

(丑扮家人持帖上)地僻疏冠蓋,門深隔燕鶯。稟老爺,有帖借戲。

(副淨看帖介)通家教弟陳貞慧拜。(驚介)呵呀!這是宜興陳定生,聲名赫赫,是個了不得的公子,他怎肯向我借戲?(問介)那來人如何說來?

(丑)來人說,還有兩位公子,叫什麼方密之、冒辟疆,都在雞鳴埭上吃酒,要看老爺新編的《燕子箋》,特來相借。

(副淨吩咐介)速速上樓,發出那一副上好行頭;吩咐班裡人梳頭洗臉,隨箱快走。你也拿帖跟去,俱要仔細着。

(丑應下)

(雜擡箱,衆戲子繞場下)

(副淨喚丑介)轉來。(悄語介)你到他席上,聽他看戲之時,議論什麼,速來報我。

(丑)是。(下)

(副淨笑介)哈哈!竟不知他們目中還有下官,有趣有趣!且坐書齋,靜聽回話。(虛下)

(末巾服扮楊文驄上)周郎扇底聽新曲,米老船中訪故人。下官楊文驄,與圓海筆硯至交,彼之曲詞,我之書畫,兩家絕技,一代傳人。今日無事,來聽他《燕子》新詞,不免竟入。(進介)這是石巢園,你看山石花木,位置不俗,一定是華亭張南垣的手筆了。(指介)

【風入松】花林疏落石斑斕,收入倪黃畫眼。(仰看,讀介)"詠懷堂,孟津王鐸書"。(贊介)寫的有力量。(下看介)一片紅毹鋪地,此乃顧曲之所。草堂圖裡烏巾岸,好指點銀箏紅板。(指介)那邊是百花深處了,為甚的蕭條閉關,敢是新詞改,舊稿刪。(立聽介)隱隱有吟哦之聲,圓老在內讀書。(呼介)圓兄,略歇一歇,性命要緊呀!

(副淨出見,大笑介)我道是誰,原來是龍友。請坐,請坐!(坐介)

(末)如此春光,為何閉戶?(副淨)只因傳奇四種,目下發刻;恐有錯字,在此對閱。

(末)正是,聞得《燕子箋》已授梨園,特來領略。

(副淨)恰好今日全班不在。

(末)那裡去了?

(副淨)有幾位公子借去遊山。

(末)且把鈔本賜教,權當《漢書》下酒罷。

(副淨喚介)叫家僮安排酒餚,我要和楊老爺在此小飲。

(內)曉得。

(雜上排酒果介)

(末、副淨同飲,看書介)

【前腔】(末)新詞細寫烏絲闌,都是金淘沙揀。簪花美女心情慢,又逗出煙慵雲懶。看到此處,令人一往情深。這燕子啣春未殘,怕的楊花白,人鬢斑。

(副淨)蕪詞俚曲,見笑大方。(讓介)請乾一杯。(同飲介)

(丑急上)傳將隨口話,報與有心人。稟老爺,小人到雞鳴埭上,看着酒斟十巡,戲演三折,忙來回話。

(副淨)那公子們怎麼樣來?

(丑)那公子們看老爺新戲,大加稱讚。

【急三槍】點頭聽,擊節賞,停杯看。(副淨喜介)妙妙!他竟知道賞鑑哩。(問介)可曾說些什麼?(丑)他說真才子,筆不凡。(副淨驚介)阿呀呀!這樣傾倒,卻也難得。(問介)再說什麼來?

（丑）論文采，天仙吏，謫人間。好教執牛耳，主騷壇。

（副淨佯恐介）太過譽了，叫我難當，越往後看，還不知怎麼樣哩。（吩咐介）再去打聽，速來回話。（丑急下）

（副淨大笑介）不料這班公子，倒是知己。（讓介）請乾一杯。

【風入松】俺呵！南朝看足古江山，翻閱風流舊案，花樓雨榭燈窗晚，嘔吐了心血無限。每日價琴對牆彈，知音賞，這一番。

（末）請問借戲的是那班公子？

（副淨）宜興陳定生、桐城方密之、如皋冒辟疆，都是了不得學問，他竟服了小弟。

（末）他們是不輕許可人的，這本《燕子箋》詞曲原好，有什麼說處。

（丑急上）去如走兔，來似飛鳥。稟老爺，小的又到雞鳴埭，看着戲演半本，酒席將完，忙來回話。

（副淨）那公子又講些什麼？

（丑）他說老爺呵！

【急三槍】是南國秀，東林彥，玉堂班。（副淨佯驚介）句句是贊俺，益發惶恐。（問介）還說些什麼？（丑）他說為何投崔魏，自摧殘。（副淨皺眉，拍案惱介）只有這點點不才，如今也不必說了。（問介）還講些什麼？（丑）話多着哩，小人也不敢說了。（副淨）但說無妨。（丑）他說老爺呼親父，稱乾子，忝羞顏，也不過仗人勢，狗一般。

（副淨怒介）阿呀呀！了不得，竟罵起來了。氣死我也！

【風入松】平章風月有何關，助你看花對盞，新聲一部空勞贊。不把俺心情剖辯，偏加些惡謔毒訕，這欺侮受應難。

（末）請問這是為何罵起？

（副淨）連小弟也不解，前日好好拜廟，受了五個秀才一頓狠打。今日好好借戲，又受這三個公子一頓狠罵。此後若不設個法子，如何出門。（愁介）

（末）長兄不必吃惱，小弟倒有個法兒，未知肯依否？

（副淨喜介）這等絕妙了，怎肯不依。

(末)兄可知道,吳次尾是秀才領袖,陳定生是公子班頭,兩將罷兵,千軍解甲矣。

(副淨拍案介)是呀!(問介)但不知誰可解勸?

(末)別個沒用,只有河南侯朝宗,與兩君文酒至交,言無不聽。昨聞侯生閒居無聊,欲尋一秦淮佳麗。小弟已替他物色一人,名喚香君,色藝皆精,料中其意。長兄肯為出梳櫳之資,結其歡心,然後託他兩處分解,包管一舉雙擒。

(副淨拍手,笑介)妙妙!好個計策。(想介)這侯朝宗原是散年侄,應該料理的。(問介)但不知應用若干?

(末)妝奩酒席,約費二百餘金,也就豐盛了。

(副淨)這不難,就送三百金到尊府,憑君區處便了。

(末)那消許多。

(末)白門弱柳許誰攀,(副淨)文酒笙歌俱等閒。

(末)惟有美人稱妙計,(副淨)憑君買黛畫春山。

第五齣 訪 翠

癸未三月

【緱山月】(生麗服上)金粉未消亡,聞得六朝香,滿天涯煙草斷人腸。怕催花信緊,風風雨雨,誤了春光。小生侯方域,書劍飄零,歸家無日。對三月豔陽之節,住六朝佳麗之場,雖是客況不堪,却也春情難按。昨日會着楊龍友,盛誇李香君妙齡絶色,平康第一。現在蘇崑生教他吹歌,也來勸俺梳櫳;爭奈蕭索奚囊,難成好事。今日清明佳節,獨坐無聊,不免借步踏青,竟到舊院一訪,有何不可。(行介)

【錦纏道】望平康,鳳城東、千門綠楊。一路紫絲韁,引遊郎,誰家乳燕雙雙。(丑扮柳敬亭上)黃鶯驚曉夢,白髮動春愁。(喚介)侯相公何處閒遊?(生回頭見介)原來是敬亭,來的好也!俺去城東踏青,正苦無伴哩。(丑)老漢無事,便好奉陪。(同行介)(丑指介)那是秦淮水樹。(生)隔春波,碧煙染窗;倚晴天,紅杏窺牆。

（丑指介）這是長橋,我們慢慢的走。（生）一帶板橋長,閑指點茶寮酒舫。（丑）不覺來到舊院了。（生）聽聲聲賣花忙,穿過了條條深巷。（丑指介）這一條巷裡,都是有名姊妹家。（生）果然不同,你看黑漆雙門之上,插一枝帶露柳嬌黃。

（丑指介）這個高門兒,便是李貞麗家。
（生）我問你,李香君住在那個門裡?
（丑）香君就是貞麗的女兒。
（生）妙妙!俺正要訪他,恰好到此。
（丑）待我敲門。（敲介）
（內問介）那個?
（丑）常來走動的老柳,陪着貴客來拜。
（內）貞娘、香姐,都不在家。
（丑）那裡去了?
（內）在卞姨娘家做盒子會哩。
（丑）正是,我竟忘了,今日是盛會。
（生）為何今日做會?
（丑拍腿介）老腿走乏了,且在這石磴上略歇一歇,從容告你。（同坐介）
（丑）相公不知,這院中名妓,結為手帕姊妹,就像香火兄弟一般,每遇時節,便做盛會。

【朱奴剔銀燈】結羅帕,煙花雁行;逢令節,齊鬥新妝。（生）是了,今日清明佳節,故此皆去赴會,但不知怎麼叫做盒子會。（丑）赴會之日,各攜一副盒兒,都是鮮物異品,有海錯、江瑶、玉液漿。（生）會期做些甚麼?（丑）大家比較技藝,撥琴阮,笙簫嘹喨。（生）這樣有趣,也許子弟入會麼?（丑搖手介）不許不許!最怕的是子弟混鬧,深深鎖住樓門,只許樓下賞鑑。（生）賞鑑中意的如何會面?（丑）若中了意,便把物事拋上樓頭,他樓上也便拋下果子來。相當,竟飛來捧觴,密約在芙蓉錦帳。

（生）既然如此,小生也好走走了。
（丑）走走何妨。

（生）只不知卞家住在那廂？
（丑）住在煖翠樓，離此不遠，即便同行。（行介）
（生）掃墓家家柳，
（丑）吹餳處處簫。
（生）鶯花三里巷，
（丑）煙水兩條橋。（指介）此間便是，相公請進。（同入介）
（末扮楊文驄、淨扮蘇崑生迎上）
（末）閒陪簇簇鶯花隊，
（淨）同望迢迢粉黛圍。（見介）
（末）侯世兄怎肯到此，難得難得！
（生）聞楊兄今日去看阮鬍子，不想這裡遇着。
（淨）特為侯相公喜事而來。
（丑）請坐。
（俱坐）
（生望介）好個煖翠樓！

【雁過聲】端詳，窗明院敞，早來到溫柔睡鄉。（問介）李香君為何不見？（末）現在樓頭。（淨指介）你看，樓頭奏技了。（內吹笙、笛介）（生聽介）鶯笙鳳管雲中響，（內彈琵琶、箏介）（生聽介）絃悠揚，（內打雲鑼介）（生聽介）玉玎璫，一聲聲亂我柔腸。（內吹簫介）（生聽介）翱翔雙鳳凰。（大叫介）這幾聲簫，吹的我消魂，小生忍不住要打采了。（取扇墜拋上樓介）海南異品風飄蕩，要打着美人心上癢！

（內將白汗巾包櫻桃拋下介）
（丑）有趣有趣！擲下果子來了。
（淨解汗巾，傾櫻桃盤內介）好奇怪，如今竟有櫻桃了。
（生）不知是那個擲來的，若是香君，豈不可喜。
（末取汗巾看介）看這一條冰綃汗巾，有九分是他了。
（小旦扮李貞麗捧茶壺，領香君捧花瓶上）
（小旦）香草偏隨蝴蝶扇，美人又下鳳凰臺。
（淨驚指介）都看天人下界了。

（丑合掌介）阿彌陀佛。
（衆起介）
（末拉生介）世兄認認，這是貞麗，這是香君。
（生見小旦介）小生河南侯朝宗，一向渴慕，今纔遂願。（見旦介）果然妙齡絶色，龍老賞鑑，真是法眼。（坐介）
（小旦）虎丘新茶，泡來奉敬。（斟茶）
（衆飲介）
（旦）綠楊紅杏，點綴新節。
（衆贊介）有趣有趣！煮茗看花，可稱雅集矣。
（末）如此雅集，不可無酒。
（小旦）酒已備下，玉京主會，不得下樓奉陪，賤妾代東罷。（喚介）保兒盪酒來！（雜提酒上）
（小旦）何不行個令兒，大家歡飲？
（丑）敬候主人發揮。
（小旦）怎敢僭越。
（淨）這是院中舊例。
（小旦取骰盆介）得罪了。（喚介）香君把盞，待我擲色奉敬。
（衆）遵令。
（小旦宣令介）酒要依次流飲，每一杯乾，各獻所長，便是酒底。么為櫻桃，二為茶，三為柳，四為杏花，五為香扇墜，六為冰綃汗巾。（喚介）香君敬候侯相公酒。
（旦斟，生飲介）
（小旦擲色介）是香扇墜。（讓介）侯相公速乾此杯，請説酒底。
（生告乾介）小生做首詩罷。（吟介）南國佳人佩，休教袖裡藏。隨郎團扇影，搖動一身香。
（末）好詩，好詩！
（丑）好個香扇墜，只怕搖擺壞了。
（小旦）該奉楊老爺酒了。
（旦斟，末飲介）
（小旦擲介）是冰綃汗巾。

（末）我也做詩了。

（小旦）不許雷同。

（末）也罷，下官做個破承題罷。（念介）睹拭汗之物而春色撩人矣。夫汗之沾巾，必由於春之生面也。伊何人之面，而以冰綃拭之；紅素相着之際，不亦深可愛也耶？

（生）絕妙佳章。

（丑）這樣好文彩，還該中兩榜纔是。

（旦斟丑酒介）柳師父請酒。

（小旦擲色介）是茶。

（丑飲酒介）我道恁薄。

（小旦笑介）非也，你的酒底是茶。

（丑）待我説個張三郎吃茶罷。

（小旦）説書太長，説個笑話更好。

（丑）就説笑話。（説介）蘇東坡同黃山谷訪佛印禪師，東坡送了一把定瓷壺，山谷送了一斤陽羡茶。三人松下品茶，佛印説："黃秀才茶癖天下聞名，但不知蘇鬍子的茶量何如；今日何不鬥一鬥，分個誰大誰小。"東坡説："如何鬥來？"佛印説："你問一機鋒，叫黃秀才答。他若答不來，吃你一棒，我便記一筆：鬍子打了秀才了。你若答不來，也吃黃秀才一棒，我便記一筆：秀才打了鬍子了。末後總算，打一下吃一碗。"東坡説："就依你説。"東坡先問："沒鼻針如何穿線？"山谷答："把針尖磨去。"佛印説："答的好。"山谷問："沒把葫蘆怎生拿？"東坡答："拋在水中。"佛印説："答的也不錯。"東坡又問："虱在褲中，有見無見？"山谷未及答，東坡持棒就打。山谷正拿壺子斟茶，失手落地，打個粉碎。東坡大叫道："和尚記着，鬍子打了秀才了。"佛印笑道："你聽乒哪一聲，鬍子沒打着秀才，秀才倒打了壺子了。"

（衆笑介）

（丑）衆位休笑，秀才利害多着哩。（彈壺介）這樣硬壺子都打壞，何況軟壺子。

（生）敬老妙人，隨口詼諧，都是機鋒。

（小旦）香君，敬你師父。
（旦斟，淨飲介）
（小旦擲介）是杏花。
（淨唱介）"晚粧樓上杏花殘，猶自怯衣單。"
（旦向小旦介）孩兒敬媽媽酒了。
（小旦飲乾，擲介）是櫻桃。
（淨）讓我代唱罷。（唱介）"櫻桃紅綻，玉粳白露，半晌恰方言。"
（丑）崑生該罰了，唱的唇上櫻桃，不是盤中櫻桃。
（淨）領罰。（自斟，飲介）
（小旦）香君該自斟自飲了。
（生）待小生奉敬。
（生斟，旦飲介）
（小旦擲介）不消猜，是柳了，香君唱來。
（旦羞介）
（小旦）孩兒醜胂，請個代筆相公罷。（擲介）三點，是柳師父。
（淨）好好！今日是他當值之日。
（丑）我老漢姓柳，飄零半世，最怕的是"柳"字。今日清明佳節，偏把個柳圈兒套住我老狗頭。
（衆大笑介）
（淨）算了你的笑話罷。
（生）酒已有了，大家別過。
（丑）才子佳人，難得聚會。（拉生、旦介）你們一對兒，吃個交心酒何如？
（旦羞，遮袖下）
（淨）香君面嫩，當面不好講得；前日所訂梳攏之事，相公意下允否？
（生笑介）秀才中狀元，有甚麼不肯處。
（小旦）既蒙不棄，擇定吉期，賤妾就要奉攀了。
（末）這三月十五日，花月良辰，便好成親。

（生）只是一件，客囊羞澀，恐難備禮。

（末）這不須愁，妝奩酒席，待小弟備來。

（生）怎好相累。

（末）當得效力。

（生）多謝了。

【小桃紅】誤走到巫峰上，添了些行雲想，匆匆忘却仙模樣。春宵花月休成謊，良緣到手難推讓，準備着身赴高唐。（作辭介）

（小旦）也不再留了。擇定十五日，請下清客，邀下姊妹，奏樂迎親罷。（小旦下）

（丑向淨介）阿呀！忘了，忘了，咱兩個不得奉陪了。

（末）為何？

（淨）黃將軍船泊水西門，也是十五日祭旗，約下我們吃酒的。

（生）這等怎處？

（末）還有丁繼之、沈公憲、張燕築，都是大清客，借重他們陪陪罷。

（淨）煖翠樓前粉黛香，（末）六朝風致説平康。

（丑）踏青歸去春猶淺，（生）明日重來花滿床。

第六齣　眠　　香

癸未三月

【臨江仙】（小旦艷粧上）短短春衫雙卷袖，調箏花裡迷樓。今朝全把繡簾鉤，不教金線柳，遮斷木蘭舟。妾身李貞麗，只因孩兒香君，年及破瓜，梳櫳無人，日夜放心不下。幸虧楊龍友，替俺招了一位世家公子，就是前日飲酒的侯朝宗，家道才名，皆稱第一。今乃上頭吉日，大排筵席，廣列笙歌，清客俱到，姊妹全來，好不費事。（喚介）保兒那裡。（雜扮保兒搧扇慢上）席前攛趣話，花裡聽情聲。媽媽喚保兒那處送衾枕麼？（小旦怒介）啐！今日香姐上頭，貴人將到，你還做夢哩。快快捲簾掃地，安排桌椅。（雜）是了。（小旦指點排席介）

【一枝花】（末新服上）園桃紅似繡，豔覆文君酒；屏開金孔雀，圍春晝。滌了金甌，點着噴香獸。這當壚紅袖，誰最溫柔，拉與相如消受。下官楊文驄，受圓海囑託，來送梳櫳之物。（喚介）貞娘那裡？

（小旦見介）多謝作伐，喜筵俱已齊備。（問介）怎麼官人還不見到？

（末）想必就來。（笑介）下官備有箱籠數件，為香君助妝，教人搬來。

（雜擡箱籠、首飾、衣物上）

（末吩咐介）擡入洞房，鋪陳齊整着！

（雜應下）

（小旦喜謝介）如何這般破費，多謝老爺！

（末袖出銀介）還有備席銀三十兩，交與廚房；一應酒殽，俱要豐盛。

（小旦）益發當不起了。（喚介）香君快來！

（旦盛妝上）

（小旦）楊老爺賞了許多東西，上前拜謝。

（旦拜謝介）

（末）些須薄意，何敢當謝，請回，請回。

（旦即入介）

（雜急上報介）新官人到門了。

（生盛服從人上）雖非科第天邊客，也是嫦娥月裡人。

（末、小旦迎見介）

（末）恭喜世兄，得了平康佳麗；小弟無以為敬，草辦妝奩，粗陳筵席，聊助一宵之樂。

（生揖介）過承周旋，何以克當。

（小旦）請坐，獻茶。（俱坐）

（雜捧茶上，飲介）

（末）一應喜筵，安排齊備了麼？

（小旦）託賴老爺，件件完全。

（末向生拱介）今日吉席，小弟不敢攪越，竟此告別，明日早來道喜罷。
（生）同坐何妨。
（末）不便，不便。（別下）
（雜）請新官人更衣。
（生更衣介）
（小旦）妾身不得奉陪，替官人打扮新婦，擅掇喜酒罷。（別下）
（副淨、外、淨扮三清客上）一生花月張三影，五字官商李二紅。
（副淨）在下丁繼之。
（外）在下沈公憲。
（淨）在下張燕築。
（副淨）今日吃侯公子喜酒，只得早到。
（淨）不知請那幾位賢歌來陪俺哩。
（外）說是舊院幾個老在行。
（淨）這等都是我梳櫳的了。
（副淨）你有多大家私，梳櫳許多。
（淨）各人有幫手，你看今日侯公子，何曾費了分文！
（外）不要多話，侯公子堂上更衣，大家前去作揖。
（眾與生揖介）
（眾）恭喜，恭喜！
（生）今日借光。
（小旦、老旦、丑扮三妓女上）情如芳草連天醉，身似楊花盡日忙。（見介）
（淨）喚的那一部歌妓，都報名來。
（丑）你是教坊司麼，叫俺報名。
（生笑介）正要請教大號。
（老旦）賤妾卞玉京。
（生）果然玉京仙子。
（小旦）賤妾寇白門。
（生）果然白門柳色。

（丑）奴家鄭妥娘。
（生沈吟介）果然妥當不過。
（淨）不妥，不妥！
（外）怎麼不妥？
（淨）好偷漢子。
（丑）呸！我不偷漢，你如何吃得恁胖。
（眾諢笑介）
（老旦）官人在此，快請香君出來罷。
（小旦、丑扶旦上）
（外）我們做樂迎接。
（副淨、淨、外吹打十番介）
（生、旦見介）
（丑）俺院中規矩，不興拜堂，就吃喜酒罷。
（生、旦上坐）
（副淨、外、淨坐左邊介）
（小旦、老旦、丑坐右邊介）
（雜執壺上）
（左邊奉酒，右邊吹彈介）

【梁州序】（生）齊梁詞賦，陳隋花柳，日日芳情迤逗。青衫偎倚，今番小杜揚州。尋思描黛，指點吹簫，從此春入手。秀才渴病急須救，偏是斜陽遲下樓，剛飲得一杯酒。（右邊奉酒，左邊吹彈介）

【前腔】（旦）樓臺花顫，簾櫳風抖，倚着雄姿英秀。春情無限，金釵肯與梳頭。閑花添豔，野草生香，消得夫人做。今宵燈影紗紅透，見慣司空也應羞，破題兒真難就。

（副淨）你看紅日啣山，烏鴉選樹，快送新人回房罷。
（外）且不要忙，侯官人當今才子，梳攏了絕代佳人，合歡有酒，豈可定情無詩乎？
（淨）說的有理，待我磨墨拂箋，伺候揮毫。
（生）不消詩箋，小生帶有宮扇一柄，就題贈香君，永為訂盟之物罷。

（丑）妙,妙！我來捧硯。

（小旦）看你這嘴臉,只好脫靴罷了。

（老旦）這個硯兒,倒該借重香君。

（衆）是呀！

（旦捧硯,生書扇介）

（衆念介）夾道朱樓一徑斜,王孫初御富平車。青溪盡是辛夷樹,不及東風桃李花。

（衆）好詩,好詩！香君收了。

（旦收扇袖中介）

（丑）俺們不及桃李花罷了,怎的便是辛夷樹？

（淨）辛夷樹者,枯木逢春也。

（丑）如今枯木逢春,也曾鮮花着雨來。

（雜持詩箋上）楊老爺送詩來了。

（生接讀介）生小傾城是李香,懷中婀娜袖中藏。緣何十二巫峰女,夢裡偏來見楚王。

（生笑介）此老多情,送來一首催粧詩,妙絕,妙絕！

（淨）"懷中婀娜袖中藏",說的香君一搦身材,竟是個香扇墜兒。

（丑）他那香扇墜,能值幾文,怎比得我這琥珀貓兒墜！

（衆笑介）

（副淨）大家吹彈起來,勸新人多飲幾杯。

（丑）正是帶些酒興,好入洞房。

（左右吹彈,生、旦交讓酒介）

【節節高】（生、旦）金樽佐酒籌,勸不休,沈沈玉倒黃昏後。私攜手,眉黛愁,香肌瘦。春宵一刻天長久,人前怎解芙蓉扣。盼到燈昏玳筵收,宮壺滴盡蓮花漏。

（副淨）你聽譙樓二鼓,天氣太晚,撤了席罷。

（淨）這樣好席,不曾吃淨就撤去了,豈不可惜。

（丑）我沒吃够哩,衆位略等一等兒。

（老旦）休得胡纏，大家奏樂，送新人入房罷。（眾起吹打十番，送生、旦介）

【前腔】（合）笙簫下畫樓，度清謳，迷離燈火如春晝。天臺岫，逢阮劉，真佳偶。重重錦帳香薰透，旁人妒得眉頭皺。酒態扶人太風流，貪花福分生來有。

（雜執燈，生、旦攜手下）（淨）我們都配成對兒，也去睡罷。

（丑）老張休得妄想，我老妾是要現錢的。

（淨數與十文錢，拉介）

（丑接錢再數，換低錢，諢下）

【尾聲】（合）秦淮煙月無新舊，脂香粉膩滿東流，夜夜春情散不收。

　　（副淨）江南花發水悠悠，（小旦）人到秦淮解盡愁。
　　　　（外）不管烽煙家萬里，（老旦）五更懷裡囀歌喉。

第七齣　却　奩

癸未三月

（雜扮保兒挈馬桶上）龜尿龜尿，撒出小龜；鱉血鱉血，變成小鱉。龜尿鱉血，看不分別；鱉血龜尿，說不清白。看不分別，混了親爹；說不清白，混了親伯。（笑介）胡鬧，胡鬧！昨日香姐上頭，亂了半夜；今日早起，又要刷馬桶，倒溺壺，忙個不了。那些孤老、表子，還不知摟到幾時哩。（刷馬桶介）

【夜行船】（末）人宿平康深柳巷，驚好夢門外花郎。繡戶未開，簾鉤纔響，春阻十層紗帳。下官楊文驄，早來與侯兄道喜。你看院門深閉，侍婢無聲，想是高眠未起。（喚介）保兒，你到新人窗外，說我早來道喜。

（雜）昨夜睡遲了，今日未必起來哩。老爺請回，明日再來罷。

（末笑介）胡說！快快去問。

（小旦內問介）保兒！來的是那一個？

（雜）是楊老爺道喜來了。

（小旦忙上）倚枕春宵短，敲門好事多。（見介）多謝老爺，成了孩兒一世姻緣。

（末）好說。（問介）新人起來不曾？

（小旦）昨晚睡遲，都還未起哩。（讓坐介）老爺請坐，待我去催他。

（末）不必，不必。

（小旦下）

【步步嬌】（末）兒女濃情如花釀，美滿無他想，黑甜共一鄉。可也虧了俺幫襯，珠翠輝煌，羅綺飄蕩，件件助新妝，懸出風流榜。

（小旦上）好笑，好笑！兩個在那裡交扣丁香，並照菱花，梳洗才完，穿戴未畢。請老爺同到洞房，喚他出來，好飲扶頭卯酒。

（末）驚却好夢，得罪不淺。（同下）

（生、旦艷妝上）

【沈醉東風】（生、旦）這雲情接着雨況，剛搔了心窩奇癢，誰攪起睡鴛鴦。被翻紅浪，喜匆匆滿懷歡暢。枕上餘香，帕上餘香，消魂滋味，纔從夢裡嘗。

（末、小旦上）

（末）果然起來了，恭喜，恭喜！（一揖，坐介）

（末）昨晚催妝拙句，可還說的入情麼？

（生揖介）多謝！（笑介）妙是妙極了，只有一件。

（末）那一件？

（生）香君雖小，還該藏之金屋。（看袖介）小生衫袖，如何着得下？（俱笑介）

（末）夜來定情，必有佳作。

（生）草草塞責，不敢請教。

（末）詩在那裡？

（旦）詩在扇頭。（旦向袖中取出扇介）

（末接看介）是一柄白紗宮扇。（嗅介）香的有趣。（吟詩介）妙，妙！只有香君不愧此詩。（付旦介）還收好了。

（旦收扇介）

【園林好】（末）正芬芳桃香李香，都題在宮紗扇上；怕遇着狂風吹蕩，須緊緊袖中藏，須緊緊袖中藏。

（末看旦介）你看香君上頭之後，更覺豔麗了。（向生介）世兄有福，消此尤物。

（生）香君天姿國色，今日插了幾朵珠翠，穿了一套綺羅，十分花貌，又添二分，果然可愛。

（小旦）這都虧了楊老爺幫襯哩。

【江兒水】送到纏頭錦，百寶箱，珠圍翠繞流蘇帳，銀燭籠紗通宵亮，金杯勸酒合席唱。今日又早早來看，恰似親生自養，賠了妝奩，又早敲門來望。

（旦）俺看楊老爺，雖是馬督撫至親，却也拮据作客，為何輕擲金錢，來填煙花之窟？在奴家受之有愧，在老爺施之無名。今日問個明白，以便圖報。

（生）香君問得有理，小弟與楊兄萍水相交，昨日承情太厚，也覺不安。

（末）既蒙問及，小弟只得實告了。這些妝奩酒席，約費二百餘金，皆出懷寧之手。

（生）那個懷寧？

（末）曾做過光祿的阮圓海。

（生）是那皖人阮大鋮麼？

（末）正是。

（生）他為何這樣周旋？

（末）不過欲納交足下之意。

【五供養】（末）羨你風流雅望，東洛才名，西漢文章。逢迎隨處有，爭看坐車郎。秦淮妙處，暫尋個佳人相傍，也要些鴛鴦被、芙蓉妝；你道是誰的，是那南鄰大阮，嫁衣全忙。

（生）阮圓老原是敝年伯，小弟鄙其為人，絶之已久。他今日無故用情，令人不解。

（末）圓老有一段苦衷，欲見白於足下。

（生）請教。

（末）圓老當日曾遊趙夢白之門，原是吾輩。後來結交魏黨，只為救護東林，不料魏黨一敗，東林反與之水火。近日復社諸生，倡論攻擊，大肆毆辱，豈非操同室之戈乎？圓老故交雖多，因其形跡可疑，亦無人代為分辯。每日向天大哭，說道：「同類相殘，傷心慘目，非河南侯君，不能救我。」所以今日諄諄納交。

（生）原來如此，俺看圓海情辭迫切，亦覺可憐。就便真是魏黨，悔過來歸，亦不可絕之太甚，況罪有可原乎？定生、次尾，皆我至交，明日見，即為分解。

（末）果然如此，吾黨之幸也。

（旦怒介）官人是何等說話！阮大鋮趨附權奸，廉恥喪盡；婦人女子，無不唾罵。他人攻之，官人救之，官人自處於何等也？

【川撥棹】不思想，把話兒輕易講。要與他消釋災殃，要與他消釋災殃，也隄防旁人短長。官人之意，不過因他助俺妝奩，便要徇私廢公。那知道這幾件釵釧衣裙，原放不到我香君眼裡。（拔簪脫衣介）脫裙衫，窮不妨；布荊人，名自香。

（末）阿呀！香君氣性，忒也剛烈。

（小旦）把好好東西，都丟一地，可惜，可惜！（拾介）

（生）好，好，好！這等見識，我倒不如，真乃侯生畏友也。

（向末介）老兄休怪，弟非不領教，但恐為女子所笑耳。

【前腔】（生）平康巷，他能將名節講；偏是咱學校朝堂，偏是咱學校朝堂，混賢奸不問青黃。那些社友平日重俺侯生者，也只為這點義氣；我若依附奸邪，那時羣起來攻，自救不暇，焉能救人乎？節和名，非泛常；重和輕，須審詳。

（末）圓老一段好意，也還不可激烈。

（生）我雖至愚，亦不肯從井救人。

（末）既然如此，小弟告辭了。

（生）這些箱籠，原是阮家之物，香君不用，留之無益，還求取去罷。

（末）正是「多情反被無情惱，乘興而來興盡還」。（下）

（旦惱介）

（生看旦介）俺看香君天姿國色，摘了幾朵珠翠，脫去一套綺羅，十分容貌，又添十分，更覺可愛。

（小旦）雖如此說，捨了許多東西，倒底可惜。

【尾聲】金珠到手輕輕放，慣成了嬌癡模樣，辜負俺辛勤做老娘。

（生）些須東西，何足掛念，小生照樣賠來。

（小旦）這等纔好。

　　（小旦）花錢粉鈔費商量，（旦）裙布釵荊也不妨。
　　（生）只有湘君能解佩，（旦）風標不學世時妝。

第八齣　鬧　榭

癸未五月

【金雞叫】（末、小生扮陳貞慧、吳應箕上）（末）貢院秦淮近，賽青衿，剩金零粉。（小生）節鬧端陽只一瞬，滿眼繁華，王謝少人問。

（末喚小生介）次尾兄，我和你旅邸抑鬱，特到秦淮賞節，怎的不見同社一人？

（小生）想都在燈船之上。（指介）這是丁繼之水榭，正好登眺。

（場上搭河房一座，懸燈垂簾）（同登介）

（末喚介）丁繼老在家麼？

（雜扮小僮上）榴花紅似火，艾葉碧如煙。（見介）原來是陳、吳二位相公，我家主人赴燈船會去了。家中備下酒席，但有客來，隨便留坐的。

（末）這樣有趣，

（小生）可稱主人好事矣。

（末）我們在此雅集，恐有俗子闌入，不免設法拒絕他。（喚介）童子取個燈籠來。

（雜應下）（取燈籠上）

（末寫介）"復社會文，閒人免進。"

（雜掛燈籠介）

（小生）若同社朋友到此，便該請他入會了。
（末）正是。
（雜指介）你聽鼓吹之聲，燈船早已來了。
（末、小生憑欄望介）
（生、旦雅妝同丑扮柳敬亭、淨扮蘇崑生，吹彈鼓板坐船上）

【八聲甘州】（末）絲竹隱隱，載將來一隊烏帽紅裙。天然風韻，映着柳陌斜曛。名姝也須名士襯，畫舫偏宜畫閣鄰。（小生）消魂，趁晚涼仙侶同羣。

（末指介）那燈船上，好似侯朝宗。
（小生）侯朝宗是我們同社，該請入會的。
（末指介）那個女客便是李香君，也好請他麼？
（小生）李香君不受阮鬍子妝奩，竟是復社的朋友，請來何妨。
（末）這等說來，（指介）那兩個吹歌的柳敬亭、蘇崑生，不肯做阮鬍子門客，都是復社朋友了。請上樓來，更是有趣。
（小生）待我喚他。（喚介）侯社兄，侯社兄！
（生望見介）那水榭之上，高聲喚我的，是陳定生、吳次尾。（拱介）請了。
（末招手介）這是丁繼之水榭，備有酒席，侯兄同香君、敬亭、崑生都上樓來，大家賞節罷。
（生）最妙了。
（向丑、淨、旦介）我們同上樓去。（吹彈上介）

【排歌】（生、旦）龍舟並，畫槳分，葵花蒲葉泛金樽。朱樓密，紫障勻，吹簫打鼓入層雲。（見介）

（末）四位到來，果然成了個"復社文會"了。
（生）如何是"復社文會"？
（小生指燈介）請看。
（生看燈籠介）不知今日會文，小弟來的恰好。
（丑）"閒人免進"，我們未免唐突了。
（小生）你們不肯做阮家門客的，那個不是復社朋友？
（生）難道香君也是復社朋友麼？

（小生）香君却奩一事，只怕復社朋友還讓一籌哩。
（末）已後竟該稱他老社嫂了。
（旦笑介）豈敢。
（末喚介）童子把酒來斟，我們賞節。（末、小生、生坐一邊，丑、淨、旦坐一邊。飲酒介）

【八聲甘州】（末、小生）相親，風流俊品，滿座上都是語笑春溫。（丑、淨）梁愁隋恨，憑他燕惱鶯嗔。（生、旦）榴花照樓如火噴，暑汗難沾白玉人。（雜報介）燈船來了，燈船來了。（指介）你看人山人海，圍着一條燭龍，快快看來！（眾起憑欄看介）（扮出燈船，懸五色角燈，大鼓大吹繞場數回下）（丑）你看這般富麗，都是公侯勳衛之家。（又扮燈船懸五色紗燈，打粗十番，繞場數回下）（淨）這是些富商大賈，衙門書辦，却也鬧熱。（又扮燈船懸五色紙燈，打細十番，繞場數回下）（末）你看船上吃酒的，都是些翰林部院老先生們。（小生）我輩的施為，倒底有些"郊寒島瘦"。（眾笑介）（合）**紛紜**，望金波天漢迷津。

（生）夜闌更深，燈船過盡了，我們做篇詩賦，也不負會文之約。
（末）是，是，但不知做何題目？
（小生）做一篇哀湘賦，倒有意思的。
（生）依小弟愚見，不如即景聯句，更覺暢懷。
（末）妙，妙！（問介）我三人誰起誰結？
（生）自然讓定生兄起結了。
（丑問介）三位相公聯句消夜，我們三個陪着打盹麼？
（末）也有個借重之處。
（淨）有何使喚？
（末）俺們每成四韻，飲酒一杯，你們便吹彈一回。
（生）有趣，有趣！真是文酒笙歌之會。
（末拱介）小弟竟僭了。（吟介）賞節秦淮榭，論心劇孟家。
（小生）黃開金裹葉，紅綻火燒花。
（生）蒲劍何須試，葵心未肯差。
（末）辟兵逢綵縷，却鬼得丹砂。

（末、小生、生飲酒，丑擊雲鑼，淨彈月琴，旦吹簫一回介）
（小生）蜃市樓縹緲，虹橋洞曲斜。
（生）燈疑羲氏馭，舟是豢龍拏。
（末）星宿纔離海，玻璃更煉媧。
（小生）光流銀漢水，影動赤城霞。（照前介）
（生）玉樹難諧拍，漁陽不辨撾。
（末）龜年喧笛管，中散鬧箏琶。
（小生）繫纜千條錦，連窗萬眼紗。
（生）楸枰停斗子，瓷注屢呼茶。（照前介）
（末）焰比焚椒列，聲同對罍譁。
（小生）電雷爭此夜，珠翠賸誰家。
（生）螢照無人苑，烏啼有樹衙。
（末）憑欄人散後，作賦弔長沙。（照前介）
（眾起介）
（末）有趣，有趣！竟聯成一十六韻，明日可以發刻了。
（小生）我們倡和得許多感慨，他們吹彈出無限淒涼，樓下船中，料無解人也。
（淨向丑介）閒話且休講，自古道良宵苦短，勝事難逢。我兩個一邊唱曲，陳、吳二位相公一邊勸酒，讓他名士、美人，另做一個風流佳會何如。
（丑）使得，這是我們幫閒本等也。
（末）我與次兄原有主道，正該少申敬意。
（小生）就請依次坐來。
（生、旦正坐，末、小生坐左，丑、淨坐右介）
（生向旦介）承眾位雅意，讓我兩個並坐牙床，又吃一回合巹雙杯，倒也有趣。
（旦微笑介）
（末、小生勸酒，淨、丑唱介）
【排歌】歌纔發，燈未昏，佳人重抖玉精神。詩題壁，酒沾唇，才郎偏會語溫存。

（雜報介）燈船又來了。
（末）夜已三更，怎的還有燈船？
（俱起憑欄看介）
（副淨扮阮大鋮，坐燈船。雜扮優人，細吹細唱緩緩上）
（淨）這船上像些老白相，大家洗耳，細細領略。
（副淨立船頭自語介）我阮大鋮買舟載歌，原要早出遊賞；只恐遇着輕薄廝鬧，故此半夜纔來，好惱人也！（指介）那丁家河房，尚有燈火。（喚介）小廝，看有何人在上？
（雜上岸看，回報介）燈籠上寫着"復社會文，閒人免進"。
（副淨驚介）了不得，了不得！（搖袖介）快歇笙歌，快滅燈火。
（滅燈、止吹，悄悄撐船下）
（末）好好一隻燈船，為何歇了笙歌，滅了燈火，悄然而去？
（小生）這也奇怪，快着人看來。
（丑）不必去看，我老眼雖昏，早已看真了。那個鬍子，便是阮圓海。
（淨）我道吹歌那樣不同。
（末怒介）好大膽老奴才，這貢院之前，也許他來遊耍麼！
（小生）待我走去，採掉他鬍子。（欲下介）
（生攔介）罷，罷！他既回避，我們也不必為已甚之行。
（末）侯兄，不知我不已甚，他便已甚了。
（丑）船已去遠，丟開手罷。
（小生）便宜了這鬍子，
（旦）夜色已深，大家散罷。
（丑）香姐想媽媽了，我們送他回去。
（末、小生）我二人不回寓，就下榻此間了。
（生）兩兄既不回寓，我們過船的，就此作別罷。請了。
（末、小生）請了。（先下）
（生、旦、丑、淨下船，雜搖船行介）
【餘文】下樓臺，遊人盡；小舟留得一家春，只怕花底難敲深夜門。

（生）月落煙濃路不真，（旦）小樓紅處是東鄰。
（丑）秦淮一里盈盈水，（淨）夜半春帆送美人。

第九齣　撫　兵

癸未七月

【點絳唇】（副淨、末扮二將官，雜扮四小卒上）旗捲軍牙，射潮弩發鯨鯢怕。操弓試馬，鼓角斜陽下。俺們鎮守武昌兵馬大元帥寧南侯麾下將士是也。今日點卯日期，元帥升帳，只得在此伺候。（吹打開門介）

【粉蝶兒】（小生戎裝，扮左良玉上）七尺昂藏，虎頭燕頷如畫，莽男兒走遍天涯。活騎人，飛食肉，風雲叱咤。報國恩，一腔熱血揮灑。建牙吹角不聞喧，三十登壇衆所尊。家散萬金酬士死，身留一劍答君恩。咱家左良玉，表字崑山，家住遼陽，世爲都司，只因得罪罷職，補糧昌平。幸遇軍門侯恂，拔於走卒，命爲戰將，不到一年，又拜總兵之官。北討南征，功加侯伯；強兵勁馬，列鎮荊襄。（作勢介）看俺左良玉，自幼習學武藝，能挽五石之弓，善爲左右之射；那李自成、張獻忠幾個毛賊，何難勦滅。只可恨督師無人，機宜錯過，熊文燦、楊嗣昌既以偏私而敗勣，丁啟睿、呂大器又因急玩而無功。只有俺恩帥侯公，智勇兼全，盡能經理中原。不意奸人忌功，纔用即休，叫俺一腔熱血，報主無期，好不恨也！（頓足介）罷，罷，罷！這湖南、湖北，也還可戰可守，且觀成敗，再定行藏。（坐介）

（內作衆兵喊叫，小生驚問介）轅門之外，何人喧譁？
（副淨、末稟介）稟上元帥，轅門肅靜，誰敢喧譁。
（小生怒介）現在喧譁，怎報沒有！
（副淨、末）那是飢兵討餉，並非喧譁。
（小生）咦！前自湖南借糧三十船，不到一月，難道支完了？
（副淨、末）稟元帥，本鎮人馬已足三十萬了，些須糧草，那够支銷！

（小生拍案介）呵呀！這等却也難處哩。（立起，唱介）

【北石榴花】你看中原豺虎亂如麻，都窺伺龍樓鳳闕帝王家。有何人勤王報主，肯把義旗拿。那督師無老將，選士皆嬌娃。却教俺自撑達，却教俺自撑達。正騰騰殺氣，這軍糧又早缺乏。一陣陣拍手喧譁，一陣陣拍手喧譁，百忙中教我如何答話，好一似薨薨白晝鬧蜂衙。（坐介）

（內又喊介）

（小生）你聽外邊將士，益發鼓譟，好像要反的光景，左右聽俺吩咐。（立起，唱介）

【上小樓】您不要錯怨咱家，您不要錯怨咱家。誰不是天朝犬馬，他三百年養士不差，三百年養士不差。都要把良心拍打，為甚麼擊鼓敲門鬧轉加，敢則要劫庫搶官衙。俺這裡望眼巴巴，俺這裡望眼巴巴，候江州軍糧飛下。（坐介）（抽令箭擲地介）

（副淨、末拾箭，向內吩咐介）元帥有令，三軍聽者：目下軍餉缺乏，乃人馬歸附之多，非糧草屯積之少。朝廷深恩，不可不報；將軍嚴令，不可不遵。況江西助餉，指日到轅，各宜靜聽，勿得喧譁。

（副淨、末回話介）奉元帥軍令，俱已曉諭三軍了。

（內又喊叫介）

（小生）怎麼鼓譟之聲，漸入轅門，你再去吩咐。（立起，唱介）

【黃龍犯】您且忍枵腹這一宵，盼江西那幾艘。俺待要飛檄金陵，俺待要飛檄金陵，告兵曹轉達車駕，許咱們遷鎮移家，許咱們遷鎮移家。就糧東去，安營歇馬，駕樓船到燕子磯邊耍。

（副淨、末持令箭向內吩咐介）元帥有令，三軍聽者：糧船一到，即便支發。仍恐轉運維艱，枵腹難待；不日撤兵漢口，就食南京。永無缺乏之虞，同享飽騰之樂。各宜靜聽，勿再喧譁！

（內歡呼介）好，好，好！大家收拾行裝，豫備東去呀。

（副淨、末回生介）稟上元帥，三軍聞令，俱各歡呼散去了。

（小生）事已如此，無可奈何，只得擇期移鎮，暫慰軍心。（想介）且住，未奉明旨，輒自前行，雖聖恩寬大，未必加誅；只恐形跡之間，難免天下之議。事非小可，再作商量。

【尾聲】慰三軍沒別法，許就糧喧聲纔罷，誰知俺一片葵傾向日花。（下）

（內作吹打掩門、四卒下）

（副淨向末）老哥，咱弟兄們商量，天下強兵勇將，讓俺武昌。明日順流東下，料知沒人抵當。大家擁著元帥爺，一直搶了南京，就扯起黃旗，往北京進取，有何不可。

（末搖手介）我們左爺爺忠義之人，這樣風話，且不要題。依著我説，還是移家就糧，且吃飽飯為妙。

（副淨）你還不知，一移南京，人心驚慌，就不取北京，這個惡名也免不得了。

（末）紛紛將士願移家，（副淨）細柳營中起暮笳。
（末）千古英雄須打算，（副淨）樓船東下一生差。

第十齣 修 劄

癸未八月

（丑扮柳敬亭上）老子江湖漫自誇，收今販古是生涯。年來怕作朱門客，閒坐街坊吃冷茶。（笑介）在下柳敬亭，自幼無藉，流落江湖，雖則為談詞之輩，却不是飲食之人。（拱介）列位看我像個甚的，好像一位閻羅王，掌著這本大帳簿，點了沒數的鬼魂名姓；又像一尊彌勒佛，腆著這副大肚皮，裝了無限的世態炎涼。鼓板輕敲，便有風雷雨露；舌唇纔動，也成月旦春秋。這些含冤的孝子忠臣，少不得還他個揚眉吐氣；那班得意的奸雄邪黨，免不了加他些人禍天誅。此乃補救之微權，亦是褒譏之妙用。（笑介）俺柳麻子信口胡談，却也燥脾。昨日河南侯公子，送到茶資，約定今日午後來聽平話，且把鼓板取出，打個招客的利市。（取出鼓板敲唱介）無事消閒扯淡，就中滋味酸甜；古來十萬八千年，一霎飛鴻去遠。幾陣狂風暴雨，各家虎帳龍船，爭名奪利片時喧，讓他陳摶睡扁。

（生上）芳草煙中尋粉黛，斜陽影裡説英雄。今日來聽老柳平話，裡面鼓板鏗鏘，早已有人領教。（相見大笑介）看官俱未到，獨自在此，説與誰聽。

（丑）這説書是老漢的本業，譬如相公閑坐書齋，彈琴吟詩，都要人聽麼？

（生笑介）講的有理。

（丑）請問今日要聽那一朝故事？

（生）不拘何朝，你只揀着熱鬧爽快的説一回罷。

（丑）相公不知，那熱鬧局就是冷淡的根芽，爽快事就是牽纏的枝葉。倒不如把些剩水殘山，孤臣孽子，講他幾句，大家滴些眼淚罷。

（生歎介）咳！不料敬老你也看到這個田地，真可慮也！

（末扮楊文驄急上）休教鐵鎖沈江底，怕有降旗出石頭。下官楊文驄，有緊急大事，要尋侯兄計議。一路問來，知在此處，不免竟入。（見介）

（生）來的正好，大家聽敬老平話。

（末急介）目下何等時候，還聽平話！

（生）龍老為何這樣驚慌？

（末）兄還不知麼，左良玉領兵東下，要搶南京，且有窺伺北京之意。本兵熊明遇束手無策，故此託弟前來，懇求妙計。

（生）小弟有何計策？

（末）久聞尊翁老先生乃寧南之恩帥，若肯發一手諭，必能退却。不知足下主意若何？

（生）這樣好事，怎肯不做？但家父罷政林居，縱肯發書，未必有濟。且往返三千里，何以解目前之危？

（末）吾兄素稱豪俠，當此國家大事，豈忍坐視？何不代寫一書，且救目前。另日稟明尊翁，料不見責也。

（生）應急權變，倒也可行。待我回寓起稿，大家商量。

（末）事不宜遲，即刻發書，還恐無及，那裡等的商量。

（生）既是如此，就此修書便了。（寫書介）

【一封書】老夫愚不揣，勸將軍自忖裁，旌旗且慢來，兵出無名道路猜。高帝留都陵樹在，誰敢輕將馬足躧；乏糧柴，善安排，一片忠心窮莫改。

（寫完，末看介）妙妙！寫的激切婉轉，有情有理，叫他不好不依，又不敢不依，足見世兄經濟。

（生）雖如此説，還該送與熊大司馬，細加改正，方為萬妥。

（末）不必煩擾，待小弟説與他便了。（愁介）只是一件，書雖有了，須差一的當家人早寄為妙。

（生）小弟輕裝薄遊，只帶兩個童子，那能下的書來。

（末）這樣密書，豈是生人可以去得。

（生）這却没法了。

（丑）不必着忙，讓我老柳走一遭何如？

（末）敬老肯去，妙的狠了；只是一路盤詰，也不是當耍的。

（丑）不瞞老爺説，我柳麻子本姓曹，雖則身長九尺，却不肯食粟而已。那些隨機應變的口頭，左冲右擋的膂力，都還有些兒。

（生）聞得左良玉軍門嚴肅，山人遊客，一概不容擅入。你這般老憊，如何去的？

（丑）相公又來激俺了，這是俺説書的熟套子。我老漢要去就行，不去就止，那在乎一激之力。（起問介）

【北鬥鶴鶉】你那裡筆下謅文，我這裡胸中畫策。舌戰羣雄，讓俺不才；柳毅傳書，何妨下海。丢却俺的癡駸，用着俺的詼諧，悄去明來，萬人喝采。

（末）果然好個本領，只是書中意思，還要你明白解説，纔能有濟。

【紫花兒序】（丑）書中意不須細解，何用明白，費俺唇腮。一雙空手，也去當差，也會搧乖。憑着俺舌尖兒把他的人馬罵開，仍倒回八百里外。（生）你怎的罵他？（丑）則問他防賊自作賊，該也不該。

（生）好，好，好！比俺的書字還説得明白。

（末）你快進去收拾行李，俺替你送盤纏來，今夜務必出城纔好。

（丑）曉得，曉得！（拱手介）不得奉陪了。（竟下）

（末）竟不知柳敬亭是個有用之才。
（生）我常誇他是我輩中人，說書乃其餘技耳。

【尾聲】一封書信權宜代，仗柳生舌尖口快，阻回那莽元帥萬馬晨霜，保住這好江城三山暮靄。

（末）一紙賢於汗馬才，（生）荊州無復戰船開。
（末）從來名士誇江左，（生）揮麈今登拜將臺。

第十一齣　投　轅

癸未九月
（淨、副淨扮二卒上）
（淨）殺賊拾賊囊，救民占民房，當官領官倉，一兵吃三糧。
（副淨）如今不是這樣唱了。
（淨）你唱來！
（副淨）賊凶少棄囊，民逃剩空房，官窮不開倉，千兵無一糧。
（淨）這等說，我們這窮兵當真要餓死了。
（副淨）也差不多哩。
（淨）前日鼓譟之時，元帥着忙，許俺們就糧南京，這幾日不見動靜，想又變卦了。
（副淨）他變了卦，俺們依舊鼓譟，有何難哉。
（淨）閒話少說，且到轅門點卯，再作商量。正是"不怕餓殺，誰肯犯法"。
（俱下）

【北新水令】（丑扮柳敬亭，背包裹上）走出了空林落葉響蕭蕭，一叢叢蘆花紅蓼。倒戴着接羅帽，橫跨着湛盧刀，白髯兒飄飄，誰認的詼諧玩世東方老。俺柳敬亭沖風冒雨，沿江行來，並不見亂兵搶糧，想是訛傳了。且喜已到武昌城外，不免在這草地下打開包裹，換了靴帽，好去投書。（坐地換靴帽介）

【南步步嬌】（副淨、淨上）曉雨城邊饑烏叫，來往荒煙道，軍營半里遙。（指介）風捲旌旗，鼓角縹緲，前面是轅門了，大家趲行幾步。餓腹好難熬,還點三八卯。

（丑起拱介）兩位將爺,借問一聲,那是將軍轅門?

（淨向副淨私語介）這個老兒是江北語音,不是逃兵,就是流賊。

（副淨）何不收拾起來,詐他幾文,且買飯吃?

（淨）妙!

（副淨問介）你尋將軍衙門麼?

（丑）正是。

（淨）待我送你去。（丟繩套住丑介）

（丑）呵呀!怎麼拿起我來了?

（副淨）俺們是武昌營專管巡邏的弓兵,不拿你,拿誰呀。

（丑推二淨倒地,指笑介）兩個沒眼色的花子,怪不得餓的東倒西歪的。

（淨）你怎曉得我們捱餓?

（丑）不為你們捱餓,我為何到此?

（副淨）這等說來,你敢是解糧來的麼?

（丑）不是解糧的,是做甚的!

（淨）啐!我們瞎眼了,快搬行李,送老哥轅門去。（副淨、淨同丑行介）

【北折桂令】（丑）你看城枕着江水滔滔,鸚鵡洲闊,黃鶴樓高。雞犬寂寥,人煙慘澹,市井蕭條。都只把豺狼餵飽,好江城畫破圖拋。滿耳呼號,鼙鼓聲雄,鐵馬嘶驕。

（副淨指介）這是帥府轅門了。（喚介）老哥在此等候,待我傳鼓。（擊鼓介）

（末扮中軍官上）封拜惟知元帥大,征誅不讓帝王尊。（問介）門外擊鼓,有何軍情,速速報來。

（淨）適在汛地捉了一個面生可疑之人,口稱解糧到此,未知真假,拏赴轅門,聽候發落。

（末問丑介）你稱解糧到此,有何公文?

（丑）沒有公文,止有書函。

（末）這就可疑了。

【南江兒水】你的北來意費推敲，一封書信無名號，荒唐言語多虛冒，憑空何處軍糧到。無端左支右調，看他神情，大抵非逃即盜。

（丑）此話差矣，若是逃、盜，為何自尋轅門？

（末）說的也是。既有書函，待我替你傳進。

（丑）這是一封密書，要當面交與元帥的。

（末）這話益發可疑了。你且外邊伺候，待我稟過元帥，傳你進見。

（淨、副淨、丑俱下）

（內吹打開門，雜扮軍卒六人各執械對立介）

（小生扮左良玉戎服上）荊襄雄鎮大江濱，四海安危七尺身。日日軍儲勞計畫，那能談笑淨煙塵。（升坐，吩咐介）昨因饑兵鼓譟，本帥詐他就糧南京；後來細想：兵去就糧，何如糧來就兵。聞得九江助餉，不日就到，今日暫免點卯，各回汛地，靜候關糧。

（末）得令。（虛下，即上）奉元帥軍令，掛牌免卯，三軍各回汛地了。

（小生）有甚軍情，早早報來。

（末）別無軍情，只有差役一名，口稱解糧到此，要見元帥。

（小生喜介）果然糧船到了，可喜，可喜！（問介）所齎文書，係何衙門？

（末）並無文書，止有私書，要當堂投遞。

（小生）這話就奇了，或是流賊細作，亦未可定。（吩咐介）左右軍牢，小心防備，着他膝行而進。

（衆）是！

（末喚丑進介）

（左右交執器械，丑鑽入見介）（揖介）元帥在上，晚生拜揖了。

（小生）咦！你是何等樣人，敢到此處放肆。

（丑）晚生一介平民，怎敢放肆。

【北雁兒落帶得勝令】俺是個不出山老漁樵，那曉得王侯大賓客小。看這長槍大劍列門旗，只當深林密樹穿荒草。盡着狐狸縱橫虎咆哮，這威風何須要。偏嚇俺孤身客無門跑，便作個長揖兒不是驕。（拱介）求饒，軍中禮原不曉。（笑介）氣也麼消，有書函將軍仔細瞧。

（小生問介）有誰的書函？

（丑）歸德侯老先生寄來奉候的。

（小生）侯司徒是俺的恩帥，你如何認得？

（丑）晚生現在侯府。

（小生拱介）這等失敬了。（問介）書在那裡？

（丑送上書介）

（小生）吩咐掩門。

（內吹打掩門，眾下）

（小生）尊客請坐。

（丑傍坐介）

（小生看書介）

【南饒饒令】看他諄諄情意好，不啻教兒曹。這書中文理，一時也看不透徹，無非勸俺鎮守邊方，不可移兵內地。（歎介）恩帥，恩帥！那知俺左良玉，一片忠心天可告，怎肯背深恩，辱薦保！

（問丑介）足下尊姓大號？

（丑）不敢，晚生姓柳，草號敬亭。

（雜捧茶上）

（小生）敬亭請茶。

（丑接茶介）

（小生）你可知這座武昌城，自經張獻忠一番焚掠，十室九空。俺雖鎮守在此，缺草乏糧，日日鼓譟，連俺也做不得主了。

（丑氣介）元帥說那裡話，自古道"兵隨將轉"，再沒個將逐兵移的。

【北收江南】你坐在細柳營，手握着虎龍韜，管千軍山可動，令不搖。饑兵鼓譟犯天朝，將軍無計，從他去自逍遙。這惡名怎逃，這惡名怎逃？說不起三軍權柄帥難操。（摔茶盅於地下介）

（小生怒介）呵呀！這等無禮，竟把茶杯擲地。

（丑笑介）晚生怎敢無禮，一時說的高興，順手摔去了。

（小生）順手摔去，難道你的心做不得主麼？

（丑）心若做得主呵，也不叫手下亂動了。

（小生笑介）敬亭講的有理。只因兵丁餓的急了，許他就糧內裡。亦是無可奈何之一着。

（丑）晚生遠來，也餓急了，元帥竟不問一聲兒。

（小生）我倒忘了，叫左右快擺飯來。

（丑摩腹介）好餓，好餓！

（小生催介）可惡奴才，還不快擺！

（丑起介）等不得了，竟往內裡吃去罷。（向內行介）

（小生怒介）如何進我內裡？

（丑回顧介）餓的急了。

（小生）餓的急了，就許你進內裡麼？

（丑笑介）餓的急了，也不許進內裡，元帥竟也曉得哩。

（小生大笑介）句句譏誚俺的錯處，好個舌辯之士。俺這帳下倒少不得你這個人哩。

【南園林好】俺雖是江湖泛交，認得出滑稽曼老；這胸次包羅不少，能直諫，會旁嘲。

（丑）那裡，那裡！只不過遊戲江湖，圖餬啜耳。

（小生問介）俺看敬亭，既與縉紳往來，必有絕技，正要請教。

（丑）晚生自幼失學，有何技藝。偶讀幾句野史，信口演說，曾蒙吳橋范大司馬、桐城何老相國謬加賞贊，因而得交縉紳，實堪慚愧。

【北沽美酒帶太平令】俺讀些稗官詞，寄牢騷，稗官詞，寄牢騷，對江山吃一斗苦松醪。小鼓兒顫杖輕敲，寸板兒軟手頻搖；一字字臣忠子孝，一聲聲龍吟虎嘯；快舌尖鋼刀出鞘，響喉嚨轟雷烈炮。呀！似這般冷嘲、熱挑，用不着筆抄、墨描。勸英豪，一盤錯帳速勾了。

（小生）說的爽快，竟不知敬亭有此絕技，就留下榻衙齋，早晚領教罷。

【清江引】從此談今論古日傾倒，風雨開懷抱。你那蘇張舌辯高，我的巧射驚羿羿，只愁那匝地煙塵何日掃。

（丑）閒話多時，到底不知元帥向内移兵，有何主見？

（小生）耿耿臣心，惟天可表，不須口勸，何用書責。

　　（小生）臣心如水照清霄，（丑）咫尺天顏路不遥。

　　（小生）要與西南撐半壁，（丑）不須東看海門潮。

第十二齣　辭　　院

癸未十月

【西地錦】（末扮楊文驄冠帶上）錦繡東南列郡，英雄割據紛紛；而今還起周郎恨，江水向東奔。下官楊文驄，昨奉熊司馬之命，託侯兄發書寧南，阻其北上，已遣柳敬亭連夜寄去。還怕投書未穩，一面奏聞朝廷，加他官爵，廕他子姪；又一面知會各處督撫，及在城大小文武，齊集清議堂，公同計議，助他糧餉，這也是不得已調停之法。下官與阮圓海雖罷閒流寓，都有傳單，只得早到。

（副淨扮阮大鋮冠帶上）黑白看成棋裡事，鬚眉扮作戲中人。（見介）龍友請了，今日會議軍情，既傳我們到此，也不可默默無言。

（末）事體重大，我們廢員閒宦，立不得主意，身到就是了。

（副淨）說那裡話。

【啄木兒】朝廷事，須認真，太祖神京今未穩，莫漫愁鐵鎖船開，只怕有蕭牆人引。角聲鼓音城樓震，帆揚幟飛江風順，明取金陵，有人私啟門。

（末）這話未確，且莫輕言。

（副淨）小弟實有所聞，豈可不說。

（丑扮長班上）處處軍情緊，朝朝會議多。禀老爺，淮安漕撫史可法老爺、鳳陽督撫馬士英老爺俱到了。

（末、副淨出候介）

（外白鬚扮史可法，淨禿鬚扮馬士英，各冠帶上）

（外）天下軍儲一線漕，無能空佩呂虔刀。
（淨）長陵壞土關龍脈，愁絕烽煙搔二毛。
（末、副淨見各揖介）
（外問介）本兵熊老先生為何不到？
（丑稟介）今日有旨，往江上點兵去了。
（淨）這等又會議不成，如何是好？

【前腔】（外）黃塵起，王氣昏，羽扇難揮建業軍；幕府山蠟檄星馳，五馬渡樓船飛滾。江東應須夷吾鎮，清談怎消南朝恨，少不得努力同捐衰病身。

（末）老先生不必深憂，左良玉係侯司徒舊卒，昨已發書勸止，料無不從者。
（外）學生亦聞此舉雖出熊司馬之意，實皆年兄之功也。
（副淨）這倒不知。只聞左兵之來，實有暗裡勾之者。
（外）是那個？
（副淨）就是敝同年侯恂之子侯方域。
（外）他也是敝世兄，在復社中錚錚有聲，豈肯為此？
（副淨）老公祖不知，他與左良玉相交最密，常有私書往來。若不早除此人，將來必為內應。
（淨）說的有理，何惜一人，致陷滿城之命乎？
（外）這也是莫須有之事，況阮老先生罷閒之人，國家大事也不可亂講。（別介）請了，正是"邪人無正論，公議總私情"。（下）
（副淨指恨介）（向淨介）怎麼史道鄰就拂衣而去，小弟之言鑿鑿有據。聞得前日還託柳麻子去下私書的。
（末）這太屈他了，敬亭之去，小弟所使，寫書之時，小弟在傍。倒虧他寫的懇切，怎反疑起他來？
（副淨）龍友不知，那書中都有字眼暗號，人那裡曉得？
（淨點頭介）是呀，這樣人該殺的，小弟回去，即着人訪拿。（向末介）老妹丈，就此同行罷。
（末）請舅翁先行一步，小弟隨後就來。
（副淨向淨介）小弟與令妹丈不啻同胞，常道及老公祖垂念，難得今日會着。小弟有許多心事,要為竟夕之談。不知可否?

（淨）久荷高雅,正要請教。（同下）

（末）這是那裡說起!侯兄之素行雖未深知,只論寫書一事呵,【三段子】這冤怎伸,硬疊成曾參殺人;這恨怎吞,強書為陳恒弒君。不免報他一信,叫他趁早躲避。（行介）眠香占花風流陣,今宵正倚薰籠困,那知打散鴛鴦金彈狠。來此是李家別院,不免叫門。（敲門介）

（內吹唱介）

（淨扮蘇崑生上）是那個?

（末）快快開門!

（淨開門見介）原來是楊老爺,天色已晚,還來閒遊?

（末認介）你是蘇崑老。（問介）侯兄在那裡?

（淨）今日香君學完一套新曲,都在樓上聽他演腔。

（末）快請下樓!

（淨入喚介）

（小旦、生、旦出介）

（生）濃情人帶酒,寒夜帳籠花。楊兄高興,也來宵夜。

（末）兄還不知,有天大禍事來尋你了。

（生）有何禍事,如此相嚇?

（末）今日清議堂議事,阮圓海對着大衆,說你與寧南有舊,常通私書,將為內應。那些當事諸公,俱有拿你之意。

（生驚介）我與阮圓海素無深讎,為何下這毒手?

（末）想因却奩一事,太激烈了,故此老羞變怒耳。

（小旦）事不宜遲,趁早高飛遠遁,不要連累別人。

（生）說的有理。（愁介）只是燕爾新婚,如何捨得?

（旦正色介）官人素以豪傑自命,為何學兒女子態?

（生）是,是,但不知那裡去好?

【滴溜子】雙親在,雙親在,信音未准;烽煙起,烽煙起,梓桑半損。欲歸,歸途難問。天涯到處迷,將身怎隱。歧路窮途,天暗地昏。

（末）不必着慌，小弟倒有個算計。

（生）請教！

（末）會議之時，漕撫史可法、鳳撫馬舍舅俱在坐。舍舅語言甚不相為，全虧史公一力分觧，且說與尊府原有世誼的。

（生想介）是，是，史道鄰是家父門生。

（末）這等何不隨他到淮，再候家信。

（生）妙，妙！多謝指引了。

（旦）待奴家收拾行裝。（旦束裝介）

【前腔】歡娛事，歡娛事，兩心自忖；生離苦，生離苦，且將恨忍，結成眉峰一寸。香沾翠被池，重重束緊。藥裹巾箱，都帶淚痕。

（丑上挑行李介）

（生別旦介）暫此分別，後會不遠。

（旦彈淚介）滿地煙塵，重來亦未可必也。

【哭相思】離合悲歡分一瞬，後會期無憑準。（小旦）怕有巡兵蹤跡，快行一步罷。（生）吹散俺西風太緊，停一刻無人肯。

（生）但不知史漕撫寓在那廂。

（淨）聞他來京公幹，常寓市隱園，待我送官人去。

（生）這等多謝。

（生、淨、丑急下）

（小旦）這椿禍事，都從楊老爺起的，也還求楊老爺歸結。明日果來拿人，作何計較？

（末）貞娘放心，侯郎既去，都與你無干了。

　　（末）人生聚散事難論，（旦）酒盡歌終被尚溫。
　　（小旦）獨照花枝眠不穩，（末）來朝風雨掩重門。

第十三齣　哭　　主

甲申三月

（副淨扮旗牌官上）漢陽煙樹隔江濱，影裡青山畫裡人。可惜城西佳絕處，朝朝遮斷馬頭塵。在下寧南帥府一個旗牌官的便是，俺元帥收復武昌,功封侯爵。昨日又奉新恩,加了太傅之銜;小爺左夢庚,亦掛總兵之印,特差巡按御史黃澍老爺到府宣旨。今日九江督撫袁繼咸老爺,又解糧三十船,親來給發。元帥大喜,命俺設宴黃鶴樓,請兩位老爺飲酒看江。(望介)遙見晴川樹底,芳草洲邊,萬姓歡歌,三軍嬉笑,好一段太平景象也。遠遠喝道之聲,元帥將到,不免設起席來。

(臺上掛黃鶴樓匾)
(副淨設席安座介)
(雜扮軍校旗仗鼓吹引導)
(小生扮左良玉戎裝上)

【聲聲慢】逐人春色,入眼晴光,連江芳草青青。百尺樓高,吹笛落梅風景。領着花間小乘,載行廚,帶緩衣輕;便笑咱將軍好武,也愛儒生。咱家左良玉,今日設宴黃鶴樓,請袁、黃兩公飲酒看江,只得早候。(吩咐介)大小軍卒樓下伺候。(衆應下)(作登樓介)三春雲物歸胸次,萬里風煙到眼中。(望介)你看浩浩洞庭,蒼蒼雲夢,控西南之險,當江漢之沖;俺左良玉鎮此名邦,好不壯哉!(坐呼介)旗牌官何在?

(副淨跪介)有。
(小生)酒席齊備不曾?
(副淨)齊備多時了。
(小生)怎麼兩位老爺還不見到?
(副淨)連請數次,袁老爺正在江岸盤糧,黃老爺又往龍華寺拜客,大約傍晚纔來。
(小生)在此久候,豈不困倦。叫左右速接柳相公上樓,閒談撥悶。
(雜跪禀介)柳相公現在樓下。
(小生)快請。
(雜請介)
(丑扮柳敬亭上)氣吞雲夢澤,聲撼岳陽樓。(見介)
(小生)敬亭為何早來了?

（丑）晚生知道元帥悶坐，特來奉陪的。

（小生）這也奇了，你如何曉得？

（丑）常言"秀才會課，點燈告坐"。天生文官，再不能爽快的。

（小生笑介）說的有理。（指介）你看天纔午轉，幾時等到點燈也。

（丑）若不嫌聒噪呵，把昨晚說的"秦叔寶見姑娘"，再接上一回罷。

（小生）極妙了。（問介）帶有鼓板麼？

（丑）自古"官不離印，貨不離身"，老漢管着做甚的。（取出鼓板介）

（小生）叫左右泡開芥片，安下胡床。咱要紗帽隱囊，清談消遣哩。

（雜設床、泡茶，小生更衣坐，雜捶背搔癢介）

（丑旁坐敲鼓板說書介）大江滾滾浪東流，淘盡興亡古渡頭。屈指英雄無半個，從來遺恨是荊州。按下新詩，還提舊話。且說人生最難得的是亂離之後，骨肉重逢。總是地北天南，時移物換，經幾番凶荒戰鬥，怎免得梗泛萍漂。可喜秦叔寶解到羅公帥府，枷鎖連身，正在候審，遇着嫡親姑娘，捲簾下階，抱頭大哭。當時換了新衣，設席款待，一個候死的囚徒，登時上了青天。這叫做"運去黃金減價，時來頑鐵生光"。（拍醒木介）

（小生掩淚介）咱家也都經過了。

（丑）再說那羅公問及叔寶的武藝，滿心歡喜，特地要誇其本領，即日放炮傳操。下了教場，雄兵十萬，雁翅排開。羅公獨坐當中，一呼百諾，掌着生殺之權。秦叔寶站在旁邊，點頭贊歎，口裡不言，心中暗道：大丈夫定當如此！（拍醒木介）

（小生作驕態，笑介）俺左良玉也不枉為人一世矣。

（丑）那羅公眼看叔寶，高聲問道："秦瓊，看你身材高大，可曾學些武藝麼？"叔寶慌忙跪下，應答如流："小人會使雙鐧。"羅公即命家人，將自己用的兩條銀鐧，擡將下來。那兩條銀鐧，共重六十八斤，比叔寶所用鐵鐧，輕了一半。叔寶是用過重鐧的人，接在手中,如同無物。跳下階來,使盡身法,左搶右舞,恰似玉蟒纏身,銀龍護體。玉蟒纏身,萬道毫光臺下落;銀龍護體,一輪月影面前懸。羅公在中軍帳裡,大聲喝采道:"好呀!"那十萬雄兵,一齊答應。(作喊介)如同山崩雷響,十里皆聞。(拍醒木介)

(小生照鏡鑷鬢介)俺左良玉立功邊塞,萬夫不當,也是天下一個好健兒。如今白髮漸生,殺賊未盡,好不恨也。

(副淨上)稟元帥爺,兩位老爺俱到樓了。

(丑暗下)

(小生換冠帶、雜撤床排席介)

(外扮袁繼咸,末扮黃澍,冠帶喝道上)

(外)長湖落日氣蒼茫,黃鶴樓高望故鄉。

(末)吹笛仙人稱地主,臨風把酒喜洋洋。

(小生迎揖介)二位老先生俯臨敝鎮,曷勝光榮;聊設杯酒,同看春江。

(外、末)久欽威望,喜近節麾,高樓盛設,大快生平。(安席坐,斟酒欲飲介)

(淨扮塘報人急上)忙將覆地翻天事,報與勤王救主人。稟元帥爺,不好了,不好了!

(眾驚起介)有甚麼緊急軍情,這等喊叫?

(淨急白介)稟元帥爺:大夥流賊北犯,層層圍住神京;三天不見救援兵,暗把城門開禁。放火焚燒宮闕,持刀殺害生靈。(拍地介)可憐聖主好崇禎,(哭說介)縊死煤山樹頂。

(眾驚問介)有這等事,是那一日來?

(淨喘介)就是這、這、這三月十九日。(眾望北叩頭,大哭介)

(小生起,搓手跳哭介)我的聖上呀!我的崇禎主子呀!我的大行皇帝呀!孤臣左良玉,遠在邊方,不能一旅勤王,罪該萬死了。

【勝如花】高皇帝在九京,不管亡家破鼎,那知他聖子神孫,反不如飄蓬斷梗。十七年憂國如病,呼不應天靈祖靈,調不來親兵救兵;白練無情,送君王一命。傷心煞煤山私幸,獨殉了社稷蒼生,獨殉了社稷蒼生!

（眾又大哭介）

（外搖手喊介）且莫舉哀，還有大事相商。

（小生）有何大事？

（外）既失北京，江山無主，將軍若不早建義旗，頃刻亂生，如何安撫。

（末）正是。（指介）這江漢荊襄，亦是西南半壁，萬一失守，恢復無及矣。

（小生）小弟濫握兵權，實難辭責，也須兩公努力，共保邊疆。

（外、末）敢不從事。

（小生）既然如此，大家換了白衣，對着大行皇帝在天之靈，慟哭拜盟一番。（喚介）左右可曾備下縗衣麼？

（副淨）一時不能備及，暫借附近民家素衣三領，白布三條。

（小生）也罷，且穿戴起來。（吩咐介）大小三軍，亦各隨拜。

（小生、外、末穿衣裹布介）

（領眾齊拜，舉哀介）我那先帝呀，

【前腔】（合）宮車出，廟社傾，破碎中原費整。養文臣帷幄無謀，豢武夫疆場不猛；到今日山殘水剩，對大江月明浪明，滿樓頭呼聲哭聲。（又哭介）這恨怎平，有皇天作證：從今後戮力奔命，報國讎早復神京，報國讎早復神京。

（小生）我等拜盟之後，義同兄弟；臨侯督師，仲霖監軍，我左崑山操兵練馬，死守邊方。倘有太子諸王，中興定鼎，那時勤王北上，恢復中原，也不負今日一番義舉。

（外、末）領教了。

（副淨稟介）稟元帥，滿城喧譁，似有變動之意，快請下樓，安撫民心。

（俱下樓介）

（小生）二位要向那裡去？

（外）小弟還回九江。

（末）小弟要到襄陽。

（小生）這等且各分手，請了。（別介）

（小生呼介）轉來，若有國家要事，還望到此公議。
（外、末）但寄片紙，無不奔赴。請了。
（外、末下）
（小生）呵呀呀！不料今日天翻地覆，嚇死俺也！

飛花送酒不曾擎，片語傳來滿座驚。
黃鶴樓中人哭罷，江昏月暗夜三更。

第十四齣　阻　奸

甲申四月

【繞地遊】（生上）飄飄家舍，怎把平安寫，哭蒼天滿喉新血。國讎未雪，鄉心難說，把閒情丟開後些。小生侯方域，自去冬倉皇避禍，夜投史公，隨到淮安漕署，不覺半載。昨因南大司馬熊公內召，史公即補其缺，小生又隨渡江。虧他重俺才學，待同骨肉。正思移家金陵，不料南北隔絕。目今議立紛紛，尚無定局，好生愁悶。且候史公回衙，一問消息。（暫下）

【三台令】（外扮史可法憂容，丑扮長班隨上）山河今日崩竭，白面談兵掉舌；弈局事堪嗟，望長安誰家傳舍。下官史可法，表字道鄰，本貫河南，寄籍燕京。自崇禎辛未，叨中進士，便值中原多故，內為曹郎，外作監司，歷歷十年，不曾一日安枕。今由淮安漕撫陞補南京兵部尚書。那知到任一月，遭此大變。萬死無裨，一籌莫展。幸虧長江天險，護此留都。但一月無君，人心皇皇，每日議立議迎，全無成說。今早操兵江上，探得北信，不免請出侯兄，大家快談。

（丑）侯爺，有請。

（生上見介）請問老先生，北信若何？

（外）今日得一喜信，說北京雖失，聖上無恙，早已航海而南；太子亦間道東奔，未知果否？

（生）果然如此，蒼生之福也。

（小生扮差役上）朝廷無詔旨，將相有傳聞。（到門介）門上有人麼？

（丑問介）那裡來的？

（小生）是鳳撫衙門來的，有馬老爺候劄，即討回書。

（丑）待我傳上去。（入見介）稟老爺，鳳撫馬老爺差人投書。

（外拆看，皺眉介）這個馬瑤草，又講甚麼迎立之事了。

【高陽臺】清議堂中，三番公會，攢眉仰屋蹴靴；相對長吁，低頭不語如呆。堪嗟！軍國大事非輕舉，俺縱有廟謨難說。這來書謀迎議立，邀功情切。（向生介）看他書中意思，屬意福王。又說聖上確確縊死煤山，太子奔逃無蹤。若果如此，俺縱不依，他也竟自舉行了。況且昭穆倫次，立福王亦無大差。罷，罷，罷！答他回書，明日會稿，一同列名便了。

（生）老先生所言差矣。福王分藩敝鄉，晚生知之最詳，斷斷立不得。

（外）如何立不得？

（生）他有三大罪，人人俱知。

（外）那三大罪？

（生）待晚生數來：

【前腔】福邸藩王，神宗驕子，母妃鄭氏淫邪。當日謀害太子，欲行自立，若無調護良臣，幾將神器奪竊。（外）此一罪却也不小。（問介）還有那一罪？（生）驕奢，盈裝滿載分封去，把內府金錢偷竭。昨日寇逼河南，竟不捨一文助餉，以致國破身亡，滿宮財寶，徒飽賊囊。（外）這也算的一大罪。（問介）那第三大罪呢？（生）這一大罪，就是現今世子德昌王，父死賊手，暴屍未葬，竟忍心遠避。還乘離亂之時，納民妻女。這君德全虧盡喪，怎圖皇業？

（外）說的一些不差，果然是三大罪。

（生）不特此也，還有五不可立。

（外）怎麼又有五不可立？

【前腔】（生）第一件，車駕存亡，傳聞不一，天無二日同協。第二件，聖上果殉社稷，尚有太子監國，為何明棄儲君，翻尋枝葉旁牒？第三件，這中興之主，原不必拘定倫次的分別，中興定霸如光武,要訪取出羣英傑。第四件,怕強藩乘機保立。第五件,又恐小人呵,將擁戴功挾。

(外)是,是,世兄高見,慮的深遠。前日見副使雷縯祚、禮部周鑣,都有此論,但不及這番透徹耳。就煩世兄把這三大罪、五不可立之論,寫書回他便了。

(生)遵命。(點燭寫書介)

(副淨扮阮大鋮,雜扮家僮提燈上)須將奇貨歸吾手,莫把新功讓別人。下官阮大鋮,潛往江浦,尋着福王,連夜回來,與馬士英倡議迎立。只怕兵部史可法臨時掣肘。今日修書相商,還恐不妥,故此昏夜叩門,與他細講。

(見小生介)你早來下書,如何還不回去?

(小生)等候回書,不見發出。(喜介)阮老爺來的正好,替小人催一催。

(雜)門上大叔那裡?

(丑)是那個?

(副淨見,作足恭介)煩位下通報一聲,說褲子襠裡阮,求見老爺。

(丑諢介)褲子襠裡軟,這可未必。常言"十個鬍子九個騷",待我摸一摸,果然軟不軟。

(副淨)休得取笑,快些方便罷。

(丑)天色已晚,老爺安歇了,怎敢亂傳。

(副淨)有要話商議,定求一見的。

(丑)待我傳上去。(進稟介)稟老爺,有褲子襠裡阮,到門求見。

(外)是那個姓阮的?

(生)在褲子襠裡住,自然是阮鬍子了。

(外)如此昏夜,他來何幹?

(生)不消說,又是講迎立之事了。

(外)去年在清議堂誣害世兄的便是他。這人原是魏黨,真正小人,不必理他,叫長班回他罷了。

（丑出，怒介）我說夜晚了，不便相會，果然惹個沒趣。請回罷！

（副淨拍丑肩介）位下是極在行的，怎不曉得。夜晚來會，纔說的是極有趣的話哩；那青天白日，都是些掃帳兒。

（丑）你老說的有理，事成之後，隨封都要雙分的。

（副淨）不消說，還要加厚些。

（丑）既是這等，待我再傳。（進稟介）稟老爺，姓阮的定求一見，要說極有趣的話。

（外）咦，放屁！國破家亡之時，還有甚麼趣話說！快快趕出，閉上宅門。

（丑）鳳撫回書尚未打發哩。

（生）書已寫就，求老先生過目。

（外讀介）

【前腔】二祖列宗，經營垂創，吾皇辛苦力竭。一旦傾移，誰能重續滅絕。詳列：福藩罪案三樁大，五不可、勢局當歇。再尋求賢宗雅望，去留先決。（外）寫的明白，料他也不敢妄動了。（吩咐介）就交與鳳撫家人，早閉宅門，不許再來囉唣。（起介）正是江上孤臣生白髮，（生）燈前旅客罷冰絃。（外、生下）（丑出呼介）馬老爺差人呢？（小生）有。（丑）領了回書，快快出去，我要閉門哩。（小生接書介）還有阮老爺要見，怎麼就閉門？（副淨向丑介）正是，我方纔央過求見老爺的，難道忘了？（丑伴問介）你是誰呀？（副淨）我便是褲子襠裡阮哪。（丑）啐！半夜三更，只管軟裡硬裡，奈何的人不得睡。（推介）好好的去罷。（竟閉門入介）（小生）得了回書，我先去了。（下）（副淨惱介）好可惡也，竟自閉門不納了。（呆介）罷了！俺老阮十年之前，這樣氣兒也不知受過多少，且自耐他。（搓手介）只是當前機會，不可錯過。這史可法現掌着本兵之印，如此執拗起來，目下迎立之事，便行不去了，這怎麼處？（想介）呸！我到獃氣了，如今皇帝玉璽且無下落，你那一顆部印有何用處？（指介）老史，老史，一盤好肉包掇上門來，你不會吃，反去讓了別人，日後不要見怪。正是：

　　　　　窮途纔解阮生嗟，無主江山信手拏。

奇貨居來隨處贈，不知福分在誰家。

第十五齣　迎　駕

甲申四月

【番卜算】（淨扮馬士英冠帶上）一旦神京失守，看中原逐鹿交走。捷足爭先，拜相與封侯，憑着這擁立功大權歸手。下官馬士英，別字瑶草，貴州貴陽衛人也，起家萬曆己未進士，現任鳳陽督撫。幸遇國家多故，正我輩得意之秋。前日發書約會史可法，同迎福王。他回書中有"三大罪、五不可立"之言。阮大鋮走去面商，他又閉門不納。看來是不肯行的了。但他現握着兵權，一倡此論，那九卿班裡，如高弘圖、姜曰廣、呂大器、張國維等，誰敢竟行。這迎立之事，便有幾分不妥了。沒奈何，又託阮大鋮約會四鎮武臣，及勳戚內侍，未知如何，好生焦躁。（副淨扮阮大鋮急上）胸有已成之竹，山無難劈之柴。此是馬公書房，不免竟入。（淨見問介）圓老回來了，大事如何？（副淨）四鎮武臣見了書函，欣然許諾，約定四月念八，全備儀仗，齊赴江浦矣。（淨）妙，妙！那高黃二劉，如何説來？（坐介）

【催拍】（副淨）他説受君恩爵封列侯，鎮江淮千里借籌；神京未收，神京未收，似我輩濫功糜餉，建牙堪羞。江浦迎鑾，願領貔貅，扶新主持節復讎。臨大事，敢夷猶。

（淨）此外還有何人肯去？

（副淨）還有魏國公徐鴻基，司禮監韓贊周，吏科給事李沾，監察御史朱國昌。

（淨）勳、衛、科、道，都有個把，也就好了。他們都怎麼説來？

【前腔】（副淨）他説馬中丞當先出頭，衆公卿誰肯逗留。職名早投，職名早投，大家去上書陳表，擁入皇州。新主中興，拜舞龍樓，將今日勞苦功酬，遷舊秩，壯新猷。

（淨）果然如此，妙的狠了。只是一件，我是一個外吏，那幾個武臣勳衛，也算不得部院卿僚，目下寫表如何列名？

（副淨）這有甚麼考證？取本縉紳便覽來，從頭抄寫便了。
（淨）雖如此說，萬一駕到，沒有百官迎接，我們三五個官，如何引進朝去？
（副淨）我看滿朝諸公，那個是有定見的。乘輿一到，只怕遞職名的還挨擠不上哩。
（淨）是，是！表已寫就，只空銜名，取本縉紳來，快快開列。
（外扮書辦取縉紳上）西河沿洪家高頭便覽在此。（下）
（副淨）待我抄起來。（偏頭遠視介）表上字體，俱要細楷的，目昏難寫，這怎麼處？（想介）有了。（腰內取出眼鏡戴，抄介）"吏部尚書臣高弘圖"。（作手顫介）這手又顫起來了，目下等著起身。一時寫不出，急殺人也。
（淨）還叫書辦寫去罷。
（副淨）這姓名裡面都有去取，他如何寫得？
（淨）你指示明白，自然不錯了。（叫介）書辦快來。
（外上）
（副淨照縉紳指點向外介）
（外下）
（淨）自古道："中原逐鹿，捷足先得"，我們不可落他人之後。快整衣冠，收拾箱包，今日務要出城。
（丑扮長班收拾介）
（副淨問介）請問老公祖，小弟怎生打扮？
（淨）迎駕大典，比不得尋常私謁，俱要冠帶纔是。
（副淨）小弟原是廢員，如何冠帶？
（淨）正是。（想介）沒奈何，你且權充個賫表官罷，只是屈尊些兒。
（副淨）說那裡話，大丈夫要立功業，何所不可，到這時候還講剛方麼。
（淨笑介）妙，妙，才是個軟圓老。
（副淨換差吏服色介）
【前腔】拚餘生寒灰已休，喜今朝涸海更流；金鼇上鉤，金鼇上鉤,好似太公一釣,享國千秋。牛馬風塵,暫屈何憂,刀筆吏丞相根由;人笑罵,我不羞。

（外上）表已列名,老爺過目。

（副淨看介）果然一些不差,就包裹好了,裝入箱中。

（外包裹裝箱內介）

（副淨）下官只得背起來了。

（外、丑與副淨綁箱背上介）

（淨看,笑介）圓老這件功勞却也不小哩。

（副淨正色介）不要取笑,日後畫在凌煙閣上,倒有些神氣的。

（丑牽馬介）天色將晚,請老爺上馬。

（淨吩咐介）這迎駕大事,帶不的多人,只你兩個跟去罷。

（副淨）便益你們,後日都要議敘的。

（俱上馬,急走繞場介）

【前腔】（合）趁斜陽南山雨收,控青驄煙驛水郵,金鞭急抽,金鞭急抽,早見浦江雲氣,楚尾吳頭。應運英雄,虎赴龍投,恨不的雙翅颼颼,銀燭下,拜冕旒。

（淨）叫左右早去尋下店房。

（副淨）阿呀!我們做的何事,今日還想安歇,快跑快跑!（加鞭跑介）

　　　　（淨）江雲山氣晚悠悠,（副淨）馬走平川似水流。
　　　　（淨）莫學防風隨後到,（副淨）塗山明日會諸侯。

第十六齣　設　　朝

甲申五月

【念奴嬌】（小生扮弘光袞冕,小旦、老旦扮二監引上）高皇舊宇,看宮門殿閣,重重初敞。滿目飛騰新紫氣,倚着鍾山千丈。祖德重光,民心合仰,迎俺青天上。雲消簾卷,東南煙景雄壯。一朵黃雲捧御床,醒來魂夢自徬徨;中興不用親征戰,纔洗塵顏着袞裳。寡人乃神宗皇帝之孫,福邸親王之子,自幼封為德昌郡王。去年賊陷河南，父王殉國，寡人逃避江浦，九死餘生。不料北京失守，先帝昇遐，南京臣民推俺為監國之主。今乃甲申年五月初一日，早謁孝陵回宫，暫御偏殿，看百官有何章奏。

（外扮史可法，淨扮馬士英，末扮黃得功，丑扮劉澤清，文武袍笏上）再見冠裳盛，重瞻殿閣高；金甌仍未缺，玉燭又新調。我等文武百官，昨日迎鑾江浦，今早陪位孝陵；雖投職名，未稱朝賀，禮當恭上表文，請登大寶。

（衆前跪上表介）南京吏部尚書臣高弘圖等，恭請陛下早正大位，改元聽政，以慰臣民之望。恭惟陛下呵，

【本序】潛龍福邸，望揚揚，貌似神宗，嫡派天潢。久著仁賢聲譽重，中外推戴陶唐。瞻仰，牒出金枝，系連花萼，宜承大統諸宗長。臣伏願登庸御宇，早繼高皇。

（四拜介）

（小生）寡人外藩衰宗，才德涼薄，俯順臣民之請，來守高帝之宫。君父含冤，大讎未報，有何面顏，悉然正位。今暫以藩王監國，仍稱崇禎十七年，一切政務，照常辦理。諸卿勿得諄請，以重寡人之罪。

【前腔】休强，中原板蕩，歎王孫乞食江頭，棲止榛莽。回首塵沙何處去，洛下名園花放。盼望，兵燹難消，松楸多恙，鼎湖弓劍無人葬；吾怎忍垂旒正冕，受賀當陽。

（衆跪呼介）萬歲，萬萬歲！真仁君聖主之言，臣等敢不遵旨。但大讎不當遲報，中原不可久失，將相不宜緩設，謹具題本，伏候裁決。（上本介）

【前腔】開朗，中興氣象，見罘罳瑞靄祥雲，王業重創。不共天讎，從此後嘗膽眠薪休忘。參想，收復中原，調燮黃閣，急須封拜卜忠亮；還缺少百官庶士，乞選才良。

（小生）覽卿題本，汲汲以報讎復國為請，俱見忠悃。至於設立將相，寡人已有成議，衆卿聽着：

【前腔】職掌，先設將相，論麒麟畫閣功勞，迎立為上。捧表江頭，星夜去擁着乘輿儀仗。尋訪，加體黃袍，嵩呼拜舞，百忙難把璽

符讓。今日裡論功敘賞，文武誰當。眾卿且退，午門候旨。

（小生、內官隨下）

（外、淨、末、丑退班立介）

（外）若論迎立之功，今日大拜，自然讓馬老先生了。

（淨）下官風塵外吏，焉能越次而陞。若論國家用武之際，史老先生現居本兵，理當大拜。（向末、丑介）四鎮實有護駕之勞，加封公侯，只在目下。

（末、丑）皆賴恩帥提拔。

（老旦扮內監捧旨上）聖旨下：鳳陽督撫馬士英，倡議迎立，功居第一，即陞補內閣大學士，兼兵部尚書，入閣辦事。吏部尚書高弘圖、禮部尚書姜曰廣、兵部尚書史可法，亦皆陞補大學士，各兼本銜。高弘圖、姜曰廣入閣辦事，史可法著督師江北。其餘部院大小官員，現任者，各加三級；缺員者，將迎駕人員，論功選補。又四鎮武臣，靖南伯黃得功，興平伯高傑，東平伯劉澤清，廣昌伯劉良佐，俱進封侯爵，各歸汛地。謝恩！

（眾謝恩介）萬歲，萬萬歲！（起介）

（外向末、丑介）老夫職居本兵，每以不能克復中原為恥，聖上命俺督師江北，正好戮力報效。今與列侯約定，於五月初十日，齊集揚州，共商復讎之事。各須努力，勿得遲延。

（末、丑）是。

（外）老夫走馬到任去也。正是：重興東漢逢明主，收復中原任老臣。（別眾下）（末、丑欲下介）

（淨喚介）將軍轉來。（拉手話介）聖上錄咱迎立之功，拜相封侯。我等皆係勳舊大臣，比不得別個。此後內外消息，須要兩相照應，千秋富貴，可以常保矣。

（末、丑）蒙恩攜帶，得有今日，敢不遵諭。

（末、丑急下）

（淨笑介）不料今日做了堂堂首相，好快活也。

（副淨扮阮大鋮探頭瞧介）

（淨欲下介）且住，立國之初，諸事未定，不要叫高、姜二相奪了

俺的大權。且慢回家,竟自入閣辦事便了。(欲入介)

(副淨悄上作揖介)恭喜老公祖,果然大拜了。

(淨驚問介)你從那裡來?

(副淨)晚生在朝房藏着,打聽新聞來。

(淨)此係禁地,今日立法之始,你青衣小帽,在此不便,請出去罷。

(副淨)晚生有要緊話說。(附耳介)老師相敘迎立之功,獲此大位;晚生賣表前往,亦有微勞,如何不見提起?

(淨)方纔宣旨,各部院缺員,許將迎駕之人敘功選補矣。

(副淨喜介)好,好!還求老師相薦拔。

(淨)你的事何待諄囑。(欲入介)

(副淨)事不宜遲,晚生權當班役,跟進內閣,看看機會何如。

(淨)學生初入內閣,未諳機務;你來幫一幫,也不妨事,只要小心着。

(副淨)曉得。(替淨拿笏板隨行介)

【賽觀音】(淨)舊黃扉,新丞相,喜一旦趾高氣揚,廿四考中書模樣。(副淨)莫忘辛勤老陪堂。

(淨)殿閣東偏曉霧黃,(副淨)新參知政氣昂昂。

(淨)過江同是從龍彥,(副淨)也步金階抱笏囊。

第十七齣　拒　　媒

甲申五月

【燕歸梁】(末扮楊文驄冠帶上)南朝領略風流盡,新立個妙齡君。清江隔斷濁煙塵,蘭署裡買香薰。下官楊文驄,因敘迎駕之功,補了禮部主事。盟兄阮大鋮,仍以光祿起用。又有同鄉越其傑、田仰等,亦皆補官,同日命下,可稱一時之盛。目下漕撫缺人,該推陞田仰。適纔送到聘金三百,託俺尋一美妓,要帶往任所。我想青樓色藝之精,無過香君,不免替他去問。(喚介)長班走來。

(雜扮長班上)胸中一部縉紳,腳下千條衚衕。(見介)老爺有何使喚？

（末）你快請清客丁繼之、女客卞玉京，到我書房說話。

（雜）稟老爺，小人是長班，只認的各位官府，那些串客、表子，沒處尋覓。

（末）聽我吩咐：

【漁燈兒】鬧端陽，正紛紜，水閣含春，便有那烏衣子弟伴紅裙，難道是織女牽牛天漢津。（雜）就在那秦淮河房麼，小人曉得了。（末指介）你望着棗花簾影杏紗紋，那壁廂欵問慇懃。

（副淨扮丁繼之，外扮沈公憲，淨扮張燕築上）院裡常留老白相，朝中新聘大陪堂。

（副淨）來此是楊老爺私宅，待我叫門。（叫介）位下那裡？

（雜出見介）衆位何來？

（副淨）老漢是丁繼之，同這沈、張兩敝友，求見楊老爺。煩位下通報一聲。

（雜喜介）正要去請，來的湊巧，待我通報。（欲入介）

（老旦扮卞玉京，小旦扮寇白門，丑扮鄭妥娘上）紫燕來何早，黃鶯到已遲。

（小旦叫介）三位略等一等，同進去罷。

（副淨）原來是你姊妹們。

（淨）你們來此何幹？

（丑）大家是一樣病根，你們怕做師父，我們怕做徒弟的。

（俱入介）

（末喜介）如何來的恰好？

（衆）無事不敢輕造，今日特來懇恩，尚容拜見。

（俱叩介）

（末拉起介）請坐，有何見教？

（副淨問介）新補光祿阮老爺是楊老爺至交麼？

（末）正是。

（副淨）聞得新主登極，阮老爺獻了四種傳奇，聖心大悅，把《燕子箋》鈔發總綱，要選我們入內教演，有這話麼？

（末）果然有此盛舉。

（淨）不瞞老爺說，我們兩片唇，養着八張嘴。這一入內庭，豈不"滅門絕户了一家兒"？

（丑）我們也是八張嘴，靠着兩片皮哩。

（末笑介）不必着忙，當差承應，自有一班教坊男女。你們都算名士數裡的，誰好拿你。

（衆）只求老爺護庇則個。

（末）明日開列姓名，送與阮圓海，叫他一概免拿便了。

（衆）多謝老爺。

【前腔】看一片秣陵春，煙水消魂，借着些笙歌裙屐醉斜曛。若把俺盡數選入呵，從此後江潮暮雨掩柴門，再休想白舫青簾載酒樽。老爺果肯見憐，這功德不小，保秦淮水軟山溫。

（末）下官也有一事借重。

（副淨）老爺有何見教？

（末）舍親田仰，不日就陞漕撫，適纔送到聘金三百，託俺尋一小寵。

（丑）讓我去罷。

（淨）你去不得，你去了，這院中便散了板兒了。

（丑）怎的便散了板兒？

（淨）没人和我打釘了。

（丑）啐！

（副淨）老爺意中可有一個人兒麽？

（末）人是有一個在這裡，只要你去作伐。

（老旦）是那個？

（末）便是李家的香君。

（副淨搖頭介）這使不得。

（末）如何使不得？

（副淨）他是侯公子梳櫳過的。

【錦漁燈】現有個秦樓上吹簫舊人，何處去覓封侯柳老三春，留着他燕子樓中畫閉門，怎教學改嫁的卓文君。

（末）侯公子一時高興，如今避禍遠去，那裡還想着香君哩。但去無妨。

（老旦）香君自侯郎去後，立志守節，不肯下樓，豈有嫁人之理，去也無益。

【錦上花】似一隻雁失羣，單宿水，獨叫雲，每夜裡月明樓上度黃昏。洗粉黛，拋扇裙，罷笛管，歇喉唇，竟是長齋繡佛女尼身，怕落了風塵。

（末）雖如此說，但有強如侯郎的，他自然肯嫁。

（副淨）香君之母，原是老爺厚人，倒是老爺面講更好。

（末）你是知道的，侯郎梳攏香君，原是下官作伐。今日覿面，如何講說，還煩二位走走，自有重謝。

（淨、外）這等我們也去走走。

（小旦、丑）呸！皮肉行裡經紀，只許你們做麼，俺也同去。

（末）不必爭鬧，待他二位說不來時，你們再去。

（衆）是，是！辭過老爺罷。

（末）也不遠送了。狎客滿堂消我悶，嫁衣終日為人忙。（下）

（副淨、老旦）楊老爺免了咱們差事，莫大的恩典哩。

（外、淨）正是。

（副淨）你四位先回，俺要到香君那邊，替楊老爺說事去了。

（丑）賺了錢不可偏背，大家八刀纔好。

（衆諢下）

（副淨、老旦同行介）

（副淨）記得侯公子梳攏香君，也是我們幫襯來。

【錦中拍】想當初華筵盛陳，配才子佳人，排列着花林粉陣，逐趁着箏聲笛韻。如今又去幫襯別家，好不報顏，似郵亭馬廄，迎官送賓。（老旦）我們不去何如。（副淨）俺若不去呵，又怕他新錚錚春官匭印，硬選入秋宮院門。（老旦）這等如之奈何？（副淨）俺自有個兩全之法，到那邊款語商量，柔情索問，做一個閑蜂蝶花裡混。

（老旦）妙，妙！

（副淨）來此已是，不免竟進。（喚介）貞娘出來。

（旦上）空樓寂寂含愁坐，長日懨懨帶病眠。（問介）樓下那個？
（老旦）丁相公來了。
（旦望介）原來是卞姨娘同丁大爺光降，請上樓來。
（副淨、老旦見介）令堂怎的不見？
（旦）往盒子會裡去了。（讓介）請坐，獻茶。（同坐介）
（老旦）香君閒坐樓窗，和那個頑耍？
（旦）姨娘不知：

【錦後拍】俺獨自守空樓，望殘春，白頭吟罷淚沾巾。（老旦）何不招一新婿？（旦）奴家已嫁侯郎，豈肯改志！（副淨）我們曉你苦心。今日禮部楊老爺說，有一位大老田仰，肯輸三百金，娶你作妾，託俺來問一聲。（旦）這題目錯認，這題目錯認，可知定情詩紅絲拴緊，抵過他萬兩雪花銀。（老旦）這事憑你裁酌，你既不肯，另問別家。（旦）賣笑咂，有勾欄豔品。奴是薄福人，不願入朱門。

（老旦）既如此說，回他便了。
（副淨）令堂回家，不要見錢眼開。
（旦）媽媽疼奴，亦不肯相強的。
（副淨）如此甚好，可敬，可敬！（起介）別過了。
（外、淨、小旦、丑急上）兩處紅絲千里繫，一條黑路六人忙。
（淨）快去，快去！他二人說成，便偏背我們了。
（丑）我就不依他，饒他吃到口裡，還倒出臟來。（進介）
（淨）香君恭喜了。
（旦）喜從何來？
（小旦）雙雙媒人來你家，還不喜哩。
（旦）敢也說田仰的事麼？
（淨）便是。
（旦）方纔奴已拒絕了。
（外）楊老爺的好意，如何拒得。

【北罵玉郎帶上小樓】他為你生小綠珠花月身，尋一個金谷綺羅裡石季倫。（旦）奴家不圖富貴，這話休和我講。（副淨、老旦）我二人在此勸了半日，他決不肯嫁人的。（小旦）他不嫁人，明日拿去學戲，要見箇男子的面，也不能够哩。**歌殘舞罷鎖長門，臥甑觝夜夜傷神。**（旦）奴便終身守寡，有何難哉，只不嫁人。（丑）難道三百兩花銀，買不去你這黃毛丫頭麽？（旦）你要銀子，你便嫁他，不要管人家閒事。（丑怒介）好丫頭，搶白起姨娘來了，我就死在你家。（撒潑介）**小私窠賤根，小私窠賤根，掉巧舌訕謗尊親。**（淨發威介）好大膽奴才！楊老爺新做了禮部，連你們官兒都管的着，明日拿去拶掉你指頭。**管煙花要津，管煙花要津；觸惱他風狂雨迅，準備着桃傷柳損。**（旦）盡你嚇唬，奴的主意已定了。（老旦）看他小小年紀，倒有志氣。（副淨）嚇他不動，走罷，走罷。（丑）我這裡撒潑，没個人來拉拉，氣死我也。他不嫁人，我扭也扭他下樓。**硬推來門外雙輪，硬推來門外雙輪；兜折寶釧，扯斷湘裙。**（副淨）自古有錢難買不賣貨，撒了賴當不的，大家散罷。（外、小旦）我兩個原要不來，吃虧老燕、老妥强拉到此，惹了這場没趣。走，走，走！**快出門，掩羞面，氣忍聲吞。**（淨、丑）我們也走罷，乾發虛，没鈔分，遺臊撒糞。

（外、淨、小旦、丑俱諢下）

（副淨、老旦）香君放心，我們回絶楊老爺，再不來纏你便了。

（旦拜介）這等多謝二位。（作別介）

　　　　（副淨）蜂媒蝶使鬧紛紛，（旦）闌入紅窗攪夢魂。

　　　　（老旦）一點芳心採不去，（旦）朝朝樓上望夫君。

第十八齣　爭　　位

甲申五月

（生上）無定輸贏似弈棋，書空殷浩欲何為？長江不限天南北，擊楫中流看誓師。小生侯方域，前日替史公修書，一時激烈，有"三大罪、五不可立"之議。不料福王今已登極，馬士英竟入閣辦事，把那些迎駕之臣，皆錄功補用。史公雖亦入閣，又令督師江北，這分明有外之意了。史公却全不介意，反以操兵勦賊為喜，如此忠肝義膽，人所難能也。現在開府揚州，命俺參其軍事。約定今日齊集四鎮，共商防河之計，不免上前一問。（作至書房介）管家那裡？

（小生扮書童上）侯爺來了，待我通報。（小生請外介）

【北點絳唇】（外上）持節江皋，龍驤虎嘯，憂國事，不顧殘軀，雙鬢蒼白了。

（見生介）世兄可知今日四鎮齊集，共商大事？不日整師誓旅，雪君父之讎了。

（生）如此甚妙。只有一件，高傑鎮守揚、通，兵驕將傲，那黃、劉三鎮，每發不平之恨。今日相見，大費調停，萬一兄弟不和，豈不為敵人之利乎？

（外）所說極是。今日相見，俺自有一番勸慰之言。

（小生報介）轅門傳鼓，說四鎮到齊，伺候參謁。

（生下）

（外升帳，吹打開門，雜排左右儀衛介）

（副淨扮高傑，末扮黃得功，丑扮劉澤清，淨扮劉良佐，俱介冑上）只恨燕京無樂毅，誰知江左有夷吾。（入見，稟介）四鎮小將，叩謁閣部大元帥。（拜介）

（外拱手立介）列侯請起。

（副淨等俱排立介）聽候元帥將令。

（外）本帥以閣部督師，君命隆重，大小將士俱在指揮之下。

（眾）是。

（外）四鎮乃堂堂列侯，不比尋常武弁。（舉手介）屈尊侍坐，共議軍情。

（眾）豈敢。

（外）本帥命坐，便如軍令一般，不可推辭。

（眾）是。

（揖介）告坐了。

（副淨首坐，末、丑、淨依次坐介）

（末怒視副淨介）

【混江龍】（外）淮南險要，江河保障勢滔滔，一帶奇雲結陣，滿目細柳垂條。鐵馬嘶風先突塞，犀軍放弩早驚潮。說甚麼徐、常、沐、鄧，比得上絳、灌、蕭、曹。同心共把乾坤造，看古來功臣閣丹青圖畫，似今日列侯會劍佩弓刀。

（末怒介）元帥在上，小將本不該爭論。（指介）這高傑乃投誠草寇，有何戰功，今日公然坐俺三鎮之上？

（副淨）我投誠最早，年齒又尊，豈肯居爾等之下！

（丑）此處是你汛地，我們都是客兵，連一個賓主之禮不曉得，還要統兵。

（淨）他在揚州享受繁華，尊大慣了。今日也該讓咱們來享享。

（副淨）你們敢來，我就奉讓。

（末）那個是不敢來的！（起介）兩位劉兄同我出來，即刻見個強弱。（怒下）

（外向副淨介）他講的有理，你還該謙遜纔是。

（副淨）小將寧死不在他們之下。

（外）你這就大錯了。

【油葫蘆】四鎮堂堂氣象豪，倚仗着恢復北朝。看您挨肩雁序，恰似好同胞，為甚的爭坐位失了同心好，鬥齒牙變了協恭貌。一個眼睜睜同室操戈盾，一個怒沖沖平地起波濤。沒見陣上逞威風，早已窩裡相爭鬧，笑中興封了一夥（指介）小兒曹。不料四鎮英雄，可笑如此；老夫一天高興，却早灰冷一半也。沒奈何，且出張告示，曉諭三鎮，叫他各回汛地，聽候調遣。（向副淨介）你既駐劄本境，就在本帥標下做個先鋒，各有執掌，他們也不敢來爭鬧了。

（副淨）多謝元帥。

（外）待老夫寫起告示來。（寫介）（內吶喊介）

（副淨不辭，出介）

（末、丑、淨持刀上）高傑快快出來！

（副淨出見介）你青天白日，持刀吶喊，竟是反了！

（末）我們為甚麼反？只要殺你這個無禮賊子！

（副淨）你們敢在帥府門前如此放肆，難道不是無禮賊子麼？

（末、丑、淨趕殺副淨介）

（副淨入轅門叫介）閣部大老爺救命呀，黃、劉三賊殺入帥府來了！

（末、丑、淨門外喊罵介）
（外驚立介）

【天下樂】俺只道塞馬南來把戰挑，殺聲漸高，却是咱兵自鏖。這時候協力同讎還愁少，怎當的閱牆鼓譟，起了個離間根苗。這纔是將難調，北賊易討。（吩咐介）快請侯相公出來。

（雜向内介）侯爺有請。
（生急上）晚生已聽的明白了。
（外）借重高才，傳俺帥令，安撫亂軍。
（生）如何安撫？
（外）老夫有告示一紙，快去曉諭他們便了。
（生）遵命。（接告示出見介）列侯請了！小弟乃本府參謀，奉閣部大元帥之命，曉諭三鎮知悉：恭逢新主中興，闖賊未討，正我輩枕戈待旦、立功報效之時。不宜懷挾小忿，致亂大謀。俟收復中原，太平賜宴，論功敘坐，自有朝儀。目下軍容匆遽，凡事權宜，皆當相諒，無失舊好。興平侯高，原鎮揚、通，今即留在本帥標下，委作先鋒。靖南侯黃，仍回廬、和。東平侯劉，仍回淮、徐。廣昌侯劉，仍回鳳、泗。靜聽調遣，勿得抗違。軍法懍然，本帥不能容情也。特諭。
（末）我們只要殺無禮賊子，怎敢犯元帥軍法！
（生）目今轅門截殺，這就是軍法難容的了。
（丑）既是這等，不要驚着元帥，大家且散。
（淨）明日殺到高傑家裡去罷。正是"國讎猶可恕，私恨最難消"。（下）
（生入見介）三鎮聞令，暫且散去，明日還要廝殺哩。
（外）這却怎處？（指副淨介）

【後庭花】高將軍，你橫將讎釁招，為甚的不謙恭，妄自驕。坐了個首席鄉三老，惹動他諸侯五路刀。憑儀秦一番舌戰巧，也不過息兵半晌饒。費調停，乾焦躁；難消釋，空懊惱。這情形何待瞧，那事業全去了。

（副淨）元帥不必着急，明日和他見個輸贏，把三鎮人馬並俺一處,隨着元帥恢復中原,却亦不難也。

（外）你説的是那裡話？現今流寇北來,將渡黃河,總兵許定國不能阻當,連夜告急。正要與四鎮商議,發兵防河。今日一動爭端,債俺大事,豈不可憂！

（副淨）他三鎮也不為別的,只因揚州繁華,要來奪取,俺怎肯讓他？

（外）這話益發可笑了。

【煞尾】領着一枝兵,和他三家傲,似壘卵泰山壓倒。你占住繁華廿四橋,竹西明月夜吹簫；他也想隋堤柳下安營巢,不教你蕃鰲觀獨誇瓊花少。誰不羨揚州鶴背飄,妒殺你腰纏十萬好,怕明日殺聲咽斷廣陵濤。罷,罷,罷！老夫已拚一死,更無他法；侯兄長才,只索憑你籌畫了。

（生）且看局勢,再做商量。

（外、生下）

（吹打掩門,雜俱下）

（副淨弔場介）俺高傑也是一條好漢,難道坐以待斃不成。明早黃金壩上,點齊人馬,排下陣勢,等他來時,迎敵便了。正是：

　　　　龍爭虎鬥逞雄豪,杯酒筵邊動劍刀。
　　　　劉項何須成敗論,將軍頭斷不降曹。

第十九齣　和　戰

甲申五月

（末、淨、丑扮黃得功、劉良佐、劉澤清戎裝,雜扮軍校執旗幟器械吶喊上）

（末）兄弟們俱要小心着,聞得高傑點齊人馬,在黃金壩上伺候迎敵。我們分作三隊,依次而進。

（淨）我帶的人馬原少,讓我挑戰,兩兄迎敵便了。

（末）我的田雄不曾來,我作第二隊,總叫河洲哥哥壓哨罷。

（丑）就是如此,大家殺向前去。（搖旗吶喊急下）

（副淨扮高傑戎裝，軍校執械隨上）大小三軍排開陣勢，伺候迎敵。

（雜扮探卒上）報，報，報！三家賊兵搖旗吶喊，將次到營了。

（淨持大刀上）老高快快出馬，今日和你爭個誰大誰小。

（副淨持槍罵上）你花馬劉，是咱家小兄弟，那個怕你！

（內擊鼓，淨、副淨廝殺介）

（副淨叫介）三軍齊上，活捉了這個劉賊。

（雜上亂戰介）

（淨敗下）

（末持雙鞭上）我黃闖子的本領你是曉得的，快快磕頭，饒你一死。

（副淨）我高老爺不稀罕你這活頭，要取你那顆死頭的。

（內擊鼓，末、副淨廝殺介）

（副淨叫介）三軍再來。

（雜上亂戰介）

（末急介）從來將對將，兵對兵，如何這樣混戰。倒底是個無禮賊子，今日且輸與你。（敗下）

（丑持雙刀領衆喊上介）高傑，你不要逞強，我劉河洲也帶着些人馬哩，咱就混戰一場，有何不可。

（副淨）我翻天鷂子不怕人的，憑你豎戰也可，橫戰也可。殺，殺，殺！

（兩隊領衆混戰介）

（生持令箭立高臺，小兵持鑼敲介）

（衆止殺，仰看介）

（生搖令箭介）閣部大元帥有令：四鎮作反，皆督師之過。請先到帥府，殺了元帥，次到南京，搶了宮闕。不必在此混戰，騷害平民。

（丑）我們並不曾作反，只因高傑無禮，混亂坐次，我們爭個明白，日後好參謁元帥。

（副淨）我高傑乃本標先鋒，怎敢作反？他們領兵來殺，只得迎敵。

（生）不奉軍令，妄行廝殺，都是反賊。明日奏聞朝廷，你們自去分辯罷。

（丑）朝廷是我們迎立的，元帥是朝廷差來的，我們違了軍令，便是叛了朝廷，如何使得。情願束身待罪，只求元帥饒恕。

（生）高將軍，你如何説？

（副淨）我高傑是元帥犬馬，犯了軍法，只聽元帥處分。

（生）既如此説，速傳黃、劉二鎮，同赴轅門，央求元帥。

（丑）二鎮敗走，各回汛地去了。

（生）你淮、揚兩鎮，唇齒之邦，又無宿嫌，為何聽人指使。快快前去，候元帥發落。

（衆兵下）

（生下臺）

（丑、副淨同行，到介）

（生）已到轅門了，兩位將軍在外等候，待俺傳進去。（稍遲即出介）元帥有令：四鎮擅相爭奪，皆當軍法從事。但高將軍不知禮體，挑嫌起釁，罪有所歸，着與三鎮服禮。俟解和之日，再行處分。

【香柳娘】勸將軍自思，勸將軍自思，禍來難救，負荊早向轅門叩。（副淨惱介）我高傑乃元帥標下先鋒，元帥不加護庇，倒叫與三鎮服禮，可不差死人也。罷，罷，罷！看來元帥也不能用俺了，不免領兵渡江，另做事業去。這屈辱怎當，這屈辱怎當，渡過大江頭，事業從新做。（喚介）三軍快來，隨俺前去。（衆兵上，吶喊搖旗隨下）（丑望介）呀，呀，呀！高傑竟要過江了，想江南有他的黨與，不日要領來與俺廝鬧。俺也早去約會黃、劉二鎮，多帶人馬，到此迎敵。笑力窮遠走，笑力窮遠走，長江洗羞，防他重來作寇。

（丑下）

（生呆介）不料局勢如此，叫俺怎生收救！

【前腔】恨山河半傾，恨山河半傾，怎能重搆？人心瓦解忘恩舊。（南望介）那高傑竟反了。看揚揚渡江，看揚揚渡江，旗幟亂中流，直入南徐口。（北望介）那劉澤清也急忙去，要約會三鎮人馬，

同來迎敵。這煙塵偏有,這煙塵偏有,好叫俺元帥搔頭,參謀搓手。(行介)且去回覆了閣部,再作計較。正是:

堂堂開府轄通侯,江北淮南數上游。
只恐樓船與鐵馬,一時都羨好揚州。

第二十齣　移　　防

甲申六月

【錦上花】(副淨扮高傑領衆執械上)策馬欲何之?策馬欲何之?江鎖堅城,弩射雄師。且收兵,且收兵,占住這揚州市。俺高傑領兵渡江,要搶蘇、杭,不料巡撫鄭瑄,操舟架炮,堵住江口,沒奈何又回揚州。但不知黃、劉三鎮,此時何往?

(雜扮報卒上)報上將軍,黃、劉三鎮會齊人馬,南來迎敵,前哨已到高郵了。

(副淨)阿呀!不好了!南下不得,北上又不能,好叫俺進退兩難。(想介)罷,罷!還到史閣部轅門,央他的老體面,替俺解救罷。(行介)

【前腔】速去乞恩慈,速去乞恩慈,空忝羞顏,答對何辭。這纔是,這纔是,自作孽,天教死。

(內喊介)

(副淨領衆走下)

【搗練子】(外扮史可法從人上)局已變,勢難支,躊躇中夜少眠時。(生上)自歎經綸空滿紙。

(外向生介)世兄,你看高傑不辭而去,三鎮又不遵軍法,俺本標人馬,為數無幾,怎能守得住江北?眼看大事已去,奈何,奈何!

(生)聞得巡撫鄭瑄,堵住江口,高傑不能南下,又回揚州來了。

(外)那三鎮如何?

(生)三鎮知他退回,會齊人馬,又來迎敵,前哨已到高郵了。

(外愁介)目前局勢更難處矣。

【玉抱肚】三百年事,是何人掀翻到此?只手兒怎擎青天,却萊兵總仗虛詞。(合)煙塵滿眼野橫屍,只倚揚州兵一枝。
　　(丑扮中軍官傳鼓介)
　　(雜問介)門外擊鼓,有何軍情?
　　(丑)將軍高傑,領兵到轅,求見元帥。
　　(外)他果然來了。傳他進來,看他有何話說。
　　(外升帳,開門,左右排列介)
　　(副淨急跑上介)小將高傑,擅離汛地,罪該萬死。求元帥開恩饒恕!
　　(外)你原是一介亂民,朝廷許你投誠,加封侯爵,不曾薄待了你。為何一言不合,竟自反去?及至渡江不得,又投轅門。忽而作反,忽而投誠,把個作反投誠,當做兒戲,豈不可恨!本該軍法從事,姑念你悔罪之速,暫且饒恕。
　　(副淨叩頭起介)
　　(外問介)你還有何說?
　　(副淨又跪介)前日擅離汛地,只為不肯服禮。今三鎮知俺回來,又要交戰,小將雖強,獨力怎支,還望元帥解救。
　　(向生央介)侯先生替俺美言一句。
　　(生)你不肯服禮,叫元帥如何處斷?
　　(外)正是,事到今日,本帥也不能偏護了。
　　【前腔】爭論坐次,動干戈不知進止。他三家鼎足稱雄,你孤軍危命如絲。(合前)
　　(副淨)元帥不肯解救,小將寧可碎首轅門,斷不拜他下風。
　　(生)你那黃金壩上威風那裡去了?
　　(副淨)那時他沒帶人馬,俺用全軍混戰,因而取勝。今日三家捲土齊來,小將不得不臨事而懼矣。
　　(生)小生倒有個妙計,只怕你不肯依從。
　　(副淨)除了服禮,都依都依。
　　(生)目今流賊南下,將渡黃河,許定國不能阻當,連夜告急。元帥正要發兵防河,你何不奉命前往,坐鎮開、洛?既解目前之圍,又立將來之功。他三鎮知你遠去,也不能興無名之師了。將軍以為何如？

（副淨低頭思介）待我商量。（內吶喊介）

（外）城外殺聲震天，是何處兵馬？

（丑報介）黃、劉三鎮，領兵到城，要與高將軍廝殺哩。

（副淨懼介）這怎麼處？只得聽元帥調遣了。

（外）既然肯去，速傳軍令，曉諭三鎮。（拔令箭丟地介）

（丑拾令箭跪介）

（外）高傑無禮，本當軍法從事，但時值用人之際，又念迎駕之功，暫且饒恕，罰往開、洛防河，將功贖罪，今日已離揚州。三鎮各釋小嫌，共圖大事，速速回汛，聽候調遣。

（丑）得令。（下）

（外指高傑介）高將軍，高將軍，只怕你的性氣，到處不能相安哩。

【前腔】黃河難恃，勸將軍謀終慮始。那許定國也不是個安靜的。須提防酒前茶後，軟刀槍怎鬥雄雌。（合前）（向生介）防河一事，乃國家要着，我看高將軍勇多謀少，倘有疏虞，罪坐老夫。仔細想來，河南原是貴鄉，吾兄日圖歸計，路阻難行，何不隨營前往？既遂還鄉之願，又好監軍防河，且為桑梓造福，豈非一舉而三得乎？

（生）多謝美意，就此辭過元帥，收拾行裝，即刻起程便了。

（副淨）一同告辭罷。（拜別介）

（外向生介）參謀此去，便如老夫親身防河一般。只恐勢局巨測，須要十分小心，老夫專聽好音也。正是：人事無常爭勝負，天心有定管興亡。（下）

（吹打掩門）

（生、副淨出介）

（副淨）侯先生，你聽殺聲未息，只怕他們前面截殺。

（生）無妨也，他們知你移防，怒氣已消，自然散去的。況且三鎮之兵，俱走東路，我們點齊人馬，直出北門，從天長、六合，竟奔河南，有何阻當？

（眾兵旗仗伺候介）

（副淨）就此起程。（行介）

【朝元令】（生）鄉園縈思，久斷平安字；烏棲一枝，鬱鬱難居此。結伴還鄉，白雲如駛，遂了三年歸志。（副淨）統着全師，煙城柳驛行參差；莫逞舊雄姿，函關偷度時。（合）揚州倒指，看不見平山蕭寺，平山蕭寺。

（副淨）落日林梢照大旗，（生）從軍北去慰鄉思。

（副淨）黃河曲裡防秋將，（生）好似英雄末路時。

閏二十齣　聞　話

甲申七月

（內鳴金擂鼓吶喊介）

（外扮老官人，白巾麻衣背包裹急上）戎馬消何日，乾坤剩此身。白頭江上客，紅淚自沾巾。（立住大哭介）

（小生扮山人背行李上）日淡村煙起，江寒雨氣來。

（丑扮賈客背行李上）年年經過路，離亂使人猜。

（小生見丑介）請了，我們都是上南京的，天色將晚，快些趲行。

（丑）正是兵荒馬亂，江路難行，大家作伴纔好。（指外介）那個老者為何立住了腳，只顧啼哭？

（小生問外介）老兄想是走錯了路，失迷什麼親人了。

（外搖手介）不是，不是。俺是從北京下來的，行到河南，遇着高傑兵馬，受了無限驚恐。剛得逃生，渡過江來，看見滿路都是逃生奔命之人，不覺傷心慟哭幾聲。（掩淚介）

（小生）原來如此，可憐，可歎！

（丑）既是北京下來的，俺正要問問近日的消息，何不同宿村店，大家談談。

（外）甚妙，我老腿無力，也要早歇哩。

（小生指介）這座村店稍有牆壁，就此同宿了罷。（讓介）請進。（同入介）

（外仰看介）好一架荳棚。

（小生）大家放下行李，便坐這荳棚之下，促膝閒話也好。（同放行李，坐介）

（副淨扮店主人上）村店新泥壁，田家老瓦盆。（問介）衆位客官，還用晚飯麼？

（衆）不消了。

（小生）煩你買壺酒來，削瓜剝荳，我與二位解解困乏罷。

（外向小生介）怎好取擾？

（丑向外介）四海兄弟，却也無妨；待用完此酒，咱兩個再回敬他。

（副淨取酒、菜上）

（三人對飲介）

（外問介）方纔都是路遇，不曾請教尊姓大號，要到南京有何貴幹？

（小生）在下姓藍名瑛，字田叔，是西湖畫士，特到南京訪友的。

（丑）在下是蔡益所，世代南京書客，纔從江浦索債回來的。（問外介）老兄是從北京下來的了，敢問高姓大名，有甚急事，這等狼狽？

（外）不瞞二位說，下官姓張名薇，原是錦衣衛堂官。

（丑驚介）原來是位老爺，失敬了。

（小生問介）為何南來？

（外）三月十九日，流賊攻破北京，崇禎先帝縊死煤山，周皇后也殉難自盡。下官走下城頭，領了些本管校尉，尋着屍骸，擡到東華門外，買棺收殮，獨自一個戴孝守靈。

（小生）那舊日的文武百官，那裡去了？

（外）何曾看見一人。那時闖賊搜查朝官，逼索兵餉，將我監禁夾打。我把家財盡數與他，纔放我守靈戴孝。別個官兒走的走，藏的藏，或被殺，或下獄，或一身殉難，或闔門死節。

（小生）有這樣忠臣，可敬，可敬！

（外）還有進朝稱賀，做闖賊偽官的哩。

（丑）有這樣狗彘，該殺，該殺！

（外掩淚介）可憐皇帝、皇后兩位梓宮，丟在路旁，竟沒人僦睬。
（小生、丑俱掩淚介）
（外）直到四月初三日，禮部奉了偽旨，將梓宮攛送皇陵。我執幡送殯，走到昌平州，虧了一個趙吏目，糾合義民，捐錢三百串，掘開田皇妃舊墳，安葬當中。下官就看守陵旁，早晚上香。誰想五月初旬，大兵進關，殺退流賊，安了百姓，替明朝報了大讎。特差工部查寶泉局內鑄的崇禎遺錢，發買工料，從新修造享殿碑亭，門牆橋道，與十二陵一般規模。真是亙古稀有的事。下官也沒等工完，親手題了神牌，寫了墓碑，連夜走來，報與南京臣民知道，所以這般狼狽。
（小生）難得，難得！若非老先生在京，崇禎先帝竟無守靈之人。
（丑問介）但不知太子二王，今在何處？
（外）定、永兩王，並無消息；聞太子渡海南來，恐亦為亂兵所害矣。（掩淚介）
（小生問介）聞得北京發書一封與閣部史可法，責備亡國將相，不去奔喪哭主，又不請兵報仇。史公答了回書，特著左懋第披麻扶杖，前去哭臨，老先生可曉得麼？
（外）下官半路相遇，還執手慟哭了一場的。
（內作大風雷聲介）
（副淨掌燈急上）大雨來了，快些進房罷。
（眾起，以袖遮頭入房介）好雨，好雨。
（外）天色已晚，下官該行香了。
（丑問介）替那個行香？
（外）大行皇帝未滿周年，下官現穿孝服，每早每晚要行香哭拜的。（取包裹出香爐、香盒，設几上介）（洗手介）（望北兩拜介）（跪上香介）大行皇帝呀，大行皇帝呀！今日七月十五，孤臣張薇，叩頭上香了。
（內作大風雷不止介）
（外伏地放聲大哭介）

（小生呼丑介）過來，過來，我兩個草莽之臣，也該隨拜舉哀的。
（小生、丑同跪，陪哭介）
（哭畢，俱叩頭起，又兩拜介）
（小生）老先生遠路疲倦，早早安歇了罷。
（外）正是，各人自便了。（各解行李臥倒介）
（小生）窗外風雨益發不住，明早如何登程？
（外）老天的陰晴，人也料他不定。
（丑問介）請問老爺，方纔說的那些殉節文武，都有姓名麼？
（外）問他怎的？
（丑）我小鋪中要編成唱本，傳示四方，叫萬人景仰他哩。
（外）好，好！下官寫有手折，明日取出奉送罷。
（丑）多謝！
（小生）那些投順闖賊，不忠不義的姓名，也該流傳，叫人唾罵。
（外）都有抄本，一總奉上。
（丑）更妙。
（俱作睡熟介）
（內作眾鬼號呼介）
（外驚聽介）奇怪，奇怪！窗外風雨聲中，又有哀苦號呼之聲，是何物類？
（雜扮陣亡厲鬼，跳叫上）
（外隔窗看介）怕人，怕人！都是些沒頭折足陣亡厲鬼，為何到此？
（眾鬼下）
（外睡倒介）
（內作細樂警蹕聲介）
（外驚聽介）窗外又有人馬鼓樂聲，待我開門看來。（起看介）
（雜扮文武冠帶騎馬，旛幢細樂引導，扮帝后乘輿上）
（外驚出跪迎介）萬歲，萬歲，萬萬歲！孤臣張薇恭迎聖駕。
（眾下）
（外起呼介）皇帝，皇后，何處巡遊，我孤臣張薇不能隨駕了。

（又拜哭介）

　　（小生、丑醒問介）天已發亮,老爺怎的又哭起來,想是該上早香了。

　　（外掩淚介）奇事,奇事！方纔睡去,聽得許多號呼之聲,隔窗張看,都是些陣亡厲鬼。

　　（小生）是了,昨夜乃中元赦罪之期,想是赴盂蘭會的。

　　（外）這也沒相干,還有奇事哩。

　　（丑）還有什麽奇事？

　　（外）後來又聽的人馬鼓吹之聲,我便開門出看,明明見崇禎先帝同着周皇后乘輿東行,引導的文武官員,都是殉難忠臣；前面奏着細樂,排着儀仗,像個要昇天的光景。我伏俯路旁,送駕過去,不覺失聲大哭起來。

　　（小生）有這等異事。先皇帝、先皇后自然是超昇天界的,也還是張老爺一片至誠,故此特特顯聖。

　　（外）下官今日發一願心,要到明年七月十五日,在南京勝境,募建水陸道場,修齋追薦,並脫度一切冤魂,二位也肯隨喜麽？

　　（丑）老爺果能做此好事,俺們情願搭醮。

　　（外）好人,好人。到南京時,或買書,或求畫,不時要相會的。

　　（丑）正是。

　　（小生）大家收拾行李作別罷。

（各背行李下）

　　　　　　　雨洗雞籠翠,江行趁曉涼。
　　　　　　　烏啼荒塚樹,槐落廢宮牆。
　　　　　　　帝子魂何弱,將軍氣不揚。
　　　　　　　中原垂老別,慟哭過沙場。

　　加二十一齣　孤　　吟

康熙甲子八月

【天下樂】（副末氈巾道袍,扮老贊禮上）雨洗秋街不動塵,青山紅樹滿城新。誰家剩有閑金粉,撒與歌樓照鏡人?老客無家戀,名園杯自勸。朝朝賀太平,看演《桃花扇》。

（內問）老相公又往太平園,看演《桃花扇》麼?

（答）正是。

（內問）昨日看完上本,演的何如?

（答）演的快意,演的傷心,無端笑哈哈,不覺淚紛紛。司馬遷作史筆,東方朔上場人。只怕世事含糊八九件,人情遮蓋兩三分。

（行唱介）

【甘州歌】流光箭緊,正柳林蟬噪,荷沼香噴。輕衫涼笠,行到水邊人困。西窗乍驚連夜雨,北裡重消一枕魂。梧桐院,砧杵村,青苔蟲語不堪聞。閑攜杖,漫出門,宮槐滿路葉紛紛。

【前腔】雞皮瘦損,看飽經霜雪,絲鬢如銀。傷秋扶病,偏帶旅愁客悶。歡場那知還剩我,老境翻嫌多此身。兒孫累,名利奔,一般流水付行雲。諸侯怒,丞相嗔,無邊衰草對斜曛。

【前腔】〔換頭〕望春不見春,想漢宮圖畫,風飄灰燼。棋枰客散,黑白勝負難分。南朝古寺王謝墳,江上殘山花柳陣。人不見,煙已昏,擊築彈鋏與誰論。黃塵變,紅日滾,一篇詩話易沈淪。

【前腔】〔換頭〕難尋吳宮舊舞茵,問開元遺事,白頭人盡。雲亭詞客,閣筆幾度酸辛。聲傳皓齒曲未終,淚滴紅盤蠟已寸。袍笏樣,墨粉痕,一番妝點一番新。文章假,功業諢,逢場只合酒沾唇。

【餘文】老不羞,偏風韻,偷將拄杖撥紅裙。那管他扇底桃花解笑人。

當年真是戲,今日戲如真。

兩度旁觀者,天留冷眼人。

那馬士英又早登場,列位請看。（拱下）

第二十一齣　媚　　座

甲申十月

【菊花新】（淨冠帶扮馬士英,外扮長班從人喝道上）調和鼎鼐費心機，別户分門恩濟威；鑽火燃寒灰，這燮理陰陽非細。下官馬士英，官居首輔，權握中樞。天子無為，從他閉目拱手；相公養體，盡咱吐氣揚眉。那朱紫半朝，只不過呼朋引黨；這經綸滿腹，也無非報怨施恩。人都說養馬成羣，滾塵不定；他怎知立君由我，殺人何妨。（笑介）這幾日太平無事，又且早放紅梅，設席萬玉園中，會些親戚故舊，但看他趨奉之多，越顯俺尊榮之至。人生行樂耳，須富貴此時。（叫介）長班，今日下的是那幾位請帖？

（外）都是老爺同鄉。有兵部主事楊文驄，僉都御史越其傑，新推漕撫田仰，光禄寺卿阮大鋮，這幾位老爺。

（淨疑介）那阮大鋮不是同鄉呀。

（外）他常對人說是老爺至親。

（淨笑介）相與不同，也算的個至親了。（吩咐介）今日不是外客，就在這梅花書屋設席罷。

（外）是！

（淨）天已過午，快去請客。

（外）不用去請，俱在門房候着哩。只傳他一聲，便齊齊進來了。（傳介）老爺有請！

（末、副淨忙上）閽人片語千鈞重，相府重門萬里深。（進見足恭介）

（淨）我道是誰。（向末介）楊妹丈是咱内親，為何也不竟進？

（末）如今親不敵貴了。

（淨）說那裡話。（向副淨介）圓老一向來熟了的，為何也等人傳？

（副淨）府體尊嚴，豈敢冒昧。

（淨）這就見外了。（讓淨告坐，打恭介）

【好事近】（淨）吾輩得施為，正好談心花底。蘭友瓜戚，門外不須倒屣。休疑，總是一班桃李，相逢處把臂傾杯，何必拘冠裳套禮。俺肯堂堂相府，賓從疏稀。

（茶到讓淨先取，打恭介）

（淨）今日天氣微寒，正宜小飲。

（副淨、末打恭介）正是。

（淨）纔下朝來，日已過午。晝短夜長，差了三個時辰了。

（副淨、末打恭介）是，是！皆老師相調燮之功也。（吃茶完，讓淨先放茶杯，打恭介）

（淨問外介）怎麼越、田二位還不見到？

（外）越老爺痔漏發了，早有辭帖；田老爺明日起身，打發家眷上船，夜間纔來辭行。

（淨）罷了，吩咐排席。

（吹打，排三席，安座介）

（副淨、末謙恭告坐介）（入座飲介）

【泣顏回】（淨）朝罷袖香微，換了輕裘朱履。陽春十月，梅花早破紅蕊。南朝雅客，半閒堂且說風流嘴。拚長宵讀畫評詩，歎吾黨知心有幾。

（副淨問介）相府連日宴客，都是那幾位年翁？

（淨）總是吾黨，但不如兩公風雅耳。

（末問介）是誰？

（淨喚介）長班拏客單來看。

（外）客單在此。

（副淨接看介）張孫振、袁宏勳、黃鼎、張捷、楊維垣。

（末）果然都是大有經濟的。

（淨）個個是學生提拔，如今皆成大僚了。

（副淨打恭介）晚生等已廢之員，還蒙起用；老師相為國吐握，真不啻周公矣。

（淨）豈敢。（拱介）二位不比他人，明日囑託吏部，還要破格超陞。

（末打恭介）

（副淨跪介）多謝提拔。

（淨拉起介）

【前腔】（副淨、末）提攜，鍛羽忽高飛，劍出豐城獄底。隨朝待漏，猶如狗續貂尾。華筵一飲，出公門，滿面春風起；這恩榮錫袞封

圭,不比那登龍御李。(起介)

(淨)撤了大席,安排小酌,我們促膝談心。

(設一席,更衣圍坐介)

(淨)也不再把盞了。

(副淨、末)豈敢重勞。

(雜扮二價獻賞封介)

(淨搖手介)不必不必!花間雅集,又無梨園,怎麼行這官席之禮。

(副淨)舍下小班,日日得閒,為何不喚來承應?

(淨)圓老見慣的,另請別客,借來領教罷。

【太平令】妙部新奇,見慣司空自品題。(副淨)是是!名園山水清音美,又何用絲竹隨。

(末笑介)從來名花傾國,缺一不可。今日紅梅之下,梨園可省,倒少不了一聲"曉風殘月"哩。

【前腔】半放紅梅,只少韋娘一曲催。(淨大笑介)妹丈多情,竟要做個蘇州刺史了。蘇州刺史魂消矣,想一個麗人陪。

(淨)這也容易。(吩咐介)叫長班傳幾名歌妓,快來伺候。

(外)稟老爺,要舊院的,要珠市的?

(淨向末介)請教楊姑老爺。

(末)小弟物色已多,總無佳者,只有舊院李香君,新學《牡丹亭》,倒還唱得出。

(淨吩咐介)長班快去喚來!

(外應下)

(副淨問末介)前日田百源用三百金,要娶做妾的,想是他了?

(末)正是。

(淨問末介)為何不娶去?

(末)可笑這個獃丫頭,要與侯朝宗守節,斷斷不從。俺往說數次,竟不下樓,令我掃興而回。

(淨怒介)有這樣大膽奴才。

【風入松】不知開府爪牙威,殺人如同虱蟻。笑他命薄煙花鬼,好一似蛾撲燈蕊。(副淨)這都是侯朝宗教壞的,前番辱的晚生也不淺。(淨大怒介)了不得,了不得! 一位新任漕撫,挈銀三百,買不去一個妓女。豈有此理! 難道是珍珠一斛,偏不能換蛾眉?

(副淨)田漕臺是老師相的鄉親,被他羞辱,所關不小。

(淨)正是,等他來時,自有處法。

(外上)稟老爺,小人走到舊院,尋着香君,他推託有病,不肯下樓。

(淨尋思介)也罷! 叫長班家人,拿着衣服財禮,竟去娶他。

【前腔】不須月老幾番催,一霎紅絲聯喜,花花綵轎門前擠,不少欠分毫茶禮。莫管他鴇兒肯不肯,竟將香君拉上轎子,今夜還送到田漕撫船上。驚的他迷離似癡,只當煙波上遇湘妃。

(外等急應下)

(副淨喜介)妙妙! 這纔燥脾。

(末)天色太晚,我們告辭罷。

(淨)正好快談,為何就去?

(副淨)動勞久陪,晚生不安。

(俱起打恭介)

(淨)還該遠送一步。

(副淨、末)不敢。(連打三恭)

(淨先入內介)

(副淨)難得令舅老師相在鄉親面上,動此義舉。龍老也該去幫一幫。

(末)如何去幫?

(副淨)舊院是你熟遊之處,竟去拉下樓來,打發起身便了。

(末)也不可太難為他。

(副淨怒介)這還便益了他。想起前番,就處死這奴才,難泄我恨。

【尾聲】當年舊恨重提起,便折花損柳心無悔。那侯朝宗空梳攏了一番。看今日琵琶抱向阿誰?

(副淨)封侯夫婿幾時歸,(末)獨守妝樓掩翠幃。

（副淨）不解巫山風力猛，（末）三更即換雨雲衣。

第二十二齣　守　樓

甲申十月

（外、小生拿內閣燈籠、衣、銀跟轎上）天上從無差月老，人間竟有錯花星。

（外）我們奉老爺之命，硬娶香君，只得快走。

（小生）舊院李家母子兩個，知他誰是香君。

（末急上呼介）轉來同我去罷。

（外見介）楊姑老爺肯去，定娶不錯了。（同行介）月照青溪水，霜沾長板橋。來此已是，快快叫門。（叫門介）

（雜扮保兒上）纔關後戶，又開前庭；迎官接客，卑職驛丞。（問介）那個叫門？

（外）快開門來！

（雜開門驚介）呵呀！燈籠火把，轎馬人夫，楊老爺來誇官了。

（末）哇！快喚貞娘出來。

（雜大叫介）媽媽出來，楊老爺到門了。

（小旦急上問介）老爺從那裡赴席回來麼？

（末）適在馬舅爺相府，特來報喜。

（小旦）有什麼喜？

（末）有個大老官來娶你令愛哩。（指介）

【漁家傲】你看這綵轎青衣門外催，你看這三百花銀，一套繡衣。（小旦驚介）是那家來娶，怎不早說？（末）你看燈籠大字成雙對，是中堂閣內。（小旦）就是內閣老爺自己娶麼？（末）非也。漕撫田公，同鄉至戚，贈個佳人捧玉杯。

（小旦）田家親事，久已回斷，如何又來歪纏？

（小生拿銀交介）你就是香君麼？請受財禮。

（小旦）待我進去商量。

（外）相府要人，還等你商量？快快收了銀子，出來上轎罷。

（末）他怎敢不去，你們在外伺候，待我拿銀進去，催他梳洗。
（末接銀，雜接衣，同小旦作進介）
（小生、外）我們且尋個老表子燥脾去。（俱暫下）
（小旦、末、雜作上樓介）
（末喚介）香君睡下不曾？
（旦上）有甚緊事？一片吵鬧。
（小旦）你還不知麼？
（旦見末介）想是楊老爺要來聽歌。
（小旦）還説甚麼歌不歌哩。

【剔銀燈】忙忙的來交聘禮，凶凶的強奪歌妓。對着面一時難回避，執着名别人誰替。（旦驚介）唬殺奴也！又是那個天殺的？（小旦）還是田仰，又借着相府的勢力，硬來娶你。堪悲，青樓薄命，一霎時楊花亂吹。

（小旦向末介）楊老爺從來疼俺母子，為何下這毒手？
（末）不干我事，那馬瑶草知你拒絶田仰，動了大怒，差一班惡僕登門強娶。下官怕你受氣，特為護你而來。
（小旦）這等多謝了，還求老爺始終救解。
（末）依我説三百財禮，也不算吃虧；香君嫁個漕撫，也不算失所；你有多大本事，能敵他兩家勢力？
（小旦思介）楊老爺説的有理，看這局面，拗不去了。孩兒趁早收拾下樓罷！
（旦怒介）媽媽説那裡話來！當日楊老爺作媒，媽媽主婚，把奴嫁與侯郎，滿堂賓客，誰没看見！現收着定盟之物。（急向内取出扇介）這首定情詩，楊老爺都看過，難道忘了不成？

【攤破錦地花】案齊眉，他是我終身倚，盟誓怎移。宫紗扇現有詩題，萬種恩情，一夜夫妻。（末）那侯郎避禍逃走，不知去向。設若三年不歸，你也只顧等他麼？（旦）便等他三年，便等他十年，便等他一百年，只不嫁田仰！（末）呵呀！好性氣，又像摘翠脱衣罵阮圓海的那番光景了。（旦）可又來，阮、田同是魏黨，阮家妝奩尚且不受，倒去跟着田仰麼？（内喊介）夜已深了，快些上轎，還要趕到船上去哩。(小旦勸介)傻丫頭！嫁到田府,少不了你的吃穿哩。(旦)呸！我立志守節,豈在溫飽？忍寒飢,決不下這翠樓梯。

(小旦)事到今日,也顧不得他了。(叫介)楊老爺放下財禮,大家幫他梳頭穿衣。

(小旦替梳頭,末替穿衣介)

(旦持扇前後亂打介)

(末)好利害,一柄詩扇,倒像一把防身的利劍。

(小旦)草草妝完,抱他下樓罷。

(末抱介)

(旦哭介)奴家就死不下此樓。(倒地撞頭暈臥介)

(小旦驚介)呵呀！我兒蘇醒,竟把花容,碰了個稀爛。

(末指扇介)你看血噴滿地,連這詩扇都濺壞了。(拾扇付雜介)

(小旦喚介)保兒,扶起香君,且到臥房安歇罷。

(雜扶旦下)

(內喊介)夜已三更了,誆去銀子,不打發上轎,我們要上樓拿人哩。

(末向樓下介)管家略等一等。他母子難捨,其實可憐的。

(小旦急介)孩兒碰壞,外邊聲聲要人,這怎麼處？

(末)那宰相勢力,你是知道的,這番羞了他去,你母子不要性命了。

(小旦怕介)求楊老爺救俺則個。

(末)沒奈何,且尋個權宜之法罷！

(小旦)有何權宜之法？

(末)娼家從良,原是好事,況且嫁與田府,不少吃穿,香君既沒造化,你倒替他享受去罷。

(小旦急介)這斷不能。一時一霎,叫我如何捨得！

(末怒介)明日早來拿人,看你捨得捨不得？

(小旦呆介)也罷！叫香君守着樓,我去走一遭兒。(想介)不好,不好,只怕有人認得。

（末）我說你是香君，誰能辨別。

（小旦）既是這等，少不得又妝新人了。（忙打扮完介）（向內叫介）香君我兒，好好將息，我替你去了。（又囑介）三百兩銀子，替我收好，不要花費了。

（末扶小旦下樓介）

【麻婆子】（小旦）下樓下樓三更夜，紅燈滿路輝；出戶出戶寒風起，看花未必歸。（小生、外打燈擡轎上）好，好，新人出來了，快請上轎。（小旦別末介）別過楊老爺罷。（末）前途保重，後會有期。（小旦）老爺今晚且宿院中，照管孩兒。（末）自然。（小旦上轎介）蕭郎從此路人窺，侯門再出豈容易。（行介）舍了笙歌隊，今夜伴阿誰。

（俱下）（末笑介）貞麗從良，香君守節，雪了阮兄之恨，全了馬舅之威！將李代桃，一舉四得，倒也是個妙計。（歎介）只是母子分別，未免傷心。

匆匆夜去替蛾眉，一曲歌同易水悲。
燕子樓中人臥病，燈昏被冷有誰知。

第二十三齣　寄　扇

甲申十一月

【醉桃源】（旦包帕病容上）寒風料峭透冰綃，香爐懶去燒。血痕一縷在眉梢，臙脂紅讓嬌。孤影怯，弱魂飄，春絲命一條。滿樓霜月夜迢迢，天明恨不消。（坐介）奴家香君，一時無奈，用了苦肉之計，得遂全身之節。只是孤身隻影，臥病空樓，冷帳寒衾，無人作伴，好生悽涼。

【北新水令】凍雲殘雪阻長橋，閉紅樓冶遊人少。欄杆低雁字，簾幙掛冰條；炭冷香消，人瘦晚風峭。奴家雖在青樓，那些花月歡場，從今罷卻了。

【駐馬聽】繡戶蕭蕭，鸚鵡呼茶聲自巧；香閨悄悄，雪狸偎枕睡偏牢。榴裙裂破舞風腰，鶯韝剪碎淩波韈；愁多病轉饒，這妝樓再

不許風情鬧。想起侯郎匆匆避禍，不知流落何所，怎知奴家獨住空樓，替他守節也。（起唱介）

【沉醉東風】記得一霎時嬌歌興掃，半夜裡濃雨情拋。從桃葉渡頭尋，向燕子磯邊找，亂雲山風高雁杳。那知道梅開有信，人去越遙；憑欄凝眺，把盈盈秋水，酸風凍了。可恨惡僕盈門，硬來娶俺；俺怎肯負了侯郎？

【雁兒落】欺負俺賤煙花薄命飄颻，倚着那丞相府忒驕傲。得保住這無瑕白玉身，免不得揉碎如花貌。最可憐媽媽替奴當災，飄然竟去。（指介）你看床榻依然，歸來何日。

【得勝令】恰便似桃片逐雪濤，柳絮兒隨風飄。袖掩春風面，黃昏出漢朝。蕭條，滿被塵無人掃；寂寥，花開了獨自瞧。説到這裡，不覺一陣酸心。（掩淚坐介）

【喬牌兒】這肝腸似攪，淚點兒滴多少。也沒個姊妹閒相邀，聽那掛簾櫳的鉤自敲。獨坐無聊，不免取出侯郎詩扇，展看一回。（取扇介）噯呀！都被血點兒污壞了，這怎麼處？

【甜水令】你看疏疏密密，濃濃淡淡，鮮血亂蘸。不是杜鵑拋，是臉上桃花做紅雨兒飛落，一點點濺上冰綃。侯郎侯郎！這都是為你來。

【折桂令】叫奴家揉開雲髻，折損宮腰。睡昏昏似妃葬坡平，血淋淋似妾墮樓高。怕旁人呼號，舍着俺軟丟答的魂靈沒人招。銀鏡裡朱霞殘照，鴛枕上紅淚春潮。恨在心苗，愁在眉梢，洗了胭脂，浼了鮫綃。一時困倦起來，且在妝臺盹睡片時。（壓扇睡介）

（末扮楊文驄便服上）認得紅樓水面斜，一行衰柳帶殘鴉。

（淨扮蘇崑生上）銀箏象板佳人院，風雪今同處士家。

（末回頭見介）呀！蘇崑老也來了。

（淨）貞麗從良，香君獨住，放心不下，故此常來走走。

（末）下官自那日打發貞麗起身，守了香君一夜，這幾日衙門有事，不能脱身；方纔城東拜客，便道一瞧。（入介）

（淨）香君不肯下樓，我們上去一談罷。

（末）甚好。（登樓介）（末指介）你看香君抑鬱病損，困睡妝臺，且不必喚他。

（淨看介）這柄扇兒展在面前，怎麼有許多紅點兒？

（末）此乃侯兄定情之物，一向珍藏不肯示人，想因面血濺污，晾在此間。（抽扇看介）幾點血痕，紅豔非常，不免添些枝葉，替他點綴起來。（想介）沒有綠色怎好？

（淨）待我採摘盆草，扭取鮮汁，權當顏色罷。

（末）妙極！

（淨取草汁上）

（末畫介）葉分芳草綠，花借美人紅。（畫完介）

（淨看喜介）妙妙！竟是幾筆折枝桃花。

（末大笑指介）真乃桃花扇也。

（旦驚醒見介）楊老爺、蘇師父都來了，奴家得罪。（讓坐介）

（末）幾日不曾來看，額角傷痕漸已平復了。（笑介）下官有畫扇一柄，奉贈妝臺。（付旦扇介）

（旦接看介）這是奴的舊扇，血跡醃臢，看他怎的。（入袖介）

（淨）扇頭妙染，怎不賞鑒。

（旦）幾時畫的？

（末）得罪得罪！方纔點壞了。

（旦看扇歎介）咳！桃花薄命，扇底飄零。多謝楊老爺替奴寫照了。

【錦上花】一朵朵傷情，春風懶笑；一片片消魂，流水愁漂。摘的下嬌色，天然蘸好。便妙手徐熙，怎能畫到。櫻唇上調朱，蓮腮上臨稿，寫意兒幾筆紅桃。補襯些翠枝青葉，分外夭夭，薄命人寫了一幅桃花照。

（末）你有這柄桃花扇，少不得個顧曲周郎，難道青春守寡，竟做個入月嫦娥不成？

（旦）說那裡話，那關盼盼也是煙花，何嘗不在燕子樓中，關門到老！

（淨）明日侯郎重到，你也不下樓麼？

（旦）那時錦片前程，盡俺受用，何處不許遊耍，豈但下樓？

（末）香君這段苦節，今世少有。（向淨介）崑老看師弟之情，尋着侯郎，將他送去，也省俺一番懸掛。

（淨）是是！一向留心訪問，知他隨任史公，住淮半載。自淮來京，自京到揚，今又同着高兵防河去了。晚生不日還鄉，順便找尋。（向旦介）須得香君一書纔好。

（旦向末介）奴家言出無文，求楊老爺代寫罷。

（末）你的心事，叫俺如何寫得出。

（旦尋思介）罷罷！奴的千愁萬苦，俱在扇頭，就把這扇兒寄去罷。

（淨喜介）這封家書，倒也新樣。

（旦）待奴封他起來。（封扇介）

【碧玉簫】揮灑銀毫，舊句他知道；點染紅麼，新畫你收着。便面小，血心腸一萬條；手帕兒包，頭繩兒繞，抵過錦字書多少。

（淨接扇介）待我收好了，替你寄去。

（旦）師父幾時起身？

（淨）不日束裝了。

（旦）只望早行一步。

（淨）曉得。

（末）我們下樓罷。（向旦介）香君保重。你這段苦節，說與侯郎，自然來娶你的。

（淨）我也不再來別了。正是：新書遠寄桃花扇，

（末）舊院常關燕子樓。（下）

（旦掩淚介）媽媽不歸，師父又去，妝樓獨閉，益發淒涼了。

【鴛鴦煞】鶯喉歇了南北套，冰弦住了陳隋調。脣底罷吹簫，笛兒丟，笙兒壞，板兒掉。只願扇兒寄去的速，師父束裝得早。三月三劉郎到了，攜手兒下妝樓，桃花粥吃個飽。

　　　　書到梁園雪未消，青谿一道阻春潮。
　　　　桃根桃葉無人問，丁字簾前是斷橋。

第二十四齣　罵　筵

乙酉正月

【縷縷金】（副淨扮阮大鋮吉服上）風流代，又遭逢，六朝金粉樣，我偏通。管領煙花，銜名供奉。簇新新紗帽烏襯袍紅，皂皮靴綠縫，皂皮靴綠縫。（笑介）我阮大鋮，虧了貴陽相公破格提挈，又取在內庭供奉。今日到任回來，好不榮耀。且喜今上性喜文墨，把王鐸補了內閣大學士，錢謙益補了禮部尚書。區區不才，同在文學侍從之班。天顏日近，知無不言。前日進了四種傳奇，聖心大悅；立刻傳旨，命禮部採選官人，要將《燕子箋》被之聲歌，為中興一代之樂。我想這本傳奇，精深奧妙，倘被俗手教壞，豈不損我文名。因而乘機啟奏：「生口不如熟口，清客強似教手。」聖上從諫如流，就命廣搜舊院，大羅秦淮，拿了清客妓女數十餘人，交與禮部揀選。前日驗他色藝，都只平常。還有幾個有名的，都是楊龍友舊交，求情免選，下官只得勾去。昨見貴陽相公說道：「教演新戲是聖上心事，難道不選好的，倒選壞的不成。」只得又去傳他，尚未到來。今乃乙酉新年人日佳節，下官約同龍友，移樽賞心亭，邀俺貴陽師相，飲酒看雪。早已吩咐把新選的妓女，帶到席前驗看。正是：花柳笙歌隋事業，談諧裙屐晉風流。（下）

【黃鶯兒】（老旦扮卞玉京道妝背包急上）家住蕊珠宮，恨無端業海風，把人輕向煙花送。喉尖唱腫，裙腰舞鬆，一生魂在巫山洞。俺卞玉京，今日為何這般打扮，只因朝廷搜拿歌妓，逼俺斷了塵心。昨夜別過姊妹，換上道妝，飄然出院，但不知那裡好去投師。望城東雲山滿眼，仙界路無窮。

（飄飄下）

（副淨、外、淨扮丁繼之、沈公憲、張燕築三清客上）

【皂羅袍】（副淨）正把秦淮簫弄，看名花好月，亂上簾櫳。鳳紙簽名喚樂工，南朝天子春心動。我丁繼之年過六旬，歌板久拋；前日託過楊老爺，免我前往，怎的今日又傳起來了。（外、淨）俺兩個也都是免過的，不知又傳，有何話說。（副淨拱介）兩位老弟，大家商量，我們一班清客，感動皇爺，召去教歌，也不是容易的。（外、淨）正是。（副淨）二位青年上進，該去走走，我老漢多病年衰，也不望甚麼際遇了。今日我要躲過，求二位遮蓋一二。（外）這有何妨，太公釣魚，願者上鉤。（淨）是，是！難道你犯了王法，定要拿去審問不成。（副淨）既然如此，我老漢就回去了。（回行介）急忙回首，**青青遠峰**；逍遙尋路，**森森亂松**。（頓足介）若不離了塵埃，怎能免得牽絆。（袖出道巾、黃縧換介）（轉頭呼介）二位看俺打扮罷，**道人醒了揚州夢**。（搖擺下）

（外）咦！他竟出家去了，好狠心也。

（淨）我們且坐廊下曬暖，待他姊妹到來，同去禮部過堂。（坐地介）

（小旦扮寇白門，丑扮鄭妥娘，雜扮差役跟上）

（小旦）桃片隨風不結子，

（丑）柳綿浮水又成萍。（望介）你看老沈老張不約俺一聲兒，先到廊下向暖，我們走去，打他個耳刮子。（相見，諢介）

（外問雜介）又傳我們到那裡去？

（雜）傳你們到禮部過堂，送入內庭教戲。

（外）前日免過俺們了。

（雜）內閣大老爺不依，定要借重你們幾個老清客哩。

（淨）是那幾個？

（雜）待我瞧瞧票子。（取票看介）丁繼之、沈公憲、張燕築。（問介）那姓丁的如何不見？

（外）他出家去了。

（雜）既出了家，沒處尋他，待我回官罷！（向淨、外介）你們到了的，竟往禮部過堂去。

（淨）等他姊妹們到齊着。

（雜）今日老爺們秦淮賞雪，吩咐帶着女客，席上驗看哩。

（外、淨）既是這等，我們先去了。正是：傳歌留樂府，撅笛傍官牆。（下）

（雜看票問小旦介）你是寇白門麼？
（小旦）是。
（雜問丑介）你是卞玉京麼？
（丑）不是，我是老妥。
（雜）是鄭妥娘了。
（問介）那卞玉京呢？
（丑）他出家去了。
（雜）咦！怎麼出家的都配成對兒。（問介）後邊還有一個脚小走不上來的，想是李貞麗了？
（小旦）不是，李貞麗從良去了！
（雜）我方纔拉他下樓，他說是李貞麗，怎的又不是？
（丑）想是他女兒頂名替來的。
（雜）母子總是一般，只少不了數兒就好了。
（望介）他早趕上來也。

【忒忒令】（旦）下紅樓殘臘雪濃，過紫陌早春泥凍。不慣行走，脚兒十分痛。傳鳳詔，選蛾眉，把絲鞭，騎驕馬，催花使亂擁。奴家香君，被捉下樓，叫去學歌，是俺煙花本等，只有這點志氣，就死不磨。

（雜喊介）快些走動！（旦到介）
（小旦）你也下樓了，屈尊，屈尊。
（丑）我們造化，就得服侍皇帝了。
（旦）情願奉讓罷。（同行介）
（雜）前面是賞心亭了，内閣馬老爺，光祿阮老爺，兵部楊老爺，少刻即到。你們各人整理伺候。（雜同小旦、丑下）
（旦私語介）難得他們湊來一處，正好吐俺胸中之氣。

【前腔】趙文華陪着嚴嵩，抹粉臉席前趨奉；醜腔惡態，演出真鳴鳳。俺做個女禰衡，搗漁陽，聲聲罵，看他懂不懂。

（淨扮馬士英，副淨扮阮大鋮，末扮楊文驄，外、小生扮從人喝道上）
（旦避下）

（副淨）瓊瑤樓閣朱微抹，
（末）金碧峰巒粉細勻。
（淨）好一派雪景也。
（副淨）這座賞心亭，原是看雪之所。
（淨）怎麽原是看雪之所？
（副淨）宋真宗曾出周昉雪圖，賜與丁謂。說道："卿到金陵，可選一絕景處張之。"因建此亭。
（淨看壁介）這壁上單條，想是周昉雪圖了。
（末）非也。這是畫友藍瑛新來見贈的。
（淨）妙妙！你看雪壓鍾山，正對圖畫，賞心勝地，無過此亭矣。
（末吩咐介）就把爐、榼、遊具，擺設起來。
（外、小生設席坐介）
（副淨向淨介）荒亭草具，恃愛高攀，着實得罪了。
（淨）說那裡話。可笑一班小人，奉承權貴，費千金盛設，十分醜態，一無所取，徒傳笑柄。
（副淨）晚生今日埽雪烹茶，清談攀教，顯得老師相高懷雅量，晚生輩也免了幾筆粉抹。
（淨）呵呀！那戲場粉筆，最是利害，一抹上臉，再洗不掉；雖有孝子慈孫，都不肯認做祖父的。
（末）雖然利害，卻也公道，原以儆戒無忌憚之小人，非為我輩而設。
（淨）據學生看來，都吃了奉承的虧。
（末）為何？
（淨）你看前輩分宜相公嚴嵩，何嘗不是一個文人，現今《鳴鳳記》裡抹了花臉，着實醜看。豈非趙文華輩奉承壞了？
（副淨打恭介）是是！老師相是不喜奉承的，晚生惟有心悅誠服而已。
（末）請酒！（同舉杯介）
（副淨問外介）選的妓女，可曾叫到了麼？
（外稟介）叫到了。（雜領衆妓叩頭介）

（淨細看介）（吩咐介）今日雅集，用不着他們，叫他禮部過堂去罷。

（副淨）特令到此伺候酒席的。

（淨）留下那個年小的罷。

（衆下）

（淨問介）他喚什麽名字？

（雜稟介）李貞麗。

（淨笑介）麗而未必貞也。（笑向副淨介）我們扮過陶學士了，再扮一折黨太尉何如？

（副淨）妙妙！（喚介）貞麗過來斟酒唱曲。

（旦搖頭介）

（淨）為何搖頭？

（旦）不會。

（淨）呵呀！樣樣不會，怎稱名妓。

（旦）原非名妓。（掩淚介）

（淨）你有甚心事，容你説來。

【江兒水】（旦）妾的心中事，亂似蓬，幾番要向君王控。拆散夫妻驚魂迸，割開母子鮮血湧，比那流賊還猛。做啞裝聾，罵着不知惶恐。

（淨）原來有這些心事。

（副淨）這個女子却也苦了。

（末）今日老爺們在此行樂，不必只是訴冤了。

（旦）楊老爺知道的，奴家冤苦，也值當不的一訴。

【五供養】堂堂列公，半邊南朝，望你崢嶸。出身希貴寵，創業選聲容，後庭花又添幾種。把俺胡撮弄，對寒風雪海冰山，苦陪觸詠。

（淨怒介）咦！這妮子胡言亂道，該打嘴了。

（副淨）聞得李貞麗，原是張天如、夏彝仲輩品題之妓，自然是放肆的。該打該打！

（末）看他年紀甚小，未必是那個李貞麗。

（旦恨介）便是他待怎的！

【玉交枝】東林伯仲，俺青樓皆知敬重。乾兒義子從新用，絕不了魏家種。（副淨）好大膽，罵的是那個，快快採去丟在雪中。（外採旦推倒介）（旦）冰肌雪腸原自同，鐵心石腹何愁凍。（副淨）這奴才，當着內閣大老爺，這般放肆，叫我們都開罪了。可恨可恨！（下席踢旦介）（末起拉介）（淨）罷罷！這樣奴才，何難處死，只怕妨了俺宰相之度。（末）是是！丞相之尊，娼女之賤，天地懸絕，何足介意。（副淨）也罷！啟過老師相，送入內庭，揀着極苦的脚色，叫他去當。（淨）這也該的。（末）着人拉去罷！（雜拉旦介）（旦）奴家已拚一死，吐不盡鵑血滿胸，吐不盡鵑血滿胸。（拉旦下）

（淨）好好一個雅集，被這奴才攪亂壞了。可笑，可笑！

（副淨、末連三揖介）得罪，得罪！望乞海涵，另日竭誠罷。

（淨）興盡宜回春雪棹，

（副淨）客羞應斬美人頭。（淨、副淨從人喝道下）

（末弔場介）可笑香君纔下樓來，偏撞兩個冤對，這場是非免不了的。若無下官遮蓋，香君性命也有些不妥哩。罷罷！選入內庭，倒也省了幾日懸掛。只是媚香樓無人看守，如何是好？（想介）有了，畫友藍瑛託俺尋寓，就接他暫住樓上；待香君出來，再作商量。

賞心亭上雪初融，煮鶴燒琴宴鉅公。

惱殺秦淮歌舞伴，不同西子入吳宮。

第二十五齣　選　　優

乙酉正月

（場上正中懸一匾，書"薰風殿"，兩旁懸聯，書"萬事無如杯在手，百年幾見月當頭"。款書"東閣大學士臣王鐸奉敕書"）

（外扮沈公憲，淨扮張燕築，小旦扮寇白門，丑扮鄭妥娘同上）

（外）天子多情愛沈郎，

（淨）當年也是畫眉張。

（小旦）可憐一樹白門柳，

（丑）讓我風流鄭妥娘。
（外）我們被選入宮，伺候兩日，怎麼還不見動靜。
（淨仰看介）此處是薰風殿，乃奏樂之所。聞得聖駕將到，選定腳色，就叫串戲哩。
（外）如何名薰風殿？
（淨）你不曉得，琴曲裡有一句："南風之薰兮"，取這個意思。
（丑）呸！你們男風興頭，要我們女客何用。
（小旦）我們女客得了寵眷，做個大嬪妃，還強如他男風哩。
（丑）正是，他男風得了寵眷，到底是個小兄弟。
（淨）好徒弟，罵及師父來了。
（外）咱們掌了班時，不要饒他。
（淨）誰肯饒他。明日教動戲，叫老妥試試我的鼓槌子罷。
（丑嗤笑，指介）你老張的鼓槌子，我曾試過，沒相干的。
（眾笑介）
（副淨冠帶扮阮大鋮上）

【繞地遊】漢宮如畫，春曉珠簾掛，待粉蝶黃鶯打。歌舞西施，文章司馬，廝混了紅袖烏紗。（見介）你們俱已在此，怎的不見李貞麗？
（小旦）他從雪中一跌，至今忍痛，還臥在廊下哩。
（副淨）聖駕將到，選定腳色，就要串戲，怎麼由得他的性兒。
（眾）是，是，俺們拉他過來。（同下）
（副淨自語介）李貞麗這個奴才，如此可惡，今日淨、丑腳色，一定借重他了。
（雜扮二內監執龍扇前引，小生扮弘光帝，又扮二監提壺捧盒，隨上）
（小生）滿城煙樹間梁陳，高下樓臺望不真。原是洛陽花裡客，偏來管領秣陵春。（坐介）寡人登極御宇，將近一年，幸虧四鎮阻當，流賊不能南下。雖有叛臣倡議欲立潞藩，昨已捕拿下獄。目今外侮不來，內患不生，正在採選淑女，冊立正宮，這也都算小事。只是朕獨享帝王之尊，無有聲色之奉，端居高拱，好不悶也。

（副淨跪介）光祿寺卿臣阮大鋮恭請萬安。
（小生）平身。
（副淨起介）

【掉角兒】（小生）看陽春殘雪早花，蹙愁眉慵遊倦耍。（副淨）聖上安享太平，正宜及時行樂。慵遊倦耍，却是為何？（小生）朕有一樁心事，料你也應曉得。（副淨）想怕流賊南犯？（小生）非也。阻隔着黃河雪浪，那怕他天漢浮槎。（副淨）想愁兵弱糧少？（小生）也不是。俺有那鎮淮陰諸猛將，轉江陵大糧艘，有甚爭差。（副淨）既不為內外兵馬，想是正宮未立，配德無人？（小生）也不為此。那禮部錢謙益，採選淑女，不日冊立。有三妃九嬪，教國宜家。（副淨）又不為此，臣曉得了。（私奏介）想因叛臣周鑣、雷縯祚，倡造邪謀，欲迎立潞王耳。（小生）益發說錯了。那奸人倡言惑衆，久已搜拿。

（副淨低頭沉吟介）却是為何？
（小生）卿供奉內庭，乃朕心腹之臣，怎不曉得朕的心事？
（副淨跪介）聖慮高深，臣衷愚昧，其實不能窺測。伏望明白宣示，以便分憂。

（小生）朕論你知道罷，朕貴為天子，何求不遂。只因你所獻《燕子箋》，乃中興一代之樂，點綴太平，第一要事。今日正月初九，脚色尚未選定，萬一誤了燈節，豈不可惱。（指介）你看閣學王鐸書的對聯道：「萬事無如杯在手，百年幾見月當頭。」一年能有幾個元宵，故此日夜躊躇，飲膳俱減耳。

（副淨）原來為此，巴里之曲，有塵聖懷，皆微臣之罪也。（叩頭介）臣敢不鞠躬盡瘁，以報主知。（起唱介）

【前腔】忝卿僚填詞辨撊，備供奉詠諧風雅。恨不能腮描粉墨，也情願懷抱琵琶。但博得歌筵前垂一顧，舞裀邊受寸賞，御酒龍茶，三生饒倖，萬世榮華。這便是為臣經濟，報主功閥。（前問介）但不知內庭女樂，少何脚色？

（小生）別樣脚色，都還將就得過，只有生、旦、小丑不愜朕意。

（副淨）這也容易，禮部送到清客、歌妓，現在外廂，聽候揀選。

（小生）傳他進來。
（副淨）領旨。（急入領外、淨、旦、小旦、丑上）
（俱跪介）
（小生問外、淨介）你二人是串戲清客麼？
（外、淨）不敢，小民串戲為生。
（小生）既會串戲，新出傳奇也曾串過麼？
（外、淨）新出的《牡丹亭》、《燕子箋》、《西樓記》，都曾串過。
（小生）既會《燕子箋》，就做了內庭教習罷。
（外、淨叩頭介）
（小生問介）那三個歌妓，也會《燕子箋》麼？
（小旦、丑）也曾學過。
（小生喜介）益發妙了。
（問旦介）這個年小的，怎不答應？
（旦）沒學。
（副淨跪介）臣啟聖上，那兩個學過的，例應派做生、旦。這一個沒學的，例應派做丑腳。
（小生）既有定例，依卿所奏。
（小旦、丑、旦叩頭介）
（小生）俱着起來，伺候串戲。
（俱起介）
（丑背喜介）還是我老妥做了天下第一個正旦。
（小生向副淨介）卿把《燕子箋》摘出一曲，叫他串來，當面指點。
（外、淨、小旦、丑隨意演《燕子箋》一曲，副淨作態指點介）
（小生喜介）有趣，有趣！都是熟口，不愁扮演了。（喚介）長侍斟酒，慶賀三杯。
（雜進酒，小生飲介）
（小生起介）我們君臣同樂，打一回十番何如？
（副淨）領旨。
（小生）寡人善於打鼓，你們各認樂器。

（眾打雨夾雪一套，完介）

（小生大笑介）十分憂愁消去九分了。（喚介）長侍斟酒，再慶三杯。

（雜進酒，小生飲介）

【前腔】舊吳宮重開館娃，新揚州初教瘦馬。淮陽鼓崑山絃索，無錫口姑蘇嬌娃。一件件鬧春風，吹煖響，鬥晴煙，飄冷袖，宮女如麻。紅樓翠殿，景美天佳。都奉俺無愁天子，語笑喧譁。（看旦介）那個年小歌妓，美麗非常，派做丑脚，太屈他了。（問介）你這個年小歌妓，既沒學《燕子箋》，可曾學些別的麼？

（旦）學過《牡丹亭》。

（小生）這也好了，你便唱來。

（旦羞不唱介）

（小生）看他粉面發紅，像是靦腆。賞他一柄桃花宮扇，遮掩春色。

（雜擲紅扇與旦介）（旦持扇唱介）

【懶畫眉】為甚的玉真重溯武陵源，也只為水點花飛在眼前。是他天公不費買花錢，則咱人心上有啼紅怨。咳！辜負了春三二月天。

（小生喜介）妙絕，妙絕！長侍斟酒，再慶三杯。

（雜進酒，小生飲介）（指旦介）看此歌妓，聲容俱佳，豈可長材短用，還派做正旦罷。（指丑介）那個黑色的，倒該做丑脚。

（副淨）領旨。

（丑撅嘴介）我老妥又不妥了。

（小生向副淨介）你把生、丑二脚，領去入班。就叫清客二名，用心教習，你也不時指點。

（副淨跪應介）是，此乃微臣之專責，豈敢辭勞。（急領外、淨、小旦、丑下）

（小生向旦介）你就在這薰風殿中，把《燕子箋》脚本，三日念會，好去入班。

（旦）念會不難，只是沒有脚本。

（小生喚介）長侍，你把王鐸抄的楷字脚本，賞與此旦。（雜取脚本付旦，跪接介）

（小生）千年只有歌場樂，萬事何須酒國愁。（雜引下）

（旦掩淚介）罷了，罷了！已入深宮，那有出頭之日。

【前腔】鎖重門垂楊暮鴉，映疏簾蒼松碧瓦。涼颼颼風吹羅袖，亂紛紛梅落宮髻。想起那拆鴛鴦，離魂慘，隔雲山，相思苦，會期難拏。倩人寄扇，擦損桃花。到今日情絲割斷，芳草天涯。（歎介）沒奈何，且去念會脚本。或者天恩見憐，放奴出宮，再會侯郎一面，亦未可知。

【尾聲】從此後入骨髓愁根難拔，真個是廣寒宮姮娥守寡。只這兩日呵！瘦損宮腰剩一把。

曲終人散日西斜，殿角淒涼自一家。
縱有春風無路入，長門關住碧桃花。

第二十六齣　賺　將

乙酉正月

【破陣子】（生上）水驛山城煙靄，花村酒肆塵埋。百里白雲親舍近，不得斑衣效老萊，從軍心事乖。小生侯方域奉史公之命，監軍防河。爭奈主將高傑，性氣乖張，將總兵許定國當面責罵。只恐挑起爭端，難於收救，不免到中軍帳內，勸諫一番。（入介）

（副淨扮高傑上）一聲叱退黃河浪，兩手推開紫塞煙。（相見坐介）先生入帳，有何見教？

（生）小生千里相隨，只為防河大事。今到睢州呵！

【四邊靜】威名震，人人驚魄，家盡移宅。雞犬不留羣，軍民少寧刻。營中一嚇，帳中一責；敵國在蕭牆，禍事恐難測。

（副淨）那許定國擁兵十萬，誇勝爭强，昨日教場點卯，一個個老弱不堪。欺君糜餉，本當軍法從事，責罵幾聲，也算從輕發放了。

（生）元帥差矣。

【福馬郎】此時山河一半改，倚着忠良帥，速奏凱。收拾人心，招納英才,莫將釁端開。成功業,只在將和諧。

（副淨）雖如此說,那許定國託病不來,倒請俺入城飲酒,總是十分懼怕了。俺看睢州城外,四面皆水,只有單橋小路,也是可守之邦。明日叫他讓出營房,留俺歇馬。他若依時便罷,若不依時,俺便奪他印牌,另委別將,卻也容易。

（生搖手介）這事萬萬行不得,昨日教場一罵,爭端已起。自古道："強龍不壓地頭蛇",他在唇齒肘臂之間,早晚生心,如何防備。

（副淨指生介）書生之見,益發可笑。俺高傑威名蓋世,便是黃、劉三鎮,也拜下風。這許定國不過走狗小將,有何本領,俺倒防備起他來。

（生打恭介）是,是,是！元帥既有高見,小生何用多言。就此辭歸,竟在鄉園中,打聽元帥喜信罷。

（副淨拱介）但憑尊意。

（生冷笑拂袖下）

（副淨起喚介）叫左右。

（淨、丑扮二將上）元帥呼喚,有何軍令？

（副淨）你二將各領數騎,隨我入城飲酒頑耍。這大營人馬,不許擅動。

（淨、丑）得令。（即下）（領四卒上）

（副淨）就此前行。（騎馬遶場介）

【劉鍬兒】南朝劃就黃河界,東流把住白雲隘；飛鳥不能來,強弓何用買。（合）望荒城柳栽,上危橋板壞；按轡徐行,軍容瀟灑。（暫下）

（外扮家將捧印牌上）殺人不用將軍印,奏凱全憑娘子軍。咱乃睢州許總兵的家將,俺總爺被高傑一罵,嚇得水瀉不止。虧了夫人侯氏,有膽有謀,昨夜畫定計策：差俺捧著牌印,前來送交,就請他進城筵宴。約定飲酒中間,放炮為號,如此如此,這般這般。倒也是條妙計。只不知天意若何,好怕人也。（望介）遠望高傑前來,不免在橋頭跪接。

（副淨等唱前合上）

（外跪接介）

（副淨問介）你是何處差官？

（外）小的是總兵許定國家將，叩接元帥大老爺。

（副淨）那許總兵為何不接？

（外）許總兵臥病難起，特差小的送到牌印，就請元帥爺進城筵宴，點查兵馬。

（副淨）席設何處？

（外）設在察院公署。

（副淨）左右收了牌印。

（淨、丑收介）

（副淨笑介）妙，妙，牌印果然送到，明日安營歇馬，任俺區處了。（吩咐外介）你便引馬前行。（外前引，唱前合，行介）

（外跪稟介）已到察院，請元帥爺入席。

（副淨下馬入坐介）（吩咐介）軍卒外面伺候。（向淨、丑介）你二將不同別個，便坐下席，陪俺歡樂。

（淨、丑安放牌印，叩頭介）告坐了。（就地列坐介）

（外斟副淨酒介）

（末、小生扮二將斟淨、丑酒介）

（又副淨、淨、丑身旁各立一雜擺菜介）

（外）請酒。

（副淨怒介）這樣薄酒，拿來灌俺。（摔杯介）

（外急換酒介）

（外）請菜。

（副淨怒介）這樣冷菜，如何下箸。（摔箸介）

（外急換菜介）

（副淨）今日正月初十，預賞元宵，怎的花燈優人，全不預備。

（外跪稟介）稟元帥爺，這睢州偏僻之所，沒處買燈叫戲。且把衙門燈籠懸掛起來，軍中鼓角吹打一通罷。

（掛燈吹打介）

（副淨向淨、丑介）我們多飲幾杯。

【普天樂】鎮河南,威風大,柳營列,星旗擺。燈筵上,燈筵上,將印兵牌。(淨、丑起奉副淨酒介)行軍令,酒似官差。(副淨與淨、丑猜拳介)任譁拳叫彩,三家拇陣排。(外、末、小生)這八卦圖中新勢,只怕鬼谷難猜。

(淨、丑)小的酒都有了,今日還要伺候元帥爺點查兵馬哩。
(副淨)天色已晚,明日點查罷,大家再飲幾杯。(又斟酒飲介)
(內放紙炮介)
(雜急拿副淨手,外拔刀欲殺,副淨掙脫跳梁上介)
(一雜急拿淨手,末殺死淨介)
(一雜急拿丑手,小生殺死丑介)
(聞炮聲拿殺要一齊介)
(外喊介)高傑走脫了,快尋,快尋。
(雜點火把各處尋介)
(外仰視介)頂破椽瓦,想是爬房走了。
(雜又尋介)
(外指介)那樓脊獸頭邊,閃閃綽綽,似有人影。快快放箭!
(末、小生放箭介)(副淨跳下介)(雜拿住副淨手介)
(外認介)果然是老高哩。
(副淨呵介)好反賊,俺是皇帝差來防河大帥,你敢害我?
(外)俺只認的許總爺,不認的甚麼黃的黑的,快伸頭來。
(副淨跳介)罷了,罷了!俺高傑有勇無謀,竟被許定國賺了。(頓足介)咳!悔不聽侯生之言,致有今日。(伸脖介)取我頭去。
(外指介)老高果然是條好漢。(割副淨頭,手提介)(喚介)兩個兄弟快捧牌印,大家回報總爺去。
(末、小生捧牌印介)
(末)且莫慌張,三將雖死,還有小卒在外哩。
(外)久已殺得乾淨了。
(小生)還有一件,城外大營,明日知道,必來報仇。快去回了總爺,求侯夫人妙計。
(外)侯夫人妙計,早已領來了。今夜悄悄出城,帶着高傑首級獻與北朝，就引着北朝人馬，連夜踏冰渡河，殺退高兵。算我們下江南第一功了。

宛馬嘶風緩轡來，黃河冰上北門開。

南朝正賞春燈夜，讓我當筵殺將才。

第二十七齣　逢　　舟

乙酉二月

【水底魚】(淨扮蘇崑生背包裹騎驢急上)戎馬紛紛，煙塵一望昏；魂驚心震，長亭連遠村。(丑扮執鞭人趕呼介)客官慢走，你看黃河堤上，逃兵亂跑，不要被他奪了驢去。(淨不聽，急走介)(雜扮亂兵三人迎上)棄甲掠盾，抱頭如鼠奔；無暇笑哂，大家皆敗軍，大家皆敗軍。(遇淨，推下河，奪驢跑下)(丑趕下)(淨立水中，頭頂包裹高叫介)救人呀，救人呀！

(外扮舟子撐船，小旦扮李貞麗貧妝上)

【前腔】流水渾渾，風濤拍禹門；堤邊浪穩，泊舟楊柳根。(欲泊船介)(小旦喚介)駕長，你看前面淺灘中，有人喊叫；我們撐過船去，救他一命，積個陰騭如何？(外)黃河水溜，不是當耍的。(小旦)人行好事，大王爺爺自然加護的。(外)是，是，待我撐過去。(撐介)風急水緊，捨生來救人；哀聲迫窘，殘生一半魂，殘生一半魂。(近淨呼介)快快上來，合該你不死，遇着好人。(伸篙下，淨攀篙上船介)(作顫介)好冷，好冷！

(外取乾衣與淨介)

(小旦背立介)

(淨換衣介)多謝駕長，是俺重生父母。(叩介)

(外)不干老漢事，虧了這位娘子叫我救你的。

(淨作揖起，驚認介)你是李貞娘，為何在這船裡？

(小旦驚認介)原來是蘇師父。你從何處來？

(淨)一言難盡。

(小旦)請坐了講。(坐介)

（外泊船介）且到岸上買壺酒吃去。（下）

【瑣窗寒】（淨）一從你嫁朱門，鎖歌樓，疊舞裙。寒風冷雪，哭殺香君。（小旦掩淚介）香君獨住，怎生過活。（淨）他託俺前來尋訪侯郎。征人戰馬，侯郎無信，茫茫驛路殷勤問。（小旦問介）因何落水？（淨）正在堤上行走，被亂兵奪驢，把俺推下水的。蒙救出濁流，故人今夕重近。

（小旦）原來如此，合該師父不死，也是奴家有緣，又得一面。

（淨問介）貞娘，你既入田府，怎得到此？

（小旦）且取火來，替你烘乾衣裳，細細告你。（小旦取火盆上介）

（副淨扮舟子撐船，生坐船急上）纜離虎豹千林霧，又逐鯨鯢萬里波。（呼介）駕長，這是呂梁地面了，扯起篷來，早趕一程，明日要起早哩。

（副淨）相公不要性急，這樣風浪，如何行的。前面是泊船之所，且靠幫住一宿罷。

（生）憑你。（泊船介）

（生）驚魂稍定，不免略打個盹兒。（臥介）

（淨烘衣，小旦旁坐談介）奴家命苦，如今又不在那田家了。想起那晚，

【前腔】匆忙扮作新人，奪藏嬌，金屋春。一身寵愛，盡壓釵裙。（淨）這好的狠了。（小旦）誰知田仰嫡妻，十分悍妒。獅威勝虎，蛇毒如刃。把奴揪出洞房，打個半死。（淨）呀，呀！了不得，那田仰怎不解救。（小旦）田郎有氣吞聲忍，竟將奴賞與一個老兵。（淨）既然轉嫁，怎麼在這船上？（小旦）此是漕標報船，老兵上岸下文書去了。奴自坐船頭，舊人來說新恨。

（生一邊細聽介）（聽完起坐介）隔壁船中，兩個人絮絮叨叨，談了半夜，那漢子的聲音，好似蘇崑生；婦人的聲音，也有些相熟。待我猛叫一聲，看他如何？（叫介）蘇崑生！

（淨忙應介）那個喚我？

（生喜介）竟是蘇崑生。（出見介）

（淨）原來是侯相公，正要去尋，不想這裡撞着。謝天謝地，遇的恰好。（喚介）請過船來，認認這個舊人。

（生過船介）還有那個？（見小旦驚認介）呀！貞娘如何到此，奇事奇事，香君在那裡？

（小旦）官人不知，自你避禍夜走，香君替你守節，不肯下樓。

（生掩淚介）

（小旦）後來馬士英差些惡僕，拿銀三百，硬娶香君，送與田仰。

（生驚介）我的香君，怎的他適了？

（小旦）嫁是不曾嫁；香君懼怕，碰死在地。

（生大哭介）我的香君，怎的碰死了？

（小旦）死是不曾死，碰的鮮血滿面。那門外還聲聲要人，一時無奈，妾身竟替他嫁了田仰。

（生喜介）好，好！你竟嫁與田仰了，今日坐船要往那裡去？

（小旦）就住在船上。

（生）為何？

（小旦羞介）

（淨）他為田仰妒婦所逐，如今轉嫁這船上一位將爺了。

（生微笑介）有這些風波，可憐，可憐！（問淨介）你怎得到此？

（淨）香君在院，日日盼你，託俺寄書來的。

（生急問介）書在那裡？

【奈子花】（淨取包介）這封書不是箋紋，摺宮紗夾在斑筠。題詩定情，催妝分韻。（生接扇介）這是小生贈他的詩扇。（淨指扇介）看桃花半邊紅暈，情懇！千萬種語言難盡。

（生看扇問介）那一面是誰畫的桃花？

（淨）香君碰壞花容，濺血滿扇，楊龍友添上梗葉，成了幾筆折枝桃花。

（生細看喜介）果然是些血點兒，龍友點綴，却也有趣。這柄桃花扇，倒是小生之寶了。（問介）你為何今日帶來？

（淨）在下出門之時，香君說道，千愁萬苦俱在扇頭，就把扇兒當封書罷！故此寄來的。

（生又看，哭介）香君香君！叫小生怎生報你也！（問淨介）你怎的尋着貞娘來？（淨指唱介）

【前腔】俺呵，走長堤驢背辛勤，遇逃兵推下寒津。（生）呵呀！受此驚險。（問介）怎的不曾濕了扇兒？（淨作勢介）橫流沒肩，高擎書信，將蘭亭保全真本。（生拱介）為這把桃花扇，把性命都輕了，真可感也。（問介）後來怎樣呢？（淨）虧了貞娘，不怕風浪，移船救我。思忖，從井救別人誰肯。

（生）好好！若非遇着貞娘，這黃河水溜，誰肯救人？

（小旦）妾本無心，救他上船，纔認的是蘇師父。

（生）這都是天緣湊巧處。

（淨）還不曾問侯相公，因何南來？

（生）俺自去秋隨着高傑防河，不料匹夫無謀，不受諫言，被許定國賺入睢州，飲酒中間，遣人刺死。小生不能存住，買舟黃河，順流東下。你看大路之上，紛紛亂跑，皆是敗兵。叫俺有何面目，再見史公也。

（淨）既然如此，且到南京，看看香君，再作商量。

（生）也罷，別過貞娘，趁早開船。

（小旦）想起在舊院之時，我們一家同住。今日船中，只少一個香君，不知今生還能相見否。

【金蓮子】一家人離散了，重聚在水雲。言有盡，離緒百分；掌中嬌養女，何日說艱辛。

（生）只怕有人蹤跡，崑老快快換衣，就此別過罷。（淨換衣介）（生、淨掩淚過船介）

（淨）歸計登程猶未准，

（生）故人見面轉添愁。

（副淨撐船下）

（小旦）妾心厭倦煙花，伴着老兵度日，却也快活。不意故人重逢，又惹一天舊恨；你聽濤聲震耳，今夜那能成寐也。

悠悠萍水一番親，舊恨新愁幾句論。
漫道浮生無定着，黃河亦有住家人。

第二十八齣　題　畫

乙酉三月

（小生扮山人藍瑛上）美人香冷繡床閒，一院桃開獨閉關。無限濃春煙雨裡，南朝留得畫中山。自家武林藍瑛，表字田叔，自幼馳聲畫苑。與貴築楊龍友筆硯至交，聞他新轉兵科，買舟來望，下榻這媚香樓上。此樓乃名妓香君梳妝之所，美人一去，庭院寂寥，正好點染雲煙，應酬畫債。不免將文房畫具，整理起來。（作洗硯、滌筆、調色、揩盞介）沒有淨水怎處？（想介）有了，那花梢曉露，最是清潔，用他調丹濡粉，鮮秀非常。待我下樓，向後園收取。（手持色盞暫下）

【破齊陣】（生新衣上）地北天南蓬轉，巫雲楚雨絲牽。巷滾楊花，牆翻燕子，認得紅樓舊院。觸起閒情柔如草，攪動新愁亂似煙，傷春人正眠。小生在黃河舟中，遇着蘇崑生，一路同行，心忙步急，不覺來到南京。昨晚旅店一宿，天明早起，留下崑生看守行李。俺獨自來尋香君，且喜已到院門之外。

【刷子序犯】只見黃鶯亂囀，人蹤悄悄，芳草芊芊。粉壞樓牆，苔痕綠上花磚。應有嬌羞人面，映着他桃樹紅妍。重來渾似阮劉仙，借東風引入洞中天。（作推門介）原來雙門虛掩，不免側身潛入，看有何人在內。（入介）

【朱奴兒犯】呀，驚飛了滿樹雀喧，踏破了一堆蒼蘚。這泥落空堂簾半捲，受用煞雙棲紫燕。閒庭院，沒個人傳，躡蹤兒回廊一遍，直步到小樓前。（上指介）這是媚香樓了。你看寂寂寥寥，湘簾畫卷，想是香君春眠未起。俺且不要喚他，慢慢的上了妝樓，悄立帳邊；等他自己醒來，轉睛一看，認得出是小生，不知如何驚喜哩！（作上樓介）

【普天樂】手拽起翠生生羅襟軟，袖撥開綠楊線。一層層欄壞梯偏，一椿椿塵封網罥。艷濃濃樓外春不淺，帳裡人兒靦腆。（看幾介）從幾時收拾起銀撥冰絃；擺列着描春容脂箱粉盞，待做個女山人畫叉乞錢。(驚介)怎的歌樓舞榭,改成個畫院書軒,這也奇了。(想介)想是香君替我守節,不肯做那青樓舊態,故此留心丹青,聊以消遣春愁耳。(指介)這是香君臥室,待我輕輕推開。(推介)呀!怎麼封鎖嚴密,倒像久不開的;這又奇了,難道也沒個人看守。(作背手徬徨介)

【雁過聲】蕭然,美人去遠,重門鎖,雲山萬千,知情只有閒鶯燕。盡着狂,盡着顛,問着他一雙雙不會傳言。熬煎,才待轉,嫩花枝靠着疏籬顫。(下聽介)簾櫳响,似有個人略喘。(瞧介)待我看是誰來。

(小生持盞上樓,驚見介)你是何人,上我寓樓?
(生)這是俺香君妝樓,你為何寓此?
(小生)我乃畫士藍瑛。兵科楊龍友先生送俺來寓的。
(生)原來是藍田老,一向久仰。
(小生問介)兄臺尊號?
(生)小生河南侯朝宗,亦是龍友舊交。
(小生驚介)呵呀!文名震耳,才得會面。請坐請坐!(坐介)
(生)我且問你,俺那香君那裡去了?
(小生)聽說被選入宮了。
(生驚介)怎……怎的被選入宮了!幾時去的?
(小生)這倒不知。
(生起,掩淚介)

【傾杯序】尋遍,立東風漸午天,那一去人難見。(瞧介)看紙破窗欞,紗裂簾幔。裹殘羅帕,戴過花鈿,舊笙簫無一件。紅鴛衾盡卷,翠菱花放扁,鎖寒煙,好花枝不照麗人眠。想起小生定情之日,桃花盛開,映着簇新新一座妝樓;不料美人一去,零落至此。今日小生重來,又值桃花盛開,對景觸情,怎能忍住一雙眼淚。(掩淚坐介)

【玉芙蓉】春風上巳天,桃瓣輕如翦,正飛綿作雪,落紅成霰。不免取開畫扇,對着桃花賞玩一番。(取扇看介)濺血點作桃花扇,比着枝頭分外鮮。這都是為着小生來。攜上妝樓展,對遺跡宛然,為桃花結下了死生冤。

（小生）請教這扇上桃花，何人所畫？

（生）就是貴東楊龍友的點染。

（小生）為何對之揮淚？

（生）此扇乃小生與香君訂盟之物。

【山桃紅】那香君呵！手捧着紅絲硯，花燭下索詩篇。（指介）一行行寫下鴛鴦券。不到一月，小生避禍遠去，香君閉門守志，不肯見客，惹惱了幾個權貴。放一羣吠神仙朱門犬。那時硬搶香君下樓，香君着急，把花容呵，似鵑血亂灑啼紅怨。這柄詩扇恰在手中，竟為濺血點壞。（小生）可惜可惜！（生）後來楊龍友添上梗葉，竟成了幾筆折枝桃花。（拍扇介）這桃花扇在，那人阻春煙。

（小生看介）畫的有趣，竟看不出是血跡來。（問介）這扇怎生又到先生手中？

（生）香君思念小生，託他師父到處尋俺，把這桃花扇，當了一封錦字書。小生接得此扇，跋涉來訪，不想香君又入官去了。（掩淚介）

（末扮楊龍友冠帶，從人喝道上）臺上久無秦弄玉，船中新到米襄陽。

（雜入報介）兵科楊老爺來看藍相公，門外下轎了。

（小生慌迎見介）

（末上樓見生，揖介）侯兄幾時來的？

（生）適纔到此，尚未奉拜。

（末）聞得一向在史公幕中，又隨高兵防河。昨見塘報，高傑於正月初十日，已為許定國所殺，那時世兄在那裡來？

（生）小弟正在鄉園，忽遇此變，扶着家父逃避山中一月有餘。恐為許兵蹤跡，故又買舟南來。路遇蘇崑生，持扇相訪，只得連夜赴約。竟不知香君已去。（問介）請問是幾時去的？

（末）正月人日被選入官的。

（生）到幾時纔出來？

（末）遙遙無期。

（生）小生只得在此等他了。

（末）此處無可留戀，倒是別尋佳麗罷。

（生）小生怎忍負約，但得他一信，去也放心。

【尾犯序】望咫尺青天，那有個瑤池女使，偷遞情箋。明放着花樓酒榭，丟做個雨井煙垣。堪憐！舊桃花劉郎又撚，料得新吳宮西施不願。橫揣俺天涯夫婿，永巷日如年。

（末）世兄不必愁煩，且看田叔作畫罷。

（小生畫介）

（生、末坐看介）這是一幅桃源圖？

（小生）正是。

（末問介）替那家畫的？

（小生）大錦衣張瑤星先生，新修起松風閣，要裱做照屏的。

（生贊介）妙妙！位置點染，別開生面，全非金陵舊派。

（小生作畫完介）見笑，見笑！就求題詠幾句，為拙畫生色如何？

（生）不怕寫壞，小生就獻醜了。（題介）原是看花洞裡人，重來那得便迷津。漁郎誑指空山路，留取桃源自避秦。歸德侯方域題。

（末讀介）佳句。寄意深遠，似有微怪小弟之意。

（生）豈敢！（指畫介）

【鮑老催】這流水溪堪羨，落紅英千千片。抹雲煙，綠樹濃，青峰遠。仍是春風舊境不曾變，沒個人兒將咱縈戀。是一座空桃源，趁着未斜陽將棹轉。（起介）

（末）世兄不要埋怨，而今馬、阮當道，專以報讎雪恨為事。俺雖至親好友，不敢諫言。恰好人日設席，喚香君供唱。那香君性氣，你是知道的，手指二公一場好罵。

（生）呵呀！這番遭他毒手了。

（末）虧了小弟在旁，十分勸解，僅僅推入雪中，吃了一驚。幸而選入內庭，暫保性命。（向生介）世兄既與香君有舊，亦不可在此久留。

（生）是，是！承教了。（同下樓行介）

【尾聲】熱心腸早把冰雪嚥，活冤業現擺著麒麟楦。（收扇介）俺且抱着扇上桃花閑過遣。（竟下介）
（末）我們別過藍兄，一同出去罷。
（生）正是忘了作別。（作別介）請了！
（小生先閉門下）
（生、末同行介）
　　（生）重到紅樓意惘然，（末）閑評詩畫晚春天。
　　（生）美人公子飄零盡，（末）一樹桃花似往年。

第二十九齣　逮　社

乙酉三月

【鳳凰閣】（丑扮書客蔡益所上）堂名二酉，萬卷牙籤求售。何物充棟汗車牛，混了書香銅臭。賈儒商秀，怕遇着秦皇大搜。在下金陵三山街書客蔡益所的便是。天下書籍之富，無過俺金陵；這金陵書鋪之多，無過俺三山街；這三山街書客之大，無過俺蔡益所。（指介）你看十三經、廿一史、九流三教、諸子百家、腐爛時文、新奇小說，上下充箱盈架，高低列肆連樓。不但興南販北，積古堆今，而且嚴批妙選，精刻善印。俺蔡益所既射了貿易詩書之利，又收了流傳文字之功；憑他進士舉人，見俺作揖拱手，好不體面。（笑介）今乃乙酉鄉試之年，大布恩綸，開科取士。准了禮部尚書錢謙益的條陳，要丞正文體，以光新治。俺小店乃坊間首領，只得聘請幾家名手，另選新篇。今日正在裡邊刪改批評，待俺早些貼起封面來。（貼介）風氣隨名手，文章中試官。（下）

（生、淨背行囊上）

【水紅花】（生）當年煙月滿秦樓，夢悠悠，簫聲非舊。人隔銀漢幾重秋，信難投，相思誰救。（喚介）崑老，我們千里跋涉，為赴香君之約。不料他被選入宮，音信杳然，昨晚掃興回來，又怕有人蹤跡，故此早早移寓。但不知那處僻靜，可以多住幾時，打聽音信。等他詩題紅葉，白了少年頭。佳期難道此生休也囉？

（淨）我看人情已變，朝政日非，且當道諸公，日日羅織正人，報復夙怨。不如暫避其鋒，把香君消息，從容打聽罷。

（生）說的也是，但這附近州郡，別無相知，只有好友陳定生住在宜興，吳次尾住在貴池。不免訪尋故人，倒也是快事。（行介）

【前腔】故人多狎水邊鷗，傲王侯，紅塵拂袖。長安棋局不勝愁，買孤舟，南尋煙岫。（淨）來到三山街書鋪廊了，人煙稠密，趲行幾步纔好。（疾走介）妨他豺狼當道，冠帶幾獼猴。三山榛莽水狂流也囉。

（生指介）這是蔡益所書店，定生、次尾常來寓此，何不問他一信。（住看介）那廊柱上貼著新選封面，待我看來。（讀介）"復社文開"。（又看介）這左邊一行小字，是"壬午、癸未房墨合刊"；右邊是"陳定生、吳次尾兩先生新選"。（喜介）他兩人難道現寓此間不成？

（淨）待我問來。（叫介）掌櫃的那裡？

（丑上）請了，想要買甚麼書籍麼？

（生）非也。要借問一信。

（丑）問誰？

（生）陳定生、吳次尾兩位相公來了不曾？

（丑）現在裡邊，待我請他出來。（丑下）

（末、小生同上見介）呀！原來是侯社兄。（見淨介）蘇崑老也來了。（各揖介）（末問介）從那來的？

（生）從敝鄉來的。

（小生問介）幾時進京？

（生）昨日纔到。

【玉芙蓉烽】烽煙滿郡州，南北從軍走；歎朝秦暮楚，三載依劉。歸來誰念王孫瘦，重訪秦淮簾下鉤。徘徊久，問桃花昔遊，這江鄉，今年不似舊溫柔。

（問末、小生介）兩兄在此，又操選政了？

（末、小生）見笑。

【前腔】金陵舊選樓，聯榻同良友；對丹黃筆硯，事業千秋。六朝衰弊今須救，文體重開韓柳歐。傳不朽，把東林盡收，纔知俺中原復社附清流。

（內喚介）請相公們裡邊用茶。

（末、小生）來了。（讓生、淨入介）

（雜扮長班持拜帖上）我家官府阮大鋮，新陞兵部侍郎，特賜蟒玉，欽命防江。今日到三山街拜客，只得先來。（副淨扮阮大鋮蟒、玉，驕態，坐轎，雜持傘、扇引上）

【朱奴兒】（副淨）排頭踏青衣前走，高軒穩扇蓋交抖。看是何人坐上頭，是當日胯下韓侯。（雜禀介）請老爺停轎，與僉都越老爺投帖。（雜投帖介）（副淨停轎介）吩咐左右，不必打道，盡着百姓來瞧。（搨扇大說介）我阮老爺今日欽賜蟒玉，大轎拜客。那班東林小人，目下奉旨搜拿，躲的影兒也沒了。（笑介）纔顯出誰榮誰羞，展開俺眉頭皺。

（看書鋪介）那廊柱上帖的封面，有甚麼復社字樣；叫長班揭來我瞧。

（雜揭封面，送副淨讀介）"復社文開。陳定生、吳次尾新選。"（怒介）嗄！復社乃東林後起，與周鑣、雷縯祚同黨；朝廷正在拿訪，還敢留他選書。這個書客也大膽之極了。快快住轎！（落轎介）

（副淨下轎，坐書鋪吩咐介）速傳坊官。

（雜喊介）坊官那裡？

（淨扮坊官急上，跪介）禀大老爺，傳卑職有何吩咐？

【前腔】（副淨）這書肆不將法守，通惡少復社渠首。奉命今將逆黨搜，須得你蔓引株求。（淨）不消大老爺費心，卑職是極會拿人的。（進入拿丑上）犯人蔡益所拿到了。（丑跪禀介）小人蔡益所並未犯法。（副淨）你刻什麼《復社文開》，犯法不小。（丑）這是鄉會房墨，每年科場要選一部的。（副淨喝介）咳！目下訪拿逆黨，功令森嚴，你容留他們選書，還敢口强，快快招來。（丑）不干小人事，相公們自己走來，現在裡面選書哩。（副淨）既在裡面，用心看守，不許走脱一人。（丑應下）（副淨向淨私語介）訪拿逆黨，是鎮撫司的專責，速遞報單，叫他校尉拿人。傳緹騎重興獄囚，笑楊左今番又休。

（淨）是。（速下）
（副淨上轎介）
（生、末、小生拉轎，喊介）我們有何罪過，着人看守？你這位老先生，不畏天地鬼神了。
（副淨微笑介）學生並未得罪，為何動起公憤來。（拱介）請教諸兄尊姓臺號？
（小生）俺是吳次尾。
（末）俺是陳定生。
（生）俺是侯朝宗。
（副淨微怒介）哦！原來就是你們三位！今日都來認認下官。
【剔銀燈】堂堂貌鬚長似帚，昂昂氣胸高如斗。（向小生介）那丁祭之時，怎見的阮光祿難司籩和豆。（向末介）那借戲之時，為甚把《燕子箋》弄俺當場醜。（向生介）堪羞！妝奩代湊，倒惹你裙釵亂丟。
（生）你就是阮鬍子，今日報讎來了。
（末、小生）好，好，好！大家扯他到朝門外，講講他的素行去。
（副淨佯笑介）不要忙，有你講的哩。（指介）你看那來的何人？（副淨坐轎下）
（雜扮白靴四校尉上）（亂叫介）那是蔡益所？
（丑）在下便是，問俺怎的？
（雜）俺們是駕上來的，快快領着拿人。
（丑）要拿那個？
（雜）拿陳、吳、侯三個秀才。
（生）不要拿。我們都在這邊哩，有話說來。
（雜）請到衙門裡說去罷！（竟丟鎖套三人下）
（丑弔場介）這是那裡的帳。（喚介）蘇兄快來！
（淨扮蘇崑生上）怎麼樣的了？
（丑）了不得，了不得！選書的兩位相公拿去罷了，連侯相公也拿去了。
（淨）有這等事！
【前腔】（合）凶凶的縲絏在手，忙忙的捉人飛走。小復社沒個東林救，新馬阮接着崔田後。堪憂！昏君亂相，為別人公報私讎。

（淨）我們跟去，打聽一個真信，好設法救他。

（丑）正是。看他安放何處，俺好早晚送飯。

（丑）朝市紛紛報怨讎，（淨）乾坤付與杞人憂。

（丑）倉皇誰救焚書禍，（淨）只有寧南一左侯。

第三十齣　歸　　山

乙酉三月

【粉蝶兒】（外白鬚扮張薇冠帶上）何處家山，回首上林春老，秣陵城煙雨蕭條。歎中興，新霸業，一聲長嘯。舊宮袍，襯着懶散衰貌。下官張薇，表字瑤星，原任北京錦衣衛儀正之職。避亂南來，又遇新主中興，錄俺世勳，仍補舊缺。不料權奸當道，朝局日非，新於城南修起三間松風閣，不日要投閒歸老。只因有逆案兩人，乃禮部主事周鑣，按察副使雷縯祚，馬、阮挾讎，必欲置之死地。下官深知其冤，只是無法可救，中夜躊躇，故此去志未決。

【尾犯序】黨禍起新朝，正士寒心，連袂高蹈。俺有何求，為他人操刀。急逃！蓋了座松風草閣，等着俺白雲嘯傲。只因這沈冤未解夢空勞。

（副淨扮家僮上，稟介）稟老爺，鎮撫司馮可宗拿到逆黨三名，候老爺升廳發放。

（雜扮校尉四人，持刑具羅列介）

（外升廳介）

（淨扮解役投文，押生、末、小生帶鎖上）（跪介）

（外看文問介）據坊官報單，說爾等結社朋謀，替周鑣、雷縯祚行賄打點，因而該司捕解；快快從實招來，免受刑拷。

【前腔】（末、小生）難招！筆硯本吾曹，復社青衿，評選文稿。無罪而殺，是坑儒根苗。（生）休拷！俺來此攜琴訪友，並不曾流連夜曉。無端的池魚堂燕一時燒。

（外）據爾所供，一無實跡，難道本衙門誣良為盜不成！（拍驚堂介)叫左右預備刑具,叫他逐個招來。

(末前跪介)老大人不必動怒。犯生陳貞慧,直隸宜興人,不合在蔡益所書坊選書,並無別情。

(小生前跪介)犯生吳應箕,直隸貴池人,不合與陳貞慧同事,並無別情。

(外向淨介)既在蔡益所書坊,結社朋謀,行賄打點,彼必知情。為何竟不拿到?(投籤與淨介)速拿蔡益所質審。

(淨應下)

(生前跪介)犯生侯方域,河南歸德府人,遊學到京,與陳貞慧、吳應箕文字舊交。纔來拜望,一同拿來了。並無別情。

(外想介)前日藍田叔所畫桃源圖,有歸德侯方域題句。(轉問介)你是侯方域麼?

(生)犯生便是。

(外拱介)失敬了!前日所題桃源圖,大有見解,領教,領教!(吩咐介)這事與你無干,請一邊候。

(生)多謝超豁了。(一邊坐介)

(淨持籤上)(稟介)稟老爺,蔡益所店門關閉,逃走無蹤了。

(外)朋謀打點,全無證據,如何審擬。(尋思介)

(副淨持書送上介)王、錢二位老爺有公書。

(外看介)原來是内閣王覺斯,大宗伯錢牧齋,兩位老先生公書。待俺看來!(開書背看,點頭介)説的有理,竟不知陳、吳二犯,就是復社領袖。

【紅衲襖】一個是定生兄,藝苑豪;一個是主騷壇,吳次老。為甚的治長無罪拘皋陶,俺怎肯禍興黨錮推又敲。大錦衣,權自操;黑獄中,白日照。莫教名士清流賈禍含冤也,把中興文運淆。(轉拱介)陳、吳兩兄,方纔得罪了。(問介)王覺斯、錢牧齋二位老先生,一向交好麼?

(末、小生)並無相與。

(外)為何發書,極道兩兄文名,囑俺開釋?

(末、小生)想出二公主持公道之意。

（外）是，是。下官雖係武職，頗讀詩書，豈肯殺人媚人。（吩咐介）這事冤屈，請一邊候。待俺批回該司，速行釋放便了。（批介）

（末、小生一邊坐介）

（副淨持朝報送上介）禀老爺，今日科抄有要緊旨意，請老爺過目。

（外看報介）"內閣大學士馬一本，為速誅叛黨，以靖邪謀事。犯官周鑣、雷縯祚，私通潞藩，叛跡顯然。乞早正法，曉示臣民等語。奉旨周鑣、雷縯祚，着監候處決。又兵部侍郎阮一本，為捕滅社黨，廓清皇圖事。照得東林老奸，如螳蔽日；復社小醜，似蝻出田。螳為現在之災，捕之欲盡；蝻為將來之患，滅之勿遲。臣編有《螳蝻錄》，可按籍而收也等語。奉旨這東林社黨，着嚴行捕獲，審擬具奏；該衙門知道！"（外驚介）不料馬、阮二人，又有這番舉動，從此正人君子無孑遺矣。

【前腔】俺正要省約法，畫獄牢，那知他鑄刑書，加炮烙。莫不是清流欲向濁流拋，莫不是黨碑又刻元祐號。這法網，人怎逃？這威令，誰敢拗？眼見復社東林盡入囹圄也，試新刑，搜爾曹。（向生等介）下官憐爾無辜，正思開釋。忽然奉此嚴旨，不但周、雷二公定了死案，從此東林、復社，那有漏網之人。

（生等跪求介）尚望大人超豁。

（外）俺若放了諸兄，倘被別人拿獲，再無生理，且不要忙。（批介）據送三犯，朋謀打點，俱無實跡。俟拿到蔡益所之日，審明擬罪可也。（向生等介）那鎮撫司馮可宗，雖係功名之徒，却也良心未喪，待俺寫書與他。（寫介）老夫待罪錦衣，多歷年所，門户黨援，何代無之。總之君子、小人，互為盛衰，事久則變，勢極必反。我輩職司風紀，不可隨時偏倚，代人操刀。天道好還，公論不泯，慎勿自貽後悔也。（拱介）諸兄暫屈獄中，自有昭雪之日。

（淨、雜押生等俱下）

（外退堂介）俺張薇原是先帝舊臣，國破家亡，已絕功名之念，為何今日出來助紂為虐。自古道："知幾不俟終日"。看這光景，尚容躊躇再計乎？（喚介）家僮快牽馬來，我要到松風閣養病去了。

（副淨牽馬上）坐馬在此。

（外上馬，副淨隨行介）

【解三酲】（外）好趁着晴春晚照，滿路上絮舞花飄。遥望見城南蒼翠山色好，把紅塵客夢全消。且喜已到松風閣，這是俺的世外桃源，不免下馬登樓，趁早料理起來。（下馬登樓介）清泉白石人稀到，一陣松風響似濤。（喚介）叫園丁撐開門窗，拂淨欄檻，俺好從容眺望。（雜扮園丁收拾介）燕泥沾落絮，蛛網胃飛花。禀老爺，收拾乾淨了。（下）（外窺窗介）你看松陰低户，沁的人心骨皆涼。此處好安吟榻。（又憑欄介）你看春水盈池，照的人鬚眉皆碧。此處好支茶竈。（忽笑介）來的慌了，冠帶袍靴全未脱却，如此打扮，豈是桃源中人。可笑，可笑！（喚介）家僮開了竹箱，把我買下的箬笠、芒鞋、蘿縧、鶴氅，替俺換了。（換衣帶介）堪投老，纔修完三間草閣，便解宮袍。

（淨扮校尉鎖丑牽上）松間批駕帖，竹裡驗公文。方纔拿住蔡益所，聞得張老爺來此養病，只得趕來銷籤。（叫介）門上大叔那裡？

（副淨出問介）來禀何事，如此緊急？

（淨）禀老爺，拿到蔡益所了，特來銷籤。（繳籤介）

（副淨上樓，禀介）衙門校尉帶着蔡益所回話。

（外驚介）拿了蔡益所，他三人如何開交。（想介）有了，叫校尉樓下伺候，聽俺吩咐。（副淨傳淨跪樓下介）

（外吩咐介）這件機密重案，不可絲毫洩漏。暫將蔡益所羈候園中，待我回衙，細細審問。

（淨）是。（將丑拴樹介）（淨欲下介）

（外）轉來，園中窄狹，把這匹官馬，牽回餵養；我的冠帶袍靴，你也順便帶去。我還要多住幾時，不許擅來囉唣。（淨應下）

（外跌足介）壞了，壞了！衙役走入花叢，犯人鎖在松樹，還成一個什麼桃源哩。不如下樓去罷！（下樓見丑介）果是蔡益所哩。

（丑跪介）犯人與老爺曾有一面之識。

（外）雖係舊交，你容留復社，犯罪不輕。

（丑叩頭介）是。

（外）你店中書籍，大半出於復社之手，件件是你的贓證。

（丑叩頭介）只求老爺超生。

（外）你肯捨了家財，纔能保得性命。

（丑）犯人情願離家。

（外喜介）這等就有救矣。（喚介）家童與他開了鎖頭。（副淨開丑介）

（外）你既肯離家，何不隨我住山？

（丑）老爺若肯攜帶，小人就有命了。

（外指介）你看東北一帶，雲白山青，都是絕妙的所在。（喚介）家童好生看門，我同蔡益所瞧瞧就來。

（副淨應下）

（丑隨外行介）

（外指介）我們今夜定要宿在那蒼蒼翠翠之中。

（丑）老爺要去看山，須差人早安公館。那山寺荒涼，如何住宿？

（外）你怎曉得，捨了那頂破紗帽，何處岩穴着不的這個窮道人。

（丑背介）這是那裡說起？

（外）不要遲疑，一直走去便了。

【前腔】眼望着白雲縹緲，顧不得石徑迢遥。漸漸的松林日落空山杳，但相逢幾個漁樵。翠微深處人家少，萬嶺千峰路一條。開懷抱，盡着俺山遊寺宿，不問何朝。

　　　　境隔仙凡幾樹桃，纔知容易謝塵嚻，
　　　　清晨檢點白雲署，行到深山日尚高。

第三十一齣　草　檄

乙酉三月

（淨扮蘇崑生上）萬曆年間一小童，崇禎朝代半衰翁。曾逢天啟乾恩蔭,又見弘光嗣廠公。我蘇崑生,睜着五旬老眼,看了四代時人,故此做這幾句口號。你說那兩位嗣廠公,有天沒日,要把正人君子,捕滅盡絶。可憐俺侯公子,做了個法頭例首。我老蘇與他同鄉同客,只得遠來湖廣,求救於寧南左侯。誰想一住三日,無門可入。今日江上大操,看他兵馬過處,雞犬無聲,好不肅靜。等他回營,少不的尋個法兒,見他一面。(喚介)店家那裡?

(副淨扮店主上)黃鶴樓頭仙客少,白雲市上酒家多。客官有何話說?

(淨)請問元帥左爺爺,待好回營麼?

(副淨)早哩,早哩!三十萬人馬,每日操到掌燈。況今日又留督撫袁老爺、巡按黃老爺,在教場飲酒,怎得便回。

(淨)既是這等,替我打壺酒來,慢慢的吃着等他罷。

(副淨取酒上)等他做甚。吃杯酒,早些安歇罷。

(淨)俺並不張看,你放心閉門便了。(副淨下)

(淨望介)你看一輪明月,早出東山,正當春江花月夜,只是興會不佳耳。(坐斟酒飲介)對此杯中物,勉強唱隻曲兒,解悶則個。(自敲鼓板唱介)

【念奴嬌序】長空萬里,見嬋娟可愛,全無一點纖凝。十二闌干光滿處,涼浸珠箔銀屏。偏稱,身在瑤臺,笑斟玉斝,人生幾見此佳景。惟願取年年此夜,人月雙清。(自斟飲介)這樣好曲子,除了阮圓海却也沒人賞鑒。罷了罷了!寧可埋之浮塵,不可投諸匪類。(又飲介)這時候也待好回營了,待俺細細唱起來。他若聽得,不問便罷,倘來問俺,倒是個機會哩。(又敲鼓板唱介)

【前腔】孤影,南枝乍冷,見烏鵲縹緲,驚飛棲止不定。(副淨上怨介)客官安歇罷,萬一元帥聽得,連累小店,倒不是耍的。(淨唱介)萬疊蒼山,何處是修竹吾廬三徑。(副淨拉淨睡介)(淨)不妨事的。俺是元帥鄉親,巴不得叫他知道,纔好請俺進府哩。(副淨)既是這等,憑你,憑你!(下)(淨又唱介)追省,丹桂誰攀,姮娥獨住,故人千里漫同情。惟願取年年此夜,人月雙清。

(雜扮小卒數人,背弓、矢、盔、甲走過介)

（淨聽介）外邊馬蹄亂響，想是回營了，不免再唱一曲。（又敲鼓板唱介）

【前腔】光瑩，我欲吹斷玉簫，駿鸞歸去，不知何處冷瑤京。（雜扮小軍四人旗幟前導介）（淨聽介）喝道之聲，漸漸近來，索性大唱一唱。環佩濕，似月下歸來飛瓊。（小生扮左良玉，外扮袁繼咸，末扮黃澍冠帶騎馬上）朝中新政教歌舞，江上殘軍試鼓鼙。（外聽介）咦！將軍，貴鎮也教起歌舞來了。（小生）軍令嚴肅，民間誰敢？（末指介）果然有人唱曲。（小生立聽介）（淨大唱介）那更，香霧雲鬟，清輝玉臂，廣寒仙子也堪並。惟願取年年此夜，人月雙清。

（小生怒介）目下戒嚴之時，不遵軍法，半夜唱曲。快快鎖拿！
（雜打下門，拿出淨，跪馬前介）
（小生問介）方纔唱曲，就是你麼？
（淨）是。
（小生）軍令嚴肅，你敢如此大膽。
（淨）無可奈何，冒死唱曲，只求老爺饒恕。
（外）聽他所說，像是醉話。
（末）唱的曲子，倒是絕調。
（小生）這人形跡可疑，帶入帥府，細細審問。（帶淨行介）

【窣地錦襠】（合）操江夜入武昌門，雞犬寂寥似野村。三更忽遇擊築人，無故悲歌必有因。（作到府介）
（小生讓外、末介）就請下榻荒署，共議軍情。
（外、末）怎好攪擾。（同入坐介）
（外）方纔唱曲之人，倒要早早發放。
（小生）正是。（吩咐介）帶過那個唱曲的來。
（雜帶淨跪介）
（小生問介）你把犯法情由，從實說來。
（淨）小人來自南京，特投元帥。因無門可入，故意犯法，求見元帥之面的。
（小生）咦！該死奴才，還不實說。
（末）不必動怒。叫他說，要見元帥，有何緣故。

【鎖南枝】(淨)京中事,似霧昏,朝朝報儺搜黨人。現將公子侯郎,拿向囹圄困。望舊交,懷舊恩,替新朝,削新忿。
(小生)那侯公子,是俺世交,既來求救,必有手書。取出我瞧。
(淨叩頭介)那日阮大鋮親領校尉,立拿送獄,那裡寫得及書。
(外)憑你口說,如何信得。
(小生想介)有了,俺幕中有侯公子一個舊人,煩他一認,便知真假。(吩咐介)請柳相公出來。
(雜應介)
(丑扮柳敬亭上)肉朋酒友,問俺老柳。待俺認來。(點燭認介)呀!原來是蘇崑生,我的盟弟。(各掩淚介)
(小生)果然認的麼?
(丑)他是河南蘇崑生,天下第一個唱曲的名手,誰不認的。
(小生喜介)竟不知唱曲之人,倒是一個義士。(拉起介)請坐,請坐。
(淨各揖坐介)
(丑)你且說侯公子為何下獄?
【前腔】(淨)為他是東林黨,復社輩,曾將魏崔門戶分。小阮思報前仇,老馬沒分寸。三山街,緹騎狠,驟飛來,似鷹隼。把侯相公拿入獄內,音信不通,俺沒奈何,冒死求救。幸虧將軍不殺,又得遇着柳兄。(揖介)只求長兄懇央元帥,早發救書,也不枉俺一番遠來。
(小生氣介)袁、黃二位盟弟,你看朝事如此,可不恨死人也。
(外)不特此也。聞得舊妃童氏,跋涉尋來,馬、阮不令收認。另藏私人,豫備采選,要圖椒房之親,豈不可殺!
(末)還有一件,崇禎太子,七載儲君,講官大臣,確有證據,今欲付之幽囚。人人共憤,皆思寸磔馬、阮,以謝先帝。
(小生大怒介)我輩戮力疆場,只為報效朝廷,不料信用奸黨,殺害正人,日日賣官鬻爵,演舞教歌,一代中興之君,行的總是亡國之政。只有一個史閣部,頗有忠心,被馬、阮內裡掣肘,却也依樣葫蘆。剩俺單身隻手,怎去恢復中原?(跌足介)罷,罷,罷!俺沒奈何,竟做要君之臣了。(揖外介)臨侯替俺修起參本。

(外)怎麼樣寫?

(小生)你只痛數馬、阮之罪便了。

(外)領教!(丑送紙筆外寫介)

【前腔】朝廷上,用逆臣,公然棄妃囚嗣君。報讎翻案紛紛,正士皆逃遁。尋冶容,教豔品,賣官爵,筆難盡。

(外寫完介)

(小生)還要一道檄文,借重仲霖起稿罷。(揖介)

(末)也是這樣做麼?

(小生)你說俺要發兵進討,叫他死無噍類。

(丑)該,該!

(小生)你前日勸俺不可前進,今日為何又來贊成。

(丑)如今是弘光皇帝了,彼一時也,此一時也。

(小生)是,是!俺左良玉乃先帝老將,先帝現有太子,是俺小主。那馬、阮擅立弘光之時,俺遠在邊方,原未奉詔的。

(末)待俺做來。

(丑送紙筆,末寫介)

【前腔】清君側,走檄文,雄兵義旗遮路塵。一霎飛渡金陵,直抵鳳凰門。朝帝宮,謁孝寢,搜黃閣,試白刃。

(末寫完介)(小生)就列起名來。

(外)這樣大事,還該請到新巡撫何騰蛟,求他列名。

(小生)他為人固執,不必相聞,竟寫上他罷了。(外、末列名介)

(小生)今夜謄寫停當,明早飛遞投送,俺隨後也就發兵了。

(外)只怕遞鋪誤事。

(小生)為何?

(外)京中匿名文書,紛紛雨集,馬、阮每早令人搜尋,隨得隨燒,並不過目。

(小生)如此只得差人了。

(末)也使不得。聞得馬、阮密令安慶將軍杜弘域,築起坂磯,久有防備我兵之意。此檄一到，豈肯干休。那差去之人，便死多活少了。

（小生）這等怎處？

（丑）倒是老漢去走走罷。

（外、末驚介）這位柳先生，竟是荊軻之流，我輩當以白衣冠送之。

（丑）這條老命甚麼希罕，只要辦的元帥事來。

（小生大喜介）有這等忠義之人，俺左崑山要下拜了。（喚介）左右取一杯酒來。

（雜取酒上，小生跪奉丑酒介）請盡此杯。

（丑跪飲乾介）

（眾拜丑，丑答拜介）

【前腔】擎杯酒，拭淚痕，荊卿短歌聲自吞。夜半攜手叮嚀，滿座各消魂。何日歸，無處問，夜月低，春風緊。

（各掩淚介）（丑向淨介）借重賢弟，暫陪元帥，俺就束裝東去了。

（淨）只願救取公子，早早出獄，那時再與老哥相見罷。（俱作別介）（丑先下）

（小生）義士，義士！

（外、末）壯哉，壯哉！

　　　　　渺渺煙波夜氣昏，一樽酒盡客消魂。
　　　　　從來壯士無還日，眼看長江下海門。

第三十二齣　拜　　壇

乙酉三月

【吳小四】（副末扮贊禮郎冠帶白鬚上）眼看他，命運差，河北新房一半塌。承繼個兒郎貪戲耍，不報冤讎不掙家。窩裡財，奴亂抓。在下是太常寺一個老贊禮，住在神樂觀旁，專管廟陵祭享之事。那知天翻地覆，立了這位新爺，把俺南京重新興旺起來。今歲乙酉,改曆建號之年,家家慶賀。我老漢三杯入肚,只唱這個隨心令兒。旁人勸我道:"各人自掃門前雪,莫管他家瓦上霜。"我回言道:"大風吹倒梧桐樹,也要旁人話短長。"(喚介)孩子們,今日是三月十幾日?

(內)三月十九日了。

(副末)呵呀!三月十九日,乃崇禎皇帝忌辰。奉旨在太平門外設壇祭祀,派着我當執事的,怎麼就忘了,快走,快走!

(走介)岡岡巒巒,接接連連,竹竹松松,密密叢叢。不覺已到壇前,且喜百官未到,待俺趁早鋪設起來。(作排案,供香、花、燭、酒介)

【普天樂】(淨扮馬士英,末扮楊文驄,素服從人上)舊江山,新圖畫,暮春煙景人瀟灑。出城市,遍野桑麻,哭甚麼舊主昇遐,告了個遊春假。(外扮史可法素服上)這纔去野哭江邊奠杯斝,揮不盡血淚盈把。年時此日,問蒼天,遭的甚麼花甲。(相見各揖介)

(淨)今日乃思宗烈皇帝昇遐之辰,禮當設壇祭拜。

(末)正是。

(外問介)文武百官到齊不曾?

(副末)俱已到齊了。

(淨)就此行禮。

(副末贊禮,雜扮執事官捧帛、爵介)

(贊)執事官各司其事,陪祀官就位,代獻官就位。

(各官俱照班排立介)

(贊)瘞毛血。迎神,參神,伏俯,興,伏俯,興,伏俯,興,伏俯,興,平身。(各行禮完,立介)

(贊)行奠帛禮,升壇。

(淨秉笏至神位前介)

(贊)搢笏,獻帛,奠帛。

(淨跪奠帛叩介)

(贊)平身,出笏,詣讀祝位,跪。

(淨跪介)

（贊）讀祝。

（副末跪讀介）維歲次乙酉年，三月十九日，皇從弟嗣皇帝由崧，謹昭告於思宗烈皇帝曰：仰惟文德克承，武功載纘，御極十有七年，皇綱不振，大宇中傾，皇帝殉社稷，皇后太子俱死君父之難。弟愚不才，忝顏偷生，俯順臣民之請，正位南都，權為宗廟神人主。慟一人之昇遐，懲百僚之怠傲，努力廟謨，惴惴憂懼，枕戈飲泣，誓復中原。今值賓天忌辰，敬設壇墠，遣官代祭。鑒茲追慕之誠，歆此蘋蘩之獻。尚饗！

（贊）舉哀。

（各官哭三聲介）

（贊）哀止，伏俯，興，復位。

（淨轉下介）

（贊）行初獻禮，升壇。

（淨至神位前介）

（贊）搢笏，獻爵，奠爵。

（淨跪奠爵，叩介）

（贊）平身，出笏，復位。

（行亞獻終，獻禮，同）

（贊）徹饌，送神，伏俯，興。（四拜同）

（各官依贊拜完，立介）

（贊）讀祝官捧祝，進帛官捧帛，各詣瘞位。

（各官立介）

（贊）望瘞。

（雜焚祝帛介）

（贊）禮畢。

（外獨大哭介）

【朝天子】萬里黃風吹漠沙，何處招魂魄。想翠華，守枯煤山幾枝花，對晚鴉，江南一半殘霞。是當年舊家，孤臣哭拜天涯，似村翁歲臘，似村翁歲臘。

（副末）老爺們哭的不慟，俺老贊禮忍不住要大哭一場了。（大

哭一場下）

（副淨扮阮大鋮素服大叫上）我的先帝呀，我的先帝呀！今日是你周年忌辰，俺舊臣阮大鋮趕來哭靈了。（拭眼問介）祭過不曾？

（淨）方纔禮畢。

（副淨至壇前，急四拜，哭白介）先帝先帝！你國破身亡，總吃虧了一夥東林小人。如今都散了。剩下我們幾個忠臣，今日還想着來哭你，你為何至死不悟呀！（又哭介）

（淨拉介）圓老，不必過哀，起來作揖罷。

（副淨拭眼，各見介）

（外背介）可笑，可笑！（作別介）請了！煙塵三里路，魑魅一班人。（下）

（淨）我們皆是進城的，就並馬同行罷。（作更衣上馬行介）

【普天樂】（合）奠瓊漿，哭壇下，失聲相向誰真假。千官散，一路喧譁，好趁着景美天佳，閑講些興亡話。詠歸去，恰似春風浴沂罷，何須問江北戎馬。南朝舊例盡風流，只愁春色無價。

（雜喝道介）

（淨）已到雞鵝巷，離小寓不遠，請過荒園同看牡丹何如？

（末）小弟還要拜客，就此作別了。（末別下）

（副淨）待晚生趨陪罷。（作到，下馬介）

（淨）請進。

（副淨）晚生隨行。

（淨前副淨後，入園介）

（副淨）果然好花。

（淨吩咐介）速擺酒席，我們賞花。

（雜擺席介）

（淨、副淨更衣坐飲介）

（淨大笑介）今日結了崇禎舊局，明日恭請聖上臨御正殿，我們"一朝天子一朝臣"了。

（副淨）連日在江上，不知朝中有何新政？

（淨）目下假太子王之明，正在這裡商量發放。圓老有何高見？

（副淨）這事明白易處。
　　（淨）怎麽易處？
　　（副淨）老師相權壓中外者,只因推戴二字。
　　（淨）是,是！
　　（副淨）既因推戴二字,

【朝天子】若認儲君真不差,把俺迎來主,放那搭。（淨）是,是！就着監禁起來,不要惑亂人心。（問介）還有舊妃童氏,哭訴朝門,要求迎為正後。這何以處之？（副淨）這益發使不得。自古道,君王愛館娃。繫臂紗,先須採選來家,替椒房作伐。（淨）是,是！俺已採選定了,這個童氏,自然不許進官的。（又問介）那些東林復社,捕拿到京,如何審問？（副淨）這班人天生是我們冤對,豈可容情。切莫剪草留芽,但搜來盡殺,但搜來盡殺。

　　（淨大笑介）有理,有理！老成見到之言,句句合着鄙意。拿大杯來,歡飲三杯。
　　（雜扮長班持本急上,稟介）寧南侯左良玉有本章一道,封投通政司。這是內閣揭帖,送來過目。
　　（淨接介）他有什麽好本！（看本,怒介）呀,呀！了不得,就是參咱們的疏稿。這疏內數出咱七大罪,叫聖上立賜處分,好恨人也。
　　（雜又持文書急上）還有公文一道,差人賷來的。
　　（淨接看,驚介）又是討俺的一道檄文,文中罵的着實不堪。還要發兵前來,取咱的首級。這却怎處？
　　（副淨驚起,亂抖介）怕人,怕人！別的有法,這却沒法了。
　　（淨）難道長伸脖頸,等他來割不成？
　　（副淨）待俺想來。（想介）沒有別法,除是調取黃、劉三鎮,早去堵截。
　　（淨）倘若北兵渡河,叫誰迎敵？
　　（副淨向淨耳介）北兵一到,還要迎敵麽？
　　（淨）不迎敵,更有何法？
　　（副淨）只有兩法。
　　（淨）請教！

（副淨作摳衣介）跑。（又作跪地介）降。

（淨）說的也是。大丈夫烈烈轟轟，寧可叩北兵之馬，不可試南賊之刀。吾主意已決，即發兵符，調取三鎮便了。（想介）且住，調之無名，三鎮未必肯去。這却怎處？

（副淨）只說左兵東來，要立潞王監國，三鎮自然着忙的。

（淨）是，是！就煩圓老親去一遭。

【普天樂】（合）發兵符，乘飛馬，過江速勸黃、劉駕。舟同濟，舵又同拏，纜保得性命身家。非是俺魂驚怕，怎當得百萬精兵從空下，頃刻把城闕攻打。全憑鐵鎖斷長江，拉開強弩招架。

（副淨）辭過老師相，晚生即刻出城了。

（淨）且住，還有一句密話。（附耳介）內閣高弘圖、姜曰廣，左袒逆黨，俱已罷職了。那周鑣、雷縯祚，留在監中，恐為內應，趁早取決何如？

（副淨）極該，極該。

（淨拱介）也不送了。（竟下）

（副淨出）

（雜稟介）那個傳檄之人，還拿在這裡，聽候發落。

（副淨）沒有甚麼發落，拿送刑部請旨處決便了。（上馬欲下介）（尋思介）且不要孟浪。我看黃、劉三鎮，也非左兵敵手，萬一斬了來人，日後難於挽回。（喚介）班役，你速到鎮撫司，拜上馮老爺，將此傳檄之人，用心監候。

（雜應下）

（副淨）幾乎誤了大事。（上馬速行介）

　　　　江南江北事如麻，半倚劉家半阮家。
　　　　三面和棋休打算，西南一子怕爭差。

第三十三齣　會　　獄

乙酉三月

【梅花引】（生敝衣愁容上）宮槐古樹閱滄田，掛寒煙，倚頹垣。

末後春風，纔綠到幽院。兩個知心常步影，說新恨，向誰借酒錢。小生侯方域，被逮獄中，已經半月。只因證據無人，暫羈候審，幸虧故人聯床，頗不寂寞。你看月色過牆，照的槐影迷離，不免虛庭一步。

【忒忒令】碧沉沉月明滿天，悽慘慘哭聲一片，牆角新鬼帶血來分辯。我與他死同儔，生同冤，黑獄裡，半夜作白眼。獨立多時，忽然毛髮直豎，好怕人也。待俺喚醒陳、吳兩兄，大家閒話。（喚介）定兄醒來。（又喚介）次兄睡熟了麼？

（末、小生揉眼出介）

【尹令】（末）這時月高斗轉，為何獨行空院，閒將露痕踏遍。（小生）愁懷且捐，萬語千言望誰憐。（見介）侯兄怎的還不安歇？

（生）我想大家在這黑獄之中，三春鶯花，半點不見；只有明月一輪，還來相照，豈可捨之而睡？

（末）是，是，同去步月一回。（行介）

【品令】（生）冤聲滿獄，鋃鐺夜徽纏。三人步月，身輕若飛仙。閒消自遣，莫說文章賤。從來豪傑，都向此中磨煉。似在棘圍鎖院，分簾校賦篇。

（丑扮柳敬亭杻鎖上）戎馬不知何處避，賢豪半向此中來。我柳敬亭，被拿入獄，破題兒第一夜，便覺難過。（歎介）噯！方纔睡下，又要出恭。這個裙帶兒沒人解，好苦也。（作蹲地聽介）那邊有人說話，像是侯相公聲音，待我來看。（起看，驚介）竟是侯相公。（喚介）你是侯相公麼？

（生驚認介）原來是柳敬亭。

（末、小生）柳敬亭為何也到此中？

（丑認介）陳相公、吳相公怎麼都在裡邊？（舉手介）阿彌陀佛！這也算"佛殿奇逢"了。

（生）難得難得！大家坐地談談。（同坐介）

【豆葉黃】（合）便他鄉遇故，不算奇緣。這牆隔著萬重深山，撞見舊時親眷。渾忘身累，笑看月圓。却也似武陵桃洞，却也似武陵桃洞，有避亂秦人，同話漁船。

（生）且問敬老，你犯了何罪，杻鎖連身，如此苦楚。

（丑）老漢不曾犯罪。只因相公被逮入獄，蘇崑生遠赴寧南，懇求解救。那左帥果然大怒，連夜修本參着馬、阮，又發了檄文一道，託俺傳來，隨後要發兵進討。馬、阮害怕，自然放出相公去的。

【玉交枝】寧南兵變，料無人能將檄傳。探湯蹈火咱情願，也只為文士遭譴。白頭志高窮更堅，渾身枷鎖吾何怨。助將軍除暴解冤，助將軍除暴解冤。

（生）竟不知敬亭吃虧，乃小生所累。崑生遠去求救，益發難得。可感，可感！

（末）雖如此說，只怕左兵一來，我輩倒不能苟全性命。

（小生）正是，寧南不學無術，如何收救。（皆長吁介）（淨扮獄官執手牌，雜扮校尉四人點燈提繩急上）

（淨）四壁冤魂滿，三更獄吏尊。刑部要人，明早處決，快去綁來。

（雜）該綁那個？

（淨）牌上有名。（看介）逆黨二名，周鑣、雷縯祚。

（雜執燈照生、末、小生、丑面介）不是，不是！

（淨喝介）你們無干的，各自躲開。（淨領雜急下）

（末悄問介）綁那個？

（小生）聽說要綁周鑣、雷縯祚。

（生）嚇死俺也。

（丑）我們等着瞧瞧。

（淨執牌前行，雜背綁二人，赤身披髮，急拉下）

（生看呆介）

（末）果然是周仲馭、雷介公他二位。

（小生）這是我們的榜樣了。

【江兒水】（生）演着明夷卦，事盡翻，正人慘害天傾陷。片紙飛來無人見，三更縛去加刑典，教俺心驚膽顫。（合）黑地昏天，這樣收場難免。

（生問丑介）我且問你，外邊還有甚麼新聞？

（丑）我來的倉卒，不曾打聽，只見校尉紛紛拿人。

（末、小生問介）還拿那個？

（丑）聽説要拿巡按黃澍，督撫袁繼咸，大錦衣張薇。還有幾個公子秀才，想不起了！

（生）你想一想？

（丑想介）人多着哩。只記得幾個相熟的，有冒襄、方以智、劉城、沈壽民、沈士柱、楊廷樞。

（末）有這許多。

（小生）俺這裡邊，將來成一個大文會了。

（生）倒也有趣。

【川撥棹】囹圄裡，竟是瀛洲翰苑。畫一幅文會圖懸，畫一幅文會圖懸，避紅塵一羣謫仙。（合）賞春月，同聽鵑；感秋風，同詠蟬。

（丑）三位相公，宿在那一號裡？

（生）都在"荒"字號裡。

（末）敬老羈在那裡？

（丑）就在這後面"藏"字號裡。

（小生）前後相近，倒好早晚談談。（生）我們還是軟監，敬老竟似重囚了。

（丑）阿彌陀佛！免了上枷床，就算好的狠哩。（作勢介）

【意不盡】高拱手礙不了禮數周全，曲肱兒枕頭穩便。只愁今夜裡，少一個長爪麻姑搔背眠。

（丑）相逢真似島中仙，（末）隔絶風濤路八千。

（小生）地僻偏宜人嘯傲，（生）天空不礙月團圓。

第三十四齣　截　磯

乙酉四月

（淨扮蘇崑生上）南北割成三足鼎，江湖挑動兩支兵。自家蘇崑生，為救侯公子，激的左兵東來，約了巡按黃澍，巡撫何騰蛟，同日起馬。今日船泊九江,早已知會督撫袁繼咸,齊集湖口,共商入京之計。誰知馬、阮聞信,調了黃得功在坂磯截殺。你看狼煙四起,勢頭不善;少爺左夢庚前去迎敵,俺且隨營打探。正是:地覆天翻日,龍爭虎鬥時。(下)

(場上設弩臺、架炮、鐵鎖攔江)

【三台令】(末扮黃得功戎裝雙鞭,領軍卒上)北征南戰無休,鄰國蕭牆盡讎。架炮指江州,打舳艫捲甲倒走。咱家黃得功,表字虎山,一腔忠憤,蓋世威名,要與俺弘光皇帝,收復這萬里山河。可恨兩劉無肘臂之功,一左為腹心之患。今奉江防兵部尚書阮老爺兵牌,調俺駐扎坂磯,堵截左寇,這也不是當耍的。(喚介)家將田雄何在?

(副淨)有。

(末)速傳大小三軍,聽俺號令。

(軍卒排立吶喊介)

【山坡羊】(末)硬邦邦敢要君的渠首,亂紛紛不服王的羣寇;軟弱弱沒氣色的至尊,鬧喧喧爭門户的同朝友。只剩咱一營江上守,正防着戰馬北來驟,忽報樓船入浦口。貔貅,飛旌旗控上游;戈矛,傳烽煙截下流。

(黃卒登臺介)

(雜扮左兵白旗、白衣,吶喊駕船上)

(黃卒截射介)

(左兵敗回介)

(黃卒趕下)

(小生扮左良玉戎裝白盔素甲坐船上)

【前腔】替奸臣復私讎的桀紂,媚昏君上排場的花丑;投北朝學叩馬的夷齊,吠唐堯聽使喚的三家狗。拚着俺萬年名遺臭,對先帝一片心堪剖,忙把儲君冤苦救。不羞,做英雄到盡頭;難收,烈轟轟東去舟。俺左良玉領兵東下,只為剪除奸臣,救取太子。叵耐兒子左夢庚,借此題目,便要攻打城池,妄思進取。俺已嚴責再三,只怕亂兵引誘,將來做出事來;且待渡過坂磯,慢慢勸他。

（淨急上）報元帥，不好了！黃得功截殺板磯，前部先鋒俱已敗回了。

（小生驚介）有這等事。黃得功也是一條忠義好漢，怎的受馬、阮指撥，只知擁戴新主，竟不念先帝六尺之孤，豈不可恨！

（喚介）左右，快看巡按黃老爺、巡撫何老爺船泊那邊，請來計議。

（雜應下）

（末扮黃澍上）將帥隨談麈，風雲指義旗。下官黃澍方纔泊船，恰好元帥來請。（作上船介）

（小生見介）仲霖果然到來，巡撫何公如何不見？

（末）行到半途，又回去了。

（小生）為何回去？

（末）他原是馬士英同鄉。

（小生）隨他罷了。這也怪他不得。（問介）目下黃得功截住坂磯，三軍不能前進。如何是好？

（末）這倒可慮，且待袁公到船，再作商量。

（外扮袁繼咸從人上）孽子含冤天慘澹，孤臣舉義日光明。來此是左帥大船，左右通報。

（雜稟介）督撫袁老爺到船了！

（小生）快請！

（外上船見介）適從武昌回署，整頓兵馬，願從鞭弭。

（末）目下不能前進了。

（外）為何？

（小生）黃得功領兵截殺，先鋒俱已敗回。

（外）事已至此，欲罷不能。快快遣人遊說便了。

（小生）敬亭已去，無人可遣。奈何？

（淨）晚生與他頗有一面，情願效力。

（末）崑生義氣，不亞敬亭，今日正好借重。

（小生問介）你如何說他？

【五更轉】（淨）俺只說鷸蚌持，漁人候，傍觀將利收。英雄舉動,要看前和後。故主恩深,好爵自受。欺他子,害他妃,全忘舊。殺人只落血雙手,何必前來,同室爭鬥。

（外）說得有理。

（小生）還要把俺心事,說個明白。叫他曉得奸臣當殺,太子當救,完了兩樁大事,於朝廷一塵不驚,於百姓秋毫無犯。為何不知大義,妄行截殺？

（末）正是,那黃得功一介武夫,還知報效；俺們倒肯犯上作亂不成？叫他細想。

（淨）是,是,俺就如此說去。

（雜扮報卒急上）報元帥,九江城內,一片火起。袁老爺本標人馬,自破城池了。

（外驚介）怎麼俺的本標人馬自破城池？這了不得！

（小生怒介）豈有此理！不用猜疑,這是我兒左夢庚做出此事,陷我為反叛之臣。罷了,罷了！有何面目,再向江東。（拔劍欲自刎介）

（末抱住介）

（小生握外手,注目介）臨侯,臨侯,我負你了！（作嘔血倒椅上介）

（淨喚介）元帥蘇醒,元帥蘇醒！

（外）竟叫不應,這怎麼處？

（末）想是中惡,快取辰砂灌下。

（淨取碗灌介）牙關閉緊,灌不進了。

（眾哭介）

【前腔】大將星,落如斗,旗桿摧舵樓。殺場百戰精神抖,凜凜堂堂,一身甲冑。平白的牖下亡,全身首。魂歸故宮煤山頭,同說艱辛,君啼臣吼。

（雜擡小生下）

（外）元帥已死,本鎮人馬霎時潰散。那左夢庚據住九江,叫俺進退無門。倘若黃兵搶來,如何逃躲？

（末）我們原係被逮之官,今又失陷城池,拿到京中,再無解救。

不如轉回武昌，同着巡撫何騰蛟，另做事業去罷。

（外）有理。

（外、末急下）

（淨呆介）你看他們竟自散去，單剩我蘇崑生一人，守着元帥屍首，好不可憐。不免點起香燭，哭奠一番。

（設案點香燭，哭拜介）

【哭相思】氣死英雄人盡走，撇下了空船柩。俺是個招魂江邊友，沒處買一杯酒。且待他兒子奔喪回船，收殮停當，俺纔好辭之而去，如今只得耐性兒守着。正是：

英雄不得過江州，魂戀春波起暮愁。

滿眼青山無地葬，斜風細雨打船頭。

第三十五齣 誓 師

乙酉四月

【賀聖朝】（外扮史可法，白氈大帽，便服上）兩年吹角列營，每日調馬催征。軍逃客散鬢星星，恨壓廣陵城。下官史可法，日日經略中原，究竟一籌莫展。那黃、劉三鎮，皆聽馬、阮指使，移鎮上江，堵截左兵，丟下黃河一帶，千里空營。忽接塘報，本月二十一日北兵已入淮境，本標食糧之人，不足三千，那能抵當得住。這淮、揚一失，眼見京師難保，豈不完了明朝一座江山也。可惱，可惱！俺且私步城頭，察看情形，再作商量。（丑扮家丁，提小燈隨行上城介）

【二犯江兒水】（外）悄上城頭危徑，更深人睡醒。棲烏頻叫，擊柝連聲，女牆邊，側耳聽。（聽介）（內作怨介）北兵已到淮安，沒個瞎鬼兒問他一聲。只捨俺這幾個殘兵，死守這座揚州城，如何守得住。元帥好沒分曉也！（外點頭自語介）你那裡曉得，萬里倚長城，揚州父子兵。（又聽介）（內作恨介）罷了，罷了！元帥不疼我們，早早投了北朝，各人快活去，為何盡着等死。（外驚介）呵呀！竟想投降了，這怎麼處！他降字兒橫胸，守字兒難成，這揚州剩了一分景。（又聽介）（內作怒介）我們降不降，還是第二着，自家殺搶

殺搶,跑他娘的。只顧守到幾時呀!(外)咳!竟不料情形如此。聽說猛驚,熱心冰冷。疾忙歸,夜點兵,不待明。(忙下)

(內掌號放炮,作傳操介)

(雜扮小卒四人上)今乃四月二十四日,不是下操的日期;為何半夜三更,梅花嶺放炮?快去看來!(急走介)

(末扮中軍,持令箭提燈上)隔江雲陣列,連夜羽書飛。(呼介)元帥有令:大小三軍,速赴梅花嶺,聽候點卯。

(眾排列介)

(外戎裝,旗引登壇介)月昇鴟尾城吹角,星散旄頭帳點兵。中軍何在?

(末跪介)有!

(外)目下北信緊急,淮城失守,這揚州乃江北要地,倘有疏虞,京師難保。快傳五營四哨,點齊人馬,各照汛地晝夜嚴防。敢有倡言惑眾者,軍法從事。

(末)得令!(傳令向內介)元帥有令,三軍聽者。各照汛地,晝夜嚴防,敢有倡言惑眾者,軍法從事。

(內不應)

(外)怎麼寂然無聲?(吩咐中軍介)再傳軍令,叫他高聲答應。(末又高聲傳介)

(內不應)

(外)仍然不應,著擊鼓傳令。

(末擊鼓又傳,又不應介)

(外)分明都有離叛之心了。(頓足介)不料天意人心,到如此田地。(哭介)

【前腔】皇天列聖,高高呼不省。闌珊殘局,剩俺支撐,奈人心俱瓦崩。俺史可法好苦命也!(哭介)協力少良朋,同心無弟兄。只靠你們三千子弟,誰料今日呵,都想逃生,漫不關情,這江山倒像設着筵席請。(拍胸介)史可法,史可法!平生枉讀詩書,空談忠孝,到今日其實沒法了。(哭介)哭聲祖宗,哭聲百姓。(大哭介)(末勸介)元帥保重,軍國事大,徒哭無益也。(前扶介)你看淚點淋滴,把戰袍都濕透了。(驚介)咦!怎麼一陣血腥,快掌燈來。(雜點燈照介)呵呀!渾身血點,是那裡來的?(外拭目介)都是俺眼中流出來,哭的俺一腔血,作淚零。

(末叫介)大小三軍,上前看來:咱們元帥哭出血淚來了。

(淨、副淨、丑扮衆將上,看介)果然都是血淚。(俱跪介)

(淨)嘗言"養軍千日,用軍一時"。俺們不替朝廷出力,竟是一夥禽獸了。

(副淨)俺們貪生怕死,叫元帥如此難爲,那皇天也不祐的。

(丑)百歲無常,誰能免的一死,只要死到一個是處。罷,罷,罷!今日捨着狗命,要替元帥守住這座揚州城。

(末)好好!誰敢再有二心,俺便拿送轅門,聽元帥千刀萬剮。

(外大笑介)果然如此,本帥便要拜謝了。(拜介)

(衆扶住介)不敢不敢!(外)衆位請起,聽俺號令。(衆起介)

(外吩咐介)你們三千人馬,一千迎敵,一千内守,一千外巡。

(衆)是!

(外)上陣不利,守城。

(衆)是!

(外)守城不利,巷戰。

(衆)是!

(外)巷戰不利,短接。

(衆)是!

(外)短接不利,自盡。

(衆)是!

(外)你們知道,從來降將無伸膝之日,逃兵無回頸之時。(指介)那不良之念,再莫橫胸;無恥之言,再休掛口。纔是俺史閣部結識的好漢哩。

(衆)是!

(外)既然應允,本帥也不消再囑。(指介)大家歡呼三聲,各回汛地去罷。

(衆呐喊三聲下)

（外鼓掌三笑）妙妙！守住這座揚州城，便是北門鎖鑰了。
不怕煙塵四面生，江頭尚有亞夫營。
模糊老眼深更淚，賺出淮南十萬兵。

第三十六齣　逃　　難

乙酉五月

【香柳娘】（小生扮弘光帝，便服騎馬。雜扮二監、二宮女挑燈引上）聽三更漏催，聽三更漏催，馬蹄輕快，風吹蠟淚宮門外。咱家弘光皇帝，只因左兵東犯，移鎮堵截，誰知河北人馬，乘虛渡淮。目下圍住揚州，史可法連夜告急，人心皇皇，都無守志。那馬士英、阮大鋮躲的有影無蹤，看來這中興寶位也坐不穩了。千計萬計，走為上計。方纔騎馬出宮，即發兵符一道，賺開城門，但能走出南京，便有藏身之所了。趁天街寂靜，趁天街寂靜，飛下鳳凰臺，難撇鴛鴦債。（喚介）嬪妃們走動着，不要失散了。似明駝出塞，似明駝出塞，琵琶在懷，珍珠偷灑。（急下）

（淨扮馬士英騎馬急上）

【前腔】報長江鎖開，報長江鎖開，石頭將壞，高官賤賣沒人買。下官馬士英，五更進朝，纔知聖上潛逃。俺為臣的，也只得偷溜了。快微服早度，快微服早度，走出雞鵝街，隄防讎人害。（倒指介）那一隊嬌嬈，十車細軟，便是俺的薄薄宦囊；不要叫讎家搶奪了去。（喚介）快些走動。（老旦、小旦扮姬妾騎馬，雜扮夫役推車數輛上）來了，來了。（淨）好，好！要隨身緊帶，要隨身緊帶，殉棺貨財，貼皮恩愛。（繞場行介）

（雜扮亂民數人持棒上，喝介）你是奸臣馬士英，弄的民窮財盡。今日駄着婦女，裝着財帛，要往那裡跑？早早留下！（打淨倒地，剝衣，搶婦女財帛下）

（副淨扮阮大鋮，騎馬上）

【前腔】戀防江美差，戀防江美差，殺來誰代，兵符擲向空江瀨。今日可用着俺的跑了，但不知貴陽相公，還是跑，還是降？（作遇淨絆馬足介）呵呀！你是貴陽老師相，為何臥倒在地。（淨哼介）跑不得了，家眷行囊，俱被亂民搶去，還把學生打倒在地。（副淨）正是。晚生的家眷行囊，都在後面，不要也被搶去。受千人笑罵，受千人笑罵，積得些金帛，娶了些嬌艾。待俺回去迎來。（雜扮亂民持棒，擁婦女擡行囊上）這是阮大鋮的家私，方纔搶來，大家分開罷！（副淨喝介）好大膽的奴才，怎敢搶截我阮老爺的家私！（雜）你就是阮大鋮麼？來的正好。（一棒打倒，剝衣介）饒他狗命，且到雞鵝巷、褲子襠，燒他房子去。（俱下）（淨）腰都打壞，爬不起來了。（副淨）晚生的臂膊搥傷，也奉陪在此。（合）欺十分狼狽，欺十分狼狽，村拳共捱，雞肋同壞。

　　（末扮楊文驄冠帶騎馬，從人挑行李上）下官楊文驄，新任蘇松巡撫。今日五月初十出行吉日，束裝起馬，一應書畫古玩，暫寄媚香樓，託了藍田叔隨後帶來。俺這一肩行李，倒也爽快。

　　（雜稟介）請老爺趲行一步。

　　（末）為何？

　　（雜）街上紛紛傳說，北信緊急，皇帝、宰相，今夜都走了。

　　（末）有這等事，快快出城！（急走介）（馬驚不前介）這也奇了，為何馬驚不走？（喚介）左右看來！

　　（雜看介）地下兩個死人。

　　（副淨、淨呻吟介）哎喲！哎喲！救人，救人！

　　（末）還不曾死，看是何人？

　　（雜細認介）好像馬、阮二位老爺。

　　（末喝介）胡說，那有此事！（勒馬看，驚介）呵呀！竟是他二位。（下馬拉介）了不得，怎麼到這般田地？

　　（淨）被些亂民搶劫一空，僅留性命。

　　（副淨）我來救取，不料也遭此難。

　　（末）護送的家丁都在何處？

　　（淨）想也乘機拐騙，四散逃走了。

　　（末喚介）左右快來扶起，取出衣服，與二位老爺穿好。

　　（雜與副淨、淨穿衣介）

（末）幸有閑馬一匹，二位疊騎，連忙出城罷。

（雜扶淨、副淨上馬，摟腰行介）請了，無衣共凍真師友，有馬同騎好弟兄。（下）

（雜）老爺不可與他同行，怕遇着雠人，累及我們。

（末）是，是。（望介）你看一夥亂民，遠遠趕來，我們早些躲過。（作避路旁介）

（小旦扮寇白門，丑扮鄭妥娘，披髮走上）

【前腔】正清歌滿臺，正清歌滿臺，水裙風帶，三更未歇輕盈態。（見末介）你是楊老爺，為何在此？（末認介）原來是寇白門、鄭妥娘。你姊妹二人怎的出來了？（小旦）正在歌臺舞殿，忽然酒罷燈昏，內監宮妃紛紛亂跑。我們不出來還等什麼哩？（末）為何不見李香君？（丑）俺三個一同出來的，他腳小走不動，催了個轎子，擡他先走了。（末問介）果然朝廷出去了麼？（小旦）沈公憲、張燕築都在後邊，他們曉得真信。（外扮沈公憲，破衣抱鼓板，淨扮張燕築，科頭提紗帽鬅鬙跑上）笑臨春結綺，笑臨春結綺，擒虎馬嘶來，排着管絃待。（見末介）久違楊老爺了。（末問介）為何這般慌張？（外）老爺還不知麼？北兵殺過江來，皇帝夜間偷走了。（末）你們要向那裡去？（淨）各人回家瞧瞧，趁早逃生。（丑）俺們是不怕的；回到院中，預備接客。（末）此等時候，還想接客。（丑）老爺不曉得，兵馬營裡，纔好掙錢哩。這笙歌另賣，這笙歌另賣，隋宮柳衰，吳宮花敗。

（外、淨、小旦、丑俱下）

（末）他們親眼看見聖上出宮，這光景不妥了。快到媚香樓收拾行李，趁早還鄉罷。（行介）

【前腔】看逃亡滿街，看逃亡滿街，失迷君宰，百忙難出江關外。（作到介）這是李家院門。（下馬急敲門介）開門，開門！（小生扮藍瑛急上）又是那個叫門？（開門見介）楊老爺為何轉來？（末）北信緊急，君臣逃散，那蘇松巡撫也做不成了。整琴書襆被，整琴書襆被，換布襪青鞋，一隻扁舟載。（小生）原來如此。方纔香君回家，也說朝廷偷走。（喚介）香君快來。（旦上見介）楊老爺萬福！

（末）多日不見，今朝匆匆一敘，就要遠別了。（旦）要向那裡去？（末）竟回敝鄉貴陽去也。（旦掩淚介）侯郎獄中未出，老爺又要還鄉，撇奴孤身，誰人照看。（末）如此大亂，父子亦不相顧的。這情形緊迫，這情形緊迫，各人自裁，誰能攜帶？

（淨扮蘇崑生急上）將軍不惜命，皇帝已無家。我蘇崑生自湖廣回京，誰知遇此大亂，且到院中打聽侯公子信息，再作商量。

【前腔】俺匆忙轉來，俺匆忙轉來，故人何在？旌旗滿眼乾坤改。來此已是，不免竟入。（見介）好呀！楊老爺在此，香君也出來了。侯相公怎的不見？（末）侯兄不曾出獄來。（旦）師父從何處來的？（淨）俺為救侯郎，遠赴武昌，不料寧南暴卒。俺連夜回京，忽聞亂信，急忙尋到獄門，只見封鎖俱開。衆囚徒四散，衆囚徒四散，三面網全開，誰將秀才害？（旦哭介）師父快快替俺尋來。（末指介）望煙塵一派，望煙塵一派，拋妻棄孩，團圓難再。

（末向旦介）好好好！有你師父作伴，下官便要出京了。（喚介）藍田老收拾行李，同俺一路去罷。

（小生）小弟家在杭州，怎能陪你遠去。

（末）既是這等，待俺換上行衣，就此作別便了。（換衣作別介）萬里如魂返，三年似夢遊。（作騎馬，雜挑行李隨下）

（旦哭介）楊老爺竟自去了，只有師父知俺心事。前日累你千山萬水，尋到侯郎。不想奴家進宮，侯郎入獄，兩不見面。今日奴家離宮，侯郎出獄，又不見面。還求師父可憐，領着奴家各處找尋則個。

（淨）侯郎不到院中，自然出城去了。那裡找尋？

（旦）定要找尋的。

【前腔】（旦）便天涯海崖，便天涯海崖，十洲方外，鐵鞋踏破三千界。只要尋着侯郎，俺纔住脚也。（小生）西北一帶俱是兵馬，料他不能渡江。若要找尋，除非東南山路。（旦）就去何妨。望荒山野道，望荒山野道，仙境似天臺，三生舊緣在。（淨）你既一心要尋侯郎，我老漢也要避亂，索性領你前往，只不知路向那走？（小生指介）那城東棲霞山中，人跡罕到。大錦衣張瑶星先生，棄職修仙，俺正要拜訪為師。何不作伴同行,或者因緣湊巧,亦未可知。(淨)妙,妙,大家收拾包裹,一齊出城便了。(各背包裹行介)(旦)捨煙花舊寨,捨煙花舊寨,情根愛胎,何時消敗。

(淨)前面是城門了,怕有人盤詰。

(小生)快快趁空走出去罷。

(旦)奴家脚痛,也說不得了。

　　　(旦)行路難時淚滿腮,(淨)飄蓬斷梗出城來。

　　　(小生)桃源洞裡無征戰,(旦)可有蓮花並蒂開。

第三十七齣　劫　　寶

乙酉五月

【西地錦】(末扮黃得功戎裝,副淨扮田雄隨上)目斷長江奔放,英雄萬里愁長。何時歡飲中軍帳,把弓矢付兒郎。俺黃得功坂磯一戰,嚇的左良玉膽喪身亡。剩他兒子左夢庚,據住九江,烏合未散,俺且駐扎蕪湖,防其北犯。

(雜扮報卒上)報報報!北兵連夜渡淮,圍住揚州,南京震恐,萬姓奔逃了。

(末)那鳳、淮兩鎮,現在江北,怎不迎敵?

(雜)聞得兩位劉將軍,也到上江堵截左兵,鳳、淮一帶,千里空營。

(末驚介)這怎麼處!(喚介)田雄,你是俺心腹之將,快領人馬,去保南京。

【降黃龍】司馬威權,夜發兵符,調鎮移防。誰知他拆東補西,露肘捉襟,明棄淮揚金湯。九曲天險,只用蓮舟蕩漾。起煙塵,金陵氣暗,怎救宮牆。(下)(小生扮弘光帝騎馬,丑扮太監韓贊周隨上)

【前腔】(小生)堪傷,寂寞魚龍,潛泣江頭,乞食村莊。寡人逃出南京,晝夜奔走,宮監嬪妃,漸漸失散,只有太監韓贊周,跟俺前來。這炎天赤日,瘦馬獨行,何處納涼。昨日尋着魏國公徐宏基,他佯為不識,逐俺出府。今日又早來到蕪湖。(指介)那前面軍營,乃黃得功駐防之所,不知他肯容留寡人否。奔忙,寄人廊廡,只望他容留收養。(作下馬介)此是黃得功轅門。(喚介)韓贊周,快快傳他知道。(丑叫門介)門上有人麼?(雜扮軍卒上)是那裡來的?(丑)南京來的。(拉一邊悄說介)萬歲爺駕到了,傳你將軍速出迎接。(雜)啐!萬歲爺怎能到的這裡?不要走來嚇俺罷。(小生)你喚出黃得功來,便知真假。江浦邊,迎鑾護駕,舊將中郎。

(雜咬指介)人物不同,口氣又大,是不是,替他傳一聲。(忙入傳介)

(末慌上)那有這事,待俺認來。(見介)

(小生)黃將軍一向好麼?

(末認,忙跪介)萬歲,萬萬歲! 請入帳中,容臣朝見。

(丑扶小生升帳坐)

(末拜介)

【滾遍】戎衣拜吾皇,戎衣拜吾皇,又把天顏仰。為甚私巡,蕭條鞍馬蒙塵狀;失水神龍,風雲飄蕩。這都是臣等之罪。負國恩,一班相,一班將。

(小生)事到今日,後悔無及,只望你保護朕躬。

(末拍地哭奏介)皇上深居宮中,臣好戮力效命。今日下殿而走,大權已失,叫臣進不能戰,退無可守,十分事業,已去九分矣。

(小生)不必着急,寡人只要苟全性命,那皇帝一席,也不願再做了。

(末)呵呀! 天下者祖宗之天下,聖上如何棄的?

(小生)棄與不棄,只在將軍了。

(末)微臣鞠躬盡瘁,死而後已。

(小生掩淚介)不料將軍倒是一個忠臣。

(末跪奏介)聖上鞍馬勞頓,早到後帳安歇。軍國大事,明日請旨罷。

(丑引小生入介)

(末)了不得,了不得! 明朝三百年國運,爭此一時;十五省皇圖，歸此片土。這是天大的干係，叫俺如何擔承！（吩咐介）大小三軍，馬休解轡，人休解甲，搖鈴擊梆，在意小心着。

（眾應介）

（末喚介）田雄，我與你是宿衛之官，就在這行宮門外，同臥支更罷。（末枕副淨股，執雙鞭臥介）

（雜搖鈴擊梆，報更介）

（副淨悄語介）元帥，俺看這位皇帝不像享福之器，況北兵過江，人人投順，元帥也要看風行船纜好。

（末）說那裡話，常言"孝當竭力，忠則盡命"，為人臣子，豈可懷揣二心！

（內傳鼓介）

（末驚介）為何傳鼓？（俱起坐介）

（雜上報介）報元帥，有一隊人馬，從東北下來，說是兩鎮劉老爺，要會元帥商議軍情。

（末起介）好好好！三鎮會齊，可以保駕無虞了，待俺看來。（望介）

（淨扮劉良佐，丑扮劉澤清，騎馬領眾上）（叫介）黃大哥在那裡？

（末喜介）果然是他二人。（應介）愚兄在此拱候多時了。

（淨、丑下馬介）

（淨）哥哥得了寶貝，竟瞞着兩個兄弟麼？

（末）什麼寶貝？

（丑）弘光呀！

（末搖手介）不要高聲，聖上安歇了。

（淨悄問介）今日還不獻寶，等到幾時哩？

（末）什麼寶？

（丑）把弘光送與北朝，賞咱們個大大王爵，豈不是獻寶麼？

（末喝介）哎！你們兩個要來幹這勾當，我黃闖子怎麼容得！（持雙鞭打介）

（淨、丑招架介）

（末喊介）好反賊,好反賊!

【前腔】望風便生降,望風便生降,好似波斯樣。職貢朝天,思將奇貨擎雙掌;倒戈劫君,爭功邀賞。頓喪心,全反面,真賊黨。

（淨）不要破口,好好弟兄,為何廝鬧。

（末）啐!你這狗才,連君父不識,我和你認什麼弟兄。（又戰介）

（副淨在後指介）好個笨牛,到這時候還不見機。（拉弓搭箭介）俺田雄替你解圍罷。（放箭射末腿,末倒地介）

（淨、丑大笑介）

（副淨入內,急背出小生介）

（小生叫介）韓贊周快快跟來。

（內不應介）

（小生）這奴才竟捨我而去。（手打副淨臉介）你背俺到何處去?

（副淨）到北京去。

（小生狠咬副淨肩介）

（副淨忍痛介）哎呀!咬殺我也。（丟小生於地,向淨、丑拱介）皇帝一枚奉送。

（淨、丑拱介）領謝,領謝!（齊拉小生袖急走介）

（末抱住小生腿叫介）田雄,田雄!快來奪駕。

（副淨佯拉,放手介）

（淨、丑竟拉小生下）

（末作爬不起介）怎麼起不來的?

（副淨）元帥中箭了。

（末）那個射俺的?

（副淨）是我們放箭射賊,誤傷了元帥。

（末）瞎眼的狗才。我且問你,為何背出聖駕來?

（副淨）俺要護駕逃走的,不料被他們搶去。

（末）你與我快快趕上。

（副淨笑介）不勞元帥吩咐。俺是一名長解子,收拾包裹,自然

護送到京的。(背包裹雨傘急趕下)

（末怒介）呵呸！這夥没良心的反賊，俺也不及殺你了。(哭介)蒼天，蒼天！怎知明朝天下，送在俺黃得功之手！

【尾聲】平生驍勇無人當，拉不住黃袍北上，笑斷江東父老腸。罷罷罷！除却一死，無可報國。（拔劍大叫介）大小三軍，都來看斷頭將軍呀。（一劍刎死介）

第三十八齣　沈　江

乙酉五月

【錦纏道】（外扮史可法，氈笠急上）（回頭望介）望烽煙，殺氣重，揚州沸喧。生靈盡席捲，這屠戮皆因我愚忠不轉。兵和將，力竭氣喘，只落了一堆屍軟。俺史可法率三千子弟，死守揚州，那知力盡糧絕，外援不至。北兵今夜攻破北城，俺已滿拚自盡。忽然想起明朝三百年社稷，只靠俺一身撐持，豈可效無益之死，捨孤立之君。故此縋下南城，直奔儀真，幸遇一隻報船，渡過江來。（指介）那城闕隱隱，便是南京了；可恨老腿酸軟，不能走動，如何是好。（驚介）呀！何處走來這匹白騾，待俺騎上，沿江跑去便了。（騎騾，折柳作鞭介）跨上白騾韉，空江野路，哭聲動九原。日近長安遠，加鞭，雲裡指宮殿。

（副末扮老贊禮背包裹跑上）殘年還避亂，落日更思家。

（外撞倒副末介）

（副末）呵喲喲！幾乎滾下江去。（看外介）你這位老將爺好没眼色！

（外下騾扶起介）得罪，得罪！俺且問你，從那裡來的？

（副末）南京來的。

（外）南京光景如何？

（副末）你還不知麼，皇帝老子逃去兩三日了。目下北兵過江，滿城大亂，城門都關的。

（外驚介）呵呀，這等去也無益矣！（大哭介）皇天后土，二祖列宗,怎的半壁江山也不能保住呀。

（副末驚介）聽他哭聲,倒像是史閣部。（問介）你是史老爺麽？

（外）下官便是。你如何認得？

（副末）小人是太常寺一個老贊禮,曾在太平門外伺候過老爺的。

（外認介）是呀！那日慟哭先帝,便是老兄了。

（副末）不敢。請問老爺,為何這般狼狽？

（外）今夜揚州失陷,纔從城頭縋下來的。

（副末）要向那裡去？

（外）原要南京保駕,不想聖上也走了。（頓足哭介）

【普天樂】撇下俺斷篷船,丟下俺無家犬。叫天呼地千百遍,歸無路,進又難前。（登高望介）那滾滾雪浪拍天,流不盡湘纍怨。（指介）有了,有了！那便是俺葬身之地。勝黃土,一丈江魚腹寬展。（看身介）俺史可法亡國罪臣,那容的冠裳而去。（摘帽、脫袍、靴介）摘脫下袍靴冠冕。（副末）我看老爺竟像要尋死的模樣。（拉住介）老爺三思,不可短見呀！（外）你看茫茫世界,留着俺史可法何處安放。累死英雄,到此日看江山換主,無可留戀。（跳入江翻滾下介）

（副末呆望良久,抱靴、帽、袍服哭叫介）史老爺呀,史老爺呀！好一個盡節忠臣,若不遇着小人,誰知你投江而死呀！（大哭介）

（丑扮柳敬亭,攜生忙上）偷生辭獄吏,避亂走天涯。

（末扮陳貞慧,小生扮吳應箕,攜手忙上）日日爭門戶,今年傍那家。

（生呼介）定兄,次兄,日色將晚,快些走動。

（末、小生）來了。

（丑）我們出獄,不覺數日,東藏西躲,終無棲身之地。前面是龍潭江岸,大家商量,分路逃生罷！

（末）是,是。（見副末介）你這位老兄,為何在此慟哭？

（副末）俺也是走路的,適纔撞見史閣部老爺投江而死,由不的傷心,哭他幾聲。

（生）史閣部怎得到此？

（副末）今夜揚州城陷，逃到此間，聞的皇帝已走，跺了跺脚，跳下江去了。

（生）那有此事？

（副末指介）這不是脫下的衣服、靴、帽麽！

（丑看介）你看衣裳裡面，渾身硃印。

（生）待俺認來。（讀介）"欽命總督江北等處兵馬內閣大學士兼兵部尚書印"。

（生驚哭介）果然是史老先生。

（末）設上衣冠，大家哭拜一番。（副末設衣冠介）（眾拜哭介）

【古輪臺】（合）走江邊，滿腔憤恨向誰言？老淚風吹面，孤城一片，望救目穿。使盡殘兵血戰，跳出重圍，故國苦戀，誰知歌罷剩空筵。長江一線，吳頭楚尾路三千。盡歸別姓，雨翻雲變。寒濤東卷，萬事付空煙。精魂顯，大招聲逐海天遠。（生拍衣冠大哭介）

（丑）閣部盡節，成了一代忠臣。相公不必過哀，大家分手罷！

（生指介）你看一望煙塵，叫小生從那裡歸去？

（末）我兩人遠道前來，只為送兄過江；今既不能北上，何不隨俺南行。

（生）這紛紛亂世，怎能終始相依，到是各人自便罷！

（小生）侯兄主意若何？

（生）我和敬亭商議，要尋一深山古寺，暫避數日，再圖歸計。

（副末）我老漢正要向棲霞山去，那邊地方幽僻，盡可避兵，何不同往？

（生）這等極妙了。

（末、小生）侯兄既有棲身之所，我們就此作別罷！（拜別介）傷心當此日，會面是何年？（末、小生掩淚下）

（生問副末介）你到棲霞山中，有何公幹？

（副末）不瞞相公說，俺是太常寺一個老贊禮，只因太平門外哭奠先帝之日，那些文武百官，虛應故事，我老漢動了一番氣惱，當時約些村中父老，捐施錢糧，趁着這七月十五日，要替崇禎皇帝建一個水陸道場。不料南京大亂，好事難行，因此攜着錢糧，要到棲霞山上，虔請高僧，了此心願。

（丑）好事，好事！

（生）就求攜帶同行便了！

（副末）待我收拾起這衣服、靴、帽着。

（丑）這衣服、靴、帽，你要送到何處去？

（副末）我想揚州梅花嶺，是他老人家點兵之所，待大兵退後，俺去招魂埋葬，便有史閣部千秋佳城了。

（生）如此義舉，更為難得。

（副末背袍、靴等，生、丑隨行介）

【餘文】山雲變，江岸遷，一霎時忠魂不見，寒食何人知墓田。

　　（副末）千古南朝作話傳，　（丑）傷心血淚灑山川。

　　　　（生）仰天讀罷招魂賦，（副末）揚子江頭亂暝煙。

第三十九齣　棲　　真

乙酉六月

【醉扶歸】（淨扮蘇崑生同旦上）（旦）一絲幽恨嵌心縫，山高水遠會相逢。拿住情根死不松，賺他也做遊仙夢。看這萬疊雲白罩青松，原是俺天臺洞。（喚介）師父，我們幸虧藍田叔，領到棲霞山來。無意之中，敲門尋宿，偏撞着卞玉京做了這葆真庵主，留俺暫住，這也是天緣奇遇。只是侯郎不見，妾身無歸，還求師父上心尋覓。

（淨）不要性急。你看煙塵滿地，何處尋覓？且待庵主出來，商量個常住之法。

（老旦扮卞玉京道妝上）

【皂羅袍】何處瑤天笙弄，聽雲鶴縹緲，玉珮丁冬。花月姻緣半生空，幾乎又把桃花種。（見介）草庵淡薄，屈尊二位了。（旦）多謝收留，感激不盡。（淨）正有一言奉告，江北兵荒馬亂，急切不敢前行。我老漢的吹歌，山中又無用處，連日攪擾，甚覺不安。（老旦）說那裡話？舊人重到，蓬山路通；前緣不斷，巫峽恨濃，連床且話襄王夢。

（淨）我蘇崑生有個活計在此。（換鞋、笠，取斧、擔、繩索介）趁這天晴，俺要到嶺頭澗底，取些松柴，供早晚炊飯之用。不強如坐吃山空麼？

（老旦）這倒不敢動勞。

（淨）大家度日，怎好偷閒。（挑擔介）脚下山雲冷，肩頭野草香。（下）

（老旦閉門介）

（旦）奴家閑坐無聊，何不尋些舊衣殘裳，付俺縫補，以消長夏。

（老旦）正有一事借重。這中元節，村中男女，許到白雲庵與皇后周娘娘懸掛寶幡。就求妙手，替他成造，也是十分功德哩。

（旦）這樣好事，情願助力。

（老旦取出幡料介）

（旦）待奴薰香洗手，虔誠縫製起來。（作洗手縫幡介）

【好姐姐】念奴前身業重，綁十指筝絃簫孔；慵線懶針，幾曾解女紅。（老旦）香姐心靈手巧，一撚針線，就是不同的。（旦）奴家那曉針線，憑着一點虔心罷了。仙幡捧，懺悔盡教指頭腫，繡出鴛鴦別樣工。（共繡介）

（副末扮老贊禮，丑扮柳敬亭，背行李領生上）

【皂羅袍】（生）避了干戈橫縱，聽颼颼一路，澗水松風。雲鎖棲霞兩三峰，江深五月寒風送。（副末）這是棲霞山了。你們尋所道院，趁早安歇罷。（生看介）這是一座葆真庵，何不敲門一問。石牆蘿戶，忙尋煉翁，鹿柴鶴徑，急呼道童，仙家那曉浮生慟。

（副末敲門介）

（老旦起問介）那個敲門？

（副末）俺是南京來的，要借貴庵暫安行李。

（老旦）這裡是女道住持，從不留客的。

【好姐姐】你看石牆四聳，畫掩了重門無縫；修真女冠，怕遭俗客閧。（丑）我們不比遊方僧道，暫住何妨。（老旦）真經諷，謹把祖師清規奉,處女閨閣一樣同。

（旦）說的有理,比不得在青樓之日了。

（老旦）這是俺修行本等,不必睬他。且去香廚用齋罷。（同下）

（副末又敲門介）

（生）他既謹守清規,我們也不必苦纏了。

（副末）前面庵觀尚多,待我再去訪問。（行介）

（副淨扮丁繼之道裝,提藥籃上）

【皂羅袍】採藥深山古洞,任芒鞋竹杖,踏遍芳叢。落照蒼涼樹玲瓏,林中笋蕨充清供。（副末喜介）那邊一位道人來了,待我上前問他。（拱介）老仙長,我們上山來做好事的,要借道院暫安行李,敢求方便一二！（副淨認介）這位相公,好像河南侯公子。（丑）不是侯公子是那個？（副淨又認介）老兄你可是柳敬亭麼？（丑）便是。（生認介）呵呀！丁繼老,你為何出了家也。（副淨）侯相公,你不知麼？俺善才遲暮,羞入舊宮；龜年疏懶,難隨妙工,辭家竟把仙籙誦。

（生）原來因此出家。

（丑）請問住持何山？

（副淨）前面不遠,有一座采真觀,便是俺修煉之所。不嫌荒僻,就請暫住何如？

（生）甚好。

（副末）二位遇着故人,已有棲身之地。俺要上白雲庵,商量醮事去了。

（生）多謝攜帶。

（副末）彼此。（別介）人間消業海,天上禮仙壇。（下）

（副淨攜生、丑行介）跨過白泉,又登紫閣。雪洞風來,雲堂雨落。

（生驚介）前面一道溪水,隔斷南山,如何過去？

（副淨）不妨。靠岸有隻漁船,俺且坐船閒話,等個漁翁到來,央他撐去。不上半里,便是采真觀了。（同上船坐介）

(丑)我老柳少時在泰州北灣,專以捕魚為業,這漁船是弄慣了的,待我撐去罷。
　　(生)妙,妙。
　　(丑撐船介)
　　(生問副淨介)自從梳攏香君,借重光陪,不覺別來便是三載。
　　(副淨)正是。且問香君入宮之後,可有消息麼?
　　(生)那得消息來。(取扇指介)這柄桃花扇,還是我們訂盟之物,小生時刻在手。
　　【好姐姐】把他桃花扇擁,又想起青樓舊夢。天老地荒,此情無盡窮。分飛猛,杳杳萬山隔鸞鳳,美滿良緣半月同。
　　(丑)前日皇帝私走,嬪妃逃散,料想香君也出宮門。且待南京平定,再去尋訪罷。
　　(生)只怕兵馬趕散,未必重逢了。(掩淚介)
　　(副淨指介)那一帶竹籬,便是俺的采真觀,就請攏船上岸罷。
　　(丑挽船,同上岸介)
　　(副淨喚介)道僮,有遠客到門,快搬行李。
　　(內應介)
　　(副淨)請進。(讓入介)
　　　　(生)門裡丹臺更不同,(副淨)寂寥松下養衰翁。
　　　　(丑)一灣溪水舟千轉, (生)跳入蓬壺似夢中。

第四十齣　入　　道

　　乙酉七月
　　【南點絳唇】(外扮張薇瓢冠衲衣,持拂上)世態紛紜,半生塵裡朱顏老;拂衣不早,看罷傀儡鬧。慟哭窮途,又發閩堂笑。都休了,玉壺瓊島,萬古愁人少。貧道張瑤星,掛冠歸山,便住這白雲庵裡。修仙有分,涉世無緣。且喜書客蔡益所隨俺出家,又載來五車經史。那山人藍田叔也來皈依,替我畫了四壁蓬瀛。這荒山之上,既可讀書,又可臥遊,從此飛昇屍解,亦不算懵懂神仙矣。只有崇禎先帝，深恩未報，還是平生一件缺事。今乃乙酉年七月十五日，廣延道衆，大建經壇，要與先帝修齋追薦。恰好南京一個老贊禮，約些村中父老，也來搭醮。不免喚出弟子，趁早鋪設。（喚介）徒弟何在？

（丑扮蔡益所，小生扮藍田叔道裝上）塵中辭俗客，雲裡會仙官。（見介）弟子蔡益所、藍田叔，稽首了。（拜介）

（外）爾等率領道衆，照依黃籙科儀，早鋪壇場。待俺沐浴更衣，虔心拜請。正是：清齋朝帝座，直道在人心。（下）

（丑、小生鋪設三壇，供香花茶果，立旛掛榜介）

【北醉花陰】高築仙壇海日曉，諸天羣靈俱到，列星衆宿來朝。旛影飄颻，七月中元建醮。

（丑）經壇齋供，俱已鋪設整齊了。

（小生指介）你看山下父老，捧酒頂香，紛紛來也。

（副末扮老贊禮，領村民男女，頂香捧酒，挑紙錢、錠錁、繡旛上）

【南畫眉序】攜村醪，紫綘黃檀繡帕包。（指介）望虛無玉殿，帝座非遙。問誰是皇子王孫，撇下俺村翁鄉老。（掩淚介）萬山深處中元節，擎着紙錢來弔。（見介）衆位道長，我們社友俱已齊集了，就請法師老爺出來巡壇罷。

（丑、小生向內介）鋪設已畢，請法師更衣巡壇，行灑掃之儀。

（內三鼓介）

（雜扮四道士奏仙樂，丑、小生換法衣捧香爐，外金道冠、法衣，擎淨盞，執松枝，巡壇灑掃介）

【北喜遷鶯】（合）淨手灑松梢，清涼露千滴萬點拋。三轉九回壇邊繞，浮塵熱惱全澆。香燒，雲蓋飄，玉座層層百尺高。響雲璈，建極寶殿，改作團瓢。

（外下）

（丑、小生向內介）灑掃已畢，請法師更衣拜壇，行朝請大禮。

（丑、小生設牌位：正壇設故明思宗烈皇帝之位；左壇設故明甲申殉難文臣之位；右壇設故明甲申殉難武臣之位）

（內奏細樂介）

（外九梁朝冠、鶴補朝服、金帶、朝鞋、牙笏上）（跪祝介）伏以星斗增輝，快睹蓬萊之現；風雷佈令，遙瞻閶闔之開。恭請故明思宗烈皇帝九天法駕，及甲申殉難文臣：東閣大學士范景文、户部尚書倪元璐、刑部侍郎孟兆祥、協理京營兵部侍郎王家彥、左都御史李邦華、右副都御史施邦耀、大理寺卿淩義渠、太常寺少卿吳麟徵、太僕寺丞申佳胤、詹事府庶子周鳳翔、諭德馬世奇、中允劉理順、翰林院檢討汪偉、兵科都給事中吳甘來、巡視京營御史王章、河南道御史陳良謨、提學御史陳純德、兵部郎中成德、吏部員外郎許直、兵部主事金鉉、武臣新樂侯劉文炳、襄城伯李國禎、駙馬都尉鞏永固、協理京營內監王承恩等。伏願彩仗隨車，素旗擁駕。君臣穆穆，指青鳥以來臨；文武皇皇，乘白雲而至止。共聽靈籟，同飲仙漿。

（內奏樂，外三獻酒，四拜介）

（副末、村民隨拜介）

【南畫眉序】（外）列仙曹，叩請烈皇下碧霄；舍煤山古樹，解却宮縧。且享這椒酒松香，莫恨那流賊闖盜。古來誰保千年業，精靈永留山廟。

（外下）

（丑、小生左右獻酒，拜介）

（副末、村民隨拜介）

【北出隊子】（丑、小生）虔誠祝禱，甲申殉節羣僚。絕粒刎頸恨難消，墜井投繯志不撓，此日君臣同醉飽。

（丑、小生）奠酒化財，送神歸天。

（眾燒紙牌錢錁，奠酒舉哀介）

（副末）今日纔哭了個盡情。

（眾）我們願心已了，大家吃齋去。（暫下）

（丑、小生向內介）朝請已畢，請法師更衣登壇，做施食功德。

（設焰口，結高壇介）

（內作細樂介）

（外更華陽巾、鶴氅，執拂子上，拜壇畢，登壇介）

（丑、小生侍立介）

（外拍案介）竊惟浩浩沙場，舉目見空中之樓閣；茫茫苦海，回頭登岸上之瀛州。念爾無數國殤，有名敵愾，或戰畿輔，或戰中州，或戰湖南，或戰陝右；死於水，死於火，死於刃，死於鏃，死於跌撲踏踐，死於瘟疫饑寒。咸望滾榛莽之髑髏，飛風煙之燐火，遠投法座，遙赴寶山。吸一滴之甘泉，津含萬劫；吞盈掬之玉粒，腹果千春。

（撒米、澆漿、焚紙，鬼搶介）

【南滴溜子】沙場裡，沙場裡，屍橫蔓草；殷血腥，殷血腥，白骨漸槁。可憐風旋雨嘯，望故鄉無人拜掃；餓魄饞魂，來飽這遭。

（丑、小生）施食已畢，請法師普放神光，洞照三界，將君臣位業，指示羣迷。

（外）這甲申殉難君臣，久已超昇天界了。

（丑、小生）還有今年北去君臣，未知如何結果？懇求指示。

（外）你們兩廊道衆，齋心肅立。待我焚香打坐，閉目靜觀。

（丑、小生執香，低頭侍立介）

（外閉目良久介）（醒向衆介）那北去弘光皇帝，及劉良佐、劉澤清、田雄等，陽數未終，皆無顯驗。

（丑、小生前稟介）還有史閣部、左寧南、黃靖南，這三位死難之臣，未知如何報應？

（外）待我看來。（閉目介）

（雜白鬚、幞頭、朱袍、黃紗蒙面，幢幡細樂引上）吾乃督師內閣大學士兵部尚書史可法。今奉上帝之命，册為太清宮紫虛真人，走馬到任去也。（騎馬下）

（雜金盔甲、紅紗蒙面，旗幟鼓吹引上）俺乃寧南侯左良玉。今奉上帝之命，封為飛天使者，走馬到任去也。（騎馬下）

（雜金盔甲、黑紗蒙面，旗幟鼓吹引上）俺乃靖南侯黃得功。今奉上帝之命，封為遊天使者，走馬到任去也。（騎馬下）

（外開目介）善哉，善哉！方纔夢見閣部史道鄰先生，册為太清宮紫虛真人，寧南侯左崑山、靖南侯黃虎山，封為飛天、遊天二使者。一個個走馬到任，好榮耀也。

【北刮地風】則見他雲中天馬驕,纔認得一路英豪。咭叮噹奏着鈞天樂,又擺些羽葆斡旌。將軍刀,丞相袍,掛符牌都是九天名號。好尊榮,好逍遙,只有皇天不昧功勞。

（丑、小生拱手介）南無天尊,南無天尊！果然善有善報,天理昭彰。

（前稟介）還有奸臣馬士英、阮大鋮,這兩個如何報應？

（外）待俺看來。（閉目介）

（淨散髮披衣跑上）我馬士英做了一生歹事,那知結果這台州山中。

（雜扮霹靂雷神,趕淨繞場介）

（淨抱頭跪介）饒命,饒命！

（雜劈死淨,剝衣去介）

（副淨冠帶上）好了,好了！我阮大鋮走過這仙霞嶺,便算第一功了。（登高介）（雜扮山神、夜叉,刺副淨下,跌死介）

（外開目介）苦哉,苦哉！方纔夢見馬士英被雷擊死台州山中,阮大鋮跌死仙霞嶺上。一個個皮開腦裂,好苦惱也。

【南滴滴金】明明業鏡忽來照,天網恢恢飛不了。抱頭顱由你千山跑,快雷車偏會找,鋼叉又到。問年來吃人多少腦,這頂漿兩包,不夠犬饕。

（丑、小生拱手介）南無天尊,南無天尊！果然惡有惡報,天理昭彰。

（前稟介）這兩廊道衆,不曾聽得明白,還求法師高聲宣揚一番。

（外舉拂高唱介）

（副末、衆村民執香上,立聽介）

【北四門子】（外）衆愚民暗室虧心少,到頭來幾曾饒。微功德也有吉祥報,大巡環睜眼瞧。前一番,後一遭,正人邪黨,南朝接北朝。福有因,禍怎逃,只爭些來遲到早。

（副末、衆叩頭下）

（老旦扮卞玉京,領旦上）天上人間,爲善最樂。方纔同些女道,在周皇后壇前掛了寶旛,再到講堂參見法師。

(旦)奴家也好閒遊麼?

(老旦指介)你看兩廊道俗,不計其數,瞧瞧何妨。

(老旦拜壇介)弟子卞玉京稽首了!(起同旦一邊立介)

(副淨扮丁繼之上)人身難得,大道難聞。(拜壇介)弟子丁繼之稽首了。(起喚介)侯相公,這是講堂,過來隨喜。

(生急上)來了!久厭塵中多苦趣,纔知世外有仙緣。(同立一邊介)

(外拍案介)你們兩廊善衆,要把塵心拋盡,纔求得向上機緣。若帶一點俗情,免不了輪回千遍。

(生遮扇看旦,驚介)那邊站的是俺香君,如何來到此處?(急上前拉介)

(旦驚見介)你是侯郎,想殺奴也。

【南鮑老催】想當日猛然捨拋,銀河渺渺誰架橋,牆高更比天際高。書難捎,夢空勞,情無了,出來路兒越迢遙。(生指扇介)看這扇上桃花,叫小生如何報你。看鮮血滿扇開紅桃,正說法天花落。

(生、旦同取扇看介)

(副淨拉生,老旦拉旦介)法師在壇,不可只顧訴情了。

(生、旦不理介)

(外怒拍案介)咦!何物兒女,敢到此處調情!(忙下壇,向生、旦手中裂扇擲地介)我這邊清淨道場,那容得狡童遊女,戲謔混雜。

(丑認介)阿呀!這是河南侯朝宗相公,法師原認得的。

(外)這女子是那個?

(小生)弟子認得他,是舊院李香君,原是侯兄聘妾。

(外)一向都在何處來?

(副淨)侯相公住在弟子采真觀中。

(老旦)李香君住在弟子葆真庵中。

(生向外揖介)這是張瑤星先生,前日多承超豁。

(外)你是侯世兄,幸喜出獄了。俺原為你出家,你可知道麼?

（生）小生那裡曉得。

（丑）貧道蔡益所，也是為你出家。這些緣由，待俺從容告你罷。

（小生）貧道是藍田叔，特領香君來此尋你，不想果然遇着。

（生）丁、卞二師收留之恩，蔡、田二師接引之情，俺與香君世世圖報。

（旦）還有那蘇崑生，也隨奴到此。

（生）柳敬亭也陪我前來。

（旦）這柳、蘇兩位，不避患難，終始相依，更為可感。

（生）待咱夫妻還鄉，都要報答的。

（外）你們絮絮叨叨，説的俱是那裡話。當此地覆天翻，還戀情根欲種，豈不可笑！

（生）此言差矣！從來男女室家，人之大倫，離合悲歡，情有所鍾，先生如何管得？

（外怒介）呵呸！兩個癡蟲，你看國在那裡，家在那裡，君在那裡，父在那裡，偏是這點花月情根，割他不斷麼？

【北水仙子】堪歎你兒女嬌，不管那桑海變。豔語淫詞太絮叨，將錦片前程，牽衣握手神前告。怎知道姻緣簿久已勾銷；翅楞楞鴛鴦夢醒好開交，碎紛紛團圓寶鏡不堅牢，羞答答當場弄醜惹的旁人笑，明蕩蕩大路勸你早奔逃。

（生揖介）幾句話，説的小生冷汗淋漓，如夢忽醒。

（外）你可曉得麼？

（生）弟子曉得了。

（外）既然曉得，就此拜丁繼之為師罷。

（生拜副淨介）

（旦）弟子也曉得了。

（外）既然也曉得，就此拜卞玉京為師罷。

（旦拜老旦介）

（外吩咐副淨、老旦介）與他換了道扮。

（生、旦換衣介）

（副淨、老旦）請法師升座，待弟子引見。
（外升座介）
（副淨領生，老旦領旦，拜外介）

【南雙聲子】芟情苗，芟情苗，看玉葉金枝凋；割愛胞，割愛胞，聽鳳子龍孫號。水漚漂，水漚漂、石火敲，石火敲，剩浮生一半，纔受師教。

（外指介）男有男境，上應離方。快向南山之南，修真學道去。
（生）是。大道纔知是，濃情悔認真。
（副淨領生從左下）
（外指介）女有女界，下合坎道。快向北山之北，修真學道去。
（旦）是。回頭皆幻景，對面是何人。
（老旦領旦從右下）
（外下座大笑三聲介）

【北尾聲】你看他兩分襟，不把臨去秋波掉。虧了俺桃花扇扯碎一條條，再不許癡蟲兒自吐柔絲縛萬遭。

白骨青灰長艾蕭，桃花扇底送南朝。
不因重做興亡夢，兒女濃情何處消？

續四十齣　餘　韻

戊子九月

【西江月】（淨扮樵子挑擔上）放目蒼崖萬丈，拂頭紅樹千枝；雲深猛虎出無時，也避人間弓矢。　　建業城啼夜鬼，維揚井貯秋屍；樵夫剩得命如絲，滿肚南朝野史。在下蘇崑生，自從乙酉年同香君到山，一住三載，俺就不曾回家，往來牛首、棲霞，採樵度日。誰想柳敬亭與俺同志，買隻小船，也在此捕魚為業。且喜山深樹老，江闊人稀；每日相逢，便把斧頭敲著船頭，浩浩落落，盡俺歌唱，好不快活。今日柴擔早歇，專等他來促膝閒話，怎的還不見到。（歇擔盹睡介）

（丑扮漁翁搖船上）年年垂釣鬢如銀，愛此江山勝富春。歌舞叢中征戰裡,漁翁都是過來人。俺柳敬亭送侯朝宗修道之後,就在這龍潭江畔,捕魚三載,把些興亡舊事,付之風月閒談。今值秋雨新晴,江光似練,正好尋蘇崑生飲酒談心。(指介)你看,他早已醉倒在地,待我上岸,喚他醒來。(作上岸介)(呼介)蘇崑生。

(淨醒介)大哥果然來了。

(丑拱介)賢弟偏杯呀!

(淨)柴不曾賣,那得酒來?

(丑)愚兄也沒賣魚,都是空囊,怎麼處?

(淨)有了,有了!你輸水,我輸柴,大家煮茗清談罷。

(副末扮老贊禮,提弦攜壺上)江山江山,一忙一閑,誰贏誰輸,兩鬢皆斑。(見介)原來是柳、蘇兩位老哥。

(淨、丑拱介)老相公怎得到此?

(副末)老夫住在燕子磯邊,今乃戊子年九月十七日,是福德星君降生之辰。我同些山中社友,到福德神祠祭賽已畢,路過此間。

(淨)為何挾着弦子,提着酒壺?

(副末)見笑見笑!老夫編了幾句神弦歌,名曰"問蒼天"。今日彈唱樂神,社散之時,分得這瓶福酒。恰好遇着二位,就同飲三杯罷。

(丑)怎好取擾。(副末)這叫做"有福同享"。

(淨、丑)好,好!(同坐飲介)

(淨)何不把神弦歌領略一回?

(副末)使得!老夫的心事,正要請教二位哩。(彈弦唱巫腔)

(淨、丑拍手襯介)

【問蒼天】新曆數,順治朝,歲在戊子;九月秋,十七日,嘉會良時。擊神鼓,揚靈旗,鄉鄰賽社;老逸民,剃白髮,也到叢祠。椒作棟,桂為楣,唐修晉建;碧和金,丹間粉,畫壁精奇。貌赫赫,氣揚揚,福德名位;山之珍,海之寶,總掌無遺。超祖禰,邁君師,千人上壽;焚郁蘭,奠清醑,奪戶爭墀。草笠底,有一人,掀鬚長歎:貧者貧,富者富,造命奚為?我與爾,較生辰,同月同日;囊無錢,竈斷火,不啻乞兒。六十歲,花甲周,桑榆暮矣;亂離人,太平犬,未有亨期。稱玉斝,坐瓊筵,爾餐我看;誰為靈,誰為蠢,貴賤失宜。臣稽首,叫九閽,開聾啟瞶;宣命司,檢祿籍,何故差池。金闕遠,紫宸高,蒼天夢夢;迎神來,送神去,輿馬風馳。歌舞罷,雞豚收,須臾社散;倚枯槐,對斜日,獨自凝思。濁享富,清享名,或分兩例;內才多,外財少,應不同規。熱似火,福德君,庸人父母;冷如冰,文昌帝,秀士宗師。神有短,聖有虧,誰能足願;地難填,天難補,造化如斯。釋盡了,胸中愁,欣欣微笑;江自流,雲自捲,我又何疑。

（唱完放弦介）出醜之極。

（淨）妙絕！逼真《離騷》、《九歌》了。

（丑）失敬,失敬！不知老相公竟是財神一轉哩。

（副末讓介）請乾此酒。

（淨咂舌介）這寡酒好難吃也。

（丑）愚兄倒有些下酒之物。

（淨）是什麼東西？

（丑）請猜一猜。

（淨）你的東西,不過是些魚鱉蝦蟹。

（丑搖頭介）猜不着,猜不着。

（淨）還有什麼異味？

（丑指口介）是我的舌頭。

（副末）你的舌頭,你自下酒,如何讓客？

（丑笑介）你不曉得,古人以《漢書》下酒。這舌頭會説《漢書》,豈非下酒之物！

（淨取酒斟介）我替老哥斟酒,老哥就把《漢書》説來。

（副末）妙妙！只恐菜多酒少了。

（丑）既然《漢書》太長,有我新編的一首彈詞,叫做《秣陵秋》,唱來下酒罷。（副末）就是俺南京的近事麼？

（丑）便是！

（淨）這都是俺們耳聞眼見的,你若説差了,我要罰的。

（丑）包管你不差。（丑彈弦介）六代興亡,幾點清彈千古慨;半生湖海,一聲高唱萬山驚。（照盲女彈詞唱介）

【秣陵秋】陳隋煙月恨茫茫，井帶胭脂土帶香。駘蕩柳綿沾客鬢，叮嚀鶯舌惱人腸。中興朝市繁華續，遺孽兒孫氣焰張。只勸樓臺追後主，不愁弓矢下殘唐。蛾眉越女纔承選，燕子吳歈早擅場。力士簽名搜笛步，龜年協律奉椒房。西崑詞賦新溫李，烏巷冠裳舊謝王。院院宮妝金翠鏡，朝朝楚楚雨雲床。五侯閫外空狼燧，二水洲邊自雀舫。指馬誰攻秦相詐，入林都畏阮生狂。春燈已錯從頭認，社黨重鉤無縫藏。借手殺仇長樂老，脅肩媚貴半間堂。龍鍾閣部啼梅嶺，跋扈將軍噪武昌。九曲河流倩喚渡，千尋江岸夜移防。瓊花劫到雕欄損，玉樹歌終晝殿涼。滄海迷家龍寂寞，風塵失伴鳳徬徨。青衣銜璧何年返，碧血濺沙此地亡。南內湯池仍蔓草，東陵輦路又斜陽。全開鎖鑰淮揚泗，難整乾坤左史黃。建帝飄零烈帝慘，英宗困頓武宗荒。那知還有福王一，臨去秋波淚數行。

（淨）妙妙！果然一些不差。

（副末）雖是幾句彈詞，竟似吳梅村一首長歌。

（淨）老哥學問大進，該敬一杯。（斟酒介）

（丑）倒叫我吃寡酒了。

（淨）愚弟也有些須下酒之物。

（丑）你的東西，一定是山肴野蔌了。

（淨）不是，不是。昨日南京賣柴，特地帶來的。

（丑）取來共用罷。

（淨指口介）也是舌頭。

（副末）怎的也是舌頭？

（淨）不瞞二位說，我三年沒到南京，忽然高興，進城賣柴。路過孝陵，見那寶城享殿，成了芻牧之場。

（丑）呵呀呀！那皇城如何？

（淨）那皇城牆倒宮塌，滿地蒿萊了。

（副末掩淚介）不料光景至此。

（淨）俺又一直走到秦淮，立了半晌，竟沒一個人影兒。

（丑）那長橋舊院，是咱們熟遊之地，你也該去瞧瞧。

（淨）怎的沒瞧，長橋已無片板，舊院剩了一堆瓦礫。

（丑捶胸介）咳！慟死俺也。
（淨）那時疾忙回首，一路傷心，編成一套北曲，名為《哀江南》。待我唱來！（敲板唱弋陽腔介）俺樵夫呵！

【哀江南】【北新水令】山松野草帶花桃，猛擡頭秣陵重到。殘軍留廢壘，瘦馬臥空壕。村郭蕭條，城對着夕陽道。

【駐馬聽】野火頻燒，護墓長楸多半焦。山羊羣跑，守陵阿監幾時逃？鴿翎蝠糞滿堂抛，枯枝敗葉當階罩。誰祭掃，牧兒打碎龍碑帽。

【沉醉東風】橫白玉八根柱倒，墮紅泥半堵牆高，碎琉璃瓦片多，爛翡翠窗櫺少。舞丹墀燕雀常朝，直入宮門一路蒿，住幾個乞兒餓殍。

【折桂令】問秦淮舊日窗寮，破紙迎風，壞檻當潮，目斷魂消。當年粉黛，何處笙簫？罷燈船端陽不鬧，收酒旗重九無聊。白鳥飄飄，綠水滔滔，嫩黃花有些蝶飛，新紅葉無個人瞧。

【沽美酒】你記得跨青溪半里橋，舊紅板沒一條。秋水長天人過少，冷清清的落照，剩一樹柳彎腰。

【太平令】行到那舊院門，何用輕敲，也不怕小犬哞哞。無非是枯井頹巢，不過些磚苔砌草。手種的花條柳梢，盡意兒採樵，這黑灰是誰家廚竈？

【離亭宴帶歇指煞】俺曾見金陵玉殿鶯啼曉，秦淮水榭花開早，誰知道容易冰消。眼看他起朱樓，眼看他宴賓客，眼看他樓塌了。這青苔碧瓦堆，俺曾睡風流覺，將五十年興亡看飽。那烏衣巷不姓王，莫愁湖鬼夜哭，鳳凰臺棲梟鳥。殘山夢最真，舊境難丟掉，不信這興圖換稿。謅一套《哀江南》，放悲聲唱到老。

（副末掩泪介）妙是絕妙，惹出我多少眼淚。
（丑）這酒也不忍入唇了，大家談談罷。
（副淨時服，扮皂隸暗上）朝陪天子輦，暮把縣官門。皂隸原無種，通侯豈有根？自家魏國公嫡親公子徐青君的便是，生來富貴，享盡榮華。不料國破家亡，剩了區區一口。没奈何在上元縣當了一名皂隸，將就度日。訪拿山林隱逸，只得下鄉走走。（望介）那江岸之上,有幾個老兒閑坐,不免上前討火,就便訪問。正是:開國元勳留狗尾,換朝遺老縮龜頭。(前行見介)老哥們有火借一個!

(丑)請坐。

(副淨坐介)

(副末問介)看你打扮,像一位公差大哥。

(副淨)便是。

(淨問介)要火吃煙麼?小弟帶有高煙,取出奉敬罷。(敲火取烟奉副淨介)

(副淨吃烟介)好高煙,好高煙!(作醉暈臥倒介)

(淨扶介)

(副淨)不要拉我,讓我歇一歇,就好了。(閉目臥介)

(丑問副末介)記得三年之前老相公捧着史閣部衣冠,要葬在梅花嶺下,後來怎樣?

(副末)後來約了許多忠義之士,齊集梅花嶺,但不曾立得碑碣。

(淨)好事,好事。只可惜黃將軍刎頸報主,拋屍路旁,竟無人埋葬。

(副末)如今好了,也是我老漢同些村中父老,檢骨殯殮,起了一座大大的墳塋,好不體面。

(丑)你這兩件功德,却也不小哩。

(淨)二位不知,那左寧南氣死戰船時,親朋盡散,却是我老蘇殯殮了他。

(副末)難得,難得。聞他兒子左夢庚襲了前程,昨日扶柩回去了。

(丑掩泪介)左寧南是我老柳知己。我曾託藍田叔畫他一幅影像,又求錢牧齋題贊了幾句,逢時遇節,展開祭拜,也盡俺一點報答之意。

(副淨醒,作悄語介)聽他說話,像幾個山林隱逸。(起身問介)三位是山林隱逸麼?

(眾起拱介)不敢,不敢。為何問起山林隱逸?

（副净）三位不知麽？現今禮部上本，搜尋山林隱逸。撫按大老爺張掛告示，布政司行文已經月餘，並不見一人報名。府縣着忙，差俺們各處訪拿。三位一定是了，快快跟我回話去。

（副末）老哥差矣，山林隱逸乃文人名士，不肯出山的。老夫原是假斯文的一個老贊禮，那裏去得。

（丑、净）我兩個是説書唱曲的朋友，而今做了漁翁樵子，益發不中了。

（副净）你們不曉得，那些文人名士，都是識時務的俊傑，從三年前俱已出山了，目下正要訪拿你輩哩。

（副末）啐，徵求隱逸，乃朝廷盛典，公祖父母俱當以禮相聘，怎麼要拿起來！定是你這衙役們奉行不善。

（副净）不干我事，有本縣簽票在此，取出你看。（取看签票欲拿介）

（净）果有這事哩。

（丑）我們竟走開如何？

（副末）有理。避禍今何晚，入山昔未深。（各分走下）

（副净赶不上介）你看他登崖涉澗，竟各逃走無蹤。

【清江引】大澤深山隨處找，預備官家要。抽出綠頭簽，取出紅圈票，把幾個白衣山人嚇走了。（立听介）遠遠聞得吟詩之聲，不在水邊，定在林下。待我信步找去便了。（急下）

（内吟诗曰）

　　　　漁樵同話舊繁華，短夢寥寥記不差。
　　　　曾恨紅箋銜燕子，偏憐素扇染桃花。
　　　　笙歌西第留何客？煙雨南朝換幾家？
　　　　傳得傷心臨去語，年年寒食哭天涯。

附錄　桃花扇

（京劇）

歐陽予倩　改編

【作者簡介】歐陽予倩（1889—1962），湖南瀏陽人，著名戲劇家、電影藝術家，中國現代話劇創始人之一。1907年在日本留學期間參加春柳社，在《黑奴籲天錄》等劇中扮演角色。1911年回國後組織新劇同志會、春柳劇場，演出鼓吹革命、反對封建的新劇，同年加入南社。歷任南通伶工學校主任，南國社電影導演，廣州戲劇研究所所長，新華、明星、聯華等影片公司編導，廣西藝術館館長，桂林實驗劇團團長，香港永華影片公司編導。1949年後歷任中央戲劇學院院長、中國藝術科學研究院副院長、中國劇協副主席等職。1922年開始發表作品。著有京劇劇本《人面桃花》《孔雀東南飛》《梁紅玉》《木蘭從軍》《桃花扇》《漁夫恨》，話劇劇本《潘金蓮》《忠王李秀成》《桃花扇》《黑奴恨》，桂劇劇本《木蘭從軍》等。有《歐陽予倩劇作選》《歐陽予倩文集》，回憶錄《自我演戲以來》，藝術論文《一得餘抄》等。歐陽予倩一生創作、改編話劇四十餘部，導演話劇五十餘齣，創作、改編、修改戲曲劇本近五十部，編導影片十三部。他的作品與時代脈搏相通，且話劇中含有戲曲精華，戲曲中蘊有話劇特色，為中國的民族演劇藝術體系的構建作出了重要貢獻。

【劇情概要】崇禎末年，明朝將亡。風流才子侯朝宗為躲避戰亂來到南京，在正義文人中頗有聲望。侯朝宗與秦淮名妓李香君一見鍾情。侯朝宗新友楊文聰出面張羅，代辦妝奩，讓他梳攏了李香君。誰知此舉中人奸計，耗銀數百兩，皆是文人敗類阮大鋮所出，目的為了攏絡侯朝宗。香君與朝宗聞知，當即退還妝奩等物，堅決不與惡人同流合污。從此，阮大鋮懷恨在心。李闖王進京，崇禎皇帝自盡。鳳陽總督馬士英擁立昏庸的福王在南京稱帝。馬士英做了丞相，阮大鋮、楊文聰都成了新貴。侯朝宗因不滿這些新貴而被追殺，在香君的鼓勵下去揚州投奔史可法。阮大鋮為泄私憤，逼香君改嫁漕督田仰，香君觸柱反抗。馬士英等又傳香君與衆姐妹為他們歌舞，香君即席怒罵羣奸，而慘遭毒打迫害。揚州兵敗，史可法殉國，清軍入城。南京的福王與馬士英、阮大鋮、楊文聰等落荒而逃。最後，李香君歷盡劫難，抱病在葆貞庵中盼來了侯朝宗，纔知道侯朝宗應清朝的科舉考中副榜，做了清朝的官，來迎接她回去做官夫人的。香君痛恨他失節，斥責他忘了史閣部屍骨未冷，忘了千千萬萬老百姓喪了性命。香君表示自己"不想圖富貴做你的夫人"，"只當我是路旁人，不必相認，只望你好好珍重自己的前程"。最後，香君因久病纏身不能自支，倒地氣絕。

【版本流傳】該劇易見的版本有：一、中國戲劇出版社1959年出版的單行本；二、收入湖南人民出版社1982年出版的《歐陽予倩戲曲選》本；三、收入上海文藝出版社1990年出版的《歐陽予倩全集》本；四、收入華夏出版社2008年出版的《歐陽予倩代表作〈桃花扇〉》本。

【演出情況】京劇《桃花扇》又名《李香君》，係歐陽予倩根據孔尚任《桃花扇》原著改編而成。初稿完成於抗戰初期的1937年冬天。其後經作者修改，曾以桂劇和話劇的形式演出。1958年又經作者重新整理，成為中國京劇院一團的演出本，1959年由中國京劇院演出。歐陽予倩劇本與孔尚任原著最大的區別是結尾處侯朝宗的"變節"，通過侯朝宗和李香君的鮮明對比，熱情頌揚了李香君的氣節品格。

（張蘇昱）

序　　言（一）

　　一九三七年初冬，抗日戰線南移，上海淪陷，我懷着滿腔憂憤之情，費了差不多一個月的時間把《桃花扇》傳奇改編為京戲。僅僅演出兩場就被迫停演了。我那個劇本，依照孔尚任原作的故事輪廓，採用了其中的主要情節，只藉以發抒感慨，並沒有、也不可能僅忠實於原著作為一個古典劇作的翻版。我毫無顧忌、不拘格律、一氣呵成把劇本寫出來，排了不到三天就匆匆忙忙搬上了舞臺。作為一個歷史戲，作為一個藝術品當然很差，演出也很粗糙，但當時觀衆的反應是十分強烈的。

　　我突出地讚揚了秦淮歌女、樂工、李香君、柳敬亭輩的崇高氣節；對那些兩面三刀賣國求榮的傢伙，便狠狠地給了幾棍子。當時有不少那樣的知識分子，看着局勢大變，便左搖右擺，大發揮其兩不得罪的處世哲學。我看楊文聰一面跟復社少年做朋友，一面追隨阮大鋮、馬士英，我便借他來諷刺那些兩面派的人物。福王，我是把他作為一個昏庸的傀儡皇帝來處理的。四鎮武臣如劉澤清之流，擁兵自重，睚眥必報，毫無抗敵之心，而投降唯恐落後。至於阮大鋮、馬士英，原是魏黨的餘孽，那就更不足道了。

　　把以上的一些人物在那個時候搬上舞臺，還是有些作用的。像這樣的戲，在那個時候演出，影射時事在所難免，而且有些地方可能過於誇張，整個的看也有些風格不夠統一。及至一九三九年，我把它改編成桂戲，在桂林上演的時候，曾經加以某些刪改，但也曾根據當時的一些感想有一些補充：特別是對知識分子的軟弱動搖敲起警鐘；對勇於內爭、暗中勾結敵人的反動派，給予辛辣的諷刺。這個戲在桂林曾經轟動一時，最後被明令禁演。

　　一九四六年十二月，我和新中國劇社到了臺灣，最初演出了三個戲：《鄭成功》、《牛郎織女》、《日出》。此後因為一時找不到適當的節目,大家認為最好演一個歷史劇,就讓我把《桃花扇》寫成話劇本,我就躲在一個有溫泉的旅館裏,用十天工夫把劇本改好,排了七天,演出了四場。話劇本跟京劇本不同的地方,除了結構和形式之外,主要的是儘管字裏行間反映了對國民黨、對蔣介石的反動政治的反感,把它們當做暴露和諷刺的物件,但影射時事的痕跡不如京劇本那麼明顯。作為一個歷史戲看,當然也還是很不夠的。

現在這個演出本,照初稿又經過好幾次刪節和修改:盡可能截掉了那些當時認為必要的暴露和諷刺的對話,一則認為現在沒有必要,再則戲太長不能不割愛。照現在這個演出本,如果把整個的節奏加快一點,三個半小時能夠演完——一般地說似乎還難再加刪節。本來我想把第三幕第二場刪去,也曾這樣做過,只是彎轉得太急,看上去不舒服,也不接氣,只能保留。原來阮大鋮定計收買侯朝宗的一場,地點是在阮大鋮家裏,那樣比較合理,在我的劇作選集中仍保留着另外一場的形式。在演出本中根據蘇聯專家列斯裏同志的意見,把這場戲改在文廟前演,就戲而論是緊湊一些,也能節省時間,作為話劇這樣也好。

對劇中的幾個主要人物,似乎也不妨談談我的看法。李香君,一個十七八歲的女孩子,在秦淮的歌女中,她比較美貌多才,因此很有名氣。當時的王孫公子、富商巨賈傾慕她的當然不少,她的媽媽把她當寶貝,她自己也不免高自位置。她可能從評書、鼓詞和小說當中知道一些談忠說孝的故事,而在明朝當時,權傾天下的奸臣無惡不作,許多忠臣義士被陷害、遭屠殺;貪官污吏到處橫行,老百姓求生不得,引起了全國人民的憤怒,尤其下層民衆感受最深。過去婦女是被壓迫的,歌女尤其被人賤視。香君是一個聰明、伶俐、善良、性情高傲的女孩子,就她的所見所聞和她的遭遇,至少她不能無身世之感。她的兩個師傅柳敬亭、蘇昆生又是那麼富於正義感——寧願餓死不做奸黨的門客,她不可能不受他們的影響,因此李香君的憎恨奸臣傾向忠義,是有社會根據的。作為一個嬌生慣養的女孩子,最初看起來她不免有些任性,但經過幾次切身的變動,她的意志變得格外堅強了。侯朝宗的被迫逃走,她被逼嫁田仰，把她逼到絕望的地步，使她打定主意以死相拼。"賞心亭罵筵"一場，她是沒打算活的。

有人說：一個歌妓怎麼會那樣慷慨義烈，是不是誇張過分一點？也可能。但是歌妓也是人，是被殘酷壓迫的女性，不能說她們就是天生的賤骨頭，不能說因為她是個歌妓就應該剥奪做人的權利。一個歌妓要求做人，想要打破樊籠跳出火坑，得到最起碼的人的待遇，我們應當同情她，鼓勵她，不應該以為是歌妓只能被賤視，便根本予以否定。當然李香君是比較特殊的一個。有些明朝的遺老，繡着李香君的像掛在家裏，可見對香君的推崇，這也並不是偶然的。

香君跟侯朝宗的相愛，也跟一般的一見鍾情不同。一個歌女就等於一種貨物，對選擇丈夫是沒有自由的。李香君深深知道，她可能被賣去做一個老商人或者一個老官吏等等的姬妾；也可能終生流落江湖。想不到遇見侯朝宗，年輕、貌美、多才、有文名，像一個有志氣、有作為的；他又是那樣傾慕她，對她有出於真誠的愛，她不能不感到十分滿足而以身心相許。不管怎麼樣，她決心和他同患難共生死，充分表現出女子的癡心。所以只要侯朝宗有一點困難，她就拼命去幫助他；只要有誰傷害了他，她必定以死相爭；他是她的驕傲、她的希望所寄託，如果他叫她失望，她只有死。

侯朝宗是一個貴公子，很有文才。他到南京的時候還不過二十多歲，那時他父親侯恂正被誣下獄，他胸中充滿了憤世嫉俗之情，為家為國，他也有想做一番事業的抱負。可是他雖有一股熱情，也和其他嬌生慣養的公子王孫一樣沒有經過任何鍛煉，便顯得十分脆弱，他就上了阮大鋮的當，幾乎不能自拔。幸虧由於香君和陳定生、吳次尾等的幫助，他對阮大鋮纔沒有妥協。此後在離亂之中他還是經過不少挫折。可能他是經不起考驗，清朝儘管以後，為着他的家和他父親的安全，他到順天鄉試去應舉，在他看來是不得已的，他的内心不能沒有痛苦，可是以他那樣久負才名的飽學青年，主考官却不讓他及第，給了他一個副榜，這很可能是有意給他下不去。我認為侯朝宗還是有正義感的，他的心是善良的，可是兩朝應舉的事，在當時却失了人望，看張船山的詩"兩朝應舉侯公子，忍對桃花說李香"，就有不勝惋惜之情。我想李香君愛侯朝宗還是沒有愛錯，在她可能接觸到的許多人當中，侯朝宗可能還是最好的一個，後來對他失望、責備他，也正為對他的愛特別深厚，香君的悲劇也是侯朝宗的悲劇，他以憂患餘生不到三十八歲就死了。

我在京劇本和桂劇本裏頭對楊文聰的描寫不免有些過分的地方，抗戰時期借他諷刺兩面派的人物，也就不暇推敲。改話劇本的時候，對這個人物我也曾反復研究過一下。根據明史楊文聰傳和其他一些不同的記載，感覺這個人的性格不是很單純的：他能畫、能詩，語言舉止都很漂亮，的確是一個風流名士。他做過一任縣官，被人告他貪污，免職，他就到了南京，以詩畫自遣。他和復社少年侯朝宗、吳次尾等還有當時一些有名的青年文人做朋友，同時他與魏忠賢的黨羽阮大鋮來往很密。及至崇禎自縊，他的妻兄馬士英等擁立福王，他跟阮大鋮同時復用，身任要職，一時朝廷大權，掌握在阮、馬、楊三人之手。及至清兵大舉渡江，偏安之局解體，老百姓首先把他們三家的房子燒掉了。據記載，馬士英賣官鬻爵，多由楊文聰經手，可見老百姓把他跟阮、馬一樣對待也並不是偶然的。南京失陷以後，一說他由浙江到了福建，他的兒子和唐王從小是朋友，唐王自立，用他為兵部侍郎。清兵來了他帶着全家跟孫陵的軍隊一同撤退，路遇清兵，被殺。又據明野史附錄《魯監國載略》說：兵部侍郎楊文聰，已酉復過蘇州，取庫銀二十萬同田仰居山島中，曾遣兵四百載幣物獻清貝勒，貝勒盡殺之，後楊為田仰所賣，被清兵圍攻死亂軍中。這和《明季稗史初編》所記略同。一說楊文聰被清兵擒獲勸降不從，清兵並其子鼎卿同斬之。因此有些人對他的看法是這樣的：他是一個與藍瑛等齊名的畫家，他是一個殉國者，所以對他生平的某些缺點是可以原諒的；也有人認為他跟着擁立福王也不過是以為國家不可一日無君的意思，並無愛於阮、馬；有人認為他之為人，精通中國士大夫間傳統的處世哲學：不即不離、無可無不可。他取着兩不得罪的態度，不管東風壓倒西風也好，西風壓倒東風也好，他可以屹然不動、左右逢源，事實上還是熱衷利禄,倒在阮大鋮、馬士英一頭。他表面敷衍復社少年,心裏並不以他們為然,就個人的利害而論,他和阮大鋮相結納,阮大鋮能夠復官,他復官也就比較容易,所以他處處要替阮大鋮幫忙。我的看法基本上也就是這樣的。照孔尚任的《桃花扇》,撮合李香君和侯朝宗的是楊文聰。照侯朝宗寫的《李姬傳》說,替阮大鋮送錢給他的是"有王將軍者",是否可靠不得而知,也可能和楊文聰撮合是兩回事,似乎難據以反駁孔尚任。楊文聰被清兵所殺,我們不能當他是失節之臣,但也決不能因此而說他幫助阮大鋮是對的。

李貞麗這個人物在《桃花扇》原作當中並不出色,照侯朝宗《李姬傳》的說法,她是一個很豪爽的女人,賭博的時候一擲千金而無吝,這也不能說她怎麼了不得,以前我也沒有付以性格,最近的演出,我把她處理成一個通達世故而又很慈愛的媽媽。

鄭妥娘這個角色我是加過工的,在戲裏派了她很多用場。她的性格比較鮮明,她以很有風趣的談吐,諷刺了當時一些人物。

柳敬亭、蘇崑生這兩個樂工,都是有主張、有氣節、富於正義感、善良可愛的人物,可是他兩個人的性格並不一樣:蘇崑生似乎比較渾厚,思想也比較單純;柳敬亭比較爽朗,思想比較深刻,看問題比較尖銳。還有就是蘇崑生貴於幽默而帶感傷的情調,柳敬亭便經常把憤世嫉俗之情從他的說唱和言談中有力地表達出來。

我對以上所提的幾個人物就是那樣處理的。同時我想到兩個問題:一個問題是歷史戲與歷史的關係;再一個問題就是如何改變古典戲。這兩個問題詳細討論起來可能要占相當的篇幅,我在這裏只想就我所能體會到的簡單提一提。

我覺得歷史戲究竟是戲,不是歷史,對於歷史事件,我們可以根據當時的經濟、政治、人民的生活狀況、階級關係等來求得比較正確的看法。但是現存的史料,不管是正史、稗史或是小說筆記之類,很難說哪一個記載是百分之百的真實,尤其關於某一個人的記載,那就出入可能更多。例如"史外"說侯朝宗南來攜帶萬金,我就認為這是不可靠的,這一類不甚可靠的記載,就是現代也很多。所以寫歷史人物,只要把那個人物的思想見解、生活態度、社會關係寫的適合於他所處的那個時代，就不致違反歷史。至於把這個人物描繪成怎樣的形象，那是可以根據作者的見解來處理的，分寸是可以由作者來掌握的。

　　寫歷史上的大人物，説明一個大的歷史事件，反映那個時代的精神，這是一種性質的歷史戲。像話劇本《桃花扇》寫的主要是幾個平常人，企圖通過他們反映南明時代人民的感情或者僅僅是作家思想感情的寄託，都無不可。但戲只能當戲寫，為着戲裏的需要。適當地配備一些人物來説明問題，並不是對每個人物的生平事蹟都要做全面的交代。我寫《桃花扇》京劇本的時候，完全沒有想這是不是一個歷史戲，就是改寫話劇本的時候，也沒有把歷史戲這個概念放在心上，我只是想到哪里寫到哪里。當時如果我想到作為一個歷史戲應當怎樣寫，可能我就會有很多顧慮，難於下手，至少也絕不能脫稿那麼快。我寫的只是戲而已。我寫京劇本的時候手邊放着孔尚任的原作，曾經不時翻閱一下，可是京劇本寫成後，和原作大不相同，如作為介紹原作而從事改編，那我的劇本未免唐突古人。話劇本也和原作不同，不僅是中心思想，人物的處理，就是情節也有所改變，因此不能算改編本，只好算我的作品，粗劣之處我應自負其責。我常想我們的雜劇和傳奇，有很多極為優秀的作品，要把它們搬上今天的舞臺，需要加以整理和改編，那就必須盡可能保全原作的精神，忠實地使其再現，這是非常重要的工作，我想這和根據原有的情節改寫也並不矛盾，劇作家不妨有選擇的自由。我這樣想，不知對不對？

歐陽予倩
一九五七年六月二十六日於無錫大箕山

序　　言(二)

　　《桃花扇》京劇本的初稿是抗戰初期(一九三七年冬)上海淪陷的時候寫的。那時上海所有的劇場都停演了，勉強湊了幾個錢借一家戲館湊合演出了。當時只為借題發揮：一面抗議日寇的侵略，一面對蔣介石的假意抗戰實行不抵抗給予了嚴正的揭露。例如借劉澤清的口說："裝出要打的樣子就行，倘若當真去打，把自己一點本錢打光了，將來怎麽對付別人？"我最恨那些只想兩不得罪，毫無立場的知識分子，而在國難時期有許多經不起考驗的就現了原形，不能不予以無情的諷刺；反而平日被視為賤民的如李香君、柳敬亭等却表現出凛然的氣節，對他們不能不予以高度的表揚。

　　這個戲曾經一度修改以桂戲的形式演於桂林，最後被國民黨的審查機關禁演。一九四六年冬我同新中國劇社到臺灣，把它改成話劇，删除一些對外的部分，加強了對國民黨反動派腐朽統治的諷刺，只演兩場就停止了。一九四七年夏在上海重演，因劇社被迫害停演。

　　解放後，這個戲的話劇本收在《歐陽予倩劇作選》內，於一九五三年出版。現應中國京劇院的要求從新整理成京劇本，關於這個戲的人物處理，我曾經在話劇本的單行本的序言裏寫下了我的看法，現將原序附於卷首以供讀者參考。到現在為止，我還是覺得李香君、柳敬亭、蘇昆生、鄭妥娘這些愛國藝人是可愛的。有些人，像楊文聰儘管會作畫，侯朝宗儘管會寫古文，我不歡喜。當然我們不能以今天的標準去衡量古人，但即以中國傳統的政治道德看他們，也不能不為他們惋惜。

　　這個戲作為舊節目演演，我想也還可以，作為今天所要求的歷史戲就顯得很不够。在過去曾把這個戲當作對敵鬥爭的武器，也多少收到一定的效果，原作很長，此次大量加以删削並作了若干修改。我想,作為今天所要求的歷史戲當然不够,作為舊節目演演也還可以,若說有唐突古人之處,所不敢避也。

歐陽予倩

一九五九年三月

人　物

阮大鋮　陳定生　吳次尾　秀　才(四人)
侯朝宗　楊文聰　柳敬亭　阮　昇
李貞麗　小　紅　蘇昆生　鄭妥娘
寇白門　卞玉京　李香君　軍　卒
馬士英　家　丁　太　監　差　人(二人)
中軍官　秘書丞　難　民(四人)

第一場

（文廟前）

吳次尾：（內叫）打奸賊！打阮鬍子！

（眾和之。）

（阮大鋮從文廟中狼狼地走出，許多秀才追着打他，其中為首的陳定生、吳次尾、侯朝宗。）

阮大鋮：啊呀，他們追上來了！
吳次尾：哪裡去！（同陳定生等上，抓住阮大鋮）你可是阮大鋮？
阮大鋮：正是下官。
吳次尾：你別號叫圓海？
阮大鋮：是的。
吳次尾：人家叫你阮大鬍子？
阮大鋮：那隨便他們。
吳次尾：你是魏忠賢的乾兒子？
阮大鋮：隨便你們說。
吳次尾：你陷害了許多復社的朋友。
阮大鋮：沒有。
吳次尾：你也讀過詩書，為何不自愛惜，趨炎附勢，作了那魏忠賢的乾兒義子，便幫着那奸賊，對外賣國賣友，對內陷害忠阮大鋮：良,許多愛國的青年,死於你手,你還賴麼？想你們反抗朝廷,倘若不是我從中設法,恐怕你們這些秀才們,都要抓去殺頭呢。我念在斯文一脈,便不顧旁人笑罵,保全你們,想不到你們恩將仇報,怪不得人家都說你們這班亂黨是纏不得的。

吳次尾：住口！想你乃無恥小人,狗仗人勢,殺害了我們許多朋友,你還自鳴得意。如今逆賊魏忠賢已死,你的冰山已倒,你就該隱姓埋名,閉門思過,誰知你還在家中養戲班,養歌女,用來巴結官府,要想聯絡當地的紳士,恢復你的勢力。你還敢公然到文廟中上祭。至聖先師要你這奸賊來祭麼？你還敢大言不慚,還罵我們是亂黨。阮鬍子啊,阮大鋮,我把你這無廉下恥的賊！今日到此你還敢怎麼樣麼？

眾　　：我們打死這奸賊！——打！打！打！

侯朝宗：奸賊啊！（唱西皮搖板）
　　　　奸賊行事真可恨！

吳次尾：（唱）無廉無恥不像人。

陳定生：（唱）今日正好洩我的憤,

侯朝宗：（唱）冤家見面不容情。

陳定生：（唱）拳頭之下要爾的命！（打阮大鋮）
　　　　（楊文聰上）

楊文聰：（唱）來了排難解紛人。
　　　　諸位仁兄且莫動手,聽我一言！

阮大鋮：龍友兄救命啊！

陳定生：你是何人,敢幫這奸賊說話麼？

楊文聰：非也。小弟楊文聰,與這位侯師兄朝宗,這位吳世兄次尾,都是朋友。今日見諸位在此大動公憤,責打阮大鋮,諸位仁兄,嫉惡如仇,小弟十分佩服。不過在孔子廟前,倘若將人打死,恐怕有許多不便。君子不為已甚,圓海也是聰明人,諸位仁兄,就不能與以自新之路麼？

侯朝宗：好，念在楊兄講情，饒他這次，放他走吧！
吳次尾：便宜了這奸賊！
陳定生：快去！從此不許再來！
衆　　：呵呵。
侯朝宗：（大笑，唱）
　　　　亂臣賊子人人恨，
吳次尾：（唱）今日之事見輿情。
陳定生：（唱）要將奸賊都除盡，
楊文聰：（唱）諸兄還要三思行。
　　　　諸位仁兄，阮圓海以前的行為不端，是大家知道的，不過近來頗有悔過之意，得放手時須放手，諸兄不妨與以自新之路，況且外患已深，大家還是原諒些好。
侯朝宗：要消外患，必除奸賊。
吳次尾：着啊！
楊文聰：列位仁兄可得有甚麼消息否？
侯朝宗：道路阻塞不通，連家信都沒有了，何來消息！
吳次尾：楊兄可曾得到甚麼消息？
楊文聰：適纔看見官報，據說官兵一連大敗，流寇逼近京師，恐怕就要進城了！
陳定生：貪官污吏到處橫行，人民求生不得，又怎能不反！
楊文聰：內憂外患相逼，清兵又有進關的消息，大局不堪問了！
侯朝宗：唉！愁煞人也！（唱）
　　　　無限思鄉憂國意，
　　　　千愁萬恨壓眉低。
　　　　從今大亂無時已，
　　　　只有顛沛與流離。
楊文聰：事已至此無可如何，我輩且看春光。
陳定生：倘若清兵進關還有甚麼春光可看！
楊文聰：我們去到秦淮河上一訪佳麗如何？
侯朝宗：心緒不寧，不願前去。

楊文聰：侯兄！不是到過李貞麗家中麼？
侯朝宗：你怎麼知道？
楊文聰：風月場中的消息，比打仗的消息要靈通得多呢，哈哈哈哈！
　　　　（吳次尾、陳定生微哂。）
楊文聰：貞麗有個女兒名叫香君，可曾見過？
侯朝宗：聞得香君風姿絕代，還未曾見過。
楊文聰：小弟有心與侯兄作媒，你意下如何！
吳次尾：朝宗兄面紅了，哈哈哈哈！
侯朝宗：仁兄啊！（唱）
　　　　雖説是風月情無盡，
　　　　國家危急哪有心？
陳定生：與其問柳尋花，我看不如聽柳麻子説書，還有些道理。
侯朝宗：柳麻子？是不是那敬亭？
楊文聰：就是他！他説書唱道情都是一時無兩。
侯朝宗：聽説他是阮大鋮阮鬍子的門客，那也是奸黨的走狗，此等之人説書，不聽也罷。
吳次尾：侯兄那是你冤枉他了。阮鬍子自恃有錢，除了養戲班以外，還把蘇昆生、柳敬亭輩養在家裏。是小弟作了一篇文章，説明那阮鬍子是魏忠賢的餘黨。那蘇、柳二人，便帶了一班樂工不辭而去，這樣磊落光明，真是難得！
侯朝宗：想不到江湖上有這樣的豪傑，那一定要前去拜識。龍友兄同去如何？
楊文聰：敬亭差不多每日相見，今日不陪了。
侯朝宗：如此請便！
楊文聰：告辭了！（唱）
　　　　十里春風誰管領？
　　　　莫辜負美景與良辰。（下）
侯朝宗：（唱）只怕雲散風流盡——
　　　　（忽聞魚鼓聲。）

吳次尾：妙哇！（唱）
　　　　那旁來的是柳敬亭。
柳敬亭：（上，唱）
　　　　身份低微我骨頭硬。
吳次尾：敬亭，來得巧極了。
柳敬亭：吳相公，陳相公都在這裏！（唱）
　　　　來看一看秀才打奸臣。
　　　　告辭了。
吳次尾：這是為何？
柳敬亭：聽街坊上人説，秀才在打鬍子，我這個鬍子也有些害怕。
吳次尾：我們打的是阮鬍子！
柳敬亭：還好！我是個硬鬍子！
吳次尾：我們打的是大鬍子。
柳敬亭：我是個小鬍子。
吳次尾：他是魏忠賢的乾兒子。
柳敬亭：我是我爸爸的好兒子。
吳次尾：我們今日打阮鬍子打得可好？
柳敬亭：打得不好。
吳次尾：怎麼？
柳敬亭：没有打死啊。
衆　　：（笑）哈哈哈哈……
柳敬亭：打虎不死，反受其害。（見侯朝宗）這位是？
吳次尾：這是侯朝宗侯公子，也是復社的朋友。
柳敬亭：侯公子失敬了。
侯朝宗：敬老俠骨柔腸，相見恨晚。
柳敬亭：豈敢豈敢，我不願去替奸臣捧場面罷了。
侯朝宗：這就難得。
陳定生：如今有許多讀書人去做奸臣的走狗，亂咬好人，豈不令人可恨。
侯朝宗：敬老真有心人也。

柳敬亭：在下不才，最近編了幾支小曲。無非是叫老百姓大家起來提倡忠義，懲治奸邪的意思，眾位倘不嫌棄，請到寒舍奉茶，當面請教如何？
侯朝宗：我們正要前去領教。
柳敬亭：如此請！
眾　　：請！
陳定生：(念)國事紛紜誰能定？
吳次尾：(念)也有大任在書生。
侯朝宗：(念)莫遣遺珠落滄海，
柳敬亭：(念)長歌警世振人心。
　　　　(眾人同下。)

第二場

(阮大鋮家)
(阮大鋮上。)

阮大鋮：(唱西皮散板)
　　　　我自問處亂世頗有分寸，
　　　　想不到遇見了輕薄後生。
　　　　從今後與他們加一重仇恨，
　　　　不殺盡東林黨誓不為人。
　　　　下官阮大鋮，因為作官便利，投在魏忠賢門下，拜他以為義子，這也不過是借水行舟，有何不可？這樣一來，果然一帆風順，官爵上陞。可恨東林黨徒和復社的社友們，與俺作對。本想將他們一網打盡，不幸乾父魏忠賢一死，冰山既倒，依附為難，因此避居南京城中，以圖乘機再起。前日去到文廟上祭，也不過借此出頭之意，誰想侯朝宗、吳次尾等輩竟然不講情面，將俺打罵一番。這雖是我自討無趣，又怎能放過他們。這便怎麼處？……也罷，只好暫忍一時之氣，再想報仇之策。來！

（這時阮昇暗上。）

阮　昇：有！
阮大鋮：我新編的戲文《燕子箋》，可曾抄好？
阮　昇：已經抄好，原稿在此。
阮大鋮：家中戲班新置的行頭可曾齊備？
阮　昇：齊備了！
阮大鋮：傳話下去，叫他們趕快把《燕子箋》排練純熟，後天老爺就要請客。
阮　昇：知道了。（下）
阮大鋮：哼，我有的是好酒，好烹調，好戲班，還有自己編的好戲，外帶我還有錢，我可以用這許多東西聯絡地方上的紳士，結交這裏的官府。待我佈置好了，只要一個小小紙條兒，就叫你們這班東林復社的輕薄少年，死無葬身之地。主意定了，待我將《燕子箋》校對一番。（唱吹腔）

　　錦心繡口成文章，
　　一曲也能動帝王。
　　他日再到青雲上，
　　掃蕩狂徒整綱常。
（楊文聰溜上。）

楊文聰：圓老這樣用功麼？性命要緊啊！
阮大鋮：原來是龍友兄，請坐！
楊文聰：圓老不必客氣。
阮大鋮：那日多虧龍友兄解救，如若不然，就被他們打死了。
楊文聰：唉，他們都是一般少年氣盛之徒。
阮大鋮：他們目無尊長，將來必定造反。
楊文聰：我看圓老是不是要應付一番？
阮大鋮：倘若魏公還在，只要一紙文書，就把他們一網打盡。
楊文聰：如今是不行了。
阮大鋮：是不是要用些錢去收買他們？
楊文聰：還是疏通一下吧！

阮大鋮：只怕他們假裝不肯要錢。
楊文聰：錢是人人都要，不過當面送錢，似乎總不好意思。
阮大鋮：哦，是了。我們要使他們不知不覺的受了我的錢，就不好意思再與我作對了。
楊文聰：這未嘗不是釜底抽薪之意。
阮大鋮：不知他們當中為首的是哪一個？
楊文聰：侯朝宗似乎最有聲望。
阮大鋮：好好好！擒賊擒王，我們就在那侯朝宗身上，下些功夫。
楊文聰：如今倒有個好機會：那侯朝宗很有意於李貞麗的養女香君，只是囊中無錢，不能成其美事。圓老，你何妨花一筆錢，讓他梳櫳了香君。這也是藝林雅事。
阮大鋮：妙極了。大約要多少銀子。
楊文聰：香君是個名妓，頭一次上頭，總要多點，大約五六百金。
阮大鋮：那也不多，我就出六百銀子。
楊文聰：哪個可以作媒？
阮大鋮：那一定是楊老爺為媒。
楊文聰：噯，那如何使得！倘被人知道，還說我楊龍友堂堂縣令，與人帶馬，豈不是笑話！哈哈……
阮大鋮：為了小弟之事，總求龍友兄勉為其難！（跪下叩頭）
楊文聰：（慌忙還禮）圓老之事，就與小弟的事一樣。
阮大鋮：龍友兄你真是古道熱腸，令人欽佩。只要那侯朝宗到了李家，進了香君的房，上了香君的床，覺也睡了，錢也花了，看他還充什麼英雄好漢。正是忍拋金彈打黃雀。
楊文聰：準備絲綸釣海鼇。
　　　　（同下。）

第三場

（李香君家）
（李貞麗上。）

李貞麗：（念）枇杷門巷春長在，閑伴芳樽聽馬嘶。
　　　　奴李貞麗，在秦淮河畔住家，清歌妙舞，到處聞名，因此賓至如歸。在這秦淮名妓之中，也算首屈一指。有一女兒，名叫香君，今年十七歲了，非但聰明伶俐，而且美貌多情，早想找個才郎，替她梳攏，不想直到如今，高低不就，這倒是一椿心事。
　　　　（小紅暗上。）
　　　　（蘇昆生上。）
蘇昆生：恥為奸佞幫閒客，寧做街頭賣唱人。（與李貞麗相見）啊貞姐，你好？
李貞麗：蘇師傅來啦！請坐。（對小紅）小紅，去叫姐姐下樓，只說師傅來了。
　　　　（小紅應下。）
李貞麗：蘇師傅！你不是在阮大鬍子家裏教小班嗎，怎麼忽然出來了？
蘇昆生：當初為了吃飯，去到他家教戲。後來知道他是魏黨，我便與柳敬亭一同辭出來了！
李貞麗：如今你生計怎麼樣呢？
蘇昆生：縱然餓死，也不能做奸黨的門客。
李貞麗：看起來你的火氣倒還不小啦！
　　　　（小紅上。）
小　紅：媽媽，姐姐在樓上哭呢。
李貞麗：嗯，怎麼好端端會哭起來了？待我前去看來。
　　　　（李貞麗正待要走，忽聞鄭妥娘和寇白門的聲音。）
鄭妥娘：貞姐在家麼？
李貞麗：哪個？
　　　　（鄭妥娘、寇白門相繼進來。）
鄭妥娘：咦，哈哈！
李貞麗：原來是老妥。
寇白門：還有我呢。

李貞麗：喲，白門姐。
鄭妥娘：我們來約你到莫愁湖去玩去。
李貞麗：蘇師傅在這裏呢。
鄭妥娘：誰要理這糟老頭兒？
蘇崑生：你總會曉得我的厲害。
鄭妥娘：你那兩下子我都領教過了。香君呢？
李貞麗：在樓上。聽說在哭呢。
鄭妥娘：哭？為什麼？
李貞麗：我正要想去叫她。
鄭妥娘：也是時候了，十七八歲的姑娘了，遇見這樣春天，怎麼不難過呢？
李貞麗：誰像你這麼不要臉。
鄭妥娘：你不要管，讓我到樓上看看她去。（下）
蘇崑生：你看她，真像個猴子。
李貞麗：蘇師傅，外面有甚麼新聞？
蘇崑生：聽說李自成快要打進京城，清兵也有進關的消息。
寇白門：總不會打到南京來吧？
蘇崑生：難說得很。
李貞麗：那怎麼得了？
蘇崑生：我們有句古話："不了了之。"
（鄭妥娘上。）
鄭妥娘：你們當她為甚麼哭？原來她在看《精忠傳》，看到風波亭岳飛老爺歸天，她就哭了。
李貞麗：啐！看兵書落淚，替古人擔憂。
鄭妥娘：你們看，她把岳飛的名字都圈上一個紅圈，秦檜的名字，便全用香火來燒掉。
蘇崑生：（趕快接過書來一看）啊呀了不得，了不得！香君真是有心胸有志氣。本來麼像岳飛那樣的忠臣，人人應當敬重，秦檜那樣的賣國賊，人人得而誅之。
寇白門：我們上樓去看看香君去吧。（正要上樓，李香君已從樓上

　　　　　（下來）香君下樓來啦！
蘇昆生：香君,你真了不得!
李貞麗：得啦,笛子吹起來,讓香君把《牡丹亭》"良辰美景奈何天"的那一段,溫習兩遍吧。
蘇昆生：好好好。咳,"良辰美景奈何天,賞心樂事誰家院。"這兩句話,真是不盡興亡之感!
鄭妥娘：你看這老頭子又酸起來了!
　　　　（蘇昆生吹笛。）
李香君：（唱）"原來姹紫嫣紅開遍,
　　　　似這般都付與斷井頹垣!
　　　　良辰美景奈何天,
　　　　賞心樂事誰家院。"
　　　　（正唱的時候,楊文驄帶侯朝宗上,歌聲頓止,大家起立。）
楊文驄：好!
李貞麗：啊,楊老爺。
楊文驄：你們好熱鬧,唱下去,唱下去。
李貞麗：這位不是侯公子麼?香君你來看,這就是大家常常說起的侯公子呢,還不上前見過。
李香君：公子萬福!
楊文驄：不認識楊老爺了!
李香君：楊老爺萬福!
楊文驄：哈哈哈哈!侯兄你看她娉婷窈窕,真是天仙化人。
侯朝宗：但不知哪個有福之人可以消受。
楊文驄：有福之人麼,就在這裏啊!哈哈哈哈……（用扇扣侯朝宗肩。）
侯朝宗：（唱西皮散板）
　　　　桃花源裏神仙住,
　　　　是否漁郎得問津。
楊文驄：（唱）蘭香飛墮塵寰境,
　　　　神仙自古本多情。

（李香君送茶。）

鄭妥娘：楊老爺有那樣漂亮的公子，也不引見引見。

楊文聰：啊對不起，我倒忘懷了。侯兄，來來來，這是鼎鼎大名的卞玉京！

侯朝宗：不愧玉京仙子！

楊文聰：這是風流瀟灑的寇白門！

侯朝宗：真是白門柳色！

楊文聰：這是最風流最淘氣的鄭妥娘。

侯朝宗：果然十分妥當！

蘇昆生：她纔真是不妥。

鄭妥娘：我怎麼不妥？

蘇昆生：就是有點兒那個……

鄭妥娘：我要是不那個，你還不知道在哪兒呢。

侯朝宗：妥娘詞令真妙極了。小生有意拜訪香君妝樓，不知能否如願？

楊文聰：這要看香君的意思了，香君的妝樓是不容人輕到的。

侯朝宗：如此小生冒昧了。

李貞麗：香君請侯公子、楊老爺上樓待茶好麼？

（李香君微笑，侯朝宗大喜。）

李香君：楊老爺、侯公子，有請！

楊文聰：侯兄先行一步，小弟與貞麗還有話說。

侯朝宗：如此失敬了！（唱）
春色已報花開訊，
綺閣溫香醉煞人。（同李香君下）

楊文聰：（唱）見此情形我喜不盡，
美女打動了少年的心。

李貞麗：楊老爺請坐一會兒，我送公子上樓就來！（下）

鄭妥娘：楊老爺你是來做媒的是不是？

楊文聰：你怎麼知道？

鄭妥娘：這還瞞得過我嗎？

楊文聰：我正是做媒來的，你看方纔那個小夥子怎麼樣，可以配得上你吧。
鄭妥娘：我纔不歡喜那種酸不溜丟的。
楊文聰：他是當今的名士啊。
鄭妥娘：名士賣幾個錢一斤？
楊文聰：你真是俗不堪耐，只曉得買賣。
鄭妥娘：魏忠賢當權的時候，不是有許多名士都去賣身投靠嗎？還有些人心裏想賣，可是裝腔作勢地說："我是不賣的啊！"（用小生腔拉長着說）
楊文聰：你真把一班名士罵苦了。
鄭妥娘：賣身的名士多着呢！（唱）
　　　　名士風流多半假，
　　　　誤了青春誤國家。
楊文聰：（冷笑）哈哈哈哈！
李貞麗：（跑上）楊老爺你剛纔說有什麼事？
楊文聰：這……
鄭妥娘：八成是叫我們躲開，咱們走吧！讓他們……（拉着卞玉京、寇白門要走，對蘇昆生使眼色）喂，老師傅，你走不走？
蘇昆生：麗貞姐！我看香君今日不能上學了。楊老爺，老漢告假。
楊文聰：蘇師傅請少待。
鄭妥娘：好，那我們先走。
李貞麗：相煩你們上樓去，幫着陪陪侯公子。
鄭妥娘：我不去，我怕香君吃醋。回頭見。（與卞玉京、寇白門同下。）
楊文聰：這個人倒真爽快。
蘇昆生：玩笑場中總要有她纔顯得熱鬧。
楊文聰：貞娘你看侯公子人品如何？
李貞麗：人品是再好沒有了。
楊文聰：我想香君也必定如意。
李貞麗：郎才女貌自然是一見傾心。

楊文聰：我有意舉薦侯公子梳攏香君，你意如何？
李貞麗：楊老爺舉薦還有甚麼話說，不過……
楊文聰：貞娘你不必遲疑，聘禮都包在我的身上。
李貞麗：楊老爺您還要客氣嗎？
楊文聰：二百兩置衣服首飾，一百兩壓衣箱，三十兩辦酒席，二十兩賞樂工，另外有五十兩，就隨你分派，一共是四百兩，成就是今晚，不成我們就走。（笑嘻嘻地說着，絲毫不露痕跡）
蘇崑生：楊老爺真是周到極了！
李貞麗：漫說是有這麼多聘禮，只要楊老爺一句話也就成了。
楊文聰：如此就請蘇師傅為媒。
蘇崑生：承楊老爺不棄，當得效勞。
楊文聰：既然如此，你們一面預備起來，聘禮馬上派人送到。
李貞麗：多謝楊老爺！
蘇崑生：我們先到樓上對侯公子說明。
楊文聰：我看不必說明。少時我便把幾套新衣送來，等到酒席齊全之後，你們就去請侯公子下樓飲酒。再把柳敬亭那班清客和一班手帕姐妹們一齊邀來，大家熱鬧一番，酒過三巡，就把公子送上樓去——使他不知不覺進了洞房，不知不覺上了牙床，不知不覺枕上成雙，不知不覺到了天光，叫他像劉阮到天臺一般，這豈不是十分有趣。
蘇崑生：這真是妙人妙事。
李貞麗：真是妙極了。侯公子要問呢？
楊文聰：你只含含糊糊，說我預備好了就是。
　　　　（小紅上。）
小　紅：姐姐請楊老爺上樓去。
楊文聰：我要先去了，只說我有事先行，不克奉陪，一切都請蘇師傅幫同辦理，再去把柳敬亭約來更好。
蘇崑生：遵命。
楊文聰：這裏有紋銀五十兩，權當一茶之敬。

蘇昆生：這是萬不敢當。
楊文聰：不收便是嫌少。
李貞麗：既是楊老爺的好意，師傅就收下吧。
蘇昆生：如此多謝楊老爺。
楊文聰：這裏還有五十兩送與柳敬亭，請代為收下。
蘇昆生：這算何意？
楊文聰：因我知道他自從阮家出來以後，景況不佳。所以借個題目大家來熱鬧一下，這也不過是朋友幫忙而已。
蘇昆生：楊老爺真義俠之人也！我去叫外邊給您備馬。（下）
楊文聰：告辭了！（唱搖板）
　　　　藝林雅事風流陣，
　　　　銷金帳內可銷魂。（下）
　　　　（暗轉。場上懸燈結彩，點起一對紅蠟燭。"小吹打"。鄭妥娘和侯朝宗同上。）
侯朝宗：（問鄭妥娘）怎麼這樣的熱鬧哇？
鄭妥娘：今晚李家做親。
侯朝宗：做親？
鄭妥娘：今天晚上是香君下海。
侯朝宗：下海？
鄭妥娘：下海就是梳櫳，梳櫳就是上頭，上頭就是……你別裝傻了，趕快去接新娘子吧！
　　　　（柳敬亭、蘇昆生上）
侯朝宗：啊，蘇師傅、柳敬老怎麼都在此處？
蘇昆生：楊文聰楊老爺叫我們前來奉陪公子。
侯朝宗：楊老爺怎麼不在？
蘇昆生：楊老爺說今日別處還有要事，明日前來賀喜。
侯朝宗：真叫我梳櫳香君麼？
鄭妥娘：你還有甚麼不願意嗎？
侯朝宗：秀才點狀元哪有不願意之理，只是我阮囊羞澀難以為情。
李貞麗：公子不必煩心，楊老爺早已佈置好了。

侯朝宗：怎麼楊老爺……
蘇昆生：是啊，楊老爺說過，朋友相交應當主持風雅，願天下有情人都成眷屬，祝公子與香君同偕到老。
侯朝宗：楊仁兄真是多情人也。只是如此情景，真如作夢一般！
鄭妥娘：這樣的好夢倒是不常有的。你看新娘子來了！
（小紅提紗燈，寇白門、卞玉京和李貞麗簇擁着李香君上。）
鄭妥娘：（指着李香君對侯朝宗）你看她是誰？
侯朝宗：不是月裏嫦娥，便是人間仙子。
鄭妥娘：她正是月裏嫦娥，你到月宮來了。新人請上座，痛飲三百杯！
侯朝宗：溫柔鄉裏住，沉醉不思歸。
鄭妥娘：你們只管咬文嚼字，新娘子的腿都站酸了。
侯朝宗：啊呀啊呀，此乃小生之罪也。（說完對李香君一揖，大家都笑起來）
鄭妥娘：還應當拜過丈母娘！
（侯朝宗又拱手一揖，衆大笑，入席。）
侯朝宗：（唱西皮原板）
　　　　今夜晚到此間真如夢境！
（鄭妥娘在過門中敬交杯。）
衆　　：公子大喜！
侯朝宗：（唱）又是驚又是喜五內不寧。
卞玉京：公子請酒！
鄭妥娘：喜酒要多喝幾杯。
寇白門：我們大家來敬吧。
侯朝宗：豈敢。（唱）
　　　　可歎我避難人漂泊無定，
　　　　只有這一寸心報答娉婷。
李貞麗：香君敬公子一杯。
李香君：（唱原板）

我這裏捧金杯略表誠敬,
你本是青雲客久負才名。
到將來為國家擔當重任,
這杯酒恭祝你萬里鵬程!
(李貞麗敷衍着衆人下。)

侯朝宗:(唱)
多謝你金石言我牢牢記緊,
誰能够似這般伶俐聰明!
酒下喉不由我動了詩興,(指扇)
題詩在此扇上永表真誠。

李香君:公子請題。
寇白門:待我來捧硯。
柳敬亭:我看這硯,應當讓香君來捧!
鄭妥娘:碰釘子不是! 我看作詩不如唱戲,唱戲還不如划拳,來吧來吧!
蘇昆生:讓人家題完詩再划拳吧。
寇白門:碰釘子不是?
(鄭妥娘作個鬼臉。李香君捧硯。)

侯朝宗:(題詩,唱)
我與你前世裏姻緣有分,
初相見兩下裏刻骨銘心,
詞偏短意偏長纏綿無盡……

李香君:(唱)每一字都含有無限深情。
柳敬亭:新詩成就,應當酌酒為敬。(斟酒敬侯朝宗飲盡)
蘇昆生:公子與香君吃一個成雙杯!
(唱)喝一個成雙杯春滿乾坤。
(侯朝宗又飲一杯。)
寇白門:我也來敬一杯。(敬酒)
侯朝宗:小生要醉了。(飲乾)
鄭妥娘:我也奉敬一杯。

侯朝宗：小生真要醉了。
鄭妥娘：人家的都喝了,只不喝我的,那我不來啦!
侯朝宗：好好,小生乾杯就是。
（侯朝宗正待飲,李香君奪酒一飲而盡。）
鄭妥娘：唷,真不害臊,還沒有上頭,就這樣巴結,這杯不算,我們再來敬過。
（李貞麗上。起二更。）
李貞麗：時候不早啦,請公子上樓安歇了吧。
鄭妥娘：丈母娘保駕來了!
侯朝宗：小生不勝酒力了!
（唱西皮搖板）秦淮風月無邊景,
蘇昆生：送新人入洞房。
李香君：（唱）不是高唐也有雲。
侯朝宗：（唱）縱使烽煙家萬里,
李香君：（唱）何妨相惜眼前春。
（奏細樂。小紅捧燭引侯朝宗李香君下,眾同下。拉二道幕。只留蘇昆生、柳敬亭二人在二道幕外。）
蘇昆生：好啦,又算完了一樁事。
柳敬亭：我看這是一樁笑話。
蘇昆生：何以見得是笑話?
柳敬亭：侯公子怎麼忽然梳櫳香君?
蘇昆生：他與香君一見鍾情。
柳敬亭：就是一見鍾情也不會這麼快呀。
蘇昆生：李香君正到了長成的時候,遇見了美貌多才的侯公子,那侯公子作客在外,遇見了如花似玉的李香君,那還不是乾柴烈火,一碰就着。
柳敬亭：侯公子是避難來的,哪里有許多銀錢?
蘇昆生：聽說錢是楊文聰出的。
柳敬亭：這就奇了,楊文聰從來不是錢多揮霍之人,哪裏有許多錢借與朋友?他還與我們每人五十兩,我怕這個錢受不得。
蘇崑生：我受得你也受得。你又何必多疑？
柳敬亭：我看事有蹊蹺，這個錢還是暫時存在貞麗那裏，將來看能受則受，不能受就來將款退回，你意如何？
蘇崑生：那也使得，正是：害人之心不可有，
柳敬亭：防人之心不可無。
（同下。）

第四場

（香君妝樓）
（奏幕間短曲。開幕小紅整理妝台。李香君上，對鏡理妝，小紅助整衣飾。）
李香君：（唱南梆子）
洞房昨夜春初透，
盡是那風流家世也自含羞，
滋味在心頭，也自上眉頭，
愛情郎，文采與風流，
（侯朝宗暗上。）
李香君：（唱）但願天長地久，
恩愛夫妻得到白頭。
明鏡裏並肩看鸞交鳳友！
（小紅為李香君着披，侯朝宗接過去，李香君驚喜。）
李香君、侯朝宗：（並肩對鏡，同唱）
比翼雙飛真自由。
（鄭妥娘、寇白門、卞玉京等笑着走上。）
鄭妥娘：昨晚怎麼樣？還好吧？
寇白門：恭喜！恭喜！
鄭妥娘：辛苦！辛苦！（同笑了）
李貞麗：（內）楊老爺來了。

（李貞麗引楊文聰上。）

楊文聰： 看花載酒尋常事，得風流處且風流。朝宗兄恭喜恭喜！哈哈……

侯朝宗： 龍友兄，多謝成全！

李貞麗： 香君快來拜謝楊老爺！

李香君： 多謝楊老爺！

楊文聰： 啊呀呀，打扮起來越發的標緻了！

侯朝宗： 龍友兄，時局消息如何？

楊文聰： 今日沒有得到甚麼消息，（隨手接過李香君手中之扇）呵，這是侯兄的定情詩。這詩也只有香君當得，仁兄，我這個媒人作得如何？（回頭對李香君）香君！你看侯相公，人是人才，文是文才，你總稱心如意吧？哈哈哈哈……

侯朝宗： 是啊，我與香君雖不過一宵之愛，彼此海誓山盟，必定白頭偕老。仁兄成全之德，永不能忘。不過這許多妝奩、禮物，都是仁兄所賜，如此厚愛，何以克當。

李貞麗： 好朋友也不在乎的。

李香君： 楊老爺，聽侯相公說，他與楊老爺舊日並無深交，楊老爺在此也是做客，囊中並非十分充裕。哪里來許多銀錢送與朋友去尋花問柳呢？

楊文聰： 這……

李貞麗： （把李香君拉到一旁。）喂，這些話你問他做甚麼？

李香君： 這是侯郎叫我問的。

李貞麗： 你瞧，一來你就這樣聽他的話，那叫作媽媽的還說甚麼呢！來來來，楊老爺喝杯酒吧，就當我們謝大媒。

楊文聰： 不用客氣，擺下就是。侯兄請這裏來。適纔香君不問，小弟本不好啟齒，如今既問，小弟也只好說個明白。

侯朝宗： 小弟也正在有些疑惑，還望仁兄說明緣故。

楊文聰： 此次仁兄梳櫳香君，一共用了五六百兩銀子，這個錢都不是小弟的。

侯朝宗： 是哪個的？

楊文聰：乃是另外一個朋友的。
侯朝宗：哪一個朋友？
楊文聰：說將出來，仁兄不要動氣。
侯朝宗：請你快說。
楊文聰：這錢乃是阮圓海送的。
侯朝宗：阮圓海！就是那阮大鋮阮鬍子麼？
楊文聰：正是。
侯朝宗：怎麼，我在此處所用之錢都是那阮大鬍子的麼？
楊文聰：是啊，朝宗兄你用的是阮大鬍子的錢。
（侯朝宗驚呆。）
楊文聰：些小之事，仁兄不必為難，想那阮圓海，他也是聰明人，當日他投到魏忠賢的門下，也有他不得已的苦衷。那魏忠賢本想殺盡天下讀書人，多虧阮大鬍子從中設法，保全的也就不少。不想復社少年不能相諒，始終當他是個壞人，因此他想求仁兄替他在朋友面前疏通一二。
侯朝宗：（大窘，旁語）啊呀且住！我怎麼糊裏糊塗用了阮鬍子的錢？我本想將錢全數還他，無奈我兩袖清風，無法可想；倘不還他，人家說我用奸賊的錢眠花宿柳，那還了得！這這這便怎麼處？
李香君：侯郎有何為難之事，如此煩悶？
侯朝宗：（不答）且慢，只好將目前敷衍過去再做道理。（對楊文聰）仁兄的意思，我已明白，那阮大鋮，只要他誠心悔過，從此好好作人，我也可以原諒，就替他在朋友面前疏通一二也未嘗不可……
楊文聰：倘能解釋冤仇，吾輩之幸也。
侯朝宗：至於那五六百金，小弟雖窮，還能設法，陸續還他就是。
楊文聰：這又何必。
侯朝宗：只是龍友兄！此事關係小弟一生的名譽，還望對外不要說起。
楊文聰：那個自然，外人是不知道的。

李香君：侯郎你此言差矣！
李貞麗：孩子，你管甚麼閒事？
李香君：我聽了半日早已明白，侯郎你是被人賣了！
楊文聰：香君你說話要謹慎些。
李香君：楊老爺，你難道不知到阮大鬍子是魏忠賢的義子，他作惡多端，天下唾罵，你為什麼這樣替他奔走？
楊文聰：胡說！一個願打，一個願挨，與我有甚麼相干？
李香君：分明欺負侯郎忠厚，便做成圈套，要毀壞他的名譽。
李貞麗：香君不許多講！
楊文聰：生米煮成了熟飯，不要錯怪了好人。
李香君：甚麼叫生米煮成了熟飯？難道說侯郎在我這裏住了一晚，便不能做人了麼？
楊文聰：老爺們的事你要少管。
李香君：我麼？我是個妓女，不過心還沒死，是忠是奸我還分得出來，就是把我淩遲碎剮，我也不會隨便接待一個奸臣的走狗。（對侯朝宗）侯郎啊！你怎的不言，怎的不語？你應當有話說話，有錯認錯，上了當，就光明磊落，說了出來，怕的甚麼？五六百兩銀子你還不起，我就是沿街賣唱也替你還了他們。
李貞麗：唉呀，你真要瘋了！
李香君：楊老爺，我這頭上戴的，身上穿的，都是你昨日送來的，我先把這些還那阮鬍子便了！（唱西皮搖板）
　　見此情不由我心懷恨，
　　李香君要打這抱不平，
　　你笑我煙花女是下品，（見楊文聰冷笑）
　　我笑那些讀書人有的也是骨頭輕。
楊文聰：怎麼罵起人來了！
李貞麗：你真是瘋了！
侯朝宗：慚愧慚愧。
李香君：（唱）六百兩紋銀要甚麼緊，

　　　　　　奸謀詭計羞煞人。
　　　　　　頭上拔下珠和翠，
　　　　　　身上脫下衣與裙。
李貞麗：（唱）你為什麼這樣使氣性！
楊文聰：（唱）香君不可太驕矜。
李香君：（唱流水）並非是我無端使氣性，
　　　　　　更不是我生來愛驕矜，
　　　　　　都只為阮賊的心腸狠，
　　　　　　做成圈套污蔑好人。
楊文聰：（唱）用錢的本是侯公子，
　　　　　　礙不着香君你半毫分。
李香君：（唱）公子愛我出誠信，
　　　　　　他是我同心共體人。
楊文聰：（唱）香君只顧使氣性，
　　　　　　你為公子種禍根。
李香君：（唱）你說此話我不信，
　　　　　　縱有大禍我擔承，
　　　　　　回頭再把侯郎叫，
　　　　　　有錯認錯你要說個清。
　　　　　　磊落光明誰不敬，
　　　　　　含糊躲避難做人。
　　　　　　這奸賊的禮物我不領！（把穿戴卸下放在桌上。）
　　　　　　（李貞麗一面埋怨李香君，一面走近楊文聰敷衍着他。）
　　　　　　（楊文聰屹然不動，帶着憤怒的冷笑，他是在窺察侯朝宗的態度。）
侯朝宗：（唱散板）
　　　　　　似這般愧煞讀書人。
　　　　　　走上前來禮恭敬，
　　　　　　再對龍友說分明：
　　　　　　仁兄的厚意非不領，

實難從井救他人。
崇尚氣節最要緊，
難道說我侯朝宗不如香君？！
龍友兄，並非小弟不領盛情，只怕自信不堅，反為小女子所笑。這些禮物還請仁兄帶回，其餘的銀兩，明日湊齊送上。

李貞麗：楊老爺不要生氣，香君小孩子脾氣，還求您高擡貴手，原諒纔是。

楊文聰：小弟告辭了。
（唱）自討無趣還自恨。

李貞麗：香君還不來送楊老爺！

李香君：楊老爺，請你拜上那阮大鬍子，只說侯朝宗沒有受他的恩惠，不會為他奔走。

楊文聰：豈有此理！
（唱）
重重風浪幾時平？
回頭再對侯兄叫，
當此亂世你要小心。（下）

李貞麗：（對李香君）楊老爺走好，明天香君到您家請罪。（送楊文聰下）

李香君：侯郎啊！
（唱）你從此作事要機警。

侯朝宗：（唱）被人污蔑洗不清。
（吳次尾、陳定生急上。）

吳次尾：侯兄你果然在此啊！

侯朝宗：兩兄為何這等慌張？

吳次尾：怎麼你還不知道麼？如今大街小巷茶寮酒肆之中，看見有人發出匿名揭帖，說你用了阮鬍子的錢，入了阮鬍子的黨，許多的朋友都在明倫堂等你說話呢。

陳定生：這一定是阮鬍子的陰謀詭計。

侯朝宗：這雖是阮鬍子的陰謀詭計，小弟自不小心也有大錯。
吳次尾：侯兄你是怎樣的打算？
侯朝宗：適纔楊文聰到此，要我在朋友面前替阮鬍子說話，小弟正在為難之際，不想激起了香君的義憤，她將阮大鋮託楊文聰帶來的首飾衣服除了下來。楊文聰自覺無趣，便自去了。
陳定生、吳次尾：可敬哪，可敬。
李香君：侯郎，此時你應當快到明倫堂去把前後之事一一說明，當眾認錯，如此你自己的名譽可保，那阮鬍子的詭計也就不攻自破了。
侯朝宗：香君真是我的知己，我的畏友。
陳定生：足以愧煞鬚眉。
李香君：侯郎，事不宜遲，快些去吧！
侯朝宗：如此二兄請！（唱）
　　　　世路崎嶇多陷阱。
陳定生、吳次尾：想不到風義屬佳人！
　　　　（侯朝宗、陳定生、吳次尾同下。）
　　　　（李貞麗上，呆呆地望着他們走去，她一面收拾東西，怒對李香君。）
李貞麗：香君，你鬧得太不像話了。你當他們是好惹的？
李香君：媽媽呀！
　　　　（唱）平生自有堅貞性。
李貞麗：（唱）
　　　　得罪了他們難為生，
　　　　流落煙花怨苦命，
　　　　別人家的是非你扯不清。
李香君：（唱）
　　　　莫說煙花下流品，
　　　　也爭上游要作人。
　　　　孩兒生平頗自信，

不隨風浪任浮沉。

（李貞麗無可如何。）

第五場

（軍卒敲鑼上。）

軍　　卒：百姓們聽着：闖賊進了京城，崇禎爺在煤山殉難，國家不可一日無主，因此鳳陽總督馬士英馬老爺和四鎮武臣，擁立福王為皇帝，建都南京，繼承大業，你等百姓，應當懸燈結彩，一同慶賀，不得有誤！（下）

（侯朝宗等上。）

侯朝宗：諸位社兄請了，想那福王由崧，專愛欺詐民財，搶奪民女，他乃是個不忠不孝不慈不義、糊塗荒唐之人，怎能立以為君，他來作皇帝，我們不服！

衆　　：我們不服！

侯朝宗：我們前去見那馬士英辯理。

衆　　：走！

軍　　卒：報喜啦，報喜了！萬歲登基，鳳陽總督馬老爺入閣拜相，阮大鋮阮老爺、楊文聰楊老爺連升三級，四鎮武官各有升賞，一同陪王伴駕，共用太平！（敲鑼下）

（馬士英、阮大鋮、楊文聰同上。）

馬士英：（念）中興天子天心順，

阮大鋮：（念）太平宰相萬民安。

馬士英：豈敢。聖天子登基，太平有望，在這危急存亡之秋，我等首先要安定民心纔是。

阮大鋮：要安定民心，必定要先除奸細。

馬士英：哪些奸細？

阮大鋮：像復社少年侯朝宗、陳定生等，圖謀不軌，背叛朝廷，倘不剗除，必為大患。

馬士英：圓海言之有理。就命你將他們捉拿問罪。

阮大鋮：學生遵命！
馬士英：告辭！
阮大鋮、楊文聰：恭送相爺！
　　　　（馬士英下。）
阮大鋮：楊仁兄，想不到我報仇的機會來得這樣快，哈哈哈哈……請。
楊文聰：請！
　　　　（阮大鋮下。）
楊文聰：且住，阮圓海此番動手，必定株連甚多。倘若人家說我幫凶，我又何以自處？如今的世界，反復甚多了，倘若有朝一日復社少年得勢，更有些難辦。也罷，我只好一面順着阮大鋮，一面通個信讓侯朝宗逃走。這樣兩不得罪，一舉而三善備焉。正是：人生處亂世，八面要玲瓏。（下）

第六場

　　（香君妝樓）
　　（李香君上。）
李香君：（唱西皮慢板）
　　　　漫説是姻緣事前生註定，
　　　　最難得遇情郎彼此知心。
　　　　可歎他為國家滿腔悲憤，
　　　　只有我與他些慰藉溫存。
　　　　閑無事對菱花雲鬢細整，
　　　　對明窗先淨几香獸重熏。
　　　　等候他不回來無端煩悶，
　　　　不由得一陣陣揉碎芳心。
　　　　（李香君正在等候侯朝宗回來等得不耐煩的時候，侯朝宗上，喜笑迎之。）
侯朝宗：（非常狼狽的樣子）可惱，可惱！

李香君：郎君為何這等模樣？
侯朝宗：那奸賊阮大鋮，勾結馬士英等擁立福王由崧作皇帝，想那福王乃是酒色之徒，怎麼能夠擔當國事。可歎整個北方早已斷送，剩下這偏安之局，國家萬分危急的時候，君是無道之君，臣是奸佞之臣，那魏忠賢的乾兒義子又在掌握大權，大局還堪問麼？我們這些讀書人，難道一句話也不講，就憑那奸賊們自私自利，把國家斷送不成？我們大家正要前去與那班奸賊辯理，誰知他們竟派了許多校尉等將我們痛打一場，這……真恨煞人也！
李香君：如今要怎麼對待他們？
侯朝宗：香君哪！（唱）
　　　　內憂外患相逼緊，
　　　　反雲覆雨恨奸臣。
　　　　要延國脈救民命，
　　　　文人今日竟無能。
李香君：郎君啊！（唱）
　　　　郎君不必空懷恨，
　　　　自古道有志者事竟成。
柳敬亭：侯相公在家麼？
李香君：哪位？
　　　　（柳敬亭，李貞麗隨上。）
侯朝宗：（驚起）啊，柳師父！
柳敬亭：侯相公，適纔遇見楊文聰楊老爺言道，那阮大鬍子就要派兵抓你來了。
李貞麗：啊呀，這如何是好哪？
柳敬亭：我看還是暫時避開一下。
侯朝宗：倉促之間叫我避往何處？
柳敬亭：我看公子最好連夜過江，去到揚州史可法史閣部那裏暫避一時，再做道理。
李香君：如今事已緊急，不可疑遲，就此收拾起程吧。

李貞麗：我來去為公子雇船。
柳敬亭：公子最好先到鄭妥娘家中,再到我家,改扮成商人模樣遮掩公差的耳目,連夜過得江去。
李貞麗：事不宜遲,趕快動身吧。
侯朝宗：事到如今只好這樣。
柳敬亭：香君快與公子收拾一個隨身包裹。
李香君：是。(下)
柳敬亭：貞娘,我看還是我去與公子雇船,你去替公子準備一身換裝的衣服。
侯朝宗：香君在此,要請貞娘與柳師傅多多照顧。
李貞麗：公子放心。
柳敬亭：我們去去就來。
（柳敬亭、李貞麗同下,李香君提包袱上。）
侯朝宗：香君哪!想不到奸賊竟是這樣倒行逆施,如今為勢所迫無可如何,我與你只好暫時分手!
李香君：流離失所,無家可歸的人不知道有多少,我們又有甚麼話說?你到了江北,一定有更多報國機會。你只要為國家保重自己,我決不辜負郎君。你放心去吧。
侯朝宗：香君哪!（唱二六）
國家事早已不堪問,
誰想如今更紛紜。
暫時偏安勢難穩,
豺狼當道處處種禍根。
可歎我避難到江南境,
知心的朋友有幾人?
常言道姻緣前生定,
想不到在這離亂之中認識了香君。
我愛你高潔有品性,
我愛你美貌又聰明。
總想是白頭同到老,

萬不料此刻就要離分。
我為國家無窮恨,
大丈夫何惜此一身!
只要大局得安定,
我必定救你出風塵。
千言萬語説不盡,
我自會保重請你放心。

李香君:郎君哪!(唱流水)
叮嚀的言語奴記緊,
不負情郎一片心。
如今天下風雲緊,
有重大責任在你身。
請看千萬的苦百姓,
骨肉流離難以為生。
暫時分手何足論,
只望你珍重有為身。

侯朝宗、李香君:香君!侯郎!(擁抱悲泣)
(柳敬亭、李貞麗同暗上。)

柳敬亭:公子,請動身吧。

侯朝宗:柳師傅,我倒想起來了,陳、吳二位相公也要通知他們纔好!

李香君:我來與他們送信!

柳敬亭:此事不用勞香君,蘇昆生已經去通知二位相公了。

侯朝宗:二位老者真是難得。如此,貞娘、香君!就此告別了!(唱)
颯颯狂風吹斷梗,
天涯何以慰離情!

李香君:(唱)你我同有堅貞性,
香君立志等郎君。
(幾聲鼓響表示喧鬧。)

柳敬亭:我看香君不必下樓。貞娘你到前門去守望,我陪公子由後門走去。公子請吧!
侯朝宗：香君保重!
李香君：祝你一路平安!
（侯朝宗、柳敬亭、李貞麗下。李香君悲苦凝望。）

第七場

（楊文聰自二道幕上，騎着馬，有兩個家丁跟隨着。）
楊文聰：（唱西皮原板）
文采風流自欣賞，
宦海沉浮有主張。
我本閒人閒暇少，
常為人忙也為花忙。
（楊文聰來到李家門口，小紅迎接。）
小　紅：楊老爺來了。（攙楊文聰下馬）
楊文聰：（對家丁）你等退下。
（家丁退下。）
小　紅：媽媽，楊老爺來了。
（楊文聰進門，二道幕拉開，李貞麗迎接。）
李貞麗：楊老爺，什麼風把你吹來了?
楊文聰：聽說侯相公走了，特為來看看你們。
李貞麗：楊老爺，侯相公逃走不會連累我們吧?
楊文聰：有我從中打點，可無妨礙。
李貞麗：多謝楊老爺。當今宰相馬老爺乃是您的舅老爺，只要您一句話就夠了!
楊文聰：只是像香君前回那樣的脾氣，我是不能幫忙的。
李貞麗：香君是個小孩子脾氣，楊老爺就高擡貴手饒過她吧!
楊文聰：呵，如今又有一件為難的事。
李貞麗：什麼為難的事?
楊文聰：有個田仰田老爺你可認識?

李貞麗：田仰？我不認識。
楊文聰：他是馬相爺最賞識的人才,如今陞了漕督了。
李貞麗：漕督,那是發財的官。
楊文聰：如今他去上任,要娶你的女兒同去,他想出三百兩銀子,你意下如何？
李貞麗：就只怕香君不肯。
楊文聰：難道你這作媽媽的不能作主？
李貞麗：侯公子剛走,就叫她嫁人,恐怕她不肯吧。
楊文聰：人家就要上任,怎麼能够等候？這班新貴人是不好得罪的。他是馬相爺得意紅人。
李貞麗：既是如此,等香君出來,一同相勸一番。
楊文聰：笑話。這是你們自己的事,與我何干？正是：花開花落尋常事,何必旁人論短長？告辭！（拂袖而去）
（鄭妥娘、卞玉京上,與楊文聰遇。楊文聰下。）
鄭妥娘：剛纔那位楊老爺好像不高興似的,他幹什麼來了？
李貞麗：他說有個叫田仰的要娶香君。銀子三百兩,要馬上等着過門。
鄭妥娘：田仰啊！就是叫田二混子的那個老混蛋,可真壞透了！
（李香君暗上。）
李貞麗：就是他呀,該死的東西。
李香君：媽媽怎樣回復那楊文聰的？
李貞麗：我只說怕香君不肯,他一氣就走了。
李香君：就不理他,看他們把我怎麼樣。
鄭妥娘：那可難說,那些老爺們對老百姓沒有什麼做不出的。
（樓下喧鬧聲。）
家　丁：（內）李香君在這兒吧？趕快叫她出來,跟我們走！
（小紅驚慌失措地走上。）
小　紅：媽媽,了不得了,有一幫人來搶姐姐！
（李貞麗等慌忙推李香君藏到後房。）
鄭妥娘：讓我來看看去。

（鄭妥娘剛到門口，一個家丁迎面闖進房來。）

家　丁：你們哪位是李香君？

李貞麗、李香君：不在這裏。

家　丁：胡說！難道我們還錯嗎？

李貞麗：您請坐喝茶，有話好說。

家　丁：有什麼好說的？要就趕快叫李香君穿戴好了跟我們走，要不就……（掏出一根鐵鎖鏈）你們看這是什麼東西？
（把鐵鏈往李貞麗面前一丟）

鄭妥娘：（陪笑）唷，干嘛生這麼大的氣呀！您聽我說：李香君實在是身染重病，不能起床，煩勞您暫且回去，在老爺面前多說好話，明日清早我們一定帶香君到府請罪就是。

家　丁：你是什麼東西，敢在這兒胡說八道？來給我鎖着走！
（如狼似虎的家丁們一擁而上，要綁李貞麗等。楊文聰上。）

楊文聰：怎麼，你們來做什麼？

家　丁：啊，楊老爺！我們是來接李香君的。

楊文聰：好吧，你們暫且在樓下等一等，我來跟她們談談吧。

家　丁：好，請您快一點。（下）

李貞麗：楊老爺！您要救救我們纔是啊！（跪下）

楊文聰：要我怎樣救你們？

鄭妥娘：如今是相府要人還是田府要人？

楊文聰：你們哪裏知道，只因相爺要招攬天下賢士，他愛田仰田老爺之才，所以一面提陞他做漕督，還要買個美人送他，田老爺指明要娶香君，故而命人前來迎接。香君呢？

李香君：（突然走出來）香君在此。

楊文聰：香君，依我相勸，嫁與田老爺，也不會辱沒了你。

李香君：我要等候侯相公回來。

楊文聰：他避禍逃走，不知去向，倘若一年不回來？

李香君：我等他一年。

楊文聰：十年不回來呢？

李香君：等他十年。
楊文聰：他若是遭了危險呢？
李香君：我與同死！
楊文聰：只可歎你心比天高，命比紙薄，怕由不了你啊！
李香君：楊老爺呀！（唱原板）
　　　　　前番你幫阮鬍子，
　　　　　來為公子做媒人。
　　　　　公子被迫去逃命，
　　　　　你又來將我送人情。
　　　　　你對朋友心何忍？
　　　　　實在不像個讀書人。
　　　　　不要看我煙花女無志行。
　　　　　（家丁喧鬧聲。）
家　丁：（內）再不出來就把全家帶走！
楊文聰：看你怎麼辦吧！
李香君：（唱）咬牙切齒我恨難平。
　　　　　不如一死得乾淨！（一頭碰在柱子上）
　　　　　（李貞麗、鄭妥娘等慌忙救護，李香君已額破流血，手中扇子掉地下，昏倒。李貞麗等急忙把她扶下，家丁上，把一件紅披放在桌上。）
家　丁：楊老爺，人再不去，我們沒法回復相爺。
楊文聰：你們再等片刻。
差人甲、家丁：是。（下）
　　　　　（李貞麗上，鄭妥娘接著上。）
李貞麗：楊老爺，你看我有什麼辦法？求你說句好話，讓他們先回去吧！
楊文聰：我也無法叫他們回去。香君不去就不能下臺。
鄭妥娘：倘若香君去了，在那裏鬧起來反而不好。
楊文聰：那麼，貞娘你看，是不是另外找一個人頂替香君？（望一望鄭妥娘，又望一望李貞麗，大家愣住，走近李貞麗示意）

李貞麗：那怎麼使得！
楊文聰：只好解了目前之圍再做道理。
鄭妥娘：那就讓他們把我們綁去，最多不過一死。
李貞麗：也罷，我就去見田仰，看他把我怎樣。
楊文聰：事已至此，只好冒充一下，也是萬不得已。
李貞麗：妥娘呀！（唱搖板）
　　　　我今番冒名去吉凶難定，
　　　　家中事拜託你與卞玉京。（想去看一看李香君，略一轉念，聽見家丁在吼）
家　丁：（內）怎麼還不走啊？
李貞麗：（唱）不辭香君走了吧！（把紅披一披就走）
李香君：（從裏面跑出來，卞玉京隨着）媽媽慢走！
　　　　（唱）我去與他們把命拼！（衝向門口）
李貞麗：回來！（把李香君拉回。唱）
　　　　歎我們原本是生成的苦命，
　　　　不管是嫁誰家都是火坑。
　　　　願公子早回來你們團圓歡慶。（抱住李香君）
　　　　（李香君跪下。鄭妥娘、卞玉京都哭了。）
家　丁：（在門口）再不上轎，我們就點火燒房了！
楊文聰：就來了。
李貞麗：（唱）最毒毒不過老爺們的心！（推開李香君下）
　　　　（鄭妥娘送李貞麗下，李香君追至門口，暈倒。卞玉京攙扶她下。樓下吹打聲漸遠，楊文聰留場上。他沉吟一下似乎有點感慨。）
楊文聰：本來行院人家，朝秦暮楚，想不到些些小事會鬧成這個樣，看起來好人也真是難做呀！（忽然發現李香君掉在地上的扇子，撿起來）這是侯朝宗與香君定情的詩扇，可惜被血污了，（忽然引起了靈感）啊呀好啊！待我把它畫成一枝桃花，正好為薄命的香君寫照。（從李香君妝臺上找到筆硯，開始構思作畫）

（鄭妥娘送李貞麗去後再上樓來。）

楊文聰：（唱）
　　　　桃花自古傷薄命，
　　　　一枝寫照為香君。
　　　　情海風波本無定，
　　　　翻成畫意與詩情。
鄭妥娘：楊老爺！您還在寫什麼？
楊文聰：你來看。
鄭妥娘：不是一枝桃花嗎？啊！這是……
楊文聰：你看妙不妙？
鄭妥娘：真是妙極了。不過人家碰頭流血，你拿來開心取樂，未免……
楊文聰：古人用美女換名馬，你們也不要把自己看得太高。
鄭妥娘：人各有心，士各有志，也不能相強。
　　　　（李香君暗上，卞玉京隨上看護着她。）
鄭妥娘：香君你要甚麼？
　　　　（李香君：無語，注視鄭妥娘手中的扇子，走過去接過來。）
鄭妥娘：你頭上的鮮血濺在扇子上，楊老爺給畫成一枝桃花。
　　　　（李香君不屑地把扇往桌上一放。）
　　　　（小紅上。）
楊文聰：香君，你不要只顧發脾氣，你以後怎麼樣？你想怎麼樣？你能够怎麼樣？
　　　　（李香君無語。）
小　紅：楊老爺，您的管家説，天下雨了，您是不是就回去？
楊文聰：叫他們備馬。
小　紅：是。（下）
楊文聰：正是：浮雲如有意，流水本無心。（下）
鄭妥娘：下雨了，我也要回家去看看。怎麼辦呢？
卞玉京：我留下給香君做伴吧。
李香君：不要。

鄭妥娘：你不怕嗎？
李香君：我什麼都不怕。
鄭妥娘：香君，你可不要糊塗……
李香君：我很明白。我決不會死！我還要與他們拼下去。
卞玉京：那你好好保重。
鄭妥娘：我們回頭再來陪你。
（卞玉京、鄭妥娘無可奈何又很耽心的樣子同下。李香君一個人，孤獨淒涼，看她的神情還是顯得堅定。她拿起那扇子凝視，想起許多事。愛和恨迴環交織，窗外風雨聲。從不知哪裏傳來雛妓斷斷續續的歌聲。暮靄沉沉，光景漸暗，李香君經不住感情的壓抑，伏倒桌上大哭。）
（蘇崑生上。）
蘇崑生：香君！
李香君：（擡頭）啊，師傅！（走過去拉住蘇崑生的手，哭泣）
蘇崑生：你受了苦啦！苦命的孩子！
李香君：師傅！你來得正好！這把扇子有公子題詩，我的鮮血濺在上面，煩勞師傅找個機會，把這扇子帶給公子，就說香君生死存亡不保，他看見了扇子，就像看見我一樣。拜託師傅了！
蘇崑生：我一定親自將此扇送到揚州，倘若公子不在揚州，就是海角天涯，我也要送去，親手交與公子。
李香君：師傅的恩德只有來生再報了！（拜下去）

第八場

（賞心亭）
（阮昇等打掃畢，阮大鋮上。）
阮大鋮：（念）太平天子教歌舞，垂老詞人入內庭。
老夫阮大鋮，多蒙馬丞相提拔，入了文學侍從之班，每日伺候皇上，封我為光祿寺卿。前日是我進了傳奇四種，這四本戲都是我生平得意之作，萬歲爺十分喜愛，命我調齊秦淮名妓進宮排演我那最得意的《燕子箋》。啊呀！這真是我的機會到了，今日馬相爺在賞心亭擺宴，把秦淮河的姐妹全都叫來，讓馬相爺開心取樂一番。正是：從今好運隨時轉，直上青雲指顧間。來！

阮　昇：有！
阮大鋮：酒宴可曾齊備？
阮　昇：準備好了。
阮大鋮：秦淮歌妓可曾調齊？
阮　昇：都到齊了！
阮大鋮：叫她們伺候着！
阮　昇：是。
內　聲：楊老爺到。
阮大鋮：有請。
阮　昇：有請楊老爺。（下）
　　　　（楊文聰上。）
楊文聰：阮老，阮老！
阮大鋮：龍友兄，小弟等候多時了。
楊文聰：阮老，大喜大喜！
阮大鋮：喜從何來？
楊文聰：聽説大作《燕子箋》就要在御前上演，豈不是大喜嗎？
阮大鋮：是啊！前日進呈了傳奇四種，聖上命我先排《燕子箋》。
楊文聰：好極了。阮老有現成的小班、現成的戲，演起來十分便當。
阮大鋮：不然。小班都是小孩子，不能傳情。萬歲命我將秦淮河有名的歌妓全部調齊，把戲排熟，送進宮去。
楊文聰：啊呀，真是了不得！
阮大鋮：真是聖明天子！
楊文聰：選妃的事情怎麼樣了？
阮大鋮：也準備得差不多了，今日特請丞相到此飲宴，一來商量一下選妃之事，二來請丞相看看梅花，三來要請丞相來鑒定一下秦淮姐妹們的歌舞。
楊文聰：妙極了，真是一舉三得善備焉！
阮大鋮：楊仁兄，還有一件喜事。
楊文聰：什麼喜事？真是喜事重重了啊！
阮大鋮：那侯朝宗去到宜興，想勾結陳定生等圖謀不軌，被我抓住了。
楊文聰：（驚）啊呀，他怎麼會自投羅網？
阮大鋮：我不會殺他，我還要重用他。
楊文聰：重用他？
阮大鋮：楊仁兄放心，對待這般人，小弟是有辦法的。
楊文聰：是是是。
（阮昇報上。）
阮　昇：啟禀老爺，相爺駕到。
阮大鋮：楊仁兄，我們一同前去迎接。
（阮大鋮、楊文聰下。）
（兩個差人押著李香君、鄭妥娘、卞玉京、寇白門和另外幾個樂工妓女等過場）
（馬士英上，阮大鋮、楊文聰上恭迎。）
馬士英：雪景真好。怎麼一絲兒也不覺得寒冷？
阮大鋮：今天實在是不冷，相爺帶來了陽春和煦之氣。
馬士英：（微笑）只望有一個好年成。
阮大鋮：今年的雪花的確是六出，無疑是豐年之兆。
馬士英：這是聖天子洪福！
阮大鋮：都是相爺燮理陰陽之功。
馬士英：豈敢，豈敢。這個地方倒頗宜於賞雪，梅花居然都開了。
楊文聰：這都是圓海先生佈置有方。
馬士英：難得，難得。
阮大鋮：荒亭野渡，有屈高軒，實在是不成敬意，不過能得丞相光臨，為江山生色，學生與有榮焉！
馬士英：老兄真乃雅人深致，哈哈哈哈！

阮大鋮：豈敢，豈敢。請丞相入座！
馬士英：叨擾了……
　　　　（入席，酒過一巡。）
馬士英：此處風景宜人，不可無絲竹之聲以寄雅興。
阮大鋮：今日秦淮名妓都在這裏伺候。
馬士英：聽說她們都要進宮演戲，為何不叫她們到禮部過堂？
阮大鋮：明日才到禮部過堂，這是前來伺候酒席的。長班，叫妓女們上前與相爺叩頭。
　　　　（妓女們排班站立，李香君最後，她趑趄不前，被長班催促着，到了亭前，她又躊躇不跪，同伴拉她，便無可奈何地跪下叩頭。）
阮大鋮：在相爺面前報上名來。
寇白門：寇白門！
鄭妥娘：鄭妥娘！
卞玉京：卞玉京！
　　　　（李香君無語。）
馬士英：你叫什麼名字，為何不講？
楊文聰：她叫李貞麗。
馬士英：麗而未必貞也！（大笑）
楊文聰：妙極，妙極，哈哈哈哈！
　　　　（阮大鋮陪笑。）
馬士英：此女倒有些個意思！
阮大鋮：貞麗唱一支曲子與相爺侑酒！
李香君：不會唱曲。
馬士英：不會唱曲，怎稱名妓？
李香君：本來不是名妓！
阮大鋮：住了！李貞麗，人人都知道你唱曲有名，今日推託不唱，膽敢違抗老相爺不成？
李香君：嚖呀，且住。這個大鬍子就是阮大鋮，他害得我好苦，也罷，待我借此機會，說他幾句。啟稟相爺：我唱是會唱，只

　　　　是我滿腹含冤，唱不出來！
馬士英：你有什麼冤枉？
李香君：我個人的冤枉暫不說它，只可歎我們的百姓出了錢財養些無用之輩，來作威作福，遺誤天下，那纔真是冤枉。
楊文聰：今日叫你前來唱曲，哪個叫你前來訴冤。
李香君：今日就不訴冤，我也不能唱曲。
馬士英：那是為何？
李香君：我怕。
馬士英：怕的什麼？
李香君：北來的清兵，旦夕之間就要渡過黃河，殺到江南來了，怎麼不叫人害怕。
馬士英：小小妓女胡言亂語，那還了得！
阮大鋮：此話是哪個教你說的？
李香君：想如今國家到了危急存亡的時候，百姓們都在水深火熱之中，你們堂堂列公，既不能以身報國，又不能愛護百姓，只會苟且偷安，粉飾太平，這是什麼時候，還在徵歌選舞，國家大事，放在腦後，我雖是個妓女，尚且寸心不死，努力做人，你還問我的話是哪個教的，看將起來，你們的心都死了！（唱二簧搖板）
　　　　無顏厚恥居人上，
　　　　明槍暗箭把人傷。
　　　　滿腔悲怨無處講，
阮大鋮：來與我抓了下去！
　　　　（抓李香君出亭，阮大鋮、楊文聰對馬士英賠罪。）
李香君：（唱）今日也痛快要罵一場。
阮大鋮：（出亭指李香君罵，唱）
　　　　娼婦竟敢胡言講！
　　　　衝撞了相爺罪難當。
　　　　立刻叫你一命喪，
　　　　豈能容你肆倡狂！

李香君：阮鬍子啊！（唱）
　　　　　早知道你是魏家黨，
　　　　　乾兒義子又登場！
阮大鋮：（大怒，唱）
　　　　　此言激動我火千丈！（走過去將李香君一腳踢到）
楊文聰：（走過去解勸，唱）圓老息怒且思量。
　　　　　圓老，你乃是朝廷命官，小小娼妓，生之殺之不費吹灰之力，何必如此的動氣。
馬士英：是啊，圓海過來飲酒，此等瘋狂妓女，隨她倒在雪中，聽其自生自滅可也。
阮大鋮：看此娼婦竟敢沖犯老相爺，晚生等負罪深矣。
馬士英：不必難過，叫這幾個妓女歌舞侑酒也就是了。
阮大鋮：遵命。來！將李貞麗綁在樹上，聽憑她凍死在雪中！
　　　　　（家丁應。）
阮大鋮：妥娘，你等上前為丞相斟酒。
　　　　　（兩家丁綁李香君，亭上圍幕放下，此時李香君方始蘇醒，兩家丁持鞭看守。）
李香君：（唱二黄倒板）
　　　　　我生有堅貞性金石一樣，（庭中奏樂聲，唱回龍腔）
　　　　　就便是遭强暴豈肯投降。（唱二黄原板）
　　　　　最可恨奸佞人朝綱執掌，
　　　　　連累了百姓們受盡禍殃。
　　　　　他那裏選娥眉金樽酬唱，
　　　　　都不想外來的兵逼近了長江。
　　　　　想他們粉飾太平欺下瞞上，
　　　　　只想是固寵希榮也不顧國破家亡。
　　　　　奸賊們一個個良心盡喪，
　　　　　每日裏用酒色迷住昏王。
　　　　　看你們雖然是燕巢幕上，
　　　　　他逞私欲、忘公義、勾心鬥角、睚眥必報，用盡了狠毒的心腸。
可憐我千般恨,萬般悽愴,
不由得想起了同心的情郎。
也不知可能够逃出羅網?
更不知從今後飄流到何方?
我這裏咬牙根把寒威抵擋,
(阮大鋮從亭內走出,鄭妥娘、卞玉京、寇白門跟着上。)

阮大鋮：娼婦,你還沒有死啊?
李香君：(唱)李香君縱一死姓名也香。
鄭妥娘：阮老爺,懇求你念在貞麗年幼無知,饒她這次,我們一定勸她改過,只求阮老爺高擡貴手饒她這一遭,一定不忘您的大恩大德哪!
(鄭妥娘、卞玉京、寇白門三人同跪下去。)
阮大鋮：貞麗自作自受,爾等為她求情,也應當和她一樣。起來站在一旁,看我怎樣處置這娼婦。(唱)
罵聲娼婦太無狀,
當着相爺敢倡狂!
打斷你的筋骨做一個榜樣。(接過家丁手裏的鞭子打李香君。)
鄭妥娘：(起來一把把鞭子抓住,唱)
此事氣壞了鄭妥娘。(叫頭)
阮老爺,你非但沒有憐香惜玉之心,還存心糟蹋我們姐妹,也罷,從今往後我們大家不再登臺歌舞,也不願活在世上,我們大家都願同死,請阮老爺處置我們吧!
阮大鋮：你等敢如此要脅,那還了得!來!把她們捆綁起來,與我痛打!
內　聲：聖旨下。
(馬士英、楊文聰同上,一太監捧旨上,大家跪下。)
太　監：聖旨下,跪!
馬士英、阮大鋮、楊文聰：萬歲!

太　　監："奉天承運聖帝詔曰：朕聞秦淮名妓有李香君者，才貌雙全，歌舞出眾，朕欲一見，命內廷供奉阮大鋮帶領進宮，不得有誤。"旨意讀罷，望詔謝恩！

馬士英、阮大鋮、楊文聰：萬萬歲！

阮大鋮：公公在此小飲三杯如何？

太　　監：王命在身，不可久留，告辭了。（下）

阮大鋮：楊仁兄，聽說香君嫁了田仰，此事如何辦理？

楊文聰：（輕聲）這倒不妨，其中還有一段小小公案。（悄悄地對馬士英、阮大鋮說了幾句話）

馬士英：噢，原來是這樣，那也就罷了。

阮大鋮：只是便宜了這娼婦。

馬士英：國家大事不能隨便，這些小節倒也不必拘泥。等演完《燕子箋》再來處置她們也是一樣。

阮大鋮：是，學生遵命。

（中軍官上。）

中軍官：啟稟相爺，有好幾千難民聽說相爺在此，都要前來請求救濟，也曾派兵彈壓，他們越聚越多，特來請示。

馬士英：亂民不守本分，那還了得，責成承守營將他們驅散。如若不然，格殺勿論！

中軍官：遵命。（下）

馬士英：（對阮大鋮、楊文聰）二位，我看事有蹊蹺，今天的宴席早些散吧！

阮大鋮：相爺放心，依學生看來，亂民並不難鎮壓下去。

馬士英：但願如此。

（秘書丞上。）

秘書丞：啟稟相爺，大事不好。

馬士英：怎樣？

秘書丞：揚州失陷，清兵就要過江來了！

馬士英、阮大鋮、楊文聰：這……

馬士英：來！打道回府！（匆下）

阮大鋮：送相爺。
楊文聰：(拍阮大鋮)阮老，我們也趕快的走吧！
　　　　(二人慌慌張張下，臺上亂成一片。)
鄭妥娘：(指阮大鋮背後咬牙切齒叫)看哪，你們的報應到了！
　　　　(樂工、歌妓上，把李香君接下來，李香君倒地下。)
卞玉京：我們攙扶香君快走！
　　　　(眾人把李香君攙起來，遠遠聽見有喊殺之聲。李香君清醒過來，在風雪之中昂頭遠望。)

第九場

(郊外)
(金鼓聲中男女難民過場。李香君上。)

李香君：(兩邊叫)妥姨、卞姨，噯呀，且住，皇帝被敵軍綁走，我等匆匆逃出宮來被亂民沖散，撇我一人也不知何處可以安身，這便怎麼處？
　　　　(鄭妥娘、卞玉京，寇白門上，和香君相見。亂兵上，沖下。)
　　　　(侯朝宗急上。)
侯朝宗：噯呀，且住。且喜逃出虎口，當此兵荒馬亂之際，叫我走向何處？也罷，看起來北方大勢已定，我不免改換衣裝回家再說。大好河山被奸人斷送，我好恨也！(唱)
　　　　江水東流日西下，
　　　　無力回天只自嗟，
　　　　千秋事業成虛話，
　　　　不知何處寄生涯！(下)
　　　　(吹打，馬士英、阮大鋮着便服和他們的妻妾帶着幾車行李逃難。)
馬士英：前面為何不行？
家　丁：難民擋道，請在此處歇息片時再走。

馬士英：真是在家千日好，
阮大鋮：出外一時難。
　　　　（難民一擁而上。）
難民甲：你們是哪裏來的？
阮大鋮：我們都是逃難的。
難民甲：看你們都是達官貴人，請你們捐點錢財搭救我們難民。
阮大鋮：我們既不是達官，也不是貴人，我們和你們一樣，哪有錢財打救你等。
難民甲：你們既有許多車輛，又有許多家丁，不是皇親國戚，必是公侯將相，你說與我們一樣，你想欺騙誰來？
馬士英：車輛是我們的車輛，家丁是我們的家丁，與你們何干？不必多言，與我退下！
難民甲：還說你不是官，一味的官派，我們饑寒交迫，非請你捐助不可。
阮大鋮：不必理他，我們走吧。
馬士英：來，開道！
　　　　（此時人從中閃出柳敬亭。）
柳敬亭：且慢——各位不認識這兩位大人麼？
阮大鋮：啊呀，我的對頭到了。
柳敬亭：這一位就是當今丞相馬士英馬大人，這一位就是兵部侍郎阮大鋮阮大人。他們乃是天生享福之人，他們只會榨取我們小民百姓的血汗，要他們來救濟我們，除非是日從西起。
難民甲：原來是兩位大人！請問相爺，皇帝哪裏去了？
馬士英：國家大事，汝等不必多問。
柳敬亭：皇帝早已被他們獻到北方去了，問也沒有用處，不如問他們的車上裝的是什麼東西，倒反有些意思。
阮大鋮：你不是柳麻子嗎？你這奴才，竟敢在此挑撥是非！
柳敬亭：不用挑撥，我早曉得車上都是金珠寶貝，民脂民膏。
阮大鋮：你應當知道我的厲害。

柳敬亭：奸賊魏忠賢的乾兒子，哪個不知道你的厲害。
難民甲：兄弟們，我們來打奸賊！
（難民把馬士英、阮大鋮的衛隊打散，馬士英、阮大鋮趁機逃走，眾人追下。）

第十場

（村路）

（清兵敲鑼上。這個兵卒仍用第五場那人，只是換了打扮——布箭衣，前後心有"兵"字的背心，紅纓帽、拖條辮子。）

清　兵：百姓們聽着！大清進關，平定中原。順治皇帝在北京登基，普天同慶，共用太平。如有不法之徒，敢違天命，定當重辦。（敲着鑼下）

（兵卒下。二剃頭人同上。）

（接着兩清兵和一個剃頭擔子上，叫着："奉旨剃頭，違令者斬！"過場。）

第十一場

（葆貞庵）

（寇白門在院子裏曬衣裳，卞玉京在佛堂裏敲木魚念經，鄭妥娘在曬太陽，手裏在整理一盆野花，看樣子她們都很艱難，很無聊，衣服也都破舊了。）

卞玉京：（唱吹腔）

墮落平康只自憐，

遭逢離亂更淒然。

今生漫許來生願，

黃卷青燈古佛前。（接着敲着木魚念經）

（鄭妥娘笑。）

寇白門：瞧，都鬧到這步田地了你還開心哪。
鄭妥娘：哭就有辦法了嗎？我纔不傻哪。我真不知道念經有什麼好處，手裏一天到晚的波波波，嘴裏就一天到晚的"阿彌陀佛，阿彌陀佛……"如果我是菩薩，人家一天到晚"鄭妥娘，鄭妥娘……"老叫着我的名字，那真煩死了，所以我就不念，也好讓菩薩清淨點兒。
寇白門：唉，你這個人真會說怪話。
鄭妥娘：我來試試她的道行。（唱）
　　　　夜深沉獨自臥，
　　　　醒來時獨自坐，
　　　　有誰人孤淒似我……
卞玉京：（走出）怎麼那麼淘氣。
鄭妥娘：啊，玉京仙子下凡了。這麼好的天氣，悶在屋子裏頭多難過。香君，你也出來曬曬太陽，病還會好得快一些哪，來吧，香君！
李香君：（內應，唱）逆風孤雁，雲海高飛倦。
　　　　何處寒汀？無限淒清憶遠人！
　　　　（李香君的樣子非常軟弱，幾乎暈倒，鄭妥娘、寇白門上前攙扶着她。）
鄭妥娘：恭喜！恭喜！
卞玉京：人家病成這樣，你還開玩笑哪。
鄭妥娘：今天是什麼日子來着？
寇白門：（數着）今天不是十六嗎？
鄭妥娘：今天是香君的生日，你們都忘了嗎？
卞玉京、寇白門：真的，恭喜！恭喜！
鄭妥娘：（搬過一盆花來）我種這盆花就是為給香君祝壽的。香君你大喜啦。我還問過菩薩，菩薩說你的病不久就會好；你跟侯公子不久也可以團圓。你們瞧，這不是大喜嗎？
卞玉京、寇白門：香君！你多多保重，好運還在後頭哪。
李香君：多謝各位姨娘，我許多回拼着一死，不料還能活在世間，

只是前途茫茫,不知何日是了啊?(唱)

一片癡心終成幻,

似這般光景度日難。

(忽然有人輕輕地叩門,大家一同驚起。)

柳敬亭、蘇昆生: 裏面有人麽?

卞玉京: 哪一位?

柳敬亭: 有位卞玉京卞姑娘可在此處?

卞玉京: 門外是哪一位?

柳敬亭: 我姓柳。

卞玉京、寇白門、鄭妥娘: 啊,原來是柳師傅!

(柳敬亭、蘇昆生進門來,與李香君等相見,彼此痛苦。)

李香君: 蘇師傅,揚州失陷以後,史閣部怎麼樣了?

蘇昆生: 史閣部是個大忠臣,馬士英非常恨他,既不給軍餉,又削弱他指揮調動之權。清兵來了,史閣部率領揚州全城的老百姓死守不降,後來糧餉絕了,援軍不到,城被清兵攻破,史閣部伏劍自刎,揚州遭了十天的屠殺,連小孩兒都沒有剩下一個,真從古未有之慘變也!

李香君: 唉呀(暈倒)

衆　　: 香君!香君!

鄭妥娘: 好容易今天剛好一點,你們一來又使她急成這樣。

香君!香君!香君!

李香君: 啊呀!(醒來,唱)

恨奸臣斷送了揚州百姓,

史閣部大忠臣,雖死猶生。

柳敬亭: 香君,不必過於悲傷,大勢已去無法挽回,我們能在此處見面也就十分難得,侯公子也有了消息,他已經平安回到家中去了。

李香君: 是真的麽?

柳敬亭: 這個消息是可靠的。

李香君: 我想他不在揚州遭難,回到家中也必定是凶多吉少。

蘇昆生：這倒可以放心，還聽說他……（略一遲疑）
李香君：怎麼樣？
蘇昆生：這個消息是靠不住的。
李香君：什麼消息？
蘇昆生：清朝開科取士，據說侯公子也去趕考，沒有正式錄取，却考了一名副榜。
柳敬亭：這完全是靠不住的謠言。
寇白門：侯公子趕考也説不定是權宜之計。
李香君：以我看來絕無此事。像侯公子那樣忠肝義膽，怎麼會在這樣的時候求取富貴功名，那除非是日從西起。（唱）
　　　　公子為人我能信，
　　　　大是大非他認得清。
　　　　（對柳敬亭）柳師傅可曾得我媽媽的消息？
柳敬亭：聽說田仰把她賞與一個老兵。據我看，老兵要比田仰好得多。
李香君：媽媽受苦為的是我，我和那班贓官勢不兩立！
小　紅：走啊！（上，唱）
　　　　人生災難也有盡，
　　　　來對姐姐報好音。
　　　　開門來！
卞玉京：（開門）呀！小紅，你來了！
小　紅：卞姨，姐姐哪？
卞玉京：在這兒哪。
小　紅：噢，蘇師傅、柳師傅都來啦！姐姐，我來給你報喜信，還有一個人也來了！
李香君：是哪一個？
小　紅：侯公子來啦！
李香君：公子在哪裏？
　　　　（侯朝宗暗上，大家驚喜。）
小　紅：（白）你等着！我給你叫去！

侯朝宗：小生在這裏！
李香君：（撲過去相互擁抱,唱）
    人生如幻如夢境,
    天外飛來心上人！
    睜開倦眼仔細認……
    郎君,真是你麼？
侯朝宗：香君,是真的我來了,不是做夢！
李香君：想不到夢裏竟成真！
侯朝宗：香君！你受了苦了！我好容易打聽到你的地方,特來接你。你看,你叫蘇師傅送給我的扇子,我也帶來了！（取扇交李香君）
李香君：（看扇）我們哪裏去？
侯朝宗：（一面脫下他的斗篷披在李香君身上,露出清裝）回家去。
李香君：我們哪裏還有家？（擡頭驚視侯朝宗）
侯朝宗：回到我家去,如今大局已定,回到我家再沒有人來欺負你了。
    （李香君有一種異樣的感覺,使她證實了蘇昆生的話,她以試探的態度聽侯朝宗說話。）
侯朝宗：難得在這裏遇見柳敬老、蘇師傅、妥娘、玉京、白門,大家一同回去,安居樂業,可以不再受這離亂之苦了！
李香君：侯公子,聽說你今科高中了副榜,我還沒有向你道賀。
侯朝宗：那不過是權宜之計,出於迫不得已。
李香君：以前你對我說的什麼？你說：性命可以不要,氣節必須保持。你要我在你去後不論遭遇了什麼危難,一定等你。為什麼在國破家亡的時候,急於求取功名,考了那麼一個不值錢的副榜？
侯朝宗：香君,為着你我不能死。
李香君：噢,原來你活在世上就只是為了我麼？侯公子啊！（唱反二黃原板）
    你本是名家子受人尊敬,

方顯得才出衆壯志凌雲。
你說要爲國家剷除奸佞,
你說要蹈水火拯救萬民。
說人生在世間忠義爲本,
要表達頂天立地一片丹心。
保氣節哪怕是犧牲性命,
你說要疾惡如仇,臨難不苟,方顯得愛恨分明。
想不到國破家亡你不僅心灰意冷,
反而你低頭忍辱去求取功名。
你不能起義興師救國家於危亡之境,
難道說就不甘隱姓埋名。
你忘了史閣部屍骨未冷,
你忘了千千萬萬老百姓喪了殘生!
你只想賞心樂事團圓家慶,
難道說,你還有詩酒流連,風流自賞,閒適的心情?
可憐我受千辛和萬苦,只圖個身心乾淨,
我不想圖富貴做你的夫人。
公子啊,只當我是路旁人,不必相認,不必相認,
只望你好好珍重自己的前程。
(非常痛苦、非常沉痛地一撒手,扇子掉在地上。回頭對蘇昆生、柳敬亭)蘇師傅、柳師傅,你們待香君的恩情縱死九泉也是不能忘的啊!
(唱)
一日師終身父骨肉情分,
我死在九泉下難忘大恩!

柳敬亭、蘇昆生:香君你要保重。
李香君:妥姨、寇姨、卞姨!
(鄭妥娘等叫李香君保重,却也想不出適當的話來安慰她。)

李香君:(唱)

同生死共患難相依為命,
你們待香君就好比自己的親生。
我一生受折磨吞聲飲恨,
我必定拼萬死把恨海填平!
(李香君以久病之身,不能自支,侯朝宗痛苦地望着她,想去扶她,她背身拒絕,揮手不讓他上前,柳敬亭示意勸侯朝宗離去。李香君極力想掙扎走動,鄭妥娘等扶着她,她似乎還想以不妥協的精神活下去,快步走上臺階,倒下。衆人圍着叫她。她已氣絕。侯朝宗呆立一旁,不知所措。)

雷峰塔

（傳奇）

清·方成培

【作者簡介】方成培,生於清康熙五十二年(1713),約卒於嘉慶十三年(1808)。字仰松,號岫雲,安徽歙縣人。方氏精通詩詞,酷愛戲曲,一生著作甚豐。據《安徽文獻書目》記載,其著作有《雷峰塔傳奇》四卷、《香研居詞麈》四卷、《香研居談咫》一卷、《聽奕軒小稿》三卷、《方仰松詞椠》十三卷等。此外,還著有《雙泉記傳奇》、《誦詞記疑》、《鏡古續錄》、《記後岩學詩》等。在方氏所有的著作中,《雷峰塔傳奇》最為著名,後人改名為《白蛇傳》。在方氏之前,曾任杭州府同知的黃圖珌於乾隆三年(1738)創作了崑曲劇本《雷峰塔傳奇》,共二卷三十二折。黃本雖有可取之處,但仍有不少欠缺。它竭力宣揚因果報應論,給這個美麗的神話故事蒙上了濃厚的因果色彩。尤其是將白娘子寫成了滿身妖氣的邪魅,最後將其鎮於雷峰塔底。這樣的命運安排,使得許多觀眾不能認同。在此情況下,方氏在黃本與伶工演出本的基礎上進行改編,做了三方面的工作:一是對該戲的場次進行刪增,調整了戲劇結構。刪除了《描真》等幾齣無關緊要的戲,新增加了《夜話》、《端陽》、《求草》、《斷橋》等幾齣戲。二是將白娘子這個藝術形象定位於多情、勇敢、善良、可愛等,表現了白娘子為了追求愛情,主動向許仙求愛,敢於向以法海為代表的邪惡勢力作殊死鬥爭。三是對曲詞、賓白進行再創作。用方氏自己的話說:"原本曲改其十之九,賓白改其十之七。"方氏所寫的唱詞、說白更加精練,人物個性更加鮮明,更富有文采,且雅俗共賞。

【劇情概要】有關白蛇成精的故事在我國源遠流長,著名的就有唐傳奇《李黃》與宋代小說《西湖三塔記》,以及明代陳六龍的戲曲劇本《雷峰記》傳奇。今日家喻戶曉的白娘子故事則定型於明代末年馮夢龍的《警世通言》中的《白娘子永鎮雷峰塔》。方成培所著的《雷峰塔》劇情略云:杭州人許宣,父母雙亡,與姐姐、姐夫相依居住。清明時節,往保俶寺追薦父母,歸途遇雨,與蛇精所變的白娘子和她的丫鬟小青相識。白娘子喜愛許宣,由小青從中說合,兩人約定婚姻。然白娘子餽贈許仙的銀子實是竊自官家府庫。盜銀案發,許宣發配至蘇州。白娘子追隨而至,婉轉陳詞,許宣遂與之成婚。一道士見許宣，言其為妖所纏，付以靈符，以讓許宣驅妖。白娘子立食符，未見異兆，許宣方不疑。端午節，白娘子誤飲雄黃酒而顯出原形，許宣驚怖而死。為救許宣，白娘子遠奔嵩山，捨生忘死，取來仙草，將其救活。許宣因佩戴白娘子手下所竊的八寶明珠巾，被改配鎮江，白娘子攜小青亦至鎮江，夫妻開設一生藥鋪，以售藥為生。金山寺長老法海和尚發現白娘子為蛇精，將許宣騙至金山，禁閉寺中。白娘子和小青來寺索要丈夫，不果，力戰法海，水漫金山。失利，逃往杭州。亦來杭州的許宣，與妻子會於西湖之斷橋。白娘子不計前怨，與丈夫重歸於好，一起至姐姐家安身，生一子。誰知法海定要除去白娘子，追至杭州，設計將白娘子鎮於雷峰塔下。十六年後，白氏之子許士麟中狀元，母子方得相會。

【版本流傳】黃圖珌的《雷峰塔傳奇》問世之後，"一時膾炙人口，轟動吳越間"。然演出不久，即被伶人改動，流行本不再是黃本，而是揚州名伶陳嘉言父女之舞臺演出本。方成培本問世之後，戲曲班社改用方本。不惟昆劇用此本演出，京劇、川劇、滇劇、閩劇、楚劇、越劇、粵劇、廬劇、評劇等許多劇種均用此本，或以該本為底本進行改編。20世紀30至50年代，田漢將此本改編成《白蛇傳》。之後，戲曲舞臺上所用的基本上是田本。方成培本現存清乾隆三十七年(1772)序水竹居刻本，北京圖書館等藏。還有清乾隆五十五年多文堂刊本、咸豐六年聚盛堂刊本等。易見的有上海文藝出版社1982年出版的由王季思主編的《中國十大古典悲劇集》本。

【演出情況】乾隆末年之前，該劇多由昆劇演出，既演全本，也演其中的折子。今日昆劇舞臺還常演《盜庫銀》、《盜仙草》、《燒香》、《水鬥》、《斷橋》、《合缽》、《祭塔》等。花部興起之後，有數十個劇種演出白蛇故事的劇目，基本上是以方本為底本。清中葉之後的說唱曲藝如評彈、子弟書、琴書、宣卷等，亦是在方本故事的基礎上進行加工整理而成。

（朱恒夫）

第一齣　開　宗

（末上）

【臨江仙】西子湖光如鏡淨，幾番秋月春風。今來古往夕陽中，江山依舊在，塔影自凌空。　　多少神仙幽怪，相傳故老兒童。休疑《豔異》類《齊東》，妄言姑妄聽，聊效坡公。（問答照常）

【沁園春】再世菩提，白蛇妖孽，宿有根源。恰附舟巧合，兩相心許；贈金陡起，官事顛連。逃避姑蘇，蛾眉俯就，旅邸花筵遂宿緣。　　神仙廟，笑書符相贈，道者迍邅。原形醉露床前，急驚死良人實可憐。覓嵩山仙草，艱難救轉；寶巾遺禍，遭捕誰愆。鐵甕仳離，金山水鬥，一缽妖光不復燃。雷峰祭，感佛恩超度，千古永留傳。

覓配偶的白雲姑多情吃苦，了宿緣的許晉賢薄倖拋家，
施法力的海禪師風雷煉塔，感孝行的慈悲佛懺度妖蛇。

第二齣　付　缽

【仙呂·憶帝京】（雜十六尊者上）靈鷲岩嶢聳碧霄，雨天花旃檀共飄。（伏虎尊者引虎上）笑指牛哀化，還悟輪回道。（衆）試看那寶蓮臺高，談說深微妙，無憂樹下任逍遥。鶖子三車會了，說甚風幡動與搖。（龍舞上，降龍尊者上，收龍介）。（衆）妙呵，禪心不把毒龍饒。香清功德水，玉磬靜中敲。（淨釋迦文佛、李天王、韋馱隨上。）

【點絳唇】鷲嶺莊嚴，千花五葉靡窮盡。好悟三身，示汝恒河性。（衆拜介）

（淨）空即是色，色即是空。要知非色非空，須觀第一義諦。誰識無文無字，是為不二法門。吾乃釋迦牟尼文佛是也。於毗嵐後，現清淨身；自無始來，出廣長舌。揚法舸，救迷津，騰漢廷而皎夢；持慧燈，燦長夜，照東域以流慈。珠纓大士，常登護法之筵；金杵神

王,每夾降魔之座。今日慧眼照得震旦峨嵋山,有一白蛇,向在西池王母蟠桃園中,潛身修煉,被他竊食蟠桃,遂悟苦修,迄今千載。不意這妖孽,不肯皈依清淨,翻自墮落輪回,與臨安許宣,締成婚媾。那許宣原係我座前一捧缽侍者,因與此妖舊有宿緣,致令增此一番孽案。但恐他逗入迷途,忘却本來面目。吾當命法海下凡,委曲收服妖邪,永鎮雷峰寶塔,接引許宣,同歸極樂。法海何在?(外應上)

【點絳唇】四忍三空,刹那彼岸功夫到。極樂逍遥,早悟拈花笑。弟子法海參拜,有何金旨?

(淨)我這空門廣大,法力無邊,初歸香阜,只須虔念彌陀;靜發慧根,何難立登般若。今有捧缽侍者許宣,業以宿緣,遭彼白蛇,迷其真性。汝今可往東土,速指歸元,毋教墮落!

(外)領法旨。

【油胡蘆】吾佛慈悲惠澤饒,慧眼的開垂照。許宣呵,你可也戒了貪嗔除煩惱,無邊苦海回頭早,急忙裡誦彌陀把罪孽消,守清規將因緣覺。笑人間是非顛和倒,做盡了南柯夢裡空歡笑,須索聽晨雞唱罷暮鐘敲。

【天下樂】我想那白蛇呵,可惜他千載焚修也那一旦拋,多也波姣本是妖。這的是人妖宿有苗,却如何戀塵囂,直恁的甘墮落,何不去悟真空,及早換皮毛。

【鵲踏枝】(淨)並不是為傳衣降碧霄,了前因醉絳桃。這粉骷髏幻是神妖,那孽菩提宿有情苗,纔走出火輪車脫離苦惱,又撞入黑罡風吹落皮毛。

(淨)護法神,將我缽盂,付與法海者。

(雜應介)

(淨)你看我這缽盂,外週四際,能結萬緣。貯於水中,即成甘露。將此拿妖,原形立現。

【那吒令】願焚修念牢,感優曇夢繞,把邪魔頓消。拂塵埃果苗,有緣士未覺。這法缽因付託,覷着他似月千江照,用不盡的妙理中包。我有寶塔一座,高不盈尺,中奉萬佛,孽妖見之,無不戰慄。今付於汝。

（外）領佛旨。

【寄生草】頂禮浮圖下，遙瞻雲影高。望蓮臺不散的香風繞，觀法相無限的金光罩。聽鐘鳴早把那妖氛掃。正如龍似象，法力果然豪，皈依莫待輪回到。

（淨）這妖蛇雖然不守清規，却因許宣原有宿緣，故令汝前去。待他們孽緣完滿之日，點悟許宣，奉我法寶，收伏此妖，鎖於雷峰塔底，永鎮妖氛。再將許宣點悟大道，引他同歸淨土，以成正果。

（外）謹依法旨。

（淨）去罷。

（外）弟子就此拜辭去也。

（淨、衆吹打下）

【煞尾】（外）看俺纔離紫極霄，又踏紅塵道，好把那孽案勾消，須將這真元相保。萬里乾坤錫杖挑，向人間走遭，只把那小雷峰天生的妙景又重描。

醍醐法味灑何濃（盧　綸）？四缽須臾現一重（陸龜蒙）。

若信貝多真實語（李商隱），禪心高臥似疏慵（李　洞）。

第三齣　出　山

【仙呂·浪淘沙】（淨）龍虎兩修持，慎守防危。空山誰為剖元機，流水花開都妙悟，臥看雲飛。凤仰真仙第一流，世間名利事悠悠。他年得預瑤池會，不枉平生勵志修。貧道乃黑風仙是也。本結仙胎，心懷大道，但我雖修功行，未能列入仙班，須要忍性煉魔，久後方成正果。這也不在話下。貧道有一義妹，名曰白雲仙姑，向在西池蟠桃園中，潛身修煉。今到此峨嵋山連環洞中，養成氣候，道術無窮。近因他欲往塵凡，度覓有緣之士。咳，仙姑嘎！只怕你有戀紅塵，將來正果難成了。也罷，待他出來時，不免將言苦勸，阻他前往便了。

【前腔】（旦）嵐影濕雲扉，臥雪餐芝。偶因花落點銖衣，忽憶塵凡春色好,出岫休遲。

(淨)仙姑。

(旦)道兄稽首。

(淨答禮介)請坐。

(旦)有坐。

(淨)仙姑,想你在洞府修真,堅心參悟,料不久成真矣。

(旦)多蒙過獎。道兄在上,愚妹有一言相告。

(淨)不知仙姑有何見諭?

(旦)愚妹睹此紅塵勝景,錦繡繁華,意欲往凡間度覓有緣之士,到此同修。今日暫別道兄前往,不知可使得否?

(淨)仙姑,聽我一言分剖:想你遠隔凡囂,久耽幽靜,何必自入紅塵,又遭纏擾?還請三思。

(旦)多蒙道兄相勸,但我去意已決,斷難改移。(淨)仙姑呵!

【繡帶兒】覷凡塵人生能幾,你修煉正當今日,為什麼動着一點凡心,反撇下千載根基?(旦)愚妹決意要去。(淨)你休癡,修真養性誰堪比?(旦)此去不過度覓有緣之士。(淨)那凡夫如夢怎提撕?(旦背唱)我心兒裡有宿緣未舒,難道是少機謀不能前去。

(淨)那凡夫俗子,只曉得貪戀榮華富貴,怎肯到此修真?你一入紅塵,唔,只怕有去無回,那時悔之晚矣!請細思之。

【醉太平】你道俗緣容易,恐後悔重聚難期。(旦)道兄說甚話來?(淨)願伊休去,你欲去吾愁不美。(旦)我藏形度覓有誰識?(淨)還須三思。(旦)我欲行你休阻滯。我到塵寰,自解應變隨機。

(淨)我也曉得你道術非凡,隨機應變。但依愚兄看來,到底是不去的是。

(旦)承兄相勸,我意已決,不必阻我。

(淨)既是去心難挽,請問此行何往?

(旦)愚妹此去,只在臨安。

(淨)歸期何日?

(淨)多則一載便回。

(淨)仙姑,你此去須要藏形度覓,不可傷害生靈。若度得有緣之士，須早早回山。

（旦）謹領道兄尊教。就此拜別。

（淨）愚兄也有一拜。

【哭相思】（旦）偶愛繁華往帝畿，（淨）未知何日是歸期？（旦）此去暫且分攜耳，（淨）我只怕一片閑雲去不回。

（旦）道兄説那裡話？請回罷。

（淨）不送了。（旦下）

　　雲飛天末水空流（劉　滄），石室煙含古桂秋（李　郢）。

　　自昔稻粱高鳥畏（陸龜蒙），君於此外更何求（元微之）。

第四齣　上　　塚

【羽調・望吾鄉】（生上）意緒闌珊，英年滯市廛。生涯何處飛蓬轉？時乖拗煞男兒願，漫説志沖霄漢。顧行業，每自憐，辜負吾家月旦。

【朝中措】清明時節雨聲嘩，潮擁渡頭沙。翻被梨花冷看，人生苦戀天涯。江山信美非吾土，遊玩總堪嗟。折得一枝楊柳，歸來插向誰家？小生姓許名宣，表字晉賢。嚴州桐廬人也。標森玉樹，正當入洛之年；跡類轉蓬，猶作依劉之客。其奈椿萱早背，家業漂零，秦晉未諧，隻身無靠。只有一個姐姐，嫁與錢塘李君甫。我姐夫在縣中當充馬快，雖處公門，頗稱好義。見我一身落魄，百事無成，薦我到鐵線巷王員外生藥鋪中生理，雖非長策，暫且安身。今日值清明佳節，天氣晴和，欲往爹娘墳上祭掃一番，少伸罔極之思，有何不可？（行介）

【桂枝香】柳開青眼，桃舒笑面，歲華佳到三分，人事愁邊一半。灰飛作蝶，灰飛作蝶，吾生可歎！你看今日，多少人家祭掃，輿伯簫鼓，何等熱鬧，只我呵，影形單，顯揚空有志，清宵只汗顏。説話之間，不覺將次到了。遙望那林子，就在前面，不免趲行一步者。

　　清明日出萬家煙（王　表），郊外紛紛拜古垅（郭　鄖）。

　　且向錢塘湖上去（白居易），野棠風墜小花鈿（張仁寶）。

第五齣　收　青

【仙吕·點絳唇】(丑上)吐霧興雲，天生伎倆，誰能量？變化無方，大澤威名廣。上應天星秉翼精，盤身掉舌勢崢嶸。銜珠畫足尋常事，佇看飛騰變化成。我乃千年修煉青青是也。向居海島，不記歲年，只因風雨大作，偶然來此西湖。此間有水族萬餘，俱歸吾掌。日裡與孩子每為伴，夜間在雙茶坊巷裘王府空宅內安身。靜則採取日月之精華，動則魘惑羣生之元氣，以圖將來脫此皮毛，修成仙道。孩兒每，好生看守洞府，不得胡行，俺向外邊走一遭來者。

(內應介)呀，出得門來，你看好不熱鬧也。正是：紅紫陣前春正好，妖魔隊裡我為尊。(下)

【南吕·懶畫眉】(旦上)芳塵紫霧繞氤氳，細步凌空暗起雲。萬花如繡翠繽紛，行行遙望錢塘近。貧道乃白雲仙姑是也。為覓有緣之士，來到臨安，只是無處藏身。聞得雙茶坊巷，有所空房，乃裘王府的宅院，甚是幽雅，有一青青在彼，不免前去收伏，以便藏身度覓。來此已是，不免徑入，果然好一所房屋也，怎得個人兒共掩門。

(丑上)呔，何方孽怪，擅敢探吾巢穴麼？

(旦)我乃白雲仙姑是也。汝是何妖魅，敢來問我？

(丑)俺乃千年修煉青青是也。

(旦)唗，你不過小小青蛇，輒敢霸住於此。速離此間，方保性命。

(丑)潑怪休得無禮，俺來擒你也。(戰介)

(丑跌，旦欲斬介)

(丑)小畜有眼不識大仙，望乞饒恕。

(旦)既如此，姑饒汝命。

(丑起介)請問大仙何來？

(旦)貧道從峨嵋山到此，欲度有緣之士，只是少一隨伴，你可變一侍兒，相隨前往，不知你意下如何？

（丑）願隨侍左右。

（旦）既如此，你且變來我看。

（丑）待俺更變便了。（下）

（貼上）欲覓有緣士，悄變有誰知。大仙，可變得好麼？

（旦）好，今後主婢相稱，喚名青兒便了。你在此多年，必知何處遊人最盛？

（貼）此處湖上遊人頗多。

（旦）如此，可隨我到西湖去來。

（貼）曉得。

（旦）（更衣介）

【香柳娘】（合）聽簷前鳥啼，聽簷前鳥啼。悄把翠裙擡起，一路上花香清細風兒遞，看春雲漸低，看春雲漸低。楊柳綠初齊，韶光麗如此，動遊人偷覷，動遊人偷覷。（旦）有緣何處，那人來未？

（旦）玉面紅妝本姓秦（宋之問），三陽麗景早芳晨（玄宗皇帝）。

（貼）得成蝴蝶尋花樹（元　稹），梔子同心好贈人（韓　翃）。

第六齣　舟　遇

【中呂過曲·泣顏回】（丑搖船隨生上）（生）綠柳繞回廊，無限景光駘蕩。惜花心性，似游絲空際悠揚。我許宣。今日清明佳節，往爹娘墳上，祭掃而歸。你看湖光似鏡，車馬如雲，好不可愛？為此喚小艇，慢慢地一路遊玩回去。（丑搖船，唱"杭州歌"，諢介。）（生）看雕鞍駿馬，會王孫貴戚多歡暢。倒金樽沉醉花前，聽笙歌十里畫塘。（下）

（貼隨旦上）（貼）娘娘看腳下。

【前腔】〔換頭〕（旦）輕移蓮步芳心癢，急追隨飛度錦塘。青兒，我看那些遊人，盡是凡夫俗子，只有方纔祭掃墳墓的那生，風流俊雅，道骨非凡，若得相遂奇緣，不枉奴家來此。（貼）娘娘，看他獨坐在舟，我每如何得近他呢？（旦）不妨，待我頓攝驟雨，那生必定停舟。那時和你上前，只說附舟，你須要隨機應變。（貼）曉得。

（旦）（作起風雨介）（合）千紅萬紫濕，清芬一時爭放。（生、丑上）（丑）好大雨呵！（生）陰晴無定，一霎時瀟瀟颯颯傾盆盎。（丑）官人，這裡歇船哉。（生）使得。（丑）讓我帶好子纜。（貼）船家，你每往那裡去的？（丑）到草橋門去。（貼）船家，草橋門是順路，可搭了我每去。（丑）使勿得，我艙裡有位官人，勿便介。（貼）你看這等大雨，又無處躲避，煩你對船內官人說，望行方便則個。（丑）是哉。讓我問看。官人，岸上有兩位標緻堂客，也要到草橋門去的，順便搭子去罷。（生）何妨。天上人間，方便第一。快請他每下來！（丑）是哉。兩位娘娘，官人肯哉。等我打子扶手下船來。（貼）娘娘，待青兒先上船去。為東君了却宿緣。（旦上船沖介，生扶，旦作羞，背唱介。）你漫盼行雲打疊停當。

　　（貼）娘娘，我每就在此間站一站罷。
　　（生）二位小娘子，外邊風雨甚大，請到艙中來。
　　（貼）這是官人叫的寶舟，怎好有僭？
　　（生）說那裡話？還是請到裡面坐。
　　（貼）娘娘，既蒙官人美情，我每暫且進艙去。
　　（旦）青兒，與我多多致謝官人。
　　（貼）曉得。官人，我家娘娘多多致謝！
　　（生）些須小事，何謝之有。請坐了。
　　（旦）中途遇雨，幸附寶舟，得免狼狽，實荷高情。
　　（生）豈敢。
　　（旦）請問官人上姓？
　　（生）小生姓許名宣，表字晉賢。
　　（旦）尊居何處？
　　（生）在鐵線巷中。
　　（貼）請問宅上娘娘，今年多少年紀了？
　　（生）小生只為家貧，尚未婚娶。
　　（貼）聘是聘下的了？
　　（生）唔，也還未。
　　（貼）娘娘，官人這等青年，還是形單影隻，可怪那月下老人，太不均勻了些！
　　（生）姐姐,請問你家娘娘上姓？
　　（貼）我家娘娘麼,是原任杭州白太守的小姐。先老爺在日,將我家娘娘招贅於此。
　　（生）尊居何處？
　　（貼）在薦橋雙茶坊巷裘王府隔壁。
　　（生）原來是位千金小姐,失敬了。
　　（旦）不敢。
　　（生）小姐,想是踏青而回？
　　（貼）不是,只為祭掃我家姑爺墳墓。
　　（生）咳,原來你家姑爺去世了。
　　（旦）官人聽稟。
　　（生）願聞。
　　【黃鐘・降黃龍】（旦）憶昔才郎,誰料分鴛,拆散鸞凰,時時念想,（悲介）無限悽惶,淚雨千行。（生）請免愁煩。（旦）倉皇,春霖忽降,幸君家寶舟附往,頓教奴如承寵貺。縱無端邂逅,怎敢相忘？
　　（丑）雨止哉,待我解子纜。呀,好滑。開船哉！
　　【前腔】（生）聽伊行教人淚汪。輕俏聲兒,細訴衷腸,使我心兒怛怏。想他鸞雁孤飛,較我更淒涼。癡想,我願把……（貼）官人有何說話？（生微笑介）（貼）啐！（生背唱）願把誓盟深講,怎能夠雙雙同效鸞凰？細思之,恐伊家不允,空使我徊惶。
　　（丑）到哉！上岸罷。
　　（旦）青兒,清早出門,忘帶零錢,你可問許官人借應,到家奉還。
　　（生）何妨。船家,二位小娘子的舟金,都在此,請收了。
　　（丑）多謝官人。
　　（生）請上岸罷。
　　（貼）娘娘,你看雨又不止,到家尚遠,怎麼處？
　　（旦）便是。
　　（生）不妨,小生有把舊傘,寄在前面朋友人家,二位在此少待,我去取來,與二位打了回去罷。

(旦、貼)如此甚好,只是不當。

(生)好說。船家,我去就來,煩你暫等片時。

(丑應介)(生下)

(貼)娘娘,你看那許官人好不十分有情,他方纔呵!

【黃龍滾】私懷暗忖量,你兩下春心蕩。天賜相逢,難捨多情況。真個是德容工貌,恰遇着恭儉溫良。若得一朝呵,兩相當,配成雙,便是我青兒也覺心歡暢。

(生持傘上)

(貼)許官人來了。

(生)正是。傘兒在此,請二位上岸罷。

(丑)要打子扶手。

(生)不消,有我在此。

(丑)看仔細。(上岸介)(丑先下)

(旦)只是種種承情,如何是好?

(生)豈敢。

(旦)這傘待奴明日着青兒送還罷。

(生)不消費心,小生明日還要到府奉拜,何勞青姐貴步?

(旦)只是那有反勞之理?

(生)好說。

(貼)既如此,明早我在門首等候許官人便了。

(生)天色已晚,恕不遠送,請行罷。

【尾聲】(生)天仙何意從天降。(旦、貼)空拾得百船愁況。(下)

(生)看仔細,慢慢兒行。哈哈哈,妙呵!不期今日無意中遇此佳人,敘出許多衷曲,又約我明早到彼相會。阿呀,只是今夜叫我怎生睡得着也?怎捱得玉漏深沉午夜長。

況遇天仙隔錦屏(裴　　航),一溪風月共清明(許　堅)。

鴛鴦自解分明語(南溪夫人),何必崎嶇上玉京(樊夫人)。

第七齣　訂　盟

（貼上）裝成金屋一青衣，窈窕長同侍王妃。只為欲成人好事，不辭團扇立朝暉。我青兒與娘娘，昨日在舟中得遇許官人，果然風流俊雅，我娘娘十分憐愛。臨別之時，他說今日一定相訪，只恐到來，無處尋問，為此娘娘着我門前等候。正是：易求無價寶，難得有心郎。（虛下）

【仙呂·玉交枝】（生上）少年佳人，可喜得龐兒占盡春。他眉彎新月秋波韻，臉霞紅鬢挽烏雲，一似廣寒仙子降凡塵，款金蓮香街步穩。這相思何日勾清？害得我神魂不定。我一路問來，此間已是雙茶坊巷了，不知那一家是？

（貼上）怎麼這時候還不見來？（作望見生介）呀，許官人來了！
（生）正是，來了。
（貼）真信人也。我娘娘已等候多時，裡面請坐。
（生）青姐請。
（貼）許官人請。昨日多承會鈔，又蒙借傘而歸，感謝不盡。
（生）些須小事，何足言謝？
（貼）許官人，我有一樁喜事要對你說。
（生）有何喜事？
（貼）我娘娘昨晚歸家，在我面前，道及官人，十分愛慕。
（生）嘎？
（貼）況我娘娘獨居無倚，欲把……（住介）
（生）為何不說了？
（貼）欲把終身相託，不知官人意下如何？
（生）青姐，多謝你娘娘美意，但小生父母亡後，一身落魄，囊底蕭然，雖承你娘娘雅愛，實難從命。
（貼）許官人若說窘迫，我娘娘囊中自有，何必憂慮？只是少頃娘娘面前，不要說我是這樣說的。
（生）這個自然。

（旦內喚介）青兒！

（貼）娘娘，許官人在此。

（旦）如此，何不早說？

（旦上）百年眷屬三生定，千里姻緣一線牽。許官人萬福。

（生）小姐拜揖。

（旦）重蒙枉過，有失奉迎。

（生）敢勞小姐玉趾。

（旦）請坐。

（生）有坐。

（旦）夜來遇雨，多蒙照拂。

（生）些須小事，何足掛齒。

（旦）請問官人，尊庚多少？

（生）虛度二十。

（貼）阿呀，如此我家娘娘，倒長一歲。

（旦）請問官人，作何生理？宅上還有何人？

（生）不瞞小姐說，先君在日，曾為藥材生理，不幸椿萱見背，只得依傍姐夫身畔，今權在鐵線巷生藥鋪中勾當。

（旦）咳，可憐！

（貼）娘娘，你昨晚說，有什麼言語，要對許官人講，於今許官人在此，沒說呢？說。

（旦）奴家有一言奉告。

（生）不知小姐有何見諭？

（旦）只是不好啟齒。

（貼）娘娘，你的心事，就對許官人說，也不妨。

（生）是呵，就說何妨？

（旦）咳！

（貼）說嚯！

【忒忒令】（旦）我吐衷腸，恐君家不從。（生）小生自當從命。（旦）愛雅量，周旋出衆。念奴歌《寡鵠》，不由人悲慟。（生）請免愁煩。（旦）因妄想，託絲紅；若不棄，相憐藉，願把同心結送。

（生）豈敢。

（貼）許官人，你有何說話，也對我娘娘說。

（生）小姐嗄！

【沉醉東風】你氣吹蘭可人意中，色如玉天生嬌寵，深愧我一凡庸，怎消受金屋芙蓉？（貼）許官人，你既未娶，我家娘娘，又是隻身，況且二人年貌相當，到不如成就百年姻眷，却不是好！（生）青姐，但小生呵！憾吾生才粗鄙茸。（貼）這是我娘娘情願相攀，你何必躊躇？（生）仔細尋思，銘感在衷，只家徒四壁，實難承奉。

（貼）娘娘，許官人說，只為家寒，所以不肯應承。

（旦）這個何妨？囊琴壁立，長卿蓋世風流；椎髻釵荊，德耀人稱雅操。何必以貧介意。

（生）既蒙小姐不棄，小生只得覥顏從命了。

（旦）青兒，官人想未用飯，快備早膳伺候。

（貼）昨知官人要來，早已完備了。

（旦）如此，看酒來。官人請坐。

（生）請。

（貼）官人。

（生）怎麼？

（貼）娘娘。

（旦）嗄？

（貼福介）恭喜賀喜！

（旦作色，生笑介）

（旦）青兒，你在我箱籠內，取兩錠銀子出來。

（貼）曉得。（下）

（旦）官人回去，即央媒說合，早成美事。

（生）小生到家，即央我姐姐姐夫來說合便了。

【園林好】（旦）早成全和鳴《蕭雛》，休要做孤鸞隻鳳。喜今日《關雎》洛誦，（生）和樂處兩融融，和樂處兩融融。

【川撥棹】（貼持銀上）多情種，官人！（生）哈哈。（貼）你誤入天臺有路通。娘娘，銀子在此。（旦）官人，奴有白銀兩錠，聊以相贈。倘若欠缺，奴家還有。（生）既蒙娘子雅愛，使小生不勝感激。（旦）官人說那裡話。只因你意釅情濃，只因你意釅情濃，致挑奴琴心肯從。自今呵，喜絲蘿得附喬松，願絲蘿永附喬松。

（生）小生就此告別。

（貼）我每送了官人出去。

【尾聲】（合）梅花玉笛聲三弄，怕驚醒羅浮香夢。（生）小姐嗄，早栽得你的情苗在我意中。小姐請進去罷。

（旦）官人慢行。

（生）請。難得他一片好心。（下）

（旦目送介）

（貼）去遠了。

（旦）啐。

（貼）還要看什麼？

（旦）進去罷。

（貼）娘娘。

（旦）怎麼？

（貼）官人回去，一定央媒說合。

（旦）便是。

（貼）你兩人，你兩人若成了親事，哎喲喲！

（旦）啐，胡說。（下）

（貼笑下）

第八齣　避　吳

【羽調引子‧小蓬萊】（老旦上）裙布蓬門相守，感韶光荏苒如流。連枝更念，荊花獨植，使我心憂。妾身許氏，幼適李門。我丈夫李君甫，在錢塘縣中當充馬快。夫妻兩人，將就過活，倒也罷了。我有一兄弟，名喚許宣，丈夫薦他在藥鋪中生理。但他年已長成，我意欲門當戶對，與他覓頭親事，倘日後生得一男半女，也不絕許門後嗣。且待丈夫回來，與他商議便了。正是：婚姻天久定，親戚

自相關。(虛下)

　　【四時花】(生上)已是心盟訂,何時賦好逑?因此上特把冰人來叩。(見老旦介)姐姐拜揖。(老旦)兄弟回來了。我正在此想你哩!今日敢是得暇,來看你姐夫麼?(生)正是。一來看望姐夫姐姐,二來有事相商。(老旦)有何事?(生)姐姐,聽你兄弟慢慢說來。前日呵!步東風上塚歸來,喚小艇一篙碧皺。河洲,忽逢着雨瀟瀟,有佳人附舟。(老旦)嗄,那女子姓什麼,是何等樣人家?(生)是前任白太守的小姐,香山後,現文君新寡風流。他攜着一侍兒,也因上塚歸來。(老旦)他說什麼來?(生)他暗憐我,夢蝴蝶臥秋齋,西風獨愁。臨別之時,借傘與他,再三囑我次日到他家去相會。(老旦)你可曾去?(生)怎麼不去?兩下裡逗琴心,筵前獻酬,好煞了情意雙投,贈朱提良緣天湊。(出銀介)這不是那小姐贈我的,叫我央人撮合。但恨無媒,為此來將姐姐姐夫求。

　　(老旦)妙呵,兄弟,你無意中遇此奇緣,豈可錯過?你且進去少坐,我安排些酒飯與你吃,待你姐夫回來,與他商量便了。

　　(生)全仗姐姐姐夫。

　　(老旦)這個自然。(生虛下)

　　【排歌】(副淨李仁上)咳,這是那裡說起?大盜無蹤,翻遭痛比,飛災着甚來由?(悶坐不語介)(老旦)呀,官人來了,為何今日這般愁悶?端的為甚事來?(副淨)娘子,不要說起,只為庫中封鎖不動,失去元寶四十錠,本官着急,立限我緝獲贓賊。我同衆夥計,緝訪多時,毫無蹤影,方纔責比回家。這等沒頭腦的事情,如何結案?(老旦)阿呀,原來如此,這怎處?(沉吟介)急也沒法,且陪我兄弟吃杯酒暖痛,再處。(生上)姐夫拜揖。(副淨)原來舅子在此。(老旦)我兄弟有一事,與你相商。(副淨)何事?(老旦)他前日去爹娘墳上祭掃回來,遇着前任白太守的小姐,帶了侍女青兒,因雨搭船,偶然閒話,得知兄弟尚未婚娶,那小姐亦係寡居,因欲把終身相託。昨日約他到彼,以禮相待,叫他央媒說合。我兄弟因此,今日特來託你。那小姐又贈他花銀百兩,以為聘資。(出銀介)你看好麼?真個難得!(副淨見銀驚介)呀,娘子不好了!你兄弟性命休矣!(老旦)阿呀,却是為何?(副淨)現今縣主出榜緝獲贓賊,捉獲者賞銀五十兩,知情不首者,全家發邊遠充軍。你看這元寶上,現有字型大小鈐記,正是那贓銀,如何是好?(生慌跪介)我那裡曉得有許多緣故?於今没法,只求姐夫救我一救!(老旦)官人,可念骨肉之親,商量個善策!(副淨)贓銀現在實堪愁,欲護姻親没半籌。吾不首,命難留,兩全何處覓奇謀?(合)飛禍邁,相輻輳,恨殺傾城厚贈美成仇!

(老旦)雖然如此,還求官人搭救!

(副淨想介)那白氏現居何處?

(生)就在薦橋雙茶坊巷裘王府隔壁。

(副淨)嗄,這就有處了。

(生)願聞。

(副淨)自古道:三十六計,走為上計。你今速速暫避他方,我持此銀出首,如有甚事,我自支吾。

(生)這個使不得!

(副淨)却是為何?

(生)此是我惹出來的事,豈可反貽累於姐夫。

(副淨)不妨。官府只要贓賊,我於今總推在白氏身上,拿得他主婢二人,你便無事了。

(生背介)咳,那小姐待我情分不薄,只是於今也顧他不得了!

(向副淨介)這等避往何處好?

(副淨)我蘇州有一相好王敬溪,現在吉利橋開張飯店,我即刻修書與你,可悄悄到他那裡暫避幾時。

(生)如此甚好。

(副淨寫書介)

【浪淘沙】敬老仁翁:浮文不敘,有舅途窮。偶緣官事,尋思暫避須良友,姘與護,虔懇憑心叩,臨穎神馳。李仁頓首。書已寫就,你可收好,為我多多致意。

(老旦)一路須要小心。

(生)兄弟就此拜辭!

【尾聲】(副淨、老旦)無端官事相儌倖,(生)急難方識姻情厚。(合)且暫效羅鳥高飛,鯉脫鉤。(生下)

(老旦)斷行哀響遞相催(崔塗),愁鎖鄉心掣不開(白居易)。

(副淨)相別欲將何計免(姚鵠)?相思那得夢魂來(孟浩然)。

第九齣　設　邸

(末上)飯抄雲子白,酒壓鬱金香。主人能醉客,何處是他鄉。老漢姓王,號敬溪,本籍蘇州。在這吉利橋,開個小小飯鋪,安歇四方客商。年來生意,頗有興頭。前日杭州李君甫的小舅,姓許名宣,因官事暫避於此,修書着我照看一二。我想君甫與我至交,難以推却,留他在店樓住下。我已修書回復,使彼放心,這也不在話下。怎麽這時候還不收拾開店?小二貪睡了,待我喚他出來,小二那裡?

(丑)來哉!勿為冷飯頭,倒做熱酒保。好似滾盤珠,亦象跋弗倒。阿爹,叫我做倽?

(末)我這客店左近,並無勝似我家的。

(丑)那,原勿差倽。

(末)只為你每懶惰……

(丑)那個懶惰?

(末)以致少了許多主顧。

(丑)倽個?

(末)你看此時日高三丈,

(丑)也還不晏。

(末)莫說那些碗盞七零八落,

(丑)尋尋就是哉。

(末)桌凳東倒西歪,

(丑)拿子起來就是哉。

(末)連酒標也不撐起來,

(丑)撐子起來就是哉。

（末）地下也不打掃打掃。
（丑）掃掃就是哉。
（末）只管貪睡。
（丑）骨碌子起來就是哉。
（末）你別處去罷！
（丑）咳，我絕早就起來，何嘗貪睡？阿爹，你介兩日，只管尋生討事，你也要放出些良心呀！
（末）呀，你說什麼？
（丑）我自從進子你介店裡，勿知替你打發了多少滯貨，攢了多少銅錢銀子，那間腰包硬哉，做起阿爹面孔，動弗動就拿我來埋怨哉！
（末）我這店中，件件整齊。
（丑）要整齊呵。
（末）色色精潔。
（丑）要精潔呵。
（末）怎麼說是滯貨？
（丑）差也勿多，介是那裡說起？清早拿我一派瞎埋怨！

【南昌引子・大迓鼓】（末）我家這店姑蘇擅場，門迎馴馬，座滿貂璫。這些酒飯定價無虛誑，紅如琥珀滿杯光，白似真珠五里香。

【前腔】（丑）誰憐我走堂，添茶送酒，揀菜傳湯，朝夜奔來兩腿脹。奉承入骨口難張，白水紅糖當酒漿。

（末）不要說了，快些開店！免得誤了主顧。
（丑）是哉。
（末）十千一斗酒如油。
（丑）還是酒來還是油？
（末）怎麼說？
（丑）你說十千一斗酒如油，到底是酒呢還是油？我倒有點勿明白，倘有主客來買，招接差了，又要怪我哉。
（末）蠢才，酒如油者，不過言其滋味厚也，怎生分作兩樣？我倒好笑。

（丑）原來是一樣個。我若勿問明白一聲，幾乎差到底哉。

（末）須信古人言味厚，

（丑）自然沽酒與伊沽。

（末）咳，還不明白，怎麼了？

（丑）我直頭明白哉。（下）

第十齣　獲　贓

【南呂引子·虞美人】（末雜引外上）（外）最忺地擅湖山美，肯負心如水？簿書何處不文章，訟少落花香，送到琴堂。政簡牛刀暇，官清馬骨高。鳴弦師單父，閑坐聽江潮。下官李本誠，字一庵，真定行唐縣人也。兩榜出身，叨蒙聖恩，除授錢塘令。到任三載，喜得訟餘多暇，民吏相安。不意前夜庫中封鎖不動，失去帑銀四十錠，深為可異！為此一面懸掛榜文，一面比捕緝獲。恰纔退食私衙，又值午堂時分，不免出堂理事一番。分付開門。

（衆應介）

（副淨上）正值坐堂，不免報門。捕快李仁告進。捕快李仁叩頭。（出銀介）禀老爺，贓賊有了！

（外）這是何人竊取？細細説來。

（副淨）爺爺聽禀：

【南呂過曲·梁州新郎】【梁州序】清明時節，偶偕舅子，名喚許宣，在小的丈人墳上祭掃。歸艇俄看雨至，忽逢窈窕，泥濘願附舟回。（外）後來如何呢？（副淨）水窗閒話，弱質無依。他問知許宣年少未娶，託終身願把紅絲繫，詰朝約會在深閨，盟結綢繆誓不移。【賀新郎】只因許宣辭以家貧，他緣厚贈，裹嘉禮。央小的啊，做媒人為結成連理，因悄悄禀知此。

（外）那女子姓甚？是那裡人氏？

（副淨）是前任白太爺的小姐，招贅寡居於此，就在裘王府隔壁。又有一侍女，名喚青兒。

（外）這又奇了！那白太守是我年伯，他家之事，我盡知之，未聞他有女贅居於此。（沉吟介）莫非其中有假麼？

【柰子花】聽伊言使我心疑，綠林豪舉，宦女怎能為？樂天久聞金鑾逝，這疑團實難詳悉。（副淨）只求老爺將白氏青兒拿來一問，便知端的。（外）差你拘訊彼，莫教驚避。

（副淨）是。

（外）你可喚許宣來作眼，立刻同去將白氏、青兒拘來，不得遲誤！

（副淨）稟老爺：小的已知白氏居址，此事不可稍遲，若待喚到許宣，恐有洩漏非便。不若小的悄悄即刻就去，甕中捉鱉，手到拿來。

（外）汝言甚是有理，便可速去。掩門。（外下）

（副淨）夥計，我每快去快去！

【仙呂·六么令】（合）火速前往，到他家拿捉窩藏。咱們手段甚高強，如虎兕，似豺狼。管教一見魂飛喪，管教一見魂飛喪。

（眾）來此已是雙茶坊巷，這是裘王府的住宅，不知那一家是？且喚地方一問，便知明白。地方那裡？

（丑）來哉！地方地方，兩腳奔忙。列位大叔，有甚事務？

（眾）此處裘王府間壁，可有個姓白的女子住下？

（丑）大叔，又來哉，我從小住在此，地方做老裡哉，那裡有姓白個住在此？

（副淨）就是裘王府的宅子。

（丑）裘王府麼，因有妖怪出現，渠搬到東關居住。這所房子，一向無人住哉。裡面青草一人長，妖怪成團打塊。前日有個叫花子，睡在屋簷底下，半夜裡，

（眾）怎麼樣？

（丑）扢察一聲，答落肚皮裡哉！

（眾）阿呀，不信有這等事。

（貼上嗽介）

（眾）裡面有人聲，我每打進去！

（丑）使勿得，讓我看看。咦，竟有個堂客在裡面！

【風入松】（貼）仙郎一去杳何方？我娘娘坐盼淒涼。教奴來至門前望，時刻想引鳳求凰。（眾叩門介）開門！（貼）但願得共入洞房，那時節謝穹蒼。

（眾）開門了。想這就是侍女青兒，快向前拿住！

（貼下）

（丑）哎呀，放手放手，列位是我！

（眾）是那個？啐，侍女呢？

（丑）不知那裡去了？

（旦內喚介）青兒，外面是什麼人，擅入我寡婦之門？

（丑）咦，你看樓上有一個絕標緻的堂客在上！

（副淨）想就是白氏了。

（眾）一定是他，我每一齊上去拿他便了！

【急三槍】（合）笑伊不忖量，忒無狀，敢胡強？拿你去，受災殃。

（眾捉各跌介）

（旦）住了，你每這夥歹人，為何到我內室之中，是何道理？

（眾）呔，你這賊婦，竊取庫銀，還要嘴硬！

（旦）唗！

【風入松】伊行休得太強梁，笑徒然逞臂螳螂。波中撈月空勞攘，（指眾介）似撼樹蚍蜉伎倆，安肯與鼠輩爭強？且遁去脫羅網。（下）

（眾）阿喲，阿喲，一霎時為甚昏迷起來？啊，白氏呢？

（副淨）方纔在這裡的，料他沒處藏躲，且到後房各處搜尋便了。

（眾）有理有理！

【急三槍】（合）霎時間神淒惘，昏迷障，這潑怪潛何方向？真詫異，好難詳。四下並無蹤影，只有一隻箱籠，內裡十分沉重，我每且擡去回復老爺便了。忙將怪異事，報與老爺知。（同下）

【大迓鼓】（末雜引外上）（外）此案細尋思，正當考績，干係非微。適差捕役,前去拘拿白氏、青兒,為何還不見到?(衆上)走走,捕役叩頭。(外)白氏帶到了麼?(副淨)小的奉爺鈞旨,到雙茶坊巷拿捉,見門前冷落,迥非前日所見,即喚地方細問,説此屋乃是裘王府的宅院,常有鬼怪出現,無人居住。小的每不信,同地方打將進去,遍地青草,蛛網滿室,見一婦人同着個丫鬟,端坐在樓,小的每上前拿時,只聽得一聲響亮,便不見了。四下尋覓,並無蹤影,只有一隻箱籠,十分沉重,不知何物在内?小的們不敢擅開,求老爺發落。(外)打開來看!(衆)禀爺:就是庫中所失之銀!(外)嗄,有這等事,哈哈,點來!(衆)啟爺:三十八錠,連那二錠,共是四十錠。(外)真好怪事也!我原疑是假託,果不出吾所料。分明變幻如山鬼,今姑念國帑已無虧,也不必追尋怪魅所為。把銀上庫。

(衆應介)

(外)李仁,明日來衙中領賞。

(副淨)多謝老爺。

(外)分付掩門。(外同衆下)

(副淨)謝天謝地,一場没頭官事,雪一般消化了。李仁、許宣,你好造化也!快回家去,報與老婆知道。

第十一齣　遠　訪

【雙調·新水令】(生上)一簇紅樓壓女牆,映東風緑楊輕揚,撩人教我如何向?我許宣,自到姑蘇,多蒙王敬溪老丈款留,後來接得姐夫書信,備陳白氏妖變根由,又道臟銀已得,官事已清,叫我且在蘇州再住幾時回去。我想白氏,那日贈金留宴,囑託終身,我只謂蓋世奇緣,誰知反惹一場飛禍?致令我生涯斷梗,漂泊靡依。當此芳春,客懷寥落,好難消遣也啊!好時光,都醖做一天愁,簇在兩眉上。(下)

【仙吕·步步嬌】(旦、貼上)(合)淡掃蛾眉遥相訪,欲了風流障,難辭道路長。(旦)未識檀郎,別來無恙。奴家自從那日允配許郎,贈銀與他完娶,不料反惹一場是非。聞得他避往蘇州,現在府前吉利橋下王主人店中安歇。為此同着青兒，特地前來尋訪。（貼）娘娘，此去只恐官人不肯容留，這段姻緣，終成畫餅，如何是好？（旦）不妨。全憑舌巧勝如簧，怕不雙雙共入銷金帳。此間已是，你去問來。

　　（貼）曉得。裡面有人麼？

　　（末上）是那個？

　　（貼）伯伯，借問一聲，你店中可有位杭州來的許官人住下麼？

　　（末）有的。你問他怎麼？

　　（貼）相煩伯伯說一聲，我家娘娘同一侍兒從杭州到此，特來尋訪。

　　（末）哎喲，如此遠來，請到裡邊少坐，待我去請他出來。

　　（貼）有勞了。

　　（末）好說。

　　（貼）娘娘，我每且到裡邊去坐坐。

　　（旦）使得。（下）

　　（末）許官人快來！

　　（生上）心懸西子湖中月，夢斷寒山寺裡鐘。老丈有何見諭？

　　（末）許官人，外面有一位小娘子，隨着個丫鬟，特來尋你，可去接了他們進來，已等候久了。

　　【雙角·折桂令】（生）呀，乍聞言好費端詳，俺這裡舉目無親，顧影彷徨。（末）一定有何瓜葛？故此前來尋訪。（生）沒來由背井離鄉，孤身流落，回首情傷。又誰憐斷行？悲失路亡羊。（末）許官人，不妨出去一看，便知明白。（生）老丈，或者店中有同姓的，亦未可知。知他是覓李投張，李代桃僵。（末）他說的姓字行蹤，並無差誤。（生）那處流來紅葉桃花，粉豔脂香？

　　【仙呂·江兒水】空寄殷勤語，休矜淺淡妝，並無瓜葛奚相傍？（末）他渾如仙子月中降，何須閉戶來相抗，喬作魯男模樣。（旦、貼上見生介）官人別來無恙？（生）我一見姣娥，不禁的驚魂飄蕩。

　　（貼、末）這卻為何？

　　【雙角·雁兒落帶得勝令】（生）俺不是遇鶯姐的踏月郎，又不是會秦女的吹簫將。他那裡當爐婦百種情，何曾效執拂伎懷私向。（貼）官人，我每受了千辛萬苦，來到此間，為何反是這般光景？（末）許官人，娘子遠來，有話請坐了講。（生）老丈，快些趕他每出去！（末）喲，什麼說話？（旦）官人，休要錯怪了奴家，今日特來與你說明此事，以明奴一點心跡。（生）追思此事太荒唐，驀忽地相過訪，分明是惑三思的素娥黨，險做了陷綎縹的公冶長。（末）許官人，請息怒。小娘子，你且坐了，待我喚老荊出來相陪。（生）悽惶，縱承你太多幸也；慘傷，怎還來起禍殃？

（末）媽媽快來！

（副淨上）忽聞老公叫，忙步出堂前。老老，叫我出來做偆？

（末）外邊有兩位小娘子，從杭州到此，尋訪許官人的。來來，你去陪他一陪。

（副淨）是哉。介位就是許官人。

（末）正是。

（生）媽媽。

（副淨）原來是位娘娘。

（旦、貼作見介）

（生）媽媽，走開些，這是個妖怪，不要睬他。

（副淨）喲，是介一位標緻娘娘，那說是妖怪？唔，年紀輕輕的，勿要介惡口毒舌。娘娘，許官人為偆拿唔得來是介骯髒？

（旦）不要說起，奴家正要告訴媽媽。

（副淨）為偆事體起？

【雙調・僥僥令】（旦）訂盟曾贈鋋，官事間駑行。只為一諾終身終不改，到此際誰知反自傷。

（副淨）原來如此。

（旦）官人，奴家既把終身相託，就是我的夫主了，難道反來移害於你？

（末、副淨）是啊。

（旦）若說此銀來歷不明，理當坐罪於先夫。奴家是一寡婦，那裡知道？

（生）住了，我想那銀子，或者前夫所有，亦未可知，只是我姐夫來信說道：那日差人來拿你之時，明明見您坐在樓上，及眾人向前，一霎時就不見了，還說不是妖怪？咦，定、定、定是鬼了！

（旦）氣死我也。

（貼）娘娘，不要氣壞了身子。

【雙角・收江南】（生）呀，休說道嬌嬈模樣不尋常，怎生價離奇變幻這行藏？莫不是花妖月怪兩相將？是夷陵女郎，是泉臺客瑰，向着俺那能續命的色絲長。

（末）許官人，有話好好的說。

（旦）官人，奴家還有一言相告。

（生）還有何說？

（旦）奴家所住，本是裘王府舊宅，身邊只有青兒為伴，因此空房頗多，甚是冷落。那日公差前來，皆疑有鬼。我見勢頭不好，只得將機就計，潛身躲在廂樓之內，為此多認我每是鬼怪，害怕不敢搜尋。見了銀子，就去了，奴家纔得脫離羅網。

（生點首介）故此帶了青兒，前來尋訪，並討……

（副淨）為僭勿說哉？

（貼）啊，並討婚姻的信息。

（旦）不期你心中反疑我每，也是奴命該如此！（哭介）

（副淨）勿要哭。當初既許過嫁與官人的，今日心事又已辨明，難道怕他斷絕了這頭親事不成？

（貼）官人，你也不要執性，我家娘娘為了你，是吃盡艱辛！

【南呂・園林好】告官人還須主張，勸娘行休生怨悵，豈可聽無端相謗，輕拆散兩鴛鴦。

（末）媽媽，他每既有終身之約，誰敢翻悔？也罷，待老漢選個吉日，就在此間成就了百年姻眷，如何？

（生）這個怕使不得。

（副淨）有僭使勿得？老老，渠兩家頭既然說明白哉，選僭日子，唔嚜做子男媒人，我做子女相伴，推渠兩家拜拜天地就是哉！

（末）說得有理。

（生、旦）媽媽，這個使不得！

（副淨）啐，倒害起羞來，大家來！

（末拉生、副淨、貼扶旦，拜介。）

【雙角・沽美酒】（貼、末、副淨）（合）是和非已審詳，假還真丟已往，並不是明月蘆花兩渺茫，今日似錦雲中鶼鶼共翔，權把這店房中做了陽臺上。

（末）許官人，你兩下既已成親，只是店中來往人雜，不好居住。我間壁有所空房，待我叫小二去收拾收拾，請官人娘子住下，不知意下如何？

（生）若得如此，感謝不盡！

（副淨）儕說話？我去備酒來，一則慶賀，二來權當合卺。

（生）不消費心。

（末）生成要的，失陪了。（同下）

（生）小姐，小生有眼不識，一時愚昧，反多唐突，（跪介）望恕卑人之罪。

（貼）該跪的。

（旦）阿呀，官人請起，奴家失於檢點，致起風波，官人幸勿介懷。

（生）說那裡話來？

（貼）你兩下都不要說了。

【仙呂入雙調・清江引】（合）破疑團恩情倍往常，莫使相孤曠，安排合卺卮，準備同鴛帳，五百年好風流冤孽障。

（貼）丁寧惟恐滯吳鄉（羅　隱），（旦）斜斂輕身拜玉郎（李　紳）。

（生）慚愧情人遠相訪（僧圓觀），　人間來就楚襄王（劉禹錫）。

第十二齣　開　行

【越調・水底魚兒】（副淨上）我好快活啊，叫化逍遙，身穿破衲襖。（丑上）河裡洗澡，羹飯吃一飽，羹飯吃一飽。

（副淨）我俚非別，乃孤老院裡個頭兒。

（丑）臘兒。
（副淨）頂兒。
（丑）尖兒。
（副淨）阿貓。
（丑）阿狗。
（副淨）區區祖居毛家弄。
（丑）小子新住狗衙場。
（副淨）我倷老父，原遺一爿狗皮帽子店，忒煞賤，吃我一嫖嫖完哉，因此流落於此。
（丑）阿貓，曉得我為僧也幹子個貴行生意？
（副淨）勿曉得。
（丑）我起先原擺兩隻碎魚桶，在門前做生意，過日腳。
（副淨）介没唔個魚桶，比子我個帽店差點。
（丑）原不過拌拌貓兒飯個意思呀。
（副淨）後來為僧弗做哉？
（丑）誰耐煩，要想中狀元哉！
（副淨）那說？
（丑）鄭元和哩。
（副淨）是介說起來，唔，我纔是長進大細哉。
（丑）阿貓，我今朝一走，走到吉利橋頭，阿喲喲，看見鬧熱得勢，原來是新開一班大藥材店，店主人叫僧許遷。
（副淨）嗄？
（丑）勿是，勿是，叫做許宣。好鬧熱生意啊！
（副淨）介没阿狗，我大家去討點糕酒吃吃。
（丑）好啊，好啊，我倷去呀！
（合）沿街廝討，到老没煩惱。（同下）

【仙吕·步步嬌】（生上）朝來喜鵲聲聲噪，庭前報發靈芝草。禎祥五福招，敢是吾門有些吉兆。我許宣，自從僑住吳門，誰知白家主婢尋來，認做夫妻。我因官事已清，前盟尚在，又見他娉婷窈窕，令人可愛，只得與他成就姻緣。這也不在話下，只是前日，他向我說道："夫妻每三口兒,借寓人家,終非長久之策,就在左近,另自租了房子,搬來居住。"今早又催促我出來,辭謝了王敬溪,要自己開行。我倒好笑,只有幾進空房,坍頹不堪,那裡開得什麼行呀?**我想漂泊借鷦鷯,一枝何處增光耀。**哎呀,我家的住房那裡去了?好奇怪啊!

(貼上)官人回來了。

(生)青姐你為何在此?

(貼)呀,這是自己家中,叫我往那裡去?

(生)是我家裡,怎麼這等簇新?

(貼)今早官人出門去了,娘娘喚了許多匠人,立刻修造的。

(生)有這等事,快請娘娘出來。

(貼)娘娘有請。

(生)這也奇怪!

(旦上)翡翠逐人尋舊偶,鴛鴦和燕定新巢。官人。

(生)娘子。卑人今早出門,還是破落門牆,怎麼一時就如此華麗了!

(旦)是奴家今早喚匠人修理,催趕完工的。

(生)說那裡話,就是張魯二班,一時也來不及。

(旦)只要工匠多些,何愁不快。

(貼)官人,常言道得好:"有錢使得鬼推磨"耶。

(生)桌兒上這些東西,要他何用?

(旦)今乃黃道吉日,為此備下三牲祭品,貢獻財神,即便開張店面。

(生)娘子,你好周到啊!

(貼)請官人娘娘拈香。

【正宮集曲·傾杯玉芙蓉】【傾杯序】(生、旦合)日逢黃道喜開張,席列財神相。一會價整整齋筵,煒煒銀釭;淨淨仙茶,馥馥高香。【玉芙蓉】(拜介)俺這裡躬身默告財源旺,必要近遠行商至此行。忙稽顙,共誠心送將,願家庭指日,和順降禎祥。

(旦)祀神已畢,請官人用杯喜酒。

（生）多謝娘子。
（旦）青兒看酒。
（貼）曉得。

【普天樂犯】（合）彩紅新，高飄揚；粉牌兒，招人望。看蘢蔥門戶增光，覷紛紛瑞氣飄揚，除危定吉祥。今朝喜值青龍向，使長源利澤無窮，通泰萬事吉昌。

（副淨、丑上）走啊。
（副淨）咦，當真新開店。
（副淨、丑）大相公發財呀，我裡討點糕酒吃吃。阿狗唱起來！
（生）既然會唱，唱得好，自然賞你們。

【雙角·蓮花落】（副淨、丑）（合）一進門來把頭擡，哩哩蓮花哩哩蓮花落。今年必定要大發財，也麼哈哈哈蓮花落，也麼哈哈哈蓮花落。生意興隆長旺鬧如雷，哩哩蓮花哩哩蓮花落。勿知勿覺送將來，也麼哈哈哈蓮花落，也麼哈哈哈蓮花落。花藥欄邊掘出一個聚寶盤，哩哩蓮花哩哩蓮花落。後園出了一窠搖錢樹子不用栽，也麼哈哈哈蓮花落，也麼哈哈哈蓮花落。

【前腔】馬蘭頭變子一棵三節草，哩哩蓮花哩哩蓮花落。蘿蔔乾變子一棵人參栽，也麼哈哈哈蓮花落，也麼哈哈哈蓮花落。狗尿變子一包山羊血，介裡人人有病吃拉肚子裡能個跳起來，哩哩蓮花哩哩蓮花落。介位大娘子好像觀自在，也麼哈哈哈蓮花落，也麼哈哈哈蓮花落。時運來時三拳兩腳打不開，哩哩蓮花哩哩蓮花落。踢勿開打不開高擡貴手，一年四季好買賣，也麼哈哈哈蓮花落，也麼哈哈哈蓮花落。

（生）唱得好。
（旦）青兒，與他們些糕酒。
（貼）是。（取遞介）
（副淨、丑）多謝相公娘娘。（下）
（生）娘子，我想此處街道窄小，貨物出入不便，怎麼處？
（旦）不妨。

【正宮集曲·朱奴插芙蓉】【朱奴兒】來朝裡安排左廂，積貨時須教右廊,紛紛到來休推讓,只怕你還愁勞攘。(生)娘子辛苦了,進去少歇罷。(合)同歡暢,財源日長。【玉芙蓉】看從今客商到處把名揚。

(生、旦先下)

(貼吊場)你看我娘娘,摒擋諸務,井井有條,不獨官人得內助之賢,就是我青兒,也有許多好處。官人,你好有福氣也。(下)

第十三齣 夜　　話

【越調引子‧霜蕉葉】【霜天曉角】(旦上)簾波窗瑣,桂影紛紛墮。【金蕉葉】是事芳心可可,恁無端臨風感多。【調笑令】羅袖,羅袖,又值清和時候。金猊小篆煙輕,閑望空階月明。明月,明月,好似峨眉積雪。奴家自與許郎遷居之後,聊為市隱,亦足幽棲。問皋橋之遺跡,良人雅慕伯鸞;效舉案之齊眉,賤妾能師孟女。彼唱我隨,式歌且舞,可謂極琴瑟之歡,遂于飛之願矣。但是記得別我道兄下山,自臨安到此,經歷多少風波,轉瞬間不覺又是夏初天氣,紅塵中日子,真過得好疾也啊!(行介)

【過曲‧小桃紅】親裁團扇試宮羅,又一番新妝裹也。落盡殘紅,茂草成窠,(倚欄望月介)烏兔疾如梭。俺這裡浸空庭漾金波,他那裡洞門邊雲深鎖也,自別了同道哥哥,舊山中光景竟如何?

(貼上)茶香飄紫筍,花蔓綴金鈿。呀,娘娘獨自在此,官人有事,還沒進來。青兒泡得絕好細茶,請娘娘先吃一盞兒。

(旦)好。(坐飲介)

(貼)娘娘,如此好天良夜,為甚徒倚回欄,若有所思,敢是有甚心事?何不說與青兒知道。

(旦)青兒,念我啊!

【下山虎】暗思擲果,好事多磨,行藏每怕人瞧破。縱欣女蘿,得附喬松,尚愁折挫。(貼)娘娘請放心。凡事有青兒幫襯,斷不決撒。(旦)慢道恩情忒煞多,猛然念故我,似孤雲閑澗過。一自因緣合,葉辭故柯,未識將來事則那。

（貼）娘娘，若不道及，青兒也不敢問。當日娘娘在峨眉山修煉多年，因何忽動紅塵之念？

【集曲·山桃紅】【下山虎】難道是前因後果，註定絲蘿？（旦）這個，我那裡知道？（貼）難道是久靜芳心簸，獨眠奈何？（旦）胡說！【小桃紅】（貼）你本不受世塵涴。（旦）果然我一向潛修，最耽幽靜，後來出山，亦偶然耳。（貼）又不是撲燈蛾，却怎生，反將身熱鬧場中躱也？（旦背介）這丫頭，倒也説得有理。只是一入紅塵，欲罷不能，教我也沒奈何了！【下山虎】（貼）不過是出洞閒雲風攪破，有甚愁無那？你試覷波，今夜裡人月盈盈莫負他。

【羅帳裡坐】（旦）青兒你那裡知道，風流配偶，人道是情多累多，須知自古，有緣皆頗。（貼）古來像娘娘與官人這等奇逢，也還有麼？（旦）天臺裡有兩個胡麻飯熟，瑤臺上有一個踏月聽歌，數不盡藍橋給飲鵲填河，那天孫仙媛，尚然各偕伉儷，況於我輩？（貼）是啊。（旦）怕什麼耐守寡的嫦娥笑我。

【江頭送別】（貼）連環路，思勝景，雲霞錦拖。（旦）他年那，擬雙雙跨鳳同過，（合）學吹簫秦女芳聲播，似仙葩並蒂緗荷。

（生上）娘子失陪了。

（旦）官人，今夜因何來得恁遲？

（生）卑人只為店務羈身，是以來遲，得罪了。

（旦）好説。

（生）娘子，你每方纔説些什麼？

（旦）愛他月明如水，偶然在此閒談。

（生）妙啊，如此月色，豈可辜負。青姐，你去暖壺好酒，放在房中，待我與娘娘庭前步月，回來同酌。（貼應下）

（生）安排共醉玉東西，芳霧空濛樂倡隨。

（旦）春動紅生雙笑靨，蓮開綠印小香蒭。

（生）娘子，你看冰輪皎潔，萬籟無聲，空中更沒些兒雲彩，真個好一天夜景也！

（旦）果然好不可愛。

【山麻稭】（生攜旦手同行介）（生）朱扉靜鎖，正庭際空明，行來婀娜。冷浸佳人，淡脂粉嬌多。娘子！（旦）官人。（生）不要說卑人愛你，嫦娥也移花影，斜簪你雲鬟低嚲。玉梗香唾，斗牛私誓，緩蹴凌波。

【鏵鍬兒】這風光魂銷奈何，心裡沒些裁奪。禁不得乜斜星眼，忍笑微睃。（旦）官人。（指月介）圓缺恨娑羅，休輪到我。（生）娘子，我和你與月啊，本殊科，又何須慮過。（旦）夜深了。（生）正是，夜深了。（旦）去罷。（合）好同把鴛鴦夢做。（貼內叫介）請官人娘娘回房罷。（生、旦）來了。

【尾聲】（旦）文書針線都休課，（生）照解語嬌花一朵。（合）更同看清影團圞枕上過。

（旦）重重履跡在莓苔（李　頻），月會深情借豔開（陸龜蒙）。
（生）酒面浮花應是喜（白居易），倚風含笑向樓臺（秦韜玉）。

第十四齣　贈　符

（末法師上）可道非常道，可名非常名。仰首扳南斗，翻身倚北辰。暇時探月窟，靜裡躡天根。天根月窟間來往，三十六宮都是春。貧道乃神仙廟中主持魏飛霞便是。今四月十四日，乃孚佑真君純陽老祖聖誕。十方檀樾，善男信女，俱要來焚香還願，志心朝禮，不免吩咐徒弟們，陳設道場，恭祝聖壽者。（下）

（生上）萬事機謀在變通，行商坐賈勢尤同。若非閫內能裏贊，貨殖居奇總是空。我許宣為何說此數句，只為開行以來，貨物到得甚多，並無客商來販。幸虧娘子高見，將藥材行改做生藥鋪。感得神靈福庇，抑且泡製精良，贖藥的擠挨不開，小店都來打販。不上一月，貨物盡已賣完，打發客商起身。倒餘剩利銀千兩，此皆天地覆載之恩也。今日乃純陽祖師壽誕，因此備下香燭，前去禮拜，並問前程則個。

【中呂過曲・粉孩兒】辦着個志誠心前拜禮，一家兒飽暖，神靈福庇。仙都縹緲入望迷，曉煙中碧瓦凝輝。捧名香敬問元機，願生涯美滿如意。（下）

(末上)法官每何在？

(眾上)有。

(末)可動法器，隨我行香者。

(眾應介)(末上臺、眾唱介)

【法曲】清淨自然，香煙散十方。靈風縹緲上穹蒼，遍滿虛空沖法界，普降普降吉祥。寶香敬爇金爐，上香，供養諸天酌桂漿。

(末、眾繞場下)

(生上)妙啊，果然好熱鬧也。

【紅芍藥】聲隱隱鼓樂相催，幢幡引法侶肩隨。看一霎春生街市裡，抵多少蝶喧蜂擠，欣欣。那壁廂粉黛成圍，這壁廂簪纓濟濟。已到廟中，就此叩禱，祖師在上，念弟子許宣啊，夢西冷煙水淒迷，幾時個翩然歸裡。那邊法師行香來了，我且站過一邊。

(末、眾上)

(末上臺介)呀，那邊一位官人，好生奇怪！與我請過來。

(道童)官人，法師相請。

(生)師父呼喚，有何見諭？

(末)貧道有一言奉告，官人若不見怪，方敢唐突。

(生)豈敢，師父有話，但說不妨。

(末)我看你額上有一道黑氣，定被妖纏，若不早除，咦，其禍非小。

(生)阿呀，不瞞師父說，家中妻婢二人，其實來歷不明，每每生疑，今蒙法眼看出，但不知有何妙術治之？弟子感戴不淺。

(末)嘎，果有此事。也罷，你將往日情形，細細說來，自然有法驅除。(生)師父聽稟：

【會河陽】偶踏西湖，恍逢西子，陌頭一笑逗情癡。同歸，早金屋裝成，春宵魚水，幾惹上風流罪。(末)聽你聲音，不像這裡人啊。(生)是臨安，為官事來吳地。(末)尊居何處，高姓大名？(生)許宣，現寓在橋名吉利。

(末)原來就是開生藥鋪的許官人。

(生)正是。

（末）我如今與你除去此妖如何？
（生）萬望尊慈搭救。
（末）你在臨安，住何地方？
（生）在省城大名王界中居住。
（末）待我畫道靈符與你，可對天禱告。
（生）是。（拜介）天地神祇在上，弟子許宣呵！
【縷縷金】鄉關遠，故交離，姻緣成惡夢，悔應遲。仰叩神天鑒，災消福至，莫教妖麗緊相隨，十分大歡喜，十分大歡喜。
（末作畫符介）許官人，靈符二道，一道藏在你髮中，一道將來燒化了，哄那妖服之，自有神驗。
（生）是。
【越恁好】（末、眾）驅除邪祟，驅除邪祟，一紙抵千師。收藏緊密，回家去切莫漏伊知，蘭房人懶更靜時，茶前酒底，悄然間灌落在他柔腸內，猛然間定迸斷他回腸細。
（生）多謝師父。我如今有了這靈符攜去，
【紅繡鞋】是冤家從此分離，分離。寧甘孤零羈棲，羈棲。憑藥物，趁銖錙，又何必欷淒其。春潮動，放船歸。（下）
（末）妙啊，他此去必然掃蕩妖氛也。
【尾聲】（合）九天法力驅妖魅，也只是仙家周濟。（末）俺還要再爇真香叩本師。

　　　書符解遣龍蛇走（沈廷瑞），劍下驅馳造化權（伊用昌）。
　　　陽呴陰滋神鬼滅（希　道），神仙不肯等閒傳（李　浩）。

第十五齣　逐　　道

【中呂引子・菊花新】（旦上）何方野道洩玄機，頓使情郎暗動疑。（貼上）管甚是和非，潑道啊，想此事斷難饒你。
（旦）莫信直中直，須防仁不仁。奴家自與許郎遷居之後，情意相投，一向無語。不意今日純陽祖師誕辰，許郎前往神仙廟中進香未回，奴家忽然心緒欠寧，掐指暗算，原來許郎被那廟中道人煽惑，說我是非。青兒！

（貼）娘娘。

（旦）可笑那道人狂妄，好難容恕。

（貼）便是，倘官人不念夫婦恩義，聽那賊道言語，將如之何？

（旦）不妨，小小法術，何足畏懼？待許郎回時，我自有處。你一面喚齊孩兒們，到彼廟中，將那潑道擒來吊起，懲戒一番。那時略施妙術，管教官人轉念，反嗔於彼，道人自不敢在此存身矣！

（貼）如此甚好。

（旦）只是那妖道好無知也。

【中呂過曲・尾犯帶芙蓉】【尾犯序】恨不識時宜，無端間離，敬愛夫妻，泄我靈機，教我如何容你？若不將那道人遠逐他方，怎得絕去我們後患。（貼）是啊，堪嗤，他頂禮純陽祖師，敢相欺，飛天仙女。（生上）數言指破姻緣惡，行到庭前骨也驚。娘子拜揖。（旦不理介）（生）哎呀，卑人向蒙相愛，為何今日如此，敢是嗔怪卑人麼？（貼）唔，其實有些。（旦）我且問你：為何這時候回來？（生）卑人只為貪看仙觀景致，故此歸遲。（貼）歸遲，歸遲，只怕你聽信潑道言詞。（生）青姐，此話從何而來？（貼）方纔我同娘娘在門外探望，聽得人說，你被那道人將言煽惑，欲害我每！（旦）可是有的？（生）娘子，卑人並無此事，休得見疑。（旦）還要嘴硬！（生）其實不曾。（旦）既無此事，你手中是什麼東西？（生）沒有啊。（旦、貼）那隻手呢？（生）也沒有啊。（旦搜介）這不是麼？（生）這是卑人請回的祖師聖像。（貼）只怕未必。（旦）咳，我和你相聚到今，何等恩情，你為何聽信道人言語，反將我來骯髒？（生）娘子請息怒，待卑人告稟。（貼）快說！（生）今早到神仙廟中燒香，見彼設有醮壇，觀者甚多。不期那法師說我身沾妖氣，若不驅除，為害不小，贈我靈符二道，一道教我藏於頭髮之內，一道燒化了與娘子飲下。卑人見他說得厲害，一時聽信。也罷，待我將此符扯碎了罷。（旦）住了，若扯碎了，汝疑心怎除，快將來燒化，待我服之，看可有應驗？（生）娘子，不可造次！（旦）不妨。（貼）啐，只怕官人倒遇了妖怪了。（旦）只是那潑道好生無理。青兒，你與我到彼廟中，扯那妖道來，當面辨別。(貼)曉得。(下)(生)娘子,不必喚他來辨別罷。(旦)不要你管。快將此符燒化起來!(生)是。(旦接杯背作解介)你試看符水,【玉芙蓉】我吞將腹裡,等閒般,可曾見有甚差池?奴家已吞下多時了,怎麼不見些影響?你聽信妖言,把奴如此輕賤,氣死我也!

(生)哎呀,娘子請息怒,不要氣壞了身子!(同下)

【縷縷金】(貼引四鬼擒末上)(貼)賊潑道,敢無知,擅把吾行觸,難輕恕。奉着娘娘旨,將伊捉取,到此方別是和非。管驅逐離吳地,管驅逐離吳地。與我吊起來,汝等回避。

(四鬼應下)

(貼)娘娘快來!

(生、旦上)(旦)敢是道人拿來了?

(貼)正是。已被我吊在此了。

(旦)同去看來。

(末)許官人!

(生)就是他!

(旦)你這妖道,有何法術,輒敢妖言惑眾,哄騙良人?

(末)呔,何方妖魅,擅敢將我如此戲謔?

(旦)還敢胡言亂語,青兒與我着實打!(貼打介)

(末)哎喲,哎喲,許官人救我一救!

(生)娘子,看卑人薄面,放了他去罷。

(旦)但恐放了他,他又誣害良人,還是送他到官治罪的好。

(生)還求娘子饒恕!

(旦)既是官人再三討情,青兒,問他可再敢妖言惑眾了?

(貼問介)

(末)再不敢了。

(旦)既如此,放他去罷!(放末,旦撒手吹氣介,末奔下。)

(生)好奇怪!那道人化道白光而去,這定是個妖魔了!

(旦、貼)官人,我每可是妖怪麼?

(生)說那裡話?卑人一時昏昧,為彼所惑,望娘子恕罪。

（貼）娘娘倒罷了，只是官人以後耳朵要放硬撐些！

（生）不要說了。

【尾聲】（生）讒言合把青蠅比，（旦）恨幾乎害我夫妻相棄。（貼）難道這一頓毒棒打他不是。（同下）

（末跌上）阿呀，好厲害的妖怪！方纔只見他口出白光一道，弄得我昏迷不醒，但不知什麼所在了？且住，我若再回廟中，有何面目見我徒弟，且必遭那妖毒害，也罷，不免回到茅山，煉成妙術，再來除却此妖便了。正是：是非只為多開口，難洗今朝滿面羞。（下）

第十六齣　端　陽

【黃鐘引子·玩仙燈】（生上）荊楚良辰，憑說向人人，莫辜他三吳風景。競渡流傳舊，纏絲續命新。結廬同楚客，采艾貨醫人。我許宣，自到蘇以來，不覺又是天中佳節。客中光陰，不可辜負，已着青兒整治酒肴，與娘子慶賞，未知可曾完備？正是：相逢纔記蘼蕪綠，又見榴花刺眼紅。（下）

【宜春絳】【宜春令】（旦上）新裁白紵如銀，（貼上）插宜男鳳尾一枝黃映。【虞美人】（旦）慵邀鬥草閑烹茗，纖手教郎飲。芬芳直欲沁衷腸，休戀菖蒲北裡別家香。窗前笑把檀郎蹴，誰道諸般毒？東家蝴蝶過西家，多恐薄情心性劣於他。青兒，我和你為着許郎，來到此間，不覺又是端陽了。（貼）娘娘，今早官人已置買物件，慶賞佳節，都已收拾停當。少頃宴飲之時，都是雄黃酒，你須要留神便好。（旦）這個我自有主張。（貼）如今午時將近，哎喲，我青兒難以挨過，倘被官人看破，不當穩便。（旦）我亦如此。我且在床少睡，只推身子不好。你過了午時，隨即就來。（貼）曉得。只為根基淺，專怕午時辰。（下）（生上）笑將琥珀傾金盞，來向蘭閨勸玉人。娘子，為何獨睡在此？（旦）官人，奴家身子不快，故爾少睡片時。（生）今日乃端陽佳節，卑人備得水酒一杯，與娘子慶賞。（旦）我那有心情飲酒啊？（生）娘子，我平日見你從無不樂之容，為何今日忽有愁煩之貌，敢是卑人有甚得罪處麼？（旦）官人說那裡話來。奴家實因身子不安,官人休得見疑。(生)娘子請起來,略坐一坐罷。(旦)咳,官人執意如此,奴家只得勉強相陪便了。(生)韶光如瞬,我與你棄擲,一刻千金心奚忍。(旦)哎喲!(生)既是娘子身子不快,待卑人與你診一診脈氣如何!(旦)多謝官人。(生)妙啊!我愛你素手摻摻,【絳都春】笑漫比春蔥春筍。還憑四診,分明是夢蘭佳兆,說與卿也應微矃。

（旦）脈氣如何？

（生）恭喜恭喜！

（旦）喜從何來？

（生）且喜娘子,身懷六甲了！

（旦）不信有這等事。

（生）那《內經》上說：婦人少陰脈動甚,孕子也。正合娘子今日之脈,此酒一定要吃的！

（旦）且慢。

（生）娘子就當做喜酒了。

（旦）多謝官人美意,奴家病軀,不能奉陪。

（生）這是喜酒,一定要吃的。

（旦）請官人自己開懷暢飲罷。

（生）娘子若果不吃,卑人也不吃了。

（旦）既如此,待奴家勉強飲一杯。

（生）多謝娘子,請。

（旦）（飲喝介）

（生）乾。

（旦）哎喲,哎喲。

（生）娘子為什麼啊？

【鬧小樓】【鬧樊樓】（旦）咳,我為你多情常抱多愁分,便一盞芳醪懶嘗,不使絳唇光潤。跳脫金寬褪,肌玉暗消損。【下小樓】你試把我浮沉看准,休胡亂說道重身。

（生）卑人診脈,一定不差的。

（旦）哎喲！

（生）娘子却是為何？

（旦）官人啊，奴家坐臥不寧，實不能相陪，要去睡了。

（生）既如此，不必勉強，待卑人扶娘子安寢了罷。

（旦）如此甚好。

【鮑老滴溜】【鮑老催】（生）一霎時花愁柳困，却緣何眉峰雙黛顰？不道你妝殘帶病更愛煞人。娘子，請安睡好了，待我去叫青兒煎好茶，拿與來你吃。（旦）多謝官人。（生）咳，這是什麽緣故？（下）（旦）阿呀，哎喲！你看許郎已去，方纔被他再三相勸，勉強飲了雄黃酒，這會兒我身子好不安寧也！**【滴溜子】**此際難支困頓，（浪介）阿喲阿喲，奈他強逼奴金尊共引。哎喲哎喲，（浪介）咳，坐臥難寧，起無端垢顰。阿喲。（睡介）（生持杯上）

【滴滴雙聲】【滴滴金】看他如癡似醉心憐憫，特把一盞香茶來問訊。不知可曾睡熟，娘子起來請茶！（掀帳介）阿呀，驚死我也！因何變做蟠身掉舌風流盡？哎呀！（倒介）（貼上）好了，午時已過。房中為何亂喊，待我看來，阿呀，不好了！官人為何倒在地下，氣多沒有了。嘎，想是娘娘醉後露出原形，把官人嚇死了。待我問來，娘娘，娘娘！（旦）阿喲！（貼）啐，我方纔怎生囑付你，如今弄出事了，還不快醒來！（旦欠伸介）好睡啊。（貼）好睡，好睡，只怕你要懊悔！（旦）懊悔什麽來？（貼）你方纔醉後露出真形！（旦）低聲。（貼）把官人嚇死在地，再叫不醒了。（旦）阿呀，有這等事，如今在那裡？（貼）這不是。（旦）（慌抱生介）許郎，許郎！（貼）官人！（旦）許郎蘇醒！我與你是天緣宿世分，**【雙聲子】**便醉裡現原身，現原身也，三生恩愛，何必太驚人？許郎蘇醒！

（貼）官人醒來！阿娘娘，這便怎麽處？

（旦）不必驚慌，我和你且把官人扶到床上，安睡好了，再作區處。

（旦、貼）阿呀官人啊！（扶生下）

（貼）娘娘，怎生想個法兒，相救官人纔好？

（旦）青兒，我別無計策，只得往嵩山南極仙翁處，求他的九死還魂仙草到來，這便官人纔有生路。

（貼）如此甚好。我想南極仙翁，道行非常，況有白鶴童兒，甚是利害，娘娘此去，如何便能得此仙草？

（旦）不妨。我向在西池竊食蟠桃，自有蓮花護體，決不傷性命。我此去自將善言相求，你在家須小心看守，若將魂魄驚散，就難相救了。

（貼）曉得。

（旦）（改道裝介）

（貼）但不知娘娘歸期何日？

【尾聲】（旦）我此行迢遞難辭困，（貼）休使眼穿還久等。（旦）青兒呵，只要你看守我的郎君一兩辰。

（貼）嗄。（旦先下）

　　玉腮珠淚灑臨歧（曾季衡），箕帚盧郎恨已遲（耿玉真）。

　　誰道五絲能續命（萬　楚），一堪成笑一堪悲（楊太真）。

第十七齣　求　　草

【中呂引子・粉蝶兒】（丑上）鶴骨松心，光采似雲英化水。任逍遙，煮石芸芝。捧龍泉，持鳳帚，百般伶俐，更閒時插朵山花叉髻。【集唐】水激丹砂走素麟，奇花好樹鎮長春。堂中縱有千般樂，怎及仙山出世人。俺乃南極仙翁座下白鶴童兒是也。我師父已赴蟠桃大會去了，着我在山看守洞府。此時恐師父回來，只得在此伺候。你看嵩山，果然好景致也：只見羣峭摩天，縈青繚白。飛泉噴壑，漱玉跳珠。參差菌閣星羅，縹緲瓊軒霞構。閒馴白鹿，銜芝草以遨遊；悶看青禽，啄嬌枝而漫戲。摘不盡玉李仙桃，描不出名山福地。真個碧砂洞裡乾坤大，白玉壺中日月長。你看一片祥雲仙樂之聲，想是師尊回府，不免向前迎接。正是：遼東老鶴應慵惰，侍從皆騎白鳳凰。（下）

【中呂過曲・攤破地錦花】（外南極、淨、副淨、末引衆上）（合）笑歸遲，洞門前竟落盡碧桃花矣。一步步兒，雲程疾，回望處漸隔西池。（丑上）弟子迎接師父，並衆位大仙。（外）吾乃南極仙翁是也。(淨)小仙鹿雲西。(末)貧道葉法善。(副淨)下官太中大夫東方朔。(外)今日因赴蟠桃大會,多承列位大仙送我還山,只是不當。(衆)豈敢。小仙等告辭。(外)既到荒山,且請洞府少坐。(衆)使得。(外)鶴童,我同衆位大仙在裡面下棋,你在山前看守者。(丑)曉得。(下)(外)列位請。(衆)請。(合)一片閒心,數着殘棋。有誰知,忘動靜,理玄微。(同下)

【迎仙客】(旦上)百忙裡暗思惟,如耽阻怎調治?願青春家內好扶持,向仙山電掣風馳,猶兀自心急恨行遲。奴家只為許郎,來此嵩山,求取仙草,未知若何?妙啊,果然好所在也。你看:【集唐】峰嶂徘徊霞景新,露苗煙雨滿山春。穿花渡水來相訪,惟有人間煉骨人。

(丑上)只在此山中,雲深不知處。

(旦)呀,你看鶴童在那邊,待我上前相見。

(丑)何處有蟒蛇之氣,待我到山前去看來。

(旦)鶴童哥稽首。

(丑)你是竊食蟠桃的白蛇,向在連環洞修煉,到此何幹?

(旦)鶴童哥,小道無事不敢輕犯仙山,向聞洞府有九死還魂長生仙草,特來寶山相求,鶴童哥方便些須,感激非淺!

(丑)唉,你這孽畜好大膽!仙草乃鎮山之寶,怎肯輕易與你,速離此山,方保性命。

(旦)阿呀,我將好言相求,你怎便出口傷人?

(丑)吠,孽畜,還敢胡言,我因念你修煉千年,不肯傷汝。若再遲延,教你性命不保!

(旦)鶴童休得無禮,我既到此,何懼於汝,好好將仙草與我,萬事全休。

(丑)若無便怎麼樣?

(旦)管教你師徒每,俱不得太平。

(丑)孽畜,好生無理,俺來擒你也!

【太平令】(丑)那怕你當道施威,看俺學取劉邦劍一揮。(旦)狂言唐突真堪恨,休怪我不饒伊。

（戰介，丑敗，旦追下）

（外、衆上）透出兩儀，麗於四極。號曰環中，退藏於密。

（丑上）哎喲，師父不好了！

（外）為何如此慌張？

（丑）弟子奉師父之命，往山前山後巡視，不想有一白蛇，要竊山上的還魂仙草，弟子不肯與他，兩下爭鬥，反被他一劍，傷其左臂。

（外）有這等事，快將丹藥調治去。

（丑應下）

（外）列位且請少坐，待我出去看來。

（淨）仙翁，我想這孽畜有甚本領，何勞仙翁自往，待小仙前去擒取此妖便了。

（外）如此有勞。

（衆）須要小心。

（淨）請少坐，俺去就來。（下）

（外）你看鹿雲西已去，我等往山頂觀看如何？

（衆）有理。請。

【紅芍藥】（合）看擾攘殺氣橫飛，蕩芳塵未決雄雌。恐鶴夢驚回，掠山翠，發千鈞鼴鼠應難避。蜿蜒只好草底馳，敢相凌道高一尺。且從容壁上觀之，管教他漸漸的妖風轉北。

【好孩兒】（旦上）紅濺了玄裳縞衣，那怕你豎飛橫飛，聳身追趕肯稽遲。（淨上）吽，孽畜休趄，俺來擒你也。（旦）呀，原來是鹿仙翁，因何到此？（淨）你這孽畜，有甚本領，輒敢有犯仙山，擅傷白鶴童兒，是何道理？（旦）大仙，我只為求仙草而來，百般相懇，他便出口傷人，故爾爭鬥。（淨）咦，還敢胡言，俺奉南極仙翁之命，特來擒你！你巧言詞，太無知。鶴童擅敢傷彼臂，鶴童擅敢傷彼臂。

（殺下）（衆）你看鹿仙翁已退下去也。

（副淨）好惱，好惱，待我前去擒此孽畜便了。

（外）如此甚好。

（末）須要小心在意。

（副淨）疥癬之疾，何足道哉？（下）

（外）這孽畜好生無狀也！

【榴花泣】【石榴花】（外）潛身入草傍瑤池，蟠桃竊食犯條規，連環匿影向峨眉。今朝到此，赴壑欲何之？（淨敗上）（旦、副淨殺下）（外）呀，葉仙翁，你看東方曼倩也被妖魔追下去了。【泣顏回】東方更奇，你曾誇賁育。今何意，任妖魔一味胡為。難道是沒奈何他率然首尾。

（淨、副淨上）阿喲，此妖好生倔強，不能收伏。

（末）東方大仙法力最高，為何反輸與此妖？

（副淨）我何嘗輸與他？只為那蛇腥氣沖人欲倒，是以急急回避。欲待飛劍斬之，又可憐他初得人身，有傷好生之德。

（末）鹿仙翁又因何退避？

（淨）我因他是東方仙翁的同道，故此讓他些兒罷了。

（副淨嚷介）他是妖魔，我如何與他同道？

（淨）他在瑤池竊食蟠桃一次，不是你同道，是我同道？

（眾笑介）

（副淨）阿呀，好胡說的話！

（末）你兩人休得鬥口，多是沒用的東西。禪家要降龍伏虎，一條小小白蛇，二位大仙就沒奈他何？

（淨、副淨）休要取笑，待我二人再去擒來就是。

（末）不必，待貧道略施法術，處他何如？

（外、眾）願聞。

（末）我遣神將在山前擺一八陣，再着白鶴童兒引入傷門。我將岩前大石一指，變作雄黃山一座，輕輕將此妖壓住，問他敢犯仙山，如此無狀麼？

（眾）葉仙翁有照妖鐵鏡，為何不用？

（末）我那鐵鏡厲害，此妖數不當絕，故爾排陣降他，聊博諸公一笑耳。

（外）妙呵，妙呵。鶴童你前去引他入陣者。

（丑應下）（末）眾神將何在？

（內應下）來也！

（神將上，擺陣介。）

【駐馬摘金桃】【駐馬聽】（合）小小蛇兒，膽敢仙山徹探窺。那識仙家悲憫，不使神通，不肯傷伊。你便有螣蛇乘霧那般奇，那知吾袖裡青蛇更異。試看陣雲低，（犯）教他進也昏迷，退也昏迷，偏無足奔馳，便最毒也難施。（旦、丑殺入陣，末指壓旦介。）（旦）大仙饒命呵！（外）咦！孽畜，你不過小小妖蛇，輒敢犯我仙山，索取仙草，今已被擒，更有何説？（旦）哎呀，列位大仙在上，非奴敢犯仙山，只為臨安許宣，大難臨身，為此特到寶山拜求仙草，望大發慈悲，乞賜些須，救其一命！（外）原來如此。何不好好相求，輒敢無理。也罷，鶴童取一莖仙草與他，饒他去罷。（丑應下）（旦）多謝大仙！（丑取草上，旦接下。）（末）神將速退。（雜應下）（衆）仙翁，此妖既已被擒，為何反放了他去？（外）他丈夫許宣，乃世尊座前一捧缽侍者，與此妖原有宿緣，故降生臨安，了其孽案。今被他驚死，看世尊之面，理應救之。這妖日後自有法海禪師收取。（衆）原來如此。我等告辭。【紅繡鞋】（合）略施八陣元機，元機，指揮岩石齊飛，齊飛。壓着他全在不經意。四條縱似井中時，也教魂斷向魚麗，也教魂斷向魚麗。

【尾聲】返魂靈草非輕賜，也只為存心周濟。

（外）你諸位呵，得暇還來共下棋。請了。

（淨、副淨、末先下）

（淨）力窮難拔蜀山蛇（李商隱），神草延年出道家（皮日休）。

（外）弓斷陣前爭日月（靈　一），為求遺鏃辟魔邪（薛　能）。

第十八齣　療　驚

【商調引子·三台令】（貼上）娘行此去逗留，望穿家裡雙眸。靈藥恐難求，好教人輾轉心憂。人無遠慮，必有近憂。我青兒，為何説此兩句，只為我娘娘前日慶賞端陽，誤飲雄黃酒，露出真形，把官人嚇死，難以救轉，只得往嵩山求取仙草，前來相救。未知此去若何？教我獨自看守官人，好不耐煩人也！

【集賢賓】淒涼獨倚小窗幽，恨無端貪酌新篘，飛禍驚心皆自取，看牙床魂魄悠悠。燈昏暗守，心惻惻數盡了譙樓更漏，娘娘啊，去已久，求仙草未知得否？

（旦上）冒險求仙草，忘身急藁砧。青兒開門。

（貼）敢是娘娘回來了？

（旦）正是。

（貼）仙草有了麼？

（旦）有了。

（貼）好啊！

（旦）官人怎麼樣了？

（貼）娘娘去後，我青兒小心看守官人。

（旦）不妨事麼？

（貼）好生安睡在床。

（旦）既如此，你快把仙草煎好，與官人飲下。

（貼）曉得。（下）

（取爐罐上煎介）

（旦看生介）許郎，奴家為了你，是：

【二郎神】擔憂，為你消瘦，心中自尤，不憚衝鋒冒險求。（貼）娘娘啊，悔端陽滯酒。（旦）到今悔也靡由，我險在嵩山一命休，覷伊行不覺淚珠流。（貼）娘娘，仙草已煎好了。（旦）如此，和你扶起官人，把藥灌進便了。（貼）啊，官人，娘娘求取仙草在此，請起來服之。（旦）扶好了。官人，官人，請用一口兒噱！呷一口。青兒，好了。霎時間響處，涓滴透重樓。官人蘇醒！（生）哎喲！（旦）好了！（貼）便是。

【琥珀貓兒墜】（生）嚇得我魂飛魄散，一命料難留。（旦）許郎啊，奴家在此。（生）呵喲，戰篤速的，一見真成宛轉愁。（旦）阿呵呀！許郎！芳盟沒齒結綢繆，休憂，和你恩愛夫妻，總恩情如舊。

（扶生下介）

　　藥杵聲中搗殘夢（李　洞），此生終不負卿卿（油　蔚）。

百年膠漆初心在（白居易），夜半人扶強起行（佚　名）。

第十九齣　虎　阜

【商調過曲・貓兒墜】（淨、外上）官司緝匪，火急敢逗留，捕影撈風何處有？我每吳縣捕快便是。奉總捕老爺鈞票，緝拿蕭太師府中八寶明珠巾一案的贓賊，遍處察訪，並無蹤影。今已三限，如何是好？（外）哥啊，聞得虎丘桂花大開，不免前去走走，倘或有些消息，亦未可知。（淨）說得有理。走啊！（合）繡巾八寶是誰偷？堪愁。準備皮膚，毛板兒抽。（同下）

（生上）【集唐】日帶殘雲一片秋，故園何處此登樓。（旦上）相如若返臨邛肆，誰羨當時萬戶侯？

（生）娘子，卑人聞得虎丘桂花大放，遊人甚多，意欲往彼一遊，未知娘子容否？

（旦）秋色宜人，正該遊玩，待我喚青兒取衣巾，與你更換前去。青兒，你在我箱籠內，取官人的新衣服，和八寶明珠巾出來。

（貼）曉得。

（上）娘娘，衣服在此。敢是官人要往那裡去麼？

（旦）正是，要往虎丘遊玩。

（貼）好啊。

（生）請問娘子，此巾是那裡來的？卑人從來未見。

（旦）這巾兒麼？是奴家親手所製。這八寶明珠，是我先人遺下的。你看這般秋涼天氣，正好冠帶。

（生）娘子，此巾只怕卑人戴不得。

（旦）說那裡話來？你這等青年，知書識禮，怎麼說戴不得？

（貼）官人，快請更換起來。

（旦代生穿戴介）

【集賢賓】（旦）西風桂子香韻幽，莫虛負清秋，濯濯王恭姿勝柳，墊巾時越覺風流。（貼）山塘碧皺，喜正是閒遊時候。（合）還記取，更扳折轉來同嗅。

（生）娘子，卑人暫辭。
（旦、貼）官人須早些回來。
（生）曉得。（下）
（旦）青兒，你看我官人打扮起來，好似潘安再世，宋玉重生，果然好齊整也。
（貼）正是。若是官人容貌差些，你怎肯與他，與他。
（旦）胡説！
（貼笑隨下）
【黃鶯兒】（末雜上）爽氣四郊浮，向山塘正仲秋，綠雲金粟濃如酒。（生上）王孫浪遊，山僧倚樓，衣香一陣飄紅袖。（合）任淹留，遺鈿拾取，腸斷許多愁。
（末）請了。虎丘桂花，十分茂盛，我們往彼一遊，也不負此良辰美景。
（衆）便是，就請同行。
【二郎神】（生）權消受，澹秋容遙山碧瘦，陣陣天香雲外逗。欺真娘有墓，閶閭劍去空丘，不及那宅舍珣璫鐘梵奏，化城開千秋似舊。（合）頻回首，好林泉笙歌到處勾留。
【簇御林】（老旦、貼、小旦上）新妝好，稱閒遊。蕩湘裙，月半鉤，雙蛾翠奪雲邊岫。怪蕩子相先後，騾驊騮。橫波偷覷，却早又含羞。
（貼）你看果然好熱鬧也。
（衆）前面已是虎丘了。那邊甚是鬧熱，不免上前一看。
（副淨、丑上）江湖浪蕩過光陰，巧語花言無比倫。列位，我每在這裡撮個戲法，與衆位爺們瞧瞧。撮得好，賞我幾個錢兒，如撮得不好，一個小錢兒也不要，只是列位爺請讓讓。常言戲法無真，黃金無假。那知戲法却有真，黃金亦有假。看的要眼快，做的要手快。（隨意撮戲法介）
（淨、外上）
（外）哥啊，你看那人頭上戴的，有些來歷。
（淨）不要管，上前一看，便知明白。

（外）一些也不差，拿下了！（各旦、副淨、丑驚下）
（生）住了，為何拿起我來？
（眾）却是為何？
（淨、外）你這賊徒，好大膽，真贓現在，還要嘴硬麼？
（生）有何贓證？
（眾）你每休得要認差了人啊！
（淨、外）怎得有差？我每啊！
（眾）唔。

【梧葉兒】（淨、外）承朱票，命潛搜。（眾）所為何事？（淨、外脫衣巾介）因蕭府賊囚偷。（眾）你把平人枉陷，律難寬宥。（淨、外）我每奉總捕老爺鈞票，捕捉蕭太師府中盜去八寶明珠巾的贓賊。現今你穿戴的，與失單無二，還有何説？（眾）原來如此。（生）列位，不要聽他，此巾是我房下親手製的，怎麼説是贓物？（淨、外）賊徒不必多講，是不是，去與蕭府管家一看，便知端的。（生）哎，狗才！你每誣陷良民，當得何罪？（淨、外）你再不走，我每要動手了。（眾）兄既不是，同去一認何妨？（淨、外）實證難搜，你自去衙門辯剖。

（拉生下）
（末）好奇怪，我看此生，斯文一脈，難道行此歹事？
（雜）這是他自作自受，管他則甚？我每且到山上一遊，有何不可？
（末）使得。
（眾）請。（行介）

【尾聲】（合）為尋秋，遭緝取，笑今日的同行我輩羞。誰教他學取狗盜雞鳴，辜負了折桂偷花手。

第二十齣　審　配

【南呂過曲・香柳娘】（雜解子隨生上）（生）恨吾生數奇，恨吾生數奇，禍來神昧，萍蹤浪打知何際？（雜）你心中慘淒，你心中慘淒,官法屢阽危,好事成虛事。(生)歎今朝噬臍,歎今朝噬臍。(合)悔也應遲,冤家前世。

(生)我許宣,昨日在虎丘遊賞,只道領略秋光,不意橫遭飛禍。幸遇總捕李老爺,原任錢塘令,為失去庫銀一案,曉得白氏妖變根由,問我寶巾來歷,我一一供明,不曾動刑,即刻親領衙役,到我家中,打將進去,白氏青兒已不知去向。因此即備名帖,將寶巾送還蕭府說明就裡,從寬發落。又道我若在蘇,再被此妖纏擾,決無生理,故此將我暫配鎮江為民,一則消却寶巾之案,二來可避妖魔。限我即刻起身,不許停留。阿呀,皇天那!不想我許宣,又遭此一場是非也!

(雜)許宣,你若不遇我老爺,性命決然休矣。

(生)是呀。

【前腔】這蕭牆禍奇,這蕭牆禍奇,一朝三襖,不逢明鏡妖難避。(雜)賴官星照伊,賴官星照伊,立刻辨妍媸,不然命休矣。(末急上)許官人慢行,老漢在此送你,失路實堪悲,失路實堪悲,舊雨分飛,趕來相濟。

(生)阿呀,老丈,這是那裡說起?

(雜)你兩人在此少敘,我每也去收拾些行李,就在前面酒店相候,好打中夥。

(末)如此甚好。

(雜下)

(末)許官人,老漢當初只道是好女子,勸你成親,那知是花月之妖,反遭其害,此皆老漢之過也!

(生)說那裡話?這都是我前世冤孽所招。

(末)許官人,你寓在我家,與老漢甚相契合,後來雖是遷開,往還如親戚一般。不想今日有此遠行,如何是好?

(生)小可在此,多蒙老丈相待,此恩此德,何日得報?

(末)我與令姊丈是至交,休如此說。但你到鎮江,舉目無親,甚為不便。老漢有一親戚,姓何表字仲武,人皆稱他做何員外,祖居在鎮江府中市街。我寫書薦你,凡事託渠照拂,他必然青目。

（出書介）還有碎銀幾兩，聊為路費，請收了。
（生）多謝老丈，如此用情！書收下了，此銀斷不敢領。
（末）家貧不是貧，路貧貧殺人。休得固辭。
（生）如此多謝，小可就此拜別。（末同拜介）

【前腔】（生）謝仁人解推，謝仁人解推，憫窮噓悴，臨歧感荷多高誼。（末）恨匆匆遠違，恨匆匆遠違。飄梗欲何之，江雲渺無際。（合）且跼躅暫離，且跼躅暫離。執手問前期，未知何日遂？
（生）老丈請回罷。
（末）再送一程，到前面酒肆中，草酌三杯相餞。
（生）不消了。
（末）一定要的。
（生）既如此，請！
（生）天人不可怨而尤（賈　島），去國長如不繫舟（李白）。
（末）何罪遣君居此地（白居易），莫辭尊酒暫相留（允融）。

第二十一齣　再　　訪

【南呂過曲・一江風】（旦、貼上）為情濃，誰料將他葬送。憶別心兒痛，淚珠湧。踏遍蒼苔，劃遍欄杆，天際秋雲擁。（旦）青兒，我那日一時昏昧，誤將孩子們獻的八寶明珠巾，與官人戴了，往虎丘遊玩，誰知反貽禍於他。却幸官府從寬發落，暫配鎮江。又蒙王敬溪修書，薦在何員外處安身，我方纔放心。我和你竟往鎮江，去尋他便了。（貼）娘娘，我想官人，被你幾番遺害，只怕今次見面，不肯廝認，如何是好？（旦）不妨，到彼我自有處。（貼）既如此，我們作速前往便了。（合）今番若再逢，今番若再逢，怕他不允從，怎撮合鸞和鳳？（同下）

【大迓鼓】（淨上）生來命運通，楊朱學問，端木家風，罔利精求壟。只愁獅子在河東，到底還悲伯道同。百計經營無已時，田莊廣殖擁高資。癖同和嶠從人笑，徧甚唐風任我為。學生姓何名斌，表德仲武，祖居鎮江。所喜者，家中錢財廣有；所恨者，膝下兒女全無。幾回欲娶，（看內介）咦，嘻嘻，欲娶一妾，爭奈老荊不從，如之奈何？昨日有事出外，小廝說有位姓許的從蘇州來拜，捎有王敬溪書劄。我拆開看時，原來那許宣被妖遺害，發配在此為民，書上再三相託，說他為人方正，要我照看一二。我想一來敬溪相薦，二來我店中乏人，正好兩全其美。昨日因我未回，他在飯店中住下，我已著小廝去請，為甚還不見來？

（末上）許官人，這裡來。

（生上）休提狼狽愁千種，且效鷦鷯借一枝。

（末）員外，許官人來了。

（淨）呵，許兄！

（生）員外！員外請上，晚生有一拜。

（淨）學生也有一拜。

（生）輾轉風塵塞馬饑，他鄉賢主喜相依。

（淨）人生四海皆兄弟，蓬蓽生輝不我違。

（末下）

（生）昨日到府奉拜，值員外公出未回。

（淨）豈敢，失迎了。敬溪書上，道兄少年英俊，練達老成。今見吾兄，誠非謬矣。

（生）不敢，晚生多蒙令親照拂，又承修書薦拔，感激非淺。

（淨）聞得吾兄被妖遺害，乞道其詳。

（生）員外，一言難盡。

（淨）願聞。

【南呂·古梁州】（生）愁懷萬種，無端罹訟，都為妖魔播弄。前生孽重，那時誤被牢籠。一似芳心抽蕻，方寸無權，屢次遭他哄。因此上承薦來投也，乞望相容。（淨）豈敢。（生）自當結草銜環報不窮。（淨）好說。（生）提此事有餘恟。

（淨）許兄不必愁煩，還要請教，兄與那妖相處半載，可曾見是何怪魅？

（生）雖曾見來，只是至今，也不甚明白。

【前腔】情絲如蛹,誰知是危機自擁?想那日端陽呵,親睹蜿蜒神悚。(淨)有這等事!(生)嚇得我魂飛疑夢。(淨)後來便怎麼?(生)誰想他寶巾遺禍重重。(淨)官府如何斷呢?(生)喜得從寬暫配,又承令親美意,賴託魚書絣幪。(淨)既然是知己光臨,那不相尊奉。舍間安下暫相從,投契芝蘭骨肉同。權屈駕,話情衷。

(生)多謝員外!

(末上)員外,外邊有一女子,隨一侍兒,説特來求見員外的。

(淨)有甚堂客來尋我?到要出去看看。許兄失陪。

(生)請便。

(旦、貼上。旦)文駕驚浪愁相背,缺月遮雲合再圓。

(淨見介)娘子拜揖。

(旦)敢問足下,可是何員外麼?

(淨)不敢,就是學生。

(旦)聞知我官人在此。

(淨)可是許兄?

(旦)正是。故爾妾身特來造府。

(淨)好説,請到裡面去。

(貼)娘娘,我每進去看來。

(淨)請,請。許兄,尊閫來了!

(旦)官人,你吃了苦了!

【集曲·太師令】【太師引】(生見驚介)哎呀,見妖容,陡地心驚恐!(貼)官人,娘娘是遠來呵。(淨)真個丈二和尚,摸弗着頭腦哉。(生)這冤孽為甚的時時緊從?閃得我幾番葬送,又來到鐵甕尋蹤。(旦正色介)呵,官人,奴家此來,一則為官人抱屈,欲訴無門;一則為祖遺寶巾,消歸烏有。官人已經遠配,奴家又是女流,既有許多平地風波,我主婢二人,料難存活。為此不辭辛苦,涉遠而來。今日得見官人,也是死而無怨的了!(哭介)(淨)許兄,既是令正到來尋訪,也是美意,為何這般光景?(生)員外,不可聽他!他陷害了我剝膚憯痛,這冤苦向誰來控?(旦)官人,這都是奴家命薄,以至於此。(生)只戴了你的巾兒便禍逢。【刮鼓令】你二人呵，為甚的那一日官差搜捕影無蹤？

（貼）官人，你但知其一，不知其二。我娘娘呵，

【前腔】風波意外分鸞鳳，輕跋涉只為情鍾。若說寶巾這種，天下物也有相同。（淨）是呵，天下物盡有相同的。（貼）員外，還有一說，我家官人，聽信讒言，說我家娘娘是……（淨）是什麽？（貼）說是個妖怪，故此相疑。如今員外在此，看他可像妖怪麽？（淨）有形有影，一點也弗像。（旦）員外，那寶巾原是先人所遺，質對之時，他竟不辨別明白，就招認了，又同贓官來拿奴家。幸得鄰里報知，潛身逃遁。官人那，終不然要你妻子出乖露醜，纔成體面？我為你留將體統，避含沙不教巧中。還迢遞遠來過從，却又把妖魔變幻錯怨儂。

（淨）老許，我聽尊閫這番言語，總是你自己不好。

（生）怎麽說我自己不好？

（淨）你既被人誣害，他是個女流，自然潛蹤隱跡，怎麽聽信旁人之言，把令正這般奚落？

（貼）員外說得是。

（淨）許兄，你來看噓！

【太師醉腰圍】【太師引】（淨）睹嬌容，似月姊祥雲擁，又何曾變幻潛蹤。你休要孤疑不解，負綦巾宛若驚鴻。【醉太平】（貼）笑渠言語太冬烘。（旦）青兒，我和你千辛萬苦，尋到此間，不想官人恁般相待。使我進退無門，俺如今還要此性命何用？罷罷，不如去投江死了罷！我拼着把殘生斷送，【太師引】向閻君細訴情衷。（哭介）（淨）使勿得！（生）青姐快勸住了。（貼攔介）娘娘不可如此，休得要分飛，把恩愛成空。（淨）娘子，自古人來投主，鳥來投林，縱然許兄得罪，還請忍耐，不可尋此短見。唔，老許，你少年心性，不可執迷，令正欲尋短見，倘弄出事來悔之晚矣！（生）依員外便怎麽？（淨）依學生，上前各見一禮，從此夫妻和睦，不得再生情變。（貼）是阿，既蒙員外如此，來來，大家向前，相見一禮罷！（淨）老許來呢！（貼）娘娘，去噓，去噓！（拜介）【帶醉行春】（合）從今後夫妻每恩重，似流鶯對話簾櫳。（淨）許兄，舍下房子盡有，請權

且住下,倘薪水等費,缺一少二,總在學生身。(生、旦)如此,恩人請上,待愚夫婦拜謝。(淨)豈敢,豈敢。許兄,以後再不可多疑呵!(生)自當遵命。(合)歎前日纔怨分離,喜今宵又豁幽悰。(淨下)(旦哭介)(生)娘子,卑人一時昏昧,有負娘子,望恕卑人之罪。(旦不理介)(貼)官人,娘娘和你是好夫妻呵,不知你怎有這許多疑慮?(生)青姐,總是卑人不是了!【醉太平】朦朧,雲掩巫山十二峰,慚愧你瑤姬芳夢。【宜春令】(旦)這分明是前緣宿種,(合)今宵又入武陵溪洞。

(旦)春情不斷若連環(李　頻),(貼)休話喧嘩事事難(貫休)。

(生)領取和鳴好風景(李羣玉),　　幾多詩句詠關關(薛能)。

第二十二齣　樓　誘

(淨上)哈哈,酒不醉人人自醉,色不迷人人自迷。我昨日一見白娘子之後,害得我神思恍惚,意亂心迷,有心圖他上手,却恨無計可施。恰好今日院君壽誕,他夫妻二人前來祝壽。留他在內廂飲酒,怎得妙計賺他上手呢?嘎,有裡哉,有裡哉。那秋菊小丫頭,倒有點鬼畫符個,等我叫渠出來商量商量看。秋菊那裡?

(丑)來哉,員外叫我出來做倽?

(淨)秋菊,我員外有件心事,搭唔商量。

(丑)員外有倽心事搭我商量?

(淨)我自從一見白娘子,不覺的十分動火。

(丑)勿要說員外動火,就是我秋菊見了他,也覺動火。

(淨)為此叫唔出來,替我想個一條好計策,若是到了手,我員外重重能個賞唔。

(丑)原來如此。介有何難?呵,員外,有個妙計在此。

(淨)那道理?

(丑)員外,你先到後邊樓上躲着,待我進去,只說領他到望江樓上,看看江景,引他到來。我便尋個機會,將身卸開。你那時走出來,將善言相求,自然成其好事。此計如何?

（淨）好妙計,好妙計。我說還是唔。
（丑）啐,這樣妙策,別人也畫勿出。
（淨）既是介,你就去引他來,我先到樓上去等。
（丑）就去。
（淨）丫頭阿,我眼望捷旌旗。
（丑）員外,你耳聽好消息。
（淨）你就去！
（丑）是哉,我就去,我就去！（下）
（淨）去去！哈哈,丫頭此去,一定成功。老天呵,若得此女到手,不枉我有此偌大家財。來此已是,待我上去。躲在夾廂畔等他。呵呀,就到手哉！（下）
（丑隨旦上）（丑）娘娘,我和你到望江樓上,望望江景去。
【雙角·夜行船】（旦）花木交加麗景光,入幽深穿過回廊。（丑）介裡是哉,請上樓去。（旦）飛閣流丹,曲欄遙望,好江天,丹青難狀。

（丑）那是大江,這是焦山,這邊的是金山,那隔江就是揚州了。（丑）果然好派江景也。（丑）阿呀,勿好哉,我要撒尿哉！娘娘,我到樓下去尿尿就來。（旦）如此,就來呵。（丑）就來個。（下）（旦）妙呵！【集唐】高樓獨上思依依,曲島蒼茫接翠微。欲識蓬萊今便是,捲簾巢燕美雙飛。（淨上）雙飛個拉裡哉。（旦轉介）阿呀,原來員外在此。（淨）多蒙娘子光顧,與老荊祝壽,只是多多簡慢。（旦）好說。愚夫婦多蒙員外院君提攜,銘刻難忘。（淨）些須小事,何勞掛齒？（旦行,淨攔介）娘子在上,學生有句說話奉告,（笑介）只是勿好說得。（旦）不知員外有何見諭？（淨）學生呵！

【前腔】自見嬌娘欲斷腸,思量起不禁如癡如狂。（旦）這是那裡說起？（淨）怎能勾共你相親,與伊相傍。（旦）員外不可如此,不獨壞了員外的行止,妾身亦有何面目見我官人？這沒廉喪恥的事,斷然不可！（淨）今日幸遇娘子,如得珍寶,若能相從,死也甘心！顧什麼廉恥行止？（旦背介）這便怎麼處？（淨）暫求歡勝同鴛帳。學生跪裡哉,望娘子方便！

（旦）員外請起。

（淨）娘子允了纔起來。

（旦）起來與你説。

（淨）多謝娘子！

（旦）此處來往人雜，倘被人知覺，不當穩便。

（淨）介裡無人來個。

（旦）你去看看樓下，可有人？

（淨）是哉。（下樓介）

（旦）這多是那廝的奸計，哄我上樓。待我驚他一驚。（虛下）

（淨）阿呀，妙呵！

【仙呂·漿水令】看悄無人不使驚龍，這機關妙不可當。我慾心似火好難降，渾身綿軟，舉步驚慌。心急急，意忙忙，只求片刻相偎傍。娘子，我來哉！只指望，只指望彩鳳求凰。（掀帳見鬼介）哎呀！驀忽地，驀忽地變成魍魎！（喊跌介）

（丑上）勿知可曾上手？讓我上去看看，介是員外，為何跌倒在地上，員外，員外，為倄了？

（淨）快點扶我下去。

（丑）嗄，為倄了？

（淨）勿好哉，勿好哉！

（丑）倄個勿好哉？可是此女不允，故爾把你推上這一交麼？

（淨）勿是，遇着了妖怪哉！

（丑）妖怪在那裡？

（淨）我方纔正要歡娛，只看見一個大頭青胖鬼，拿我得來一攥，虧唔來救了我，勿然一命休矣。

（丑）員外，怪勿得前日許官人説他是妖怪，如今果應其言。待我去叫些人來，拿介妖精，打裡一陣，罵裡一場罷！

（淨）動也動勿得，且叫院君送渠歸去，我自有道理。

（丑）是哉。

（淨）丫頭呵，我七魄去悠悠，幾乎一命休。

（丑）員外，你叫做牡丹花下死，見鬼也風流。

（淨）哎喲，哎喲！

（丑）看仔細。（扶下）

第二十三齣　化　香

【中呂過曲・菊花新】（外）朝辭鷲嶺睹華風，處處三乘有路通。火宅焰乾紅，只消我慧水慈波湧。衆生如夢，大覺何人。須知四諦非他，要悟六塵無我。但使禪枝不染，自然聖果堪攀。運水搬柴，莫非妙道；黃花翠竹，那是真如？若論青州布衫，重七斤，重八斤，連我也不知；可笑天龍指頭，豎一個，豎兩個，受用些什麼？攜瓶振錫，何異弄影勞形？豎拂拈錘，總是磨磚作鏡。無有可捨，方達有源；無空可住，是知空本。維摩當日，默爾無言；豐於此際，何須饒舌。誰能一口吸盡西江，老僧那時再與汝說。俺法海，自奉佛旨，命我收伏蛇妖，接引許宣。來到中華，恰好他兩人都在鎮江居住。俺因此卓錫金山寺中，一來要攬取江山勝概，二來好覷個機會，指引許宣。今日天氣晴明，不免下山閑走一番。（向內介）慧澄，若有客來相訪，但道我下山去了。（內應介）（下）

【中呂過曲・駐雲飛】（末敲梆上）噯，客貨被竊，不白難明呀！貨委狂風，冤苦教人何處控？怪事真難懂，說起魂驚悚。嗏，誰憫我途窮，覆盆堪痛。（外上）何處梆聲？聒耳禪心動，試問來人甚苦衷？

（末）客貨被竊，不白難明呀！

（外）客官，你有甚不白之事，梆聲如此急切？

（末）在下姓劉名成，湖廣襄陽人氏。在江湖販賣營生，後因資本損折，坐困年餘。幸里中好友，借銀百兩。聞得江南香料甚貴，在廣中販得數十擔檀香，內有一塊，約重一百餘斤，發願喜捨，欲將此香裝塑觀音佛像。哎呀，誰想前夜舟泊江口，艙門未開，聽得一陣狂風，這數十擔檀香，盡皆不見，只得鳴官追緝。

（外）官府便怎樣問呢？

（末）官道此香被狂風攝去，又無蹤跡，難以追獲，因此不准。

只得身背冤單,叩求四方仁人君子,若有知風報信者還好,倘三日後仍無蹤影,師父呵,老漢便一命難存了!

(外)嗄,原來如此。(背介)我屈指算來,又被此妖竊去。孽畜呵,你又幾乎害人一命。客官,你此香已被妖魔攝取,那裡得知消息?

(末)據師父說來,竟無着落了。(淚介)咳,教我怎回故鄉,難免一死矣!

(外)事已如此,且免愁煩,貧僧雖係出家人,略資助些盤纏,使你還鄉,意下如何?

(末)我與老師素無相識,怎好累及?

(外)說那裡話。你今晚且住寶舟,明日到金山寺中,問取法海便了。

(末)若得如此,真乃莫大洪恩,請上受我一拜。

(外)不消。

(末拜介)猶如久旱逢甘雨,却勝他鄉遇故知。

(外)明日早來。

(末)多謝師父!

(外)好說。

(末)好了,我如今回鄉有日了。(下)

(外)你看這漢子,幸遇老僧,不然險喪一命。我如今就到許宣門首,抄化此香,把言語點悟他便了。

【古輪臺】歎孽種,心懷毒害有誰同,終朝迷惑將人弄。紅塵念重,怎不去巴蜀山中?忘却前修功用。我此去募化求通,隨機打動,好把沉迷指點醒顓蒙。你看此處妖氣沖天,想就是他家門首。待我打坐於此,等許宣出來,與他抄化便了。阿彌陀佛!(生上)忽聞持半偈,如覺萬緣空。(見外介)長老,你從那裡來,却打坐在此?(外)貧僧乃金山寺中法海便是。只為要化取一百餘斤重的檀香一塊。(生)將來何用?(外)要裝塑一尊觀音佛像。貧僧已抄化多時了,居士若肯喜捨,功德無量!(生背介)我久聞金山上有個法海禪師,德行非常,我家前夜不知何處來的數十擔檀香,內有一塊,恰如其數。今日他就在我門首抄化,事非偶然,但娘子再三囑付,不可與僧道往來,若與他說知,定不相容。也罷,待我瞞著娘子,佈施與他便了。呵,長老,恰好我家有塊檀香可用,情願喜捨,但不知幾時來取?(外)既蒙居士發此信,明日便著徒弟每來請。二月十九日,乃是觀音菩薩聖誕,還要請居士早降拈香。(生)這個自然要來參拜。(外)若到荒山,貧僧還有要緊言語相告。(生)嘎,謹依尊命。(外)你自今回轅,才脫離苦海波江。三生石上,(生)正要到寶山求老師指示迷津。(外)我歸元直指,迷塗莫縱,感悟好相從。虔心誦,慈航接引舊家風。(下)

(生)方纔聽他那番言語,一似啞謎一般,教我好生委決不下。且待那日拈香,再去問他個明白便了。正是:邇言必察須詳問,遠慮方能免近憂。(下)

第二十四齣　謁　　禪

【仙呂入雙調·哭岐婆】(丑上)勝傳浮玉,江流浩浩,化城縹緲,勞生膠擾。鐘聲兩岸送昏朝,不識何人驚欲覺。小僧乃金山寺中一個監寺慧澄的便是。今早禪師吩咐,有個施捨檀香的居士到來,著我領他先拜過世尊,然後引進講堂相見。不免往山門首伺候者。正是:杯浮野渡魚龍遠,錫振空山虎豹驚。(下)

(雜扮蟹蝦魚蚌上)

(蟹)通身甲冑任橫行,

(蝦)國號長鬚跳最精,

(蚌)腹內珠光如白晝,

(龜)綠毛金錢勢崢嶸。

(眾)今早湖主有令,叫我等先往金山,暗藏水底。說要與法海和尚爭鬥,因此齊集前來。

(龜)列位哥,少停若有動靜,只消我的頭兒一伸,背兒一躬,管教那些禿驢,都落在我喉中。

(眾)不必多言,到彼伺候便了。

【錦上花】（合）蝦蟹往前跑，蝦蟹往前跑，龜會拈錘，蚌善輪刀。趁江潮，趁江潮，殺賊禿，圖一飽。（同下）

　【普賢歌】（生上）名山隨喜把香燒，遙望那金碧輝煌壓翠濤。空際插寶塔，臨江喚小舠，隔斷凡塵遠市囂。我昨晚與娘子說明，今日要往金山寺拈香，不知何故不肯？及我執意要來，臨行又再三囑咐，教我參拜之後，隨即就回，不可往方丈中與和尚每說話。這也好生奇怪？我想那禪師，約我今日上山，還有要緊言語，為此特地前來，求他指示迷津。來此已是江邊了，船家將船兒搖過來。

　（淨上）官人，可是要到山上燒香的？

　（生）正是。

　（淨）如此請下船來，看仔細。

　【步步嬌】（生）一棹咿啞俄來到，勝境過蓬島。

　（淨）官人到了，請上岸罷。

　（生）有勞了。

　（淨）好說。（下）

　（丑上）曲徑通幽處，禪房花木深。

　（見生問訊介）居士何來？

　（生）師父拜揖，法海禪師可在山上否？

　（丑）在。請問居士，可是姓許名宣麽？

　（生）正是。師父何以知之？

　（丑）禪師命我在此等候多時，若居士到來，先請拜過了菩薩，然後請進講堂相見。

　（生）既如此，煩師父指引。

　（丑）小僧引道了。

　（生）香煙寶殿飄，我參拜了金容，念罷了三寶。回廊方丈去非遙，便擬同三笑。

　（丑）裊香天上梵仙宮（武元衡），得道高僧不易逢（鍾離權）。

　（生）偶與遊人論法要（韋應物），悔將名利役疏慵（薛　逢）。

第二十五齣　水　鬥

【黃鐘·北醉花陰】(旦上,貼搖船隨上)(旦)恩愛夫妻難撇掉,因此上慌忙來到。只怕他聽妻非把奴抛,枉耽着一向勤勞。奴家只為許郎要往金山寺中拈香,不能勸止。雖經囑咐,莫至講堂聽那法海之言,他雖允從而去,奴家到底不能放心。為此同着青兒,乘風鼓帆而來,接他回去。(貼)娘娘,官人的磨折,不是一次了,為何今番這般着急?(旦)你不知,這金山寺中有個法海禪師,法力無邊,不比凡僧。許郎倘被他點悟,我終身就無結局了。(貼)娘娘,倘官人聽信法海言語,竟不回來,怎麼處?我每想個計策,好歹弄他回來纔好。(旦)我早已安排計較,且到彼再處。(貼)待我將船兒掉過去。(旦)咳,許郎!俺和你非關小,當面的囑咐伊多遭,我只怕猛回頭歸佛教。

(貼)娘娘,已到金山了。

(旦)把船兒挽住山前,你放喊叫官人出來便了。

(貼)是。官人快些出來!娘娘在此迎接你回去,快些出來!

(丑上)誰人山門前喊叫?原來是兩位娘娘,你呵,是燒香個?

(貼)不是。

(丑)還願個?

(貼)也不是。

(丑)介也差異哉,弗是燒香,又弗是還願,娘娘家到和尚寺做倽?

(貼)啐!我家官人在裡面拈香,煩你快喚他出來。

(丑)人多得極,曉得那個是你官人?

(貼)叫許宣。

(丑)嗄,有個。我禪師弗肯叫渠下山哉。

(旦、貼急介)却是為何?

(丑)禪師說:渠有甚妖怪?

(旦、貼)呵?

（丑）勿是，有甚白蛇青蛇纏擾渠。你官人一心要出家，勿肯歸來哉，你每歸去罷。

（旦）咦，胡說！人家夫婦，怎生擅自拆散？你快去報與法海知道，若不放出官人，叫你每一寺的和尚，

（丑）敢是有偖佈施？

（旦）俱是個死！

（丑）哎喲，凶得緊！我去報與禪師知道。禪師有請！

【南畫眉序】（外引生上）（外）忽聽語聲嘈，想是此妖前來到。（丑）禪師，山門前有兩個堂客，要尋許官人的，口中好生利害。（生）此妖來了，怎麼處？（外）不妨，你且躲在裡面，待我去會他。（生）是。（下）（外）慧澄，取我隨身的法寶來！（丑應介）（持缽盂禪杖隨上）（外）他便有毒龍般伎倆，俺只做蟶蜓相瞧。（貼）禿驢！快喚俺官人出來！（外）唔？（旦）老禪師，快叫我官人出來回去。（外）孽畜呵，孽畜！你愛河裡慾浪滔滔，早回頭免生悲悼。（旦）你若不放我官人，決不與你干休！（外）勸伊休得胡廝鬧，現形時被人驚笑。

【北喜遷鶯】（旦）您休把虛脾來掉，您休把虛脾來掉。（外）你丈夫已皈依三寶了。（旦）口咄咄裝什麼的幺？（轉對貼介）怎不心焦！（貼）老師父，還俺官人罷。（外）此處是莊嚴佛地，休得在此胡纏。（旦）哎呀，急得我滿胸中氣惱，怎把俺恩愛兒夫來蔽着！禿驢，你快還我丈夫便罷！（外）不放便怎麼？（旦）你若不放我丈夫，教你性命霎時休矣！（外）你有甚道術，輒敢大言？（旦）阿呀，心懊惱，你明欺俺道術細小。您如今自把災招，您如今自把災招。

【南畫眉序】（外）伊慢肆咆哮，一味逞能施強暴。（貼）老師父，還俺官人罷！（外）他被你妖氛纏惹，怎不想開交？欺孽緣數盡難逃，他似夢南柯被咱推覺。（旦）快還俺官人的好。（外）自今休想仙郎面，不回頭取禍非小。

（旦）禿驢這等無理，俺來擒你也。

（外將拂一指介）哎！

（丑暗下）護法神何在？

（內應介）來也。
（旦、貼作圓望，上船，疾搖下）
（雜扮眾神將上）禪師有何法旨？
（外）今有妖魔，在此作耗，與我速速擒來！
（眾）領法旨。
（旦、貼殺上，敗下）
（二神上）啟禪師，妖魔遁去也。
（內作水聲介）（龜、蟹上，舞下）
（旦、貼上）禿驢，快快還我官人來！
（外）孽畜，憑你有甚妖法，何怯於汝？我已將他皈依三寶，再不回來了。
（旦）真個？
（外）真個。
（旦）果然？
（外）果然。

【北出隊子】（旦）咦，休得把胡言亂讟，為了俺意中人將你命輕拋。（貼）娘娘，還是好好去求他，或者肯放官人，亦未可知。（旦）也說得是嘎。老禪師，你是佛門弟子，豈無菩提之心？望您個發慈悲方便放渠曹。（拜介）俺這裡，俺這裡禮拜焚香折柳腰。（外）我已將你妖變的根由，一一點明。他害怕，不肯與你為夫婦，你只管苦苦纏他怎的？（旦、貼起介）（旦）呵哼，我這般哀求，只是不肯放還。你拆散人家夫妻，天理何在？（外）你這妖孽，既知天理，為何在人間害人？（旦）我敬夫如天，何曾害他？你明明煽惑人心，使我夫妻離散。你既不仁，罷罷，我和你誓不兩立矣！（貼）娘娘，與這禿驢見個高下。（旦）只看俺女羅剎，把您萬剮淩遲，將皮來剝。

（外）妖孽，你這等倡狂，好生交架俺青龍禪杖者！（丟杖介，旦接旋下）

【南滴溜子】（外、眾合）一任你，任你妖氛混繞，俺自有佛力至妙，何必向吾作耗？威風只麼休，踴躍何堪誚。寶杖降魔，怎肯輕饒了。

（旦、貼上）禿驢,你將青龍禪杖來降俺,俺豈懼汝!

（外）俺佛力無邊。

【北刮地風】（旦）呀,您道佛力無邊任逍遙,俺也能飛度沖霄。休言大覺無窮妙,只看俺怯身軀也不怕分毫。您是個出家人,為什麼鐵心腸生擦擦拆散了俺鳳友鸞交?把活潑潑好男兒堅勞閉着?把那佛道兒絮絮叨叨,我不耐煩吁喳喳這般煩撓。你若放我夫婦團圓,萬事全休。（外）我不放便怎麼?（旦）咳,禿驢嗄!你若執意如此,管教您一寺盡嚎啕!（外）他如今似夢斷方醒,（旦）只怕你要夜迢迢夢斷魂消。

【南滴滴金】（外）勸伊行不必心焦躁,似春蠶空吐情絲自纏擾。夫妻恩愛雖非小,你丈夫呵,悟邪魔在山中藏躲着。你便是鍾情年少,何須恁般殷勤來細討。掘樹尋根,枉想在這遭。

（旦）你不還我丈夫,咦,我恨不得食汝之肉!

（外）只管胡纏,護法神與我將風火蒲團祭起空中者!

（衆）領法旨。（風火神上,戰介,敗下）

（旦、貼上）禿驢,你的法寶安在?

（貼）老禪師,放還俺官人罷!

（外）胡說!

（旦）這無知的禿驢呵!

【北四門子】快送出共衾同枕人來到,快送出共衾同枕人來到。（外）你早早回頭,免生後悔。（旦）哎唷唷,我恨恨恨恨,恁個不動搖,怪他個遮遮躲躲裝圈套。怎怎怎怎,不容俺共入鮫綃。（外）你何苦執迷,快回峨眉修煉去罷!（旦）您教俺回峨眉別岫飄,把恩愛抛,便作您活彌陀也動不的俺心兒似漆膠。看您個放兒夫相會早。細思量,這牽情心腸怎掉!

【南鮑老催】（外）直恁淚澆,翻波欲海孽浪高,泥犁堪悲苦怎熬?渺茫茫多罪業難消繳,騰騰烈焰如焚燎。我把他迷途救出緣聇,庶不負大悲心,如來教。

（旦）禿妒,你執意如此,罷,說不得了。水族每!

（內應，蟹、蝦、龜、蚌上）湖主有何吩咐？
（旦）與我把水勢大作，漫過金山，救俺官人便了。
（眾）得令。

【北水仙子】（合）恨恨恨，恨佛力高；怎怎怎，怎教俺負此良宵好？悔悔悔，悔今朝放了他前來；只只只，只為懷六甲把願香還禱；他他他，他點破了欲海潮；俺俺俺，俺恨妖僧饞口調刁；這這這，這癡心好意枉徒勞；是是是，是他負心自把恩情剿；苦苦苦，苦的咱兩眼淚珠拋。（下）

（丑上）呵呀，禪師不好了！江中水勢大作，一直漫上山來了。
（外）不妨。此乃妖魔法術，把我這袈裟，罩住山頭，水勢自然退去矣。
（丑應下）
（外）護法神，速將水族驅除者！（二神將）領法旨。（追殺蟹蝦龜蚌下）（外）護法神，與我將缽盂罩住此妖。
（眾）領法旨。
（旦、貼殺上，貼暗下。雜祭此缽，淨魁星上，旦遁下，淨隨下）
（眾）啟禪師，纔祭起寶缽，忽被文曲星托住，不能罩住此妖。
（眾）嗄，原來如此。與我收起寶缽者。速退。（眾應下）
（丑上）如今是好了，幾乎做了湯糰。
（外）請許宣出來。
（丑）許官人有請。
（生上）禪師，可曾收那妖孽？
（外）這孽畜，腹中有孕，不能收取。
（生）他如今往那裡去了？
（外）他此去，必往臨安，到你姐丈家中安身。待我送你到彼，了此孽緣。
（生）阿呀，禪師，他此去必然懷恨於我，想此番見面，必然害我殘生。弟子寧死江心，決不與他相聚的嗻！
（外）不妨。你與他宿緣未滿，決無相害之心。倘有甚言語，總推在老僧身上便了。待他到家分娩之後，可於淨慈寺尋我，那時我自有處。

（生）多謝禪師。

【雙聲予】（外）緣未了，緣未了，同六甲文星照。休急暴，休急暴，且速往佯陪告。待分娩滿月到，付伊缽將他收罩，罩此妖嬈。

【尾聲】（生）急急離了金山道，赴臨安途路非遙，幸遇禪師將緣孽驚覺。

（外）妖精鬼怪鬥神通（許碏），雲水升沉一會中（李商隱）。
（生）他日願師容一榻（李洞），滿帆還有濟川功（韓　宗）。

第二十六齣　斷　　橋

【商調·山坡羊】（旦、貼上）（旦）頓然間鴛鴦折頸，奴薄命孤鸞照命。好教我心頭暗哽，怎知他一旦多薄幸。（貼）娘娘，吃了苦了。（旦）青兒，不想許郎，聽信法海言語，竟不下山。我和他爭鬥，奈他法力高強，險被擒拿。幸借水遁，來到臨安。哎呀，不然險遭一命。（貼）娘娘，仔細想將起來，都是許宣那廝薄幸。若此番見面，斷斷不可輕恕！（旦）便是。（貼）如今我每往那裡去藏身纔好？（旦）我向聞許郎有一姐姐，嫁與李仁，在此居住。我和你且投奔到彼。（貼）只是從未識面，倘不相留，如何是好？（旦）我每到彼，再作區處。（貼）如此，娘娘請。（旦行作腹痛介）哎喲！（貼）娘娘為什麼呵？（旦）青兒，我腹中疼痛，寸步難行，怎生捱得到彼？（貼）只怕要分娩了。前面已是斷橋亭，待我且扶到亭內，少坐片時，再行便了。（旦）咳，許郎呵，我為你恩情非小，不想你這般薄幸，阿呀，好不淒慘人也！（貼）可憐。（旦）歹心腸鐵做成，怎不教人淚雨零。奔投無處形憐影，細想前情氣怎平？（合）淒清，竟不念山海盟；傷情，更說甚共和鳴。（同下）

（生隨外上）（外）許宣，你且閉著眼。

【前腔】一程程錢塘將近，驀過了千山萬嶺。錦重重遙望層城，虛飄飄到來俄頃。許宣，來此已是臨安了。（生驚介）果然是臨安了,奇啊!(外)你此去若見此妖,不必害怕。待他分娩之後,你可到淨慈寺來,付汝法寶收取便了。(生)是。待弟子相送到彼。(外)不消。你可作速歸家,方纔之言不可忘了!記此行漏言禍匪輕。(下)(生)前情往事重追省,只怕他怨雨愁雲恨未平。萍梗,欺阽危命欲頃;傷情,痛遭魔心暗驚。

(旦、貼內)許宣,你好狠心也!

(生跌介)阿呀,嚇嚇死我也。你看那邊,明明是白氏青兒,哎喲,我今番性命休矣!

【仙呂宮引‧五供養】今朝蹭蹬。(旦、貼內)許宣,你好薄情也!(生)忽聽他怒喊連聲,遙看妖孽到,勢難攖,空叫蒼天,更沒處將身遮隱。怎支撐?不知拚命向前行。(奔下)

【仙呂過曲‧玉交枝】(貼扶旦上)(旦)輕分鸞鏡,那知他似狼心性,思量到此真堪恨,全不念伉儷深情。(貼)娘娘,你看許宣見了我每,略不回頭,潛身逃避,咦,好不可恨!(旦)不必多言,我和你急急急趕上前去!惡狠狠裴航翻欲絕雲英,喘吁吁歎蘇卿倒趕不上雙漸的影。(閃介)(貼)娘娘看仔細。(旦)哎喲,望長堤疾急前征,顧不得繡鞋幫褪。(同下)

(生上)阿呀!阿呀!

【川撥棹】真不幸,共冤家狹路行。嚇得我氣絕魂驚,嚇得我氣絕魂驚。且住,方纔禪師說:此去若遇妖邪,不必害怕。那、那、那,看他緊緊追來,如何是好?也罷,我且上前相見,生死付之天命便了!我向前時,又不覺心中戰兢。(旦、貼上)(旦)謝伊家曩日多情,恨奴家平日無情。

(見生扯住介)許宣,你還要往那裡去?你好薄幸也!(哭介)

(生)阿呀娘子,為何這般狠狠?

(旦、貼)你聽信讒言,把夫婦恩情,一旦相拋,累我每受此苦楚,還來問什麼?

(生)娘子,請息怒。你且坐了,聽卑人一言相告。

(貼)那,那,他又來了。

(生)那日上山之時,本欲就回,不想被法海那廝,將言煽惑,一

時誤信他言,致累娘子受此苦楚,實非卑人之故嚛?（哭介）

　（貼）啐,你且收了這假慈悲。走來,聽我一言。

　（生）青姐,有何説話?

　（貼）我娘娘何等待你?

　（生）娘子是好的呵。

　（貼）可又來,也該念夫妻之情,虧你下得這般狠心!

　（生）阿呀冤哉!

　（貼）於心何忍呢?

　（生）青姐,這都是那妖僧不肯放我下山。（貼回頭不理介）

　（生）娘子,望恕卑人之罪!

　（旦）咳,許郎呵!

　（貼代旦挽髮介）

　　【商調集曲·金落索】【金梧桐】（旦）我與你嗻嗻弋雁鳴,永望鴛交頸。不記當時,曾結三生證,如今負此情,【東甌令】背前盟。（生）卑人怎敢?（旦）貝錦如簧説向卿,因何耳軟輕相信?（拭淚起唱介）【針線箱】摧挫嬌花任雨零,【解三酲】真薄倖。【懶畫眉】你清夜捫心也自驚。（生）是卑人不是了。【寄生子】（旦）害得我飄泊零丁,幾喪殘生,怎不教人恨、恨!（轉坐哭介）

　（貼揉旦背介）娘娘,不要氣壞了身子。

　　【前腔】（生）愁煩且暫停,念我誠堪憫。連理交枝,實只願偕歡慶。風波意外生,望委曲垂情。（旦）你既知夫婦之情,怎麽聽信禿驢言語?（生）叵耐妖僧忒煞狠,教人怎不心兒驚。聽他一剗胡言,我合受懲。（旦）阿喲,氣死我也。（生）只看平日恩情呵。求容忍。（旦）啐!（貼）這時候賠罪,可不遲了?（生）善言勸解全賴你娉婷,蹙眉山淚雨休零,且暫消停。（跪介）

　（旦）下次可再敢如此?

　（生）再不敢了。

　（旦）起來,起來,起來耶。

　（生）多謝娘子。（貼氣介）咳!

　（旦）只是如今我每向何處安身便好?

（生）不妨,請娘子權且到我姐丈家中住下,再作區處。
（旦）此去切不可說起金山之事,倘若洩漏,我與你決不干休!
（貼）與你定不干休!
（生）謹依尊命。青姐,我和你扶娘娘到前面去。
（貼不應介）
（生）娘子,你看青姐,總是怨着卑人,怎麼處?
（旦）青兒,青兒!
（貼）娘娘。
（旦）我想此事,非關許郎之過,都是法海那廝不好,你也不要太執性了。
（貼）娘娘,你看官人,總是假慈悲,假小心,可惜辜負娘娘一點真心。
（旦）咳。
（生）娘子請。
（旦）哎喲,只是我腹中十分疼痛,寸步難行。
（生）不妨,我和青姐且扶到前面,喚乘小轎而行便了。
【尾聲】（旦）此行休似東君洩漏柳條青,（生）還學並蒂芙蓉交映,（合）再話前歡續舊盟。
（旦）還恐添成異日愁(溫庭筠),（貼）朝成恩愛暮仇讎(翁綬)。
（生）當年顧我長青眼(許　渾),　縱殺微軀未足酬(方幹)。

第二十七齣　腹　　婚

【南呂引子・臨江梅】【臨江仙】（副淨上）苔合蓬門三徑靜,怪他喜鵲連聲。【一剪梅】（老旦上）山遙水遠日關情,短髮鬅鬙,雁影飄零。
（副淨）迅速光陰似轉圜,纔生一女在堂前。
（老旦）若能骨肉重相見,猶如缺月再團圓。
（副淨）娘子,想我年將半百,尚無子息,且喜去年生有一女,待他長成之日,擇一佳婿,你我亦終身有託。

（老旦）便是。想我兄弟，自往蘇州，已逾一載，不知在彼安否若何？使我好生牽掛。
（副淨）娘子不必愁煩，我前日遇一蘇州朋友，問你兄弟消息。
（老旦）可好麼？
（副淨）他在彼，倒娶了一位舅母。又說去年秋間，被人陷害，發配鎮江，未知果否？
（老旦）有這等事。哎呀兄弟呵，不想你連遭顛沛，教我怎不傷心也！

【南呂過曲・繡衣郎】（合）恨當年妖女逢迎，分手匆匆避禍行。兩邊悲哽，盼盡雲山無芳訊。歎何時抖擻歸程，再相逢荊花歡並。向遙天暗禱神明，向遙天暗禱神明。

【前腔】（生上）他鄉久客急歸程，望見家門暗自驚。風塵雙鬢，女兄乍見應難認。此間已是姐丈門首，不免竟入。（見介）姐夫、姐姐。（老旦、副淨）阿呀，兄弟回來了！（生）正是，回來了。（老旦）兄弟，則被你想殺我也！（合）喜相逢骨肉家庭，痛遭冤招魂未定。憶當時心頭暗哽，憶當時心頭暗哽。

（老旦）兄弟，我和你姐夫，正在此想你。
（生）多謝懸念。
（老旦）兄弟，聞得你在蘇，做了一頭親事，可有麼？
（生背介）金山之事，我且慢些說起。（轉介）有是有的，現在門外，因未稟知，不敢輕造。
（老旦）何不早說？待我出去迎接。
（生）豈敢。青姐扶娘娘下轎。
（旦上）親戚初逢猶有覥，
（貼上）鶺鴒堪寄且開懷。
（旦）此二位就是姑夫、姑母麼？
（生）正是。
（旦）姑夫、姑母請上，待奴家拜見。
（副淨、老旦、生同拜介）
（旦）未睹尊顏，日常思念。今得侍側，深慰下懷。

（副淨、老旦）豈敢。久慕林風，式瞻雅範，老眼為之一快。請坐。

（旦）告坐了。青兒過來！

（老旦）這位是？

（旦）小婢。

（貼）姑爺、姑奶奶在上，青兒叩頭。

（副淨、老旦）不消，請起。兄弟，你可把別後之事，說與我兩人知道。

（生）姐夫、姐姐，一言難盡！

【宜春令】從別後，歎伶仃，痛遭冤衷腸淚零。喜得鴛鴦相並，荊釵愧乏諧秦晉。今日裡得轉家門，算也是僥天之幸。若細訴別離舊衷，淚珠猶迸。

（老旦）聞得你在彼，又犯何事，發配鎮江，果是有的麼？

（旦）姑母聽稟：

【前腔】蒙垂問，聽訴情。陡然間，夫遭禍淩。為登山玩景，蕭家失物將巾認。（老旦）此巾何來？（旦）此是我先世遺留，枉冤做窩賊匿證。（老旦）後來怎麼？（旦）幸賴官府廉明，配往鐵甕暫為民，幸萍蹤粗定！

（副淨、老旦）原來如此。

【前腔】敘郎舅，勝班荊。喜鴛鴦共返家庭。三生有幸，歡然慰我桑榆景。今日裡骨肉團圞，天賜與一堂嘉慶。便話到更闌未休，有燭更秉。

（旦）請問姑母，幾位令郎？

（老旦）不幸乏嗣，去年生有一女，喚名玉梅。

（旦）怎生不見？

（老旦）今睡熟在床。

（生）我娘子身懷六甲，今已滿月，尚未臨盆。

（副淨、老旦）好呵，產下麟兒，定有高門之慶。

（旦）姑夫、姑母在上，奴家有一言相告。

（副淨、老旦）不知舅母有何見諭？

（旦）奴家分娩在即，未知是男是女。倘若生男，意欲指腹為婚，日後兩家多有倚靠，不知姑夫、姑母意下如何？

（副淨、老旦）妙呵，此言甚為有理。愚夫婦敢不從命？

（旦）既蒙金諾，不要後悔。

（副淨、老旦）説那裡話？婚姻大事，一言為定，豈有翻悔之理。

（旦）如此，多謝姑夫、姑母，不棄寒微。

（副淨、老旦）好説。我每一同對天拜告便了！（同拜介）

【三學士】（合）不用歃血立誓盟，也索對天禱告神明。鏡臺草草無多聘，異日身榮休變更。但願如賓他日敬，蘭和玉，喜氣並。

（副淨）娘子，你陪舅母款坐，我去着人整治酒肴，與兄弟、舅母接風。

（老旦）曉得。

（旦）不消費心。

（副淨下）（旦）哎喲，為何一霎時腹中疼痛起來？

（貼）定是要分娩了。

（老旦）既如此，快請到裡面去罷。

【劉潑帽】（旦）霎時腹痛身難定，知他是那刻離經，無災無害須輕迅。哎喲喲，（合）惟願天天，早脱身安靜。（扶旦下）

第二十八齣　重　　謁

【黃鐘引子·玉女步瑞雲】【傳言玉女】（外上）水秀山明，半偈心持忘境，【瑞雲濃】何處着法身清淨。【集唐】皈依受真性，成就那羅延。萬法從心起，空論樹下禪。俺法海，自離金山，同許宣來到臨安，我卓錫淨慈寺中。因他孽緣未盡，所以教他回去。待此妖分娩之後，方可收取。今已數滿，等許宣來時，付鉢與他，先收此妖，再度許宣便了。

【出隊子】（生上）閑中追省，月老冬烘繫赤繩，姻緣怪惡誤留情。因把高僧來暗請，拆散鸞鳳，心得太平。我許宣，自蒙禪師指點，方纔憬悟。不想此妖到家，即時分娩。今已半月有餘，我想再不驅除,終為後患,為此特地前來。此間已是淨慈寺了,不免竟入,禪師拜揖。

(外)許宣,你來了麼?

(生)正是。此妖到家分娩,已經半月了。

(外)既如此,你將此缽帶回,不可使妖知道。到明日巳牌時分,待他梳妝之際,將此缽合在他頭上,決無走脫矣。

(生)禪師呵,此妖一時無狀,水漫金山,致遭天譴,理所應該。但弟子夫妻之情,不忍下此毒手。

(外)罪孽深重,佛法難容,也罷,待我明日巳牌時分,親來收取便了。

(生)謹依禪師之命。

【滴滴金】(外)歎姻緣好惡皆天定,塵世惛惛誰猛省?翻身跳出迷魂陣,更休提秦與晉。(生)是。弟子告辭。明日求禪師早降。(外)這個自然。(合)心如明鏡,拂塵埃來共證。且喜從今,把孽案勾清。(生先下)

(外)日與時疏共道親(白居易),徐飛錫杖出風塵(杜甫)。
避蛇行者今何在(貫休)?不奈狂夫不藉身(元稹)。

第二十九齣　煉　　塔

【正宮引子·破齊陣】【破陣子】(旦抱小兒上)桃靨嬌含結子,柳腰困欲三眠。【齊天樂】懶離鴛幃,斜拋鳳髻,怯怯的玉肢紅軟。【破陣子】絮語芳盟天長久,母子夫妻喜笑喧,今朝遂宿緣。奴家自被法海破我形蹤,不放許郎下山,反遣揭諦神拿我,被我借水遁來到臨安,誰想許郎亦自還鄉。(貼立上介)在路相見,只得投奔他姐丈家中。我那日到此,隨即分娩,喜得生下個滿抱孩兒,也不枉我與他恩愛一場。

(貼)娘娘,今早官人同姑爺、姑奶奶往親戚人家去,不知何事,此時也該回來了。

(旦)正是。青兒,我想自遇許郎之後,不覺一載有餘,且喜生下個寧馨孩兒,得傳許門後嗣,也不枉我受許多磨折。

(貼)是呵。

【正宮過曲・漁燈兒】(旦)俺昔日西泠畔邂逅良緣,風光好壓盡桃源。同心賽雙頭瑞蓮,打疊起鴛行留戀。兩相投,膠漆更心堅。

【錦漁燈】暢道是月下名題共券,也經他幾多折挫顛連。(兒啼介)(旦)兒呵,你那知做娘的吃許多苦楚呵？想今朝佳況,雖然有萬千,一似那玉梅花,風雪虐,始爭妍。

(貼)娘娘,將次巳牌時分,官人怎麼還不見來？

(旦)你去取我鏡臺衣服出來。

(貼應下)

(生上)暗祝妖降歸淨域,又愁邪勝戰心兵。昨日禪師說：今早親來收取此妖,只得將此事與姐夫、姐姐說明。猶恐害怕,為此同他每往親戚人家暫避,急急趕回,不免竟入。娘子！

(旦)官人回來了。怎麼不同姑夫、姑母歸家,反自先回？

(生)卑人因家中乏人,又恐娘子寂寞,故此先回的。

(旦)原來如此。

(生)孩兒睡熟了？

(旦)纔睡着,不要驚他。

(貼上)妝似臨池出,人疑月下來。官人回來了？

(生)正是。

(貼)娘娘,鏡臺衣服在此。

(旦)放下。你抱了小官人進去安睡,到廚房下整治早膳起來。

(貼)曉得。(下)

(生)請娘子整妝,卑人伺候。

(旦)有勞。

(生)好說。

【正宮集曲・梁州序犯】【梁州序】(旦)橫波秋靜,遙山青展,曉開菱鑒相鮮。(顧生介)水晶簾下,道書在手把閑眠。玉臺斜憑,緩把春纖,卸却包頭絹。(梳頭介)犀梳雲半吐,月娟娟,細挽香絲墮馬鬟。【賀新郎】(生)請娘子畫眉。(旦)芙蓉臉,梨花面。畫雙螺隱露黃金釧,【梁州序】彈粉涴,新妝倩。

(外引二揭諦上)

(外)菩薩低眉,故自慈悲六道;金剛怒目,還須降伏四魔。吠,孽畜!俺來也!

(旦驚跪介)哎呀,我佛慈悲。

(外)孽緣已盡,大數難逃。

(旦)望饒奴命則個!

(外將缽合旦,旦逃介,諦攔旦,出珠打介,外接珠合旦下。持缽上,生見蛇,悲介)

(貼上)房中為何亂喊,待我看來,啊呀!(跌介)

【朱奴插芙蓉】【朱奴兒】(貼)娘娘呀!(指缽哭介)痛誰似你今朝可憐?(搶蛇,外攔介)(貼)怎生價禍生駕伴!許宣,你好狠心也!負義忘情心不善,縱然忍把冰弦剪,也應憐免,看你孩兒曲全。【玉芙蓉】不由人不含冤,悲憤淚如泉。

【朱奴帶錦纏】【朱奴兒】(跪上哭拜介)您喜孜孜地將他宗嗣綿,他惡狠狠地把連理枝割斷。您前生燒了斷頭煙,(毒指生介)遭他把您來凌賤。【錦纏道】辜負您修煉千年,辜負您崇山冒險,辜負您望江樓雅操堅,幾時再見親兒面?罷,罷,看俺與你報仇冤!

(撲生,二諦攔介)(貼閃下,丑殺上)

(外)揭諦神,與我降伏妖魔者!

(二諦擒丑介)

(丑)禪師饒命!

(外)念你修煉千年,不忍傷汝。可將他鎖在七寶池邊,聽候佛旨便了。

(二諦應介)(押丑下)

(生背介)白氏雖係妖魔,待我恩情不薄。今日之事,目擊傷情,太覺負心了些。咳!恩怨相尋,一場懺懺,我於今省悟了也。(向外介)弟子塵心已斷,願隨師父出家。

(外)善哉,善哉。汝宿根不昧,回向西方,只要一心不亂,管教立地成功,速把家事處分,到淨慈寺來,與汝同登極樂。
（生）多謝師父。（下）
（外）妖孽已除,不免將他壓在雷峰塔底便了。（行介）
【小普天樂】欺妖魔,將人纏,致今朝,干天譴。原非我,原非我,破你姻緣,總由他,數定難遷。看啼啼哭哭,慈心豈恝然？只要將來回向,回向懺悔前愆。來此已是塔邊了。雷、火二部何在？
（內應介）來也。
（雜扮雷公、雷母、眾火神舞上）
（眾）禪師有何法旨？
（外）吾奉佛旨,收取妖蛇,埋於塔底,永遠鎮壓,猶恐他乘機逃遁,速將三昧真火,與我燒煉成功者。
（眾）領法旨。
（接缽,置塔內,繞場介）啟禪師,塔已煉過了。（繳缽介）
（外）速退。
（眾應下）
（外）白蛇聽者：雷峰塔倒,西湖水乾,江潮不起,許汝再世。
【普天帶芙蓉】【普天樂】鎮妖氛,來塔院。使威神,揮流電,焰騰騰赭色新燖,危岌岌欲倒彌堅。【玉芙蓉】施宏願,為眾生衛藝,向西湖湊成十景夕陽邊。
【尾聲】似唐虞掌火蛇龍遠,雖焰虐仁風却善。若有人識此意呵,俺與汝同昇忉利天。

　　　　赤旆檀塔六七級（貫休）,夕陽明滅亂流中（韋應物）。
　　　　還為萬神威聖力（許碏）,白蛇初斷路人通（胡　曾）。

第三十齣　歸　真

【仙呂引子·小蓬萊】（雜韋馱引眾上）無滅無生公案,向紅塵指破機關。（雜）悟徹三乘妙法,把持一點靈光。昨日着魔由你,今朝作佛何妨。吾乃護法韋馱是也。為因佛前捧缽侍者降生塵世,恐被妖邪迷其真性,已令法海禪師,下凡奉缽收妖,引回許宣。今已功成行滿,吾奉佛旨,同衆諸天,前去接引,不免走一遭者。(行介)俺想許宣,好僥倖也。一朝便似,脫將桶底,久客初還。(同下)

【仙呂集曲‧八仙會蓬海】【八聲甘州】(外同生上)(外)許宣趲道者。(生)是。(外)飛錫湖干,俺本是西來東土偶安單。點化衆生六道,一個個同登也彼岸慶安瀾。【玩仙燈】堪笑那癡兒和呆女,打不破昏阽迷關。【月上海棠】(生)情絲挽,怎如俺跳出了紅塵,妻法喜,女慈悲,同返靈山。

【皂袍罩黄鶯】【皂羅袍】(外)試問那湖光如澱,何似金沙鋪地,功德池邊。林分寶樹影初圓,迦陵唱處笙歌賤。【黄鶯兒】(生)不須歎,繁華一瞬。(合)喜心空及第得歸閑。

【步金蓮】(雜引衆上)為引三乘伴,准擬陪香飯,駕祥光影亂幢幡。(雜)我等奉佛旨,特來迎接禪師與侍者。(外、生)有勞了。(外)就此前往。(衆)領法旨。(合)指旃林禪枝共攀。

【金蓮子】好重把菩提細演。本來面目可無言,再休提三生石上話前緣。

(雜)策杖臨風拂袖還(李中), 　了然塵土不相關(吳　融)。
(外)有人問我西來意(李翶),(生)手綻寒衣入舊山(劉長卿)。

第三十一齣　塔　敘

【中呂過曲‧榴花泣】【石榴花】(淨上)白雲飛去杳無蹤,瑶花落盡洞門封,知他玉真有路向誰通。我只怕波昏愛水,往行總成空。我黑風仙。在峨眉山煉神伏氣,早晚可成正果。只為義妹白雲仙姑,前往臨安,十餘年不見回來,貧道怕他一入塵凡,忘却本來面目,因此下山打聽他的下落。來到這臨安地方,聞得他與許宣配偶,屢次不謹,貽累許宣,又在金山寺薨惱法海禪師,被他將缽盂收伏,壓在雷峰塔底。咳!仙姑呵,俺也曾再三勸阻,你執意不從,於今遭此磨折,幾時方得出頭也?只是兄妹之情,豈能恝置,須索到西湖看他一回,多少是好。【泣顏回】好教我魂驚智窮,待何時再續遊仙夢。可憐他碧水丹山,消聲匿影,悲切切落照啼紅。來此已是雷峰了。咳,仙姑呵!你沉淪九地,見日無由,好不傷懷也!

（雜揭諦神上,喝介）何方妖道,敢來窺伺!

（淨）尊神稽首。這塔底鎮伏的,是貧道義妹,他原有千年苦行,因一念爭差,致干重譴。貧道念兄妹之情,特來看他,還要提醒他一番,並無別意,望乞尊神方便。

（雜）既如此,容你相見,勿得久停。（下）

（淨）白雲仙姑,愚兄黑風仙在此。

【中呂慢詞·柳梢青】（旦）（塔內唱）前情如夢,覺後真堪痛。恩債兩成空,淚雨裡鐸聲如把咱譏諷。

（淨）仙姑,愚兄在此看你。

（旦）道兄在那裡?（塔底探頭出見介）

（淨）仙姑呵,一別十有餘年,不想你受此磨折。當初不聽愚兄之言,致有今日之苦,你可也懊悔麼?

（旦）咳,這也是前緣宿孽,悔他則甚?

（淨）你且把下山後的事情,細說與俺知道。（坐地介）

【近詞·好事近】（旦）離緒渺難窮,提起悽惶萬種。連環別後,世網相攖業重。情根一點,向西湖誤把紅絲送。剛道是宿世前緣,又誰知受盡磨礱。

（淨）這都是你自己不謹慎,後來法海禪師,收留許宣在山,你不合率領水族,淹害生靈。這個罪過,却也不小。

【前腔】（旦）我與他患難誓相從,萍水結成鸞鳳。那知他薄幸,背地將奴來哄,雖則是橫遭磨折,也遺下風流孽種。（淨）仙姑生下一子了?（旦）不瞞道兄說,我與許郎,結為夫婦,在他姐姐家中,產下一個孩兒,今年已十六歲了。（淨）這也罷了。（旦哭介）兒呵!知甚日母子相逢?迸出這金碧摩空。

（淨）事已如此,且免傷懷。

（內催介）快些去罷!

（淨起介）敘話多時,神靈見責,我也不敢久留,須知苦海無邊,回頭是岸。你且耐心忍性,六時懺悔,功行到時,自然祓濯前愆,重登紫籍,相見有日。愚兄就此去也。

（旦哭下）

【尾聲】一番敘舊添悲慟，隔斷仙凡瞬息中。仙姑呵！那入地昇天只要你心上懂。

  雪壓泥埋未死身（白居易），至今猶謝蕊珠人（李商隱）。

  分離況值花時節（趙　嘏），添得臨歧淚滿巾（羅　隱）。

第三十二齣　祭　　塔

【南呂引子‧掛真兒】（雜揭諦神上）寶鐸臨風動近遠，思量起蠖屈堪憐。掌上珠來，天邊書降，好把佛恩施展。有子望雲哀，妖氛懺可回。一誠相格處，金石亦為開。吾乃揭諦神是也。因白蛇之子許士麟得中狀元，意欲拆毀雷峰塔，救取此妖，聖主不從，特賜還鄉祭奠。我佛憐他一點孝心，特令吾神放他母子，相見一面，以慰其志。須索走一遭者。（下）

【南呂正曲‧小女冠子】（小生許士麟、衆隨上）曲江賜罷瓊林宴，歸騎擁，嫋蘆鞭，插宮花一任傍人羨，那知道萱枝零落，我心中怨。永懷時憶北堂恩，叫斷慈烏不可聞。寸草春暉無報處，枉教丹桂吐奇芳。下官許士麟。叨蒙聖恩，得中狀元，雖是金鼇獨占，際會身榮，其如窮鳥依人，伶仃辛苦。追思吾父誤信讒言，棄家方外；致令母親身遭鎮魘，抱恨重泉。下官已經具疏奏聞，請拆毀雷峰塔。其奈聖主未允，命下官榮歸祭奠。（淚介）咳！叫下官也無可如何。左右，祭禮可曾完備？

（衆）已備多時了。

（小生）打道到雷峰去。

（衆應行介）

【一枝花】（小生）長堤桃李綻，畫舫笙歌遍。湖山雖信美，恨難遣。遙望那塔影空圓，淚落紛如霰。我想法海那賊禿，好不可恨人也！陷害我親娘，無端旋詭辯。便做道法力無邊，那曾見離間人骨肉的奸徒，會把三乘妙演。

（丑禮生上，見介）請狀元爺拈香。

（小生）（更衣，丑贊，拜畢，丑雜先下）

（小生）哎呀，親娘呵！孩兒幼撇慈顏，不意親遭危陷。今朝睹此，好不悲慘人也！

【過曲·奈子花】痛當時家禍顛連，不由人搶地呼天。追思繦褓，直至於今遊宦，歎何曾見着親娘面？悲戀，直哭得我寸腸千斷！親娘呵！孩兒已具疏奏聞，請拆毀此塔，無奈聖上不從，教孩兒日夜憂思，肝腸寸斷，如何是好？怎生得見母親一面，也使孩兒稍減悲啼！

【太師引】向湖邊，傾觴奠。痛萱親，兒還自憐。娘呵，當日裡縱不想夫榮妻貴，怎今朝還絕望母子團圓？想當時呵，兒纔匍匐誰幾諫，直恁的無地求全。天應見，見那青蠅貝錦的野狐禪。若要釋得我心中恨呵，投畀了虎豺有北纔消怨。

（旦塔內探頭出介）哎呀兒呵！

（小生）呀，你看塔中霎時現一婦人，想就是我的親娘了！哎呀，娘呵！（跪哭上介）

【太師引犯】急忙前，誰承望今朝會面。細端相，教我心兒更慘然！似不似夢中曾見？身投阱陷，怎能夠攜手言旋？（旦）親兒呵！難得你一點孝心，不枉你娘受此摧挫也。（小生哭介）哎喲，親娘呀！直如此含冤受譴，恨不得替娘親分憂同患。愁無限，有誰能出手援？【刮鼓令】倒不如拼將一命喪黃泉！

（旦）兒呵，事已如此，不必悲痛，但願你日後夫妻和好，千萬不可學你父薄幸！

（小生）阿呀，我那親娘呵！

（旦）我還有一言。

（小生）孩兒謹聽。

（旦）你今身受國恩，當為皇家宣力，不要苦苦思念我，做娘的雖在浮圖之下，亦得瞑目矣！

（小生）孩兒敢不遵依慈訓。

（旦哭介）今日一別，永無見面之期了！兒呵，你去罷！

（小生）哎呀，我那母親呵！

【前腔】十餘年，苦憶慈親面。望雲飛，曉夜悽惶有萬千。甫巴得今朝一見，便時時侍奉周旋，也難補前頭慕怨。那知又咫尺間，霎時天樣遠。空懸戀，良辰吉燭，恨不得鏟平七級，頃刻雁堂前！

（雜上，小生更衣拜介）

【尾聲】（小生）慈幃拜別西湖畔，奈百結愁腸輾轉，都付與夕照煙蕪哭杜鵑。

　　每逢佳節倍思親（王維），歎逝翻悲有此身（劉長卿）。
　　古往今來拋日月（希道），少分光影照沉淪（元　稹）。

第三十三齣　捷　　婚

【南呂引子·于飛樂】（副淨、老旦上）喜喬遷，高折桂。慶好合，滿門佳氣。花燭照，鳳簫珠翠。（老旦）且喜士麟侄兒，春闈高中狀元，欽賜榮歸，祭母完婚。今早他往雷峰塔去了，此時將次回來。（副淨）正是。分付掌禮人伺候。（內應介）（小生上）錦標連理歡方始，風木望雲哀未忘。（副淨、老旦）侄兒回來了。（小生）回來了。（副淨、老旦）今日黃道大吉，分付請新人出來。（雜掌禮人上，催請如常介）（小生）許乘龍，原不異膝前兒女。（淨、丑扮使女，扶小旦上）把嬌容暗護，喜連枝伴羞作對。

（小生、小旦拜堂如常介）（雜下）

（小生）姑爹、姑母請上，待侄兒拜謝。

（副淨、老旦）不消。

（小生、小旦同拜介）

【南呂過曲·天下樂】（小生）整絲綃衣，謝深恩撫育非容易。掌中珠更憐比翼，子侄仍兼子婿。（背介）榮華正歡還暗悲，驀忽地天屬來心裡。（合）從今改門閭，天賜家榮貴。羨佳禮，鶼鶼燕婉，百歲效于飛。

（末上）啟爺，錢塘縣到門賀喜。

（小生）姑爹、姑母請進後堂。

（副淨、老旦同小旦下）

（丑上）地埋蛇母休疑幻，天産麟兒事更奇。

（小生迎介）

（丑）老先生，恭喜賀喜！

（小生）多謝老父母光臨，不知有何見諭？

（丑）卑職奉節度大人之命，特送五花官誥在此。

（小生）有勞老父母，容日登堂叩謝。

（丑）豈敢。卑職告辭。

（小生）請少坐。

（丑）不消。請了。（下）

（副淨、老旦上）侄兒，錢塘令特來恭喜麼？

（小生）送姑爹、姑母並侄兒本身的官誥到此，説朝廷隨後封贈我二親。

（副淨、老旦）生受你。請新人出來，一同穿戴，望闕謝恩。

（淨、丑扶小旦上，同拜介）願吾皇萬歲、萬歲、萬萬歲。

【青歌兒】（合）攜花誥，聖恩疊至，玉堂人福齊文備。家庭美滿慶芳菲，花添錦上，占盡寰間歡喜。

　　桂枝香惹蕊珠香（殷堯藩），佳兆聯翩遇鳳凰（李商隱）。
　　內史通宵承紫誥（蘇　頲），年年長占斷春光（殷文珪）。

第三十四齣　佛　　圓

【羽調·四季花】（外引二揭諦雜幡蓋上）（合）真實唱無緣，把三身悟，羣生度，般若重宣。無邊慈雲，法雨周大千。菩提印心秋月圓，火光中開寶蓮。（外）解鈴須用繫鈴人，又向紅塵走一巡。識取魔皈原是道，兩忘魔道便成真。俺法海，向為接引許宣，將白蛇鎮壓雷峰塔底，經今廿載有餘，我佛慈悲，慧眼照他災限已滿，又感伊子許士麟興哀風木，哭奠呼天，孺慕之誠，數年不懈，因此原命俺去赦他出來，並饒了青蛇，今早令其先往塔邊伺候。來此漸近臨安，須索趲行者。（衆應行）回天返日，祓濯舊愆，如吹暖律幽谷暄。

一念許生天,好疾似剎那殊獻。抵多少天轉地轉,輪轉電轉流轉。

(眾)啟禪師,已到西湖邊了。

(外)你看湖山如畫,風景不殊,只是纔更十次閏,已換一番人,石火電光好不可駭也。

(貼上)呀,禪師早先到了。

(外)命你先行,為何遲滯?

(貼)量青兒有甚道術,怎趕得上禪師。

(外)這也罷了。可速向前與白氏說我在此。

(貼)是。(向塔白介)娘娘,娘娘!

【四時花】(旦塔內唱)沉埋久不見天,耳畔誰來尋喚?(貼)娘娘,是青兒和法海禪師在此。(旦驚介)阿呀青兒!你為何同他來?今番我定是死也!為他吃盡波查,怎又來心懷不善?(貼)娘娘休慌,聽青兒細細說來:並不是使神通尋戈動鋌,休得要戰兢兢擔憂淚漣,只為你有報春暉佳兒叫冤,感動那古先生將伊罪原。(旦)原來如此。(哭介)我的士麟孩兒嚇!做娘的生受你也!青兒嚇,誰想今日得見你面也?(貼哭介)娘娘呀!追憶從前,痛時乖命蹇。(合)且喜今日重逢,舊事總休言。

(諦白外介)待小神將塔毀了,放白氏出來罷?

(外)不消,留下與後人瞻仰,也顯得佛力無邊。

(外將指一批,旦從塔後出,貼代更衣,拜介)多謝禪師。

(幡蓋引生上)佛爺有旨,跪聽宣讀:世尊若曰,一切眾生,皆有佛性,能懺罪則見睍俱消。士有百行,以孝為先,感格誠如射矢中的。諮爾白氏,雖則蛇身,久修仙道。堅持雅操,既勿惑於狂且;教子忠貞,復不忘乎大義。宿有鎮壓之災,數不過於兩紀。念伊子許士麟廣修善果,超拔萱枝,孝道可嘉,是用赦爾前愆,生於忉利。自此洗心回向,普種善因,可成正果。使女青兒,頗明主婢之誼,不以艱危易志,亦屬可矜,並濯厥辜,相隨前往。於戲,佛道宏深,初不外於倫理;女身垢穢,本無礙於利根。爾其勉旃!善哉謝恩。

(旦、貼)願佛爺法輪常轉,聖壽無疆。

(生、旦見介)

（外）少年一段風流事，只有佳人獨自知。你兩人的情事，都放下不用説了。

（生、旦微笑介）禪師，放下個什麽？

【勝如花】（外）真堪哂，實可憐，没事尋絲做繭。（向旦介）只因他送暖偷寒，（指生介）作成伊傷恩賈怨。到今日兩般須辨，慢説是前緣後緣，更休提新愆舊愆，覺後都捐。（生）看頻伽餉遠，（旦）增和减虚空誰見。（合）猛回頭笑殺從前，猛回頭笑殺從前。

【馬鞍兒】（旦）大峨春盡飛英點，無端攪一覺白雲眠。（貼）吴山越水空留戀，意花繁情絲亂綰。（旦、貼合）若不是珠鐸晨鐘驚起，那能夠行功成塔影般圓？（外）纔知我殺人寸鐵鉗錘健。（生）水風地火，四蛇摔斷。（合）今朝悟，緣不淺，夫妻每同向龍華會上拜金仙。

【慶時豐】（小旦、丑天女執花上）銖衣初試東風軟，誰空結習落花偏。（見外介）禪師稽首。（外）天女何來？（小旦、丑）俺每曉得白雲仙姑，蒙佛恩超拔上生天界，奉大梁郏后娘娘懿旨，特來接引他到忉利天宫去。（外）好，他正愁不識路哩。白氏，你同青兒隨他每去。我與許宣回復佛旨便了。（旦）奴意欲回家看我孩兒一面，未知可否？（貼）俺抱了小官人一場，也想要見見他。（外）不消。大後日是清明佳節，他夫婦俱要到塔前祭掃，汝那時下來見他一次，説明就裡，以慰其孝思足矣！（旦）嗄，既如此，俺就拜辭禪師，同姐姐每去也。（三旦丑合）回看齊州九點煙，天關虎豹奇毛戲。雲程迥，妙景妍，瑶華香靄白榆錢。金繩界，蜺旌展，逍遥初聽奏鈞天。（同下）

（外）許宣，白氏已昇忉利天宫，俺與你速回佛旨者。

（生）是。（行介）

【排歌】（合）他今日呵，向百尺竿頭，打將筋斗，只如平地秋千，撒開兩手肯胡纏，自在中流不用船。憶昔年，當法筵，紺青石鉢佛親傳。功成返，不憚艱，也無非為衆生大事一姻緣。

【尾聲】歎世人盡被情牽挽，釀多少紛紛恩怨，何不向西湖試看那塔勢淩空夕照邊。（同下）

十層突兀在虛空（張南史），刹對金螭落照中（李　紳）。
地壓龍蛇山色別（王　建），真元浩浩理無窮（韋應物）。
晴窗檢點白雲篇（杜　甫），清似湘靈促柱弦（劉禹錫）。
三點成六猶有想（苑　咸），潛熏玉燭奉堯年（李羣玉）。

附錄 白蛇傳

（京劇）

田 漢

【作者簡介】田漢(1898—1968),湖南長沙人,字壽昌,曾用筆名伯鴻、陳瑜、漱人、漢仙等。1916年,去日本東京高等師範英文系學習,後參加"少年中國學會"。1920年出版與郭沫若、宗白華的通信《三葉集》。1921年與郭沫若、成仿吾、郁達夫等組織"創造社"。1922年回國後與妻子易漱瑜創辦《南國半月刊》,繼而組織南國電影劇社,從事話劇創作和演出活動。此時期創作的話劇有《咖啡店之一夜》、《獲虎之夜》、《蘇州夜話》等。1927年在上海藝術大學任教並被選為校長。此時與歐陽予倩、周信芳等舉辦藝術魚龍會,會上演出他的劇作《名優之死》,獲得成功。同年冬成立南國社及南國藝術學院,1928至1929年率南國社先後在上海、杭州、南京、廣州、無錫各地舉行話劇公演和其他藝術活動,推動了中國話劇的發展。同時期他也創作了大量劇本。1930年加入"左聯",創作方法從浪漫主義轉向現實主義。1932年加入中國共產黨,任左翼戲劇家聯盟黨團書記等職。此時創作了《年夜飯》、《亂鐘》、《顧正紅之死》等劇。他還與聶耳、冼星海、張曙等合作創作了大量歌曲,其中的《畢業歌》、《義勇軍進行曲》等都曾廣泛流傳,《義勇軍進行曲》後來成為新中國的國歌。抗戰期間,任職於國民政府,主持戲劇抗日宣傳工作,對京劇、漢劇、湘劇等戲曲進行了改革,寫了大量的以反侵略為內容的戲曲劇本,有《江漢漁歌》、《岳飛》等。1944年與歐陽予倩等在桂林組織了西南戲劇展覽會。抗戰勝利後回到上海,創作了劇本《麗人行》、《憶江南》等。1949年後,歷任中央人民政府政務院文化教育委員會委員、文化部戲曲改進局局長、藝術事業管理局局長、中國劇協主席和黨組書記、全國文聯副主席等職,創作了話劇《關漢卿》、《文成公主》、《十三陵水庫暢想曲》,整理戲曲《白蛇傳》、《謝瑤環》等,在歷史劇的創作和改編方面達到了新的高度。

【劇情概要】杭州藥鋪夥計許仙掃墓回家,路過西湖時遇雨,與白蛇、青蛇幻化之白素貞、小青同舟。白素貞、許仙互生愛慕之情,許仙將雨傘借給白素貞,訂期往訪。經過一番波折後,二人成婚,定居於潤州。金山寺僧法海暗地告訴許仙白素貞是蛇妖所變,唆使許仙於端陽節勸白素貞飲下雄黃酒。白素貞飲酒後現出原形，許仙驚死。白素貞為獲得能救丈夫性命的靈芝仙草，乃潛入崑崙山，與鶴、鹿二童格鬥。幸南極仙翁見憐，贈以靈芝，救活許仙。許仙上金山進香，多日不還。白素貞偕小青到金山寺，懇請法海放回許仙，法海不允。白素貞乃聚集水族，水漫金山，法海也召來天兵天將，與之搏鬥。白素貞因有身孕，體力不支，敗退下來，逃至斷橋，腹痛難行。許仙趕來，小青憤恨許仙負心，拔劍要斬。白素貞因夫妻情深，極力為許仙解脫，許仙一再謝罪，三人和好如初，同投許仙姐丈家安身。白素貞生一子，法海於嬰兒彌月之期，將白素貞攝入金缽，壓入雷峰塔下。

該劇是田漢在1947年將崑曲及其他劇種常演的《遊湖借傘》、《盜庫銀》、《盜仙草》、《金山寺》、《斷橋》、《合缽》等情節加以改編而成，取名為《金缽記》。1953年，刪去《盜庫銀》，結尾部分增加小青擊敗塔神、救出白素貞的情節，改名為《白蛇傳》。

【版本流傳】劇本最早發表於《劇本》月刊1953年8月號，後由作家出版社於1955年出版單行本。易見的本子是湖南人民出版社於1981年出版的《田漢戲曲選》本。

【演出情況】該劇由中國京劇院於1954年首演。導演為呂君樵、鄭亦秋，杜近芳飾白娘子，葉盛蘭飾許仙。之後，李紫貴等導演過該劇，劉秀榮、李炳淑、趙燕俠、張火丁等均扮演過白娘子，于魁智、宋小川等飾演許仙。該劇自問世之後，久演不衰，成了經典名劇，為全國許多劇種移植演出。

（高頤珊）

人 物 表

白素貞——人稱"白娘子",白蛇經千年修煉而成仙的女子。
許　仙——杭州城裡藥鋪的夥計,白素貞的丈夫。
小　青——白素貞的丫鬟,為青蛇所變。
法　海——金山寺的方丈。
小沙彌——金山寺的和尚。
西湖船夫　鹿童　鶴童　韋馱　伽藍　衆神將　衆水族

第一場　遊　湖

（西湖）

白素貞：（內唱【南梆子導板】）
　　　　離却了峨嵋到江南,
　　　　（白素貞、小青同上。）

白素貞：（接唱【南梆子小安板】）
　　　　人世間竟有這美麗的湖山!
　　　　這一旁保俶塔倒映在波光裡面,
　　　　那一邊好樓臺緊傍着三潭;
　　　　蘇堤上楊柳絲把船兒輕挽,
　　　　微風中桃李花似怯春寒。

小　青：（充滿少女的歡躍與新鮮感覺,白）姐姐,我們可來着了!這兒真有意思。瞧,遊湖的男男女女都一對兒、一對兒的。

白素貞：是啊。你我姐妹在峨嵋修煉之時,洞府高寒,每日白雲深鎖,閒遊冷杉徑,悶對枒櫺花。於今來到江南,領略這山溫水軟,叫人好生歡喜。青妹,你來看,那前面就是有名的斷橋了。

小　青：姐姐,既叫"斷橋",怎麼橋又沒有斷呢?

白素貞：青妹呀！（轉唱【西皮垛板】）
　　　　雖然是叫斷橋橋何曾斷，
　　　　橋亭上過遊人兩兩三三。
　　　　似這等好湖山愁眉盡展，
　　　　也不枉下峨嵋走這一番。
　　　　（天色忽暗）
　　　　呀！（唱【西皮散板】）
　　　　一霎時天色變風狂雲暗……
小　青：姐姐，你看，那旁有一少年男子挾着雨傘走來了，好俊秀的人品哪！
白素貞：在哪裡？（隨小青手指的方向望去）呀！（唱【西皮散板】）
　　　　好一似洛陽道巧遇潘安。
小　青：（見她師姐呆望，笑着提醒她，白）下雨了，走吧，姐姐。
白素貞：走哇！（唱【西皮散板】）
　　　　這顆心千百載微漪不泛，
　　　　却為何今日裡陡起狂瀾？
　　　　（小青扶着她避雨）
　　　　（許仙風雨中撐傘上。）
許　仙：（唱【西皮散板】）
　　　　適纔掃墓靈隱去，
　　　　歸來風雨忽迷離。
　　　　百忙中哪有閒情意！
小　青：姐姐，雨下大了，就在柳下躲避片時吧。
白素貞：也好。
許　仙：（圓場，見柳下二女）呀！（唱【西皮散板】）
　　　　柳下避雨怎相宜？
　　　　（向二女）啊！二位娘子何往？
小　青：我們主婢二人在湖中遊逛，不想中途遇此大雨。我們要回錢塘門去，請問君子您上哪兒呢？
許　仙：我到清波門去。這樣大雨，柳下焉能避得？就用我這把

　　　　　雨傘吧。
白素貞：只是君子你呢？
許　仙：我麼……不要緊的。
白素貞：這怎麼使得？
船　夫：（內唱）漿兒划破白萍堆，
　　　　　　　　送客孤山看落梅。
許　仙：雨越下越大，兩位娘子不要推辭，我去叫船。
白素貞：如此，多謝君子！（接傘）
許　仙：好說。
　　　　　（船夫划船上。）
船　夫：（接唱）湖邊買得一壺酒，
　　　　　　　　風雨湖心醉一回。
許　仙：喂，船家！
船　夫：客人要船嗎？
許　仙：正是。
船　夫：你們上哪兒啊？
許　仙：先送二位娘子到錢塘門，再送我到清波門，多給你船錢就是。
船　夫：好好，你們上船吧。
許　仙：搭了扶手。
船　夫：船板忒滑，二位娘子須要小心。
白素貞：青兒攙扶了。（上船）
　　　　　（小青扶白素貞同上船，許仙上船。）
許　仙：（也上船）開船！（但離得遠遠的，以袖遮雨）
船　夫：今天湖裡風大，客人靠攏點兒吧。
小　青：是啊，雨下大了，我們共用一把傘吧。
許　仙：（搖手）不要緊的。
白素貞：這如何使得？
　　　　　（小青過來用傘遮許仙，但這樣白素貞半身又在雨裡了。
　　　　　小青又要回過去，白素貞和許仙彼此靠近些）

船　夫：（唱）最愛西湖二月天，
　　　　　　　斜風細雨送遊船。
　　　　　　　十世修來同船渡，
　　　　　　　百世修來共枕眠。
　　　　　　（白素貞、許仙聞之不覺相望。天忽轉晴。許仙見雨
　　　　　　　小了，稍稍離開她們，望着橋上。）
許　仙：好了，雨已止了！（唱【西皮搖板】）
　　　　　一霎時湖上天清雲淡，
　　　　　柳葉飛珠上布衫。
小　青：小姐，您看雨過天晴，西湖又是一番風景啊！
白素貞：是啊！（唱【西皮垛板】）
　　　　　雨過天晴湖山如洗，
　　　　　春風習習透羅衣。
許　仙：（不覺愛慕，唱【西皮垛板】）
　　　　　真乃是西湖比西子，
　　　　　淡妝濃抹總相宜。
白素貞：青兒！（唱【西皮垛板】）
　　　　　問郎君家在何方住？
　　　　　改日登門叩謝伊。
小　青：是。我説君子，您住哪兒？我們小姐要給您道謝哩！
許　仙：哎呀！不敢當啊！（唱【西皮垛板】）
　　　　　寒舍住在清波門外，
　　　　　錢王祠畔小橋西。
　　　　　些小之事何足介意，
　　　　　怎敢勞玉趾訪寒微？
白素貞：好説了！
　　　　（見許仙不回問，唱【西皮垛板】）
　　　　　這君子老成令人喜，
　　　　　有答無問把頭低。
　　　　　青兒再去説仔細，

　　　　　請君子有暇訪曹祠。
小　青：是啦。（向許仙）君子，我們住在錢塘門外曹家祠堂附近，有紅樓一角，就是我們小姐的妝閣。您有工夫一定請來坐坐啊。
許　仙：哦，原來小娘子住在曹祠附近。小生改日定當登府拜候。
船　夫：客人，錢塘門到了。
　　　　（白素貞按住傘，與許仙依依相望）
小　青：（會意，往空中一指，天色忽暗，白）哎呀！怎麼又下雨了！
　　　　（天果又下雨）
白素貞：是啊，又下雨了，如何是好？
小　青：真是的，這傘……
許　仙：不要緊，雨傘小姐拿去，我改日來取就是。
白素貞：多謝君子！（唱【西皮垛板】）
　　　　謝君子，恩義廣，
　　　　殷勤送我到錢塘。
　　　　（指岸上）君子請看！（接唱【西皮垛板】）
　　　　我家住在紅樓上，
　　　　還望君子早降光。
　　　　青兒扶我把湖岸上，
　　　　（回頭向許仙）君子，明日一定要來的呀。
許　仙：明日一定奉訪。小姐慢走。
白素貞：少陪了，君子！（唱【西皮搖板】）
　　　　莫教我望穿秋水，
　　　　想斷柔腸。
　　　　（白素貞盈盈一禮，偕小青同下。）
許　仙：（望着她們後影）好一位娘子！（唱【西皮搖板】）
　　　　一見神仙歸天上，
　　　　（忽記起）哦！（唱【西皮搖板】）
　　　　不問姓名忒荒唐！
　　　　小娘子轉來！

　　　　　（小青聞身轉來，上。）
小　青：什麼事啊？莫非要傘？
許　仙：不是，不是。請問你家小姐她姓什麼呀？
小　青：我家小姐她姓白。
許　仙：原來是白小姐。你們可知道我姓什麼？
小　青：（笑）君子你麼？你姓許，對不對？
許　仙：（驚異）我正是姓許，你是怎麼知道的？
　　　　　（小青微笑。）
小　青：你那把雨傘上不是有大大的一個"許"字兒嗎？君子，明
　　　　兒個請早點兒來，免得我們小姐久候啊！
許　仙：那是自然。小娘子慢走！
小　青：少陪了！（小青一禮，翩然下場）
許　仙：（望着她的後影）哈哈哈……（唱【西皮搖板】）
　　　　好一個小娘子伶俐無雙，
　　　　鶯鶯端合有紅娘。
　　　　（喜極健忘）哦呀！那位小娘子她姓什麼呀？她姓……
船　夫：（冷雋地）她姓白。
許　仙：是啊，她姓白。
船　夫：怎麼鬧了半天，敢情你不認識她？我還當你們是一家
　　　　人哩！
許　仙：咳！這就叫：
　　　　（念）"相逢何必曾相識"，
船　夫：（接念）風雨同舟便一家。
　　　　（船夫撐開船，許仙一驚）
船　夫：客人坐好了！
　　　　（許仙遙望岸上，不禁神往。船下。）

第二場　結　親

（濱湖紅樓）

小　　青：(內)許相公這裡來呀！
　　　　　(小青引許仙同上。)
小　　青：(唱【西皮搖板】)
　　　　　掃盡落花門外等，
　　　　　接來姐姐盼望的人。
　　　　　(對許仙)許相公請坐。
　　　　　(小青急入內)
許　　仙：(打量接唱【西皮搖板】)
　　　　　曹祠竟有神仙境，
　　　　　一角紅樓傍水濱。
　　　　　(小青急引白素貞同上。)
白素貞：何事？
小　　青：(含笑低聲)他來了。
白素貞：(驚喜)啊，君子在哪裡？君子在……
許　　仙：小生拜揖。
白素貞：還禮，快快請坐。
　　　　　(兩人就座，小青獻茶)
白素貞：昨日在湖上遇雨，若非君子借傘叫船，我與青兒真不知如何是好。
許　　仙：此乃男子分內之事！何足掛齒。
白素貞：青兒看酒，與君子小飲幾杯，借申謝意。
小　　青：是。
　　　　　(小青急下。)
許　　仙：何勞小姐如此費事。
白素貞：理當的呀！
　　　　　(小青取杯盤上，斟酒。)
白素貞：君子請。
許　　仙：小姐請。
白素貞：請問君子府上還有何人呢？
許　　仙：小生自幼父母雙亡，寄居姐姐家中。雖蒙姐丈見憐，只是他家也非寬裕,蒙姐丈推薦,在藥鋪作夥。

白素貞:(同情)君子既是在藥鋪作事,昨日却哪有工夫在湖中遊玩呢?

許　仙:小生哪裡是在湖中遊玩,先母就葬在靈隱山後,昨日乃是先母忌日,告假半日,到我母親墳上拜掃。回來剛過蘇堤,就大雨淋漓,纔得與小姐、小娘子相遇。

白素貞:君子如此淳孝,真乃可敬!(舉杯)君子請!

許　仙:小姐請!

白素貞:(抿了一口,輕輕起身,拉小青,白)青兒!

小　青:小姐。

白素貞:附耳上來。(含羞耳語。)

小　青:這,怎麼好意思問呢?
(白素貞拉小青衣襟示意。)

小　青:(小聲)你們當面說說不好嗎?

白素貞:賢妹,拜託……(一拂,羞下。)

小　青:(轉向許仙直率地)許官人,我們小姐問您可娶過親了沒有?

許　仙:小生伶仃孤苦,還提什麼"娶親"二字?

小　青:我說許官人,您還沒有娶親,我們小姐也沒有出嫁,主婢二人也是無依無靠,小姐意欲跟您結為百年佳偶,您意下如何呢?

許　仙:若得小姐為妻,真乃望外。只是方纔說過,小生藥鋪作夥,寄人籬下,怎能得養活小姐與小娘子呢?

小　青:唓!我們主婢二人不是在柴、米、油、鹽上打攪的。先老爺去世,還留有一份家財。你既在藥鋪作夥,小姐也深明醫理,結親之後,學個夫妻賣藥,那還愁什麼呢?

許　仙:也當回去稟告姐姐纔是。

小　青:忙什麼呀?結了親,帶新娘子回去見姑奶奶、姑丈,不更有意思嗎?

許　仙:只是今日倉猝之間不曾帶得聘禮,如何是好?

小　青：哎，要什麼聘禮！你那把傘就是你們訂親的上好聘禮。今日正是良辰吉日，我點起花燭，你們倆就拜堂了吧。
（點燭。）
許　仙：（對這意外的幸運不知如何是好）哎呀，這……
小　青：預備好了，我替你們贊禮吧：
（念）"千里姻緣一線牽，傘兒低護並頭蓮。西湖今夜春如海，願似鴛鴦不羨仙。"
動樂攪新人！
（鄰室果有樂聲。小青引許仙東向立，又接着下去攙扶白素貞，素貞身着紅衫、花冠楚楚出堂，小青扶白素貞與許仙交拜。）
小　青：先拜天地，後拜高堂；夫妻對拜，送入洞房。
（許仙、白素貞行禮如儀，小青送白素貞、許仙同入洞房，同下。）

第三場　查　　白

（金山寺。法海坐禪床，眾僧同侍立。）

眾　僧：（同唱【滾繡球】）
千年古刹閱興亡，
一片江聲入海洋。

法　海：（念）堪笑世人太冥頑，
沉淪三字癡、嗔、貪。
苦海回頭即是岸，
方寸之地有靈山。
老僧法海，駐錫金山。近日鎮江來一白素貞，老僧查明，她乃千年蛇妖所化，與杭州許仙相戀，結為夫婦，在此開店賣藥。江南佛地，豈容妖孽混跡其間！不免先度許仙，後降白氏。曾命法明前去查訪，未見回報。
（法明上。）

法　明：參見師父。
法　海：命你查訪白素貞、許仙之事，怎麼樣了？
法　明：弟子也曾見過許仙，募化得檀香一擔。
法　海：就該引他前來見我。
法　明：弟子對許仙說："本月十五日是本寺觀音菩薩開光之期，奉法海老禪師之命，請許施主到寺拈香。"許仙本待要來，白素貞的丫頭小青說："小姐吩咐：'僧道無緣'。休說是你，就是那法海親自來請，也是不能前去的呀！"
法　海：可惱！（唱【西皮散板】）
　　　　江南佛地威靈顯，
　　　　大膽妖魔發狂言！（更衣取杖）
　　　　衲衣龍杖離禪院，
　　　　去到江南度許仙。
衆　僧：（同）送師父。
法　海：免。
　　　　（衆僧、法明同下。）

第四場　說　許

（保和堂）
許　仙：（唱【西皮搖板】）
　　　　江邊買得時鮮果，
　　　　歸家勞慰女華佗。
　　　　（小青迎上。）
小　青：姑爺回來啦。
許　仙：回來了，娘子呢？
小　青：小姐還在看病哩。
白素貞：（內）老媽媽，走好。
病　媼：（內）多謝大娘子。
白素貞：（內）大嫂慢走！（出來，見許仙。）哦，官人回來了！

許　　仙：回來了。娘子忒以辛苦了,歇息歇息吧。(藏着果籃。)
白素貞：見了病人,怎麼歇息得了?
許　　仙：不要忘了,你已是有孕之身了。
白素貞：(羞俯)曉得了。(見鮮果籃)你那是什麼?
許　　仙：適纔江邊見有賣洞庭山時鮮水果的,十分難得,帶些回來,與娘子嘗嘗。
白素貞：官人如此見愛,(接果)多謝了!
許　　仙：(隨手將果籃置桌上,扶持他勞累的妻子)娘子説哪裡話來!許仙自幼伶仃孤苦,自得娘子,纔知人生幸福。如今來到鎮江,賴娘子之力,藥店又如此興旺,卑人正不知怎樣感謝娘子纔好呦!(唱【西皮搖板】)
　　　　賢妻待我恩情似海,
　　　　青兒!
小　　青：姑爺。
許　　仙：快請寶先生來照顧病人,讓娘子歇息歇息吧,
小　　青：是。(從右側下。)
許　　仙：娘子來呀!(接唱【西皮搖板】)
　　　　我與你到房中把繡被安排。(一笑先下)
白素貞：官人先請。呀!(唱【西皮搖板】)
　　　　許郎夫他待我百般恩愛,
　　　　喜相慶,病相扶,寂寞相陪。
　　　　纔知道人世間有這般滋味,
　　　　也不枉到江南走這一回。
　　　　(許仙再上。)
許　　仙：娘子怎麼不來呀?
白素貞：為妻來了。(無限深情地扶許仙將入內室)
　　　　(小青左側上。)
小　　青：姑爺,寶先生已經知道了。
許　　仙：這便纔是。
　　　　(三人同下。有頃。法海拄杖上。)

法　海：（唱【西皮搖板】）
　　　　一葦渡過長江浪，
　　　　只為尋妖到店房。
　　　　店中有人麼？
　　　　（許仙適上取果籃，急招呼上。）
許　仙：啊！師父請了。
法　海：施主請了。你就是許官人麼？
許　仙：正是。請問老師父上下。
法　海：（低沉而威嚴地）老僧法海。
許　仙：原來是法海老禪師，想是募化來了？卑人已捐過檀香一擔了。
法　海：深謝施主。老僧今日却不為募化而來。
許　仙：想是來看病的。拙荊累了，歇息去了。
法　海：休要驚動尊夫人，老僧是來與施主你看病的呀。
許　仙：我無有病哪！
法　海：（打量許仙，威嚴地）看施主滿臉黑氣，被妖孽所纏，怎說無病？
許　仙：妖孽在哪裡？
法　海：就在施主身旁。
許　仙：（驚顧）無有哇！
法　海：許官人，請借步講話。（把許仙引到左側，低聲）老僧查明你那妻子乃是千年蛇妖所化！
許　仙：詼！我妻乃賢德之人，怎說是蛇妖所化！老師父說出此話，忒以無禮了！
法　海：許官人！老僧喜你善根甚深，纔親下金山，指點於你。你若執迷不悟，久後必被她所害。
許　仙：她既要害我，為何又對我十分恩愛呢？
法　海：此乃她迷惑於你，待等時候一到，定要將你吞吃腹內。
許　仙：她如今忘餐廢寢，醫治病人，也是迷惑於我麼？
法　海：這……（唱【西皮搖板】）

　　　　許官人休得要執迷不醒,
　　　　她本是峨眉山千年的蛇精。
　　　　到時候定然要害你的性命,
　　　　那時節想回頭再世為人。
許　仙:老師父!(唱【西皮搖板】)
　　　　那白氏她為人溫婉貞靜,
　　　　老師父說此話有背人情哪。
　　　　(怫然)嘿!
法　海:許官人!看你入迷已深,說也無益,待等端陽佳節,你勸她多喝幾杯雄黃酒,她原形一現,方知我言不謬也。(唱【西皮搖板】)
　　　　好言相勸你不醒,
　　　　端陽酒後看分明。
　　　　告辭了。(法海下。)
許　仙:老師父慢走。(目送法海下,不覺失笑)這是哪裡說起!
小　青:(內)姑爺,小姐請你呢!
許　仙:(忽本能地一驚)哦,哦,這……(他引起許多疑懼躊躇起來,繼想白氏平日對他的好處,又覺得法海言語斷不可信,纔一笑驅逐那些思想)這是哪裡說起!(提果籃下)

第五場　酒　　變

(通內室的過路房)
(小青黯然上)
小　青:(念)劍蒲角黍悼高賢,
　　　　愁絕江南五月天。
　　　　千古忠臣難見信,
　　　　美人香草總纏綿!
　　　　光陰似箭,不覺又是端陽。是我勸姐姐避開這個日子,以免官人見疑。姐姐說,她與官人形影不離,不便他往。只

好託病在床。要我到了正午,到附近山中暫避一時。本當前去,又不放心姐姐。咳!(唱【西皮搖板】)
聽滿城慶端陽何等歡暢,
(內鞭炮鑼鼓聲)

小　　青:(接唱)怎知道姐妹們痛苦難當?
我本當獨自山崗往,

白素貞:(內叫)青兒!

小　　青:(接唱)賢姐姐喚我所謂哪樁?
莫非姐姐她也要走?(急下)
(許仙持壺上,微帶醉意。)

許　　仙:(唱【西皮搖板】)
人逢佳節精神爽,
玉壺銀盞入蘭房。
(向內室)娘子起來了麼?娘子!

白素貞:(內答)為妻起來了。
(暖簾啟,小青扶白素貞同上。)

白素貞:(唱【西皮搖板】)
年年此日心惝恍,
強打精神對許郎。
官人用過飯了?

許　　仙:娘子,適纔店房之中,與夥友們共賀佳節,喝得十分暢快。只是卑人與娘子每日同桌而食,從不相離,偏偏今日,你身染小恙,卑人如何放心得下?夥友們定要我進來代敬娘子幾杯雄黃酒。來來來,卑人先乾。(飲盡另斟)

白素貞:為妻身體不爽,不能飲酒,官人代為妻謝謝他們吧。

許　　仙:娘子海量,今日佳節,你我夫妻怎能不醉?

小　　青:(衝口而出)今日怎能比得往日!姑爺別勸小姐喝了吧!

許　　仙:(驚訝)怎麼小姐今日就不能喝酒呢?

小　　青:(急辯解)小姐今日身體不爽,再說,她有了小少爺了。

許　　仙:也說得是。只是日子還早,幾杯淡酒,又待何妨?哦,是啊,(向小青)青兒你也辛苦了,喝一杯吧!
小　　青：謝謝姑爺,您知道我從不喝酒的。
許　　仙：既然如此,你就下去歇息去吧。
小　　青：我要服侍小姐。
許　　仙：小姐有我服侍,你下去吧。
白素貞：青兒,你就去吧。(以眼色叫她上山)
小　　青：小姐!
白素貞：知道了。
　　　　(小青無奈只得下去。)
許　　仙：娘子,今日異鄉佳節,看卑人薄面,飲乾了吧。
白素貞：(婉謝)為妻身體不爽,饒了為妻吧!
許　　仙：娘子平日海量,今日不飲,夥友們要笑話卑人的。飲乾了吧。
白素貞：這……為妻身體不爽,實實不能飲酒。
許　　仙：如此,就依娘子——卑人……(忽失笑)
白素貞：官人為何發笑?
許　　仙：卑人想起一樁笑話來了。
白素貞：什麽笑話?
許　　仙：(想到笑話的嚴重性)咳,不說也罷。
白素貞：夫妻之間有什麽說不得的?但說何妨。
許　　仙：前者有人對我說,娘子乃……
白素貞：乃什麽?
許　　仙：說娘子乃……千年蛇妖所化,若飲雄黃酒,必現原形。
白素貞：(大驚,急鎮靜)怎麽,竟有人這樣胡說!(帶笑)如此說來,官人今日勸酒,莫非有心試我?
許　　仙：(惶恐)哪有此事!就為不信那等胡說,卑人纔告訴娘子的。休說笑話了,娘子身體不爽,不敢多勸,就乾了這一杯吧。
白素貞：(笑)少時為妻若現原形,那還了得!
許　　仙：(陪笑)哎呀呀,娘子不要生氣,你我夫妻情深義重,休說

　　　　　你不是妖怪,就是妖怪,卑人也是疼愛娘子的呀。(想)
　　　　　好,就與娘子換過那小玉杯如何?(到內室取杯)
白素貞:(十分感激)呀!(唱【西皮流水板】)
　　　　　許郎夫他把笑話講,
　　　　　嚇得素貞心內慌。
　　　　　先只説夫妻賣藥多歡暢,
　　　　　又誰知禍事起端陽。
　　　　　我與人無仇無怨無欺詐,
　　　　　挑撥我夫妻為哪樁?
　　　　　本當不飲歸羅帳,
　　　　　官人當我怕雄黃。
　　　　　疑心一點成魔障,
　　　　　夫妻恩愛就難久長。
　　　　　(許仙換玉杯上,斟酒。)
許　仙:娘子飲乾這一杯吧。
白素貞:(唱【西皮流水板】)
　　　　　莫奈何接玉盞心中估量,
　　　　　(自恃千年道行,做了一個錯誤的決定)罷!(接唱)
　　　　　憑着我九轉功料也無妨!
　　　　　(飲盡)乾!
許　仙:娘子真快人也!再飲一杯。
白素貞:這……(躊躇)
許仙娘:祝你我夫妻偕老百年。
白素貞:怎麽,偕老百年?
許　仙:正是!無忌無猜,白頭相守。
白素貞:(一時興至,又飲盡)好,乾!
許　仙:(再斟)如此娘子再飲一杯。
白素貞:哎呀!(雄黃落肚,十分苦痛)為妻不勝酒力,如何是好?
許　仙:(完全只顧到他妻子的苦痛)怎麽,娘子不要緊麽?
白素貞:(力自鎮靜)不要緊。(求助)青兒!

許　　仙：青兒她下去了，待卑人扶娘子睡去吧。

白素貞：(醉笑)不要緊，我還不曾醉，我還不曾……(不由自主地大吐)

　　　　(許仙急扶白素貞入帳。白素貞再吐)

許　　仙：(出帳)咳！娘子有七月身孕，又兼身染小恙，把她灌得如此大醉，如何是好？(想了想)有了，不免去至藥房調製一杯醒酒湯，與她解酒便了！(唱【西皮搖板】)

　　　　許仙做事欠思量，

　　　　不該勸妻飲雄黃。

　　　　月來辛苦且不講，

　　　　她腹中還有個兒郎。

　　　　上前去撥開紅羅帳，

　　　　　哦，且慢。(接唱)

　　　　猶恐我妻不尋常。

　　　　前者法海對我言講，我妻乃千年蛇妖所化，若飲雄黃藥酒，必現原形。如今我妻喝得如此大醉，倘若撥開錦帳，竟然出現原形，那、那、那還了得！哎咦！想娘子待我恩情似海，又兼一貌似花，哪裡會是妖怪？休信那法海胡說！娘子睡熟，不免將醒酒湯放在桌案之上，等娘子酒醒再來賠罪不遲。(置湯床上)娘子，醒酒湯在這裡，卑人去了。(舉步將下)

　　　　(法海的聲音：許仙！這紅羅帳內就是你的醒酒湯，你大膽看看你那千嬌百媚的妻子吧！)

許　　仙：哎呀！(唱【西皮散板】)

　　　　老法海幾次對我言道，

　　　　道我妻乃是那千年的蛇妖。

　　　　本當不把香夢擾，

　　　　這疑心一點怎能消？

　　　　端起湯兒把賢妻叫，

　　　　(帳內苦悶聲)

許　　仙：娘子不要難過，卑人與你解酒來了！（撥帳若有所見。）哎呀！（驚訝）
　　　　　（許仙驚，倒地，小青急上。）
小　　青：呀！（撫摸許仙，向帳內）姐姐醒來！姐姐醒來！
白素貞：唔……
小　　青：姐姐速醒！官人被你給嚇死了！
白素貞：（開帳，見許仙躺地下，大驚，俯身搖了搖他，久久哭出）喂呀呀，苦命的夫哇！（接唱【西皮散板】）
　　　　　一見官人膽魂消！
　　　　　眼兒緊閉牙關咬，
　　　　　這醒酒的湯兒滿地澆。
　　　　　哭官人只哭得肝腸如絞。
　　　　　（叫）喂呀，官人哪！我的夫哇！
小　　青：姐姐，現在不是哭的時候了，必須想個法兒搭救官人纔好啊。
白素貞：賢妹說得有理，就託賢妹護住官人，為姐去至仙山盜取靈芝仙草去了。
小　　青：姐姐且慢，仙山守護森嚴，倘若你被守山神將看見，如何是好？
白素貞：賢妹呀！為姐此去只要取得仙草，慢說是守山神將，就是那刀山火海，為姐也顧不得了。青妹啊！（唱【西皮快板】）
　　　　　忍淚含悲託故交。（一跪）
　　　　　為姐仙山把草盜，
　　　　　你護住官人莫辭勞，
　　　　　為姐若是回來早，
　　　　　救得官人命一條；
　　　　　倘若是為姐回不了，（轉唱【流水】）
　　　　　你把官人遺體葬荒郊。
　　　　　墳前種上同心草，
　　　　　在墳邊栽起相思樹苗。

為姐化作杜鵑鳥,
飛到墳前也要哭幾遭。

小　　青：官人之事,姐姐但放寬心。(取寶劍給白素貞)
白素貞：(接劍,到了床前看一下許仙,對小青一禮)拜託你了。
(急下,小青下。)

第六場　守　　山

(仙山)
(鶴童、鹿童同上。"走邊")

鶴　　童：
鹿　　童：(唱【折桂令】)

　　　　看仙山,別樣風光,
　　　　日映霓霞,鳥弄笙簧。
　　　　碧池畔瑤草芬芳,
　　　　紫岩下有靈芝生長。
　　　　看兩峰相接處,白雲來往,
　　　　襯托那繞琳宮古柏青蒼。

鶴　　童：仙官請了。
鹿　　童：請了。
鶴　　童：奉仙翁法旨守護此山。猶恐妖魔擅闖園林,巡山一回便了!
鹿　　童：請。
鶴　　童：(接唱)俺寶劍閃寒光,
　　　　守護着清淨壇場,
　　　　休讓那妖魔擅闖。(鶴童、鹿童同舞下。)

第七場　盜　　草

(前景)

白素貞：（內唱【撥子倒板】）
　　　　輕裝佩劍到仙山，
　　　　（白素貞上。）
白素貞：（接唱【回龍】）
　　　　不由素貞淚不乾。
　　　　悔當初不聽青兒語，
　　　　端陽佳節把杯貪。
　　　　官人託在青兒手，
　　　　不採靈芝誓不還。
　　　　大膽且把前山探，
　　　　呀！（接唱）
　　　　山門神將好威嚴！
　　　　無奈何轉到後山上，
　　　　（鹿童上，仗劍攔住。）
鹿　童：（唱【高撥子散板】）
　　　　來了守山鹿仙官。
　　　　你是何方妖魔女，
　　　　偷探靈山為哪般？
白素貞：（唱【高撥子垛板】）
　　　　素貞低頭苦哀告，
　　　　尊聲仙官聽我言：
　　　　素貞本是掃葉女，
　　　　曾煉仙家九轉丹。
　　　　只為思凡把峨嵋下，
　　　　與許仙匹配在江南。
　　　　我夫不幸染重病，
　　　　特採靈芝到仙山。
鹿　童：（接唱）靈芝本是仙家草，
　　　　怎肯輕易與人間！
白素貞：（接唱）仙家本是慈悲種，

　　　　　應替人間解危難。
鹿　童：（接唱）勸你休得巧言辯，
　　　　　寶劍之下活命難。
白素貞：（接唱）只要取得回生草，
　　　　　姑娘九死也心甘。
鹿　童：（接唱）勸你早早離山去，（刺白素貞）
白素貞：（按住鹿童劍，接唱。）
　　　　　恕你姑娘禮不端。
　　　　　（白素貞與鹿童鬥劍，刺傷鹿童，爭採靈芝，鶴童聞警沖上，白素貞口銜靈芝，與鶴、鹿二童苦戰不支，倒下，但仍護住仙草。起打。）
鶴　童：（舉劍）妖女受死！
　　　　　（南極仙翁引率雲童急上。）
南極仙翁：鶴童住手！（向白素貞）啊，膽大白素貞，敢來仙山盜草！
白素貞：喂呀，仙翁啊！素貞死不足惜，只可歎我那苦命的許郎，就無有回生之望了哇！
南極仙翁：白素貞，念你癡情可感，又兼身懷有孕，饒你不死，靈芝帶回家去，可救你夫性命。下山去吧！
白素貞：（這意外之事使她感極而泣）謝仙翁！（唱【高撥子散板】）
　　　　　接過靈芝淚不乾，
　　　　　險些難得活命還。
　　　　　拜別仙翁鎮江返，（一禮）
　　　　　雲山萬里救夫還。（下）
鹿　童：唔。（有敵意）
南極仙翁：休得攔阻。（望着白素貞後影搖頭歎息）衆仙童！
衆仙童：有。
南極仙翁：回山去者！（同下）

第八場　釋　疑

（內室）
（白素貞上。）

白素貞：（唱【西皮搖板】）
　　　　盜靈芝受盡了千磨百難，
　　　　方救得許郎夫一命回還。
　　　　又誰知他病癒將我冷淡，
　　　　對妝臺不由人珠淚偷彈。
　　　　（小青憤然上。）

小　青：（唱【西皮搖板】）
　　　　許官人全不念夫妻情分，
　　　　把一本隔月帳搪塞小青。
　　　　辜負了賢姐姐救他一命，
　　　　好不教小青我氣憤難平。
　　　　姐姐。（打量她）您梳妝好了？

白素貞：（轉喜）青妹回來了，官人他來了無有哇？

小　青：哼！官人見了小青，就忙着算賬，把算盤子兒撥拉得直響。我仔細一看，原來是好幾個月前的一本陳賬。

白素貞：（無限愁悵）想是他還不願理我……（淚下）

小　青：可不是嗎！姐姐九死一生，救了他的性命，他竟然這樣無情無義！依小青之見，還是捨棄了他，抽身遠走，免陷愁城啊！

白素貞：青妹你不是知道為姐身懷有孕麼？

小　青：怎麼不知？分娩之後把孩子還給許官人不就得了嗎？

白素貞：青妹，我與許郎百般恩愛，海可枯，石可爛，我與他是永不分離的了。

小　青：既然不走，姐姐就該想個法兒消除許官人的疑心纔是。

白素貞：（唱【西皮搖板】）

　　　　　小青妹你勸我回轉山林,
　　　　　你言說倒不如及早抽身免陷愁城。
　　　　　怎知我與官人愛深情定,
　　　　　我與他是天荒地老海枯石爛永不離分。
小　青：姐姐！（接唱【前腔】）
　　　　　姐妹們原不慣丹房寂靜,
　　　　　哪有個白雲黃葉回轉山林？
　　　　　怕只怕許官人性情不定,
　　　　　眼見得賢姐姐山盟海誓付與煙雲。
　　　　　倒不如辭官人飄然遠引,
　　　　　也免得愛成仇揉碎了癡心。
白素貞：依為姐看來,官人不是那樣之人。（接唱【前腔】）
　　　　　小青妹雖然是剛烈可敬,
　　　　　夫妻間離與合要三思而行。
小　青：既然不走,姐姐就該想個法兒消除許官人的疑心纔是。
白素貞：（點首）青妹說的是。（唱【二黃散板】）
　　　　　低下頭我這裡忙把計定。
　　　　　賢妹,我倒想起一個主意來了。
小　青：姐姐有什麼主意？
白素貞：我不免把腰間白綾化作一條銀蛇,盤踞廚房屋梁之上,就說是蒼龍出現,引得官人到來,一同觀看,他就不再疑心了。
小　青：此計甚好,姐姐速速安排,待我引官人到此。（急下）
白素貞：這正是：只因寶鏡生塵障,且遣銀綾上屋梁！（解腰間白綾向廚房梁上擲去）
　　　　　（小青上）
小　青：竇先生他們把許官人給推進來了。
竇先生：（內白）東家,娘子久等,快些進去吧。（推許仙上。）
白素貞：（起迎）官人。
許　仙：（餘悸猶存,舉止不安）娘子。（勉強同坐）

白素貞：適纔青兒說，官人在店中清理賬目，病體初愈，不要過於勞累纔是。
許　仙：（畏怯地）還好，還好。
白素貞：為妻放心不下，今日命青兒準備幾樣小菜，與官人暢飲幾杯。
許　仙：不飲也罷。
白素貞：哪有不飲之理？青兒，取酒來。
小　青：是啦。（下）
白素貞：官人哪！（唱【西皮搖板】）
　　　　從端陽拋撇我到今天十七，
　　　　從今後再不要片刻分離。
小　青：（內驚叫）小姐快來！小姐快來！
白素貞：哎！何事？（向許仙）官人少待，為妻去去就來。（輕盈、莊重地走下。）
許　仙：呀！（唱【西皮搖板】）
　　　　見娘子依舊是千嬌百媚，
　　　　只可惜人與妖難配夫妻。
　　　　（白素貞急上，作驚懼色。）
許　仙：娘子為何這等害怕？
白素貞：官人哪裡知道，方纔青兒廚下取酒，看見一條銀蛇，盤踞在屋梁之上。
許　仙：（哆嗦）怎麼又是銀蛇！
　　　　（小青趕上。）
小　青：姑爺、小姐不必害怕。寶先生說，這是護宅的蒼龍，不害人的呀！
許　仙：怎麼？這是護宅蒼龍，不害人的？
小　青：是，"男勤女儉"，纔有"蒼龍出現"哪！這是一家興旺之兆。
白素貞：哦，這是一家興旺之兆？
許　仙：那蒼龍走了無有哇？

小　青：還在那兒哪。我們去看看去。
許　仙：看得的？
小　青：看看何妨？我還不怕哩！
許　仙：（好奇地）如此，我們一同前去。
　　　　（許仙、白素貞、小青同到上場門進去，旋出。）
許　仙：哈哈哈……這就好了！（唱【西皮搖板】）
　　　　果然是蒼龍現家交好運，
　　　　心兒上纔釋去一片疑雲。
　　　　果然是蒼龍出現！啊，娘子！我倒想起一樁心事來了。
白素貞：什麼心事？
許　仙：端午那日，娘子酒醉，卑人送去醒酒湯，揭開羅帳一看，哎呀……也是一條銀蛇，與此物一般無二。
白素貞：怎麼，端陽那日，官人也曾見過它？
許　仙：嗯！想來就是它，我那病就是由它而得。
小　青：怎麼不早說？
許　仙：這……是我一時糊塗，還當應了外人言語。真正豈有此理。娘子請坐。（就座）小青看大杯，與娘子痛飲幾杯，以贖半月來冷落之罪。
白素貞：官人剛剛病好，少飲為是。
許　仙：不要緊，卑人於今明白了，這病麼，就好了。
白素貞：端陽那日，為妻身染小恙，不能多陪官人飲酒，今晚也正要與官人補賀佳節。只是你我夫妻病後之身，就用小杯如何？
許　仙：就依娘子。
白素貞：（向青兒）青兒，將杯盤移到內室。（回望許仙）待為妻與官人把盞。
許　仙：多謝娘子。
白素貞：官人哪！（唱【西皮搖板】）
　　　　半月來淚濕鴛鴦枕，
許　仙：（熱情地唱【前腔】）

　　　　從今後雲破月兒明。
白素貞：夫哇！（輕輕責難，唱【前腔】）
　　　　再不可輕把浮言信，
許　仙：娘子啊！（指天上雙星為誓，唱【前腔】）
　　　　上有牽牛織女星！
　　　　（許仙、白素貞親愛相攜下。小青喜慰，隨下。）

第九場　上　　山

（江邊）
（法海扶杖獨上。）
法　海：（唱【西皮搖板】）
　　　　扶筇來到江亭上，
　　　　等候錢塘迷路羊。（見許仙來，閃在一旁）
許　仙：（唱【西皮流水板】）
　　　　那一日爐中焚寶香，
　　　　夫妻們舉酒慶賀端陽。
　　　　白氏妻醉臥牙床上，
　　　　我與她端來醒酒湯。
　　　　用手撥開紅羅帳，
　　　　嚇得我三魂氣魄亡！
　　　　先只說我妻是魔障，
　　　　却原來蒼龍降吉祥。
　　　　悶慳慳來至在江亭上，
　　　　（觀望江景，不覺感歎）呀，好壯闊的長江也！（接唱）
　　　　長江壯闊勝錢塘。
　　　　（法海暗上）
法　海：施主欣賞長江壯闊，何不到金山一遊？
許　仙：哎呀，師父在此，好些日不見了。
法　海：老僧年高，前日忽染重病，幾乎就見不到施主了。

許　仙：但不知師父害的什麼病？
法　海：老僧受了一點驚嚇，故而病了。
許　仙：老師父道高智廣，也受驚麼？
法　海：事出意外，怎能不驚？
許　仙：真是湊巧，弟子也曾與老師父害一樣的病。
法　海：怎麼施主也受驚了？莫非吃了"醒酒湯"？
許　仙：（大驚）這……正是此事。
法　海：老僧的話應驗如何？
許　仙：應驗倒是應驗，只是後來它又在廚房梁上出現。娘子說："此乃蒼龍，不害人的。"
法　海：施主哪裡知道：那日你被驚嚇，原已死去，那白素貞去到蓬萊，盜得仙草，纔將你救活。蒼龍乃是她的白綾所化，若非妖怪，怎能有此本領？
許　仙：如此說來，我那娘子仙山盜草救了我的性命，倒是一個好人了。
法　海：她哪裡是救你性命，不過貪戀你眉清目秀，叫你多活一時。
許　仙：她於今懷有七月身孕，難道也是假的不成？
法　海：這……施主請聽：（念）
　　　　昔日一人去進香，
　　　　遇一美女泣路旁。
　　　　訴她繼母心腸狠，
　　　　逼女提籃採野桑。
　　　　此人憐愛將她救，
　　　　引女歸家效駕鴦。
　　　　十月懷胎生一子，
　　　　如魚似水度時光。（他企圖狠狠地嚇唬許仙）
　　　　誰知一夜風波起，
　　　　她化作銀蛇十丈長！
　　　　先把嬌兒吞吃掉，

>   再咬此人一命亡。
>   你今年輕美目秀，
>   白蛇與你配鸞凰。
>   一旦青春不再來，
>   施主啊，施主！
>   白蛇腹內葬許郎！

許　仙：（不寒而慄，由於自保心急）哎呀，師父！但不知何法可解？

法　海：皈依佛法，自然可解。

許　仙：弟子病中也曾許下心願。今日與我妻說知，正要到寶刹拈香還願。就請教師父多多指引。

法　海：只是，老僧"法不空傳"。

許　仙：這裡有紋銀十兩，望師父笑納。

法　海：有道是"菩提不用黃金買"。

許　仙：依師父之見？

法　海：入我門來。

許　仙：這……明日如何？

法　海：到了明日你就走不成了。

許　仙：師父忒以性急了。

法　海：從水火中救人不得不急。

許　仙：如此，師父請上，受弟子一拜。

法　海：阿彌陀佛。隨為師來呀！哈哈哈……（挽許仙將下）
　　　　（許仙躊躇後又走回去。）

法　海：許仙哪裡去？

許　仙：弟子想回去一下，再來如何？

法　海：豈不聞"出家容易歸家難"？

許　仙：弟子不願出家了。

法　海：你那家還有什麼捨不得的呀？

許　仙：家可捨，娘子恩情難捨。

法　海：看你孽緣不斷，怎脫大難？也罷，你不是說要到金山寺拈香還願麼?

許　仙：正是。

法　海：待等拈香還願之後,老僧把前後因果對你説明,那時生死福禍,由你自擇。

許　仙：如此甚好。

法　海：走哇!

許　仙：走哇!這正是:

(念)又羨鴛鴦又羨仙,許仙路上兩邊船。

法　海：(接念)老僧自有無情劍,斬斷人間冤孽緣。

哈哈哈哈,許仙來呀!阿彌陀佛!(勝利地挽許仙下。)

第十場　渡　江

(長江)

(白素貞與小青划船上)

白素貞：(内唱【西皮導板】)一葉舟兒忙來到,

白素貞：青妹!

小　青：姐姐。

白素貞：想當日與官人湖上相逢,何等恩愛,怎知今日卻信法海言語,輕易相拋,叫為姐好生悲苦哇!

小　青：姐姐,事到於今不用傷感,快到金山與法海算帳吧!

白素貞：走哇!如此速速催舟!(唱【西皮散板】)

哪顧得長江波浪高,

禿驢妒我恩愛好,

誘騙許郎把紅粉拋。(轉【流水】)

一去三日無家報,

活活斬斷鸞鳳交。

望金山不由我銀牙咬,

青兒與我把櫓搖。

瞬間寶劍雙出鞘,

拿住了禿驢就莫輕饒!(白素貞、小青同下。)

第十一場 索 夫

(金山)

法　海:(內唱【西皮導板】)
　　　　適纔間打坐文殊院,
　　　(幕開。法海立金山寺山門外斷崖上,白素貞、小青分立崖下。)
法　海:(唱【西皮原板】)
　　　　初把法華教許仙。
　　　　早知道妖魔必來見,
　　　　問我一聲答一言。
　　　(白素貞,小青上)
小　青:禿驢!還俺姑爺來呀!
白素貞:(急止住小青)青兒,不要胡說!(轉向法海婉求)老禪師啊!我丈夫許仙,三日前到寶剎拈香,望求師父喚他出來,我們一同回去。
法　海:你丈夫他是何人?
白素貞:許仙。
法　海:許仙!不在本寺,別處去找吧。
白素貞:我丈夫臨走之時,明明說是到寶剎拈香還願。我與他恩愛深重,不能一日相離,望求老禪師放他出來,夫妻團聚。
法　海:實對你說了,你丈夫已拜在老僧名下,在本寺出家,他不能回去的了。
白素貞:這怎麼使得?我與許郎海誓山盟,各不相負,好端端夫妻,生生拆散,怎肯甘心?老禪師一代高僧,慈悲為本,望求放我丈夫回家團聚,我夫妻生生世世感老禪師大恩大德。老禪師啊!(唱【西皮散板】)
　　　　那許郎他與我性情一樣,

　　　　立下了山海誓願作鴛鴦。
　　　　望禪師開大恩把許郎釋放,
　　　　我夫妻結草銜環永不相忘。
法　海:孽畜!(小青大憤,白素貞急抑止她)
　　　　(唱【西皮原板】)
　　　　那許仙他本是高德和尚,
　　　　豈與你妖魔女匹配鸞凰?
　　　　我勸你早回轉峨眉山上,
　　　　再若是混人間頃刻身亡。
小　青:禿驢!(唱【西皮快板】)
　　　　聽一言不由我怒髮千丈,
　　　　罵一聲老匹夫你細聽端詳:
　　　　我小姐與許郎婦隨夫唱,
　　　　老匹夫活生生你拆散鴛鴦。
　　　　速放出許官人萬事不講,
　　　　倘若是再遲延水湧長江!
白素貞:青兒!不要胡說!老禪師啊!(唱【西皮散板】)
　　　　小青兒性粗魯出言無狀,
　　　　怎比得老禪師量似海洋。
　　　　我如來對衆生平等供養,
　　　　方感得有情者共禮空王。
　　　　念我白氏呵!(唱【西皮快板】)
　　　　在湖上結良緣同來江上,
　　　　與許郎懷下了九月兒郎。
　　　　且替我白素貞想上一想,
　　　　發下了大悲心就還我許郎!
法　海:(唱【西皮快板】)
　　　　白素貞休得要癡心妄想,
　　　　見許仙除非是倒流長江。
　　　　人世間哪容得害人孽障,

　　　　這也是菩提心保衛善良。
白素貞：（唱【西皮快板】）
　　　　白素貞救貧病千百以上，
　　　　江南人都歌頌白氏娘娘。
　　　　也不知誰是那害人孽障，
　　　　害得我夫妻們兩下分張！
法　海：（威嚴地唱【西皮快板】）
　　　　豈不知老僧有青龍襌杖，
　　　　怎能讓妖魔們妄逞刁強？
白素貞：（唱【西皮快板】）
　　　　老襌師縱有那青龍襌杖，
　　　　敵不過宇宙間情理昭彰？
小　青：（怒不可遏，唱【西皮散板】）
　　　　哪有這閑言語對他來講！
　　　　姐妹們今日裡，
白素貞：
　　　　（唱）大鬧經堂！
小　青：
法　海：（唱【西皮小導板】）
　　　　望空中叫一聲護法神將！
衆神將：（內）來也！
　　　　（衆神將、伽藍同上。）
法　海：（接唱【西皮散板】）快與我擒妖孽保衛經堂。
　　　　（白素貞引小青同下。）
衆神將：領法旨。（衆人同追下。）

第十二場　水　鬥

（金山寺邊，長江滾滾。）
（白素貞悲憤滿面，帶令旗獨上，經思慮後，憤憤擲令旗交小青，小青接旗號召水族。白素貞在水族中出現

衆水族：（內同【二犯江水兒】）紛紛水族，
（衆水族同上。白素貞、小青暗同下。）
衆水族：（同【二犯江水兒】）哎——齊簇簇紛紛水族，
魚蝦蟹鱉友，
鬧垓垓爬跳，
躍去來游，
似蛟龍在江上走。
看白浪似珠球，
威風千丈游。
躍舞江頭，
安戀中流，
齊奮起來爭鬥。
安排劍矛，
怒衝衝安排劍矛，
江聲怒吼，
都把那禿驢詛咒，
活生生拆散了鳳鷥儔！
（白素貞、小青同上。）
白素貞：（對水族）聽我吩咐！（唱【水仙子】，衆和之）
仗、仗、仗法力高，
仗、仗、仗法力高。
俺、俺、俺、俺夫妻賣藥度晨宵。
却、却、却、却誰知法海他前來到，
教、教、教、教官人雄黃在酒內交。
俺、俺、俺、俺盜仙草受盡艱苦，
却、却、却、却為何聽信那讒言誣告？
將、將、將、將一個紅粉妻輕易相拋！
多、多、多、多管事老禿驢他妒恨我恩愛好，
哎呀！
這、這、這、這冤仇似海怎能消！

衆兄弟姐妹,殺却那法海者!

衆水族：（應聲）啊!

（衆神將上。水族與神將開打。白素貞、小青等與神將殊死戰,屢敗之,後白素貞被觸動胎氣,陷於苦成,小青與水族極力掩護,且戰且退。）

白素貞：（哀叫）官人!

（神將追白素貞等下。）

第十三場 逃 山

（佛堂。）
（許仙執經上。）

許　仙：（唱【西皮散板】）
到金山原只望避災脫險,
誰知道鎖禪堂度日如年。
對法華苦把我嬌妻來念,
（內鼓聲。）

許　仙：呀!（接唱【西皮散板】）
山門外為何故喊殺連天?
（小沙彌送茶上。）

許　仙：小師父,我且問你：山門外何來這樣人聲喧嚷?

小沙彌：這……我不能告訴你。

許　仙：（悟）莫非我那娘子她找我來了?

小沙彌：哎,你還是真猜着啦。正是你那妻子找你來了。她長得好漂亮啊! 可是你那丫頭,好厲害呀!

許　仙：她們現在何處? 快讓我夫妻見面吧。

小沙彌：得了吧! 這個時候怎麼能讓你們夫妻見面呢? 再說,老師父說你那妻子是妖怪,她是假的。

許　仙：可是她的情意是真的呀! 哦,我知道了! 這山門外喊殺連天,莫非師父與我那妻子交手了不成?

小沙彌：師父派遣護法神，捉拿你那妻子去了。如今他們正打得難解難分哪！
（鼓聲）
（法海聲："眾神將！休讓白素貞逃走，將她緊緊圍住者！"）
（鼓聲）
許　仙：（焦急）哎呀，我妻現有九月身孕，她、她、她、她怎經得起這一場苦戰！小師父，快快放我出去吧！
小沙彌：你出去做什麼呀？
許　仙：我、我、我、我要幫……
小沙彌：你幫誰？
許　仙：我幫我那妻子。
小沙彌：你這不是給我捅漏子嗎？老師父法力無邊，眼看你那妻子就要被擒啦！
許　仙：哎呀！
（擂鼓聲。）
（白素貞之聲："許郎你在哪裡？許郎你在哪裡？許郎啊！"）
許　仙：（急叫）娘子我在這裡！（向小沙彌）小師父啊！（唱【西皮散板】）
小師父快叫我逃出羅網，
小師父哇！
怎忍聽聲聲喚"許郎"？
哎呀，小師父呀，快快放我下山，恩當厚報。
小沙彌：你先別忙，聽這喊殺之聲越來越遠，八成兒你那妻子戰敗逃走啦！
許　仙：那我要趕了前去。小師父方便，我、我、我這裡跪下了！
小沙彌：得，得，你別着急，趁師父還沒回來，我放你逃下山去就是。
許　仙：多謝小師父！

小沙彌：許官人隨我來！（圓場）這裡有一條小路，趁他們不知道，你快走吧。

小沙彌：你往那兒走！你往那兒走！快走！快走！

（許仙下。）

小沙彌：我把許仙放走了，回頭師父知道了，必要打我，我還等着挨打呀？我也逃走了吧！

（小沙彌逃下。）

許　仙：這就好了。（唱【前腔】）

小師父領路山下往。（恰待逃去，忽與法海相遇）

法　海：（唱【前腔】）

許仙為何走慌忙？

小沙彌：（急辨）師父，他他他要我領他找您去。他說想求您饒恕他他他媳婦。

法　海：唔！似這樣凡心不死，如何出家？

（許仙低頭不語）

法　海：也罷。許仙，那白素貞被為師殺敗，於今逃往臨安去了。邱王府被焚，此妖當無安身之處，若逃往別地，必留後患。賜你神風一陣，容你與白妖一月重聚，風神何在？

（風神上）

風　神：在。

法　海：速將許仙送往臨安去者。

風　神：領法諭。

（風神掩許仙下）

第十四場　斷　橋

（杭州西湖邊）

（白素貞狼狽逃上）

白素貞：（內唱【西皮導板】）

殺出了金山寺怒如烈火！

（白素貞上。）
（哭頭）啊！狠心的官人哪！
（小青追上。尋覓白娘子，姐妹重見，相抱而哭。）

白素貞：（唱【西皮散板】）
　　　　法海賊無故起風波，
　　　　官人不該辜負我，
　　　　害得素貞受折磨。（跌下）
小　青：姐姐怎麼樣了？
白素貞：腹中疼痛，寸步難行，如何是好？
小　青：想是就要分娩了，且到前面橋邊，少坐片時，再想良策吧。
白素貞：事到如今，只好如此。
　　　　（小青扶白素貞前行，眺望湖上。）
白素貞：（惘悵地）青妹，這不是斷橋麼？
小　青：（望）正是。
白素貞：哎呀！斷橋哇！想當日與許郎雨中相見，也曾路過此橋，於今橋未曾斷，素貞我，却已柔腸寸斷了哇！（唱【西皮散板】）
　　　　西子湖依舊是當時一樣，
　　　　看斷橋，橋未斷，却寸斷了柔腸。
　　　　魚水情，山海誓，他全然不想，
　　　　不由人咬銀牙埋怨許郎。
小　青：這樣負心之人，小青早就勸姐姐捨棄了他，姐姐不聽。於今害得姐姐有孕之身，這樣顛沛流離，有家難奔，有國難投，俺小青若再見許仙之面，定饒不了他！
白素貞：為姐也深恨許郎薄情無義，只是細想起，此事也只怪那法海從中離間，以致如此。
小　青：雖然法海不好，也是許仙不該忘了前情，聽信他的挑撥。
白素貞：許郎疑懼於我也是常情，還是那法海不好。
小　青：咳，到了今天你還這樣向着他，你的苦還沒受夠麼，姐姐？
白素貞：青妹啊！（唱【西皮散板】）

    我與他對雙星發下誓願。
    夫妻們相互信各不猜嫌。
小　　青：（唱【西皮散板】）
    賢姐姐雖然是真心不變，
    那許仙已不是當時的許仙。
    叫天下負心人吃我一劍！
許　　仙：（內叫）走啊！
    （許仙急上。）
許　　仙：（唱【西皮散板】）
    神風一陣到家園。
    一路只把賢妻念。
    （急瞥見白素貞、小青，驚喜。）
許　　仙：呀！（唱【西皮散板】）
    却見她花憔柳悴斷橋邊！
    小青兒腰懸三尺劍，
    圓睜杏眼怒沖天。
    怪不得她把許仙怨，
    我害得她姐妹不周全。
    不顧生死把賢妻見，
    娘子！
白素貞：（驚叫）官人！
小　　青：（同時）許仙！你來得好！（打許仙，拔劍）
    （許仙逃，小青追下。）
白素貞：青兒！（顛僕追）青兒！（下）
許　　仙：（唱【西皮散板】）
    嚇壞錢塘小許仙。
小　　青：哪裡走！（再追許仙。圓場）
白素貞：（追叫）青兒不可！青兒不可！
    （小青亮劍）
許　　仙：（跪抖）娘子救命，娘子救命哪！

白素貞：（一面護許仙，無限怨憤地）怎麼你、你、你今日也要為妻救命麼？你、你、你——（唱【西皮快板】）
你忍心將我傷，
端陽佳節勸雄黃。
你忍心將我誑，
纔對雙星盟誓願，
你又隨法海入禪堂。
你忍心叫我斷腸，
平日恩情且不講，
怎不念我腹中還有小兒郎？
你忍心見我敗亡，
可憐我與神將刀對槍，
只殺得我筋疲力盡頭暈目眩腹痛不可當，
你袖手旁觀在山崗。
手摸胸膛你想一想，
你有何面目來見妻房？

許　仙：娘子！（唱【西皮快板】）
耳聽戰鼓咚咚響，
思念賢妻淚千行。
幾次要闖文殊院，
法海不許我見妻房。

小　青：許仙，既然法海不許你下山來見小姐，從鎮江到此，千里迢迢，你今天是怎麼來的？

許　仙：只因……

小　青：（不等許仙說完，急風暴雨地）是不是法海派你來追趕我們姐妹來了？這樣負心之人，待我殺了他！

許　仙：哪有此事！娘子聽我說！娘子聽我說！

白素貞：（對小青）且聽他說些什麼。

小　青：（憤指許仙）講！

許　仙：娘子，青姐，娘子啊！（唱【西皮搖板】）

　　　　　到金山留住文殊院，
　　　　　法海不許見嬋娟。
　　　　　聽魚磬只把賢妻念，
　　　　　賢妻呀！
　　　　　那幾夜何曾得安眠？
　　　　　賢妻金山將我探，
　　　　　咫尺天涯見無緣。
　　　　　法海與你來交戰，
　　　　　卑人心中似箭穿。
　　　　　小沙彌行方便，
　　　　　他放我下山訪嬋娟。
　　　　　得與賢妻見一面，
　　　　　縱死黃泉我的心也甜。
小　青：呸！（唱【西皮快板】）
　　　　　既是常把小姐念，
　　　　　為何狠心去參禪？
　　　　　小姐與法海來交戰，
　　　　　為何站在禿驢一邊？
　　　　　花言巧語將誰騙，
　　　　　無義的人兒吃我龍泉！
白素貞：（急攔住小青）青妹！（唱【南梆子導板】）
　　　　　小青妹你且慢舉龍泉寶劍！
　　　　　（向許仙）冤家啊！（轉【南梆子原板】）
　　　　　叫官人莫要怕細聽我言：
　　　　　素貞我本不是凡間女，
　　　　　妻原是峨嵋山一蛇仙。
　　　　　都只為思凡把山下，
　　　　　與青兒來到西湖邊。
　　　　　風雨途中識郎面，
　　　　　我愛你神情惓惓風度翩翩，

　　　　我愛你常把娘親念,
　　　　我愛你自食其力不受人憐,
　　　　紅樓交頸春無限,
　　　　怎知道良緣是孽緣。
　　　　端陽酒後你命懸一線,
　　　　我為你仙山盜草受盡了顛連。
　　　　縱然是異類我待你的恩情非淺,
　　　　腹內還有你許門的兒男。
　　　　你不該病好把良心變,
　　　　上了法海無底船。(轉【西皮二六板】)
　　　　妻盼你回家你不轉,
　　　　哪一夜不等你到五更天。
　　　　可憐我枕上淚珠都濕遍,
　　　　可憐我鴛鴦夢醒只把愁添。(轉【西皮快板】)
　　　　尋你來到金山寺院,
　　　　只為夫妻再團圓。
　　　　若非青兒她拼死戰,
　　　　我腹內的姣兒也命難全。
　　　　莫怪青兒她變了臉,
　　　　冤家啊!(接唱)
　　　　誰的是誰的非你問問心間!
小　　青:(向許仙)好,許仙,我小姐已然把真情實話都對你說了。你快去找你那法海師父去吧。姐姐,我們走!
許　　仙:娘子,青姐,娘子啊!
白素貞:青妹聽他說。
許　　仙:(唱【西皮搖板】)
　　　　娘子把真情說一遍,
　　　　一樁樁往事湧上我的心間;
　　　　風雨西湖初見面,
　　　　雙雙賣藥到大江邊,

　　　　　端陽節我不該把酒勸,
　　　　　只害得賢妻受苦我也嚇倒在床前。
　　　　　多虧你靈山盜草不辭遠,
　　　　　纔救得卑人一命還。
　　　　　那一日金山去還願,
　　　　　法海他勸我斷"孽緣"。
　　　　　我在金山不能回轉,
　　　　　可憐你每夜等我到五更天。
　　　　　尋我來到金山寺院,
　　　　　那顧得有孕之身受顛連。
　　　　　纔知道娘子你情真愛重心良善,
　　　　　受千辛忍萬苦為的是許仙。
　　　　　娘子啊!
　　　　　你縱然是異類我也心不變。
小　　青:(走過來抓住許仙。)許仙!(唱【西皮搖板】)
　　　　　許官人你又來蜜語甜言!
　　　　　你這負心之人,只顧你一人自在,哪裡知道小姐的苦楚!
白素貞:青兒,官人如今他知道了。
小　　青:怎見得他知道了?(甩開許仙。)
小　　青:姐姐啊!(唱【西皮搖板】)
　　　　　賢姐姐你為人心腸忒軟,
　　　　　怎知道男兒漢變化萬千。
許　　仙:娘子,青兒!(唱【西皮搖板】)
　　　　　許仙再把心腸變,
　　　　　三尺青鋒屍不全。
白素貞:喂呀!(扶起許仙,相抱而哭。)
　　　　　(【西皮搖板】)
　　　　　聽一言來心意轉,
　　　　　許郎果不負嬋娟。
　　　　　扶起冤家重相見,

　　　　　從今後不要變心田。
小　青：呀！（唱【西皮搖板】）
　　　　　他夫妻依舊是多情眷，
　　　　　看將來難免要再受熬煎。
　　　　　倒不如辭姐姐天涯走遠……
　　　　　（淒然一揖）姐姐，多多保重，小青拜別了！
白素貞：（急攔住）青妹！（【唱西皮快板】）
　　　　　我與你患難交何出此言！
　　　　　不念我懷胎兒就要分娩，
　　　　　不念我流離在道路邊。
　　　　　你忍心叫為姐單絲不線……
　　　　　青妹！……（痛哭）
　　　　　想此事都是那法海不好！
許　仙：是啊，都是那法海不好！
白素貞：官人如今他明白了。
許　仙：如今我明白了哇！
白素貞：你就饒了他吧！
許　仙：饒了我吧！
白素貞：青妹，青妹！
小　青：（急慰）姐姐不要如此。（唱【西皮快板】）
　　　　　小青我與姐姐血肉相連！
　　　　　下山時姐妹們發下誓願，
　　　　　同生死共患難不相棄捐。
　　　　　但願得產麟兒母子康健，
　　　　　但願得那許……
白素貞：（哭）喂呀！
　　　　　（許仙愧悔低頭）
小　青：（為着她摯愛的師姐只得寬恕許仙，唱【西皮散板】）
　　　　　但願得我姑爺愛定情堅，
　　　　　倘若是賢姐姐再受欺騙，

這三尺無情劍定報仇冤!

許　　仙：青姐！(唱【西皮散板】)
　　　　千熬百煉真金顯，
　　　　娘子深情動地天。
　　　　青姐但把心頭展，
　　　　許仙永不負嬋娟。
白素貞：喔喲⋯⋯
許　　仙：啊，娘子，想是要分娩了吧？
白素貞：我們哪裡安身？
許　　仙：且到我姐丈家中再作道理。
白素貞：許郎，你我夫妻哪裡安身？
許　　仙：就到我姐丈家中安身如何？
白素貞：也好，此去不可提起金山之事。
許　　仙：那是自然。
白素貞：青妹、官人來呀！(扶小青，唱【西皮散板】)
　　　　好難得患難中一家重見，
　　　　學燕兒銜春泥重整家園。
　　　　小青妹攙扶我清波門轉，(回望湖上)
　　　　猛回頭避雨處風景依然。
　　　　(白素貞、許仙、小青同向左側下。)

第十五場　合　　缽

(臨安居室內)
(許仙的姐姐帶一些花色鮮妍的小孩衣物上。)

許　　氏：好哇！(唱【西皮搖板】)
　　　　我許家從今後有了結果，
　　　　把幾件小衣裳送與阿哥。
　　　　(小青從內室抱嬰兒上。)
小　　青：(唱【西皮搖板】)

　　　　　賢姐姐產麟兒真乃可賀,
　　　　　也不枉到人間受盡折磨。
　　　　　唷,姑奶奶來了!
許　　氏:青姑娘早哇,舅媽起來了嗎?
小　　青:早起來了。
許　　氏:我兄弟呢?
小　　青:姑爺到外面摘花兒去了。說是給小姐打扮打扮哩。
許　　氏:舅媽今天滿月,怎麼不要打扮打扮?這是我昨晚趕成的
　　　　　幾件小衣裳,還有一把金鎖,一個圍嘴兒,一雙小襪子,就
　　　　　算我當姑媽的送的薄禮吧。
小　　青:那可太美了,我們小姐也給他做了好些小衣裳,夠穿到滿
　　　　　周歲的啦。我們把小官人也給打扮打扮吧。
許　　氏:好,上我屋子裡去。
　　　　　(小青、許氏同下。許仙摘花上。)
許　　仙:(唱【西皮搖板】)
　　　　　嬌兒滿月我心歡喜,
　　　　　今日親朋試壯啼。
　　　　　摘得鮮花香噴鼻,
　　　　　房中去慰疼愛的妻。
　　　　　娘子起床了麼?快來梳妝,親友們就要到了。
白素貞:(內)為妻來了!
許　　仙:且慢,待卑人來攙扶你。
　　　　　(許仙入室扶產後的白素貞,疲怯而喜悅地登場。)
白素貞:(唱【西皮原板】)
　　　　　勞官人攙扶我羅帳以外,
　　　　　今日裡整精神重對妝臺。
　　　　　叫官人你把那菱花鏡擺,
　　　　　(白素貞對鏡,許仙代她梳髮。)
許　　仙:(唱【西皮原板】)
　　　　　許漢文對寶鏡笑逐顏開。

　　　　　我的妻擁雲鬟花容無改，
　　　　　真好似天仙女初下瑤臺。
　　　　　我這裡將花朵與妻插戴，
白素貞：（唱【西皮搖板】）
　　　　　從今後夫妻們苦盡甘來。
　　　　　（法海忽上。）
法　海：許仙！你與白素貞孽緣已滿，用此缽將她收下，隨為師金山去者。
許　仙：（急以身護素貞。）啊！你、你、你又來了。
白素貞：好禿驢！
　　　　　（白素貞拔劍殺上前，法海架住。）
法　海：韋馱、伽藍何在？
　　　　　（韋馱、伽藍上，舉起金缽，神將隨上。）
白素貞：青兒！青兒！（被金缽光芒罩住）
法　海：你那青兒被老僧戰敗，逃走了。
白素貞：不好了！（唱【西皮導板】）
　　　　　聽說青兒已不在！
　　　　　（但小青又揮劍沖上，奮勇救白素貞，與神將力鬥。法海以青龍禪杖交神將擊敗小青。）
小　青：（叫）姐姐！姐姐！
白素貞：賢妹快走，與我夫妻報仇！
法　海：護法神，殺！
小　青：賊子！（奮戰，叫）姐姐！（小青敗下）
白素貞：哎呀！（唱【西皮快板】）
　　　　　姐妹們今日兩分開。
　　　　　黃金缽一陣陣將我來蓋，
　　　　　但願她殺出臨安外，
　　　　　他年捲土又重來！（拉住許仙）
　　　　　許郎啊！
　　　　　拉住了許郎不分開。

　　　　我為你到鎮江同把藥賣,
　　　　我為你盜仙草私上蓬萊;
　　　　我為你金山寺大戰法海,
　　　　苦難裡生下了小嬰孩。
　　　　夫妻恩愛今難再,許郎夫哇……
許　仙:(唱【西皮散板】)
　　　　許仙心中似刀裁,
　　　　忍氣吞聲把法海拜,
　　　　望求師父把恩開!
　　　　(叫頭)老禪師呀!我妻身無過犯,為何下此毒手?我妻一死,夫妻恩愛莫要提起,撇下這剛剛滿月的嬰孩,何人撫養?望求師父開恩恕饒,許仙我這裡跪下了。
法　海:(轉身不理)嘿!
白素貞:(攔住向法海下跪的許仙)許郎!(唱【西皮散板】)
　　　　對屠夫講什麼恩和愛?
　　　　(嬰兒內哭。)
白素貞:(唱【西皮散板】)
　　　　你快將嬌兒抱過來!
　　　　(許氏抱漢文上。)
白素貞:唉,兒呀!(搶過漢文,唱快原板【西皮散板】)
　　　　嬌兒何故也受害?
　　　　剛滿月就要離娘的懷。
　　　　我兒再吃娘的一口奶,
　　　　你媽媽此去再不回來。
　　　　苦命兒再吃一口離娘的奶。
　　　　嬌兒啊!(接唱)
　　　　你媽媽此去再不回來。(抱嬰兒回身哺乳。)
許　氏:(扶住白素貞,疑訝而義憤地。)弟妹呀!(唱【西皮散板】)
　　　　你回杭州一月上,
　　　　怎知你今日遭禍殃。

有什麼言語對為姐講,
我捨死忘生將你幫。
白素貞:(回身向許氏)姐姐啊。(唱【反西皮】)
小妖兒纔滿月就失了依傍,
放不下這顆心把姐姐來央。
求姐姐就當他親生一樣,
教養他成一個有用的兒郎。
姐姐啊!小妹之事,許郎日後自會對你言講,惱恨法海將我夫妻拆散,可憐這小嬌兒!纔滿一月也要離娘。他是你兄弟一點親骨血,望求姐姐,當作親生一樣,將他撫養成人,小妹縱死九泉,也感姐姐大恩大德啊!(唱【西皮散板】)
望姐姐就當你親生一樣,
教養他成一個有用的兒郎。
將嬌兒託姐姐如同刀割心上,
(將嬰兒付許氏,兒啼哭,又抱回)苦命的嬌兒啊!(接唱)
從今後兒姑母是兒的親娘。
(狠心地將漢文付許氏)
許　仙:好惱!(唱【西皮散板】)
鴛鴦遇了無情棒,
不由怒氣滿胸膛。
悔不該錯把金山上,
輕信法海惹禍殃。
法　海:許仙!(唱【西皮散板】)
你若不把金山上,
早被妖魔吃下肚腸。
許　仙:呸!(唱【西皮散板】)
許仙今日心頭亮,
吃人的是法海,不是妻房!
打碎金缽把賢妻放,(但不能撼動)

法　　海：許仙！（唱【西皮散板】）
　　　　　佛法無邊不自量。
　　　　　（大笑）呵哈哈哈哈！
白素貞：（指法海大叫）法海，賊啊！你不要發笑，我夫妻恩愛豈是你這缽兒壓得住的麽！
　　　　　（唱【西皮散板】）
　　　　　法海不必笑呵呵，
　　　　　你是帶着屠刀念彌陀。
　　　　　任你罩下黃金缽，
　　　　　夫妻的情愛就永不磨！
法　　海：伽藍聽旨！將白素貞壓在雷峰塔下，若要再出，除非是西湖水乾，雷峰塔倒！
白素貞：好賊子！
　　　　　（伽藍押白素貞將下，許仙、許氏搶護白素貞，法海拉開。）
許　　仙：（慘叫）娘子！
許　　氏：弟妹！
白素貞：官人，賢姐，嬌兒啊！（暗）

第十六場　倒　　塔

（錢塘江口雲水茫茫之際）

小　　青：（内唱【西皮導板】）
　　　　　五湖四海把兵搬，
　　　　　三山五嶽把兵搬！
　　　　　（小青率仙衆馳上）
小　　青：（唱【西皮快板】）
　　　　　報仇雪恨返江南。
　　　　　救姐姐，出磨難，
　　　　　再破法海上金山。
　　　　　金戈鐵甲往前趲，

　　　　　（雲開現出西湖，雷峰在望。）
小　青：（接唱）一見雷峰咬牙關！
　　　　　吥！塔神出來受死！
　　　　　（塔神率卒上。）
塔　神：吥！何方妖神敢來喚我？
小　青：我乃青蛇大仙，速將娘娘放出，饒爾不死！
塔　神：無有法海禪師法旨，怎敢擅放？
小　青：俺姐姐被壓雷峰塔下，數百餘年；俺忍淚含悲，煉成劍法，
　　　　　今日率各洞仙衆到來，與俺姐姐報仇雪恨！
塔　神：原來妖魔到此，休走看鐧！
　　　　　（小青率仙衆與塔神及卒開打。塔神及卒敗下。衆
　　　　　燒塔。）
小　青：雷峰塔倒！娘娘快出來啊！
　　　　　（塔倒。白素貞從彩雲中嫣然出現。）